重庆出版集团 重庆出版社

图书在版编目（CIP）数据

风华女战神．完结篇 / 雪山小小鹿著．— 重庆：重庆出版社，2019.1

ISBN 978-7-229-10255-5

Ⅰ．①风… Ⅱ．①雪… Ⅲ．①长篇小说－中国－当代 Ⅳ．① I247.5

中国版本图书馆 CIP 数据核字 (2016) 第 164174 号

风华女战神（完结篇）

FENGHUA NÜZHANSHEN（WANJIEPIAN）

雪山小小鹿 著

责任编辑：王 淋
责任校对：杨 婧

重庆出版集团
重庆出版社 出版

重庆市南岸区南滨路 162 号 1 幢 邮政编码：400061 http://www.cqph.com
重庆市鹏程印务有限公司印刷
重庆出版集团图书发行有限公司发行
E-MAIL:fxchu@cqph.com 邮购电话：023-61520646
全国新华书店经销

开本：720 mm×1000 mm 1/16 印张：31.5 字数：758 千
2019 年 1 月第 1 版 2019 年 1 月第 1 次印刷
ISBN 978-7-229-10255-5
定价：59.80 元

如有印装质量问题，请向本集团图书发行有限公司调换：023-61520678

目录

目录

第一章

暴乱荒原

傲雄国帝都卓玛城。

月思卿与早已等候在此的吕涛、夏远在卓玛客栈相聚，准备前往暴乱荒原。夜玄早不知所终。

天色蒙蒙亮，三人步行过去后，笼罩在城市上方的白雾也渐渐散去，露出城市中美丽的圆顶建筑。

待三人到的时候，中央广场上依旧站了不少人。

“今天的传送阵还在检修吗？”吕涛剑眉微蹙。

据他们所说，卓玛城通往暴乱荒原的传送阵已经检修一个月了。

月思卿也微微蹙眉。

这时，身边一名陌生的青年人听见了，转头接过他的话道：“刚刚有人出来说了，这次的传送阵在灵力运输上出了比较大的问题，估计要维修三个月。若是有急事等不了，还是改坐飞艇吧！”

“三个月？这么久！”夏远低呼一声。

“是啊，我还是坐飞艇去吧，免得赶不上熔炉铁堡开学。”那青年自说自话地转身离开。

月思卿与吕涛夏远三人对视一眼，嘴角浮出一抹笑意。

这个时候去暴乱荒原的年轻人，应该多数都是去熔炉铁堡的新生吧？

三人正观望间，前方靠近传送阵的人群传来一丝动荡，很快，那些嘈杂的声音被一道洪亮的嗓音压了下去：“各位，真是抱歉，传送阵出了问题。为了大家的安全，我们不会贸然让大家使用这有问题的传送阵，所以请各位再等待两个月时间。”

“唉——”周围响起连片的叹气声，纷纷开始打道回府。

人群散开后，月思卿也看清了那说话的是名老者，双眼闪烁着灼灼精光，应该是个高手。

没有说什么，她迈步朝那老者走去。

吕涛和夏远以为她还要再询问一遍，很自觉地跟在她身后。

老者看到有人朝自己走来倒也不动，淡淡回望过去。

到得近前时，月思卿刚想说什么，身后一个略微有些兴奋的声音响起：“到啦到啦！

离暴乱荒原近了！”

她赶紧闪到一边，那道声音已冲了过来，叫道：“我要坐传送阵！”

一个体形庞大的男子如肉球般直滚过来。

老者也在这时微笑着开口：“小朋友，你是去暴乱荒原的吗？”

“是。”胖子一扬短发，笑道，“我听说外围传送点坏了，打算坐里面的应急传送阵过去。”

说着他示意少年侍从拿出金色徽章。

想来这金色徽章比较有权威，老者看了后点头道：“那么这位小少爷等会儿便随老夫去小传送点。”

他又问月思卿三人：“你们也是去暴乱荒原吗？”

“是的。”月思卿点头。

老者笑了一声，说道：“老夫倒是想送你们过去，可惜大传送阵有些问题，老夫也不能破例，只好委屈各位了。”

“不是说有应急传送阵吗？”夏远瞪着胖子，也颇有不解。

“应急传送阵你以为每个人都能坐啊？”听了夏远的话，胖子又忍不住讥笑起来，好似看乡下人一样看着夏远，“要是每个人都能坐还要大传送点干什么？小传送点只能给有身份有地位的人坐，懂不懂？”

看着他被满脸肥肉挤成圆香肠似的嘴一开一合地数落着自己，夏远也有些想要发飙的冲动了，也哼笑一声，说道：“你算老几，也敢在我面前指手画脚？我懂的事情你懂个屁！”

月思卿和吕涛嘴角轻抽，想笑还是忍了。

胖子被他的粗口激得满面通红，也呸了一声道：“你懂什么？你一个小国来的乡巴佬你懂什么！”

“小国？你们傲雄国才是小国！别说我贬低你们国家，在我大星辰国的眼里，傲雄国什么都不是！”夏远不甘示弱地以更大的声音反击回去，只是一激动，连自己国家都给暴露了。

“星辰国？”老者眉头一挑，“小友来自星辰国？”

这一回连胖子都没有再说话了，只是不相信地望着夏远。

月思卿心中也是微惊。

夏远来自星辰国吗？星辰国是北大陆的核心国家，也是整片大陆的佼佼者。闻名于世的北大陆上五宗就在星辰国。五大宗门，血脉纯正，规矩森严，高手林立，可以算得上这片大陆家族势力的金字塔。

夏远喉咙里哼了一声，没有作答。

胖子反应过来后冷笑着说道：“再强的国都有拖后腿的，谁知道他是不是呢？否则怎么会跑到我们南大陆来了呢？”

夏远闻言火冒三丈，从空间戒指里摸出一个玉制小片，冷声说道：“上五宗的信物，给我好好看看！呵，在我看来，你们傲雄国才是拖整个大陆的后腿！”

玉片，上五宗联系交流的主要东西！

“你们是上五宗的？”老者的声音充斥着不可相信，可夏远手中的玉片作不得半点假。

上五宗用来联络的东西可不是寻常人敢这样拿来开玩笑的。

而夏远的这个举动也成功地让胖子闭上嘴，纵然有诸多不快也只能强压下去。

老者却已对夏远三人做出了诚挚的邀请：“既然是上五宗的，欢迎你们，小传送点虽是不大，但坐你们几个还是行的，也算不得我违规吧！”

说着，他呵呵笑起来。

月思卿心头一松，看来，他们还是比较走运的，不用换乘飞艇了。

众人相视一笑，跟上老者。

传送阵便建在大花坛后面的一间大屋中，四周有傲雄国禁军把守，看得很是严格。屋内空荡荡的，中间地上是个彩光闪烁的光阵。

老者笑道：“走吧，正好我也要回一趟铁堡。”

说着他率先走进了传送阵内。

“熔炉铁堡？你是铁堡中的导师吗？”月思卿闻言脱口问道。

老者看了她一眼，不答反问：“三位小友看样子是前去熔炉铁堡报到的新生了？”

月思卿点头道：“正是。”

那边一屁股坐在阵中地上休息的胖子赶紧嚷道：“我也是，我也是熔炉铁堡的新生！”

不是吧？这么巧？

“呵呵，那就好。老夫是这次熔炉铁堡派出来查看新生状态的导师莫丹，得知这传送阵要检修，便想着亲自出面提醒大家。”莫丹抚须而笑，见几人都进来了，便说道，“都保持修炼姿势吧，传送点虽快，但也要半个多月。这么长时间，修炼修炼也是不错的。”

月思卿轻“嗯”一声，也就在地上坐下。

这个季节的天已经很炎热了，地面的气温不算低，坐着还有些舒服。

莫丹待众人都坐了下来，这才右袖一挥，一股巨大的灵力波动在狭小的空间里运输起来。

随着“吱呀”声响起，传送点缓缓移动开来。

“闭眼！”莫丹及时提醒大家。

月思卿闭上双眼，看不到外面发生了什么，只听到耳边“轰隆隆”的响声。终于她悄悄地张开一只眼睛偷窥。

四周有些昏暗，能看到的只是两旁的白雾，响声逐渐变小，但雾气却牢牢将这方天地笼罩住。

没再说话，她对契约空间中的银色低语一句，银色缓缓飞出，落在她的眉心，最后变成一朵漂亮的兰花标记。月思卿这才放心地闭上双眼，完全沉浸在修炼的世界中。

也不知在这样的黑暗中过了多久，月思卿听到身旁有声音传来：“到了，同学们。”

声音并不大，但却极其清晰地传进她内心深处。月思卿应声睁开眼，一片天光洒下来，略微有些刺眼，她又赶紧闭眼。

“这儿就是暴乱荒原的入口了，对你们来说，这里或许是一个全新的开始。”莫丹低沉的笑声再次响起。

周围，吕涛和夏远、胖子也纷纷站了起来。

月思卿适应过了后睁开双眼，看向四周。

他们所处的地方是一望无际的荒原，土地呈现着青草烧枯后的黑色，大片大片的地皮翻裂着，见不到一丝绿意，一阵劲风刮过，漫天都是飞舞的尘沙。

见她站了起来，莫丹率先朝前面走去，笑着说道：“荒原最怕的就是风，大风刮过时，不仅沙尘乱舞，有时候还会刮出一伙团盗，或者几头强大的魔兽。”

后头的月思卿几人闻言都感到有些好笑，但心里头仍是提高了警惕。

“总之，在这片荒原里，什么事情都可能发生。”说到这，莫丹回过了身，神色变得严肃起来，沉声说道，“接下来你们遭遇的第一个挑战就是要自行穿过暴乱荒原抵达熔炉铁堡，这是每届新生都会做的事情，铁堡八月开学，现在七月，你们有一个月时间。”

月思卿眺望了下远处的无际荒原，不由问道：“熔炉铁堡离这有多远？”

夏远也附和地点头：“是啊，有地图吗？”

“没有地图，你们沿着这条路往前走，前面遇到人再问。”莫丹淡淡一笑道，“铁堡离这里有些路程，但一个月时间也是够的，如果顺利的话。”

最后他补了一句。

“此话怎讲？”吕涛不解地问，“难道还会迷路吗？”

“这也未必，暴乱荒原，暴乱荒原，这里可不是你们国家那样安宁，一切意外都有可能发生。虽然学院尽最大力量保护你们的安全，但危险也是无处不在的。”

讲到这，莫丹脸庞轻微抽动了几下，看向几人的目光也变得怪异起来，说道：“我先回去了，希望一个月后就能再见你们！”

说完，他的身形缓缓消失在众人面前。

荒原一头只剩下月思卿、吕涛、夏远、胖子和他的随从少年。

胖子小眼睛左右转了下，看着面色凝重的月思卿几人忍不住笑出声，慢悠悠地从怀里取出一份羊皮卷，打开后嘴里啧啧有声地说道：“不远嘛，很近啊，小虫，我们从这边过去，不久就能遇到荒漠佣兵团了。”

月思卿三人看过去时微微一震。

那胖子手中拿着的不是货真价实的地图是什么？

“嘿嘿，这位哥哥，将你手中的东西借我们看看怎么样？”月思卿立刻换上一副笑脸，嘴巴甜甜地叫道。

胖子看向她，顿时被她那灿烂的笑容给寒到了。

“我不是你哥哥！”胖子义正词严地说道，“我和你不熟！”

“呵呵，怎么能说不熟呢？”月思卿并没退缩，继续说道，“我们只看一眼，瞧瞧熔炉铁堡在哪个方位就还你。”

“不行！”

“哦，不行……”月思卿略为遗憾地点头，“可是，我不过问问，真正做得了主的不是你。”

胖子被她说得一愣，好笑地哼出声道：“这地图是我的，做不了主的不是我还有谁？

难不成小虫能做主？”

“不是。”月思卿摇摇头，伸出自己紧握的双拳，嘴角生出一抹狡黠的笑意，“能做主的，是我的拳头。”

胖子无语，这变脸也太快了吧！

那名叫小虫的冷脸少年脚尖微抬，已然斜身挡在自家主子面前，可惜他太瘦了，根本挡不住身形肥硕的胖子，语气倒是异常嚣张道：“收拾我们，你们行吗？别反被我们收拾了！”

“咱们真的不能好好说话了吗？”月思卿故作哀伤地问。

“不能！”胖子也一口回绝了，还努力地将那张地图往怀里塞。

月思卿眼底的笑意也消退得一干二净。

不要怪她心狠，她现在不是在学院，也不是在卡列国，而是在茫然毫无头绪的暴乱荒原。

这里自古就是一片杀戮的天地，是由鲜血、骨头构建成的王国。即使有熔炉铁堡在后保护，但刀剑无眼，谁也不知道会发生什么。

夜玄在她走的那一天离开卡列国，说好了八月去熔炉铁堡看她，却没有告诉她有关暴乱荒原的一切。

她知道，他的星月殿就在暴乱荒原，是这一带的王牌势力，威名震慑了整个荒原，更是影响着周围无数国家。

可是，正是因为知道，所以她更加清楚，自己不能向他求助。

所以，这张地图她必须要！

一抹狠意自她的眼角掠过，耀眼的绿色光芒也渐渐从她周身扩散而出。

“兰花！”她轻喝一声，那一直印在额心上的兰花标记缓缓脱落，幻作一朵晶莹雪白的兰花飘落至她的右手掌心。

月思卿的五官在兰花皎洁的光芒映照下变得明艳而模糊。

一缕危险感本能地袭上胖子心头。

作为一名高灵力战师，他的敏锐力还是不错的，连退数步，与随从少年并肩站到了一起。那张堆满肥肉的脸庞也变得严肃起来，微眯着目光盯住月思卿。

“来真的？”他尚有些反应不过来呢。

吕涛和夏远见状，也一齐放出灵力。

绿灵二级，两名黄灵九级。

月思卿压制了原本绿灵三级的实力，而夏远在这段时间成功地提升了一级灵力，而吕涛，也在到黄灵九级巅峰的时候触摸到了绿灵的屏障，只是一直没找到感觉突破。

月思卿和吕涛迅速交换了一个眼神。

“狮王之吼！”吕涛短而利索的黑发被荒漠中的劲风吹得根根竖起，冷酷的脸上毫无表情，厉声叫道。

他脚下那只匍匐着的长毛黑狮猛然立起，周身鬃毛也炸了开来，仰头嘶吼一声，声音借着灵力波动起伏惊颤，直冲九天。

身旁的月思卿清冷的声音已紧接着从红唇中迸出：“拈花飞叶技！”

雪白的兰花“啪”地一声散落作满天花瓣，迅速凝成一朵比兰花本体要大上十数倍的巨大兰花，枝部被少女柔软白净的小手握住，一抽一旋，那朵花便冲着胖子飞去。

看不出速度有多快，但下方的地面竟是被兰花尾部的风力拖出一道长长的划痕。

胖子和他的随从小虫脸色均是一凝，被狮王之吼震晕一息后，他们很快反应过来。

“流星赶月锤！”

“扫尾枪！”

胖子扔出大锤，小虫则使用出他的灵兽扁嘴刺鱼的灵技扫尾枪。

两个技能齐齐向月思卿丢来，一个是绿灵二级战师的绿灵战技，一个是绿灵一级灵师的绿灵灵技，前者还是高级灵技。

以二敌一，即使他们因吕涛的声波攻击停顿片刻，这样的攻击力度也绝对不能小觑。

“夏远！”月思卿急喝一声。

“毒蛇缠绕！”夏远挥出手中的竹叶青，一道庞大的蛇影幻化而出，狠狠地冲那三个技能相撞的地方追去。

月思卿小脸紧绷着。

她知道，他们三个人联手的战技虽然能挡得住胖子和小虫的合招，但是，也仅仅是挡得住而已！若是让他们再得了回手之力，恐怕更麻烦。

心念一定，她纵身上前，心里急喝一声：“小白附体！裂天爪！”

她一连发动了白虎王的两个技能，第一个技能是小白橙灵灵技附体，这一次她选的是全身附体。

一刹那，她的肩、颈、胸、腰、腿几个重要部位被一层厚重的白色虎皮所覆盖，如一副漂亮的雪白铠甲，而双手直接变成尖利硬实的虎爪，而她的额心也出现了一个金灿灿的“王”字，整个人变得威风凛凛。

裂天爪是白虎王的黄灵灵技，也只是中级灵技，她是第一次公开使用。

双手一抬，两个巨大的爪印虚影疾射而出。

吕涛和夏远百忙之中瞟见她的模样都吃惊不已，夏远更是嚷道：“老大，不要影响我们的注意力！你怎么能这么威风！”

话音一落，那边啪嘭声连连响起。

一切只在电光石火间，兰花幻影与流星赶月锤与扫尾枪撞到一起，后两者借着强劲的余势继续前冲，再次撞上夏远的庞大蛇影，摇摇欲坠时被月思卿的裂天爪猛然击溃，一股巨大的反击灵力冲着胖子与小虫呼啸而去，二人脸色微变。

吕涛和夏远脸色都是微微一喜，成功了？

可接下来的一幕却让二人目瞪口呆，胖子和小虫的身形缓缓消散成无。

顾目四望，茫茫荒原中哪有那二人的身影？空空如许。

“他们被我们打死了？”夏远惊骇交加地问道，他从没尝试过如此壮观的联手合击，所以一时紧张下，这个想法便冒了出来。

“不可能！”吕涛翻了个白眼。

两个绿灵，怎么可能说没就没了！

“是空间灵器！”月思卿突然声音沉着了几许，缓缓说道。

她没想到的是胖子和小虫这一招使出的竟是灵器。

对，是灵器，而且是极为罕见的空间灵器。吕涛和夏远同时一惊，他们也迅速反应过来。

这二人都是眼界宽的人，尤其是夏远本身就拥有空间灵器，对这个很熟悉，刚才只是没想到那上面去。

“怎么办？”夏远感到后背发寒。

未知的敌人是最可怕的。

月思卿刚想发动自己玉石灵坠的灵器效果，先保护好自己三人，这时，指上佩戴着的空间戒指却立刻一颤，一道紫色光团飞一般地弹射而出。

月思卿只怔了片刻，立刻脱口叫道：“小紫！”

回应她的却是一声惨叫。

右手四十五度方位，仅有一丈远的地方，两道狼狈的身形露了出来，正是胖子和小虫。

他们二人被成百上千条紫色植须紧紧缠住了脖子、身体甚至头，无助的身躯在地上直打滚，看起来心疼得紧。

“小紫，松手！”月思卿震惊地叫道。心中想道，小紫是可以穿透任意空间的！空间灵器的遮蔽也逃不过它的眼睛！

那无数道紫色根须有如听懂了她的话一样，“唰唰唰”一齐松开，最后退缩成一个小小的紫色光团，弹跳在地上更是摇身变作一个四五岁的小男孩。

披着一头紫色长发，五官漂亮可爱，短手短腿挥舞着朝月思卿跑来，可爱地叫道：“娘，抱抱！”

月思卿有些尴尬地瞥了眼吕涛和夏远。

前者还好，早就见识过小紫这撒娇卖萌的样子，后者直接惊呆了。

“思卿，你和夜导师好我知道，可也用不着这么快吧？这孩子多大了？你几岁就生孩子了？”夏远呆呆地问着。

“滚！”月思卿嘴角直抽，强忍着满腔想要骂人的冲动，只吐出一个字。

“小紫，多谢你了，你这次可是立了大功劳！”月思卿蹲下身冲小紫竖起一个大拇指，低声道，“不过你这样出现还是太危险了，先回戒指，下次再带你玩好吗？”

她担忧的当然是小紫的身份被人察觉。

不知是不是长了的缘故，小紫的意识比以往要成熟一点，听了月思卿的话乖乖点头便回到空间戒指。

“思卿……”夏远眸带愕然地看着她，眼中有不少疑问。

月思卿知道要跟他解释下，但不是现在，她转头看向坐在地上大口呼吸的胖子，快步走了过去，冷声道：“地图给我！”

声音没有一丝温度。

胖子触到少女冰冷的眼神后，感到从头到脚都是凉的。

刚才她还笑嘻嘻地向自己打商量，转眼便化身地狱恶魔，太恐怖了！

“交给你，你能带我们走过去吗？”胖子苦下了脸，却是做好被拒绝的准备了。

然，月思卿却点头答应了他：“你我本是同学，我对你出手本属无意，若有得罪之处还望见谅了。”

她这么说，胖子倒有些不好意思起来，被小虫扶起来，几人在一旁坐下稍事休息。

不过因为刚才的事，胖子心里的芥蒂仍然存在，尤其是最后输得那么狼狈，心里越发苦闷，便问月思卿：“你刚才后面用的两招是什么技能？”

月思卿正并拢双膝，认真地看着地图，闻言淡笑不语。

夏远在一旁翻他一个白眼，咕哝道：“我都不清楚你怎么会知道！”

他也是刚刚才得知的，当吕涛悄悄告诉他月思卿不仅是灵战双修，还是传说中已经销声匿迹的召唤灵师时，激动得不得了。

胖子吃了个闭门羹，郁闷地坐在一旁。对于月思卿，他心底到底还是不服气的，只是认为自己是输在三人联手之下。

良久后，月思卿合上了地图，起身说道：“天色也不早了，抓紧时间赶路，相信你们心中对这暴乱荒原也有了整体了解了。”

吕涛和夏远刚在旁边也瞄了半天地图，闻言“嗯”了一声。

一行五人正要动身，身后却传来一阵脚步声。

他们回头一看，只见一个六人小队凭空出现在荒原之上，正眼带惊奇地打量周围一切，想来也是通过传送阵过来的。

六个年轻人，五男一女，五名男孩衣着迥异，那名女孩子却是打扮得花枝招展，脸上洋溢着青春的活泼。

“维尔！”胖子见到那拨人，面上惊喜交加，大声叫了出来。

其中一名男生闻声看过来，高兴地说道：“罗宝，你还在这啊！”

“才到呢，你们组队来的？”胖子朝他小跑着迎过去，浑身肥肉乱颠。

罗宝？活宝么？月思卿看着他的背影忍不住腹诽了一句。

“是啊，听说暴乱荒原危险得很呢，不组队不行，本来想着从傲雄国走正好拉上你，可惜你已经先来了。”维尔是名身材修长、面容俊美温和的男生，说话时眼角都是笑。

“早知道跟你们一起就好了。”胖子叹了一声。

“现在不就可以一起了吗？穆琳，这就是我跟你说的胖子罗宝。”维尔将他介绍给身边的女孩子。

穆琳冲胖子甜甜一笑。

胖子险些就被她的笑容给迷晕了，结巴着问：“穆琳，是天机国的小公主吗？”

“嗯，是她，淘气得很呢！”维尔无奈地说道，眼光射向月思卿几人，问胖子道，“怎么不请你的朋友过来？”

“不算是我的朋友。”胖子见到故友，再想到先前的事，颇觉委屈，低声抱怨了句后，还是说道：“大家一起吧，要更安全些。”

维尔点头，朝月思卿他们走去。

“我是天机国的维尔，你们也是熔炉铁堡的同学吗？”维尔笑盈盈地先打招呼介绍自己。

天机国，月思卿三人都听说过，那也是南大陆的一大强国，仅次于傲雄国。

“卡列国，月思卿。”月思卿点点头，嘴角微扬地说道。

她与这些人并不熟悉，又不是自来熟，所以言简意赅。

吕涛和夏远介绍时也是一样语气清淡，甚至连笑容都没有。

维尔倒没什么，旁边像个花蝴蝶一样的穆琳脸上却划过一丝不屑，原来是个小国的。

“暴乱荒原里面大小势力盘踞，明面儿都有上百个，大家一块儿走更有保障。”维尔向月思卿三人解释。

月思卿自是同意。

“你们对暴乱荒原了解吗？”月思卿主动问道。

她不随便和别人组队，但既然一起走了，有必要互相了解下。

“地图看过，但这儿风沙大，具体位置随时会改。边走边看吧。”维尔回答道。

月思卿淡淡说道：“荒原里头经常有野兽出没，更是有很多未知的危险，我们十一个人联手倒好，可若还是一盘散沙，那就什么都做不成了。”

“你的意思是说……”维尔有些捉摸不透地问道。

“凡小队必有队长。十一人小队，必须要有一个决策者和引导者。”

“嗯。”维尔点点头，目光缓缓从其他一些少年脸上扫过，那些被他眼光扫到的男子面色都有些不自在，最终，他们那拨剩下几人的目光都集中到女孩子穆琳身上，纷纷说道：“队长让穆琳来当吧，出来时她就是我们这个小队的队长。”

月思卿瞟了眼穆琳，柳眉一皱。

她原以为会是维尔，好歹看上去是个靠谱的，这穆琳么……

吕涛和夏远也用怀疑的目光将穆琳上下扫视了个遍。

“我可以的。”穆琳微沉的小脸一扬，“从天机国出来我就是队长！你们既然加入我们小队，那就要服从我的安排，不能质疑我的决定！”

对她的话，月思卿倒没有什么太大的反应，两旁的吕涛和夏远自尊心却是极强，脸庞上已隐见愤怒了。

她当队长，那还不是其他人看她是个公主，所以才让着点。毕竟没有到暴乱荒原前，哪里不是安全的？穆琳倒将这当作一份荣耀来压他们了。

就在夏远和吕涛忍不住要反唇相讥的时候，月思卿抬起了右掌，示意任何人不要说话。

看到她的手势，吕涛和夏远才将已到唇边的话给吞了回去。

“就这样吧。”轻淡的几个字便决定了这个小组的临时成立。

穆琳身边长身玉立的维尔观察得仔细些，将刚才月思卿三人的互动看在眼里，不禁多看了月思卿几眼，脸上露出诧异来。

这名看起来是这三人中年纪最小，生相最为清秀的少年，竟然还是他们当中做主的那个么？

当然，没人会告诉他答案。

很快，这支临时成立的十一人队伍踏上了真真正正的荒原之行。

一望无际的黑色焦原上，一行人顶着长风卷起的烟尘快步前行着，偶尔有兽吼声从遥远的地平线上传来，使这偌大的荒原多了一分危险感。

午时，头顶的一轮骄阳越发灼烈了，幸得每人都带了足够量的水，不时补充一下。中途大家找到一片平坦的空地，从空间戒指中拿出各种干粮开始用膳。

“又热又累，哪里吃得下这难吃的东西，就没有饭菜吗？”穆琳小公主轻喘着气抱怨道。

维尔坐在她一旁啃着手中的干硬面包，说道：“出门在外没有那么好的条件，多吃一点，还得赶路。”

穆琳脸上划过一缕不满，想说什么，还是住了嘴，悄悄看了眼月思卿三人。

她现在可是队长，不能在外人跟前丢了脸面，撑着吧！

而月思卿、吕涛和夏远却一脸淡定地用完简陋的午膳，对于长期接受夜玄提供的高强度训练的他们来说，这些根本算不得苦。

用完膳，一行人再次踏上行程。

下午时间长，太阳又烈，走得久了，脚力上的强弱立刻便划分出来了。

穆琳第一个受不了了，一路走一路埋怨，小脸如蔫了的叶子，没有任何活力。

第二个表现明显的就是胖子。

他体形本就肥大，走起路来肥肉一颠一颠的，想那一身膘肉的重量可不轻，这么走确实不容易啊！于是一路之上，胖子的哀号声也是不绝于耳。

其他人也好不到哪去，满头汗水，脚速也放得慢了。

维尔表现还正常些，除了他之外，便是月思卿、吕涛和夏远三人神色如常了。三人精神奕奕，怎么也看不出是走了一天路的人。

维尔咋舌，卡列国这个小国家来的学生似乎还挺有几分本事的。

月思卿不时回头看看和他们之间的距离，照顾着群体速度，没有走得太快，但她的眉头却也紧紧拧着，到后来索性停下脚步等后头的人走上来。

“大家必须走快些。天色就要黑了，如果再找不到有人的地方，我们就要在荒原上过夜了，这里的危险性你们比我清楚吧？”月思卿一字一字地说道。

胖子垮着脸，叉起腰道：“不是我不想快啊，我实在走不动了！你们谁背我？”

他的话引得众人笑出声。

有一名青年笑道：“胖子，你要是再瘦个两百斤我就背你。”

胖子快要哭了，摇头道：“不行呐，瘦不下来！我家人给我找了荒漠佣兵团，说了离入口不远，怎么还没找到啊？”

这是月思卿第二次听他提到荒漠佣兵团了，估摸着这个佣兵团是收费来保护胖子安全的。

“荒漠上什么意外都会发生，到前面再问问吧。”维尔沉声道。

穆琳小嘴一噘，冲月思卿说道：“反正我也走不快！而且大家都很累了，需要休息，原地休息一下吧！”

说着，她首先就一屁股坐倒在荒地上，长长吁了口气。

“荒原上很危险的。”月思卿淡淡说道。

“我知道，不用你来提醒！”穆琳立刻冷哼一声说道，“但休息也很重要。我是队长，你们要是觉得不好的话，你们就走吧！”

对方只有三人，而他们的队伍加上胖子二人有八个，谁怕谁呢？

所以穆琳脸上全是肆无忌惮之色。

维尔面色微沉，走到穆琳前头，笑着打圆场道："你们也休息下吧。走这么远都没看到有人，也许等到天黑都走不到安全的地方，而且前面发生什么也不会知道，倒不如好好休息下，回些体力。"

他说得在情在理，月思卿面色微和，点点头，盘膝坐下。

其实如果不是跟着这个队伍，他们三人走的何止才这么点路？

倒不是不敢三人独行，而是初入荒原，对这儿的环境到底不熟悉，人多总是有利些。

月思卿，她从来不做没有一点把握的事。

见他们也坐了下来，穆琳脸上的得意之色越加浓了。

休息了半个时辰，十一个人站起身继续前行。

太阳渐渐偏西，强光也柔弱下来，悬在天地边缘的红日，宛若一只光焰柔和的红灯笼。

"前面还是没有人烟，看来我们今晚要宿在野外了。"吕涛低声说道。

又过了半个时辰，太阳完全降落，黑暗逐渐吞噬了整个荒原。

月思卿一行人也停止了赶路，在黑夜中前行，永远是不安全的。

几人简单地啃过干粮后决定早早休息，保证当夜睡眠，这样第二天才能起早赶路。

但在如何休息的事情上，几人间又起了争论。

月思卿的建议是不支帐篷，不点火堆，将帐布铺在地上，大家和被而睡。

而她的提议第一个就被穆琳否决了，后者好笑地驳道："不支帐篷我能理解，挡了视线不安全。但为什么不点火？不点火会很不安全！"

月思卿知道她一定会有所一问，淡淡说道："确实，大部分野兽都怕火，但也有很多魔兽并不畏惧火，甚至会被火堆吸引。这样就麻烦了！"

穆琳摇头，很坚定地说道："荒郊野外怕火的野兽更多，总之我是一定要点火的，我可不敢在一片漆黑中睡在野外！维尔，你说呢？"

维尔皱皱眉头，俊美温和的脸庞上也出现了一抹犹豫。

"火堆是一定要点的。"穆琳见他不说话，态度越发强势了三分，"而且我也不是第一次在外露宿了，我得对大家的安全负责！"

月思卿无语，说道："你真的是对大家的安全负责么？"

"当然！"穆琳被她的话说得有些恼怒，喝道，"我是队长，我当然要对大家的安全负责，你也必须听从我的安排！"

"不好意思，我还不想将自己的命交给你。"这一回月思卿拒绝了，一口回绝，理所当然。

白天的事便罢了，但这牵涉到她的安全，她可不想跟着胡来。

穆琳被她气得笑了，冷声道："随便你！"

说完她就拉着维尔快步去旁边了。

"老大，这女人好没道理，真把她当队长看了吗？"吕涛忍不住低低冷笑。

"唔，远没思卿可爱。走吧，我们去远点的地方休息了，走了一天路也有些累了。"夏远打了个哈欠说道。

月思卿点头，转身朝另一个方向走去。

三人在离穆琳小队几百米远的地方铺了帐布和被子，三人并排躺在一起。

第二章

灵兽偷袭

七月，夜风虽凉却不伤人，大家又都盖着被子，并不会感觉到冷。

在躺下前，月思卿将银色、小白、小粉都放了出来，打算让它们三个轮流值夜。灵物和灵兽的嗅觉可比人还要敏锐，尤其是在大自然。有它们守护，她更放心。

她做这些并没隐瞒吕涛和夏远，后二者瞪大眼睛，惊奇地看着她的两灵兽一灵物。

银色化作人形，直接在她旁边躺下，嘴角含着笑意道："小白，小粉，你们走远些，我就在这儿睡，正好陪卿卿。"

月思卿嘴角轻抽。

小白一个不忿，口吐人言："银色老大，为什么我们不能留在这？"

银色说话夏远并不奇怪，在琼城地宫时就看过他的人形了，但眼前这头金额老虎突然开口说话，吓得他浑身一哆嗦："妈呀见鬼了！"

月思卿呵呵一笑，拍拍他的肩以示安抚。

银色抱着后脑勺，跷起二郎腿，望着头顶那片迷人的星空说道："唔，因为只有离得远，才能在有危险时提前通知我们啊。"

小白泪奔，可它也想在主子身边睡觉啊，不能这么不公平好吗？

小粉小眼睛骨碌一转，在契约空间内煞有介事地说道："银色老大，回去后我要告诉夜导师，唔，就说你和主子在一块睡了一夜。"

说完，它就一蹦一跳地往远处跑去。

银色的脸色顿时就僵硬了，漆黑一片。

小白一愣之后忍不住在心里笑翻了，强，太强！

表面上，它还是用充满同情的口吻对银色道："放心，我是不会告诉夜导师你和主子睡觉的事的。"

小紫不知何时也从空间戒指里跑出来凑热闹，赖在月思卿怀里，眨巴着眼睛道："唔，夜导师？那个男人可狠了，他要将小紫剥皮抽筋呢！"

说着，它怕怕地朝月思卿怀里躲得更深。

月思卿嘴角轻抽，看来夜玄在小紫心里是个十足的坏人啊！

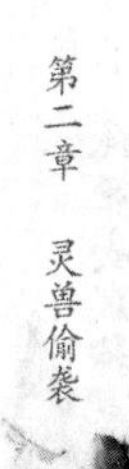

“思卿，这娃娃就是万年人参吗？”夏远伸出双臂，一下就将小紫夺了过去，抱在腿上坐着，东看西望。

今儿他第一眼看到这孩子当真是吓坏了啊！

后来才知道这是万年人参，不过，他也是第一次看过成精的人参呢，居然长得这么可爱，叫他爱不释手了。

小紫眨着大眼睛望着夏远，说道：“你好，我叫小紫。”

见它这么乖，夏远简直爱不释手。

月思卿见时间当真不早了，便将小紫收进了空间戒指，抬头一看时才发现银色不知什么时候竟然不见了。

“银色？”她讶异地轻唤出声。

“卿卿，我在呢。”银色的声音在她心底响起，“我在你前面十几丈的地方睡觉。唔，我想了一想，离得远些，查探的范围也就更大。”

月思卿殷红的唇瓣微微勾起，眼底掠过笑意。

她没想到，夜玄竟然已经令人畏惧到人神共愤了！

她正要躺下，右腕处忽然感到有些凉凉的。

低头一看，月思卿只觉头脑一阵发麻，身体变得僵硬无比。

纵然没有叫出声，但她的异样举动还是引起了吕涛和夏远的注意。

“思卿，怎么不睡？”吕涛坐到她身边来，不解地问，目光顺着月思卿紧紧盯着的右腕看去。

这一看，他的声音也卡在了喉咙里。

月思卿雪白的右腕上缠着一条蛇般的生物，浑身覆盖着冰冷的青色鳞片，小小的头颅微昂，一双蛇瞳正望着二人。

夏远见二人僵在那里，也好奇地凑了过来，待看到月思卿腕上的“蛇”时忍不住嘴角轻抽。

他的灵兽便是蛇，所以对这种生物他并不害怕，不过，似乎从没有看过这种类的蛇……

而这时，月思卿听到了来自契约空间的一道弱弱的声音：“主子，是我，我是小青，你不认识我了吗？”

月思卿很有哭笑不得的感觉。

认识？

身躯庞大的青龙一声不吭地化为纤细的冰凉小蛇，悄悄地缠在她的手腕上，在这月黑风高的荒郊野外，问她认不认识他。

她想说，她真的有很想立即劈死他的冲动！

“认……识。”这两个字真的是咬牙切齿地说出来的，月思卿一张脸完全是黑色的。

小青倒是高兴地摇了摇头颅，说道：“他们都有任务，就我没有，那我陪着主人。”

月思卿虽说受了丝惊吓，但很快也就抛在了脑后，叹息一声，抬头先向吕涛和夏远解释：“别怕，它是我的灵兽，小青。”

“它就是小青啊！”吕涛和夏远惊讶之下竟是异口同声地说道。

显然，月思卿和宋英雄最后一战时召出的附体翅膀是小青的技能一事，两人都还记得。

当时月思卿先告诉了吕涛，后者还说要见识见识小青呢，只是他也没想到，会是在这种情况下“见识”的。刚还以为是什么不知名的毒蛇，吓得他够呛。

“哈哈，思卿，原来你也有个灵兽是蛇哇！”夏远心一松，毫无顾忌地笑出了声。

“蛇？”月思卿一愣。

青龙的双瞳登时射出冷光，这人类好无礼，居然敢将他上古青龙与低等的蛇类相提并论！不过他知道主人向来低调，并没打算暴露他的存在，所以他忍了没开口。否则，刚才他就不会以小蛇的模样出现了，直接如银色一般化作人形就好。

“好了，睡觉了。真的不早了。”吕涛笑着说道。

“嗯，小青，再见！”夏远冲青蛇摆摆手，回到自己的位置上。

月思卿有些失笑，倒也没有解释，只是对二人说道：“有银色他们，外围就不用我们操心了，你们将灵兽放出来保护好自己就行。”

“好。”两人皆是应道。

三人再度并排睡下。

一望无际的荒原头顶是同样广阔的夜空，天似穹庐，星月分明，倒是一番迷人的景象。远处，夜风吹来低低的鸟鸣声，很快又恢复了寂静。

月思卿侧头朝远处看去，维尔和穆琳那边果然支起了好几个火堆，熊熊火焰在夜风中微微摇曳。

她闭上眼睡去。

也不知睡了多久，耳畔传来银色的低声：“卿卿！”

许是警惕性尚存，睡得不熟，银色一叫她便睁开了眼。

“有情况！”银色的声音含了一抹焦急。

“哪？”月思卿立刻坐了起来，蒙眬的睡意在听到那三个字后消失殆尽。

“老大！”

“思卿！”

吕涛和夏远也被惊醒了，披被而起，警觉地叫道。

银色便站在他们面前，雪白长袍随风轻摆，一头银色长发吹散而开，露出他优雅妖艳的侧脸，正认真地凝望着距这数百米的火堆处，那儿，正是穆琳八人休息的地方。

“没想到这荒原上也有沼泽狮，看来暴乱荒原确实很大。”银色低声叹道。

“沼泽狮？”月思卿几人已经站到他身旁。

“嗯，沼泽狮是住在大沼泽中的绿灵灵兽，他们可以凭借沼泽内的营养生存，但也能嗜血而生。他们正是不怕火的那一类灵兽。”银色轻轻解释道。

月思卿边听他说，眼光边注意着那一头。

荒原开阔，可清晰地看到狰狞修长的影子在地上映出，几头巨大瘦长的灵兽蹑着脚步向那火堆旁靠近。

“我们要过去吗？”夏远皱眉道。

“别急，先看看情况。”月思卿沉声说道。

这可是绿灵级别的灵兽，魔兽的实力基本都比同等级的人类要高。休说她是绿灵三级，

今天这里就算吕涛和夏远都是绿灵，他们三个能对付一头沼泽狮已经很不错了。

何况，谁知道这些沼泽狮是不是成群结队出没的呢？

她不是见死不救的人，可行善也要在自己力所能及的范围内。

待那黑影近了，银色压低声音道：“三头！”

三头沼泽狮，那还是在他们能够接受的范围内。

月思卿脸色一沉，右手双指撮在唇前，发出一声清啸，身影冲那边快速奔去。

吕涛和夏远也大步跟上，银色则化作一朵雪色兰花追随而去。

她的清啸声惊醒了睡梦中的维尔、穆琳、胖子一行人，大家本也睡得不深，闻声而起，与那三头瘦长高大的沼泽狮撞了个面对面。

看到狰狞的魔兽近在咫尺，穆琳忍不住发出一声尖叫。

月思卿几人也赶了过来，叫道：“速战速决！”

维尔一行人虽慌却也不乱，加上看到月思卿几人过来帮忙，底气更足了，纷纷放出灵力和技能，炫丽的光芒在半空中交织缠绕，在这黑夜的荒原上成了一道极美的景致。

银色的声音在这时清晰地传进月思卿耳中：“快些，小心引来其他沼泽狮，沼泽狮能借着同伴的血腥味追来！”

他的话如一记警钟敲在月思卿心头，她能想象得到，若是在这荒无人烟的地方引来一大群绿灵魔兽沼泽狮的话，后果只怕不可收拾。

想法一过，她迅速捏住颈上的玉石灵坠，叫道：“空间封锁！”

淡淡的蓝光在玉坠表面闪烁了一下，一道几乎无形的光罩将方圆数丈都笼罩在其中，周围的场景霎时变成了半透明。这一片独立的空间便如被切割开一样，消失在荒原之上，更不会引起外物的注意。

但她的空间封锁只有三十息的时间。

她立刻叫道：“胖子，在吗？”

胖子正战得热烈，手中铁锤高高举起，巨大的虚影划破半空，狠狠砸向一名沼泽狮；同时他叫道：“在！”

判断出胖子的方位，月思卿闪身到他身边，一手丢出银色的兰花拂穴手，一面快声道：“准备好你的空间灵器，等会儿听我口令，和白天一样，将我们与外界空间隔断。”

胖子这时才发现刚才叫他的是月思卿，闻言浑身肌肉一颤，脱口说道：“小子，你连我有空间灵器都知道！”

只是他的声音越来越小。

可不是，白天时他的空间灵器效果还不知怎的被月思卿给破了！

月思卿没回他的话，继续说：“赶紧准备着，动作要给我快点，否则引来一群沼泽狮，今天谁也走不了！”

听得她的最后一句话，胖子也知道事情的重要性，说道：“行，不过我只能维持十五息！”

他的空间灵器还不如自己的玉石灵坠，月思卿对这个结果相当满意，说道：“够了！”

说完她脚步一闪，回到吕涛和夏远中间，借着二人眼花缭乱的技能将小白、小粉的第二技能也全放了出去。

眼看着玉石灵坠的效果即将消失，她大叫：“胖子，放灵器！”

顿时，一股新的空间罩将他们笼住，与此同时，那三头沼泽狮在十一人连番的轰炸下也最终倒在地上。

“走！”月思卿收了所有灵物叫道，“此地不宜久留，不想死的就跟我走！”

她的声音凌厉无比，不含一丝玩笑意，转身便朝那在月色下影影绰绰的远方奔去，看方向，依稀是白天所去的方向。

“维尔……”穆琳这回可不敢随便驳月思卿了，残忍的沼泽狮的出现已经打碎了她对暴乱荒原最后一丝的信任，无论是留下还是前行，她都感觉到害怕。

维尔沉声道：“走吧！”

“嗯。”

一行十一人在胖子空间灵器最后几息的维持下陆续离开了这一片血腥之地。

三头身躯修长、头部奇大的沼泽狮倒在血摊中，血腥味在这一方天地悄悄弥漫开来，荒原美丽的夜景下隐藏着无限危机。

为了确保安全，月思卿让银色遥遥领路，并不吝啬它的上古神威，以查探并震慑附近其他可能会出现的灵兽。

只要没有成群结队的大群灵兽出现，他们就算是安全的。

众人跑得极快，不一会儿前方隐隐约约传来“哗哗”的水流声，越来越近，也越来越清晰。

后方青年人中明显有惊喜的声音传来：“有水，这里竟然有水！”

确实，在这一片枯黑的平原上，出现水源的确能够让人激动。

走在前面的月思卿三人在一条并不宽阔的溪流旁停下了脚步。细而长的小溪在月光下闪烁着皎洁的光彩，犹如仙女在这荒凉之地留下的一条玉色缎带。

确认无毒后，月思卿对走过来的维尔等人说道：“大家都带了衣服吧，现在洗去全身的血腥味，否则在这荒原之上，我们逃得再远，也会被沼泽狮或者其他灵兽锁定住目标。”

她的话确实很有道理，维尔点点头，脸上划过诧异之色，眼前少年年纪不大，可在这荒原生存的经验却明显不少。如果刚才听了她的话，自己一行人不点火堆的话，又怎么会引来三头沼泽狮呢？

所以这会儿，他对月思卿的话倒是言听计从。

其他人大部分没意见，只有穆琳重重一哼，拨开众人走到月思卿前面，说道：“这样不行，你们都是男的，我一个女孩子在这怎么换衣！我不换！”

“女孩子怎么了？女孩子就能给队伍添麻烦吗？去一旁换！”月思卿很不高兴地沉下脸色。

想到刚才的灾难便是因为穆琳的任性导致的，她就很想爆粗口。

他妈的，就兴她是女孩子，自己就不是女孩子了！

穆琳被她说得小嘴紧抿，眼中露出不满的神色。

见她没有动的意思，月思卿不介意再打击她一次，冷冷道：“公主，这件事情是因你引起的，现在你再不配合的话，那么抱歉，咱们分开走吧！”

她说着转身走下小溪，溪水深，只到小腿处，她踩着溪中碎石朝小溪上流走去。

穆琳脸庞涨得通红，刚想说话，维尔颇为严厉的声音传来："穆琳，别任性！刚才我们被灵兽攻击时，他们还援了手。"

维尔和穆琳自幼熟悉，他知道穆琳此时会说出什么话，所以及时地阻拦住了。可他却没想到，穆琳身为女孩子，在这个时候自尊心大过了感恩的心。

他的话，反倒成了穆琳脾气的导火索。

穆琳嘴一张，冲着月思卿的背影就吼道："要你管！刚才你不出手我们也不会有任何事！要你多管闲事！"

"白痴！"吕涛脸色难看，要不是穆琳是个女孩子，他真想一拳头招呼到她脸上。

夏远也轻嗤一声："脑子有毛病吧？走，吕涛，咱们跟老大一起。"

他说着拉着吕涛的手便也要往溪流上方走去。

吕涛却反拉住他的腕，瞥了眼月思卿的方向，脸庞微红，低低道："你傻了吧？老大在那儿换衣服呢！"

夏远一呆之后赶紧转过身，本能地叫道："都不许偷看！"

说着和吕涛两人并排而站，将月思卿挡住。

其实，维尔他们也都在忙着给自己清洗换衣，谁会注意走远了的月思卿？

穆琳虽然死撑着面子不换衣，但最终还是在维尔的劝说下踏入溪水之中。其他年轻男子则背对小溪而站，围成圈守护着她。

月思卿和吕涛、夏远很快就收拾好了，整理得清清爽爽上岸。

月思卿冲维尔那边抱了抱拳，淡淡一笑，叫道："维尔，胖子，各位同学，咱们铁堡再见！告辞了！"

听到他们竟真的要离去，维尔大惊失色，本能地朝他们走来，说道："别走啊，大家一路同行也好有个照应。穆琳自小被娇惯坏了，你们别放在心上。"

他看向月思卿三人的眼光流露着诚恳之色。经历了一天的同行，他甚至有些依赖月思卿了。

月思卿对他很有好感，笑道："相遇是一种缘分，也许不久之后，咱们还会在荒原上相遇。再见了！"

她说着，与吕涛和夏远一起转身，快步朝远处走去。

维尔有些怔怔地看着他们离开的背影，月思卿嘴角那清丽无双的笑容仍然清晰地在他眼前晃荡。

一个少年，居然笑得这么好看！真是……

他不知道的是，月思卿一语成谶，用不了多久，他们真的会在暴乱荒原上再次相遇，而且，是一次很糟糕的相遇。

月思卿三人顺着小溪往上流走，渐渐地，能隐约看见不少帐篷房屋的轮廓了，果然，溪流之旁必有住户这句话还是有一定道理的。

月思卿停了步，没有靠近。

"过去吗？"夏远压低声音问。

月思卿和吕涛对视一眼，交换了一个眼神，她低声道：“在外面歇一宿就好，黑夜总是藏着太多危险。”

“好。”夏远答应着在溪流旁坐下。

月思卿伸手捏了捏他有些婴儿肥的脸颊，笑笑地说道：“在这睡不错啊，估摸着半夜有不少来溪中喝水的灵兽。”

她一说完，夏远就“噌”地站了起来，脸上肌肉直抽。

他怎么就没想到？

“去别处吧！”

月思卿忍不住捂着嘴偷笑，吕涛嘴角也勾起愉快的笑意。

三人没有留步，离开了溪流，找到一处因断垣而明显高低不平的地方，在低地上铺了帐布和被褥，靠着斜面躺下。

此刻正是半夜时分，距第二天早上还有好几个时辰。

打斗一番，又走了这许多路，三人都是一时无法入睡，睁眼看头顶满天星光。

在飞往卓玛城前，月思卿还与夜玄交流过，但最近几日，夜玄却没有联系她，不知是不是知道她已经进了暴乱荒原了。

她情不自禁地取出灵力磁片，发了一会儿呆，竟是鬼使神差地输进去了灵力。

绿光大绽，一股温热摩挲过掌心，一如那人的大手。

“卿儿……”低沉磁性的嗓音在那头响起，如此突兀。

蓦然听到熟悉的声音，月思卿的心不争气地跳得飞快，想到身后还有吕涛和夏远，她双颊微烫，连忙起身，握着磁片往远处走去。

“夜导师？”夏远冲吕涛眨眨眼。

吕涛撇撇嘴没应。

月思卿稍微走远些，便将唇凑近磁片，问道：“夜玄，你怎么没睡？”

那边沉默了一下，夜玄轻轻笑道：“这话应该我问你。”

“我在暴乱荒原。”月思卿低低说道。

“我知道。”夜玄“嗯”了一声，清冷悦耳的声音带着丝犹豫说道，“我……也在暴乱荒原。”

得知二人居然离得这么近，月思卿鼻头不禁一酸。突然好想见到他，好想见到。

可她终究没有说出口，因为她想让夜玄知道，她完全有能力闯过这个荒原，顺利抵达铁堡，她相信自己。

同样心颤的还有夜玄，他却是没能忍住，继续问：“卿儿你在哪？”

月思卿抿抿唇，有些委屈地说道：“我不知道是哪儿，一直处于迷路状态。刚才被三头沼泽狮攻击，一路逃亡……”

她的话没说完，夜玄的声音再次响起，充满了心疼：“别说了，我这就来找你！”

月思卿心中一喜，本能地补充道：“这里有一条小溪，在小溪上流附近，能看到很多房屋的影子。”

“我知道了！”夜玄耐心地听她说完，低声道，“等我。”

他主动切断了联系。

月思卿耳畔恢复了寂静，只听得夜风微微作响的声音。

夜玄真的会找到这里吗？她缓缓走回去坐下，对上吕涛和夏远的目光，沉默了会儿轻轻说道："夜玄说他等会儿过来。"

夏远闻言喜道："夜导师？他要过来那我们岂不是很快就能去铁堡了？"

吕涛右臂撑着被褥支起上身，环顾了下四周，浓眉微蹙，说道："他知道我们在哪儿吗？"

月思卿还没回答他的话，一道清冷的声音从不远处传了过来："当然。"

磁性的男声如上足了力道的琴弦，低沉好听。

月思卿的心扑通一跳，扭头朝声音传来的方向看去。

月色下，一袭暗红长袍的俊美男人犹如凭空出现一般，长身玉立，正缓缓敛去他后背上那双轻薄硕大的火红双翅，点点火星在空气中拖出焰火之尾，高贵美丽。

深邃如雕刻的脸庞上，漩涡般吸引人的双瞳藏不住刻骨的相思，深情如那盛满的水几乎要溢出来了。

"夜玄？"月思卿几乎不敢相信自己的眼睛，是做梦吗？刚刚还在通话，转眼就到了面前，速度也太快了吧！

她控制不住情绪，丢下地图，又笑又跳地冲他跑去。

后面，吕涛和夏远脸上的神情无比精彩。

夜玄也快走了几步，用他健美有力的臂膀紧紧地将月思卿纤细的身姿揽在怀中，声音微微战栗："卿儿，想你。"

"嗯。"月思卿靠在那结实宽阔的胸膛上，格外地感到安全，嘴角也浮出笑意来。

"有没有受伤？"夜玄一面问一面轻捏她的胳膊查探。

"没受伤。"月思卿摇了摇头道，"只是对这里的路一点也不熟悉。你怎么来得这么快？"

夜玄闻言笑得十分愉悦，说道："迷路正常，这儿是荒原，而且，你也别忘了，这里是我的地盘，你只要说出大致方位，我闭着眼睛也能找到你。"

月思卿被他逗乐了，笑道："是，你就尽夸张吧！"

"夸张我能这么快找到你？"夜玄轻抚她的长发道。

月思卿嘻嘻一笑，唔，她其实还是相信的。

想到吕涛和夏远会看着，虽然不舍，她还是从夜玄怀里撤了出来，随手理了下秀发，笑道："去坐着。"

两人在被褥上并排坐下后，吕涛和夏远的尴尬才去了几分，叫了声"夜导师"。

夜玄点点头，没说什么。

在其他人面前，他总是惜字如金。

性格清冷是一方面，更多的是，他从来不肯放下身段与其他人交流太多，哪怕是他的学生，天赋再好，也不过得他只言片语。

夏远向来是个自来熟，脸上挂起很狗腿的笑问夜玄道："夜导师，你怎么也在暴乱荒原？看样子你对这里很熟悉啊，那带我们去熔炉铁堡吧！"

月思卿也一样看着夜玄的脸色，想知道他如何回答。

夜玄淡淡一笑，眼波微转，瞥了月思卿一眼，说道："熔炉铁堡就在这暴乱荒原之上，它有明文规定，每一届的新生在穿越暴乱荒原时，不得借助荒原外的人帮助，我是你们导师，你们说行吗？”

夏远失望地叹了口气。

月思卿耸了耸肩。她知道，夜导师是不能援手，但夜教主却行。夜玄若以星月教教主的身份来算，绝对是属于暴乱荒原内人士。他这么说无非是不想帮他们而已。

夏远犹不死心，压低声音道：“夜导师，我们也不要你一路相陪，你只悄悄告诉我们熔炉铁堡的方位不就行了吗？”

夜玄扫他一眼，声音微凉：“身为导师，帮你作弊那是害你。”

这话说了，夏远知道自己不会有机会从他那套出点什么来了，于是将眼光射向月思卿，冲她挤眉弄眼的，示意她再开开口。

月思卿回了他一个无奈的笑容，还是拗不过夏远的意思，轻轻对夜玄说道：“这附近住着的是什么人你应该知道吧？”

看着她那扑闪着的大眼睛，夜玄心头一软，顿了会儿还是说道：“这是一个小势力，过了这片地，后面遇到的势力会越来越多。有些是盘踞在暴乱荒原已久的，有些则是新势力。这里的势力并不固定，才称得上一个‘乱’字。所以你们要时刻提防着。”

“嗯。”月思卿点了点头。

几人有一搭没一搭地闲聊着，月思卿渐渐倒在夜玄肩头睡了去。

待她醒来时，耳边是天空掠翅飞过的候鸟鸣啼之声，四周已是大亮。

荒原的早晨被淡薄的曦光所笼罩，远处那依稀可见的房舍边沿也折射着淡淡金光。

这是个安详的早晨。

月思卿不见夜玄的人影，情知他已离去。他终是要放手让她去独自历练。

“老大，我们到那个地盘去吗？”吕涛已收拾齐整走过来，指着远处的屋宇问道。

在外一切从简，月思卿取出空间戒指里的水囊倒了点水漱嘴洗脸，望了眼吕涛所指的方向，摇头道：“不过去了。”

“不问路，你知道怎么走吗？”夏远不解地问。

月思卿将被子等物事一一收回戒指里，从容地说道：“夜导师昨晚不是为我们指了一条路吗？”

“指了路？我怎么不知道？”夏远一脸茫然，看看吕涛，后者也是狐疑不解。

月思卿淡淡一笑，说道：“夜玄昨晚说了那是个小势力，再往前走会遇到很多大势力。他说这话时眼光看着那边，所以我们朝那边走必然是正确的道路。”

说完这话，她也收拾清爽了，笑盈盈地望向太阳升起的方向。

“我靠，这也可以？”夏远忍不住骂道。

吕涛也嘴角轻抽。

月思卿则勾着灿烂的笑意，凝望着远处，说道：“走吧！一定还会遇到其他势力的。”

至少，在这荒原上与势力纠缠得越少越好。

三人再次踏上新的一天陌生的远足。

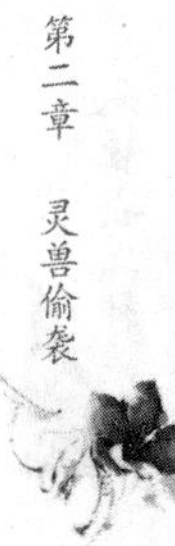

顺着月思卿推断出夜玄所指的大方向，几人一路坚定不移地走着，撞到好几回荒漠上的野兽，包括沼泽狮，好在都没有大群出入的，被三人顺利杀了出来。

也确实如月思卿猜测的那样，这一路遇到的势力越来越多。

只是他们三人都很谨慎，并没露出行踪。

直至三天后，他们抵达了一座拥有上百栋房屋的大寨落，月思卿才停下脚步，对吕涛和夏远道：“一路碰到的都是小势力，人少，若是想坑我们死都不知道怎么死的。这里人多，反而安全些。”

眼前的大寨落还有不少异装人氏出入，更有不少摆摊叫卖的小贩，一看便是这荒原中形成初步规模的交易所在。越乱的地方反倒越安全。

没有再犹豫，三人顺着寨子大门走了进去。

此时正是午时，扎了高高篱笆的寨子左右皆是叫卖商品的小贩，偶尔还会有人站在摊前问价。见到有外人进来，那些叫卖声立时变得无比热情。

“快来看一看，瞧一瞧哦，荒原上最需要的各种丹药皆有补给，补血补灵补充体力，再不来就卖空了！”

“我这有各种武器售卖，荒原上自保的利器，快来挑一挑吧！”

听到有人卖武器，夏远立即回头朝那扯着嗓子喊的商贩看去。

见夏远的注意力被吸引过来，那赤着上身的中年汉子满脸立刻堆起笑，叫道：“远方的客人快瞧瞧，这是我们荒原上最锋利的武器了……”

月思卿脚步飞快，说道：“不要惹是生非，这里也古怪着。我们问个路就走。”

话音刚落，三人身后便响起一阵喧哗声。

“我打死你这个浑小子，竟然敢抢老子东西，还不付钱来！”怒吼声夹杂着钝响传来。

月思卿回头看时，声音传来处是自他们进来后一直在寨口看货的四个年轻人，看面相也是涉世不深的学生，莫非也是熔炉铁堡的新生？

他们对面，一名五大三粗的黑汉子吐了口唾沫，直接将当头一名瘦小的少年掀翻在地，理直气壮地骂咧着。

他们身旁是一辆驮着货的板车，只不过不少灵核滚落在了地上。

“你血口喷人！”少年才回得一句，脸颊上便已遭了狠狠一大耳刮子，清亮而瘆人，那黑汉子更是粗鲁地吼道：“抢东西你还有理了？快付钱，付不出来老子要扒了你一身！”

接下来听到的便是另外三名少年激动的叫喊争辩声，四周不知何时冒出许多个健硕的汉子，都是从其他摊位上窜过来的，各种技能齐放，与那几名少年战到了一起。

灵力高低且不论，只看他们的人数便知输赢了。

那四名少年如何是十几二十几个壮年人的对手？

月思卿右手一挥，玉石灵坠空间封锁技能放出，瞬间将三人笼罩住。

“走！”月思卿轻喝一声，三人纵身一跃，离开了寨子，朝远方奔去。

一出寨子更是召出了灵兽当座骑，速度奇快。三十息后，他们离那片寨子已经很远了。

“思卿，你怎么知道那寨子有问题？”夏远不解地问。

月思卿看向他，眼中流露着凝重之色：“那个寨子人多热闹，但全是卖货的商贩，真

正买货的却都是一些面相年轻的学生。若真是个集市点，这在暴乱荒原上赶路的怎么会没一个在那儿落脚？我也只是觉得奇怪，却没想到真有问题。”

夏远恍然大悟。

吕涛也点点头：“这是熔炉铁堡给我们这些学生上的第一课了吧！确实够磨炼人。”

三人放慢速度缓步而行，没有方向，也没有目的。

就在这时，身后响起一阵驼铃声响，清脆的铃响打破了荒原上的寂静。

月思卿三人回头看时，面色不由微变。

远处一名皮肤黝黑的汉子骑在似骆驼般的动物上朝这边赶来，骆驼身后拖着一个板车，板车上放了一些货物。

汉子一脸笑意地喊道：“几位小朋友行走荒原呐！我这有锋利的武器，上好的丹药，看一看吗？”

“不用！”月思卿一口回绝了。

“呵呵，真的不用吗？刚才我瞧着几位从贸易集市走得匆忙，生怕我们的服务不够周到呢！”黑脸汉子露出一抹意味深长的笑。

“想干什么就直接说！”月思卿见他不善，也不再和他虚与委蛇，冷冰冰地直接发问。

“哈哈哈！”黑脸汉子仰头奸笑了几声，脸色一沉，说道，“简单，留下你们的东西再走！你们怕是不知道暴乱荒原的规矩吧？实力不够，竖着进横着出！若你们不是熔炉铁堡的学生，我可不会像今天这样客气！”

他毫无顾忌地露出了丑恶的嘴脸，在三人浑身上下打量，犹如一条锁定住猎物的毒蛇。

“就凭你？”月思卿红唇一勾，反问道。

“不，凭我们！”黑脸汉子一字一字答道，强调了“我们”两个字。

“唰”的一声，长而宽的板车盖从里头被掀了开来，上面摆着的灵核、武器和丹药洒落一地，几道黑影“嗖嗖嗖”地从中窜了出来。

月思卿三人都有些震惊。

原来这板盖之下别有天地。

一方半密闭的空间内，除了那几道身影，更是横七竖八地或坐或躺着几个人，皆是被手臂粗的麻绳紧紧反剪着双手，嘴里塞着东西，说不出话。

“维尔？”月思卿心中微惊，失声叫道。

那几名被绑的年轻人正是维尔、穆琳原来的六个，不见胖子和他的随从。

六人皆是脸色苍白，衣衫褴褛，保持着僵硬古怪的姿势，看向月思卿的目光却充满了羞愧之色。

这才分别多久啊，没想到见面就是这样的状况！简直太丢人了！

月思卿只来得及扫他们一眼，便已转开了视线。

她、吕涛和夏远已被连那黑脸汉子在内共四人包围住了，四双眼睛，八道灼热的光芒，紧紧盯住他们三个。

“一、二、三……退！”月思卿轻轻喊出口令。

他们三个经过这段时间对付荒原灵兽的配合后，倒也有一套自己的方法，默契得多了。

三声喊过，三声冷喝响起，月思卿、吕涛和夏远分别快速向三个方向退去，脚下灵光大绽，强行冲破了包围圈。

“上！逐一对付！”黑脸汉子见状脸色一变，急喝道。

“空间封锁！”夏远厉喝一声，使出了他的空间灵器，那个虽然不能给己方人物隐形却能封锁住对手数息的灵器。对于这四个一看灵力便在他之上的汉子，他深知，效果只怕就一息。

“狮王之吼！”吕涛的声攻灵技随后就到。

月思卿则几乎与他同时叫道：“十面埋伏！”

她十指翻飞，银光乍现，十数枚银针飞射而出。

这不属于灵技和战技，只是当年和师父学习古武暗器练手法的一招。银针并不伤人，但这些银针上都抹上了剧毒，是保命的好东西。

绿幽幽的光芒一闪而逝，那四名汉子或多或少都中了招。

银针上的毒液顺着灵气传入他们经脉之中，几乎是立刻发作，四人身周的灵气以肉眼可见的速度被逼退。

黑脸汉子的黑脸这会儿成了墨绿色，他运转灵力护住心脉，从身上摸出几瓶丹药，看也不看，直接倒进嘴里，半晌后他尝试发力，却惊恐地发现毒素依旧存在。

他禁不住瞪向月思卿，声音虽大，却明显没了先前的锐气：“你给我们下的什么毒！”

月思卿收了灵力，淡淡哼了一声，说道：“少废话！我不得不提醒你，如果你强行想要运行灵力的话，恐怕会变成废人。”

那四人果然变得老老实实，一动都不敢乱动一下了。

三人绕到板车旁，手脚麻利地解了维尔、穆琳等人身上的麻绳。

那名黑脸汉子回过头，有些咬牙切齿地说道：“有什么条件你提吧，我本不想害你们的命，你也不能这么看着我们死！”

“当然，我并不打算送你们下黄泉。”月思卿嘴角的笑意也恶劣几分，拍掉手中的灰尘，慢条斯理地说道，“我给你解药，你告诉我怎么去熔炉铁堡，这笔交易划算吧？”

黑脸汉子并不讶异她提的问题，回答道：“熔炉铁堡与我们各势力有约定，我不能带你去那儿，但是我可以告诉你方向。顺着这个方向走，熔炉铁堡大概在偏左手的位置，你自己估量路程了。这一点我也帮不到你。”

他伸手指向远处。

暴乱荒原上本没什么参照物，月思卿也没奢求他们能用什么精准的数字和方位来引导自己，能得到大致方向就够了。

心中微微有了数后，月思卿倒也爽利，没有食言，将四枚浅绿色解药丢给他们，说道：“服下即可，解毒初的一段时间尽量少地使用灵力，以免毒素入侵七经八脉，清不干净。一个月后复查下身体状况，如果还有未清理掉的毒素再来熔炉铁堡找我，我可以再给一枚解药。”

她这样一讲，那四人即便存了卷鞭重来的心思只怕也不敢了，杜绝了他们接下来在暴乱荒原生存的隐患。

黑脸人和同伴郑重地收好药丸，收了地上货物，告辞离去。

第三章

星月分殿

月思卿几人则按他们的指引再度踏上一段新的历程。

维尔、穆琳六人也默默地跟上他们。

月思卿无所谓，夏远心里却极不是滋味，他就是那种有话不说嘴巴便会痒的人，冲着穆琳怪声怪气道：“但愿我们这回不是多管闲事了吧！”

穆琳知道他有意针对自己，却死抿着唇不语。

这一天她被绑在那暗无天日的板车缝里受够了惊吓，哪还有精神去驳斥别人！

维尔一脸苦笑，目光转向月思卿，说道：“刚才在前面的集市里，我从板车缝里看到你们了。苦于当时不能开口，无法提醒你们。好在你们谨慎得多，并没上当。”

“那当然了！”夏远立刻开始吹嘘起来，“我家老大说了，在这较为混乱的陌生地方，别瞎碰东西，别扯入不相干的事。瞧，我们老大的话多灵验啊，比你们那只能当摆设的队长可要管用得多！”

他借着自得之际也着实抬举了月思卿，打压了穆琳。

穆琳气得脸都歪了，抬头说道：“谁说我只能当摆设！”

她还想再说什么，这一回却教维尔严厉地阻止住了：“穆琳，你还想再受一回罪吗？”

听了他这话，穆琳沉默了，将头微微扭向一边。

看来，这件事在她心上留下了不小的阴影。

而他们一行六人也自发地与月思卿三人同行。

一连走了五天，他们再次到了一个较大的集市，虽然看起来不如先前那寨子热闹，但来往人数却不少。

月思卿打算进去后想办法问个路，迎面却是几个狼狈不堪的人从里面走了出来。

这一对视，维尔首先惊呼出声：“胖子！”

大家听到他这一喊，顿时注意去看。

果然，眼前衣衫褴褛、灰头土脸的一人不是胖子是谁？

被维尔直接呼出绰号，胖子打了个激灵，本能地抬头去看，差点泪流满面了，大叫一声“维尔”，直接扑上去把人抱住。

“你不是找荒原佣兵团去了吗？怎么会如此模样？”维尔拍拍他的背。

“出去说。”胖子放开了他。

月思卿几人登时也没有再进去的心思了，随着胖子出了集市往远处走。

胖子则将遭遇告诉了他们。

五天前，他们和维尔分离，因为荒漠佣兵团的人找来了。

荒漠佣兵团，顾名思义，是在荒原一带进行佣兵任务的团队，其中就包括护送客人安全通过暴乱荒原，所付的成本也不小。

而这一次荒漠佣兵团接下胖子家人的生意却是私密的。

熔炉铁堡明确表示不希望其他势力插手此事，所以为了保密，佣兵团只带了胖子主仆二人。胖子也不得不向维尔等人告辞。

他们俩化装成商贩与佣兵团同行，原以为不会有大问题，结果运气不好，在路上遇到一帮流窜的盗匪，被抢了个精光，兵团里还折损了几位兄弟。

胖子也因逃亡时与兵团走散，心里过意不去，好在他临行前带走了一名四十多岁的伤员，才稍稍让他心安。

这名伤员一直跟在胖子和小虫身边，这两天受了二人照拂，伤势看起来好了很多。

被胖子点到名，大家都朝他看去，那名中年男人微微佝偻着背，轻咳一声，苍白的脸上浮出一丝苦笑。

胖子最后叹气道：“连空间戒指都被夺了，我现在身无分文，兄弟们，以后靠你们养活了！”

看着从前派头极大的胖子此刻也只能空拉着衣领叹气，大家无奈摇头，这也确实够倒霉的。

算是不幸中的万幸吧，这名自称老李的中年汉子因为养伤，变相地做了他们的直接向导。虽说，这有一定的风险性，会被熔炉铁堡察觉，但胖子却大义凛然地拍着胸脯道：“李叔为我受伤我不照顾他还是人吗？铁堡要是连这个都不通融，那我也不上学了！”

见维尔、月思卿等人不语，老李哑声开口道：“小朋友们也不用着急，我这伤过一两天就好得差不多了，明后天就离开，铁堡的人也说不了你们什么。”

见他这么说，其他那些担忧的人倒也放下了心，算是将这三人纳进了自己的队伍里吧。一行十几人顺着老李的指点继续赶路。

第二日晌午，继续在荒原中跋涉的十多人发现前方又出现了一个黑点，他们开始猜测那会是个大势力还是小势力。

到了近处才发现那桩建筑与其他势力驻扎的地盘不同，只坐落了一所高而大的石制建筑，全是结实的花岗岩垒砌成的，风格偏向北方的大气，幽沉沉的，不见一个人巡视。

到了近处，老李才回头笑道：“终于到了。”

“这里就是熔炉铁堡？”众人闻言，都不禁失声惊呼。

“是的。”老李肯定地回答了他们。

众人都不约而同地倒抽一口凉气，在荒原中行走了小半个月，他们经历了诸多苦楚，今天终于能解放了吗？

可能是久旱之后重遇甘霖吧，大家脸上的神色多是不敢置信，但同时又掩藏不住惊喜。

“这是熔炉铁堡的大门，里面自有千秋，我就不进去了！”老李微微一笑住了步，说道，“熔炉铁堡外没有人，到门内叫一声便可，我倒是不便出现。”

众人点头，胖子真诚地向他道谢：“李叔，多谢你的带路了。回头我必叫爷爷重赏荒漠佣兵团。”

大家也都对老李千恩万谢。

月思卿却微蹙着眉头站着没动，身旁的吕涛和夏远因她没有动作，也就站在身后，没有任何表示。吕涛如月思卿一样，眉眼中盈着深深的思索。

就在维尔、胖子一行人打算朝铁堡中走去时，耳边蓦然响起月思卿清脆的喝声：“慢着！”

众人一愣，不由停步，转头疑惑地看着她。

“思卿，怎么了？”见得月思卿脸上颇为凌厉的神色，维尔的声音也凝重了几分。

若是别人，他可以不必如此恭谨，但月思卿，却早已让他打心底有三分信服了。

月思卿嘴角勾起一丝冰冷的弧度，眼光紧紧盯住老李，一字一字说道：“这儿真是熔炉铁堡吗？”

“自然。”老李毫不犹豫地答道，只是目光在与月思卿接触时立刻闪开。

“怎么？心虚了？不敢看我的眼睛？”月思卿敏锐地捕捉到他的不对劲，声音一扬，犀利地反问道。

“这儿就是熔炉铁堡。”老李不理会她的话，重申了一遍。

“你骗小孩子吗？我虽然对暴乱荒原的地形不清楚，但也知道它很大很大。而熔炉铁堡是在靠近北大陆的地方，在地图上离得还远呢，我们才走十多天，怎么可能这么快就到了？而且，真是铁堡的话，你怎敢带我们到这来？铁堡外虽然没人，但暗中如何不会藏有眼睛？”月思卿将自己刚才的分析一一说了出来。

其他学生原本没有多想，经她这么一说，立刻发现了其中存在不少问题。

胖子虽然感官迟钝了些，但心智却还很高，闻言转身看向老李，眼中闪出一抹怀疑的光芒：“李叔……”

“别叫我叔！”老李猛然大喝一声，声音不同于往常的温和，扭曲起来，那张一直挂着憨憨笑容的脸庞也变得狰狞无比，一双如鹰般锐利的眸子更是直直盯住胖子。

胖子等人反应倒快，连忙后退了十多步，警惕地看着老李。

老李轻笑一声，只是那笑颇为冷酷，没有一丝温度，冲着胖子嘶声叫道：“都是你这个扫帚星！你别以为好心救下我就能让我对你感恩戴德了！你知不知道，就是因为接了你这桩生意，团长派出去的小队损失大半，我儿子，他就死在了你手下！呵呵，你大概到现在都还不知道吧！”

胖子果然一脸怔愣之色，与身旁的小虫对视一眼，目露骇色。

“你儿子？就是队里的兄弟？”胖子愣愣地问。

“是的！就是那个身材最高的小武！他平常特别照顾你，最后也因你死在了盗匪手上！”老李说到这时，双眼已然血红。

显然，失去儿子的绝望已然席卷了他所有情绪。

“小武哥……”胖子终于恍然大悟了。

原来他救下来的这个人竟然是荒漠佣兵团死去的小武的父亲！他便是小武死去的间接凶手，老李怎么会善待他？

“可你，为什么不早对我动手？”胖子茫然地问，声音已经模糊了。

老李大笑三声道：“我体内早已重伤不说，而且就这么让你死了岂不是太便宜你了！接下来，好好享受你的地狱之行吧！哈哈哈！”

说着，他脚下耀出一股极为浓郁的绿色光芒。

刹那间，天地间的灵力似乎全被他吸引了一样，疯狂地朝着老李周身涌去，老李那略微佝偻的身子转眼间变得高大起来，还在逐渐胀大，胀大……

“不好，他是要爆体而亡！”忽然间，维尔大喝了一声，“大家快退！”

他话音刚落，月思卿等人已纵身后跃，离老李越发远了。

老李根本没有追上来的意思，只是放声大笑着：“哈哈，都去死，都去死吧！”

他的笑声凄厉而嘶哑，一张被荒漠大风吹得干裂的脸庞在绿色灵力中越发扭曲难看。

“我自爆了，你们谁也逃不掉！”他肆意地笑着。

“轰！”他那胀得极高极大的身躯在一声巨响中炸了开来，一名绿灵灵师选择了爆体而亡，释放出的灵力可谓极其巨大。

月思卿感到耳膜一炸，脚下土地明显晃动了起来。

她又退了几十步，有意识地选择了方向，离那巨大的石制建筑远了几分，勉力稳住身形，看得到老李原先所站的地方现今成了一片绿色血雾，壮观却骇人心神，被远风轻轻吹散，便再无任何东西留下了。

那个嘶哑的笑声也在最后一刻方才停止，可却像回荡在众人心头一样，人人脸色沉重。

月思卿定下心神朝其他人看去，想看看是否有人受伤，这一看，她的脸色却微微一沉。

维尔、穆琳和胖子等人居然退到那古怪的圆制建筑石阶前了……

也是，当时老李自爆而亡，除非心理素质过强，否则谁会考虑往哪边避？

再一看，除却她和吕涛有意识地选择了方向外，其他人循着本能，皆是退向圆柱建筑的方向，包括夏远。

虽然不知道这到底是什么地方，或者什么势力，但老李存着报复之心将他们引来，必然不是啥好地方。而且他还选择在这里自爆……

一切都太不对劲了！

月思卿下巴一昂，厉声叫道：“都回来！赶紧离开！”

听到月思卿的吼声，维尔等人的视线立刻转向了她，看到急得满头大汗的月思卿，他们还没有想到究竟怎么了，正微微愕然时，一道巨大的劲力蓦然自半空压下。

“快逃！”夏远跟着月思卿倒也练出了敏锐力，察觉出异样，也嘶声大吼一声。

然而，晚了。

他吼声还未落音，一股沉重的光芒从天而降，将这一小片天地完全罩在了其中。

而身处笼罩之外的月思卿和吕涛也看到了这一幕，空气中传来一阵扭曲后，淡蓝色的光芒席卷而过，那平地上的一群身影便消失不见了。

“空间封锁！”月思卿脱口而出。她对这样的空间波动不仅不陌生，而且相当熟悉了，眼皮子不禁快跳几下，往前踏了一步便想要过去查探，却被眼疾手快的吕涛给拉住了。

“老大，你也犯糊涂了？那边去不得！”吕涛扼住她的腕沉声提醒。

“我知道，可是，就这样让他们被抓走？”月思卿有些不甘地说道。

吕涛微皱眉，说道：“这儿没看到一个人影，刚才那光阵也没有波及到我们，难道只是机关？”

月思卿心中一动，连忙从空间戒指里抱出了小紫。

小紫五六岁的身板比以前婴儿时要重得多，却还赖在月思卿怀里，奶声奶气地叫道：“娘，娘……”

“小紫，你看前面有人吗？有没有空间？”月思卿着急地问道。

小紫顺着她示意的方向看去，眼光四处打着转，最后看向半空，习惯性地将右手食指戳进了嘴巴里，含糊不清地答道：“没有人，不过那里的空间确实和其他地方不一样，唔，那是坏人设的陷阱，娘不能过去。”

“陷阱？”月思卿有些了然，看了吕涛一眼。

两人对视间眼神都有些凝重。

这时，一个弱弱的声音传来：“思卿，你不是男人吗？为何这小娃娃叫你娘？”

突然而来的第三个声音让月思卿吃了一惊，一把抱紧小紫，回头厉目朝说话之人看去。

被她这可怕的眼神盯住，对方感到后背微微一毛，干笑道：“我，我不会是撞见什么秘密了吧？”

这人不是别人，正是胖子的随从小虫，一个外表极其冷酷的少年。

说是随从，其实也是名天资聪颖的学生，因为家在南郡府，所以被胖子那城主爹弄来当随从了。

月思卿见是他，刚生的杀人灭口的心思又缓缓消散。小虫和她说着话，眼光还一直好奇地往小紫脸上瞅，充满了疑惑之色。

她不喜欢外人对着小紫不停地打量，便顺手将它放回了空间戒指，淡淡说道：“有些秘密看到了便罢，却不需要通过你的嘴传出去。”

小虫浑身一凛，听出了其中浓浓的威胁意味，声音再度恢复了从前的冷漠和简短：“是！”

月思卿“嗯”了一声，这才转头与吕涛商量起办法来。

在这个不知名的势力前，他们唯一能做的似乎就是直接交涉了。

“我去叫门！”月思卿拿定主意，脚步一错，借着戒指里小紫的指点，几个起落便成功穿过石阶前的空地，站到了石阶上方的铜门前。

“有人吗？”月思卿右手翻出个破损的剑柄往那门上敲去。

出乎意料的是，门并没落锁，她这一敲，“吱呀”一声，竟然打开了。

她定睛一看，铜门后面黑漆漆的一条甬道看不到尽头，仔细看时，又会发现，甬道口有一层细微的空间波动，如一汪泛动着涟漪的湖水。

这是空间封锁？

月思卿蓦然明白过来。

“小紫，有没有什么不妥？”

“娘，你要想进去的话我可以帮你撕破它。”小紫心情不错地说道，毕竟它可以帮到娘。

小紫的声音并没有刻意隐藏，所以吕涛也听见了。

月思卿和吕涛再次对视一眼，两人都微微点了下头。

小紫得到肯定的答复，欢天喜地地从戒指里跳出来，小小身板跑到月思卿腿前，双手朝那虚无的空间抓去。

它手速极快，嘶啦一声，月思卿二人都听到明显的空间碎裂声。

就在这时，一声冷喝自他们身后传来：“住手！”

月思卿与吕涛急忙回头，便瞧得石阶前的空地上，两名黑衣人正怒目瞪向他们，一丝按压不住的愤怒在他们冷漠没有温度的眼角弥漫着。

这二人，一个极高，一个极矮，站在一起颇有些不登对的感觉，但他们的表情却又如出一辙。

看着这突然出现的陌生人，月思卿挥手便收了小紫，与吕涛纵身跃下石阶，直到安全地方才停下。

而月思卿也在这时发现，那一高一矮的黑衣人额头都有一个明显的月牙标记。

他们竟会是星月殿的吗？月思卿心中突然起了个猜测，快速瞥了那圆柱形建筑。这儿该不会是星月殿的地盘吧！

正想到这，对面那个高个子已唧唧怪笑着开口了：“小朋友们，你们真是胆儿肥了，居然敢到我们星月殿的分殿来撒野，活得不耐烦了吗？”

说着，他眼中掠过狠辣的光芒，杀意毫不控制地弥漫而出。

月思卿右手一动，从空间戒指里翻出了一张薄薄的人皮面具，熟练地往脸上一贴，同时嘴里已清喝道：“星罗九重天！”

这是星月殿的接头暗号。

当日，她夜里去月府，结果撞到了夜玄的下属，被问了这么一句。

不过抱歉的是，到现在为止，她还不知道下一句是什么。

但她现在是考别人，所以相当理直气壮。

那一对黑衣人明显被她的话给说得一愣，两人对望一眼，转过头，目光里掠过一丝疑虑，大声说道：“星罗九重天！”

月思卿柳眉微蹙，这是来考她吗？她当下以更大的声音回了过去：“星罗九重天！”

“星罗九重天！”高个子和矮个子提气吼了出来。

“星罗九重天！”月思卿再一次吼了回去，嘴里暗骂，我靠，比谁声音更大吗？

只不过等她说完这句话后，高个子和矮个子眼中掠过一丝冰冷的光芒，高个子嘴里更是发出一阵冷笑：“哪里来的冒牌货！盗用我星月殿的面具，罪加一等！”

月思卿张口结舌，你妹！你才是冒牌货呢！这面具可是夜教主亲赐她的好不好！

“废话少说，想要验证你的身份，就跟我去见殿主！在这跟我们凭嘴是没用的，里头你的同伴们估计都上锅蒸馒头了！”两名黑衣人皆是脸色一沉，发下最终通牒。

“好。”月思卿顾念夏远的安危，忍下怒气，同意了他们的要求。

她答应得清脆，吕涛自然也没有异议。小虫急于见到胖子，也没有吭声。

一行人踏上石阶，穿过幽深的长廊，到达中央一座栅栏围起的厅落。

厅不大，但装饰得极其豪华，玉阶上摆着一张铺了虎皮的贵妃榻，此刻，一个五大三粗的汉子正翘腿架脚地躺在上面，夸张地打着鼾。

五人一进厅，那鼾声便停了，榻上的汉子警觉地醒了过来。

“殿主，这是在分殿外发现的闯入者。”高个子上前一步沉声禀道。

“先前还有人呢？”汉子眼神极其锐利地扫过他们，淡淡问道。

“都绑在后殿呢，要绑到一起吗？”矮个子小心翼翼地回答道。

“当然。”汉子回了他一个看白痴的眼神，简洁地下了命令，双手抱头便又要继续睡觉。

耳边，月思卿却已说道：“大水冲了龙王庙，一家人不认得一家人了吧？我也是星月殿的人！”

说完，她拨开刘海，露出额头上的月牙标记，直视上座的殿主。

汉子瞥了那月牙标记一眼，唇角微勾，眼光透着几分精明，说道：“小姑娘，咱们星月殿从来不招女人，你是不是搞错了？”

月思卿轻轻勾唇，说道：“就冲你这句话，我倒也信了你是星月殿分殿的殿主。”

不招女人这作风，还真符合夜玄的风格。

那汉子邪佞地勾起唇道：“闯我分殿，在我分殿前自爆，你们应该受到应有的惩罚。带下去吧。”

他做事倒是一点也不含糊。

月思卿淡淡一笑：“是吗？我话还没说完。星月殿确实不招收任何女人，但如果是……教主夫人呢？”

她觍着脸给自己脸上贴了层金。

其实，这也是事实，连卡列国皇室都承认了的事情，只是还没有举行仪式而已。

而听了她的话，玉阶上的汉子，玉阶下的高个子矮个子在一愣之后，几乎都同时笑喷了，连隐藏在暗处的暗卫们也都捧腹大笑起来。

“天啊，教主夫人？她居然说她是教主夫人呢！”

“见过那么多自恋的，我今儿还是第一次见到这么自恋的！”

一片笑声中，月思卿淡然自若，吕涛却有些尴尬，身旁的小虫更是目瞪口呆。

笑声过后，正座上的汉子才带着笑意说道：“我送了多少大美人给教主，教主都不感兴趣，他根本就不喜欢女人，你撒谎也要撒个像点的！”

“大美人？”月思卿怒火腾起。

我擦，这匹色狼竟然想要带坏她家夜玄！

月思卿的脸色很难看，右手捏住玉石灵坠，心里叫了声“隐”，顿时，她和吕涛、小虫所处的空间立刻变得模糊起来，玉石灵坠的空间封锁技能发动。

封锁的空间内，她没有犹豫，抽出灵力磁片，输入灵力，心中暗暗叫道：“夜玄，我数到十，你必须接。一、二、三——”

刚叫到三，那边一个低沉的声音就传来：“嗯？”

“夜玄，限你速速过来！”月思卿冲他没好气地说道。

灵力磁片那头沉默了一下，男子有些无奈的声音传来：“怎么生气了？”

“不是生你的气，你再不过来，就见不到我了！”月思卿又说了一句。

“在哪？”夜玄的声音蓦然锐利，含了一丝急切。

但这两个字却已叫月思卿无比安心和满足，声音也柔和了几分，说道：“在……一座星月教的分殿，有个要吃人肉馒头的殿主，长得很寒碜人，却说给你献了很多大美人。”

她几句话便将这里的特征交代完毕。

夜玄在那头的声音有些惊讶也有些好笑：“你怎么会走到那里去了？好，你等我。”

得了他的准信，月思卿这才略微松了口气，掐断灵力联系，将灵力磁片丢进空间戒指。

也在这时，玉石灵坠的三十息时间走到尽头。

五、四、三、二、一！

她和吕涛、小虫的身形缓缓出现在大厅里。

刚一露面，她就感到周围一股巨大的压力如潮水般向她挤来，压得她险些透不过来气。好在那骇然的压力只存在了一瞬，随后便消失得无影无踪了。

前面不远处传来一声冷笑：“还有什么底牌就一并使出来吧！”

月思卿抬头看去，就见到那位分殿主已然负手立在阶梯上了，双目噙着冷光扫视着他们。

刚才那巨大的压力无疑正是他释放出来的，想来他知道自己等人使用了空间灵器。

“我能问一声，我的同伴们在哪里吗？”月思卿这会儿反倒镇定了，问起一个风马牛不相及的问题。当然，对她来说，这才是最重要的事。

分殿主闻言呵呵一笑道：“想见他们？不急，你们很快就要团聚了。”

月思卿唇畔的笑容变得有些冰冷，缓缓说道：“你最好确保他们的安全，否则，管你是什么殿主，咱们之间的梁子算是结下了。”

分殿主听得她的口气有些好笑地反问：“你是在威胁我吗？”

“以为我不敢么？”月思卿反唇相讥。

就在二人唇枪舌剑之时，厅后方一阵快而急的脚步声传来，一名小喽啰模样的黑衣人跌跌撞撞地跑了进来，连礼也忘行了，激动地说道：“殿主，教主驾到了！”

“教主”二字一出口，厅中之人脸色尽皆不同。

月思卿是喜，夜玄的速度竟然这么快？

而分殿主一愣，惊喜又紧张地说道：“好，我这就过去，这里你处理下！”

说完他便一阵风似的往大厅后门处跑去。

只不过，刚刚到达门旁，便被一股无形的压力给反弹了回来，还没等他站稳，一道红色绸卷已从厅后飞了出来，“唰唰唰唰”声响不绝于耳，绸缎直铺到大厅中央，随后两名身手矫健的黑色身影纵身跃了进来，一个挺身，齐齐单膝跪在绸缎两侧，高声叫道：“属下恭迎教主！教主千秋万代，河山同盛！”

而这一声之后，那名分殿主也索性匍匐在地。

几乎同时，整座大殿里响起整齐划一的声音：“属下恭迎教主！教主千秋万代，河山同盛！”

柔软的锦缎上，一袭暗红色长袍的夜玄大步走了进来，一头黑发并没束起，散乱地披在一边，如一幅上好的织锦，软而垂顺，乌黑的光泽衬得他的脸庞越加美如玉，一双深潭似的眼睛光芒内敛，摄人心魄。

“这就是星月殿的教主吗？”身旁小虫低喃了一声，听起来，他对夜教主也是闻名已久了。

月思卿却弯唇一笑，朝那尊贵无比的男子小跑过去。

见到她，夜玄那双一直清冷的眼睛也霎时变得温柔起来，薄唇掀起一抹令天地都遽然失色的笑容，说道：“还真在这儿，调皮鬼！”

月思卿不好意思地眨眨眼，道：“你总算是没迟到，否则我才不会来迎接你！”

“已经是我最快的速度了。”夜玄冲她耸了耸肩，解释道，“还好各殿之间都有传送阵。”

难怪了，月思卿了然地点点头，向分殿主那边看去，嘴角不由轻抽了抽。

那个汉子此刻表现得也太夸张了吧！至于用那双蒲扇般的大手捂住张得老大的嘴巴吗？更别提那瞪得极圆的铜铃眼了。

月思卿红唇几不可见地扬了一扬，上前一步说道：“旁的事就不用提了，我只问你，现在还我同伴可行？”

她已经将意思说得非常明确了，她并不想这分殿主提刚才的事，尤其是自称教主夫人的事。

虽说是板上钉钉的事，但在夜玄面前说起来，她会不好意思的。

但那汉子这一回不知是不是吃惊太过，直接无视了她的话，对上夜玄望过来的视线，还是呆呆地松开手，问道：“教主，她说她是教主夫人，是不是真的？”

月思卿感到头顶一群乌鸦飞过，嘎嘎嘎……

尼玛这人，真是一点眼色都没有！

夜玄也被他的问题问得一怔，快速瞥了眼月思卿，声音有些艰涩：“她说的？”

正揣摩着他口气的分殿主听这意思有些不对，脑中猛然清醒过来，脱口道：“原来不是！我就说么，教主您怎么会好年纪这么小的——”

“闭嘴！”

分殿主的话还没说完，夜玄已脸色铁青地打断了他。

仅有两个字，未见雷霆之怒，却掷地有声，整座大厅里的温度也在这一刻嗖嗖嗖下降了很多，一股不知从哪吹来的冷风悄悄灌入后背。分殿主吓得一个哆嗦，不敢再言语。

夜玄的脸色仍然很不好看，拉过月思卿的手。

月思卿表面镇定，内心却偷偷笑开。

夜玄这厮分明是老牛吃嫩草，居然还不兴别人提。简直就是强权主义！

她正开着小差，腕上握着的力道却是一紧。

夜玄悦耳磁性的嗓音一字一字响起："没错！她，月思卿，就是我们星月殿的教主夫人，你们敬她，犹如敬我！"

不是商量语气，不是通告语气，而是命令的语气，以一种霸道无比的姿势占据了所有人的认知。

大厅中微微沉寂了一瞬后，无数声音此起彼伏地响起："教主夫人千秋万代，河山同盛！"

听着这熟悉的词很快就被安到自己头上，月思卿很有一种无语的冲动。

千秋万代？唔，她这小身板真能千秋万代吗？

相反，夜玄的脸色却柔和了许多，唇角的弧度拉大，淡淡"嗯"了一声，以示满意。

分殿主这才敢从地上爬起来，笑着上前问："教主今天倒是有空过来。"

月思卿很同情地瞥了眼他的方向，这家伙又傻了。

夜玄吃饱了撑着偏偏这时过来，又偏偏解释了他们的关系！用脚趾想都想得到原因吧！

夜玄果然轻嗤一声，答道："我是来找思卿的，怕你欺负了她。"

"属下怎敢？"分殿主干笑了几声，抬头悄悄看夜玄的脸色。

夜玄倒也自然大方，淡淡一笑道："不知者无罪，这就是我刚才没有对你动手的原因。要知道，今天若是换了其他人，后果就绝对不是这样了。"

他虽是在笑，可那眼底折射出的分明是冷峻的光芒。

"是是是。"分殿主将头点得小鸡啄米似的，后背却渗了一层冷汗。

他还真想不到，这真的是教主夫人……

"那我的人呢？放还是不放？"月思卿倒是瞅准了时机，气势十足地发问。

"放，马上放。"分殿主连声答应着，冲跪在一旁的一名黑衣人点点头。靠，教主夫人的人，他吃了熊心豹子胆敢不放么？

那名黑衣人立刻就跑了出去。

分殿主这才略微松了口气。

月思卿却没打算放过他，抱起双臂，含笑问："我听说，你送了很多大美人给教主？"

分殿主脑中"轰"的一声，完了，把教主夫人得罪了，那他以后在教中还能得到教主的青睐吗？他知道这事可大可小，腿一个发颤，直接跪倒在地，一把鼻涕一把泪地哭道："教主，教主夫人，以往属下糊涂，不知教主心有所属，还往教主跟前领那些狐媚子，以后属下再也不会了！"

夜玄嘴抽，月思卿也嘴抽。

"起来吧，以后再这样，本教主可保不住你。"夜玄眼角也生起一抹玩笑之意。

分殿主却是一个心颤。

难道教主还怕教主夫人不成？看来，教主夫人是万万不能得罪的！

这时，一名黑衣人上前禀告说，抓来的学生们被带了过来。

月思卿拉着夜玄到一旁低语几句，夜玄点头，不舍地看了她几眼，招来分殿主，两人却是转到后殿去了。

月思卿显然是不想暴露自己和夜玄的关系。

于是，原来还是被粗麻绳五花大绑着的夏远一行人突然间成了座上贵客，对方好酒好肉地招待着，简直就有从地狱到天堂的感觉。

星月教没人多嘴说一句，而早就吓呆了的小虫，也收到了警告，自是不敢乱说一句。

大家便稀里糊涂地享受着星月教周到的服务。

但维尔等人也能眼尖地看出星月教这些人对月思卿的尊重。

不管是北大陆，还是南大陆，无人没听说过暴乱荒原星月殿的名声，能与如此大势力交好，月思卿的背景也怕不简单。

短暂的相聚后便是分别。

夜玄提前离去，怕自己会心生不舍之情。

于是乎，在分殿主一干教众的欢送下，月思卿一行十一人大摇大摆地出了这个被称为荒原禁忌的星月分殿，再次踏上新的旅程。

此一行，大家自动将月思卿视为他们这个团队的队长，就连一向对月思卿横挑鼻子竖挑眼的穆琳也没有再说什么。

七月中旬，他们终于顺利地抵达了目的地——熔炉铁堡。

巨大的赤金色山门矗立在视线尽头，门头上雕刻着笔画苍劲的四个大字：灵无止境。阳光勾勒着这粗犷的笔风，在这荒落的平原上呈现出几分庄重的气息。

不知道是不是这里灵气过于浓郁，周围草木展现着生机勃勃的绿色，葱葱郁郁。

山门处，一名灰衣老者盘膝而坐，脸容肃穆，宛若一尊沉思的雕塑。

月思卿等人走近时，那双深邃的苍眸才缓缓睁开。

“小家伙，原来是你们。倒是教老夫意外了。”这人冲月思卿几人友好地笑了一笑。

“哈哈，莫导师，你认识这批小家伙吗？”笑声传来，眼前空间骤碎，一名身穿蓝衫的鹤发老者缓缓出现，脸上挂着好奇的笑容，打量第一批到达的新生。

莫丹笑着向他们介绍：“这是古力导师，等会儿领你们进铁堡的。”

介绍完后他又对古力说道：“半月前有过一面之缘，随我一起进暴乱荒原的。”

半个多月便能穿过暴乱荒原，速度很快。

古力眼中掠过一丝赞许，说道：“在荒原上能够自发组队，很好。相信这一次你们已深刻意识到团队合作的重要性。我想，这场考验已成为你们真正踏上修炼之路的第一堂课。现在，交一千金币学费，随我进熔炉铁堡吧。”

熔炉铁堡一年的学费是一千金币，这是大家早就知道的事，也有所准备。

可是，现在的情况却又有些特殊了。

胖子、维尔、穆琳等人都面面相觑，谁也拿不出这个钱，早被歹人搜光了。

胖子第一个垮着脸说道：“导师，我的全部家当被人抢光了。您看，是不是先通融下，让家人前来送钱？”

对于这一幕，古力并没有露出怪异的神色，反倒颇为理解地干笑了两声。

想来，这样的事他以前见惯了。

而这时，月思卿、吕涛和夏远则一脸淡定地从空间戒指里取出各自的水晶卡递了过去。

只不过，夏远和吕涛用的是最普通的蓝晶卡，月思卿拿出来的却是更高级别的红晶卡。

“哇，老大，你怎么这么有钱？居然用红晶卡？”夏远满面愕然。

他还真没见月思卿取出来过。

蓝晶卡的储币金在五千金币到一万，对他们来说已经够用了。而红晶卡的储币却在一万金币到五万金币。

月思卿微微一笑，不语，炼药师什么时候缺过钱？

“你们三个居然一次都没失手？”连古力都有些震惊了。

胖子艳羡的同时，眼光微转，笑嘻嘻道：“思卿，要不这样吧，你借些学费给我们？”

“没问题。”月思卿答应得爽利，说道，“古力导师，他们八人的学费在我卡上划吧。”

古力“嗯”了一声，在月思卿卡上划去九千金币。

划去这么多金币后，月思卿水晶卡的颜色仍然是红色，而没有降成蓝色，说明她卡上余额仍有一万金币以上。

众人都忍不住咋舌了。

就连穆琳这个皇室公主，出门也不会带这么多金币啊！

古力收了学费后才带着他们与莫丹告别，正式踏入熔炉铁堡的大门。

高大的石墙、一排排高冷的石制建筑、宽阔的广场构成了他们对熔炉铁堡的第一印象。远处，丛林掩映间，一座直耸云端的尖顶铁堡赫然而立，更远处，呐喊呼喝声隐隐约约地传进他们耳里。

古力领他们在第二排石楼前停下，说道：“这里就是男生宿舍区了，你们先选宿舍，我带她去女生宿舍。”

他指的正是穆琳。

月思卿看了穆琳一眼，抬步上前，说道：“古力导师，我也住女生宿舍吧。”

她这话一出，吕涛、夏远和知道她女性身份的小虫倒不惊讶，维尔、胖子和另外几名少年却都吃了一惊。

月思卿微微一笑，右手随意解开自己的发带，任那柔顺的三千发丝垂下，原本就显得有些纤弱的脸廓在长发的修饰下完全偏向了女性化。

“我也是女生。”

这句话和她的动作，彻底惊呆了穆琳以及维尔一干人。

“不，怎么可能？”穆琳第一个没控制住惊呼，满面震惊，一个劲地摇头。

怎么可能？这是其他人心里同时冒出的话语。

那个和他们一起穿越暴乱荒原，为人处世处处老练之极，每次危急时刻都力挽狂澜，在他们心中宛然就是天生领导者的少年，居然……是名少女！

但事实就是事实。

月思卿只抿唇一笑。

古力眼中并无意外，显然他也看出了月思卿的女儿身，只是乐呵呵道：“那你们来吧。”

月思卿冲呆怔的穆琳努了努嘴，便跟上古力。

走了很远，维尔难以置信的声音还是传了来：“她真的是女生？”

月思卿嘴角不由微微一翘。

女生宿舍也是四人一间，四张床，四张桌子，附带一间洗浴房。

穆林虽是公主，但在熔炉铁堡里她也只是一名普通的学生。为了锻炼自己，这一次她是连陪炼侍女都没带。所以尽管她娇蛮了些，但修炼的态度却是积极向上的，月思卿才对和她住一起并没意见。

两人闷头收拣着自己的东西，并无交流。

月思卿很快将床铺好，摆好生活用品，到楼前井里打了凉水，用灵力加热，洗了个澡，换上一身女装。

从小房间里出来，穆琳并不在宿舍里，说话声倒是从屋外传来。

月思卿出房后便看到维尔、穆琳、吕涛、夏远、胖子等人都站在空地上闲聊。

看到她，众人眼中不约而同地闪过惊艳之色。

少女着一件浅蓝色长衫，墨发低挽，雪白的脖颈被衬得修长而优雅，眼睫微翘，五官极其妍丽。

说话声隐去，响起一片轻叹声。

月思卿唇角漾着绝美的笑容，问道：“你们都安排好了吗？”

大家这才回过神来。

吕涛点头道：“嗯，我和夏远、胖子、小虫住一起。”

月思卿“嗯”了一声。

夏远却窜了过来，声音很郑重地说：“思卿，我可告诉你，这熔炉铁堡里的竞争一点也不比外面好多少啊！一样的残酷！”

“怎么说？”月思卿反问。

夏远比画着说道：“刚在宿舍楼外我们看到了不少学长们，不是脸上带伤就是胳膊上打着绷带，要不就是脱力虚弱，太恐怖了！”

月思卿嘴角微抽，这么现实？

维尔笑道：“大家去铁堡里逛逛便知，时间还早。”

这个提议得到大家的一致赞同，于是十一名学生从宿舍区出发，开始参观熔炉铁堡——这座据说是星辰大陆上最强的学院之一。

第四章

小队扬名

熔炉铁堡里不像荒原，倒是绿意盎然。

宽阔的广场两侧皆是一些铁堡内部的货摊，时不时便能看到有学生在摊前流连。

穿过广场，左手是一栋巨大的图书楼，右手是一座办公楼，可见几名导师模样的人在廊上经过。

沿着灌木丛间的小道走到尽头，眼前蓦然开阔，那座圆锥形的铁堡赫然现出，高达数丈，通体由乌铁打造，一片漆黑，在阳光下也不见任何光泽，仅开了两扇小门。

月思卿几人正欲进去看看时，却教一名从里头出来的青衣老者堵在了铁门外。

“小朋友们，你们是新生吧？要不要我给你们介绍下？这里是熔炉铁堡的修炼区，也是你们将来最重要的修炼之地。”老者说完，微眯了眼靠在墙上，很放松的模样。

“这是修炼区？”月思卿几人都没想到这里会是修炼的地方。

“是啊。”老者将眼睛微微张开一条缝，说道，“进来看看吧。”

“多谢导师。”月思卿向他致了谢，率领众人进了这座铁堡。

铁堡呈圆形排列的全是修炼房，清一色的铁门，房门紧闭，气氛幽凝。

她想去第二层，却被那青衣老者拦住，说现在去不得。

“为什么？”她不解地问。

青衣老者笑道：“只有在第一层修炼满八十天才有资格去第二层。”

还有这古怪的限令！月思卿有些无语，但可以肯定的是，第二层的灵气绝对比第一层要浓郁。

她与吕涛几人在第一层发现了一间空房，便准备先进去修炼一番尝试下效果。

但事情的发展显然不如他们预料得这么顺利，那扇铁门竟然锁住了，怎么也打不开来。

“奇怪了，这门坏了不成？”吕涛咕哝了一声。

这时，旁边试着开另一扇门的维尔也满面无奈地朝他们看过来，说道：“这扇也打不开！”

他们很确定里面并没有人，正欲去找青衣老者问个究竟时，一道冷冷的声音传来：“你们在干什么？”

回头一看，走过来的却是几个面色冷酷的青年人。

月思卿瞅得他们脸色不对，敏捷地将开门的吕涛拉到身旁。

其中一名青年大步上前，扫了眼他们，眼光在月思卿脸上停留了下，嘴角生出一抹猥琐的笑："看样子是新生啊？不知这位学妹怎么称呼？住在哪个宿舍？"

他眼里明显闪着贪婪的光芒。

月思卿眉头微皱，他身后一名青年冷声说道："凡卡，现在什么时候了还这么好色，修炼要紧！"

那个叫凡卡的青年人撇撇嘴，还是收回视线，从怀里取出一把通体碧绿的钥匙，径直插进门孔打开了铁门。

月思卿心里不禁骂道，我靠，修炼室还带锁！这么高级！

几人回转铁堡入口时，那名青衣老者正笑盈盈地望着他们："参观好了？"

月思卿询问道："导师，钥匙在哪儿领？"

青衣老者嘴角的笑意变浓了，苍劲的右拳伸出，摊开手心，掌中赫然是一把碧绿色的钥匙。

"你说它吗？随便一把钥匙能打开所有修炼房的门，而且从里面反锁住铁门的话，外面的人便进不来，不怕别人会用钥匙打开你修炼的那间修炼室。"

"这钥匙如何得？"月思卿眼光微动。

青衣老者嘿嘿一笑，抬手指向熔炉铁堡东北方向，说道："那是我们铁堡的竞技场，也是你们将来待的时间最长的地方。钥匙便是从那儿得的，你们到那边去问。"

顺着老者的指点，月思卿十一人来到熔炉铁堡的竞技场，也搞清楚了一切。

熔炉铁堡一共设了四个小竞技场，分别是入门场、初级场、中级场和高级场，这四个竞技场发放的碧玉钥匙对应的是铁堡一层、二层、三层和四层的修炼房。而进入这四个场地的资格也很简单，入门场没有要求，赢了八十场比赛后进入初级场，赢一百四十场进入中级场，赢两百五十场才能进入高级场。

当然，进入高级场才有资格去铁堡第四层修炼，铁堡中每一层的灵气浓度都相差很多，第四层无疑是最好的。

像月思卿他们现在只能在入门场竞技，赢了的话便能得到一把开启铁堡第一层修炼室的碧玉钥匙，但只限修炼一天。第二天修炼室的门将自动开启，其他得了钥匙的学生会闯进来。所以想要再在铁堡里进行修炼，必须再次参加竞技。想要去灵气浓度更好的二层、三层，那更得无休止地竞技……

面对如此残酷的竞争法则，月思卿嘴角轻抽。

确实，竞争才能使人进步，难怪熔炉铁堡被人私下里称为死亡炼狱了。

入门场内，台上两名绿灵七级的灵师战意正酣，终于，其中一人因体力不支被震飞出界线。另一名灵师纵声大笑："哈哈，老子终于能滚去初级场了，再见！"

吕涛、夏远等人都很无语。

现在的他们就算和这些入门场的学长硬碰也是找死，所以他们并没有立刻报名，在八月开学前一直在竞技场观赛。

观摩的好处是显而易见的，吕涛从其他灵师身上获得灵感，闭关数天，成功突破了绿灵，月思卿也稳升到了绿灵四级。夏远也成功摸到了绿灵屏障。

他们这一批的新生倒是不负众望，八月初人基本就来全了，包括很多据说是来自北大陆的少年天才。

八月初三，莫丹、古力等老者在宿舍区前面的空旷广场上召开了一个简单的新生入学仪式。

月思卿匆匆一扫，来了一百多人，这一百多人中，除各大国家推荐名额之外，还有一小部分名额隶属于皇室。

譬如说，她看到了上官鸿和月木子，还有仰英。

仰英脸色一直是苍白的，没有像往常那样挑衅，低着头，不曾看他们一眼。

月思卿想到前段时间听夜玄提起的一事，不由心中微叹一声。

月木子是凭着师父卢劲松的人情进来的，而仰英靠的是上官羽。上官羽以送她进熔炉铁堡和仰家交换了个条件，就是娶仰萍为平妃。

姐妹二人共侍一夫……在这个时代，似乎还真没有过。

看仰英此刻性格大变，怕也是心如死灰。

月思卿摇摇头，听莫丹讲话。

“进了我熔炉铁堡的学生，没有特殊事情，在毕业前，不允许出山门一步！年假有十天，自行在铁堡内休养！”

来熔炉铁堡的学生，这些事也都听说过，但再次听莫丹说起，都忍不住倒抽冷气。

莫丹又说道：“毕业有两个条件：一是灵力达到青灵五级，二是成为竞技之王。也就是在竞技场赢三百场。”

竞技场中有规矩，每人每天只能竞技一次，一次不输连续竞技的话也要一年时间，但越到后面，遇到的对手实力便越强。而且，竞技间隙也需要不少时间休养。

所以，无论是第一个条件还是第二个条件，都不是短时间内便能到达的。

莫丹将他们黯然的神情看在眼里，语重心长地说道：“同学们，你们背井离乡来到暴乱荒原求学，难道不是想努力提高自己的实力吗？如果让你们回家，一趟来去就要好几个月，大好时光浪费掉你们就不心疼吗？还不如好好修炼，尽早毕业，回去光宗耀祖，干一番大事业！”

他的劝诫果然收到了良好的效果，不少学生被他说得热血沸腾，重露希望。

莫丹笑道：“最近堡主和副堡主都不在铁堡里，有什么困难就到办公楼来找我。好了，大家散场吧！”

学生们一哄而散，大部分都朝一个方向奔去——竞技场。

月思卿三人也随波逐流来到入门级竞技场，只不过却没有去后台报名，而是在观看席后排找了个不显眼的位置坐了。

过了会儿，胖子带着小虫大摇大摆地朝这边走来，看到三人，脸上一喜：“你们报名了啊？”

“没有，你去后台了吗？”月思卿瞟向挤得爆满的后台。

“是啊！”胖子当即眉飞色舞地给她介绍，“竞技赛分为个人赛和团队赛。参加个人赛，要等集齐四名胜利者才发一把钥匙。大家在一起修炼。而团队赛，参赛选手正好四位，一个团队赢了得一把钥匙刚好。”

月思卿眼睛一亮：“前段时间看了那么多天竞技赛，我发现老生留在入门级别的人少，没有团队形式，而如果有团队参赛一定都是新生，正好与我们一决高下。”

吕涛和夏远心中一动。

月思卿实力高，这是想拉他们一把？

“可团队赛要四个人？”吕涛有些迟疑。

“加上我啊！”胖子一拍大腿。

月思卿眼光一亮，胖子的实力可不低！

“喂胖子，你真准备和我们一起？我可还是黄灵九级哦，会拖后腿的。”夏远半开玩笑半认真地说道。

“我信她。”胖子伸手一指月思卿，神色也收敛了几分。

一路而来，月思卿的表现大家有目共睹。

月思卿含笑道：“既然你信我，加入我们自然更好。但战斗中需要服从，你能做到吗？”

“我服从你。”胖子小眯眼中透着认真之色。

“好，我们四人组合先就这么定了。”月思卿当即拍板。

至于小虫，他就只能老老实实参加个人竞技了。

月思卿、吕涛、夏远和胖子四人的组合很快就在后台的工作人员处报好了名，各取到一块标有数字的标牌，这就是他们小队以后的牌号了，第一次需在后台登记好姓名，以后便可以直接拿着标牌前来参赛，赢了的话，工作人员根据标牌号直接在他们名字后面做记录。

而他们运气不太好，领到的是写着“44”的标牌。

“44，死死，怎么这么不吉利！”夏远皱巴着脸埋怨道。

月思卿将标牌收起来，说道：“谁死还不知道呢！你急什么？”

她这冷笑话让夏远忍俊不禁，四人在竞技场找位置坐下边看边等待。团队赛会被插到个人赛中间播报，交叉比试，这样也避免观众视觉疲劳。

一个时辰后，广播中终于报到了他们这一队：“接下来是36号小队对阵44号小队，这两支小队都是新生，从未有过竞技经验。”

广播响起后，两队人马分别从入门竞技场两侧走入。

36号小队也是一队新生，四个身高体壮的少年，并肩朝他们走来，站在一起颇为气派。

而44号小队的出场却极为戏剧性。

他们不是一起进场的，而是前面三个，后面一个。

其他学生们看到的首先是并排进来的三人。

月思卿为了在铁堡内不引人注目，以男装打扮出现，但即使如此，那秀丽俊雅的姿容仍是叫人怦然心动，而一旁的吕涛和夏远，前者英俊冷酷，气度沉稳，后者眉目如画，肌容胜雪。

这三人走在一起，很容易吸引别人的视线。

大家心里正暗暗叫好时，一个足有三百多斤的大胖子一颠一颠地跟了上来。

这……也是参赛选手？

众人心中微愣时，“砰”的一声，那脸昂到天上去的大胖子被什么东西一绊，竟是直接朝前面地上扑去，摔了个狗啃泥。

场中一阵哗然之色。

月思卿三人回过头，看到这一幕时都不禁嘴角轻抽。

如果不知这胖子是名绿灵二级战师，他们当真以为他是来这耍把戏的呢！

“哪个浑蛋在地上放陷阱！”胖子抓了个枣核，骂骂咧咧地爬了起来。

月思卿微微摇头，此刻他们已经走到了半场，索性就在这里停了下来。

前方的36小队成员也站成一排，目光挑衅中带着些不屑看向他们。

“44小队？”对面中间的一名个头不是最高，但面相却极为阴冷的少年睨向他们的胸牌，一字一字重复道。

旁边一名个高脸尖的少年冷笑道：“44，死死，你们这号可真不吉利啊！”

他说着和夏远一样的话。

月思卿仍然一挑眉，用刚才的话回了过去，只是语气上一点也不客气：“这死指的说不定是你们的霉头呢！”

对面四个少年闻言勃然大怒，喝道：“那就让你们瞧瞧，到底谁死得更快！”

四人几乎是同时释放出自己的灵力和灵兽，月思卿眼光一扫，脸色微缓。

对手的实力分别是：绿灵二级灵师，绿灵二级灵师，绿灵二级战师，绿灵一级灵师。

四个绿灵！

胖子、吕涛、夏远也分别释放出灵力。

他们是：绿灵二级战师，绿灵一级灵师，黄灵九级灵师。

月思卿却没有动，她压低声音，沉声说道：“吕涛，绿灵二级战师交给你；胖子，你对付绿灵一级灵师。”

吕涛和胖子闻言一凛，也同样低声回道：“是！”

尤其是胖子，一双小眼睛立刻紧紧盯住自己的对手。

刚才月思卿就说了，加入他们队，就必须听她的指令。而现在，他就接受了她给自己的安排。而且，胖子心中也相信，月思卿的安排必然是合理的。

而与月思卿比较熟悉的吕涛看了之后便明白过来。

胖子是绿灵二级战师，又是走蛮力方向的，和低一级灵师相战正是对手。而自己虽然也是绿灵一级灵师，但实战能力却高于同等级灵师，还会武技，挑战绿灵二级战师也不成问题。

那么夏远呢？

月思卿也在这时说道：“夏远，你与我一起对付那两个绿灵二级。”

夏远闻言眼睛猛然瞪大，颤声道：“老大，你没搞错吧？我只是黄灵九级……”

“没错，我掩护你，你站我身后释放技能。”月思卿自信一笑，看对方四人也在低声交谈。想来，他们也在选对手。唔，真是好奇，谁会选择她呢？

不过，她可不会等答案了。

“上！”一句呼喝，四人立刻分散站开。

夏远依言，跟在月思卿身后，随时从两侧放技能。

那边36号小队见他们摆出战形，冷笑一声：“黄灵灵师也敢来凑热闹？睁大眼睛看看怎么死的！”

随着双方灵力放出，观众台上也陷入一片安静。

座上不仅有新生，出乎意料也有许多老生。毕竟今天是新生参加竞技比赛第一天，老生们想来看看这届新生实力如何。

“小白胸腿附体，银色，本体！”月思卿在心中低喝一声。

浓郁的绿色光芒倏然展开，她让小青帮忙，将灵力压抑在了绿灵二级，同时，白虎王完成了胸部附体和双腿附体，护住了她周身重要部位。

对付两名绿灵二级，她还不需要使用出绿灵四级的实力来。身为召唤灵师的她气穴也宽，灵气远超同等级灵师。

未等场上人看清她的灵力等级，月思卿已脆喝出声：“兰花拂穴手！”

她并没有展露银色的上古神物威压，也无须展露。所以众人看到她的灵物竟然是一朵普普通通的兰花后都吃了一惊。

九朵花瓣化作九道手印脱手飞出，其中七道朝左边绿灵二级灵师飞去，另两道朝右边的绿灵二级灵师飞去。

同时夏远也叫出声：“毒蛇缠绕！”

竹叶青凝成一道巨大的虚影，追着那两道掌印朝第二名绿灵二级灵师嘶吼而去。

那两名绿灵二级灵师见有攻击，不敢怠慢，分别放出灵技。

“轰”的一声技能撞到一起，月思卿与夏远只步未动，对方却是“噔噔噔”往后退去。

兰花拂穴手虽强，但到底只是橙灵灵技，又被分散开了，所以那两名灵师只是退了数步便稳住身形，额上青筋暴起，显然被激怒了。

“大力金刚掌！”

“碎石爪！”

两人再次喝出声。

“拈花飞叶技！”月思卿右手缓缓一拂，仿若从玉瓶里抽出兰花一般，朝第一名灵师掷去。

夏远的黄级技能毒蛇缠绕再次发动，目标是第二名灵师。

而那两名灵师的技能对的却是月思卿一人。

拼着一人退场，将绿灵二级的月思卿震出场，那么他们这边多一个绿灵二级灵师便能独大了。

他们盘算得是好，却没想过，这两招是否能将对方打败。

如果是平常人那必是毫无意外，但他们却估错了对手。

场中观众看到两人联手合攻一人时，都不由低声惊呼，结果似乎已经摆在面前了，他们不敢再看月思卿被震飞的下场。

“轰”的一声，三个技能如愿撞到了一起。

“噔噔噔”厚靴子踩在地面的声音再度响起，又有人被大力震退。

大家叹息着仔细看时都不由吃了一惊，月思卿居然站在原地一动没动，而那两名联手的绿灵二级灵师竟然被震退了数步！众人看到这时都是有些呆滞。

而夏远的毒蛇缠绕也到了，第二名灵师还处在吃惊中，整个人的身躯倒飞了出去。

“兰花拂穴手！”月思卿深吸一口气。

“大力金刚爪！”剩下那名绿灵二级灵师慌慌张张地放出技能来抵挡，可如何会是对手？也是直接摔了出去。

吕涛和胖子还没有得胜，但也不占下风。月思卿和夏远空出手来，对方队伍则正式宣告失败。

广播里响起主持人的声音：“这一场竞技，44 小队赢！”

竞技场内响起如雷般的掌声。

月思卿收了灵力和灵物，看也不看对方一眼，率领着己方人马退场去后台了。

那四名绿灵少年互相搀扶着，冷冷看了月思卿几人一眼，也退了出去。

按照规定，赢得比赛的 44 小队成功领取了他们的第一把碧玉钥匙。

拿到东西后他们自是不会再在这看比赛，一同走出竞技场。

竞技场外同样有不少学生在周围晃荡着，不少都是输了今天的比赛没拿到钥匙却不甘心离开的。

月思卿四人刚走出来，四道身影便挡住他们的去路。

“小子，你那技能搞了什么鬼？老子怎么会输给你？”说话的，正是刚成为他们手下败将的 36 号小队的高个少年。

“不服的话，下次再试。”月思卿淡淡说道，便要离开。

那四人却是不放，高个少年冷声说道：“劝你乖乖地将钥匙交给我们，今天的事我们就不计较了。要知道，我哥可是熔炉铁堡里的老生。你们若是敢与我们作对，保准让你在这熔炉铁堡混不下去！”

他放出了狠话。

熔炉铁堡就像一个封闭起来的地狱，谁也不知道里头会发生些什么。但如果得罪了早就盘在这里的地头蛇，那日子一定过得生不如死吧！

可月思卿，她偏偏最讨厌这种威胁了。

如果这四人好好说话，她兴许还会考虑带他们四人一起修炼。但现在，她心情一点也不好。

所以她红唇微动，清冷的声音直接说道：“对不起，我没打算将钥匙交给你。话说完了就给我让开路，否则，我不介意和刚才一样，将你们揍出去！”

她的话说得极横，那四名少年脸色先是僵硬，而后变得极其难看，在周围不少好奇的视线注视下，更是感觉面子丢光了。

高个少年狠狠剜她一眼，咬牙切齿地说道：“好，你狠！小子，你给我等着！”

说完，他重重一哼，一转身，带着其他三名少年扬长而去。

月思卿四人则丝毫不受影响，脚步轻快地来到修炼的中央铁堡。

迎接他们的还是那日的青衫导师，看到他们手持钥匙而来，眼露惊讶地说道：“你们很厉害啊，第一天就能得到钥匙了。”

“那当然。”月思卿淡淡一笑，便去找修炼房了。

铁堡上方不知是什么灵源，一层的灵气都让人感觉很浓郁，更别提后面几层的了。

竞技本就是提升灵力的一种方式，再在铁堡内修炼足足一天，几人都感觉收获颇丰。碧玉钥匙失效后，几人才恋恋不舍地回到竞技场。

次日，他们报的仍是团队竞技，依旧交出一张胜利的答卷。

接下来，44 号小队，以逢场必赢的佳绩，渐渐地在入门场中崭露头角。他们的生活除了竞技便是修炼，虽然枯燥，但效果却好。

而如此高强度的训练，使得夏远成功突破到绿灵，并开始学习他新的技能书。

一个月后，远到月思卿以为那高个少年说要叫哥哥只是当时的过激之言时，还真有人找上来了。

临近午时，他们赢得最后一场比赛，就要退出竞技场时，一行人将他们的退路挡住。

月思卿一眼扫过，发现正是当日那四名少年带来的人。

“小子，老子那天说的话可是真的，你大概也不害怕吧？呵呵，现在就让你知道什么是畏惧！”说话的是那日个子最高的少年，他站在一名高而壮的青年旁边，脸上全是扭曲的笑容。

“这就是你哥哥？”月思卿并不惧怕强权，反倒有兴致地反问。

“怕了？”少年眉峰一挑，有了哥哥作后盾，他还真不怕什么呢。只不过瞧对面那小子神色，怎么一点也不害怕的样子？

月思卿看了那青年一眼，问道：“想单挑吗？”

“没问题，来吧。”青年面庞没有太多表情，似乎根本没将月思卿放在眼里，快步走了出去。

月思卿嘴角微勾，眼底划过一抹冷笑，说道：“走！”

一行人出了竞技场，场外便是一片极其空阔的场地，据说这里经常有人竞技对战，而此刻，这片场地显然又要遭殃。

不少学生见有热闹可看，索性都围了过来，饶有兴致地看着。

青年站定脚步后，发现场地中央，月思卿、吕涛、夏远和胖子四个人都在，不由一愣，皱起眉头道：“说好了单挑的！”

月思卿冷冷勾唇道：“是啊，单挑，你一个人单挑我们一群。怎么，不敢吗？你比我们至少大三岁，连这个都不敢接吗？”

她生生歪曲了他的意思，又用话激得这名青年无法反驳，一股怒意“腾”地升了上来，青年怒道：“如何不敢？接招！”

他说完，脚步一动，一股耀眼的绿光绽出，青年的灵力展现而出：绿灵九级灵师！

这个级别的灵力震得旁边的新生们倒抽一口冷气。

月思卿脸色凝重了几分，但眼光依旧沉着，冲对方冷笑一声，掌心光芒急吐，她将自己的实力彻底展露而出，绿灵四级灵师！

周围观战的学生看到那瞬间旋绕到她周身的浓光时都忍不住嘴角轻抽。

“44 号队长居然是绿灵四级！隐藏得好深！”

“是啊，老子一直以为他是绿灵二级呢！”

在这些围观学生的眼里，月思卿俨然成了 44 小队的队长了。

“夏远，三二一后空间封锁！吕涛胖子，三二一后放技能！”月思卿发出命令。

夏远早已与她配合默契，闻言立刻拿出空间灵器，开始数数：“三、二、一：空间封锁！”

对于灵力比他高者，封锁的时间只有一息，但够了。

因为在夏远喊三时，月思卿没有任何犹豫，释放出她一直到现在都没有用过的银色第三技能：“漫天花雨！”

当夏远叫到一时，她的兰花已碎作漫天花瓣，在这一方天地坠下，犹如飘落一场美丽的雨花，圣洁而美丽。

同时，夏远的空间封锁技能生效，对方那名青年刚刚释放的技能被冻住。

吕涛、胖子的技能也在这时释放出去。

漫天花雨的作用：花雨降临范围，对方技能效果降低百分之五，己方技能效果提升百分之五，维持十息。

虽然效果很好，但因为是绿灵技能，既耗费灵力，又占了一次攻击时间，有人掩护时使用最好。

所以月思卿叫夏远在三二一后使用空间封锁，为自己争得一息时间再次释放出一个攻击技能：“拈花飞叶技！”

虽是后发，速度却极快，追着吕涛和胖子的技能朝那青年的飞天魔狼爪撞去。

双方技能在漫天花雨中撞到了一起，轰鸣声响起，震耳欲聋。

“毒雾喷吐！”夏远使出了他学会不久的绿灵技能，最后狠狠补上一记，一股墨绿色雾箭喷射而出。正如这一技能的名字，这些细珠似的雾箭都含着剧毒，穿过弥漫而开的尘烟，冲对方青年射去。

在一片低呼声中，尘烟缓缓消散，露出对战的双方。

月思卿几人后退了几步，而那名绿灵九级的青年却是直退去十多步，面色苍白，口吐鲜血。

看到这一幕，众皆哗然。

绿灵九级的灵师居然……输了？真的假的？

虽然对手有四个，但即使是四名绿灵四级灵师也不会是一个绿灵巅峰灵师的对手啊！他们也有些目瞪口呆地望着眼前一切。

“哥……”那名请青年来挑战的少年望着他狼狈的模样，有些忐忑地叫了一声，却又不敢上前。

青年看也不看他一眼，凝望着月思卿的目光变得阴冷无比，一字一字说道：“有一手啊！

不过在熔炉铁堡，光有傲人的实力可是不行的！听说过四大雄鹰吗？有胆识的话，今天晚上，到图书楼旁的月光湖来！”

说完，他也不等月思卿几人回话，一甩长袖，脸色铁青地转头走了。那几名少年也赶紧跟上。

月思卿殷红的薄唇勾起一抹讥讽的弧度。

又要找帮手了？

第一个找第二个，第二个再找第三个，简直就是笑话！

她不由笑道：“四大雄鸡，想必是四个学生的代号吧。”

“四一大一雄一鸡！”吕涛、胖子和夏远登时被一道惊雷劈焦了。

月思卿笑道：“好了，今天就不参加竞技了，大家放一天假，回宿舍补一觉吧！”

“太好了！”胖子第一个喜叫出声，说道，“我不吃午饭了，回去睡觉啦！”

月思卿三人无语，不再理会他，自去食堂用了午膳。

下午时分，大家才分手。这也是自熔炉铁堡开学一月以来，他们第一次分开。

月思卿回到自己与穆琳合住的宿舍，掏出钥匙开了屋门。

屋子里空无一人，收拾得干净整齐，四张床上都铺好了被子，应是都住满了。

快步走到自己的榻前，她揭开床纱，发现自己的床上被细心蒙了一层薄罩，似是隔尘所用。月思卿有些怔愣，她并没有这个习惯，心中一动，目光飘向旁边穆琳的床铺。

微微一笑，她将床榻收拾了下，去小房间沐了个浴，然后舒舒服服地躺到了床上。

许是精神太累的缘故，这一觉便睡沉了过去。

不知何时，耳畔传来一阵阵细碎的说话声，她努力撑了下眼皮，终于醒了过来。

头顶，照明石柔和的光线洒下，月思卿微眯眼，透过床纱往外看，眼前忽暗忽明，有几道身影在晃动。

“……我刚看到她好像动了。”有人低低在说话。

“这么久都没回来过，难道现在想要长住宿舍了吗？”

“谁知道，不过既然回来了，今天明天的卫生都要她做，她可是一点责任都没尽过。”

陌生的声音撩拨着耳弦，月思卿哑然失笑，原来这两人就是自己还未谋面的新舍友。

正打算起身时，外间传来穆琳那冷傲的声音：“你们在这叽里呱啦些什么？大晚上的，还要不要人休息？”

她这一声后，屋内陷入了沉寂。

也是，天机国是南大陆强国，虽说比不上北大陆的星辰国，但一国公主，身份也足够尊贵了。

月思卿缓缓坐起身，一面以手作梳，打理着自己柔顺的长发，一面笑问：“穆琳，我床上的蒙尘罩是你放的吗？”

她的开口让外间些微的响动再次沉寂下去，良久，穆琳的声音传来：“随手放的！”

说完“砰”的一声响，穆琳进小房间洗浴去了。

“多谢！”月思卿嘴角扬笑，这公主，虽是娇蛮了些，不过心地还是不错的。

她拉开床纱，下地整理衣衫，一面扫过屋内，冲对面两名坐在床沿上的女生打招呼：“你们好。”

那两名女生一个脸形偏瘦，较为清秀，一个脸庞微圆，比较可爱，在看到月思卿那柔丽天成的五官时，都是一怔。

少女墨发披垂，巴掌大的小脸精妙绝伦得犹如上天精工而成的一幅画，眸若秋水，唇似点朱，一颦一笑皆醉人。

她们没想到，那个未见过面的舍友竟会是如此绝色殊容！

月思卿换了一套衣衫，开始对镜梳头。

瞧着她的模样，脸圆的少女微微皱眉，说道："已经深夜了，你还要出去？"

月思卿点了点头。

"这么晚你去哪？这么久我也没看过你出入。"脸瘦的少女也颇为不赞同，淡淡说道，"你来铁堡到底是修炼还是干什么的？"

"是出去约会吧？"脸圆女生望着她的姿容不无忌妒地说道。

她的话简直让月思卿不知道如何回答。

随手将长发梳到头顶，绑了个高高的马尾，虽然她里头穿的是女装，但等会儿会在外头披上黑色男装。

这时，小房间的门应声而开，披着一头湿漉漉长发的穆琳带着花瓣的清香大步走了出来。

许是那两名女生对这位娇蛮公主比较畏惧，见她出来，那交谈的声音顿时就变小了，直至无声。

穆琳面无表情地走了过来，"啪"的一声将手中的梳子搁在桌上，抬起眉眼，说道："听说，今晚有人向44号队发起挑战，地点在月光湖？"

脸圆女生立即答道："是啊，不过那场合还是别去凑热闹的好，免得被殃及。"

"也不知道44号队这次能否挺过难关呢。"脸瘦女生则重重一叹。

月思卿则是一怔。

她不相信穆琳不知道自己就是44号队的队长，毕竟大家每天待的最多的地方都是竞技场。可她突然提起这个什么意思？

她不由得轻轻一瞥穆琳。

后者也看了她一眼，又很快收回眼神，冲坐着的两名女生冷脸说道："这就对了，月思卿她是要去竞技，不是约会，你们就少在这嚼舌根子了，有时间也去闭关修炼，好好提升实力才是正理！"

两名少女愕然地看着她，好半晌，那名脸瘦的女生才将眼光转向月思卿，有些愣愣地说道："月思卿？"

这个名字有点熟悉，而她也正抓住了重点。

穆琳唇角讥讽的笑更浓了，说："44号队长月思卿，你们不是提过她吗？怎么？真人在面前反倒不认识了，还对人家冷嘲热讽的。这也是她脾气好，换了我，直接叫你们滚出去！"

两名女生张嘴结舌，直接被穆琳说呆住。

"44号队长？月思卿？她？"脸圆少女一连抛出三个反问，眼光死死瞪住月思卿的背影，表达着她现在极其跌宕的心情。

一个从未见过的绝色室友，刚刚还被她们嘲讽去约会，怎的突然就变了最近铁堡里炙手可热的44号队的帅哥队长了？

44号队，除了一名滑稽可笑的胖子外，另外三人可都是实打实的帅哥啊！

一个俊美潇洒，英姿勃发；一个冷酷俊朗，气度沉稳；一个蓝发雪肌，眉目如画。而竞技场上一月连胜的勇猛，更是让他们风靡了整个铁堡。

只不过，向来只可远观的偶像，突然间变成了住一起的室友，还换了性别，这几乎叫任何人都难以认出、接受。

月思卿嘴角微抽。

穆琳也不算揭她的底，毕竟她没改名字，就是没打算隐瞒。

月思卿转过身，先是冲穆琳笑了一笑，才看向对面已经站起身的两名少女无奈道："你们好，看来我缺了自我介绍，我叫月思卿。"

此刻，头发被绑成马尾的她，一张俏脸完全展露，没有了长发的遮掩与修饰，竞技场上的44号队长回来了。

"真的是……天啊，44号队长居然是女生。"脸瘦的少女震惊地开了口。

脸圆少女也吞了口唾沫，呆呆接道："这得让铁堡里多少女生伤透心啊！"

月思卿只能尴尬地笑了下，从空间戒指里取出平常惯穿的黑色长衫，抖了一下，披在肩上。

这个模样，俨然便是平日里44号队长的打扮。

脸圆的少女脸庞肌肉微微一抽，反应过来，不好意思地看着月思卿，从刚才的伶牙俐齿变成了结巴："月，那个，我们刚才……这个……"

面对这个天人般的少女，她一时不知道该如何道歉。

44号队长，即便是女子，在她们心中，仍旧如神祇一般高大。

"我们不是故意的。"脸瘦少女赶紧接了一句，但接下来也不知道怎么表达。

月思卿拢起长衫，冲她们笑道："没事，我不放在心上。我要出去了，下次有空再见！"

说完，她的目光自然地转向穆琳。

"等会儿维尔他们会去帮你。"穆琳垂下眼没有看她，淡淡说道。

"多谢。"月思卿很感激地说道。

迟疑了下，穆琳补了句："我也去。"

"太危险了，你们都不用过来，我们有办法渡过难关。还是谢谢你们。"月思卿真诚地笑道，而后与穆琳擦肩而过，朝房外走去。

穆琳撇了撇嘴，没说什么，但目光却极其坚定。

月思卿走得很远了，脸圆少女和脸瘦少女才如梦初醒，对视一眼后两人激动地抱在了一起。

"天啊，我们发现了一个大秘密！"

"是啊，太不可思议了，我们居然和44号队长是室友！"

"原来她的实力那么强，刚才我都说了什么呢！"

两名女生笑着，跳着，说着，脸上流露着浓浓的愧疚之情。

第五章

对阵雄鹰

而月思卿，此刻披着黑衫，在月色下的铁堡小道上行走。

夜风幽幽吹来，衣袂随风微微扬起，发出低低的声响。她双腿修长，一步一步地缓缓走着。

月光湖，在图书室的南边，是这熔炉铁堡内算得上景色优美的一处地方。月上东山，在湖中央垂下柔和美丽的月影，波光粼粼。

还没到月光湖时，前方便传来低低的说话声。

她停下脚步，轻声道："吕涛？"

树影之后，绕出三道身影，果然是早就约在这里相见的吕涛、夏远和胖子。

"老大，他们已经来了。"吕涛压低声音说道，右手指向月光湖的方向。

"走，去瞧瞧，见识下四大雄鸡的本事。"月思卿一扬手，豪气干云地先向月光湖迈步而去。

今夜月光极其柔和，笼罩在偌大的湖面上有如一层乳白色轻雾，叫人看不真切。

湖畔石阶上，几道身影背湖而站，眼光冷厉地盯着月思卿几人。

月思卿微眯凤眸，快速地扫了一眼，发现那站着的十几人中，除却旁边那名白天与他们交战过的学长外，其他人都是不识。

正中间四名健壮年轻男子，脸色冷沉，气度与众不同，想来就是那所谓的四大雄鹰了。

他们还未走近，那名青年便哼笑着开口："真来了？我还以为你们不敢来呢！"

他说着指着中间四名年轻男子说道："四大雄鹰，熔炉铁堡极有名气的竞技队伍，要是怕了就吱一声，我也不打你，你们跪下来好好认个错，我心情好，兴许以后再不会找你们麻烦！"

"跪下认错？你就别做这个梦了！"月思卿毫不含糊地回道。

见她面对四大雄鹰语气还这么强硬，青年脸上肌肉抽搐了几下，似是没想到。

"真的不下跪？呵呵，你们难道不知道，现在我们这批人，能让你们生不如死！"青年咬牙切齿，说出来的话含着浓浓的威胁。

吕涛脸色冰冷，一字一字说道："大丈夫宁可站着死，绝不跪着生！何况死的是谁还不知道呢！"

大义凛然的话语配上他生硬冷酷的语调显得铿锵有力，掷地有声。

“好！”夏远和胖子一同赞出声。

青年却被他的话气得脸色抽动，只是说：“有骨气啊！不过很快你就会知道，没有实力时骨气一文不值！”

他说完转头看向四大雄鹰的队伍，放低放和了声音道：“现在动手吗？”

四名年轻男子比那青年看上去还要高大几分，五官生得都很俊朗，各有千秋。这时候他们的眼光充斥着不善的光芒，射向月思卿、吕涛四人。

“我从没看过如此嚣张的新生。”中间身材最为魁梧的男子似是队长，冷声开口，“不过，嚣张都是没吃过亏的，吃几回苦头就知道什么是谦卑，什么是尊敬，什么是学长了！”

一声暴喝自他嘴里发出，青色光芒迸射而出，刹那间照亮了整个月光湖畔。

青灵！

月思卿心中微微一沉。

这四大雄鹰果然有狂傲的资本，不到二十五岁便已经是青灵三级了。

当然，如此年轻的青灵强者在熔炉铁堡里却算不得什么稀罕事，毕竟这里的每一名学生都是各个国家层层推荐而来的。

但这些在熔炉铁堡并不是那么出彩的学生随便一个拿到外面去，绝对都是跺一跺脚大地都会震上几震的人物。

以月思卿的强悍天赋，将来的成就必不能以普通天才来计量，但问题是她现在的实力却不如这四人。

四大雄鹰中的其他队员也纷纷放出了灵力，全在青灵一级以上。四人站在炫目的青光中，极为炫目。

月思卿眼光微冷，看来，她要动用银色和小青的本体力量了。

“谁在这里？”就在这时，一道势头十足的冷喝声传将过来。

月思卿几人回头一看，走过来的却是一名中年男子，身着黑衣，板着张脸，不苟言笑。

“邢主任，这么晚还在堡内视察么？”雄鹰队长见到来人，立刻收了灵力，笑着招呼。

而看见他，这位邢主任嘴角也是一勾，说道：“雄鹰，原来是你们。”

他说着目光瞥向月思卿几人，眉头微挑：“新生？”

熔炉铁堡三年一次招生，很容易将刚进铁堡的稚嫩新生认出来。

被呼作“雄鹰”的队长眼中掠过一丝尴尬之色，但还是解释道：“嗯，一些私事要处理，打扰到邢主任了。”

邢主任的眼光并没离开月思卿几人，嘴里说道：“堡主副堡主都不在家，我自是要加强夜守。那你们快些办事吧，早早回去。”

说完，他才向雄鹰点点头，看样子是根本没打算插手。

刚才那副灵力大放的模样，月思卿不信这位邢主任没看出来他们在这到底要干什么。可他居然就这么要离开……熔炉铁堡果然残酷！

嘴角勾起一抹讥笑，月思卿斜步上前，脆声叫道：“邢主任，您留步！”

她成功地让邢主任回过了身。

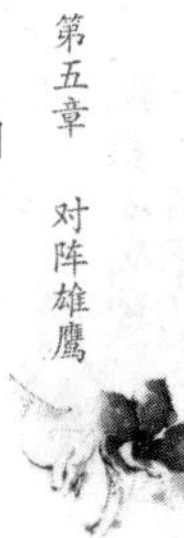

“邢主任，我们不知哪里得罪了四大雄鹰队，看您和他们熟悉，不知可否为我们解清一下误会？”月思卿淡淡笑道。

即使她不惧与四大雄鹰队硬碰硬，也还是不想暴露银色的存在。

邢主任一愣，似乎没想到她会这么说。

他还没有开口，一旁的雄鹰却已抢着训道：“不说咱们的私事跟别人无关，你与邢主任素不相识，凭什么让他帮你？铁堡里有惯例，导师和管理人员不参与学生任何事情。你拉邢主任下水，这是厚道的做法吗？”

瞧得邢主任微微犹豫的神色，月思卿心中冷笑一声，这男人确实很无心！在邢主任开口前，她再次说道：“邢主任，先别拒绝。我有一个朋友，他说往后我在熔炉铁堡里修炼，遇到任何困难都可以找堡里导师或管理人员帮忙，只要报上他的姓便可，也不知是真是假。”

她这话引起了邢主任的好奇，后者挑眉问：“谁？”

月思卿缓声说道：“他说他姓博，别人都叫他博老儿。”

她注意到，在说出“博”这个字时，邢主任的脸色便是一变，旁边的四大雄鹰和其他围观学生也都一怔。

“你和他什么关系？”邢主任问。

月思卿想了一想，浅浅笑道：“如果说，他欠我一个人情，你信么？”

“不信。”邢主任答得飞快。

“可事实确实如此。”月思卿无奈地向他耸了耸肩，她没有说的是，这人情还是救命之恩大于天的人情。

邢主任将信将疑地看着她，顿了半晌，抬头冲雄鹰说：“他们我要带走。”

闻言，雄鹰队四人都是一怔。

月思卿却已几步走到邢主任身旁，眉眼挑起一丝淡笑，冲雄鹰很无辜地摊了摊手，说道：“不好意思，虽然我知道实力很重要，但在熔炉铁堡内，背景也很重要。”

说着，她冲对面脸色显然不好的四个男人露出一抹邪肆的笑容。

在这个以实力为尊的世界，背景实力也能成为资本，而且最重要的是她很喜欢看到这四名蔑视自己的人吃瘪。

雄鹰死死盯住她，目光几欲喷出火。

邢主任说道：“走吧。”率先迈步出去。

月思卿四人以胜利者的姿态跟上，身后，四大雄鹰及那名青年皆是眼含愤色却又没有办法。熔炉铁堡的管理人员，他们还是要卖几分面子的。

离开月光湖不远，邢主任便停下脚步，高大的建筑挡住月色，他的脸庞沉浸在黑暗中，声音低沉地说道：“即便你与博老真的有交情，但我也不过帮你这一次，下一回你若与雄鹰遇到，后果如何便无人知晓了。”

他的话虽然很冷漠，但说的却是事实。

月思卿“嗯”了一声，说道：“多谢邢主任援手了。”

“不客气。”邢主任淡淡回道，看了月思卿四人一眼，眼光中划过一丝复杂的情绪。

可月思卿还是从中捕捉到了“怜悯”。

是的，强者对弱者的怜悯。

她的笑意微微一敛，微微躬身后，转身，带着吕涛夏远和胖子头也不回地走了。

她的天赋很强，但是，年龄的差距还是让她与雄鹰之间存在实力鸿沟。

邢主任或许会将他们当作走后门的学生，没有一点真本事，而她也不急于解释，她向来信奉的是不出手则已，出手便要惊天动地。隐忍着，直到忍不下去，再彻底爆发。

月思卿与吕涛、夏远和胖子分了手后，依旧打道回宿舍。

女生宿舍前，三道身影被月光拉长。

黑衫飘荡，中央的男人身姿修长，一头墨发被水晶冠束起，谪仙般的面容也因这一身黑衣而愈发俊俏深邃。那双堪比繁天浩星的凤眸眼角微翘，渗出几分艳丽。

“卿儿，想我了吗？”夜玄目不转睛地看着月思卿，殷红的薄唇弯起的弧度染上一丝柔色。

月思卿先是震惊，不敢相信自己的眼睛。好半晌，她一言不发地转身，直接进了宿舍。

夜玄被她晾在屋外，杵在那里，脸上不由得浮上一丝尴尬之情，快速瞥向身后的皇暗和皇冷。

后两者脸上也是出现了极其戏剧化的表情，瞠目结舌，主子竟然被这样对待了！

“咳……你们先散了吧。”夜玄咳嗽一声以作掩饰。

皇暗和皇冷如逢大赦，松了口气，快速消失在黑暗中。

夜玄见两旁无人了，面色这才缓和一点，看了房门一下，终于走了过去。

此刻屋里头，穆琳不在，脸圆和脸瘦的少女坐在桌边看书。

月思卿进来后，她们放下书站了起来，脸上露出明显的惊喜之情。

“你回来了？没什么事吧？穆琳担心坏你们了，一早就去找维尔了。”脸圆少女急忙说道。

“我是从小路回来的，没看到她。”听到这个，月思卿心神一动，没想到穆琳真的去月光湖了，不过自己在那逗留的时间太短，应是错过了。

“我去找她。”没待那两人回话，月思卿当机立断地说道。

她不能因为自己的事让穆琳遭受可能存在的危险。

只不过，刚要出门，便响起了敲门声，伴着一道低沉悦耳的声音：“能开下门吗？”

语气极为礼貌，任谁也不会想到这样有礼的行为会是暴乱荒原上最大势力星月殿的教主所为。当然，也不会有人想到，那个传说中生性凉薄的教主会在深更半夜造访人家女生宿舍的房间。

脸圆少女和脸瘦少女对望一眼，颇感惊异，因为光听那人声音便知那必是年轻俊美的男子。

她们将眼光投向月思卿，征询她的意见。

屋内静默的时候，门外传来离得还远的声音：“那是谁啊？在我们宿舍门口？”

听那道娇脆的声音，正是穆琳。

转眼间，她的声音便到了近前，房门也“吱呀”一声被推开一条缝。

“你是谁？”这一回问话的却是维尔。

夜玄却没有理他，冲里头说道：“卿儿，能出来一下吗？如果你不出来，我就一直在这站着。”

月思卿眉头一皱，略一思忖，说道：“你们都进来吧。”

星辰大陆男女倒不是那么设防，夜玄和维尔又是两个人，更不需避讳什么，便一起走了进来。

维尔一双眼睛只警惕地盯着夜玄，而夜玄，却巴巴地望着月思卿。

男子修长紧致的身躯包裹在一袭黑色长衫中，棱角分明的脸廓如上天精心勾勒的线条，优美之极。

如此美若神祇的男子如从天而降，脸圆少女和脸瘦少女明显倒吸一口冷气，刚才因为天黑没怎么注意到夜玄相貌的穆琳，眼中也多了一抹惊艳之色。

“这是我未婚夫。”月思卿迟疑了下，还是介绍道。

虽然有些生他的气，但她还是要宣示下自己的主权的。

维尔几人嘴巴立刻张大了。

未婚夫？

想到月思卿的能干，有这样气场强大的未婚夫似乎也不是什么稀奇事儿……

“我出去一下，你们不用为我留门了。”月思卿嘱咐穆琳。

穆琳三人只是机械地点头，目送二人出去。

却说月思卿出了宿舍后，夜玄跟在左右形影不离，直到走远了，他有些忐忑不安地叫道：“卿儿……”

“现在记得来看我了？”月思卿停了步，一出口便是撒娇般的抱怨，令夜玄心头软成一摊水。

“我是怕打扰你。”见原来是为这件事，夜玄有些无奈地笑着，生怕她再次跑掉，将她紧紧锢在了怀里。

少女柔软温暖的娇躯充盈了怀抱，顿时叫他心中说不出的欢喜和满足。

月思卿挣了两下，没挣开，便也乖乖地没有再动了，嘴里哼道：“借口倒是多！”

“不是借口……”夜玄叹了一声，俯脸在那张想念已久的唇瓣上轻轻印下一吻，甜到心间的蜜意。

“你刚来铁堡，我想放手给你一个独立封闭的成长空间，每一回都压下想要联系你的冲动。可你这样……我心软了，无法自制了，每天都来看你可好？”

夜玄低而模糊地说着。

月思卿甜甜一笑，抱住他的脖子：“嗯，你说的，不许反悔。”

夜玄揽紧她，眼中柔色愈浓。反悔么？他现在可是恨不得一刻都不要跟她分离。

月思卿点点头，牵着他的手沿着石子小道漫步，问道：“星月殿最近是不是很忙？”

“嗯。卿儿，你知道么？熔炉铁堡原来有一个供堡内学生修炼的空间，在北大陆与暴乱荒原接壤的地方，叫摩星界。再过段时间便是铁堡安排学生前去修炼的时候了。”

“摩星界？”月思卿眉头一挑，显然对此毫不知情。

夜玄解释道：“摩星界是一片独立的空间，紫灵强者才能勘破它的存在。熔炉铁堡在几百年前便发现了此地，界内灵气较为浓郁，经探查并无危险后，每年都会组织学生前往修炼。”

“那现在呢？”月思卿听出了他话中有话。

“最近几年，北大陆的上五宗也瞄上这块肥肉，以摩星界不是熔炉铁堡的土地为由，提出共享的要求，起了几次大纷争。前几回我回教也是为了此事。”夜玄淡淡说道，“说起来摩星界的所有权一直都存在争议，但一些小势力不足为惧。可上五宗的实力不容小觑，若不是我星月殿援手，熔炉铁堡难保得住那里。”

这世间本就是你抢我夺、实力为尊，所以月思卿并不奇怪上五宗会看上摩星界，只不过她好奇地问：“星月殿为何要相帮熔炉铁堡？”

夜玄轻轻一笑，说道：“暴乱荒原上各势力间都有盘根错节的关系，尤其以实力最强的星月殿和熔炉铁堡为甚。”

“那今年铁堡会派学生去修炼吗？我们新生能不能去？”她问道。

夜玄肯定地点头道：“会派的，往常新生也会抽优秀生前去，但这两年上五宗一直不罢休，铁堡在选学生上很注意，新生力量不足，怕是会舍弃。”

“那不行，我要去。”月思卿嘟嘴说道，握紧了夜玄的手轻轻摇着。

夜玄嘴角扬起宠溺的笑，也反握住她的小手，望着她的眼睛说道：“有我在，你当然能去。我今天来，顺便为了告诉你这件事，早做准备。”

“真的？太好了。夜玄，以后这种事可不能忘了我，一定要带着我。”月思卿高兴之余，郑重地提醒他。

“怎么会忘了你？”对于她的话，夜玄感到好笑，大手紧紧包住她的小手，低声道，“你现在是我的重心，我会为你做所有事情。”

月思卿闻言，心中泛起一丝喜悦来，小嘴微抿，说道：“我对你也是一样，所以别忍心那么久不来看我。”

“以后每天都来。”夜玄立刻答道。现在叫他不来那也是不可能了，他尽量不影响她的修炼便是。

“嗯。”月思卿唇角扬起，笑得很舒心，说道，“现在去哪？”

“你刚从月光湖约战回来，定是累坏了，还能去哪？晚上好好休息。”夜玄微笑地说道。

月思卿愣了一下，脱口说道：“啊，我去月光湖的事你知道？”

她倒有些尴尬了。

“自然，小野猫，你呀，还是不安分。”夜玄伸手刮了刮她的鼻子，眼中尽是溺爱之色。

“是他们不安分，我可很安分呢！”月思卿不依地辩解道。

“好好好，你安分。”夜玄被她说得愉悦地大笑起来。

笑声中，两人的身影被月色拉得极长极远。

隔了一会儿，夜玄带着她在一个小院前停下，笑道："这是我在铁堡的住处。"

"啊，你在铁堡也有住处？"月思卿傻了眼，丝毫没想到熔炉铁堡内居然还有夜玄的独立住所。

这个院子没有皇家学院那间别院精致，石头所制，较为粗糙，但胜在独门独户，打扫得一尘不染，在这个法则残酷的铁堡内，有这样一隅安静之处，十分难得了。

一楼是宽阔的石厅。二楼设了四个房间。

夜玄开了最里边右手房门，两人一起走了进去。

房间颇大，地上铺着柔软的镶花赤色地毯，中央摆着张宽大的床榻，靠墙立着书架，摆了张软卧。想必这就是主卧了。

月思卿开心地扑到床上，甩着双腿笑道："这床比宿舍的软得多！"

"那以后就住这吧。"夜玄笑盈盈地说道，脱了鞋子躺到床上，道，"这里有人打扫，也能照顾你的起居。"

"嗯，到时再说。"月思卿倒没有立刻就应承，在大床上打了个滚。

滚到夜玄身边，后者伸手将她抱住，右手一挥，床头的夜明珠罩悄然落下，将一室光芒掩住。

"卿儿……"夜玄低喃一声，借着黑暗，再难掩饰爱意，犹豫了下，低头缠绵地吻着怀里的小美人。

"夜玄，我困了。"月思卿往他怀里赖了几赖。

她确实很累很累，连续一个月的竞技强度很大，虽然修炼能回复精神，但身体上的酸楚却不能彻底除去。

"那就睡觉，今晚有我在，什么都不用操心，好好睡觉。"夜玄揽着她，怜爱地说道。

"嗯。"月思卿低应一声，在他怀里摆了个舒服的姿势沉沉睡去。

怀内，少女初见凹凸的身躯充满着处子之香，夜玄好半晌才压下心旌荡漾，嘴角露出苦笑，心想，再过一两年，是一定不能让这丫头再与自己同床而枕了。否则，他必是无法再把持住。

一夜好眠。

第二日，虽是百般不舍离开，但想到一月后的摩星洞之行，她还是狠下心与夜玄分手，前去修炼。

在竞技场内，她找到了一早便过去观赛的吕涛和夏远，却没见到胖子的人，估计他还在睡懒觉。

由于胖子不在，她大胆地做出决定，今天三人分别参加单人竞技，正好也能训练下夏远的独斗技能。

而首次尝试便让她尝到甜头。

她、吕涛和夏远在单人竞技中都赢了。

于是，三人与另外赢的两名学生共同分到一把钥匙，又能在同一个修炼房中进行修炼。

月思卿、吕涛和夏远与另外两名少年拿到一把钥匙。见到与自己一同修炼的竟然是最近扬名竞技场的 44 小队成员，那两名少年都露出古怪的表情，似是不敢相信。

月思卿闭眼修炼，时间一点一滴地过去。

直到银色在空间内给她提醒："卿卿，已经傍晚了。"

月思卿睁开眼，望了眼沉浸在修炼中的吕涛几人，悄悄起身，没有打扰他们，出了修炼区。

顺着石子小路，她朝铁堡一角走去，在前方转弯处，一道身形赫然而立。

正是那名找四大雄鹰来对付她的绿灵九级灵师，一位魔狼灵兽的拥有者，她依稀记得，别人叫他桑猛来着。

桑猛显然是在等她，冷笑一声："昨晚你可真是好运气！"

起初他约月思卿交战是因为他弟弟相邀，但月思卿小队居然联手打败了他，这才真正激怒了他。

现在这少年落了单，正是下手的好机会！桑猛眯起眼，眼光中划过一丝危险的光芒，绿色灵力没有预兆地从脚下蔓出。

"现在看还有谁来帮你！"桑猛咬牙切齿地说道，眼中尽是被折辱的怨恨。

月思卿看了他良久，冷哼一声，缓缓说道："谁说没人帮我了？向来只有我群殴别人的份！"

"这里只有你一个人，我倒要看看你怎么群殴我！"桑猛也是冷笑一声。

月思卿双眼微眯，轻声喝道："银色、小白、小粉、小青，都出来！"

随着喝声落下，浓烈的绿光闪耀间，一头高大的吊睛白虎咆哮着奔了出来，额上三道金色横纹牛逼闪闪地发着光。小粉以火睛兽形态出现，体形狰狞，骇人之极。

月思卿右手托住一朵洁白兰花，左腕则缠着一条青色小蛇，脸上漾着云淡风轻的笑容，反问道："这样，还不够群殴你吗？"

够不够？当然够！

桑猛瞪大眼睛，只听到自己脑中轰隆隆直响。

眼前这一幕太过陌生，却又太过壮观！他几时见过一名灵师召唤出这么多灵兽来着？

这，这……

他还没来得及想出原因，月思卿动了。

"拈花飞叶技！白虎金刚掌！小粉火焰球！"她一连喊出三个招式，分别是银色黄灵灵技，小白绿灵灵技，小粉绿灵灵技。后两个灵技都是中级灵技。辅助灵兽，前期用得少，到后期上一两个高级灵技，那时效果才明显。

"小青，直接攻击！"月思卿最后补上一句。

青龙是上古神兽，技能就不能随意了，绿灵灵技她还空着，没挑出合适的技能书。而且她也不愿暴露它上古神兽真身，所以只叫它直接攻击。

仅此便够了。

脑中受了巨大冲击的桑猛哪里来得及反应，慌忙之下放出的飞天魔狼爪招式未出，那四道攻击就到了。

“轰轰轰轰”，剧烈的响声中桑猛如断了线的风筝倒飞而出，狠狠撞在旁边的石墙上，身体软下，一口鲜血喷吐而出。

抢了先机，月思卿心头微松，没有丝毫同情地哼道：“绿灵九级灵师又如何？还不是我绿灵四级灵师的手下败将！”

说完，她转头迅速离开。

身后，桑猛捂住胸口，强吞下翻涌的血液，看着月思卿远去的背影，面上终是缓缓渗出一丝骇色。

如果说，那名少年真的是召唤灵师，那他还有什么与对方一较高低的资本！

月思卿走了没多远，一道黑色身影从天而降，夜玄嘴角含笑：“不错！”

她脸现惊喜：“你看到了？”

“嗯嗯，小妮子都不需要我帮忙了啊。”夜玄感叹了一声，眼底却是欣慰之色。

“当然了，我也很厉害好不好！”月思卿得意扬扬地邀功道。

“那我可要好好奖励你，走，回去准备了好菜，给你补一补。”夜玄笑眯眯地牵起她的手。

说到美味，月思卿整个人都精神了几分，笑道：“那赶紧吧！”

果然，夜玄的小院内，皇暗买好了不少精致佳肴，让月思卿好好满足了下胃腹之欲。

当晚，又是一夜好眠。

吃了一个月苦，她这回可是好好调养了一阵。

过得几天，她精神好得多了，正想着晚上再睡觉是不是有些浪费时间时，夜玄根本无需她操心此事，早就给她安排好了。第五天夜里时，他便取出神兽内丹，和月思卿一同在主卧内修炼。这样，两人既能在一起，修炼也没有耽误。

而不知是不是那天与桑猛一战起到了震慑效果，一直都没人来找她麻烦。

一个月时间一晃而过，正如夜玄所说，熔炉铁堡前往摩星界修炼的消息如同掷向湖面的一颗石子，在铁堡内泛起层层涟漪。

新生知情的不多，说个几句后，自知与此事无望，也就罢了嘴，专心竞技和修炼，而老生，则在莫丹等导师的安排下开始做准备了。

十月，秋高气爽，熔炉铁堡暗地里选中的一支队伍即将踏上那神秘的摩星界之行。

一大早，铁堡终年没有太大动静的山门之侧便聚满了人，莫丹、古力两名导师同穿一身灰袍，带着几名中年导师站在队首，面色严肃，俨然是这次的领队人。

一行人站在风中并没有动身，直到远处一群黑点快速奔近，近了后能看到是一群脸上戴着人皮面具的星月殿教众，走在前面一身黑袍的正是皇暗。

看到他，浑身傲骨的莫丹与古力也不禁面露尊敬之色，说道：“暗前辈，我们铁堡共带出五十六名学生。青灵以上有二十名。”

两名老者向一名中年人称呼前辈，看起来颇为怪异，但在暴乱荒原上，谁看到都不觉得有问题。

星月殿的左右长老，那可是不知活了多少年的老妖怪了。

熔炉铁堡本就是天才的摇篮，整个学院，达到青灵的学生足有数百人，更不乏青灵五级以上者。光看青灵级别，星辰大陆上哪个势力能与它比？

而前往摩星界修炼的主力以绿灵级别的学生为主，毕竟这个级别急需提升。但目前熔炉铁堡与上五宗仍在争夺摩星界中，所以莫丹带出二十名青灵五级左右的学生，让他们修炼是其次，更主要的是确保这次行动的安全。

皇暗点点头，说道："我这边也带了二十名青灵，我们教主和四名蓝灵长老领着二十名绿灵在总殿相候，等我们前去会合。"

"好，那就走吧。"莫丹沉声说道。

就在这时，几道身影匆匆从山门后的大道上跑了过来，嘴里叫道："等等我们！"

声音倒是颇为熟悉，莫丹循声看去，认出那跑在最前头的少年正是女扮男装的月思卿，他不由一愣。

古力已不解地问莫丹："这次带了多少新生？"

他显然对月思卿几人也是印象深刻。

"根据堡主意思，新生带了五名，包括卢劲松的两名弟子。"莫丹压低声音说道。

卡列国第一高手卢劲松，与莫丹、古力有些交情，也正是如此，他才能顺利地将月木子送进熔炉铁堡。但这也只是个例，情况极少。

虽然自两名弟子进了铁堡后，卢劲松便没有再让铁堡特殊照顾他们，但这一回允许带上五名新生，莫丹与古力便自作主张地将他俩带上，另外三人也是抛不开面子的关系户。

不公平是有些，但一共只要五人，本就不好挑。

而他们都能确定的是，月思卿并不在这次名单中。

"你们也要去摩星界？名单上没你们的名字！"这时插话的正是四大雄鹰队的队长雄鹰，眼光冷飕飕地望着月思卿。

他倒是问住了莫丹与古力、邢主任没有出口的话。

月思卿向他翻了个白眼，道："谁说我一定要占学院名额？"

她说着瞟向一旁的皇暗，后者虽是戴着人皮面具，但这副尊容月思卿不是没看过。

雄鹰眉头微皱时，皇暗已笑呵呵地说道："不用争辩了，思卿——是跟我们一起的。"

他差点说出思卿小姐来，但在看到月思卿的男装打扮时，生生改了口。

不说四大雄鹰皆是惊讶，莫丹和古力也微微一呆。

月思卿冲皇暗笑着行礼，随着刚才莫丹的叫法叫："暗前辈。"

她也不知夜玄几人到底有多少秘密，反正她注意些便是。

只不过皇暗却是身形敏捷地往旁边一闪，恰恰好将她这一礼给躲去了。

于是，月思卿抬头时看到的便是空气。

"……"她有些无语。

皇暗笑道："别折煞我了。"

"……"

这一回，是其他人无语了。

撇去皇暗紫灵实力的身份不说，谁不知道左长老在星月殿的地位，就算是上五宗的宗

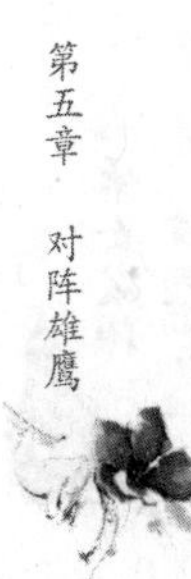

主见到了也会有几分敬意。

但现在，他居然让开了一名小辈的礼，还说会折煞他！天，那这小辈他到底是什么人！

顿时，包括星月殿己方人在内，场上所有人齐刷刷盯住月思卿。

月思卿嘴角轻抽，仰望天空。

因为夜玄不让她带太多人，她决定只带上44小队成员，但胖子偷懒想睡觉，来的便是他们三人了。

见状，皇暗赶紧说道：“人都到齐了，那就走吧。”

众人这才停止了各种猜疑的心理，但明显看向月思卿的眼光不同了，大家整装出发。

第六章

阎摩星界

几天后，他们成功与星月殿其他人会合，一同赶往摩星界。

夜玄身为星月殿教主，不宜抛头露面，全程神出鬼没，并不与他们同行。

当然，月思卿知道他的存在。每晚，他都会准时来看望月思卿，吕涛和夏远知情，也只能在他来时避开。

摩星界与其说是在暴乱荒原和北大陆的接壤处，倒不如说是在北大陆的土地上。北大陆边界并非君主统治国家，类似于暴乱荒原，由几大势力共同管理，又被称为三角区。

摩星界，一个隐匿于三角区的空间，相传是很久以前的强者遗留下来的。

十月底，秋高气爽的日子，一望无际的黄土地上，两班人马迎风而立，硕大的锦旗插在地上，以此划分界限。

一面黑底绘铁堡图案的旗帜旁站着一位面容慈善的老者，据说，那就是熔炉铁堡的现任堡主，现已突破紫灵的老妖怪。

月思卿等一群学生在莫丹导师的带领下站得有些远，没有机会近距离瞻仰堡主。

而对面挂起的旗帜却是金红底绘五色锦带旗，五个家族联合组建的上五宗宗旗。鲜艳的旗角被轻风吹得拧到了一起，或明或暗地露出旗下数张脸庞。

正中央一名老者，冲这边熔炉铁堡的方向抱了抱拳，扬声叫道："图堡主，多日不见，身体可安康？"

他问得客气，熔炉铁堡图堡主只是微微笑道："原本好得很，但年龄大了，就受不得气。"

自从北大陆上五宗也看中摩星界后，熔炉铁堡便面临着失去摩星界掌控权的威胁。

那老者仰起脸，哈哈大笑了两声，声音若洪钟般响起："堡主，你倒说笑了，谁敢给你气受？三角区自古就是北大陆不可分割的领土，摩星界本就该隶属北大陆。念在咱们多年的交情上，老夫等人也不与你争抢，大家一起在摩星界修炼便是。"

图堡主眼中压抑不住一丝愤色，轻哼一声道："总宗主这话说得倒是漂亮！"

老者干笑了两声，冲他做了个手势道："那开始吧！"

也不知先前一段日子，熔炉铁堡与上五宗到底如何交涉，总之，从图堡主的言语中，大家听出了熔炉铁堡让了几步。

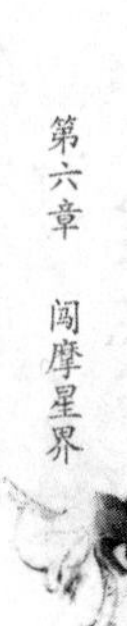

接下来，图堡主与那名老者，再加上皇暗等另外几人，大家站成一排，一齐释放出紫色光芒，联手开启隐匿的摩星界。

这当口，莫丹与古力将学生带远，低低嘱咐他们："等会儿进了摩星界后，大家不要分散得太远，最起码要保证四人一个小组。在摩星界内遇到上五宗的人时，尽量避免起冲突，以免造成无谓的伤害。大家的目的是去摩星塔占个好位置修炼，明白了么？"

学生们认真听完教导，齐齐点头。

月思卿也从他接下来的三言两语中得知了，摩星塔是摩星界最中央的重要建筑，极为雄伟开阔，共有十三层，可容纳几百人同时修炼。不过，越往上灵气越浓，所以到得越早，修炼位置便越好。而只要找到修炼位置开始修炼后，周身便会形成一个灵气罩，保护修炼者的安全，杜绝了修炼中被他人偷袭的危险。

很快，在数名紫灵强者的齐心协力下，"轰隆隆"一声巨响，一片极为辽阔的绿地出现在大家面前，与干裂的黄土地极为不符。

莫丹清喝一声："摩星界已出，大家进去吧！"

一群人从两边闪出，快步奔向那片绿草地，一踏入那片空间，他们的身形便消失在外头人的眼里。

月思卿睁开眼时，望着眼前景色幽美的山谷，心胸开阔，深吸了一口新鲜空气。

此刻，被铁堡选中的五名新生中的关系户月木子和上官鸿朝他们走来。

"思卿，一起吧！"上官鸿主动开口，看着少女男装打扮的干净飒爽，他眼底掠过赞赏，以及一丝黯淡之色。

月思卿并未拒绝："走吧，去得早位置也更好。"。

于是，月思卿、吕涛、夏远、上官鸿和月木子一行五人出发了。

路上，风景虽然很美，但在这美丽的景色之下，也掩藏了不少凶险之处。

一路，不少凶猛的灵兽群起攻击他们。这片空间浓郁的灵气不仅适合人类修炼，也是灵兽成长的宝地。这里的灵兽普遍级别较高，对付起来颇为棘手。但这样一来，他们的收获也越加丰富。

几个时辰后，五人才终于走到摩星塔。

那是一座耸立在山谷中的高大建筑，高有十三层，宽有十几亩，汉白玉垒成的塔身在阳光下闪着莹莹光泽。但众人脸上皆露出凝重之色。

吕涛打头，率领众人踏进高大的黄铜塔门。

一进塔，眼前光线便是一暗，众人眼前出现了一个密闭的巨殿。巨殿呈殿中殿样式，中央锥形内殿围着石墙，旋转似的开了八个门，照明石光芒很是昏暗。

月思卿背负小手，定定地看着那八道门，说道："不管走哪道门，想要去二楼，我们必须做个选择。"

说完，她没有再考虑，抬步就朝最近的内门走去，剩下的人也连忙跟上。

进门后，偌大的楼梯上只悬了一颗照明石，光线越发幽暗了。

吕涛抢到月思卿前头开道，同时释放出灵力，绿色光芒在身周闪烁着，也能照明。

大家顺着木质楼梯往上走，“嗒嗒嗒……”尽管放轻了脚步，但走在这年久失修的木梯上，脚步声还是清晰地响起，在静静的幽暗中极为明显。

猛然间，月木子尖叫一声。

众人抬头，那原本尚有些清晰的视线突然就被一团黑暗吞噬了，紧接着，有什么东西铺天盖地地朝他们涌来，耳边响起一阵刺耳的嗡鸣声。

“动手！”月思卿也不管那是什么了，厉喝一声。

幸得大家一路都是斩杀灵兽而来，反应极快，各种技能毫不吝啬地就往那些飞行的东西上招呼。

他们也才看清了眼前是一群肉刺蝙蝠，暗红色的生物双眼闪烁着幽冷的光芒，迎着攻击而上。

虽然蝙蝠数量多，体形大，但在月思卿五人几轮技能扫过后，也凋零大半，剩下的蝙蝠见他们招招凌厉，倒也知道厉害，不敢靠近，在周围盘旋了几圈后终是撤退了回去。

楼梯上再度安静下来。

望着那道幽暗深邃的拱门，众人脸色凝重。

“还进去吗？”夏远低声询问。

月思卿点了点头，目光缓缓射向门后，说道：“其他的门内大约也好不到哪去。与其去别的地方面临全新的危险，不如坚定地将这条路走下去。”

吕涛、上官鸿皆赞同了一声，一行人，再次朝二楼拱门走去，只不过这一回，大家更加警惕了。

进得那扇石制拱门，月思卿快速扫了下四周，这儿不似一楼悬有照明石，眼前依旧一片幽黑。黑暗中，几点红光闪烁分明，犹如藏在暗处的危险源。

“提防那些蝙蝠。”走在最前头的吕涛沉声嘱咐了一句。

所幸这儿大半蝙蝠已经被他们消灭，剩下的畏惧着不敢上前。他们顺利地通过这个幽暗的小厅落，踏入一道短廊。

短廊右墙挂了个小照明石，投射下昏黄的光线。

而穿过短廊，眼前赫然又是一个厅落。头顶镶了一颗婴儿拳头大小的夜明珠，折射着诡异的光芒。而通往三楼的路就设立在这里。

一个巨大的蝙蝠王敛着双翅，趴在厅内。它身高约一丈，幽红的肉刺展开来能覆盖整个厅落，铜铃般的眼睛含着邪魅的光芒，冰冷地看着他们，透着人性化的贪婪。

蝙蝠王缓缓舒开庞大的身躯，看向几人，嘴里发出一声长啸。

“居然还有这么大的蝙蝠！”上官鸿低低叹了一声。

“不知道什么级别，但肯定不低，若是神兽就完了。”夏远面庞抽搐。

“不是神兽，但不好对付。”月思卿摇了摇头，说道：“准备！”

五人一字排开，同时放出灵力。

夏远的胆子在月思卿等人面前稍微小些，但这些年的磨炼后，比当初也好得多了，在实力悬殊的时候都不曾退缩过，如今面对这巨型蝙蝠王也是寸步未让。反倒是队伍最右边的月木子脚步悄悄往后挪了几步。

“上！”月思卿清喝一声，已召出银色本体，释放出兰花第二技——拈花飞叶技。

吕涛、夏远、上官鸿和月木子也大招齐开，一时间绿光交织闪耀，壮丽无比。

蝙蝠王仰头怒吼一声，双翅一振，冲他们扑来，一股浓郁的青色光芒从它双眼之内迸射而出。这是一头青灵级别的灵兽！而且看灵力浓度，应是青灵高阶灵兽！

青灵灵兽，相当于蓝灵人类！众人倒吸一口凉气。

“底牌全拿出来！”月思卿沉声叫道，右手一挥，已从空间戒指里翻出一柄银剑。

“弯弓斩！”操控兰花的同时，她使出战技。

灵战双修的实力在这时一览无余。

不过她的举止似乎激怒了蝙蝠王，后者抬起壮而结实的鼠躯，冲她横眉怒目地嘶叫几声，竟是抛了刚才还在交手中的对手，迅猛地朝她扑来。

偌大压力排山倒海般地涌了来，月思卿小脸一片严肃。

她不能退后，也无法退后。

“兰花拂穴手！”弯弓斩后，收回兰花，她没有任何犹豫地释放出兰花拂穴手，九道掌印全力飞向蝙蝠王。

“锁骨连环刀！”同时她配上战技锁骨连环刀。九柄飞刀实质般的虚影再次飞出。

九刀九掌，十八道虚幻之影，在月思卿手下成了十八道极其锋利的武器。

吕涛几人瞅准时机，技能也不要钱地砸过去。

而就在他们全心对敌之时，月思卿突然感觉到后背微微发凉，一股无形的杀意悄悄地锁住了她。

此刻，她十根葱葱玉指正扣着光芒隐动的灵气，隔空操控十八道幻影，根本不容抽开一丝心神。

百忙之中，月思卿眼角余光只来得及往后一瞟……无数白色羽影凝聚成一柄通体洁白的圣洁之剑，看起来威胁不大，实则，在周围灵气疯狂的涌动中，隐含着的危机与杀意缓缓渗透而出。

剑尖直指的方向不偏不倚，正是——月思卿！

剑身那一头，月木子微眯的眼睛看不到原来的清澈，折射而出的是无尽的怨毒。她的双手还保持着释放技能的姿势，嘴角，则轻轻勾了一勾，冰冷疯狂的笑意没有半点掩饰。

说时迟，那时快，一切都只是一瞬间的事。

在这个瞬间，月木子的千羽之箭已经不留情地刺向月思卿后背的要害，空气中，灵气翻滚，这几乎要了月木子所有灵力的技能锁死了月思卿。

灵力在外、全力对敌的她无法闪开这致命的一招！

“思卿小心！”上官鸿察觉不对，一看之下惊得魂飞魄散，援手已是来不及，只能嘶声厉叫一声。

大厅的温度骤然下降，千羽之剑划破空气，带着剧烈的呼啸声射向月思卿。

“月思卿，看你这次还向哪逃！”月木子扬声大笑，状若疯狂。

吕涛和夏远也是惊叫起来。

而在这千钧一发的当口，一道青光闪现而出，青色身影出现在月思卿身旁，出手如电，敏捷地抓住那柄来势飞快的羽剑。

空气似乎停滞在这一刻，虚幻的青色身影缓缓变得清晰。那是一个身穿青袍的阔脸男子，面相严肃，右手持剑，眼中噙着愤怒之色。

"啪"的一声，那柄灵气幻化的羽剑在他手中爆炸开来，化为无数光点消散。

"好卑鄙的手段！"青袍男子冲月木子冷笑一声。

突然的变故令厅内的战斗声也湮灭了，上官鸿与吕涛夏远皆是本能地舒了口气。而反应最大的莫过于月木子了，她眼中的得意之色慢慢凝固，转为不可置信，布满了绝望。

她算计好的一切化为泡影！那个男人是谁？

吕涛等人都是愕然地看着青袍男子，显然也不知道他的身份。

而银色在这时化作人形，披一袭雪色长袍，缓步走来，与青袍男子一左一右地站在月思卿身旁。

他们皆是血统高贵、实力强大的上古神兽，见过十数万年的风雨，气场全开时，那浑身透出的气势岂是凡人能够招架住的？

被这样的目光锁住，从疯狂模式缓缓恢复过来的月木子顿觉心头一寒。

何况此刻，刚才还战火纷飞的大厅里已是一片静默，吕涛、夏远、月思卿和上官鸿的注意力都在月木子身上，他们的目光有震惊，有愤恨，有怒火，有怜悯，甚至，有失望。

怎么会这样？怎么会这样？月木子在心底一连问了自己好几声，犹自不能接受现在的结果。

刚才分明是杀了月思卿最好的时机，可……她的眼光转向小青，尖声问道："你是谁？"

小青面无表情，冷冷回答道："低贱的人类，本尊的名字也是你配问的？"

"神兽？"月木子呆住，转瞬却明白过来。

月思卿，居然有两头神兽！看他的实力，应该也是上古神兽！天呐，她的运气怎么这么好！

吕涛和夏远也是嘴角连抽。

我靠，两头上古神兽！还是人么！

"为什么？"上官鸿喃喃出声，看着月木子，眼光疼痛。

月木子强自镇定，一甩头，一言不发地往原路奔去，看这样子，她是打算离开了。

是啊，事情已经到这一步了，再装下去也没意思。

"给我站住！我要杀了你！"一声暴喝在厅内炸开，夏远有如炸了毛的狮子，浑身灵气暴涨，他整个人笼罩在了粲然的绿光中。

月思卿眸光一动，拦住了夏远，冷冷道："让她走！"

"思卿！"吕涛红着眼上前一步，紧握拳头，声音却如平日一般凝重。

月思卿没有回答他，声音凉凉地冲月木子说道："月木子，没想到你竟恨我如斯！这一次我看在父亲的面上不和你追究，但若再有下次，我会亲手送你下地狱！"

女子的眼光若毒蛇般凌厉，丝毫没有玩笑的意思。

月木子想起她的强大，心底一寒，转身飞一般去了。

"老大！"夏远很不甘心地一跺脚，所有灵力瞬间回敛。

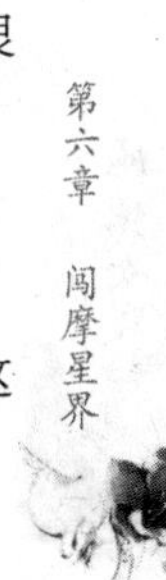

这时，吕涛怪声叫道：“老大，这蝙蝠王怎么死了？我们好像还没有战胜它。”

听了他的声音，月思卿回头去看，果然发现那只巨型蝙蝠王肚腹朝天仰躺在地，没有了生命气息。

“不知。”她也很纳闷，想问上官鸿，后者脸色凝重，声音有些干涩地说道：“思卿，对不起，但我必须去找到月木子，毕竟照顾好她是师父的交代，我……”

“去吧。”月思卿微微一笑，点点头。

上官鸿深深看了她一眼，低叹一声：“这是我的责任，请你原谅。”

他说完快步离开。

他的离去，无疑让这个临时组建的小团队损失了大半力量，厅内只剩下月思卿三人两兽。

这一个月时间，夏远连破两级，从黄灵九级冲到绿灵二级，而吕涛到了绿灵三级，月思卿更是妖孽般地升到绿灵五级。

这样的实力，她暂时还无所畏惧，说道：“上塔！”

从摩星塔二层一路往上都是不太平的，每一层或有灵兽，或设机关，困难重重。但这儿没有外人，月思卿毫无顾忌，将自己所有底牌全拿了出来，三人过五关斩六将，倒也顺顺当当地上到摩星塔最高一层。

等他们到时，最高层已经有人了。一路散落着进入修炼状态的青年，正中间的一方白玉台上，却还有好几个空位。

目测四周，月思卿也看得出，这里灵气最为浓郁。

她心底一喜，收回眼光，镇定地打量白玉台前的几拨人马。

十几名青年男女显然已经经过了一场较为激烈的打斗，而占了上风的一方看衣装打扮便知是上五宗的族人。

此刻，摩星界的第十三层除了零星的修炼之人外，就是这两拨交手的人马了，塔里极其寂静，只听到那些人微粗的喘息声，没有一个人说话，显然，上五宗的人丝毫没有将后来的月思卿三人放在眼里。

月思卿带着吕涛和夏远站了一会儿后，眼光绕过几人，在白玉台上的空位上扫了几扫，终是迈步上前，尽量让自己绽出的笑容看起来温婉平和，只不过，她一开口，还是引起众怒。

“各位，麻烦借道，我们要上去修炼。”

“我擦，这哪里冒出来的混小子，竟然这么狂！”上五宗里，霎时有人骂出了声。

“尼玛老子拼死拼活斗到现在，他们还想拣现成的便宜不成！”

这边，熔炉铁堡的学生们也是惊怒交加地望着月思卿这三个强横的插入者，即使他们是同一联盟，但一旦涉及利益，事情便变味了。

只不过，似乎这里没有一个是青灵级别，那些青灵高手都到哪去了？

月思卿一皱眉间，感到了腰间传来一股暖意。

心神一震，她的唇角不由微微弯起，向后退了三步，摸出一块灵力磁片。

“思卿，跟那些人废话什么！从你右手边离开，听我命令。”

磁片那头传来的声音下达命令。

"啊？"月思卿一愣，随后却又掩饰不住惊喜，撩起眼皮望了眼对面虎视眈眈的人马，悄悄打量四周："夜玄，你看得到我？你在哪儿？"

"别东张西望了，慢了可抢不到好位置！"夜玄的语气带着些催促。

"好。"月思卿想也不多想，立刻应声，冲吕涛和夏远道，"跟我走！"

她相信夜玄，感受着磁片那头低微的呼吸声，便觉得无限心安，好似握紧了这块磁片，刀山火海于她而言也不过是一场谈笑晏晏。

看到他们离去，上五宗和熔炉铁堡的两帮人虽是诧异不解，但都松了口气。

先是不惧的，可那女孩子浑身透露出的气势却无端让他们感觉到了压力。

月思卿带着两人快速穿行，耳边，夜玄的声音不紧不慢地指挥着，"左边岔路，右手拐弯……"

隐没在半昏半暗间的长廊曲折延回，散发着一股久远古老的气息。

伫步在一条幽暗巷路口的月思卿望着前方一道浅绿色光团，眯起了眼。

"这些光团才是摩星塔灵气最浓郁的所在，快释放灵力进入，这个光团还没有进入修炼状态！"夜玄再次下达命令。

"好！"月思卿没有半点犹豫，迅速明了地传达了夜玄的意思，闪身移向那团似飘浮似弥漫的绿光中。

很快，三道身影缓缓与绿色交融，消失在这条幽暗的巷道内。

月思卿睁开眼时，眼前颇为明亮，似是天光，但呼吸间胸腔却是极其畅然，有一股饱饮之感。

这里就是夜玄说的灵气最浓郁的光团中央吗？难怪那些青灵高手都不屑白玉台了。

还没等月思卿好好欣赏这个密闭的灵气空间，眼前便出现了两张惊愕万分的脸庞。

"怎么会是你？"熟悉的声音充满了迟疑。

她凝神望去，脸色微沉："雄鹰？"

这人不是别人，正是四大雄鹰队的队长雄鹰。

"小子，你居然也能找到这里，好本事啊！只不过，你似乎来错地方了！"最初的惊愕从雄鹰脸上退去，冰冷的眸中闪烁出凶狠与冷厉。

月思卿三人在他眼里，无疑就是挑战他雄鹰在熔炉铁堡创下的威望的仇敌。

"鹰兄，这位是……"雄鹰身旁的少年年纪倒是不大，十五六岁模样，但衣着颇为精美，周身气势不凡。

"哼，学院里几个新生，刺头青，连我们也不放在眼里！"雄鹰讥诮地勾起唇，眼里隐见怒火。

"哦，还能这样？看来我是报到晚了，这等热闹都没凑到。"那少年含笑道。

他的话却更加挑起了雄鹰的怒火。

月思卿望了他一眼，煽风点火，不错。她淡淡问："这里也是修炼地吗？"

雄鹰冷哼道："关你什么事？滚出去！我们要修炼了，上次的事可没完，下次再好好收拾你！"

对于绿灵的月思卿，雄鹰自是一点也没放在眼里。

“是吗？”月思卿的声音也没有什么温度，“如果说，该滚出去的是你呢？”

“你说什么？”雄鹰一呆，额头两旁太阳穴随即鼓起，显然不敢相信听到的话。

“我说，该滚出去的是你，聋了吗！”

输人不输阵，这个道理月思卿还是知道的。

“你，好大胆！”雄鹰身躯一震，一股耀眼的青色光芒自他脚底腾起，一股压了月思卿几人一级的压力迅速荡开。

“你准备好承受一名青灵强者的怒火了吗？”雄鹰释放出灵力，倒不急着攻击，反而阴恻恻地盯住月思卿，冷笑发问。

月思卿深吸一口气，在雄鹰刻意制造的满室压力前稳住身形，岿然不动。不得不说，越高阶别，每一阶的差距越大。

“我也正想试试。”一个字一个字从她的红唇中吐出，很坚定。

月思卿昂起头，冷笑一声，绿色光芒瞬间迸出，笼罩了她全身。

“绿灵五级，灵师！”月思卿自报家门。

雄鹰一脸狂怒，室内顿时青光乱窜：“区区绿灵也敢在我面前猖狂，真真是找死！”

“这么小年纪就绿灵五级了？”这时，身旁那名一直悠闲看好戏的少年却是露出惊讶之色。

“你们是两个一起上还是你一个人？”月思卿眉头微扬，突然有些恶意地问道。

在雄鹰听来，这是绝对的侮辱，大手一挥，喝道：“收拾你，我一只手就够了！”

月思卿看着雄鹰说出这话，嘴角的笑倏然扩大几分：“那好，不客气了，我们是三个一起上！”

说完，身旁的吕涛和夏远浑身气势同时大开，三名绿灵灵师并肩而站，制造出的压力俨然不输雄鹰。

望着这一幕，那名少年脸上的惊讶渐渐转为了惊愕，眼珠子瞪圆了，忍不住骂道：“我靠，这样也可以？”

“狮虎变！”

“毒刺倾天！”

吕涛和夏远不敢耽搁，立即释放出目前所能释放的最高技能，绿灵技能。

一只似狮似虎的虚影自吕涛身上闪出，带着极其凶猛的攻势冲向雄鹰，而夏远双手结印，无数绿幽幽的毒刺长蛇自天空倾下，剧毒之蛇缠绕向雄鹰。

月思卿双眼微冷，看着两人同时发出的攻击，一个大胆的念头突然涌进脑海。

同时攻击……这四个字一旦出现，她便无法再将其抹去，这个念头也越来越重。

此刻，面对级别比她高许多的雄鹰，容不得她再多想。

右手划出一道优美的弧度，女子已轻喝出声：“漫天花雨，龙吟九天！”

雪白的兰花自右腕浮出，霎时化作满天璀璨晶莹，吕涛和夏远身上的绿光随之一亮，而雄鹰的青光微微一黯。

漫天花雨，增加己方技能效果，降低对方实力，是一项较好的控制技能。

而她在脑海内分出一丝精神力，同时使出了小青的第一技能——高级技能龙吟九天。

这是她首次尝试同时释放两个技能。

如果她不是炼药师，精神力不够强大，那么就算想到，她也决计不敢尝试。强大的精神控制力，是她敢于尝试的基础。

一个虚幻的龙头自她背后浮出，仰天张开龙嘴，一声惊天动地的龙吟声在空间内响起。

上古神兽的高级技能，还是声波攻击，纵然是青灵的雄鹰也未能逃过，他呆滞了一瞬。

这一瞬，对月思卿来说，够了。

“锁骨连环刀！”战技在漫天白色花瓣的衬托下，剑气纵横，炫丽无比。

雄鹰长嘶一声，龙吟九天已解开，随着周身绿光爆开，那九柄虚虚实实的刀影被震成了碎片。

青灵五级，果然厉害！

月思卿瞳孔微缩。

但雄鹰仍是被刀气影响到了，衣衫不整，满脸震怒。

第一次过招，他居然落了下风，这对他来说简直就是羞辱！他厉声大吼：“青灵技能，碎天鹰爪！”

巨大的鹰爪凝成实形，铺天盖地般冲月思卿的方向狂嘶而去，带着青灵技能无与伦比的劲头。

“拈花飞叶技！火焰球！金刚掌！”月思卿也疯了，腰肢微弓，一头长发被劲风吹开，精致的小脸充满了冷肆，三大招式竟然全开。

兰花的圣洁，火睛兽喷吐出的熊熊火焰，将这片空间染成了一片绚丽之色，女子的脸庞越发美丽。

望着这从未见过的诡异招数，旁观少年的脸庞完全布满了震惊，连雄鹰的面庞也是微微抽搐了几下。

三大招数加上吕涛和夏远的两招，五招对上雄鹰的一招。

“轰”的一声，这片空间产生了剧烈的震动，仿佛这片光柱在地上打了几个滚，摇摆不停，里头的人也靠着灵气勉力站稳。

月思卿三人“噔噔”后退几步，那一头，雄鹰也没好过，连退数步，脸色难看得如能吞下一只苍蝇，一股浓烈的杀意不加掩饰地在他眼底暴涨。

“月思卿，你挑战了我的底线。”

雄鹰缓慢却冰冷的声音响起。

“什么？你叫月思卿？”一个充满了震惊的声音插了进来，充满了难以置信。

那名观战的少年美目瞪得极圆，带着些激动看向月思卿。

“行不更名，坐不改姓！”

月思卿只是淡瞟他一眼，迅速向嘴里塞了几粒聚灵丹和一粒气定丹，补充大量灵气，并迅速稳定体内狂躁凌乱的灵气。

刚刚同时使出三招，月思卿首次做出这么大的尝试，顿感体内灵气乱窜，精神力也虚弱得不行。

雄鹰的杀意毫不掩藏地一泻而出，这一回，他是真真正正动了杀机。

“从来没人敢这么侮辱我应百川，既然你这么天才，我就一定会将你掐死在摇篮里！”

“到底是你死还是我死，谁也不知！”月思卿从来不在人前示弱，这一句回得斩钉截铁。

这一空当，吕涛和夏远也服了几枚药丸，眼看着一场大战在即，那名一直旁观的少年却突然横身而进，插进了两方严峻的对峙间。

“鹰兄，能否看在小弟面上退让一步？”

他开口竟是为月思卿三人求情，这让月思卿、吕涛和夏远都有些怔愣，这演的是哪一出？

雄鹰听了他的话后也是吃了一惊，接着，他长笑一声，说道：“曲松，咱们的交情并不深，你确定要为了这三个侮辱我的人和我决裂？”

“曲松？”听到这个名字，月思卿忍不住浑身打了个激灵，扭头看向刚才还不屑入眼的少年，又忍不住转头看向吕涛。

后者眼里的神色与她一般，透露着一丝压得极深的兴奋。

夏远则是不知道出了什么事，不敢大意，又吞了一粒聚灵丹，做好灵气的积累，以待下一刻的爆发。

那叫曲松的少年笑道：“鹰哥，以我们的交情，我向你提这个请求确实有些过了。但有些事情无法解释，所以，抱歉了。”

他的话说得很委婉，但意思却十分明了，最后一句“抱歉”一落音，一股粲然浓郁的绿光自他周身暴涨而起。

“四个人，是你的对手吗？”他与月思卿三人并肩站到了一起，淡淡反问。

雄鹰见状哈哈大笑：“四个一起上，我也会把你们撕成碎片！碎天鹰爪，起！”

他厉声叫嚣着。

“空间封锁！”夏远第一个使出空间灵器。

“狮虎变！”吕涛怒吼。

“金刚掌，火焰球，兰花拂穴手……弯弓斩！”月思卿更是疯狂地将精神力分为四份，一同喊出四个技能！

以前她虽然也会连续喊出四个技能，但总是有先后之分，高手相战，一息的时间差就能改变整个局面。而现在在同时控制的情况下，这四个技能是真正同一时间发出，没有一点时间差，效力也就相当于四个绿灵五级灵师联手的局面。

一旁的曲松听到月思卿嘴里一连串的技能名，脸色裂了几分，他用的到底是什么神器？

他也不敢怠慢，绿光摇曳中，双手快速结了个手印，喝道：“冰冻三尺！”

没有看到他用的是什么灵兽，雄鹰已被地下冒出的冰柱冻结起来，冻结时间也不长，但用得却恰是时候，与夏远的空间封锁相得益彰。

碎天鹰爪不敌月思卿三人的气势，腾地一声倒退回去，连带着雄鹰的身体“轰”的一声退出了光团，消失不见。

“哼，四个灵师或许不是你的对手，但七个呢？”月思卿望着空荡荡的光雾，冷冷哼出一声。

虽然此刻她胸腔处一片虚弱，灵气如被抽干了似的摇摇欲坠，但她眼底还是充斥着惊喜。

强大的精神力确实无敌！从今以后，她不再是一个人，有几只灵兽，她就能发挥出几名灵师的实力！等她精神力和灵力级别越来越高，到时候，单挑场上，谁还会是她的对手！

第七章

再遇故人

月思卿嘴角的笑意渐渐扩大，又吞了几粒丹药，气息平稳下来后，她冲曲松走去两步，伸出右手，强忍着心头的激动，一字一字说道：“曲松，很高兴能在星辰大陆再次见到你，我叫月思卿，月亮的月，思念的思，卿卿我我的卿。”

这是她小时候对自己名字的解释。

曲松呆住了，时间仿佛停留在这一刻，震惊，不敢相信。

“老……大？”他的语气带着几分犹疑。

“曲松，这些年，过得好吗？”在星辰大陆一过就是六年，她几乎都丧失了寻找他们的信心，原来，已经六年了。

“老大，我好想你！”曲松喉头哽咽，上前张开双臂紧紧抱住了她。

夏远看着眼前一幕，目光呆滞，有些转不过来神，

这是怎么回事？怎么自家老大一下成了别人的老大了？

“小子，混得不错啊，都绿灵四级了，比我还强！”一个充满感叹的声音在一旁响起，虽然极力保持着平静，但细心的人还是会听出其中些微的颤抖。

月思卿连忙擦了下眼角，将曲松拉开，转眼望向吕涛，遂而吩咐夏远：“你先修炼，以免雄鹰再闯进来。”

只要进入修炼状态，雄鹰便进不来了。

夏远不明所以，但他还是很听月思卿话的，当下排除掉脑中杂念，进入修炼状态。

曲松看向吕涛，张大着嘴，被他熟稔的口气搞得有些怔愣：“你……”

“穿一条裤衩长大的兄弟，都不认得了吗？”吕涛说着，撕下了脸上的人皮面具。

“吕涛！”曲松有些吃惊地叫出他的名字。

“还好你没忘记。”吕涛开玩笑地说道，“曲松，我们又见面了。”

“好你个吕涛，你什么时候都跟老大会面了！”曲松右手握成拳头，兴奋地一拳擂在吕涛肩膀上，眼睛亮得怕人。

“我跟老大六年前就在一起了，这六年来一起长大的。”吕涛提起这个，脸上的得意之色就再难掩饰。

曲松则是一脸艳羡，连忙问："那岳荣呢？没有跟你们一起吗？"

"没有。"月思卿摇了摇头，"你也没找到她？"

曲松的脸色黯了几分，摇了摇头。

"既然我们都来了，岳荣也一定在这里，而且为了寻找我们的下落，她一定也会用真名。"吕涛出声安慰。

"嗯。"曲松点头，眼光在月思卿和吕涛身上转了一转，笑道，"你们也是这一届熔炉铁堡的学生，太巧了，我也是，不过还没去报到。"

"你是跟上五宗一起来的。"月思卿一看他的服饰就知道了，"师父太偏心了吧，怎么给你找了个这么好的身份？"

曲松哈哈一笑道："上五宗固然不错，不过我运气更好的是九岁那年，在家族寒潭里意外契约了本命灵兽——九天冰凰。"

说完，他脚底绿光一动，一只通体雪白的巨大凤凰张翅飞出，高达数丈，几十根长而宽的尾翅如冰雕成，晶莹剔透，展开后铺天盖地，那一双巨瞳中透露着高贵与冰冷，扫了月思卿三人一眼，冷哼一声，眼底透出人性化的不屑。

"这是神兽？"吕涛讶然挑起眼。

这一点倒出乎他的意料。

"许久前，星辰国曾有凰鸣之声，原来上五宗里确实有人契约了凤凰。"

这时，一道吃惊的声音响起，来源地却是那退出修炼状态的夏远，他委实修炼不下去了。

"大家先修炼吧。"月思卿提议道。

她担心的是如果不修炼，修炼光团可能会被人抢。

曲松这会儿正急着跟他们一较高下呢，哪里会选择修炼，拍拍胸道："没事，老大，我有暗卫在外头，有他在，十个雄鹰都进不来。"

"暗卫？我听说，熔炉铁堡与上五宗有约定，进入摩星塔的人绝不能高于青灵五级？"月思卿扬了扬眉。

于此，曲松笑了一笑道："老大，那只是约定。"

月思卿闻言轻轻颔首，言下之意，上五宗的人违反了约定，她在心里骂了一声无耻。

曲松继续道："不过熔炉铁堡的人也一样，这摩星楼里实则暗藏高手，大家都心知肚明而已。所谓的约定也不过是一张纸，只要不真的插手，没人会管。"

吕涛这时仍在打量那只昂首挺胸的凤凰，不料那只九天冰凰突然垂下半边瞳眼，口吐人言："人类，在本神面前也敢乱看？"说完又将那眼睛仰望半空，一副鄙夷的神情。

这一下，将月思卿几人的注意力全吸引过去了。

"果然是神兽。"夏远吐舌。

曲松尴尬地冲吕涛咧咧嘴："神兽都是有个性的。"

月思卿扑哧一笑，说道："原来神兽都很嚣张。"

她刚说完这话，一句冷冰冰的声音在这团空间内响起："它算是什么狗屁神兽，一只破鸟，也敢在本尊面前自称神兽！"

没有任何温度的声音落下，一个身穿白袍的妖孽男子出现在月思卿身边。银色缓步上前，俊美妖艳的五官凝结着冰霜之意，一双美目讥诮地看向半蹲于地的冰凤凰。

九天冰凰乍见此人，浑身打了个激灵，那颗高傲抬着的头颅不自觉地便弯了下去，令所有人惊愕的是，它周身都开始发抖，似是害怕到了极点。

“参见……神尊大人。”九天冰凰颤声说道。

这一幕，令曲松呆住，他还从没见过自己的神兽这般无能呢！

“呵呵。”这时，又一声笑传来，一名身着青袍的男子缓缓浮现在月思卿右边，走到银色一旁，冷冷说道：“倒是识时务，在我二神面前，你有什么资格自称本神，还用如此眼神看我家主人！你配么？”

一股强大的威压也自他身上迸发而出，九天冰凰倒吸一口凉气，头颅垂得更低，匍匐在地，一动都不敢动。

“这是？”好半晌，曲松才能找到自己的声音，那忘了动的眼珠终于转了几转，震惊发问。

月思卿有些无语，可能银色和小青也知道这是她的好朋友，所以没有刻意隐瞒，两个一块儿出来了。她只好摆了摆手，说道：“是我的灵兽。”

“你的灵兽？两个？也是神兽？”曲松一连抛出好几个疑问。

最后一句话立即就激怒了银色和小青。

银色冲他横眉怒目：“神兽？本尊可是上古神兽，在星辰大陆上有数十万年的历史，这只才数万年的破鸟也敢与本尊相提并论么！”

他一句话就说得曲松脸色大变，包括早已知情的吕涛和夏远也是不约而同地轻叹一声。

上古神兽，那真真正正只是出现在传说中的东西，居然真的存在？

“上古神兽青龙！”小青冷冷吐出简洁有力的六个字。

这四个字，再次重重地打击到了曲松的承受能力。

“好了，银色，小青，你们退下吧，别耽误大家修炼时间了。”月思卿无奈出声，要知道，她已经很努力地压制住契约空间内剩下的两只灵兽要出来的挣扎了。

“是，主人。”

银色和小青一齐退开，朝月思卿微一点头，身形同时化作光芒消失。

曲松望着月思卿，嘴角连抽，忍不住惊叹：“老大，你没搞错吧？你契约了两只上古神兽？真的上古神兽？！”

就连夏远也有些不可思议，声音都结结巴巴起来：“小青……不是蛇，是青龙？上古神兽青龙？”

“嗯，是的。我是召唤灵师。”月思卿点了点头，同时对曲松说道。

“晕，我甘拜下风！”曲松伸手抚住额头。

传说中的上古神兽，那可是神一般的存在啊！老大，她还是不是人！好吧，他输得太彻底了！

月思卿倒是不在意，笑道：“这事还得给我保密。”

曲松点点头。

“嗯，修炼吧。”月思卿说完，第一个盘膝下坐，摆出修炼的姿态。

吕涛、夏远和曲松也相继坐下，慢慢平静下来，进入修炼。

只有当潜心修炼后，月思卿才发现，摩星界的灵气确实浓郁，灵气是从头顶下来的，所以摩星塔第十三层才是灵气最浓的地方。

月思卿吐纳灵气间，却感到空间戒指里有一丝异样。

“娘，娘。”小紫奶气味仍旧十足的声音带着丝焦急。

“怎么了？”月思卿将一丝神识探了进去，便看到小紫趴在软绸上，撅着个白嫩的屁股，一瞬不瞬地注视着面前几颗发光的珠子。

月思卿眉头一皱，那是九彩神珠，平常收敛光华，宛然普通珠子，便被小紫拿来当玩具。可现在，神珠表面均是不停变幻光芒，一股灼热悄悄弥漫开……

月思卿心头一震。

她不由得想起若干年前在皇家学院修炼房里，九彩神珠的暴露引发了多少高手的穷追不舍。

难道它们又会有什么动静？

想到现在她所处的摩星界内处处皆是高手，更不乏野心十足的上五宗族人，月思卿的心便快速跳了几跳。

想到这，她握紧双拳，暗暗道：“九彩神珠，你们给我老实点，别在这个时候捣乱！”真不知，当初留下它们是好事还是坏事了。

说也奇怪，她这一声后，那四颗神珠像是听懂了一般，表面的光芒黯淡下去，重又恢复低调。

月思卿眉头紧锁。

九彩神珠为何会有异样呢？难道这摩星界的灵气也与一枚九彩神珠有关？

见神珠再没有动静，她摇摇头，再次修炼起来。

时间便在这虚无般的空间内一丝一缕过去，终于，体内灵气在某一刻达到了饱和，一举冲破顶点。

一片绿光氤氲的雾气内，长发披垂的少女倏然睁开双目，一股炫丽的绿光自她脚下夺目而出，耀亮整片空间。

“绿灵六级，老大，恭喜！”吕涛的声音第一个传来。

月思卿看到吕涛、夏远和曲松三人都坐在离她不远的地方，都正关切地看着自己。

“你们都修炼完了？”她有些纳闷地问，“级别升了吗？”

“升了，我现在是绿灵五级，吕涛绿灵四级，夏远绿灵三级，都升了一级，总之，你还是最强的。”曲松笑道。

“那我们该出去了。”月思卿莞然一笑。

“走，我也很期待外面怎么样了。”曲松当即意气风发地第一个跨出了密闭空间。

摩星塔第十三层空荡荡的，早先那些修炼的年轻人都已不见踪影，一路往下，都没看到其他人，整座摩星塔静悄悄的，充满了孤寂久远的气息。

从摩星塔出来，天光射下，刺目之极。

“有人出来了。”不远处传来说话的声音，很熟悉。

月思卿以手遮阳，便看到莫丹带着几人站在塔前不远处看着他们。

“莫丹导师。”月思卿迎上去叫了一声。

“思卿，不错，看来你们都有所获。”莫丹打量了他们几眼，笑眯眯地说道，“塔里没人了，就等你们几个，出去集合吧。”

说完，他后背微震，一双透明的蓝色翅膀张开，迎着阳光晶莹璀璨，显然，莫丹是一名货真价实的蓝灵强者。

“现在就出去么？”月思卿踌躇了一下，问。

“嗯，你们已经修炼两个多月了。”莫丹笑着解释。

两个多月？乍然听到这个数字，月思卿还是忍不住惊了一下，但掂量下体内灵气，表面上虽是只升一级，但她在绿灵六级上也积蓄很多灵气了。

“嗯，坐我的灵兽走。”莫丹说完，蓝光一闪，一只庞大的蜘蛛出现在地面上，高宽皆有数丈，张牙舞爪，气势汹汹。

月思卿回过头看了下摩星塔，转身时已拿定主意，说道：“吕涛，你们先走，我还有些事。”

“什么事老大？塔里很危险。”曲松闻言惊诧不已，眼中满是担心。

“没事，不用管我。”月思卿给了他一个肯定的眼神。

“可是……”曲松见她竟有折回摩星塔的打算，焦急之色直接写在了脸上，刚欲阻止，手臂却教人拉住，吕涛平静的声音响起，“曲松，让她去，她有分寸。”

听完吕涛的话，曲松更是不解，但他相信吕涛，以他们的交情，如果没有绝对的把握，吕涛是定不会这么说的。

夏远撇了撇嘴，倒也猜到了几分。

月思卿是跟皇暗一起来的，莫丹自是不好插手她的事，眼睁睁看着她义无反顾地走回摩星塔。

莫丹皱皱眉，想要追过去，却被不知从哪儿出来的皇暗给阻隔住了。

“思卿有我看顾，你们去吧。”

莫丹这才带着学生放心离开。

摩星塔内一片幽静，光线黯淡的一楼，月思卿在角落处停步，利落地从腰间摸出灵力磁片，灌入灵气。

磁片微震，已然接通。

“夜玄……”红唇对着磁片轻轻唤出两个字。

“卿儿，恭喜你。”男人的声音低缓却充满了磁性。

只不过，声音却不是从磁片里传出的，而是来自背后。

月思卿握着磁片的手顿时一僵，立即回过头，满脸的不可置信。

一袭暗红色长袍卷地，颀长的身姿在一室昏黄摇曳中缓步走出，夜玄英俊立体的五官有些朦胧难辨，但那双漆黑的凤眸却是亮晶晶的。

月思卿攥紧了手中的磁片，咬住下唇，心中一时无限欢喜。

“卿儿……”夜玄心中霎时充满了柔情，眼睛也笑成了月牙，伸手从后面揽住她，满足地叹了口气。

“不想我么？”月思卿小嘴噘起。

“你说呢？”夜玄低低道，“怎么回来了？想干吗？”

月思卿也不瞒他，当下便将九彩神珠出现异样的事说了。

夜玄“嗯”了一声，道：“很早前，我就知道摩星界上方有一枚神珠了，不过一般人很难收服它，现在有了你，我想这应该不成问题。正好上五宗和熔炉铁堡为这块肥肉抢得头破血流，还不如毁了它。”

月思卿点点头，从空间戒指里取出赤珠，其他的不敢拿，怕太多了控制不住。

赤红色的圆珠托在掌心，晶莹剔透的红衬着手心的白嫩极是漂亮，一股极淡的灵气缓缓注入其中。

神珠轻轻转了下，红色突然变得亮了，光芒越来越亮，如红雾缓缓飘开。

月思卿闭着眼，所以她没有看到，那团红雾越来越大，直至弥漫了整个一层摩星塔。

红色的世界里，什么也看不清，只能感觉到灵气浓度越来越浓郁，越来越疯狂……月思卿感到四面八方都是无穷无尽的压力朝她挤压而去，快要将她压扁，大脑内一片空白，她感觉下一刻自己就要爆体而亡，拼命地想要去控制，去收回，但事情显然已经不在她的掌控中了……

冰冷的汗珠自月思卿额头渗了出来，她拼命地释放灵气，想要压制住赤珠的能量，但那只不过是杯水车薪……

大脑内正一片凌乱之时，“轰”的一声巨响在耳边炸开。

月思卿霎时只感觉到自己被那强劲的气流冲飞出去，下一刻便被一双铁臂紧紧揽住。

“卿儿别怕！”耳际扫来夜玄微暖的呼吸。

月思卿心中微定。良久，夜玄才松开了她，检查一番，确认她没受伤后，说道：“没想到动静很大。”

月思卿回头看时，便瞧见两粒圆润光滑的珠子静静垂于半空，一枚赤红，一枚橙黄，四周浮动着若隐若现的光芒。

“是摩星界的九彩神珠橙珠了，倒是一桩喜事。”夜玄微微一笑。

月思卿收了两枚珠子，两人出了摩星塔，面前原本平坦的大道上却露出一条无限长的裂缝，如被天斧砍断一样。

“这是怎么回事？不会是被刚才的力量震的吧？”月思卿惊骇不已。

夜玄浓眉微拧，随后说道：“倒不仅仅是神珠的功劳，看这样子，还是引动了天地之气……也许，不久后星辰大陆上又要乱一阵了。”

最后的话他说得极轻极淡了。

月思卿沉吟不语。

回到熔炉铁堡已是一月中旬，再过五天便是年假了。年假仅有十天，十天后是熔炉铁堡二月份的开学时间。

夜玄回了暴乱荒原后因还有事未与上五宗协商好，将月思卿送回熔炉铁堡后便匆匆离开。

月思卿回铁堡后回了宿舍住，假期她打算好好休息，顺便换回女装。

而在摩星塔内她得罪了雄鹰，若就大摇大摆地出去，必然引来无数麻烦。

沐浴洗头梳妆打扮，一切弄好后，月思卿才悠悠沏了杯茶坐下，穆琳坐在她对面，问她这一趟摩星界之行的过程，她刚要说，半掩的房门上却响起一串急促的敲门声。

“谁呀？”穆琳小脸微沉，不悦地问。

“思卿在吗？”略为粗犷低沉的男声传进来。

月思卿听出是吕涛的声音，立刻起身应道：“在。”

和穆琳交换了一个眼神，她便让吕涛进来。

进来的自然不止吕涛一人，夏远、曲松和胖子都在。

一进门，胖子就气喘吁吁地跑过来叫：“思卿啊，你害惨我了，你说你跟雄鹰过不去就过不去吧，我们兄弟给你顶着，你倒好，自己却化装成个大姑娘家躲在这里，把烂摊子就撂给我们了是吧？”

“怎么了？”月思卿听出了弦外之音，心道，她本来就是大姑娘好不好，哪里用化装？

不过雄鹰的动作这么快？

吕涛伸手拉开胖子，沉声道：“听说你回来了，雄鹰发了话，今晚在饭堂前约见，好好谈谈，否则就让我们别在铁堡里混了！”

夏远虽然已经知道这事了，但再听一遍，仍是极度生气，哼了一声道：“我不去饭堂他能把我怎么着？”

“去，为何不去？”曲松薄唇微翘，说道，“你晚上不吃饭吗？饭堂又不是他家开的，我们怎么就不能去？”

月思卿微微一笑，赞同道：“就是，今儿是饭堂，明儿不知是哪里，照这么说，我们也不用去竞技场竞技，去修炼区修炼了，整天躲在家里好得很。”

她这一说，吕涛几个都脸露笑意。

看了眼窗外的天色，月思卿的笑意敛了几分，残余在唇畔的笑有些冰凉：“也不早了，我们该吃晚饭了呢。”

这个提议得到大家的一致赞同，于是月思卿将其他人都支了出去，再次换回男装，边换边骂：“坑爹啊！女装还没在身上焐烫呢又要我装扮男人！”

换完装，月思卿直接率领着手下四大金刚——吕涛、曲松、夏远和胖子在众目睽睽下朝那饭堂走去。

今天来这里的人绝对比平时要多。

看来他们已经得知雄鹰队向他们 44 小队发出挑衅的事了，来这看热闹的呢。

一行人很快到了饭堂门口，围着的人群如流水般为他们让出一个宽敞的空地。

“你们胆子倒很大，就这么来了？”

刚刚站定，一句没有什么感情色彩的话在身后响起。

月思卿回过头，便看到人群中走出几抹白色身影。

四名男子，人高马大，穿着同样的白色长袍，腰间扎着明晃晃的金色腰带，极为耀眼。

他们的出现，立刻引得周边人低低的惊呼，这正是雄鹰小队，为首的男人脸色阴沉，正是雄鹰。

“你们想干什么？”月思卿也不和他废话，抱起双臂，闲适地眯起眸子，干净利落地问。

“不干什么，想揍你！”雄鹰看到月思卿时，果然是仇人见面，分外眼红，咬牙切齿地回道。

“揍我，也要看你有没有本事。”月思卿在面前四位青灵灵师的压力下脸色如常，镇定自若，更是不曾流露出一丝半点的怯懦。

雄鹰恼羞成怒地握紧拳头。

他身后的三个兄弟却都受不了了，个个横眉怒目。

“新生就这么狂，将来还了得！”

“今晚不教你知道知道熔炉铁堡的规矩怎么样的，我就倒着给你爬三圈！”

“你们是打算一个个上呢，还是准备群殴我？”月思卿波澜不惊，突然问道。

周围的人在听到她问出这话后，渐渐停止了交谈，似乎也想知道答案。

雄鹰略略皱起眉头，他想到那天在摩星塔被月思卿摆了一道的事，当即冷哼道：“浑小子，别诓我！我今天不是来跟你挑战的，是来教训你们的，怎么样教训是我们的事！”

说完，一股青光自他脚下席卷而出，身后，那三名青灵灵师也一同低吼一声，放出了灵气。

青色光芒互相映衬着，竟是有几分炫丽。

月思卿眼珠微转，他倒是吃一堑长一智了。

“老大，怎么办？看这情形我们是完了！”胖子不知何时挤到了月思卿身边，握紧拳头，声音中有着一抹战战兢兢。

这可不是说着玩，可是要真挨揍的！

他们几个绿灵加起来也不是一个青灵的对手啊！

月思卿心里也没有底，但不管怎么样，她从来没有退缩害怕过。

想着，她已一昂下巴，冲雄鹰冷声道：“教训我们？呵呵，今天谁教训谁还说不定呢！”

一股绿色光芒在她话音一落后瞬间席卷而上，笼罩了全身。

同时，在这牛叉闪闪的外表下，月思卿扭头低声说了句：“记住——打不过就跑！”

身后，吕涛几人皆是嘴角轻抽。

“……”

胖子反应最夸张，明明看着月思卿嚣张跋扈的，虽然害怕，心里倒还有几分希冀，但听到她说出这句，眼前便是一黑。

这下真的完了！

随着月思卿这方人依次释放出灵气，双方对峙场面俨然形成。

看着明显不均匀的双方实力，周围的学生们也忍不住惊叹地抽着凉气。

尼玛，这还用比吗？

这时，曲松薄润的唇角微微一翘，露出招牌似的漫不经心的笑容，说道：“既然是混战，也不介意多加一个人吧？”

“呃？”大家都被他的话给说蒙了。

月思卿却感到后背一阵风过，浑身有些凉飕飕的，转头一看，便见一相貌平平的灰衣老者立于曲松身旁，虽然没有释放灵气，但只是往那一站，他的威压便自然而然地出来了。

他的出现，倒让周围一片喧哗声沉寂了下去。

雄鹰小队的四个人看到灰衣老者，脸色也微微一变。

不可否认，在熔炉铁堡里，不乏藏在暗处的高人，但铁堡堡规分明，也遍布众多堡内高手，那些潜进来的人皆是小心翼翼，生怕被发现，更不敢轻举妄动。

而眼前这名老者，居然就这样大剌剌现了身？

想到这，雄鹰慢慢恢复了原来的神色，出声道：“前辈，你也要插手这桩事吗？”

老者淡淡看了他一眼，鼻子里发出一声若有若无的轻哼，没有理会他。

雄鹰有些尴尬，随即正色道：“前辈，在熔炉铁堡外人是绝对不能插手堡内事的。”

他想到了，既然这人能公开出现，必然也有几分本事，可是，这不代表他就能插手管理堡内事务。

老者终于冷冰冰地开口了：“老夫不怕。”

这话堵得雄鹰没话说了。

他踌躇了下，终是退开两步，拱了拱手道：“那前辈随意吧，我就不奉陪了！”

“想来就来，想走就走，真当铁堡是你家开的？”月思卿见他如此动作，忍不住讥笑一声。

雄鹰面色一怒，道：“你别嘴贱，下一回，我会整死你！”

月思卿还未说话，身边一道冷酷的声音响起：“吉长老，给我收拾那小子！”

吉长老正是那老者，闻言一愣，低声道：“少爷，得饶人处且饶人！”

“敢说我老大嘴贱，就要付出代价！”曲松一脸冷凝，毫无玩笑之意。

显然，那两个字触碰到他的底线。

“曲松……”月思卿没想到他会这般维护自己，心里极是感动，但也不想惹是生非。

不过后面的话还没说，吉长老已纵身飞出，右手成爪，直接抓向雄鹰的脖子，出手快而狠，果然，姜还是老的辣。

一念转过的瞬间，雄鹰已经被吉长老古怪凌厉的一掌狠狠拍了出去，一声闷哼传来。

“大哥！”剩下的三名青年人立即飞奔过去将雄鹰接住，冲吉长老露出愤恨的表情，但却不敢有任何动作。

雄鹰强撑着站起来，当着这么多人的面丢丑，脸上又红又热，恨不得钻进地缝，咬牙切齿道：“走！”

三个同伴便架起他飞快地去了。

这样的结果，出乎所有人的意料，大家你看看我，我看看你，没想到雄鹰小队今晚踢上了铁板。

月思卿看了眼老者，虽知他出手是因为曲松的命令，但依旧很有礼貌地冲他说道：“前辈，多谢了。”

“哼。”出乎意料的是，老者对她的示好恍若未闻，反倒从鼻子里发出一声轻哼。

显然，他也不想对雄鹰动手，为自家少爷树敌。

曲松却是皱眉道："吉长老，想必你也知道了，这位是月思卿，我的老大。"

吉长老不悦地说道："松少爷，月思卿小友年纪不大，实力比你高，确实难得。只不过，老大可不是随便认的，以免折辱了您的身份。"

"别说她实力比我强，即使不强，她也是我的老大。"曲松语气冷冰冰的。

吉长老倒也不笨，叹道："松少爷，要是族长知道了可是会不高兴的。"

他们这边聊着，月思卿颇觉尴尬，便说道："你们先聊，我们进去吃饭。"

她一挥手，吕涛几人便簇拥着她进了饭堂。

曲松也想跟着，但犹豫了一下还是停了步，目送月思卿的背影消失在饭堂门口，而此刻四周的围观者也陆续散去大半。

他扭头便冲吉长老吩咐："吉长老，思卿是我的老大，也是我的……兄弟，请你尊重她。"

此刻没有外人，吉长老也不用顾忌太多，老脸肃然，说道："松少爷，月思卿现在实力确实比你高一阶，老夫也承认他是一名天才。但别忘了，您是什么身份？星辰大陆上五宗年轻一辈的佼佼者。上五宗最不缺的就是高手，您跟他交好老夫自是欢喜，可是，还是那句，别折辱了自己。"

曲松微抿唇，关于月思卿的底牌他是不能透露的，一时不知道怎么说服他。

吉长老见他沉思，继续说："而且月思卿来自卡列国，一个小国家，家族势力也庞大不到哪去，你若真看好他，将来招揽他入宗门便是。能进上五宗，想必他也高兴得合不拢嘴了……"

曲松见他说得越来越离谱，苦笑着打断他："好了，吉长老，就这样吧，我饿了，吃饭去了。"

说完他大步朝饭堂走去。

吉长老在他背后轻轻叹了口气。

到底年纪还小，是个孩子，这么注重感情……

当夜，44 小队与雄鹰队对战的消息很快就扩散了出去，铁堡内又不平静了。

一连几天，雄鹰小队都没有消息，月思卿照旧去竞技场，只不过这次 44 小队的组合换了一个人，胖子因为前段时间月思卿等人去了摩星界，加入了维尔所在的小队，于是曲松自然顶替了他，显然，这支 44 小队的实力比以往更强了。

年假前一天，月思卿结束了假前最后一场竞技赛。按熔炉铁堡的堡规，十天年假期间，竞技场和修炼场强行关闭，这是为了给大家提供一个绝对休息的环境。

捏着薄薄的碧玉钥匙，月思卿领着 44 小队成员从竞技场出来，还未走出几步，一道身影闪将出来，不偏不倚地拦住他们。

"谁？"吕涛登时警戒地上前一步，绿色灵气没有任何预兆地冲天而起。

不得不说他们这几天做足了防备，所以吕涛才这般敏锐。

"呵呵，小家伙们，是我。"笑声传来，醇厚而又亲切。

吕涛定睛一看，认出了是古力导师，连忙收了灵气，向他道歉。

月思卿则开口问道："古力导师，您这是有事吗？"

古力点了点头，脸上划过一抹凝重，压低声音道："几位跟我去会议厅吧，有要事。"

"哦？"月思卿有些讶异，没有多问什么，便跟着他朝铁堡办公楼走去。

路上，她才委婉地问起缘由。

古力浓眉紧锁，反问她："你们跟雄鹰队的关系特别恶劣了吧？"

月思卿心中一动，难道竟是跟雄鹰有关系？

第八章

得罪长老

几人边走边说，不一会儿便进了办公楼。

一楼的会议厅很大，中央一张红木大圆桌，中间摆着插花玉瓶，几株妖娆的紫色植物蔓延而出，倒极为美丽。

此刻，几名白发苍苍的老者正坐在圆桌一侧，苍老却锐利的眸子微微眯着，睨向进来的一行人。

“这是学院长老会的三名长老，柯长老，谈长老，倪长老。”进门的时候，古力快速给他们介绍。

月思卿“嗯”了一声，眼光在大厅内一扫，便发现了在厅门旁还站着几个男子，不是别人，正是以雄鹰为首的四名雄鹰队队员，个个脸色冷漠，隐含恨意。

她打量的同时，一道带着审问的声音响起：“就是他们？”

“是。”雄鹰点头。

月思卿余光瞟去，说话的正是古力嘴里的柯长老。

“嗯，我听说你们三人在堡内肆意滋事，指派外间高手动手打伤堡内学生？是不是真的？”柯长老冷声询问，口气有些生硬。

月思卿蹙了下眉，答道：“肆意滋事不敢当，指派两字也当不起。事实是雄鹰要教训我们，我们实力弱，不得已自保。”

“好狂的态度！这么跟长老说话？”柯长老突然便震怒，原本靠在太师椅内的身体猛然直起，脸色铁青，声音也抬高了许多，在这寂静的会议厅内显得着实有些吓人。

只不过，月思卿岂是会被这气势吓到的呢？她淡淡一笑，道：“我只是回答长老的问题。”

“我看你根本就是反讽我冤枉你！对长老，连最基本的礼节都没有吗？”柯长老冷笑一声。

月思卿嘴角轻撇，很快又敛了。

这柯长老怕是对他们早有成见了，一点小事都能放这么大。

“呵，长老，你叫我们来是想调查真相的，我觉得这件事更重要一些吧？”吕涛冷冰冰地开口。

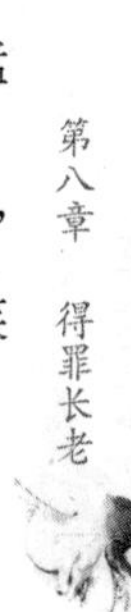

这话本来很正常，但在这种场合说出来，无疑令柯长老火上加油。

“调查真相？你们都承认了还用得着调查什么？自保只是借口，指使外间势力混迹于铁堡内，这已经严重违反了堡规！经长老会决定，我们将对你们采取惩罚措施——”

柯长老一字一字说道：“在禁闭室禁闭半年！”

“禁闭室？”曲松重复了一声，自嘲地笑道，“我们到底犯了什么大错，竟然还要进禁闭室？”

听他的口气，月思卿也能猜到那所谓的禁闭室必然不是什么好地方。

也是，大好青春，正是修炼的绝佳时机，去哪儿都没有修炼区好啊，怎么能就这样浪费半年呢？若是那样，她还不如直接换所学院呢！

“这个罪名还小吗？长老会的决定毋庸置疑，若是不服，尽管退堡！”柯长老没有给他们留一点生路。

“这也太过分了吧！”夏远也不由嚷起来。

此时，月思卿抬起右手，阻止了他们的抱怨，眼光看着柯长老，淡淡问：“雄鹰四人肆意滋事，找我等麻烦，难道就不用接受惩罚吗？”

柯长老冷声道：“铁堡内并不阻止学生打架，那是提高实力的一种方式。而你们引进外头势力，这后果就不简单了！”

月思卿承认他说得在理，不过也听出来了他对雄鹰的包庇，不由哼笑一声：“如果我不接受惩罚，就一定要退堡是吗？这事你们长老会就能决定吗？堡主同意吗？副堡主同意吗？”

柯长老却将她的话当作了羞辱，怒道：“我们长老会在铁堡内的地位也是极其重要，任何事情只要在长老会通过四分之三的票数都易办成！”

而现在，出现在会议厅里的正好有三位长老。

月思卿冷冷看着那三位长老的同时，三位长老也不善地看着她。

最终，女子唇角一扬，上前一步，说道：“一人做事一人担，雄鹰是冲着我来的，跟他们无关。长老要惩罚，惩罚我也就够了。”

“当时出手的可不止你一人！”雄鹰听了她的话，大步上前，哼道，同时眼光在其他人脸上逐一扫过。

接收到他的眼神，曲松冷笑一声，踏步到月思卿右边，说道：“这事跟老大也没有关系，人是我带来的，你想怎么着？”

“你们谁也逃不了！”雄鹰嘴角露出一抹残忍的笑。

“好了。”柯长老出言打断了他们的谈话，“决定好了吧，现在进禁闭室吧！”

“慢着！”曲松叫出声，线条冷峻的五官微微往上一挑，薄唇轻启，说道，“刚说了，人是我带来的，能不能惩罚我，你看着办吧！”

说完，他轻轻拍了下手。

一抹黑影缓缓移进厅来，老者的声音淡漠中夹杂着一丝嘲讽：“柯长老，许久不见。”

柯长老见到来人，脸色惊了一瞬，站起了身，叫道：“吉长老，你怎么会在这里？难道……”

他说话的时候眼光移向曲松，颇有些惊疑。

看这样子，他们倒还是认识一般，月思卿嘴角微撇。

吉长老走了进来，负手站于厅中间，眼光也不看别处，问道：“柯长老，我竹清门的直系，你也敢随便处置？”

“竹清门直系？”柯长老这次倒是意外了，重新审视了一下曲松。

曲松站在那分毫未动。

“竹清门？你是上五宗的？”雄鹰也吃了一惊，不敢相信地看着曲松。

他当初在暴乱荒原认识曲松时，也不过是点头之交，互有恩惠，绝对没想到他会来自上五宗。

上五宗，在星辰国已有上千年的历史传承，宗门中高手辈出，门下之人更是足迹遍布星辰大陆。

出身这样家族的直系，但凡不是废物，哪个不是被捧在手心长大的？怎么会孤身来暴乱荒原？还来熔炉铁堡学习？

要知道，上五宗财力雄厚，家底丰厚，族中自有修炼安排，根本无需来熔炉铁堡。

曲松淡瞟一眼他，没有作回应，但也等同于默认了。

柯长老一直凶猛的气势在吉长老进来后终于下去了，转过头与身边两名长老交换了一下眼神，慢慢说道：“原来是竹清门的人，倒是没想到呢。”

吉长老“嗯”了一声，也不多解释什么。

毕竟，只要竹清门三个字就够了。

熔炉铁堡和上五宗是两个不同的势力，都属于古老悠久、势力庞大类的，上五宗的人他还不敢随便动，何况，他本人跟竹清门还有过来往。

吉长老嗤笑一声道：“柯长老，实不相瞒，你要找的那外人就是老夫，打伤这小子的人也是老夫。”

“呵呵。”柯长老立刻换了张笑颜，说道，“吉长老，这都是误会。”

月思卿听了只觉得好笑。

这人变得也真快呢！

吉长老倒也不跟他追究什么，毕竟大家都是强者，要面子。他冲柯长老也是一笑，说道：“既然这样，这些人我就带走了。”

“嗯，误会一场。”柯长老尴尬地笑道。

雄鹰是个识趣的人，看着这一幕没有再开口，只是眼中明显地流露出不甘的神色。

月思卿看了他一眼，嘴角露出一抹似笑非笑，跟着吉长老等人转头出去。

大家谁都不说话，直到出了办公楼，踏入进入铁堡深处的小道。走在最前头的吉长老顿住步，回头看向他们。

曲松抢在吉长老前面开了口：“雄鹰是什么来头？”

他也没了解过雄鹰。

吉长老哼了声道：“应百川，是三角区应家的。应家在三角区做大，熔炉铁堡每年都会去三角区的摩星界，双方来往频繁，要不然那小子也不会有这么大的手腕。”

月思卿暗暗点了点头。

难怪了么，原来是三角区的，当初她就听说过三角区是家族管理制，几个大家族一并管辖，看来应家是其中之一。

她正想着，那边吉长老已经说道：“松少爷，以后这样的事情别去蹚浑水，要有下次，老夫也不敢保证能保得住你，毕竟熔炉铁堡也不是小地方。”

他话锋一转，冲向月思卿时，神色冷厉了几分：“月思卿小友，老夫也建议你几句，熔炉铁堡的水很深，如果本事不够大，又没有强大的背景，就不要胡来。你闲不住没关系，可你现在不是一个人，你会害了他们！”

他说完这些，曲松的脸色变得很难看了。

“吉长老！”

“松少爷，你不用说什么。老夫说的是实话，熔炉铁堡不是一般的地方，她一个卡列国小地方来的，这样任性迟早会害了自己，害了她身边的人。还有，松少爷，江湖太大，交友须谨慎。”吉长老继续说道，态度还挺蛮横，对着月思卿是横挑鼻子竖挑眼，百般看不惯，仿佛曲松被她害惨了一样。

吕涛和夏远皆是高高皱起了眉头。

一是因为这是曲松的人，二则因为他刚刚救了他们，两人都强忍着怒气没有发作。

月思卿则淡淡一笑。

以她的脾气自然不喜欢别人对着自己指手画脚，但她的想法跟吕涛夏远也一样，所以没反驳。

曲松脸上则是完全挂不住了，上前几步，一把拧住吉长老的袖子，喝道：“吉长老！别说了！”

在曲家，吉长老的地位相当高，虽然在现在是家族继承人的曲松面前，吉长老自降身份，但曲松也不会真的拿他当仆从使唤，更别提凌辱了。

“好了，老夫也要退下了，你们回去吧。”吉长老手臂微动，便拂开了曲松的手，向他微弯腰，转身便离去了。

曲松看向月思卿，眼中满是尴尬与愧疚：“老大，你别生气，他不知道你的厉害。”

月思卿冲他笑道：“你看我像是这么容易就生气的人吗？再说他说得也没错。我一没有本事，绿灵六级在青灵蓝灵面前算什么？二没有背景。卡列国只是个名不见经传的小国罢了，家族在这里哪能说得上一句话？”

见她以调侃的口气说这些，曲松才放下了心，认真地说道：“但你有天赋有能力，假以时日，必将傲视星辰大陆。哈，我也跟着自豪一把！”

月思卿笑而不语。

“原来你是竹清门的，你不姓曲，你姓邵。”夏远这时定定地看着曲松，插口说道。

“嗯，邵曲松。你是力宗夏家的吧？”曲松也笑问他，冲月思卿和吕涛眨眨眼。

名字当然也是他后来自己改的。

夏远点头。

吕涛扳着手指道：“竹清门，力宗，上五宗中我已经认识了两个宗的直系了。”

曲松说道："还有山岳宗，泉蒙宗和墨门。墨门和我们竹清门、力宗实力相近，山岳宗和泉蒙宗却是上五宗中实力最强的两宗，并称双龙，在星辰大陆流传着这样一句话，东山岳，西泉蒙，说的就是这两大宗派了。"

"这么牛叉哄哄？"月思卿不由启唇笑开。

"嗯，走吧，钥匙还没用，今天最后一天修炼，用完吧。"曲松提议道。

对啊，今天是最后一天修炼了，明天便开始熔炉铁堡的十天年假，很多人已经兴冲冲地打算结伴去游玩暴乱荒原了。

虽然这个"游玩"有些风险，但仅有十天，别的地方也去不了。

当然，也会有家人早早准备了前来探望，但那都是家族势力极其庞大，或者机缘凑巧的人。

她呢？夜玄会不会来看她？

第二天，熔炉铁堡的年假正式开始了。

和往常不同，因为竞技场和修炼区的关闭，铁堡内学生的身影猛然增加了许多，使得往日看上去颇有些萧条的学院增添了几分生气。

饭堂里人来人往，欢声笑语不绝于耳。

用完早膳的月思卿优雅地拭了拭嘴角，问同桌的其他几人："这十天，你们有什么打算？"

"我跟着老大。"夏远第一个抢着出声，顺便将一个鼓鼓囊囊的肉包子塞进嘴里。

"我也是。"吕涛附和。

倒是曲松，拿着帕子擦净双手，郑重地说道："我怕是得回宗门一趟。"

月思卿"嗯"了一声，能理解，他是竹清门直系子孙，少不得要回家族。

"这么远，来得及吗？"吕涛挑眉问。

"有家族传送阵。"曲松倒也不隐瞒，直接说道。

月思卿嘴角轻抽，上五宗的实力果然不是其他家族能够睥睨的。

她看向夏远，问："你不用回家族吗？"

夏远抬袖拭嘴，语气带上一丝嘲讽："家族可不欢迎我。"

月思卿见他这模样，心中有些难受，记得他们说过，上五宗的族人是不需要来熔炉铁堡修炼的，夏远却宁愿不辞万里去卡列国修炼也要进这地方证明自己，再想想他和他哥哥之间的关系，这其中……怕也不简单。

"那就此告别，曲松，就不送你了，我们先回宿舍，等会儿再聚。"月思卿并没决定好。

她的手悄悄摸向腰间那块磁片，并没有灼热感传来。

不免微微噘起嘴，那人，怎么到现在都没有动静？

出了饭堂，与吕涛夏远分手，她独自回了女生宿舍。

穆琳正在兴高采烈地收拾东西，看到她回来，眼光一亮，迎了上来："月思卿，我昨天到处找你呢，你去不去光明谷？"

“光明谷？”月思卿挑了挑眉，对这个地方很陌生。

穆琳“嗯”了一声，解释道：“光明谷在暴乱荒原和三角区的交界处，峡谷里有不少魔兽，去那里历练十天非常不错。”

“你们怎么过去？”月思卿不解地问。

从这儿去光明谷，十天时间恐怕都不够。

穆琳嘿嘿一笑，神秘地说道：“我自有办法，这场历练机会是各国皇室人员自发组织的，机会难得，我可以带你一起。”

原来如此……月思卿了然地点点头，各国皇室人员，也包括上官鸿、仰英和月木子吧？毕竟他们三个是皇室推荐来的。

“那好呀，不过我有三个人。”

机会都是留给有准备的人的，她拒绝是傻子。

“没关系，你赶紧收拾。”穆琳说着，进了宿舍内间换衣去了。

月思卿没有什么要收拾的，她所有的家当都在空间戒指里，正准备去通知吕涛和夏远，那一直没有动静的磁片开始震动了。

一愣之后，月思卿心中微喜，接通磁片，放到耳边。

“卿儿……”那头，夜玄低哑的嗓音传来。

“嗯？”

“我想你。”那一头几乎是没有迟疑地吐出这三个字，声音还有着几分急切，“你放年假了吧？”

“嗯，在这里放假跟不放假有什么区别？反正也没地方可去，也没家人来看我。”月思卿的声音染上几分委屈。

“傻瓜，谁说没家人去看你？”夜玄在那头却是愉悦地笑出了声。

“不用了，我有安排了。”月思卿哼哼道。

“有安排也给我推掉！”夜玄的语气毋庸置疑，“你的十天假，我给你计划好了。”

月思卿嘴角直抽，这人好霸道。

“我不能亲自去接你，等会儿我叫人给你一张传送阵，你直接过来，他会带你来找我。”夜玄沉声吩咐。

“你过不来？”月思卿听到这话，心中到底是有些失望的。

“嗯，很快就会见面的。我等你。”夜玄说完便掐掉了联系。

这人……月思卿在心里抱怨了几句，但心情无疑飞扬了起来。

穆琳很快换好衣服出来，月思卿将自己的打算告诉了她，对于不能跟月思卿同行，穆琳感觉很遗憾，但也只能出门去和维尔等人集合。

月思卿在宿舍里坐了一会儿，门上传来敲门声。

她过去开了门，看见的却是一位脸色冷峻的青年男子，他快速打量了月思卿一眼，问道：“您就是思卿小姐吧？”

“嗯，你是……”月思卿心中有了猜测。

青年男子肃然起敬，双手奉上一卷羊皮纸道：“这是主子让我转给您的传送阵，撕开它，

站在阵内，便会传到幽暗谷口，主子在幽暗谷内等您。”

“幽暗谷？”月思卿讶然，“和光明谷有什么联系吗？”

她刚听穆琳提到光明谷。

青年男子唇微微一撇，露出明显的不屑之色，道：“光明谷谷口和幽暗谷谷口相近，只不过，那种小孩子玩泥巴的地方，怎么能和幽暗谷比？”

月思卿无语。

原来光明谷只是小孩子玩泥巴的地方……

“我知道了，等会儿我就过去。”月思卿给了他一个应诺。

青年男子这才告退。

月思卿则去了吕涛和夏远的宿舍，将自己的打算告诉了他们，并将幽暗谷传送阵取了出来。

三人站好，她小心翼翼地将传送阵撕成两半。

“轰”的一声，一股九彩光芒平地而起，瞬间笼罩了整个房间。

看着这壮观的一幕，吕涛和夏远都情不自禁地赞叹起来。就连夏远，也是没见过传送阵的。

九彩光芒华丽地旋转了几圈，又缓缓落下，将三人围了住。

慢慢的，光芒散去，地面上，月思卿的身影已然不见，而吕涛和夏远……却依旧留在原地。

两人你看看我，我看看你，又看看地面。

“我擦！”夏远忍不住爆了粗口，“这是单人传送阵！”

顾名思义，单人传送阵一次只能传送一个人，如果符文上下了术法，只能传送特定的那个人。

吕涛：“……”

尼玛，没见识还瞎凑热闹，好尴尬啊！

“呵呵，涛哥，好像没咱们什么事了，去喝点酒吧。”夏远搓了搓双手，也似是为了掩饰情绪，狗腿地笑道。

“嘿嘿，呵呵，好吧。”吕涛咳了一声，率先出了宿舍。

而月思卿只感到整个人被一阵九彩光芒包围，眼前只看得见炫彩的世界，她本能地闭上眼。

良久，眼前微暗，她这才睁开眼睛。

她已经不在吕涛和夏远的宿舍里了，出现在面前的是一片较为开阔的视野。草木葱茏，地势也开始有明显的凹凸之分了，看来，已经过了荒原地带。

月思卿快速打量了下周围环境，眉头不禁一皱，叫道：“吕涛？夏远？”

身后传来一道声音：“思卿小姐，传送阵只能传您一个人过来，您的同伴们仍然在铁堡里。”

月思卿循声回头，瞧见正是那名给自己传送阵的青年，心中了然，冲他点点头。

青年笑道：“前面直走右转，就能看到光明谷和幽暗谷的谷口了，赶紧去吧，我会保护你的。”

月思卿顺着他指的方向看了一眼，扭头还想说什么，那青年却如人间蒸发了似的不在了。

她嘴角抽了几抽，没再多问，大步朝那边走去。

果然，穿过一片稀松的树林，右转没多久，月思卿便看到不少人围集在前面。

左右各有两株参天大树，弯垂合抱的树枝各自形成一道拱门，拱门处气流暗涌，显然内有玄机。

月思卿凝神细看时，耳边却传来一道惊讶的叫喊："月思卿？"

她一抬头便看到一张极其熟悉的身影，正满脸惊喜地朝她跑来。

"月思卿，你不是说不来了么？你怎么也来了？"

来者不是别人，正是天机国的穆琳小公主。

"穆琳，好巧呀，竟然在这儿看到你。"月思卿没有掩饰几分欣喜，确实，她虽然知道穆琳会来光明谷，但决计没想到会和她在这里相遇。

"来了就好，参与我们的队列吧！皇室组织可更安全哦！"穆琳笑盈盈地拉她入伍。

月思卿随意朝她身后瞟去一眼，眼光微凝。

她在那群衣饰华丽的人群中看到了熟人。

月木子一身素白衣衫俏然而立，黑色长发束成马尾，与白衣相映衬，颇有几分清丽出尘的气息。

她看向月思卿的眼神是冰冷的，不过也透着几分闪烁的惊惶，没想到会和月思卿在这里碰面吧？

月木子身旁的人倒是上前几步，似是有许多话想对月思卿说，但话到嘴边，呢喃半晌，只化为一句："思卿，好久不见。"

那人正是上次追月木子而去的上官鸿。

瞧见他与月木子在一起，月思卿倒也不意外，淡淡点了个头便移开视线。

上官鸿脸上掠过一丝黯然。

月木子瞟了一眼他，嘴角微微一撇，没有说话。

两人虽然还如从前师兄妹一般站在那里，但气氛却发生了微妙的转变。

这一点，站在上官鸿不远处的仰英感觉得最为分明。

只是，她如今早已没有心思花在任何人身上了。

想到自己的妹妹和未婚夫，她的神色便低落下去。

穆琳快嘴说道："思卿，你参与我们更好了。光明谷到底不是能随便乱闯的地方。"

"对啊！思卿，加入我们。"维尔从人群中冒了出来，冲月思卿热情地招呼。

月思卿冲两人笑了一笑，穆琳小姑娘很热心，只不过她今天要去的不是光明谷，而是幽暗谷。

想着，她的眼光移向右边那道拱门，树荫间，幽蓝色的光芒在落日的余晖下折射着诡异的波动，拱门侧的地面上矗立着一座青苔覆盖着的石碑，虽久经岁月，但依旧能辨清上面三个大字：幽暗谷。

这道拱门前并无人驻足，而光明谷的谷口，则险些要被人群湮没了。

一看便知，这些人都是要去光明谷的。

她正观察着，耳边传来冷冷一笑："她凭什么加入我们？"

回头一看，说话的却是雄鹰，穿着一袭白色长袍，带着一拨人马从前路走来，眼光犀利地盯住了月思卿。

"鹰哥。"出乎意料的是，月木子乖巧地叫了他一声，走了过去。

穆琳被这一幕惊了一下，似乎想起了什么，小脸瞬间变得惨白。

"那你就有资格了？"月思卿轻描淡写地回了一句，"据我所知，你的身份也不尊贵。"

雄鹰被她的话激怒了，重重哼了一声，说道："我应家乃三角区第一家族，光明谷和幽暗谷就是我应家管治下，你说我够不够资格？"

原来如此……月思卿心中恍然，出口的却不是这样："如果我想进，你还能拦得住不成？"

雄鹰嗤笑一声："你？月思卿，就你那几个人也能破得了光明谷的屏障？你做梦吧！再说了，光明谷里危险重重，没有我们大部队，你以为你能活得下来？呵呵，这么说着，我倒十分期待你能来光明谷呢。"

"抱歉，我要去的不是光明谷。"月思卿冷冷说完，转过身，不再看那些人一眼，缓步朝幽暗谷走去。

看到她行进的方向，雄鹰一愣，穆琳已惊叫出声："月思卿，你去哪儿？"

月思卿转头冲她笑笑，说道："幽暗谷啊。"

这一声"幽暗谷"一落音，围拢在光明谷口的所有人都几乎停止了说话，纷纷朝她看去。

"思卿，幽暗谷去不得！"维尔当即出声，快步跑到她身旁，连连摇手。

"嗯？"月思卿挑了挑眉。

"幽暗谷内险象环生，更有无数凶兽，蓝灵低阶强者都不敢独身踏入！"维尔恳切地解释。

"这么厉害？"月思卿本还不知道具体情况，听他们这么一说，好奇心反倒起了。

蓝灵强者都不敢随便逾越？

雄鹰在那边轻哼一声，道，"逞个什么能？你们就让她进去看看！进幽暗谷？幽暗谷大门她都保准踏不进去！"

他说完后，四周响起了一些议论声。

是啊，光明谷的拱门都要青灵强者方能打开，那幽暗谷呢？幽暗谷拱门处的阵法，更难打开吧！

"我要是能踏进去了怎么样？"月思卿睨向雄鹰，凉凉地问。

雄鹰才不与她赌，冷笑道："谁相信呢！"

月思卿见他不上当，便盈盈笑道："那我问你，雄鹰，你不是自称熔炉铁堡高手队伍吗？那么我若敢进幽暗谷，你敢进吗？"

她换了个方式，却是让他不得不对此作出反应。

"你若敢进去，我怎么不敢？"如她所料，雄鹰哪里会退缩？

高手，最不能输的就是气势。

"那好，大家可都听见了。"月思卿莞尔一笑，瞟向其他人。

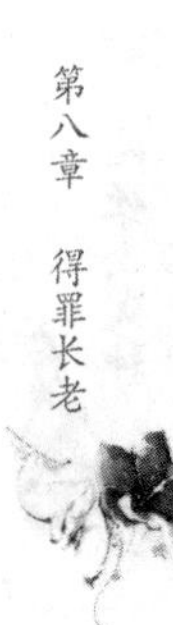

月木子最看不惯月思卿这么自信的样子，当下，她脸色阴沉，几步走到雄鹰身侧，喝道："鹰哥，别被她骗了，我们这些人都支持你，大家一起进去，倒要看看她在里头玩出什么花样！"

她是个现实的女子，也许，在做出暗杀月思卿的行为后，她就知道，她已经不再是上官鸿的那个师妹了。

她必须为自己所活，寻找新的出路。

有了月木子的话，又有雄鹰的名望在前，那些学生们几乎是疯狂了，一拥而上，团团将雄鹰和月木子围住。

"对，鹰哥，我们支持你！"

"我这辈子还没进过幽暗谷呢，若能沾着鹰哥的福气进去，回去后可有的是炫耀的资本了！"

大家七嘴八舌地谈论着，极为兴奋。

"我也不会让你们失望的。"雄鹰得意扬扬地看向月思卿，阴沉的脸庞终于见了一丝笑容，说道，"我应家在三角区可是一跺脚，地都会震三震，何况一个幽暗谷，哪在话下！"

他说完，抬手重重拍了几下。

"哗哗哗哗"，一阵风扫落叶声后，数道身影出现在人群四侧，齐声喝道，"见过少主！"

来人有四个，其中两名是太阳穴外鼓的精悍老者，另两名则是脸色阴冷的中年男子。不用说，这必是应家人了。

一旁学生们都暗自窃喜，看来今天当真能进幽暗谷了呢。

雄鹰"嗯"了一声，并没有进一步的指示，负起双手，眯眼看月思卿。那四名高手也就没有任何动作。

月思卿耸了耸肩，行到那光芒暗动的树形拱门数尺处，蓦然停步，柳眉微蹙。巨大的压力如一堵实墙般真真切切拦住她的步伐，再往前一步，她会感觉身体要被压爆。

"这就是谷口的屏障吗？果然厉害。"月思卿喃喃自语了一声。

背后，沉默过了，雄鹰冷嗤一声："也不看看自己有几分本事，逞能不是这么逞的！装！"

随后，一道含着笑意的声音却从背后传来："思卿小姐，该进去了，主子不知道有多急呢。"

磁性的男声落地后，那名消失的青年男子再次出现，缓缓向她走来。

雄鹰一行人都面带不解地看向这个年轻人。

这人是月思卿带来的？但年纪如此轻，能成什么大事？

青年人眼光极快地扫过他们，一丝轻蔑的眼神飞快地流过。

他转身，随意抬起右手，五指张开，对向那拱门处幽暗诡异的光芒轻轻一握，像是握碎什么东西一般。

"啪"的一声脆响，那尚有三尺之远的拱门空间应声而破，露出一条幽深的林间小道来。

"思卿小姐，请进。"青年男子淡淡一笑。

瞬间的沉寂后，一声接一声的倒吸冷气遍地响起。

"我靠，这还是人吗？"

“擦！他是什么级别的强者？那不是幽暗谷的阵法吧？我没看错吧？”

“是幽暗谷，我也不知道哪里出了错……”

雄鹰脸色更是吃了苍蝇般难看，脸颊上甚至透着几抹苍白之色，更别提那四名应家下人了。

“少主，幽暗谷的阵法从来没有这么脆弱过。”一名老者脸色扭曲地说道。

“幽暗阵不可能有错的，上千年了。”另一名老者如做梦般喃喃叹道。

雄鹰抿着唇，一言不发，良久，他才嘶哑着声音说道：“如果那年轻人不是使用了什么高级秘法，那他的实力除非在……紫灵以上！”

最后一句“紫灵以上”出口时，他的声音都些微颤抖了。

的确，在暴乱荒原以及北大陆，紫灵强者是存在的，可是，他们的数量较之于蓝灵强者，简直就是凤毛麟角。一个家族中的紫灵强者无一不是高高在上，被捧在宝座上的，哪会轻易到这荒郊野外抛头露面！

而且，还听一名小国学生的使唤？

相对而言，月思卿虽然也脸色变幻了许久，但她到底见识过夜玄身边人的本事，还是能接受的。

“思卿小姐快进！”青年人的声音染着几分凝重，催促了。

“好。”月思卿应了一声，也不拖泥带水，当下快步进了拱门。

青年人随后而进。

他的身形消失时，那拱门处的阵法如同自动修复了一般，再次凝起。

雄鹰面色不好看，旁边人的低声议论也渐渐小了，察言观色下，没人敢再向他提进幽暗谷的事。

“哼，原来熔炉铁堡的四大雄鹰也不过就这么点勇气，还违背诺言！”

一片安静中，忽然传来一声嬉笑。

声音的来源处不是别人，正是穆琳。

雄鹰死死握住铁拳，看了她一眼，到底是天机国的公主，这口气强压下了，喝道：“走，幽暗谷算什么！你们没胆子进吗？”

他说完，已带着自己人大步朝幽暗谷谷口奔去。

有这么多人在，进谷口并非难事。

很快，诸人联手之下将阵法攻开，除了穆琳，其他人皆是流水般走了进去。

当然，也有人没进去，如维尔等人，还有贪生怕死的月木子，和对她失望的上官鸿。

却说雄鹰等人顺着林间小道走了进去，入目的是一片幽暗昏迷的世界。

幽暗谷，天空都是灰色的，这是一个被封印很久的空间，但也奇怪，除了不与外界接壤外，空间里花木虫鸟、珍兽飞禽与外界却没有什么区别。

苍穹垂得很低，压迫着神经，鼻端飘来的是一股久远的气息，夹杂着零星的血腥味，莫名地令人压抑。

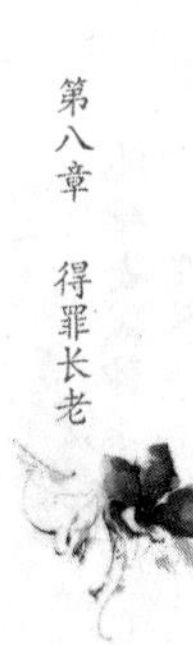

神秘的环境让所有人都不敢高声说话。

这里，与光明谷，确实有很大差别。

“少主，走吗？”沉寂中，终于，应家一名老者低低出声，征询雄鹰的意见。

雄鹰不语，耳边猛然听到一声尖叫：“啊！”

他吓一跳，很不悦地问道：“怎么了？”

“你们看，来的地方，来的地方变了，不在了。”有人惊呼。

大家闻言一惊，回头一看，脸色全变。

果然，刚才还在身后的幽暗谷大门不见了，连同着那强大的空间波动，此刻那儿是一片望不见底的树林。

雄鹰的眼角抽搐了几下。

“都说幽暗谷凶险万分，原来谷内还有阵法。”应家两名老者算是经验比较丰富的了，彼此对视一眼，叹道。

“我们该怎么出去啊？”

“今天不会把命送在这里吧？”

大家恐惧之下，窃窃私语起来，但最终没有一个定论，还是将目光集中到雄鹰身上。

“少主，我已经联系了族长。”右手边的老者出声说道，这番话让大家心里也是一松。

只不过，刚刚镇定了一些，远处一声怒极的兽吼声响起。

吼声震天，凶残的兽性使这片神秘的空间越发令人惊悸起来。

“吼！”又是一阵暴吼声，声音离他们这突然近了好多。

人群中传来潮水般的慌乱。

“这里只怕不太安全。”右手老者脸色难看地说道。

他话音一落，那震耳欲聋的吼声几近到了附近。

“先避避吧！”雄鹰顾不得许多了，扔下一句，快步朝后面树林踏去。

其他人见状，也不淡定了，急步跟上。

一行人匆匆忙忙避进树林后，那震耳的兽吼已然擦过耳际，嘶吼着远去……光听这吼声的力度，决计不下七品蓝灵灵兽。

虽然有惊无险，但众人还是出了一身冷汗。

第九章

进幽暗谷

大家正屏息间，树丛里却传来一阵窸窸窣窣的声音。

众人如惊弓之鸟，乍听异声，都吓得一个激灵，警惕地看过去。

一道略显瘦弱的身姿从树林另一头步过来，水灵灵的大眼睛内掠过些许疑惑，令那清秀的五官越发美丽，正是男装打扮的月思卿。

“你们倒还挺快的。”月思卿讶异地一挑眉头，淡淡说道。

“思卿小姐，这里怎么出去，你知道吗？”有一位皇室成员沉不住气了，出声询问，称呼也变得无比礼貌。

月思卿却不领情地翻了个白眼：“我怎么知道？”

“你也不知道？”大部分人都面露失望之色。

正在这时，地面轻轻摇动了几下，仿佛有什么重物踩在上面一般。

月思卿柳眉一皱。

她说的是实话，这儿的地形她真的不知，一直按着那名青年的指引在走罢了，也没料到会与他们不期而遇。

“什么东西？”有人颤声问道。

没有人回答他，所有人的眼光都与月思卿看向一处。

茂密的树林深处，嘭、嘭、嘭的声音渐渐变得清晰。像是重物敲击地面，声速缓慢，但却紧紧牵动着人们的心弦。当大家起了想逃的想法时，那声音却突然就到了面前，让人躲不开，逃不掉。

那是一头火红色的野兽，身高数丈，体形庞大，两双收拢在体侧的红色翅膀在地面拖动着，划出一路火星。阴冷的兽脸上，一双绿色的眼睛透着人性化的冷厉。

乍然看到这头野兽，应家两名老者最先忍不住了，尖叫一声：“穷奇，它是穷奇！”

“不可能！穷奇可是上古凶兽……”

“人类，擅闯幽暗谷，你们的死期到了！”就在两名老者说话的时候，那头巨兽猛然开口。

它的出声，让所有人脸色灰白。

在场的无一不是见识广博的贵族子弟，谁没有听说过穷奇的大名呢？那是历经十数万年岁月的神级凶兽，凶兽中至尊，吃人如麻。

“知道本尊的名字，你也应该知道，本尊嘴下，不留活口！”

穷奇一字字说完，前爪撑起，仰起头颅，嘶声长啸，声破九霄，惊天动地。

空中乌云翻滚，黑墨凝聚，电闪雷鸣，周围碗口粗的大树噼啪而断，令人心惊肉跳，站立不稳。上古凶兽引起的天地异象不容小觑！

“完了，今天都要葬身在这里了！”左手老者不甘心地颤声说道。

所有人都是脸色惨白，心跳如雷。

他们知道在上古灵兽的跟前根本没有一丝胜算，何况，还是传说中以食人为生的凶兽！

“神兽大人，请放过我们！”雄鹰脸无人色，颤声求饶，“我是三角区应家的长孙，你想要什么，我都能尽量满足你！”

在求生的念头面前，所谓的勇气全都是伪装的，只有活下来才是正理！不到最后一刻，绝不动手。

穷奇怪笑一声，火星四溅，那苍凉的声音含着冰冷的杀意：“卑微的人类，你不配！死吧！”

它再次仰天“嗷”了一声，天地遽然变色。

“拼！”雄鹰使出吃奶的力气大吼一声，释放出全身灵气。

“等等！”在危险出现时便悄悄躲到一株大树后的月思卿此刻叫了声停，身形一闪，跃了出来。

场中气氛一凝。

月思卿没有看他，而是微昂脑袋看向不远处的巨兽穷奇。

她认得，银色和小青也确定，这是夜玄的灵兽。

它在这里，那夜玄必然不远了。

穷奇看到她也是微微一愣，显然没注意到月思卿也掺杂在内。

“穷奇大人，能否看在我的面子上放过他们？”月思卿握了握拳头，请求道。

“月思卿……”雄鹰恢复了一些理智，目瞪口呆。

他脑里只有一个想法，这小子疯了不成？

居然还敢与凶兽谈条件，还看在他的面子上？他有什么面子？

许多人和他一样的想法，但更多的是存了一分期待，提心吊胆地看着。

穷奇也是微愣，不由冷笑道：“你要救他们？”

“嗯。”月思卿点点头，没有解释。

她不喜欢雄鹰，是的，但今天的事大家都看见了，还有人没进幽暗谷，这事必会传到熔炉铁堡和应家人耳里。是和她打赌这些人才会进幽暗谷的，她若没出事，其他人全在幽暗谷出了事的话，所有的矛头都会指向她月思卿。

熔炉铁堡或许不为惧，应家她也可以不放在心上，但今天聚在这里的人却是来自于星辰大陆各个国家的皇室。

在没有绝对的实力时和整片大陆作对，她是疯了不成！

原本，她只是想激雄鹰进来，却没想到那么多没头脑的人跟着发疯。

穷奇看了月思卿一眼，扇动着的巨大火翅缓缓收敛，飞溅的火星也渐渐减少。

"好，别人的面子本尊不睬，但你的，本尊还是要给的。"穷奇高昂着狰狞可怖的兽头，有些不满地从鼻子里哼出一句。

听到他这句话，各大皇室的修炼者们当真是又惊又喜，可更多的是骇然，无与伦比的骇然！

上古凶兽穷奇，那只出现在传说中的食人兽竟然会说给月思卿几分面子，这小子到底是什么身份，也太惊悚了吧！

大家正揣摩着时，穷奇冰冷而威严的声音再次响起："本尊限你们速速滚出幽暗谷，否则本尊脾气一来，可要将你们统统吞了！"

说着，他张开血盆大口，气氛瘆人。

"是是，我们这就离开！"回过神的雄鹰连连点头，不敢再在这儿待下去。

"可，可怎么出去啊？"

他们谁也不识得路。

"原本我也打算送你们出去的。"月思卿看向那些皇室中人，其实她也不知道路，但有夜玄在，她什么都不怕，含笑说道，"我没打算让你们在这送命，可雄鹰是我的仇人，你们站在他那边，我还会给你们指点吗？这幽暗谷内凶猛的野兽太多了，别说你们，就是蓝灵强者恐怕下一刻都会身首异处。唉！"

说着她叹了口气。

她的意思那些人懂了。

"月思卿，我与雄鹰没什么交情，只是想来幽暗谷看看，你能带我出去吗？"当下，便有反应敏捷的一名青年男子快步而出，三言两语便撇清了与雄鹰的关系，眼光灼热地盯住月思卿。

月思卿还未开口，青年男子又急切地递出橄榄枝："我是奥巴国皇室中的郡王子，你救了我，我必不会忘了你的恩。"

刚刚从生死战线上下来的众人已是惊弓之鸟，对幽暗谷充满了惧意，故而在感觉到月思卿是个值得信赖的靠山后，当下也不管三七二十一了，争先恐后地跳出来向她靠拢。

仅仅十几息，簇拥在雄鹰四周的人群便呼啦散开，只留下应家四人和三名雄鹰队的队员。

而月思卿身边则聚满了人。

这些人用鲜明的立场表明了他们对月思卿的"忠心"。

雄鹰被她气得脸色发白，死死咬住双唇。

月思卿在那一头也开口了："穷奇，帮个忙怎么样？送我这些朋友出幽暗谷？"

她说着，脸上的笑容略微带上一丝讨好。

上古凶兽，听名字也猜到这兽脾气不怎么样。

她已经是觍着脸了。

穷奇一听她叫自己的名字，便有一种不好的预感，眉头一皱，想说什么但还是吞了下去，有些不情愿地说道："好，这里交给我吧，你跟皇杀走。"

"皇杀？"月思卿一愣间，那名青年男子从暗处现身，低声道，"思卿小姐，走吧。"

月思卿这才恍然大悟，转身跟青年人一起离开。

“皇杀？”路上，她试探地叫了一声。

“思卿小姐有何吩咐？”皇杀立刻问道。

月思卿尴尬地笑了笑道：“没事，我只是好奇，您跟皇暗、皇冷什么关系……”

如果她到现在还以为这只是个普普通通的青年的话，那她月思卿这么多年的米也白吃了。

青年人冷厉的眉眼掠过一丝暖暖的笑意，说道：“从小一起玩大的。”

月思卿嘴角轻轻抽搐了下。

在她的认知里，皇暗皇冷和夜玄一样，都是不知道活过多少年的怪物了，眼前这人原来也如此……

两人在闲聊中一路往前，耳边听得越来越近的水声。

直到水声震天，飞瀑四溅时，皇杀才停了步，悄悄退了去。

月思卿望着不远处的飞瀑，正纳闷夜玄在哪里时，一道身影如矫健的豹子从湍急的飞瀑中优雅射出，飞溅的水花碎开万点晶莹，壮观夺目。

一头黑色长发的男子在半空中旋转一圈后稳稳落地，随手披上一件暗红色长袍，所有水花自动散去，化成无数烟雾弥漫于无尽的幽暗谷。

“卿儿……”夜玄长身玉立，半握着尚没有干透的长发，欣喜地走来。

月思卿大喜，扑了过去：“夜玄，你这坏人！”

夜玄抱住她，百般宠溺地亲吻着她的鼻尖，清香味传入月思卿鼻中，只觉格外好闻。

“叫你来幽暗谷的目的知道了吧？这十天我陪你在这修炼，对你提升很大。”

“嗯。”月思卿点点头。

这样的修炼正是她想要的！只不过，难度确实也蛮大！

月思卿试探地问：“你是不是经常来这儿？”

夜玄脚步微顿，缓缓俯下清冷如月的脸庞看她，眼底渐渐盈上一丝笑意，轻声道：“嗯，这么多年，无数次了，只不过，这一次我最喜欢。”

“为什么？”月思卿不解地问。

夜玄笑了一笑，紧紧握住她的手道：“因为你在我身边。”

毫不含蓄的回答倒是教月思卿脸上一热。

见她模样娇羞，夜玄的眼神温柔了几分，改揽她的腰，眼光射向前方，声音忽然放低：“有灵兽过来了，这儿的灵兽大约在六品阶，青灵实力。你上去应战，我给你扛。”

听到等级如此高的灵兽，月思卿双眼一亮，一股战斗的热血在胸腔内沸腾开来。她挣开夜玄的手，一昂头，绿灵六级的实力毫无保留地自脚底完全释放而出，浓郁的绿色将她整个人包围。

“银色，小青，小白，小粉，都出来！”

随着她这一声呼喝，契约空间光芒大闪，人形的银色与小青一同出现，小粉与小白则在野兽的咆哮声中踏足飞出。

被四灵物簇拥着的月思卿气场显得格外强大。

现在，她可是毫无顾忌地将自己所有底牌展露而出了，这里，绝对是个隐蔽的地方。

一声惊怒声响彻云霄，大地震摇之际，一头浑身长满白毛的人形怪兽从林子里跳将出来，两张蒲扇大手冲月思卿抓去。

“金刚掌，火焰球，兰花拂穴手！”月思卿没有片刻耽误，一连喊出三个招式，身形在小青的掩护下急速后退。

三大招式，没有任何时间差，同时释放而出，炫丽的光芒染透了幽暗谷的昏黄。

夜玄忍不住喝了声彩：“好！”

这丫头，居然无师自通学会一心三用，有悟性！果然不愧是他的丫头。

怪兽被激怒了，直起如小山般雄壮的身子，大吼一声，直接朝月思卿的攻击扑去。

夜玄脚步轻闪，退在一边，高声喝道：“长毛兽只会强攻，开飞行躲避，灵气实在撑不住了再服聚灵丹！”

“哗”的一声，月思卿后背生出一对半透明的白色巨翅，扇动间电闪雷鸣，雪光闪烁，光效唯美之至。

她积聚力量，再次放出三大技能，双翅微动，腾身飞上天空。

底下，长毛兽攻破她的两次攻击，受伤的它被彻底震怒，昂起头，冲着半空的月思卿一声接一声地大吼。

薄薄的汗水从月思卿额上渗出，缓缓凝成珠串流下，她抬手抹去，心中暗道，青灵级别的灵兽果然强悍！

一咬牙，她再度叫道：“火焰指，裂天爪，拈花飞叶技，弯弓斩！”

这一次，她加上了战技。

巨大的长剑在她头顶爆开成一柄黄色的弯刀，星光璀璨，带着无与伦比的势头朝长毛兽头顶砍去。

“砰砰”之声一连响起，无数银光炸开，碎落一地。

那柄从铁堡购买的银剑再度华丽挂掉……

月思卿胸口一阵血气翻涌，她急忙稳住心神，从戒指内取出几粒聚灵丹吞下。

“神兽威压！”夜玄适时提醒。

月思卿眼光一亮，她原本一直不敢让银色和小青释放威压，怕惊动整个幽暗谷的灵兽，毕竟她也不知道这到底是什么样的地方。

经夜玄一说，她立刻毫不犹豫地降到地面，叫道：“银色，小青！”

兰花和青龙虚影瞬间在面前膨胀，两股隶属上古神兽的威压缓缓弥漫而开。

上古神兽，这片大陆空间的至尊神兽，即使实力不再，但高贵的帝王血统足以让所有灵兽匍匐在它们脚下，为它们颤抖。

长毛兽浑身一个激灵，嘶鸣一声，仍是死死坚持着。

月思卿咬了咬牙，轻喝一声，再度释放出技能。

幽暗谷的天空永远都是灰蒙蒙的，这一片天地内孕育着多少生灵，吸收着神秘的灵气，拥有得天独厚的成长环境，灵兽也有些变异了，比外界的强大许多。

月思卿放技能、近身攻击、飞行躲避，再吞服聚灵丹，重复以上攻击，几个轮回下来，她已经累得筋疲力尽。

一抬头，便看见夜玄悠闲地站在一株大树下，负手看着她与长毛兽对打。

“夜玄，我快死了！”她坐在地上，泪眼汪汪地看向夜玄。

夜玄看了她一眼，又看看对面同样快力竭的长毛兽，老神在在地站着没动，薄唇轻启，一串话便吐了出来：“起来！永远不要轻视你的敌人，哪怕它已经没有还击的力气了！”

经过最后一番浴血奋战，月思卿成功杀死了那只长毛兽。

她急喘几口气，扔掉手中握着的剑片，摇晃了几下，终于体力不支，往后便倒。

一双铁臂及时揽住了她。

“卿儿……”夜玄的声音充满了心疼。

“夜玄，你不心疼我。”月思卿呢喃了一句。

夜玄捂住心口，叹了声：“傻丫头，怎会不心疼？可将来我若不在你身边，你有一丁点闪失的话，那时，会更疼。”

他说着，那张脸逐渐放大，细密的吻落在她的额上、颊上和唇上。

“脏……”月思卿嘟囔道。

夜玄不是洁癖特别重吗?

“你不脏。”夜玄给了她坚定的三个字。

月思卿嘴角微微弯出一抹笑意，抱住他蹭了几下。

夜玄的身子却是一僵，低声道：“别乱动了，好好休息。”

“嗯。”月思卿眨着晶亮的大眼看他。

在她的眼神注视下，夜玄的脸庞浮上可疑的暗红。

这时，一道懒洋洋的声音打断了他们：“不要无视我，我不是透明的。”

呃？月思卿一惊，扭头看去。

夜玄却已一把扳回她的脑袋，低低道：“你休息便是，不用管那么多。”

月思卿听出来了，那是穷奇的声音。

此刻，穷奇化作人形，依旧是那粗犷的红衣汉子，与银色的高雅不同，他浑身透出的是历经千锤万炼的气势。

同时，夜玄自穷奇手中接过一枚青色灵核，正是那长毛兽体内的。

“这丫头身上好像挺脏的，主子，要不我来抱吧？”穷奇睨了眼月思卿，故意问道。

“我认为，你应该找些有意义的事来做，比如说，给我们烤几只灵兽。”夜玄一字一字说道。

“这种事，本尊能做吗？”穷奇惊叫出声。

他们修炼都不用进食的好不好？

“卿儿需要补充体力，还不去？”夜玄微微一抬眼，看向穷奇。

穷奇仰天长叹一声，好吧，他真不该去捋老虎须……

月思卿赖在夜玄怀里，听得穷奇的语气，忍不住咯咯笑出声。想也知道，叫一名上古神兽去做这样的事确实有些难为了。

“卿儿，开心就好。”夜玄低头，找到她的唇，轻轻碰了下。

走在前头的穷奇顿觉皮肤起了一层鸡皮疙瘩，心中哀号，那小丫头的开心可是建立在老子的痛苦上的！

接下来，月思卿在幽暗谷内开始了她的苦炼之行。

虽然只有十天时间，但这十天，无论白天还是黑夜，她都处在神经绷紧的状态。

青灵阶别的灵兽那只是小菜一碟，蓝灵级别的才真叫人头疼。月思卿除了厮杀还是厮杀，灵气被无限制地透用，整个人都累得脱了力。

第十天晚上，当她经过一夜一天的拼搏杀死了一只七品阶的蓝灵灵兽后，一屁股坐倒在地，可怜巴巴的眼神看向夜玄。

夜玄轻叹一口气，迎上她的眼神，肯定地说出一句话："结束了。"

只有三个字，却叫月思卿的心情霎时飞扬。

"太好了！"她往后一倒，肆意地仰卧到了地上。

"卿儿。"夜玄几步上前，弯腰便将她横抱而起。

月思卿也习惯了，往他怀里一靠，便将满身灰尘与血腥蹭给了他，懒懒问："现在可以离开这鬼地方了吗？"

夜玄定定看了她一眼，缓缓开口："现在还不是休息的时候，想要这十天的工夫不浪费，那就修炼。"

月思卿的眼睛在他的话语中越瞪越大，望着夜玄那坚定的眼神，她只能无奈地叹口气，慢慢扶住他的肩膀滑下来。

单腿刚刚落地，猛然又被一只手抓了上去，月思卿还没反应过来，整个人便再次回到夜玄怀里，眼前一暗，唇已被疯狂地压住，男人绵长的呼吸闯了进来。

夜玄的吻夹杂着心疼、难受与一股无法控制的爱意。

而她，只能紧紧抱着他的脖颈承受着。

男人的吻终于慢了下来，珍视地在她唇瓣流连，眼中，是那月色都看不懂的柔情。

"夜玄，我要下来修炼了。"月思卿回望着他，低低说道。

"嗯。"夜玄轻轻将她放下。

月思卿深吸一口气，纵是不舍，纵是酸累，但也要狠下心。只有变强变强再变强，她才有资格站在夜玄身边。

体内灵气空虚，但正像渴极了的花朵极需水分，她刚进入修炼状态，四周大量灵气便如疯了似的灌入经脉。

月思卿缓缓整理、疏引着它们，时间也在这周而复始的动作中一点点过去。

不知过了多久，"轰"的一声巨响在远处响起，将月思卿从修炼状态中惊醒。

匆匆望了眼气穴中心比之前大一点的绿色光团，月思卿敛了气，睁开双眼。

天光射来，刺得她双目生痛，她赶紧以手搭棚挡住刺眼的光芒。

"卿儿，我在。"一只手扶住她的肩膀，阴影袭来，熟悉的声音传进她的耳里。

她一侧脸，便能看到夜玄那双在暗红长袍下健硕有力的长腿。

"果然有动静。"夜玄在她头顶低喃了一声。

"怎么了？"月思卿抬起头想要看看他。

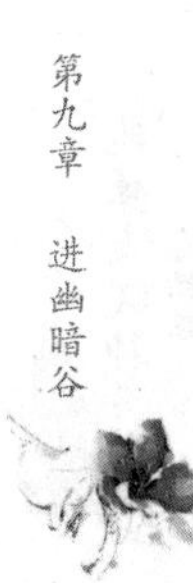

夜玄却蹲了下来，握住她的手问："灵力升了一级？"

"嗯，绿灵七级，真快。"月思卿提到这个也颇为惊喜。

这是她没有料想到的，十天时间升一级，简直能破纪录吧！

"不错，我夜玄的女人能不厉害？"夜玄淡然自若地将功劳揽到自己身上，嗯……原来要是他的女人才厉害。月思卿想笑，心里却甜滋滋的。

她又问道："刚才是什么动静？"

虽然她在修炼，但还是有一抹神识与外界保持着联系，那声震响很不对劲，莫非是幽暗谷出什么事了？

夜玄闻言，抬头朝幽暗谷东北角投去一眼，悠悠收回眼光，对月思卿道："你还记得在摩星界我对你说过的话吗？"

月思卿脑子反应快，立刻就想到了，脱口说道："是那枚橙珠吗？你当时说引动了天地之气，会有什么动乱？"

"聪明。"夜玄点头，"当时送你回铁堡后我计算了一番，有预感在这幽暗谷，便将修炼之地定在了这里。这次天地动乱倒是引来了不少人。"

"那边危险吗？我们能不能过去看看？"月思卿问。

"当然能。你已经修炼半个月了。"夜玄看着她的眼睛微微一笑道，"五天前，幽暗谷内就出现了不少人的足迹。"

"十五天？"月思卿惊讶得一挑眉。

"嗯，星月教在东北山谷内设有探查点，据说这次会有兽潮出现，幽暗谷内的灵兽们都开始不安稳了。"

"是神兽吗？"月思卿赶紧问。

契约神兽，这可是她最期待的事情了。她记得夜玄曾说过，兽潮出现，多半会是神兽降临。

夜玄伸手捏了下她的小鼻子，薄唇轻启："未必。如果是神兽，灵气不会这么浓，神兽会吞噬灵气。不过，灵气浓，是一个修炼的好机会。"

"那是什么？"月思卿倒好奇了。

"我也不知道，或许是一枚极品丹药，或者是像小紫那样的生命体……"夜玄猜测道。

幽暗谷东北角是一片连绵的山脉，山不高，但却幽深阴暗。

此刻几处山头及较好的俯瞰地势皆被一拨拨人马占领，往日没有生气的幽暗谷多了几丝热闹。

月思卿站在一处较高的山头观察四周，身后是星月教的扎营处。

她拂开额前碎发，用极快的速度扫视了下可见范围内的势力。

这儿的灵气确实很浓，不少人都在盘膝修炼。各个势力间的距离都不远，隐有互相照拂之意。据说，那重重包围之内，有着上五宗的宗门人氏。

毕竟这儿是幽暗谷，不是当初的修落崖。这里遍布危险，天地暴乱时谷里更是有一股强大而久远的气息。只有强强联合，才能在这神秘的谷内立于不败之地。

身旁，皇暗与夜玄低低的谈话声被风吹了过来。

“吕龙那小子天赋也还不错，也还比较忠心，能培养。”说话的是皇暗。

乍然听到“吕龙”的名字，月思卿立刻屏息凝气，竖起耳朵偷听。

当然，也算不上偷听了，夜玄与皇暗说话若是想要回避她，有的是办法，哪里会让她听到。

夜玄闻言，沉默了下，抛出一个风马牛不相及的问题：“吕龙和他弟弟吕涛关系不大好吧？”

皇暗大概也是被他的话问蒙了，说道：“好像是吧，不过主子，这……有什么联系吗？您又有什么想法？”

“也没什么想法。”夜玄说完，月思卿便感到一道略微有些灼热的目光朝自己射来，浑身一个激灵，赶紧东瞟瞟西瞟瞟，装作根本没听到他们在说话。

夜玄缓缓启齿：“皇暗，我会叫吕龙去对付思卿吗？”

“这……”皇暗蓦然间明白了什么，登时不再多嘴，缄默下来。

月思卿在一刹那便已经明白了夜玄的想法。

夜玄这是打算冰封吕龙了么？

他知道自己和吕涛关系好，即便她现在还无法向他解释那么深厚的感情来自哪里，但她确信，夜玄也看得出来她对吕涛是手足之情。而吕龙与吕涛终究会为家族继承爆发一场战争的，她势必会站在吕涛这边。

如果夜玄培养吕龙，无异于在增加她敌人的力量。

月思卿心中涌出一缕暖流。

那边，夜玄与皇暗的声音放得更低了。

隔了会儿，夜玄走了过来，轻轻拉住她垂于身侧的手，问：“卿儿，冷么？”

“不冷。”月思卿摇摇头。

夜玄伸手将围在她脖颈的狐裘拢紧，才说道：“你先回熔炉铁堡，明天再接你过来。”

“你要干什么？”月思卿立刻警觉地问。

夜玄早知她这般敏感，也知她不喜什么，倒不瞒她，直接说道：“今晚我打算去探探路。”

“我也去。”月思卿立刻表明立场。

“不行，你级别低了。”夜玄直接否定。

“我已经绿灵七级了，而且，我有两头上古神兽，嗯……还是灵战双修！”月思卿赶紧拍着胸脯证明自己。

夜玄被她说得似笑非笑，缓缓张开右手，那是一张洁白莹润的手掌。

月思卿低头看去，有些纳闷时，一朵蓝色的小花缓缓在他掌心盛开，那朵花，虚浮透明，仿若能被一阵风吹走。

月思卿一愣，细细一看，大惊失色。

这是……灵气凝成的实形？

夜玄，他已经是蓝灵了？

除了那次在修落崖，她几乎没看过他真正出手，对他的实力也不太清楚，只知道当初在皇家学院时，他突破了青灵，没想到这么快，他就从青灵升到蓝灵。

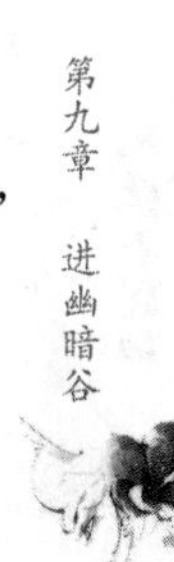

绿灵升青灵很快，但青灵升蓝灵却是一道坎。

这道坎，很多人终其一生都无法突破，这也就是为何星辰大陆蓝灵强者都极其少的原因。

月思卿脸颊抽搐了几下，叹道："好吧，夜玄，你鄙视我。"

夜玄收了蓝色灵气，摸了摸她的脸，摇头道："你已经很厉害了，但突破蓝灵才能动用空间的力量，蓝灵才能真真正正感受到虚无缥缈的灵气，这种境界，完全不是绿灵或青灵能体会到的。今晚之行，我不打算带上你。"

他说着，看了眼皇暗。

皇暗心中一凛，立刻撕掉早就备在袖里的传送阵，九彩光芒在这昏暗的山头一涌而起。

月思卿感觉那阵就在自己脚下，心中一沉，想要躲开，却已来不及了，顿时被一阵光芒旋转进去。

"夜玄！"月思卿惊呼一声，等她睁眼，四周环境已换，正是夜玄在熔炉铁堡的石屋。

她急忙掏出灵力磁片，灌入灵力。

那头，夜玄很快就接了："等我，明天接你。"

"今晚的行动是不是特别危险？"月思卿心中一紧。

如果不是这么危险，他为什么要这般将自己推开！

"有些危险，但难不倒我，如果你在，我就保证不了了。"夜玄叹了一声，解释道，"刚才，我怕我控制不住想要留下你才会那样做。卿儿，你现在已经扰乱我的心了。"

月思卿心头微微镇定了下，只能哑声道："夜玄，平安回来。"

"嗯。"夜玄应了一声。

她这才掐断了通话，可总觉得有些心神不宁。

想了想，她出门去找吕涛几人。

平常，他们几个修炼狂不是在竞技场便是在修炼房，但今天倒还巧得很，吕涛和夏远都在宿舍里，看样子正在交谈。

见到她进来，两人先是吃了一惊，而后大喜。

"老大，你回来得正好，我们正在商量一件事。"吕涛抽出一把椅子让她坐下。

"什么事？"

夏远狐疑地看了她一眼，问道："思卿，最近幽暗谷的事情你知不知道？"

闻言，月思卿心里一个咯噔，不会吧，说的是这个？她没有隐瞒，点了点头。

"曲松准备邀我们去幽暗谷。"吕涛直接说道。

"会不会太危险了？"月思卿不放心地问。

夏远摇头："曲松是上五宗邵家的直系，有他在，竹清门能维护我们安危。"

她不是没想过接吕涛、夏远进幽暗谷，但她是一直就在幽暗谷，不知道夜玄的传送阵还是双向的，能快速回铁堡。

"曲松呢？"想到这，月思卿问道。

说曹操曹操就到，夏远话音刚落，一道含笑的声音从外面传来："这不来了吗？"

曲松穿着一袭玉白长袍迈步进来，只不过，目光在触到月思卿的脸时猛然一喜，笑容不自觉地扩大，冲了过来。

“老大？你终于舍得出现啦！”

“你不也回来了？”月思卿看到几位朋友，心情也格外畅快。

曲松用一种怀疑的目光看她，摩挲着下巴道：“那当然，熔炉铁堡每年年假只有十天，就算我是上五宗的，也不能老破例啊！这里规矩可严，老大你还挺牛啊！听说长老会盯上你了，颇为不满啊！”

月思卿苦笑了下，她也不想这样啊！只不过那天修炼，她只想完全消化那些灵气，时间才没能控制。

“先谈谈去幽暗谷的事吧。”她转移了话题。

“那好啊，不过吕涛和夏远，我已经替他们向铁堡长老会请过特殊情况假了，下次回来就没有麻烦，老大，你要请么？”曲松小心翼翼地问。

主要是他实在拿不准月思卿的行踪如何定的，毕竟她前科在那还没销。

月思卿抓了抓头发，顽皮一笑，道：“别请了吧，我怕我会走不了。”

她这番话引得曲松以及旁边的吕涛、夏远都笑了起来。

“少主！”门外响起吉长老略显低沉的声音。

曲松“嗯”了一声，对他们道：“事不宜迟，走吧。我们坐飞行兽去，人多了，传送阵不好使。”

几人并无意见，跟着出了门。

月思卿一眼便看到吉长老精瘦的身体站在宿舍楼前的大树下。

她看到他的时候，后者也看到了她，那双眉头顿时一皱。

“少主，他怎么在这里？”吉长老问话的声音明显有些不悦。

“她是我老大，吉长老，我跟你说过几次了。”曲松更是不满他的态度。

“少主，刚不是听长老会说了吗，这小子半个月没回铁堡了，打算将他除名。”吉长老耿直地将他知道的事情说出来。

月思卿没有说话。

曲松露出一个头疼的表情，天，他也要被这老顽固整得崩溃了，没完没了了都！

“走吧！”他只能直接无视，吐出两个字，才成功让吉长老闭嘴。

第十章

逐她出堡

大家顺着小路往前走，一直到了熔炉铁堡大门处。

此时，被暮色笼罩的铁堡山门高大巍峨，西方的晚霞落在门头，落下斑斑驳驳的金色，在一片荒原里，显得大气磅礴。

诸人刚抵达大门，几道微促的脚步声从后面走来，一个清越苍健的声音喝道："留步！"

听到这声音，月思卿头也没回，一双好看的月牙眉却是微微一皱，真是哪壶不开提哪壶！

"几位长老有何见教？"吉长老回过头，冲迎面走来的四名老者抱了抱拳。

"见教不敢当。"走在为首的干练老者正是柯长老，他目光极其锐利地盯住月思卿，直截了当地道出目的，"月思卿留下，你们离开。"

吉长老闻言没有立即回答，而是看了眼月思卿，又看看曲松。

这个要求其实他并不反对的。

那些皇族人因为面子上撇不开，回来后很少提起在幽暗谷被月思卿所救之事，所以对月思卿的去向，其他人都不太清楚。

柯长老冷声问："难道不知道铁堡有规定，年假只有十天吗？你是不是不把铁堡的纪律放在眼里！"

他一开口，一顶大帽子便扣了下来。

月思卿没有作声。

他说的，也是不争的事实。

"上次的事就算了，这一次你无视堡规，态度还这般恶劣，完全能被铁堡开除了！"柯长老的声音极为生冷。

是谁给了他们这么大的底气？月思卿心里飞快掠过雄鹰的身影。除了那人外，她实在想不起第二个了。

想来前几天，他在幽暗谷里受了不少苦。

"你打算怎么做？"月思卿抬起眼皮，不咸不淡地吐出一句。

柯长老见她永远都是这样不把自己放在眼里，怒极反笑："月思卿，不要以为我们四个长老是铁堡的摆设，任意一个，一只手就能碾了你！对你客气，那是因为你是铁堡的学生。

一旦你不是了，这熔炉铁堡，你半只脚也踏不进！”

他身后的谈长老也冷哼一声道：“不给你一点颜色瞧瞧，你还真当熔炉铁堡是想来就来，想走就走的？”

“吉长老，你们让开，长老会要处置学生，还请不要干涉！”柯长老冷冷冲其他人说道。

这话也算是很客气了，那是给吉长老面子。

吉长老本来也不想插手，借此机会，顺势后退几步，沉声道：“少主，请你明白熔炉铁堡是个什么地方，不是任何人都能在这里狂妄的。”

他明着对曲松说这话，暗地里却是有些嘲讽月思卿的不自量力。

没有够强的实力，没有背景，她怎么敢这样？

面对着咄咄逼人的柯长老，月思卿并无退缩，目光静静地望着他们。

若是平时，她有的是时间与他们耗，也能与夜玄联系帮自己解围，但现在，夜玄应该已经进入幽暗谷深山了，她不能打扰他，也想尽快去找他，帮助他，所以，她只能快刀斩乱麻！

“柯长老，几位长老，对于这次迟到的事情我在这里说一声抱歉，但我不能接受你对我的处置。”月思卿毫不畏惧地说出自己的想法。

打不过，还跑不过吗？

“啪啪啪！”一阵鼓掌声自暗处传来，伴随着一个低沉有力的声音，“很好，我铁堡内竟有这般人物，呵呵！”那声音，明显带着嘲弄。

“副堡主！”柯长老几人则是大喜，不敢怠慢来人，闪身退到一边，齐声叫道。

副堡主，三个字便已说明那个人的身份，熔炉铁堡副堡主，堡主之下，诸人之上！

“副堡主，这人就是目无规矩，还跟几个长老顶嘴的小子。”柯长老连忙数落出月思卿的罪状。

“嗯。”低沉的回答声没有什么温度，那人已然来到明处。

一头花白之发，老者精神矍铄，脸庞红润，气色极佳，只不过看向月思卿的眼睛微眯，内含精光。

“我们熔炉铁堡庙小，容不得大佛。”副堡主负着双手，眼角划过一抹戾气。

“老大，这副堡主不是什么善角色，先服软吧。”曲松心头叫苦，上前在月思卿耳根子边低语道。

纵然没在铁堡内待多久，但对这人的名声他还是听过的，用三个词来形容就是：喜怒无常，脾气暴躁，实力高强！

落到他手中的刺头学生，那可没一个好下场的！

月思卿凝望了那名副堡主几眼，缓缓笑了起来：“博老，自卡列国分别，许久未见。”

熟稔的语气仿佛是相交已久的故友重逢。

她现在才明白，当初夜玄为何会在博老面前提起她去熔炉铁堡的事了，原来夜玄早知道，博老的真实身份竟然是熔炉铁堡的副堡主！

那么，有什么比找他更方便进堡的事呢？

博老一怔，瞳孔微微收缩了下，仍是看着月思卿，脸色却完全变了，不敢相信地叫道：

“清思？”

他的反应和记忆都不错。月思卿心中一松，点了点头道：“没想到连博老都被惊动了，不，现在应该叫您一声副堡主。”

“不，清思小友，叫我博老就行！”博老眼中戾气尽退，早已是满眼惊喜。

他突然回过头，沉下一张老脸，冲着柯长老喝道：“也不调查调查清楚就这么肆意妄为！清思小友是老夫的忘年交，你们也敢找他的麻烦！”

月思卿听到“忘年交”三字，嘴角笑意浓了几分。

这老头子受伤的事大概也没几人知道吧！

柯长老四人被他骂蒙了，不知道事情会有如此戏剧般的变化。

博老继续道：“往后，清思小友在熔炉铁堡里不限自由，他就是铁堡最尊贵的客人！”

这句话，已然给了月思卿最优厚的待遇了。

身旁的吕涛和夏远嘴角直啧，这待遇，不得了啊！只不过清思这名字，怎么听起来倍觉熟悉啊！

“博老，多谢了。今日来不及与您叙旧，我还有些事，得先行离开。”月思卿心中充满了感激之情，恳切地说道。

博老点头，笑道：“你来了铁堡就好，有老夫罩着，谁也不敢动你一根汗毛！”

月思卿心中暖暖的，冲他行了一礼，回头说道：“咱们快点吧！”

曲松正在吃惊中，闻言本能地答道：“好！”

而吉长老，更是浑身一颤，从惊怔中回神，冲博老抱拳道：“副堡主，得罪了，老夫只是来接少主，并没有在您的堡内惹事。”

听这口气，他对博老还挺忌惮的。

所以，他压根没想到，博老跟月思卿居然是忘年交！

尼玛，这小子有这么硬的靠山，怎么一直不说？

吕涛跟夏远则是更难以置信，忍不住问：“老大，你跟熔炉铁堡的副堡主是忘年交，这么大的事都不吱一声？”

熔炉铁堡外，一只体形庞大的鸟类灵兽舒展着宽大的双翅自半空降落下来，大家在飞行兽背上坐好后，便向幽暗谷方向出发。

月思卿盘膝坐下，闭上双眼，如同进入修炼状态。

吉长老朝她投去一眼，脸色郑重。

他对月思卿之前的种种行为虽是不满，但自刚才知道她和博老的关系后，倒也不敢随意小觑了。

曲松、吕涛和夏远见状也各自开启修炼状态。

飞行兽的速度在天空灵兽中绝对是一等一的，而且它背宽肉厚，十分平稳。

不知过了多久，大家就听到吉长老的声音在耳畔响起：“到了！”

飞行兽缓缓下降，吉长老已掏出磁片，低声说着什么。

不一会儿，飞行兽稳稳落地，正在光明谷和幽暗谷的谷口位置。

他们下了兽背，立刻有竹清门的两名老者从幽暗谷内出来接应，谷口的阵法在几人联手下不成问题，月思卿跟着众人一起进去。

依旧是熟悉的道路，这里，她跟着夜玄东奔西走，追追赶赶，早就摸得极清楚了。

穿过一条羊肠小道，前方却蓦然传来一声咆哮的兽吼声，直冲云霄，震耳欲聋。

“慢着！”走在最前头的吉长老当即停步，厉喝一声。

“有灵兽？”曲松眉头一挑，脸色多了几分肃然。

吕涛和夏远以及竹清门前来接应的两名老者俱是眼光警惕地朝声响处看去。

几个小辈都是第一次踏进幽暗谷这片神秘的土地，对这里既充满了好奇又有几分发自于内心深处的恐惧，那是一种对未知事物的本能。

月思卿也循声望去，两道柳叶眉微微拧着，似乎在思索着什么。

这时，一头高约数丈的类人猿怒吼着跑了出来，宽大的上身直立着，粗而结实的双拳紧握着挥舞，目光射向他们。

前方，吉长老沉声叫道：“是六品蓝灵灵兽类人猿，小心！”

蓝灵阶别的灵兽实力相当于紫灵阶别的人类，境界相当高了。

说着，竹清门的三名老者立刻散开，成三方包围之势，眼光紧紧盯住对面的类人猿。

“不好对付啊。”说话的是进来接应的一名老者，眉头微皱，从他周身浮出的点点蓝光来看，他也是一名蓝灵强者。

类人猿极通人性，确实不比一般灵兽好对付。

“我来。”这时，一道淡淡的声音响起。

三个老者皆是一愣，这当口，一道略显削瘦的身影快步而出，站到了三人身侧。

“老大……”吕涛和夏远像看猩猩一样看向月思卿，没搞错吧？

“你凑什么热闹？”吉长老更是觉得搞笑。

他到底知不知道蓝灵阶别的类人猿是多么强大的存在！

月思卿没有看他，目光静静望着那头类人猿，嘴角勾起，说道：“很好。”

她想说的是：“又见面了。”

这头类人猿她认识，正是当时她追杀了足足三天三夜的灵兽。在夜玄的死规定下，她不停地服用聚灵丹以及夜玄提供的高级聚灵丹，死死缠着这头蓝灵类人猿。

自然，真对起阵来，月思卿根本不是类人猿的对手，但当时有夜玄和他的人帮她顶着大招。

最后，类人猿终于扛不住了，弃下她逃跑，硬是还被月思卿追杀了许久。

不管过程如何，但结果是，这头灵兽对月思卿已经有心理阴影了。

果然，类人猿的嘶吼声在看到月思卿时戛然而止，浑身打了个激灵，二话不说，转过笨重巨大的身子，拔腿就跑。

月思卿闲闲抱起臂，叹了声：“幽暗谷里我已经没对手了啊！”

原本吉长老几人就在发愣，再听到她这一句大话，险些吐出一口老血。

可他们却无话反驳，毕竟，那头蓝阶灵兽的表现也太奇怪了点！

吕涛、曲松和夏远也是一脸惊愕。

“这也太神奇了，老大，你用的什么办法？”夏远不相信她就往那一站便吓退了一头货真价实的蓝阶灵兽，赶紧问道。

“天机不可泄露！”月思卿故意卖了个关子，嘻嘻一笑道，“走吧，别耽搁了。”

吉长老深深看了她一眼，眼中多了一抹凝重，说道：“走。”

众人带着各自不同的想法再次上路，很快便到了幽暗谷的东北角，此去已是一路畅通无阻了。

竹清门驻扎在一座比较大的山头上，四周分散了一些小势力，成为合围之势。

曲松并没回竹清门大帐，而是与月思卿几人进了半山的一处帐篷，吉长老带人守护。

一安顿下来，月思卿便走到山头，找了个没人的地方取出灵力磁片，灌入灵气，希望能联系到夜玄。

此刻正是第二日晌午时分，幽暗谷的天空却一如以往的昏暗。昏黄的天空上浮着几丝奇形怪状的云朵，压抑而神秘。

令月思卿心头不安的是，磁片一点动静都没有。

一遍又一遍，都无人接听。

从来没有出现过这种情况，夜玄的灵力磁片都是随身携带的，没有道理不接她的通话。

月思卿心头慌张了一下，勉强镇定下来，看向星月教所在的方向，坐不住了，决定过去。

她思量了下，还是没将打算告诉吕涛和夏远，只是悄悄给他们留了张纸条。毕竟，他们是不会放心自己一个人在幽暗谷内行走的，到时，恐怕还会影响到曲松。

月思卿一个人摸到星月教的驻扎点，没有人拦她，她很顺利地便到了山顶。

“思卿小姐，您不是回铁堡了吗？怎么在这儿？”帐前守护的一名教众惊讶地问。

“夜玄呢？”看到是经常跟着夜玄的人，月思卿劈头就问，察觉到有些失礼，又改口道，“夜教主呢？”

“教主……教主……”那人支支吾吾答不上来。

“快说！”月思卿哪有那么好的脾气与他周旋。

那人见她动了怒，脸色紧张，可又不敢说话，涨红着脸不语。

“你们教主进山了是不是？”月思卿伸手指向东北角那一片浓密的山林，语气已经不是猜测了，“他昨晚进去，到现在都没回来对不对？好，我去找他。”

她说完转身就走。

“思卿小姐，留步！那里实在太危险了，连教主都还没回来……”那人急忙追了上来，情急之下也说漏了口。

“果然没回来。你不用拦我。”月思卿心微微一沉。

“小姐，教主福泽胜天，又那么强悍，他不会有事的！一定是遇到什么事牵绊住了，您若瞎闯，若是出了什么事，教主怕是会震怒，属下有一百个脑袋也不够砍啊！”那名教众已是一脸惶恐了。

“这是我的事，你只当没看见我……”月思卿大声回着他的话，身影却几个连闪消失了。

她顺着密林，朝东北角深处快速奔跑着，小心翼翼地避开一个又一个强大的灵兽，有时候，甚至被迫用上玉石灵坠。

即便知道自己去的可能是龙潭虎穴，但她还是不会后退。

夜玄去了这么久未回，她实在不放心！

银色与小青虽然实力上被压制了，但它们好歹都是上古神兽，有着极其敏锐的感知，常在危险来临之前便能及时提醒月思卿，所以月思卿这一路走得有惊无险。

山谷中央，风声猎猎。

小紫从空间戒指里跑了出来，挂在月思卿身上直抽鼻子，指着东北方叫："娘，娘，小紫感觉到大坏人在那边。"

"真的？"月思卿问也不用问，自是知道它嘴里的"大坏人"指的就是夜玄了，有些激动地将小紫抱紧。

小紫是万年人参精，有着无数根须，它对外界的感知力和对空间的穿透力都非同一般。它能感觉到夜玄的气息，那夜玄必然是无事的，这实在是个好消息！

"走！"匆匆说了声，月思卿已飞快朝那边奔去。

很快，她便到了近前。一人多高的草丛中立着一座石门，斑驳的石壁上刻着一些看不懂的铭文，增添了几分久远的气息。

月思卿抱着小紫，小心翼翼地踏了进去。石洞内或是残垣断壁，或是满地石砾，有着明显打斗的痕迹。不一会儿，便到了一处较为空旷的石厅。

走近了，有声音从里面传来。

"也不知里头情况怎么样了，会不会出事。"

"别想太多了，既然一直没有动静，必然还在僵持。"

月思卿已蹑步行到洞边，不敢再往里走，侧耳倾听。

隔了会儿，一个男中音响起："我们得进去帮他们！"

另一名老者略显沉稳的声音说道："怎么进去？已经折了好几个人了，谁再敢去尝试？"

"这样干等着也不是办法！"

"确实，没料到这次这个东西居然如此厉害，连我们上五宗与星月教联手也还没有取胜的趋势。"老者叹了一声。

月思卿听得真切，心中度量了一下。

那些人必然是上五宗的，他们说上五宗与星月教联手，想必夜玄便是昨晚与他们一起进了这里。

难道，这次还是神兽不成？

月思卿不敢再耽搁下去，右腕轻翻，她收了小紫，从空间戒指里取出自己的人皮面具戴上，换了"清思"的面容，不过并没有遮挡月牙标记。

此时，星月教的身份才能护住她。

整理完毕，她快步走向石厅，嘴里同时清喝道："星月教来援！"

石厅里高手重重，她可不想还没踏入就被当作刺客或敌人给杀了。

果然，这一声叫喊后，耳边风声阵阵，几道身影闪了过来，却没有动手，而是拿眼光警惕地打量她。

“星月教的？”问话的是名白袍老者，五官周正，浓眉大眼。

月思卿冲他拱了拱手，又向两旁其他人拱手作揖，以示自己的尊敬，出声说道：“请问，我们教主可在？”

她快速在石厅内扫了一圈，近处这几人显然不是星月教的，而远处因为有些模糊，她看得不太真切。

“你是星月教派来援助的，怎么就你一个？”白袍老者淡淡问，语气平和，却如未出鞘的刀锋，隐露尖锐。

月思卿微微勾唇，不慌不忙地说道：“前辈，不是每个人都敢在幽暗谷乱闯，还能成功找到这里的。我现在关心的是，星月教的人怎么样了？”

她很快将话题带了过去。

白袍老者轻“嗯”一声，也没再盘问，右手指向石厅中央一处光亮，说道：“都在里头。”

月思卿这才注意到，中央空旷的地界一个半圆形的光阵倒扣在地，既高且大，有如一个巨型牢笼。牢笼外悬浮着的是微显透明的九彩光芒。

从外面只看得到那些光点，根本看不到里头的情况，月思卿有些不可思议。

难怪夜玄没有接她的通话了，原来他现在身处险境。

里面到底是什么情况？难道一直在恶斗不止？

“现在的办法是进不去，这个光阵好生厉害，连老夫都破不开。”白袍老者轻叹一声。

月思卿收回眼光，看向他，站在老者不远处的一名中年汉子补充道：“秦长老这样的紫灵强者都破不开的光阵，我们更是束手无策。”

紫灵强者……月思卿轻吸一口凉气，又缓缓压下。表面不动声色的她，心中的焦灼却增了几分，眼光，不自觉地盯住那片光阵。

见月思卿对紫灵的秦长老竟然并无明显震动，也无敬佩之意，那名说话的中年汉子有些不满意了，斜着眼睨她，有些不善地问：“呵，莫非你还有什么高招不成？”

月思卿不想在这时惹麻烦，对这名汉子说道：“我自然是不及紫灵前辈秦长老的万分之一的，只不过，关心则乱。”

她说完，注意力再次转回到光阵上了。

这话说得漂亮，教那中年汉子不好接什么。

秦长老闻言，嘴角微弯，眼中掠过一抹精光，笑笑地道：“星月教倒个个都是人物。”

至少，如此年轻能拥有这样的心性，委实不错。

“少年，可别乱试。”这时，一道沉闷的嗓音自昏暗处传来，清晰有力地在石厅内响起，“这光阵厉害得紧，随便一碰便会被那快得看不清速度的飞刀割喉而亡，前车之鉴！”

月思卿的心“咚”的一声微微沉下。

她听懂了，这里已经有人为此付出了代价。

“多谢前辈指点，不知前辈是哪个宗门的？”月思卿心存感激之意，转头向那昏暗处问道。

秦长老笑道："墨门是一片好心。"

原来是墨门，月思卿心中记下了，再次看向那繁复变化的光阵，眉头皱得更紧了。

这要怎么办才好？

她正百般心焦之时，一直沉寂着的契约空间却有了动静。

"银色，你看得出这光阵的来头吗？"小青负手站在空间口，透视石厅，缓缓询问。

"很熟悉，天地之间能挡住紫灵强者的光阵并不多。"

"对，而且光阵也是千变万化，形态各异，这一个，倒是很熟悉……"小青也狐疑地说着。

"冒昧地打扰一下你们的谈话，这光阵你们熟悉吗？"月思卿在银色与小青声音停顿的时候插了一句，"有没有破开的办法？"

"容我想想，卿卿，别急。"银色听出她语气中的焦虑，安慰道。

听了他的话，月思卿的心镇定了几分，好歹还有些眉目，总比她一头闯进去乱试的好。

见月思卿没有作声，秦长老几个人也缓缓退开，各自观察那光芒诡异的阵法。昏暗的石厅内弥漫着死一般的沉寂。

而月思卿的契约空间，在片刻的沉默后又热闹起来。

银色启齿道："卿卿，我想起来了，这倒像天地间传承下来的神光宝器凝聚成的刀阵。"

神光宝器？那就是传说中的神器吗？月思卿有些愕然，难道这次出土的不是生命源，也不是神兽，而是一件……神器？

"神器，是天地灵器中至高无上的一种。它们历经岁月，浸淫风雨，有了自己的灵性。无主的神器，每隔一段时间，就会将所有灵气从体内逼出，与天地融为一体，再重新凝聚，好让自己变得更加强大。我想，夜玄他们遇到的正是神器重凝的时期，这光阵，集聚了数万年，甚至数十万年的力量，自然不是轻易就能毁掉的。"

银色娓娓道来，将那些支离破碎的记忆一点点拼凑起来，解释给月思卿听。

白虎王和小粉也趴在地上，听得极其认真。

月思卿抿唇不语。

青龙"嗯"了一声，补充道："对，神器重凝的力量是十分强大的，但再厉害它也只是神器，一物降一物，总有人能契约它。不过看样子，这神器只怕还不是一般的神器。"

"至少，神器重凝时的它不比盛年时期的上古神兽差多少，青龙，你看呢？"银色转头，笑笑地问。

青龙也笑道："嗯，几个紫灵人类不是它的对手。"

月思卿听了，心头些微沉重，问道："夜玄在里面会不会很不安全？"

"没事。"银色摇摇头，"神器本身已经幻化进光阵了，里头是绝对安全的，只不过，若是他们出不来，等神器凝聚成功后，避免不了一场恶战。而那时，早就被困在神器中的他们并无一点优势。"

月思卿从他们的谈话中也听懂了一些，冷声道："是不是，如果现在光阵被破掉，神器就凝聚不起来了？"

"是的，聪明。"银色赞了一声，"力量够强大的话，就能破开光阵，神器会进入休眠状态，它虽不能伤你们，但作为神器，自然也有保护自己的办法。"

“其他的我不管，我只要救夜玄。”月思卿看向光阵的眼光变得蓦然凌厉。

“娘，要不要小紫帮忙？”小紫坐在空间戒指里，咬着手指问。

“小紫，这可不是一般的空间阵法，你若进去，万年修行只怕也会毁于一旦。”银色瞟了它一眼，凉飕飕地说道。

小紫登时蔫了。

其中的危险它自然不可能没感知到，但看月思卿急，它也急。

“不用你们帮忙，我自有办法。”月思卿缓缓开口，望着那巨型光阵，眼中却并无想出办法的惊喜。

银色与小青对视一眼，没有说话。

他们已然猜到了一些……

“小紫，把你的玩具给我。”月思卿不再迟疑，抽出一丝意识探进空间戒指。

小紫连忙将眼前几个小圆珠递了过去。

女子嫩白的掌心上登时多了几枚光滑饱满的圆珠，赤橙绿青蓝，五种颜色逐渐由黯淡变得明艳，光芒闪烁，炫丽交织。

这就是蕴含着巨大力量的九彩神珠！

据说，九枚神珠是当年一位神尊十数万年的修行所化，每一枚神珠都含着无比丰厚的灵气，任意拿出一枚便能震动整片星辰大陆。

而此刻，九彩中的五彩正静静躺在月思卿的右手心。

她的手在轻微地颤抖。

嘴角，却勾起一抹肆意疯狂的冷笑。

这五枚神珠的力量难道还破不开这狗屁光阵吗？

也许，她操控不了这力量，会付出相应代价；也许，五枚神珠的暴露可能会为星月教带来无穷无尽的麻烦……可怎么办？她想救夜玄。

“卿卿，空间封锁！”银色立时提醒道。

“空间——封锁！”月思卿握住胸前垂挂的玉石灵坠，轻唤一声。

她所在的方位顿时隐遁起来。

月思卿没有闲，脚步轻闪，已义无反顾地冲向光阵。

“九彩神珠，为我所用，给我破！”月思卿右手高举，意念动时，灵气蜂拥而出，五枚神珠掷向光阵。

炫彩的光芒“唰”地一下扩散而开，月思卿感到眼前一花，一片光芒笼罩了天地，那太过炫丽明艳的光芒重叠一起只看得到白色，大片大片的白色，白得耀眼。

没有任何声音。

安静，此刻天地间唯余安静。

在庞大得足以毁灭一切的力量下，任何声音都是多余的。

月思卿从没尝试过如此疯狂的举动，她知道，也许后果会很严重。

可在这白茫茫的天地内，她的心却突然沉静了。

微微闭上长睫扇动的双眼，她感觉到的只是宁静。

"轰！"

一声足以惊天动地的巨响声还是来了，犹如来自黑暗深渊的底处，遥远，却犹如在眼前。刹那间，月思卿感觉天地都在旋转，脑海内一片空白。

良久，她终于睁开了眼睛。

柔和的天光自头顶洒下，周围一片明亮，满地石屑纷飞，石厅已然不复存在，一片狼藉。

"神器凝聚失败了，快找到神器在哪儿！"一个略显尖锐的声音穿透耳膜，刺得生疼。

月思卿刚欲扭头，右手却已被一只大手紧紧握住，猛然一带，她已落入一个温暖的怀抱。

"傻丫头，你怎么能做这傻事！"耳边是夜玄严厉的责备声。

"夜玄！"月思卿抬眼便看到那张冷酷的俊颜，丹凤眉斜飞入鬓，狭长的眼角渗满怒意。她颇觉委屈，小嘴一瘪，将脸埋进他怀里。

所有的恐惧与后怕在这一刻涌上心头，令她整个人都难以站稳。

耳边，嘈杂声不断响起。

"宗门的人都受了些伤，所幸秦长老几个关键时刻释放出了空间阵法。"

"刚才到底发生了什么？"

"不知道啊。"

"……"

月思卿听着，心中微愕的同时松了口气，看来，刚才她用了空间封锁，加上神珠的破坏力量极大，那些人竟是没看到吗？

"别小看了他们，会怀疑到你头上，不过他们怎么都不会想到神珠上去。"夜玄已在她耳边低声说道，"以后再不允许做这么危险的事，听到了吗？"

夜玄无奈地轻叹一声，轻抚着她的秀发，嘴角露出一丝苦笑，苦涩中却又忍不住生出几分喜悦。

月思卿想到现在的身份，虽是贪恋男人的怀抱，但还是从他怀里出来，转身看向其他人。

"这位星月教的小友看起来眼生得很啊！"秦长老呵呵笑着，上前一步，冲夜玄说道。

看来，他已起了疑心。

夜玄嘴角笑意一敛，冷冷说道："秦长老又不是不知道，我们星月教的人皮面具很多，样式也不重复，你要是喜欢，我倒不介意送你一张。"

"呵呵，哪里话，你敢送老夫也不敢戴啊。"秦长老尴尬一笑，没有再说什么。

显然，他想打探月思卿身份是不可能的了，连这夜玄，也是极难相与的。

这时，一道声音笑笑地插进来："星月教果然神秘得很呐，个个都是人物。"

这话细细听时，含着几分讽刺与嫉妒。

月思卿转头瞧那人时，应是上五宗的一位中年男人。

未待夜玄说什么，她已一挑长眉，毫不客气地反驳回去："那当然了！我们星月教若是没有几分本事，又怎敢出现在这里！"

那中年人重重哼了一声，却没有再说什么。

夜玄冷漠的嘴角轻轻弯起。

这边唇舌相争之时，那一头，却突然传来一声明显压抑的惊呼，伴着一个激动的声音：

“我找到神器了！”

所有人的注意力瞬间就被转移了过去。

月思卿也连忙循声看去，就见一个精瘦的身影三步并作两步地朝一块巨型石壁奔去，眼尖的她也立即发现石壁下方躺着一把灰色大刀。

刚看清刀身时，那道精瘦身影已经飞一般地冲到近前，挡住众人的偷窥。

“嗖嗖嗖嗖！”四周立刻发出尖锐的破空声，一连串的攻击齐齐对向同一个目标：那道欲要捡刀的身影。

“他妈的！”那汉子怒骂一声，释放出青色灵气，回头阻挡。

眼看着一场混战即将生起，月思卿的右手被夜玄一拉，身形已跌入他怀中，直退数丈。

“先看狗咬狗。”夜玄的声音淡漠而无情，狭长的凤眸轻轻眯起，看着不远处的好戏。

她扭头看向四周时，发现戴着人皮面具的皇暗和皇冷也站在左右，心更定了一些。

那一头，上五宗之间乱成一团糟，一番灵气火拼后，终于有人占得先机，一脚踏到大刀旁，弯腰便抢。

不管是哪个门派抢到神器，门派的整体实力必会大升，人人都想做功臣，而本身就是战师的人则更加兴奋来劲了。

看到这一幕，月思卿暗地里摇了摇头。

从古至今，星辰大陆上五宗一直是最强的五个宗门，传承下来的主要原因就是这五个门派联合到了一起，成立了总宗门，唇齿相依，生生不息。

可这世间，有利益的地方就有争斗，哪怕是这五个联盟的门派。

她刚感慨了下，耳边却传来一声惨呼：“啊！”

上五宗那边如受了什么惊吓似的，刚刚还混战在一起的人群急速后撤。

她正要看看发生了什么，眼睛却一把被夜玄捂上：“别看了！”

“怎么了？”月思卿好奇心大起。

“有人受伤了。”夜玄沉吟了一下，还是说出实话，“刚才去动神刀的那人，被神刀削掉了手，如果不是他躲得快，这会儿只怕掉的就是脑袋。”

他解释的同时，对面也传来撕心裂肺的怒吼声，夹杂着一些人的劝慰，震惊缓缓在这片空间弥漫开。

月思卿眼上的手也移开了，她急忙朝那边看去。

撤得空落落的地面上，那把刀仍然静静躺着。

乍看起来，这把刀并无什么出彩之处，通体呈灰色，颜色与大地相近，以至于在暗处，若是没注意刀锋上反射出的冷光，很容易忽略它。

引出偌大动静，害得这么多人兴师动众的天地神物就是它吗？

她想着，银色的声音在契约空间内响起，异常凝重：“卿卿，可别小看它，这是货真价实的上古神器！”

“上古神器！”月思卿承认她被这个词惊到了，忍不住低呼出声。

“嗯，而且……还很熟悉。卿卿，我似乎忘记了很多事情。”银色说这话时，有些茫然。

“你忘记了许多，可我却记得一些。”此时，小青慢条斯理地开口了，吐出来的话却是语不惊人死不休，“主子，放心上吧，它应该在等你。”

“等我？”月思卿微微张大嘴。

“嗯。”小青很肯定地答道，“我也忘记了很多事，这事我却有印象。不过，作为上古神兽，有很多事情是知道也不能说的，主人，我只能说这么多了。”

月思卿望着那把神刀，没有作声。

第十一章

收服神器

这时，上五宗在沉寂这么久后，终于又有了动静。

一名老者缓步走出来，双眼紧紧盯住神刀，灼热的光芒在他眼中吞吐着，那是一丝对强大力量的占有欲！

所有人都屏息凝气地看着他，有人低低叫道："力宗的战师不要命了吗？"

"他是战师，自然比我们更想得到神器。"

"而且他已经是蓝灵高阶了，仗着艺高人胆大吧！"

力宗……月思卿心头掠过夏远的身影，当下，未经任何考虑，抬头便喊："前辈，神器危险！"

那名老者却恍若未闻，双眼不错神地只盯着神器，他的眼里也只有神器了，那股灼烫的光芒几乎要将神器燃尽。

离近了，理智回归些许，老者停了步，右手握住戴在左手指上的空间戒指，轻轻旋转数圈，蓝色灵气缓缓注入。

"嘶"的一声，空间戒指脱手飞出，朝那神刀撞去，在空气中留下一条长长的蓝色尾巴。

看样子，老者想要隔空取物。

"哗"的一声，两物相撞，空气中激荡出一片白光，晃花了众人的眼，耳边依旧是一声惨叫。

月思卿的心紧紧一拧，下意识地攥紧了夜玄的手。

这一次，夜玄并没有去捂她的眼睛，她也看清了，光芒渐散，老者腾腾连退，一个物体被抛飞到石壁上滚下，是一截血淋淋的手指。

月思卿看得心惊胆战时，夜玄将她的小手包在掌心，低声说道："卿儿，以后做任何事都要小心，不是什么东西都能轻易碰的。"

月思卿轻应一声，她知道，夜玄是借这个机会给她警醒。

只不过，这一回，她还是想试一试……不为别的，只为青龙的那句话。

它说：主人，这神器在等你。

缓缓将意识探进契约空间，月思卿一字一字问："小青，我能信你吗？"

“主人，你说呢？”小青望着她淡淡一笑，眼神却无比坚定。

“相信他。”银色转过头，脸色严肃地开口，“卿卿，我也有这种感觉。”

他的话，让月思卿心里的念头更加笃定。

“银色，小青，你们是我最信任的人，我无条件相信你们。”月思卿冲他们一笑，而后抽出意识。

而上五宗那边已经换了策略，七八个穿着统一服饰的人同时靠近神器，想要合力拿下它。

一直未动的神刀蓦然震颤了几分，无数雪光破空而出，在空中幻化成一缕缕锋利的锋芒，以快得让人看不清的速度风驰而出。

惨叫声连连，七八个人在极短的时间内全部倒飞而出，血雾喷溅，竟是当场殒命。

旁观人倒吸一口凉气，秦长老低声道：“这竟是上古神器！走眼了！”

“没眼力！”月思卿明显听得不远处的皇暗嘲讽了一声。

原来不是所有人都看出这把神刀的真实身份。

“老妖怪就是老妖怪。”月思卿也忍不住低低说了一句。

像夜玄这样不知道活了多少年的妖怪，跟在他身边的皇暗皇冷怕也不简单。至于那边的秦长老，虽然也是紫灵，但有可能是近几年才突破的，毕竟她刚来时，整个星辰大陆都没听说有公开在外的紫灵强者，所以与夜玄几人比起来，还是太小儿科了。

“你说什么？”夜玄忽然捏了捏她的手，低头问。

“我说老……”月思卿抬头，本想重复一遍，但看到夜玄那双深邃眼眸时却突然卡了壳。

不对啊，这是一只十足的老妖怪！她怎么能说！

夜玄眼中掠过一丝似笑非笑，加重字音：“我们是老妖怪？”

“呃，呵呵……”月思卿反倒有些尴尬了，索性抚上自己的额头，“夜玄，我头好像有些晕。”

夜玄有些无语，手中却是一动，将她拉进怀里，轻声道，“你看，还是得老妖怪保护你。”

虽然他知道月思卿只是想转移注意力，可又不得不承认，看到她这娇软的模样，他的心都化了。

月思卿靠在夜玄胸膛上，眼里满满都是幸福。

那一边，这会儿再也没人敢上前尝试了，却又没有立即离去，只因为此时的上古神器在休眠中，并非全盛时期，又给了他们一丁点的希望。

总之，每个人心头都在做激烈的思想斗争。

月思卿缓缓挣开夜玄的怀抱，略微整理了下衣襟，从昏暗的石壁阴影中走了出去。

“思卿……”夜玄微皱眉。

她缓慢地行到距离神刀不远的地方，抬头便能看到站在对面的上五宗一行人。

他们之间只隔了那柄灰蒙蒙，毫不出彩的铁刀，据说是上古神器的神刀。

上五宗的人也满眼疑惑地看向月思卿，眼中夹杂着思量和警惕。

“我想试试。”月思卿的声音很平静，她扫了眼上五宗的数十人，眼光再次落在地面的神刀上，表情淡漠，不见喜怒。

她的话不是说给上五宗听的，而是身后的夜玄。

可这句话出口，还是引起对面一阵骚乱。

“没搞错吧？刚才那么多惊险他没看到吗？居然还想试试？”

“就是，连紫灵强者都束手无策的上古神器，他一个星月教的年轻人也敢尝试？不怕赔了命吗？”

议论声没有刻意压低，字字声声都传进月思卿的耳里。

对于她的举动，那些上五宗的人多半以为她是疯了。

包括秦长老几个年纪长的，虽没有加入这场议论，但紧皱眉头的模样也写着深深的不赞同。

“小兄弟，你可要想好了，别为了眼前的利益去冒险，不值得。”那道来自墨门的沧桑声音再次响起，带着几分慵懒。

月思卿抬头看去，仍是没有寻到说话的那个人，心中的感激却浓了几分。

“嗯，我不拦你，你想要的，我会尽力。”出乎意料的是，夜玄并不是来阻拦她，而是站到她身边以示支持。

他放低声音道：“虽然有些棘手，却还不难搞定。”

“我来。”月思卿冲他微微摇头。

“嗯，那我给你善后。”夜玄见她自信满满，深知若没把握，她不会这样，当下退开数步。

“好。”月思卿定了定心神，再次看向神刀。

灵气飞快地在经脉内窜动着，点点绿光在她虚握的掌心中吞吐着。此刻，她心无杂念，抬脚朝神刀处慢慢走去。

石洞内，紧张的喘气声不时响起，变得越来越粗重。

“你在等我，对吗？”月思卿冲着三尺界限处的灰色大刀轻声问道。

那把搁于泥土间的灰刀轻微颤动了下。

没有人注意到这一细小的动作，除了离得最近的月思卿。

月思卿一咬牙，不再犹豫，弯腰便向神刀碰去……

所有人都忍不住低呼，那恐怖的一幕估计又要重演，他们已经做好了心理准备，甚至有人蒙上了双眼。

可是，这一次，什么都没有发生。

神刀安静如斯，刀柄，被那只纤细修长的手紧紧握住了。

众人都呆住了，饶是见多识广的秦长老，也瞪大了双眼，不敢相信地看着这一幕。

神刀居然没有攻击他！这到底是真还是假！

石洞内悄然无声，大家都傻了，眼睁睁看着那名少年将神刀捧起。

凉凉的感觉入手，直到触着铁一般的冰凉，握着玉一般的圆润时，月思卿才真正意识到，她拿到了神刀。

莫名的意念驱使她低下头，双手一错，右手已经缓缓拔出刀柄。

“吱呀……”沉重的摩擦声在静寂的石洞内响起，她好像拨开了时间的闸门，穿越到了久远的时代。

锋利的雪芒“哗”的一声渲染而开，那细长的刀锋眨眼间长成数丈高，静静地握于月思卿手中。

翡翠般透明优美的长柄，弧度适中的弯月刀锋，银光闪烁的幽芒吞吐，极尽天地间优雅与尊贵，隐露苍穹中的锋芒和凌厉。刀锋微动，一股嘹亮而遥远的凤吟声悠悠响起。

所有人目瞪口呆地看着月思卿手中那柄真真正正的神刀！

此时，一道威严神圣的男子声音在石洞内回响起来：“吾，上古神器，裂日凤吟刀，见过主人！”

这番话一出，石洞内一片倒抽冷气声。

竟是裂日凤吟刀！他们虽没见过上古神器，但也听说过上古神器榜，裂日凤吟刀，绝对是神器中的精品！没想到，这柄神器居然被他们看到了，而且当着他们的面就这样认了主人！

那小子到底走了什么狗屎运啊，还是说，他根本就是藏得太深！

上五宗的人已经没有理智去思考这些了，他们看到的，就是神刀归月思卿了！激动、妒嫉、愤恨、后悔……什么样的神情都有。

“走！”夜玄掩住眼中的一抹兴奋之色，薄唇微启，快声说道。

“是！”皇暗皇冷齐冲而上，一左一右便将月思卿扶住。眼前光芒一闪，脚下出现了一个传送阵。

“别走！”那些人想要拦住他们，可是，已经晚了。

夜玄一行人的身形缓缓破碎，已经消失在原地。

望着一片残破的石洞，秦长老等人的情绪急剧低落，你看看我，我看看你，感到的，只剩彻底的失望。

神器已然认主，这一次幽暗谷之行，结束了。

星月总殿，装饰华丽的卧房内，一道九彩光芒凭空出现，光芒散去的时候，室内多了几个人。

夜玄转头一看，厉声喝问：“思卿呢？”

这一声问，吓了皇暗皇冷一跳，他们立刻转头去找，脸色蓦然苍白。

月思卿……居然没有跟过来！

“该死！”夜玄那万年不变的冷脸瞬间皲裂，失声骂了一句，狠狠捏起拳头。

皇暗二话不说，从袖子里再次扯出一张传送阵撕开，光芒一闪，他与皇冷再度消失。

夜玄也快速取出一枚黑色磁片搁于唇前，冷漠的声音含着几分急促：“封锁幽暗谷，任何人不得出入！”

半个时辰后，灵力磁片再次亮了，夜玄接通后放在耳边，并不说话。

那一头，皇暗有些颤然的声音响起：“主子，不在，思卿小姐不在幽暗谷。”

“你的意思是说……”夜玄突然想起了什么，声音一沉。

“如果属下没有猜错，思卿小姐应该被卡在了某片空间。”皇暗硬着头皮说出自己的想法。

夜玄不语。

片刻后，那一头又说道：“我们的传送阵没有任何问题，应该是神器搞的鬼。”

“嗯。”夜玄沉声开口，“那她应该还在幽暗谷，这段时间没我的命令，任何人不得进出幽暗谷。你们随时关注幽暗谷的空间波动。”

他掐掉了灵气，深吸一口气。

关心则乱，他应该想到，是神器将月思卿带离了轨道，而神器处于半休眠状态，最多只能将月思卿留在幽暗谷的某个空间内。

而月思卿，在九彩光芒罩住全身的时候，便感觉到有一股强大的吸力猛然将她拉扯过去，耳畔呼呼风声凌厉如刀，逼得她不能睁眼。

待风声一停，她立即睁眼，转头打量四周。

她所站的地方充斥着一片白色混沌，像是一个独立的空间，与外界相隔离。夜玄、皇暗和皇冷都不在。

这时，那道威严的男声再次响起：“主人，这是我辟出来的空间，接下来，我要在这里凝聚成形。”

月思卿听到这声音，心倒镇定下来，低头看向右手托着的裂日凤吟刀，缓缓开口：“原来这样，你之前凝聚失败了，不是该进入休眠状态吗？如果再凝聚成形，需要多长时间？”

问到最后一句时，她心里忐忑了一下。

不会一个凝聚成形就要成千上万年吧？那等她出去岂不是沧海桑田了？

似乎看出她的疑虑，神刀的声音染上一丝笑意，说道：“用不了多久，刚刚契约，是我成形的最佳时机。主人，你也会得到莫大的好处！”

不得不说，这番话让月思卿眼前一亮。

是啊，与上古神器契约她怎么能不获得一些利益呢？

当下，她双眼跳动着兴奋的小星星，催促道：“那就尽快开始吧。”

说完，她盘膝坐下，摆出修炼的姿态。

“好。”神刀刀身轻微一颤，一声贯穿长虹的凤吟声绵延而起，银光璀璨的刀身碎成千万点星光，构造成一个与石厅内相似的光阵，将一人一器牢牢围在其中。

当然，此刻的月思卿不会知道，神刀和人类的时间概念终究不同。

它说的用不了多久，并非一个时辰，也不是一天，更不是一月，而是……一年！

漫长无边的修炼，昼夜不分的空间，就这样，整整过去了一年。

月思卿盘膝而坐，整个人如雕制而成的神像，高贵而圣洁。

无数飞转的光点，齐拥而上，绕着女子头顶飞一般地转动，炫彩的光芒交融到一起，越来越亮，越来越耀眼。

“轰”的一声巨响，一柄通身闪烁着蓝色星芒的巨刀出现在女子头顶。

翡翠般光泽圆润的握柄，银色优雅的弧形刀锋，在深邃蓝芒的点缀下，尽显尊贵。刀尖微颤，凤吟声悠悠而起。

女子双颊红得滴血，身体也迅速膨胀起来，衣衫尽裂，露出里头的珠丝软甲，像一个半圆的气球飘浮着。

她已经到了突破界限了，但是，封印却没破！

若是再继续下去，恐怕会爆体而亡！

“主人，坚持住！”小青急得乱转。

“青灵封印太过强大，需要一味罕见的三品丹药，可现在到哪去弄！只能用最后一种办法了！”银色握紧拳头。

“救主人最要紧！”小青望着他说。

银色沉默片刻，点点头，喝道：“九彩神珠，还不出来！”

话音刚落，那五枚被月思卿扔在空间戒指里的九彩神珠“嗖”地一声全飞了出来，赤橙绿青蓝，五色交映，停留在空中，化作五道光芒，“哧”的一声竟然没入月思卿头顶。

“啊！”月思卿发出一声痛苦的惨呼，整张脸都变形了。

银色和小青皆是不忍直视。

半晌，室内一片寂静，月思卿也缓缓睁开了眼睛。

身体如被撕裂了般疼痛，她张口便吐出一口鲜血，同时，五道光芒激射而出。

“卿卿！”银色与小青同时冲了上去，一左一右扶住她。

女子满面血色早已变成苍白，苍白得有些可怕。

“卿卿，你突破青灵了。”银色握住她垂在身畔的头发，仰头看她，妖孽般俊美的脸庞上流露着骄傲与心疼。

月思卿启齿一笑，也有几分高兴，声音依旧虚弱：“封印解了？”

“嗯。”银色点头，看了小青一眼，犹豫了会儿，还是说道，“借的九彩神珠的力量。这方法虽然简单些，但一来，你必须要有足够多的九彩神珠，二来，这法子伤身，以后尽量别用了。”

“是不是有什么后遗症？”小青问出月思卿想要问的话。

“有。”银色没有隐瞒什么，“九彩神珠的力量太大了，卿卿现在身子很弱，半年内最好别动用任何灵气，否则，以后恐怕难往上升。”

对这封印，银色是唯一了解的人。

“半年内不动用灵气？”月思卿瞪大了眼，有些不敢相信。

小青的脸色也沉了几分：“要一名灵师不用灵气，这不是为难人吗？”

银色轻叹一声：“所以不到万不得已，也不会采用这方法啊！”

打量了月思卿几眼，他又惊喜地说道：“不过，卿卿，你居然冲到青灵三级了，这也算是个喜事吧。”

从绿灵七级到青灵三级，这可绝对不止六级，因为绿灵突破青灵，那可是个大工程。

“这就是上古神器的好处。”月思卿苦笑道。

“嗡……”轻轻的颤动声后，那柄裂日凤吟刀发出绵长之声，缓缓落地，自动归鞘，缩成原来大小，又变成不起眼的灰刀了。

“它也应该会休息一段时间。”银色弯腰将它捡起，裂日凤吟刀对月思卿的灵兽自然也不会有半点攻击性。

接过精巧的凤吟刀，月思卿有些满意地微微一笑，插在腰间，道：“我们该出去了。

只是怎么出去呢？”

“凤吟刀在你身上，直接出去就行了。”银色说着，眉宇间划过担忧，“不过你受的伤……”

“可以，这么点伤都受不了，那还怎么做你的主子？”月思卿开玩笑地说了句，已缓步朝混沌边界走去。

果然，如银色所说，这片空间对她毫无抵抗力。很快，她穿过这一片地界，眼前豁然一亮，刺目的天光落下，月思卿本能地闭上双眼，停步不动了。

与此同时，星月教第一时间收到消息：“主子，幽暗谷出现了空间波动！”

正坐在正殿中央的黑色虎皮椅子上的男人闻言，猛然拍桌而起，一股九彩光芒迅速掠过，人已经消失在大殿内。

良久，月思卿的眼睛终于适应了外界刺目的日光，缓缓睁开眼睛，问身后：“这里是幽暗谷么？”

跟出来的银色“嗯”了一声，银色冷不防身形一动，低声道：“有动静！”

月思卿猛地想起这里是幽暗谷，长久遗忘的危机意识瞬间占据了心头，双眼一眯，循着银色的视线看去。

一同出现的有好几个人，每人背上都生有双翅，而他们脸上也都有着同样的标志——月牙印记，这象征着他们的身份，暴乱荒原星月教的人。

“在这里！”其中一人敛了双翅，降落在地，兴奋地大嚷起来。

“主子，在这！”又有一人喊道。

几人身形散开，让出中间一条大道，于是，月思卿看到了那个扇动着火红双翅的黑衣男人。

男人面容俊美，只是较为疲惫，染了几分沧桑之色，一袭与星月教教众相同的黑衣勾勒出他完美的体形，修长的双腿更是被裹得笔直有型。此刻，那双深邃的黑眸正深深凝望着月思卿，眼光难以掩饰他的激动。

“夜玄……”月思卿低喃一声，眼眶酸楚，顾不得身边那么多人，朝他冲过去。

“卿儿！”声音透着欢喜，夜玄赶紧轻拍双翅，朝她滑去，正好将迎面奔来的女子揽进怀抱。

“夜玄，你在找我吗？”月思卿抬起小脸，愧疚地问。

“我知道你没事，神器的动静我能感觉到。”夜玄笑着，说话速度很快，像个孩子，他拉着月思卿的手，身体却突然一震，脸色倏变。

月思卿有些心虚地不敢看他的眼睛。

“怎么会受伤？”夜玄的声音微微变调。

果然还是被他发现了，月思卿只是没想到他会发现得这么快，只好如实告诉了他真相。

夜玄俊脸微绷，右手紧紧扣住她的脉门，抿唇不语。

月思卿也放心大胆地将命门交给他，这是不用质疑的信任。

“内息很空，不过还好，没什么大事，这段时间好好调养，尽量别用灵气。”片刻后，夜玄轻吁一口气，紧绷的线条缓缓放松，双眼温柔地看着她。

“看来灵气真的不能用，要半年么？”月思卿见他和银色说的一样，苦笑一声。

“用不了，三个月。”夜玄从耳上戴着的大金环中取出一个小玉瓶，倒出一粒凝息丸给她，说道，“我给你调理过，你的体质已经改善了很多，再服一枚凝息丸，这点伤还动不了你的根源。”

月思卿大喜，连忙就着他的手将凝息丸吞下。

心中暗叹，一品炼药师就是强悍啊！想她自己，当初离开卡列国时认证了四品中阶的炼药师身份，而今过了一两年，她还没有突破三品。

“先回去吧。”夜玄见她服了药丸，很满足地揽紧她的腰。

“嗯。”月思卿点头，索性好好休息一段时间。

星月殿总殿，与分殿相似，同样的黑漆漆铁制建筑，如半个巨型篮球扣在地上，这样的古怪形状，也是星月教的代表标志了。

装饰豪华舒适的卧房内，长长的黑发自床沿垂下，一道倩影侧卧在床，睡得正香。

夜玄随意披着一件暗红色长袍，蹑步过来，细心地将她散落在地的长发一缕一缕挽起，放到床上，嘴角翘着暖暖的笑。

床上的人儿却是嘤咛一声醒了过来，无辜的大眼望着男子，低低唤道：“夜玄……”

“醒了？睡好了吗？”夜玄坐到床头，手臂自然穿过她后背，将她的上身支了起来。

“嗯，有精神多了。”月思卿顺势扑进他怀里，张开双臂紧紧抱住他精瘦结实的腰肢，伸了个懒腰，道，“没想到神刀耽搁了我一年呢！”

夜玄笑笑地答道：“这一年，你的收获岂不是比平常更多，值得啊。”

月思卿煞有介事地点点头：“也是，修炼上倒没有什么遗憾，只不过，十六岁还没好好过呢，怎么就十七了呢？”

她说着，冲夜玄调皮地吐吐舌，嘟起红唇。

夜玄心中一动，她都十七了呢……望着她嘟起嫣红粉唇的模样，他更是身体微僵，眼中掠过一丝灼热。

“卿儿。”他轻唤一声。

月思卿望着他，顿时感到他与平常有些异样，有些发愣：“怎么了？”

夜玄握了握拳头，仍是没忍住，难以把持地俯身吻上那两瓣嫣红，含混不清的声音低声道：“想亲你。”

月思卿双颊登时发烫起来，有些手足无措，只能任男人的气息席卷而来，身子无力地被压在床榻上。

夜玄肆意地汲取着她的香甜，眼神些许离乱：“卿儿，身材越来越玲珑了呢……”

月思卿的双颊再次被红晕覆满，扭过头，羞涩地不敢看他。

夜玄右臂微一用力，已靠在床头，伸手将月思卿揽在怀里，柔声道：“这三个月，你好好休息。过几天我去铁堡，反正无事，带你从暴乱荒原过去，看看风景。”

“好。”月思卿顿时笑开。

见她笑得那么甜，夜玄的心满足极了。

这样的幸福，真好。

在星月殿休息了三天，夜玄找了只飞行兽，载着二人飞往熔炉铁堡。两人飞飞停停，倒真将暴乱荒原逛了个遍。

荒原虽然没有南方的秀丽，北方的苍劲，却也有着荒漠上独特的苍凉大气，何况，只要跟所爱的人在一起，不管在哪都是甜甜蜜蜜的。

三月底，二人抵达熔炉铁堡。

这距月思卿去年离开铁堡已经一年零一个月了。

夜玄没有走正门，带着月思卿直接到了他在熔炉铁堡所居住的石屋，神不知鬼不觉的。

按照两人路上说好的办法，夜玄去办他的事，月思卿则自己去找吕涛等人。

当然，夜玄这么放心她也是有原因的，这一回，他再次将皇杀调出来，给他派了一个专职任务——保护月思卿。

以前在卡列国时，冬伯和秋伯两名蓝灵强者完全够用，能够震慑所有人。但在暴乱荒原，却不是最保险的。

做好这一切，夜玄才缓步离开。

却说月思卿估算了下时辰，直接走向铁堡竞技场，猜得没错的话，晨曦时分，吕涛、曲松和夏远应该在那里。

还没走到竞技场大门时，阵阵欢呼喝彩声已然飘了出来，可以想象里头气氛有多热烈。

月思卿加快了脚步，刚欲进大门，里头同时走出来一行人，为首一个与月思卿打了个照面。

“月思卿？”那人脱口叫出月思卿的名字，声音雄浑，颇为熟悉。

月思卿余光一瞟，眉头微皱，真是冤家路窄，竟是雄鹰。

“这一年都没看到你，我以为你被铁堡开除了。”雄鹰一开口，说出来的话便很损。

“是你搞的鬼吧？可惜，我命格硬着呢！”月思卿冷冷说完，便朝竞技场门内走去。

“慢着！”雄鹰声音陡然一扬，左手成爪，凭借高大的身形直接抓向月思卿。

月思卿柳眉一皱，反应却极快，腰身一弯，已灵敏地躲过他这一记，转过身时，脸现怒容。

这厮，当真不知道收敛么？

雄鹰也被她这漂亮的一招惊了下，眉头拧起，森然道：“月思卿，你不打算给我一个交代吗？去年在幽暗谷，我险些丢了命！”

他说到这已是咬牙切齿，眼露凶光，“我一直在找你呢！我知道你和博老有交情，只不过这回，博老也救不了你！你还是自求多福吧！”

月思卿微昂下巴，半眯着眼，不知道他打的什么主意。

这时，一道凉凉的声音在身侧响起：“妹妹，你终于出现了呢，身为女子，成天穿个男装跑来跑去也不嫌丢人么？”

月思卿眼瞳微缩，扭头，便看到一身桃红新装的月木子走了过来，站到雄鹰旁边。

“谁是你妹妹？”月思卿见她与雄鹰俨然勾结在了一起，毫不客气地回道，“月木子，注意你的身份！还有，我穿男装是怕盖了你的风头，你又不是不知道，我长得比你好。”

月木子被她的话气得脸颊通红，但却反驳不出来。

她也承认，月思卿的五官确实更为妍丽。

月思卿转眼看向雄鹰，轻喝：“让开！”

“月思卿。”雄鹰缓缓收回看戏的眼光，说道，“你现在要做的是跟我去见堡主，图堡主可是很想见你呢！你敢去吗？”

他说着，嘴角露出一抹阴冷的笑。

“堡主？你又把主意打到堡主身上了？”月思卿不怒反笑。

雄鹰没有否认，说道：“让我瞧瞧你的胆量吧！”

他们在竞技场门前斗嘴，早就惊动了不少学生，雄鹰和月思卿，可以说现在都已经是铁堡里的风云人物了。

前者，以雄鹰小队队长和三角区应家直系的身份成名已久；后者，除却是44小队的新起之秀，更因为她和副堡主博老的交情传闻，皇室成员从幽暗谷带回来的只言片语的消息，以及她莫名的失踪而闻名……

总之，种种事情，让月思卿在众人心目中笼罩上了一层神秘色彩。

围观的人越来越多，而人群中，传来一个惊喜的声音：“老大真的回来了！”

听到熟悉的声音，月思卿眼中一亮，侧头看去。

便见夏远一蹦三跳地从竞技场内跑了出来，跟在他身后的曲松和吕涛也追了出来。

月思卿眼露喜色，转头冲雄鹰道：“不就是见堡主吗？走吧！”

说完，她回头便朝办公楼的方向走去。

以她现在的实力，根本就不惧雄鹰了。

青灵三级的她，绝对能碾杀雄鹰——他的实力最多在青灵五级。

可是，刚遭过创伤的她还不能施展灵气，月思卿几乎是强压下去了将雄鹰揍得满地爬的冲动。

“老大，你认不认识图堡主？”夏远几人虽然才过来，却也听了个大概，悄悄握住月思卿的手，满怀希望地问。

“不认识。”月思卿回答得很爽快。

博老她还有过一面之缘，这姓图的老家伙，她也只在三角区摩星界时远远看过一眼，确实不认识，更加没有半点交集。

可那又怎样？自己的天赋可算是妖艳的了，那堡主是瞎子才会赶她出堡吧！

这是月思卿自信的源头。

若是图堡主有意包庇雄鹰，那她自认倒霉便是。反正……夜玄也在铁堡里呢，她怕什么！

想到那男人，月思卿的心便柔软了几分。

雄鹰也牵起月木子的手，大步跟上走在前头的月思卿一行人。

看来，这二人关系飞速进展啊！

很快便到了铁堡的办公楼区域。

还未靠近时，两道身影已从暗处现身，声音染着一分严厉，喝问：“什么事？”

飞身而下的是莫丹导师和一名陌生面容的中年导师，两人眼含警惕地看着这样一大拨人过来，浓眉紧锁。

这是要闹事的节奏吗？

“莫丹导师，您们来得正好，看看这是谁？”雄鹰已松了月木子的手，大步跨越而来，劈手指向月思卿。

莫丹也第一时间注意到了她，惊愕询问：“月思卿？你回来了？”

这是曾经引领他们新生进铁堡的导师，月思卿自是不会对他不恭，上前行了个礼，说道：“嗯，回来了。”

莫丹拧了下眉头，说道：“正好这几日图堡主在，你随我上去见堡主吧。”

“好。”月思卿刚要过去，耳边雄鹰却是一声急喝，“慢着！”

莫丹导师立刻满眼疑惑地看向他。

雄鹰冲莫丹施了一礼，以示尊敬后，才直起胸膛，一字一字地说道：“月思卿一年没有进铁堡，完全不符堡规，如果堡主能留下她，那其他人，是不是也能随意进出铁堡了？”

他突然的发难让莫丹微皱眉头，答道：“这件事自有堡主和长老会裁决，月思卿，来吧。”

雄鹰却并没有因他一句话就闭了嘴，他扬头一笑，说道：“莫丹导师，在堡主没有做出决定前，应该先看看咱们铁堡内的学生怎么想的，怎么做的，群众的眼睛可是雪亮的。”

他说完这话，人群中一阵骚乱，有声音吼道：“是啊是啊！如果月思卿这样的行为都能容忍，那我们也应该拥有自由！”

“对，我们也要自由，还我自由！”

“还我自由！还我自由！”

吵嚷声纷纷响起，连成一片，到最后形成了一个口号，齐声呐喊，声威震天。

月思卿皱眉看去，发现四面八方更是有人不断拥来，加入抗议团体，而雄鹰，则抱着双臂睨向月思卿，嘴角流露着满意的笑。

“老大，这应是雄鹰蓄谋已久的。”曲松蓦然开口，脸色冷沉。

月思卿也在一瞬间想通透了，朝雄鹰的方向瞟了一眼，淡淡笑道：“因为他知道，光靠他一个人的力量，怎么可能与熔炉铁堡副堡主相抗衡？这么看来，雄鹰还有几分头脑呢。”

“老大，你还笑得出来？这次可棘手了。”夏远哭丧着一张脸扫视那些叫嚣着的学生。

一个人的力量好对付，十个人也好对付，可若大半个铁堡的学生都群起而攻之，月思卿在铁堡内还有立足之地吗？

曲松说道：“头脑是有几分，不过，这种行为也不是高手所为。雄鹰的人缘不见得有多好，但应家在暴乱荒原也有点影响，他必是拿这一点威逼利诱吧，不过，也不是所有学生都参与。”

他注意着对面也还有一部分人并没有开口。

这边在说话，那一头，莫丹的脸色异常难看起来，这俨然就是一起学生闹事事件。

第十二章

毁去阴谋

场面正无法控制时，一道微冷的嗓音盖过所有的嘈杂声响起：“都给我住嘴！”

声音不大，但极具穿透力，震得人人耳膜“嗡”的一声颤动，本能地就停下声音。

世界，忽然间变得极其安静。

但随即而来的威压却大得怕人。

月思卿胸腔一滞，便翻江倒海起来。

不能怪她，此刻她身体正处于虚弱期，实在没办法扛得住。

刚欲去调灵气，她又猛地想起银色和夜玄的话，现在，她不能那么做。

月思卿的脸色霎时苍白了，可转瞬，她却感到那股迫在眉睫的压力突然消失了……

她纳闷地抬头看去，发现，空气中若隐若现地浮着一层淡淡的紫色光圈。

这是……紫灵强者给她支起的灵气罩？

而这时，身边那些学生却已一个接一个地发出破碎的呻吟声，脸庞涨成通红，显然，那巨压不是他们能够承受得了的。

月思卿仰头看去，一下捕捉到半空中的那道人影。

半透明的紫色翅膀微微扇动着，老者一头华发，却格外精神，满脸严肃，眉宇间天生有一股上位者所属的倨傲。

“图堡主？”月思卿脱口叫出这个名字。

确实，这名老者正是当日与上五宗总宗主交涉的图堡主，熔炉铁堡正堡主。

“紫灵？”图堡主顺势看向她，微眯眼眸，眼光中含着几分审视。

同时，四周围那如小山般沉重的威压豁然崩塌，消散于无形。

月思卿明显听到一连片的吁气声，包括不远处的雄鹰，也面露释然。

紫灵强者的势压太过强大，别说他们了，若是压力再大些，蓝灵也承受不住啊！

这就是差距，残酷的现实。

图堡主一招震慑后，那些学生明显忌惮了几分，不敢再大声嚷嚷。

半空中的老者，轻动双翅，身躯缓缓降下，有如刚强的山岳，稳稳落地。老者眸中的严厉去了几分，带着一丝慈和扫过眼前的学生们，最终落回月思卿脸上。

“你就是月思卿？”他的声音听起来很平和，但在露了一手后，却叫人不敢小觑。

月思卿上前数步，冲他行了一礼，毕恭毕敬地说道：“图堡主，学生正是月思卿。”

图堡主“嗯”了一声，淡淡站着，受了她这一礼，眼光在她身上扫了一个来回，缓缓开口：“老夫听过你的名字。”

“那不知是我的荣幸，还是我的不幸。”月思卿一怔后，微微笑道。

“你跟博老有交情，交情还不浅。”图堡主说着这话，眼角挑起一丝讶异，显然，他对月思卿和博老具体的关系也不太清楚。

“可以这么说。”月思卿毫不谦虚地将他的话揽下。

救命之恩，自是不浅。

图堡主“嗯”了声：“博老那个脾气固执的老头子能认你作忘年交，想来你也有几分本事，否则也不会入他的眼。”

他看出来，月思卿年龄不大，而且周身灵气似乎不稳，刚刚若不是有人给她施加了紫色灵气罩，他便能探出虚实。

“堡主谬赞了。”月思卿轻轻一笑，没有多说什么。

博老的事情，恐怕图堡主也不知情。

图堡主见月思卿在自己跟前对答如流，态度不卑不亢，进退有度，可见相当聪明。

图堡主看了眼其他并没散去的学生，微一沉吟，冲月思卿说道：“博老临走前跟老夫提过你，否则，你消失一年，早就被铁堡单方面除名了。”

月思卿心中一动，这么说，图堡主并没有打算开除她？

“堡主，这样不公平吧？”雄鹰脸色变幻了半天，终于忍不住插了句嘴，狠狠捏起拳头。

他不能让自己花费这么久的心思流水了。

其他学生们闻言，虽不敢再吵，却也窃窃私语起来。

图堡主眼神复杂地扫过眼前一帮学生，这些风华正茂的少年，都是星辰大陆未来的栋梁。

“堡主，这样对其他学生确实不公平。”这时，办公楼内几道身影走了出来，开口的正是满面严肃的柯长老。他身后三名老者俨然是熔炉铁堡长老会的另三名成员。

相较于上回相见，这次长老会对月思卿的态度不再那么尖锐，而是沉稳多了。

但这些老顽固脸上对月思卿的不满仍是显而易见的。

“是啊，堡主，三思而后行。我们熔炉铁堡之所以能在星辰大陆屹立这么久，靠的可不仅仅是浓郁的修炼氛围，更多的是竞技场的残酷，我们的竞技场聚集的可是整片大陆的英才，强强相对，才有更快的晋升空间。”柯长老沉声说道。

谈长老也语重心长地接过话：“是啊，若是有强者不满，因此离开，铁堡名声毁于一旦啊。”

这些话，月思卿听了也不得不承认，长老会是真真正正说了一次公道话，没有带什么感情色彩。

现在她和雄鹰之间的斗争已经升级了，不再是个人问题，被他们三言两语一分析，已经上升到了学院将来上了。

真的如夏远所说……颇有些棘手呀。

图堡主听着几个老者说话，一直没有作声，淡淡的眼光看向月思卿，眼底掠过一丝怜惜之情。

月思卿也知道自己可能让他为难了。

毕竟她与图堡主可以说是毫无交集，图堡主抛不开的是博老的面子，但现在的事情，不管是正堡主还是副堡主都无法解决了……

“雄鹰这次是太过分了！”吕涛忍不住握紧拳头，眼光如刀般射向对面站着的高大青年。

后者嘴角的笑已然快要挂不住了。

曲松轻哼一声：“这也不能全怪雄鹰，老大若是没犯堡规，怎么会给他抓到把柄？离堡一年，就是我也没在熔炉铁堡的历史上听闻过。”

吕涛沉默不语。

他知道曲松的意思不是怪月思卿，只是说出事实。

月思卿面无表情。这事，她既然做了，也不在乎铁堡怎么处理。

何况，青灵三级的她，就算留下，很快也能达到毕业条件了。

但一方面她不想看到雄鹰得逞，另一方面，竞技场的高手切磋确实不是其他地方能比的，这里汇聚的是全大陆的英才，强强对战，好处颇多。

她还真有些不舍呢。

图堡主缓缓开口：“月思卿，我们熔炉铁堡虽然堡规很严，但在有些方面还是比较人性化的。这么久都没处理这件事，便是要等你来。眼前的情形你也看到了，我不处置你，对不起的是熔炉铁堡。我想，就算博老在这里，他也会这么说。”

月思卿缓缓一笑，躬身朝他再行一礼，说道：“图堡主，你是个德高望重的强者。”

他的态度，已经让她很满意了。

图堡主被她说笑了，笑意染着点无奈：“按照铁堡多年来的习惯，临走前，你可以得到一个机会，如果你有办法处理这件事，我们留下你。”

他将这件事的所有权交给了月思卿。

雄鹰乍听这话，唇畔一直弯着的笑意猛地一凝，随即却以更加挑衅与不屑的眼光射向月思卿。

“多谢堡主了，只不过，小女子只是实力低微的一介平民，又有什么办法？”月思卿说着微微笑开。

“轰”的一声，四周围因她的话炸开了。

“天啊，我听说月思卿是女的，是事实啊？”

“不会吧？月思卿居然是女孩子？”

“她确实很牛……”

月思卿听着耳边传来的纷纷话语，微微眯眼，嘴角勾起一抹冷笑。

忽然间，她觉得那些人真是很烦，明明跟他们不相干的事，却也要掺和进来。掺和就掺和吧，话还那么多！

“不过。”月思卿一昂下巴，打断众人的声音，直截了当地说道，“既然堡主愿意给小女子一个机会，小女子若不用的话，岂不是要遗憾终生吗？”

“对……”图堡主点了点头，看向她的眼中也多了一抹好奇。

这个机会，她能把握得住吗？

看在博老面上，他确实做了让步，可这让步，难度却是相当大，几乎没有一点可能成功。

月思卿狭长的凤目轻眨了下，冲图堡主道：“先给我一张宣纸，一支笔，我想写点东西。”

图堡主没想到她提的会是这要求，微愣后同意了。

很快，莫丹导师便从办公楼里搬出来一张桌子，桌上纸笔已然备好。

月思卿走了过去，拿起炭笔，抬头，看向雄鹰等人。

雄鹰冷哼一声，怎么？写诉苦词么？写得再好又有什么用？

吕涛、曲松和夏远则跟过来，挡在桌前，不善地盯着雄鹰。

月思卿则低下头，笔尖摩擦宣纸，发出轻微的刮擦声。

良久，她才停了笔，拿着宣纸走出来，当着众人的面，将那张纸展开来。

众人看得纸上内容，均是大吃一惊。

原来月思卿并非在写字，而是……画画！

纸上赫然绘着一群人，笔画虽然简洁，却勾勒出每个人的五官特征，首当其冲的就是雄鹰，大家一眼便认了出来。

“堡主，我要他们的名字和家世！”月思卿看向图堡主。

图堡主和身旁几个长老也被她这一手给震慑住了，别提他们了，就是跟月思卿最亲近的夏远，也有些瞠目结舌。

“这……月思卿，这是铁堡的隐私。”图堡主相当无奈地冲她摇了摇头。

“没关系。”月思卿并不强求，将宣纸折叠好，淡淡笑道，“我有办法知道他们的名字和所有资料。从今以后，这些人——”

她说着，目光逐一在雄鹰身后那些人脸上扫过，速度很慢，似乎要将他们深深记在脑海里，而眼光也变得极其锐利，声音冰冷：“就是我月思卿这一辈子的敌人！”

这话一出，四周的温度犹如突然变低，冷风刮过树梢，呼呼直响。

“大家都别听她胡说。”雄鹰震惊片刻后，赶紧大声安慰身后的人，以免人心动摇，“她天赋虽然不错，但我们这里哪个不是天赋好的？她离了熔炉铁堡，你们以为她还能混得有多好？一个小国的女人，根本不必放在眼里！”

他这话如给那些人吃了颗定心丸。

是啊，离开了熔炉铁堡，月思卿还能混得比现在好吗？

看着这些人狂妄的模样，曲松怒了：“切，你们——”

“不用说！”月思卿抬手阻止了他。

她不想曲松也惹进这场风波，曲松习惯了听从她的命令，一咬牙，将到嘴的话吞了回去。

原本还想开口的吕涛和夏远虽然神色焦灼，却也保持了沉默。

月思卿悠悠放下右手，漫不经心地扫视着周围那些嘲笑的眼神，右掌舒开，一簇青色光芒射了出来，映得女子光洁饱满的额头一片明艳。

她现在的身体状况不能消耗灵气，但没说不可以展现实力。

月思卿，如此年轻，居然都青灵三级了！

所有人震惊了。

在一片寂静中，月思卿一字一字，以极其缓慢的速度说道："也许，十七岁的青灵三级还不足以拉这么多仇恨，但是，十七岁的四品炼药师，绝对可以！"

说完，她右手一动，"哗"的一声，已从空间戒指里取出一件银白色炼药师服，随手便披在身上。

气质高上的银白，象征着这片大陆最尊贵的身份，那是炼药师才有资格穿戴的炼药师服！

炼药师啊，多少人中才会出一个！

而且，那银白色炼药师服的左肩上别着一枚显眼的炼药师专属徽章，上面的"四品中阶"四个大字闪闪发亮，耀得人眼都花了。

天啊，十七岁的四品炼药师，有没有搞错！

这会儿，大家的脸色已经不仅仅能用"难看"来形容了，几乎都布满了震惊、呆滞以及难以置信。

就连向来镇定自若的图堡主，眼中也划过一抹惊异之色，更别说长老会、莫丹导师和一直被蒙在鼓里的吕涛三人了。

月思卿淡然而站，阳光照在她瘦削笔挺的身影上，将那一身银白色炼药师服衬得无比圣洁，女子向来坚毅的小脸也染上几丝不食人间烟火的气息。

小小年纪，灵气高也罢，竟然还是四品炼药师！

须知道，炼药师通常精神力强大，削弱了灵气方面的修炼，实力往往一般，个别出色的那是例外。

而月思卿，已经突破两者极限了，身为炼药师，她却是以灵师的身份跻进星辰大陆一流院府熔炉铁堡！

雄鹰死死咬着唇，胸口剧烈起伏着，也被这事实给震慑住了。

月思卿缓缓开口："四品炼药师算什么？我的老师，他是一名真真正正的一品炼药师！"

"一品炼药师？！"

此词一出，全场哗然。

星辰大陆上可早就没有了一品炼药师，而月思卿竟然说，她的老师是一品炼药师！

如果换一个场合，换一个人来说这话，估计没人会信。

但月思卿，在展现出自己的实力后，在有那么多传说后，无人不信她的话。

这样一个天才，如果不是一品炼药师，谁又配当她的老师呢？

月思卿取出刚才的画卷，摇了一摇，语气平常地说道："所以，你们既然让我月思卿不好过，我也不会让你们的修炼之路走得顺利。只要我开口，信不信，你们都会成为星辰大陆的公敌！他日，只要一踏出熔炉铁堡，也许，就等着你的家人给你收尸。"

她说完了这些，转身冲图堡主行了一礼，说道："告辞！"

转身，她朝吕涛几人使了个眼色，便欲快步离去。

"等一下！"有人叫出了声，声音透着几分焦急。

月思卿住步回头，就见一名青年跑了出来，有些尴尬地问道："月思卿，我不知道你那上面有没有画我，我刚才可是什么都没说！”

“哦？你不打算跟我作对？”月思卿挑眉问他。

她其实知道，这上面有人确实没有开口。

“绝对不！我跟你过不去干什么，我就是来铁堡修炼的，可不想给自己招惹强敌。”青年赶紧摇手。

旁观还可以，但若涉及到自己利益了，谁愿意蹚这浑水呢？

“好。”月思卿拿出宣纸，伸出右手小指一勾，便用指甲将纸上一张人面划去。

“还有我，月思卿，我也不跟你作对！”立刻又跑出来五六个人。

月思卿笑笑地全给画去。

这下，人群中一阵骚乱后，越来越多的人跳出来证明清白。

图堡主、柯长老、雄鹰、吕涛几人便目瞪口呆地看着混乱的现场。

到后来，那些围观的学生竟然绝大部分都向月思卿服了软，除了常跟着雄鹰的几个老面孔，不好意思也不敢背叛雄鹰。

雄鹰气得面红耳赤，喝骂道：“你们这群胆小鬼！”

“鹰哥，我劝你，还是别招惹炼药师了，尤其是炼药灵气双修的炼药师，何至于跟自己的未来过不去？”一道阴阳怪气的声音从人群中飘出来，俨然是教训的口气。

“就是，早知道月思卿这么牛叉，我也不会说什么，这本来就是实力为尊的世界！”

“对啊，图堡主，留下月思卿吧！”

很快，四周围全是为月思卿说话的声音了。

“老大，我甘拜下风。”身畔，吕涛第一个忍不住发出感叹。

好吧，他实在接受不了这么大的打击了。

他永远都不会想到，月思卿还会是炼药师，而且还是四品炼药师！

难怪那天听到“清思”的名字颇感熟悉了，只是没想到上面。

月思卿盈盈一笑，暂时也没时间照顾他们的情绪，眼光投向图堡主。

图堡主震惊良久，直到月思卿看了他很久，他才回过神来，声音有些无奈：“真是深藏不露，月思卿小友，熔炉铁堡这么多年也没出现过你这样的天才了。”

不说炼药师的身份，光是十七岁便已达到青灵三级，这在熔炉铁堡的历史上是从所未有的。

“图堡主，您客气了。”月思卿笑道。

图堡主打量她半晌，转头说道：“既然大家都让留下月思卿，老夫也觉得这是个不可多得的人才，可以宽容点，你们有没有意见？”

“堡主说的是。”那些学生这会儿拍起马屁来不知道有多顺溜。

“那我也就恭敬不如从命了。”月思卿的笑容有些冷，盯向雄鹰。

雄鹰脸色泛白，一咬银牙道：“好，你狠！熔炉铁堡也不过如此，我见识到了！”

“不，我还不够狠。”月思卿脸色更是沉了几分，“应百川是吗？今天你对我的所作所为我记住了，你放心，你能用一年的时间来对付我，我月思卿也定会让你应家从暴乱荒原除名！”

她的话掷地有声，杀意，毫不掩留，弥漫而开。

天光洒下，雄鹰却感到一丝冰冷自后背升起，月思卿那如从地狱而来的冷厉眼神让他不安，在未来的日子里，也让他经常从噩梦中惊醒。

看到女子如此坚决的态度，那些学生却悄悄松了口气。

还好还好，他们最后站对了位置……

月思卿收回眼神，淡淡道："既然没事，那就散了吧。"

学生们离开了，雄鹰也带着自己的人悻悻离去。

月思卿也欲带曲松、吕涛和夏远向图堡主告辞，只是突然感到有一道视线紧紧放在自己身上。

刚才人多，她可能没感觉到，但这会儿人散得差不多了，那种被人凝视的感觉便越加强烈。

心中微一沉吟，她还是当着图堡主、长老会诸人的面抬起了头，目光锐利地朝办公楼的方向射去。

当她看到办公楼顶楼廊侧站着的那个人时，整个人一呆。

男子着一袭黑色长袍，静静伫立在栏杆后，阳光将他那头如墨般光滑的乌发染成炫彩之色，棱角分明的脸上，一对如千年深潭似的黑眼珠认真地望着月思卿，英挺的五官覆上一层柔和。

夜玄……月思卿嘴角的弧度不由变软，他原来离自己这么近。

却不知道他在那站多久了，刚才所有的事情是不是都看见了。

身旁，夏远忍不住低声咕哝一句："夜导师果然一直在暴乱荒原……"

看到月思卿的眼光射去的地方，图堡主心中一动，顺着方向也看了过去，自然也看到了夜玄。

夜玄站在那儿，一动没动，深深凝望着的只有月思卿而已。

月思卿也仰头看着他，眼眨都没眨。

在这阳光灿烂的晌午，大树下，旧式楼前，倒成了一幅绝佳的风景。

"这……"图堡主眼中闪过一丝疑惑，心道，莫非那人看上这小姑娘的潜质了？也是，像月思卿这样的天才星辰大陆还能寻到几个？

登时，不再犹豫，图堡主笑道："月思卿小友，能跟老夫上去见见贵客吗？"

"贵客？"月思卿一愣后瞬间明白过来，图堡主口中的"贵客"指的正是夜玄，那么，夜玄来熔炉铁堡办事，交涉的对象也是图堡主了？

"好。"她点点头。

"走，跟老夫一起。"图堡主笑了笑，带着月思卿向楼梯走去，柯长老、莫丹几个交换了下眼神，也一言不发地跟上。

曲松也习惯性地迈开大步跟着，却被吕涛拉住了手臂："我们先回去吧。"

曲松看了他一眼，又看向夜玄所站的地方，只不过现在，那儿已经空了，只看到被阳光染得斑驳的古墙。

"那小子是谁？"他眉头一拧。

“不是小子，你可别小看他，那是我们的导师。”夏远解释道，末了补充一句，“在卡列国皇家学院时的导师。”

“哦，他怎么会在这里？”曲松皱眉。

吕涛横他一眼：“你管那么多？还不抓紧时间修炼去！”

说完，他转身大步朝竞技场的方向走去。

图堡主带着月思卿到了顶楼，而长老会和莫丹等人却识趣地没有踏入这一层。

顶楼是堡主和副堡主办公的地方，闲人是不能随意出入的。

他们走到尽头，在最后的黑漆房门前停步，图堡主深吸一口气，周身若隐若现的锋芒全部敛去，敲响虚掩的门。

“嗯。”里头夜玄的回答声低沉磁性。

图堡主推开门，蹑足而进。

本来月思卿还好好的，但被图堡主如此小心翼翼的情绪一影响，再加上看到夜玄面色淡漠、不分喜怒地坐在那里，看也不看自己，她便有些不自在了。

没待图堡主再开口，她弱弱地上前一步，轻声唤道：“夜玄……”

“啊？”图堡主听到她竟然直呼夜玄名字时，脸色顿变。

他立刻看向夜玄，却惊讶地发现后者只是动了动眉毛，并无怒意。

夜玄沉声道：“刚站你身边那小子叫曲松吧？听说进铁堡后和你走得很近。吕涛和夏远的人品我是看着过来的，那小子一看就是个爱耍滑头的，上五宗的直系，有什么好的？”

月思卿嘴角轻抽：“你调查我？”

“我担心你！”夜玄回道。

“放心吧，他的人品保证信得过。”月思卿只好做保证。

“你就那么放心他？”夜玄双眼一眯，“才认识那么短时间，你对他，比对我还了解？”

月思卿被他逼问得回答不上来了，有些尴尬地瞄了眼站在旁边的图堡主。

图堡主也呆着一张脸，像是完全听不懂他们在说什么，也确实，他到现在还不明白眼前二人怎么会这么熟悉。

“我对他的了解也不比对你少。”月思卿垂下眼睫，咕哝一句。

这句话不算谎言。

“你再说一遍！”夜玄本来还颇为悠闲地靠在太师椅内，闻言身子一挺，声音也厉了几分。

月思卿低头等他训话。

但良久，夜玄没再开口。

图堡主也跟一根木桩子一样站在那里大气不出一声，屋内安静得好像一根针掉在地上都能听得见。

这算什么？月思卿狠狠握住拳头，叫她来罚站吗？

夜玄的惩罚她不陌生，以前也有过，但那时她还是个孩子，好吧，在这上面，她还是

感觉得到年龄的不同的。现在，她可是一名十七岁的少女了！再这么罚站多丢人啊！

而且，他都很久没有对自己这样“凶”过了。

想到这，月思卿鼓起勇气，哼了一声，扭头就往外走。

“站住！”夜玄气冲冲的声音随后响起。

月思卿的脚步只是微微一滞后，没有再停留，飞快地走了出去。

她知道，就算留下，这会儿跟夜玄也无法交流，还不如避一避。

夜玄气得脸色铁青，拳头沉重地在桌上一磕，吓得一旁的图堡主赶紧说道：“老师，要不要我去把她叫回来？”

“不用。”夜玄一口拒绝。

图堡主一时不知道说什么好，他还是第一次看到敢在老师面前发脾气的人……

思忖了会儿，见夜玄仍没开口，他试探地说道：“老师，不能怪她。月思卿小友本就天赋绝佳，有点个性也属正常。”

“我倒是看不出她有多天赋绝佳，有我天赋佳吗？”夜玄冷笑道。

图堡主干笑道，“当然跟老师是不能比。不过她才十七岁，正是叛逆的年龄，还不知天高地厚呢。”

“叛逆的年龄？”夜玄眉头微拧，“这个年龄有什么不同吗？你在这年龄时可没见着有多大脾气！”

“原来老师，你收了她为徒弟？”图堡主突然间醒悟过来，“如果这样，她确实有些不对了，尊师敬长是每个人都应该做到的。

“没有。”夜玄淡淡别开眼光，眼中却掠过一丝异样的神色。

尊师敬长？

“没有收她为徒——”

“如果不是师长就不应该尊敬吗？”夜玄打断了图堡主的话。

“这要看情况。”图堡主回道，“不知刚才老师有没有注意到，她身旁有紫灵强者，她或许身份有些特殊。”

“那是皇杀。”夜玄淡淡说道。

“啊，原来是皇杀叔叔啊。”图堡主一愣，古怪地瞟了眼夜玄，开口道，“月思卿小友和老师认识啊？”

这不废话么？夜玄根本懒得回答他。

图堡主想了想，随口说道：“可能是老师对她太好了吧？”否则，他也想不出来月思卿敢跟夜玄置气的理由啊！

“这样？”夜玄却是将他这句话听进去了，眉宇间萦上一丝沉思。

却说这一头，月思卿出了办公楼，白花花的日头照射下来，她便有些后悔了。

和夜玄那个固执的臭老妖怄什么气呀！

但出都出来了，总不能再跑回去吧，多没面子呀！

算了，还是去找曲松、吕涛他们吧。

月思卿快步去了竞技场，一路上碰到少许学生，看到她都主动打招呼，月思卿点点头以作回应。

吕涛几个还真在竞技场，而且是中级场。不过看样子他们今天并不打算出战，坐在观众席最高一排，跷腿架脚的好不悠闲。

月思卿一走过去，曲松便一个骨碌爬起来，叫道："老大！"

"嗯。"月思卿在他们身边坐下，看了眼场内的比赛，此时正是两名灵师在华丽对战。

"你们的灵力如何了？"月思卿开口就问。

"哪有你牛啊，青灵三级，望尘莫及呀！"曲松摇着头道。

吕涛则实诚地说道："曲松绿灵九级了，我绿灵八级，夏远绿灵七级。"

月思卿莞尔一笑："这回终于将你们甩远了吧？绿灵升青灵可不容易。"

如果不是上古神器的力量，她怎么会升这么快？

"这一年时间没浪费啊，老大，你得到什么好机遇了？"夏远眨巴着眼睛问。

常在身边，月思卿感觉不到他的成长。其实，现在的夏远已经是个清纯少年了，蓝头发，白皮肤，黑眼睛，萌呆萌呆的。

"又长高了点啊。"月思卿笑嘻嘻地揉了下他的头发。

"头发被揉乱啦！"夏远嘟起嘴埋怨，眼底却满是笑意，很享受这一刻呢。

"确实有机遇，得到一把趁手的武器，以后再展示给你们看。"月思卿盈盈一笑，"这段时间，我不能运用灵气，就不能陪你们下场子了。"

"不会吧，我听说幽暗谷去年出的正是一把上古神器——"曲松的眼睛猛地就直了。

吕涛和夏远脸上的笑意也敛了，这可是大事。

"天啊，老大，别告诉我你现在又拥有了上古神器！你这灵战双修要到极限了吗！"夏远忍不住哀号。

只是后面被吕涛捂住了嘴，声音有些含糊。

"低调点！"吕涛瞪了他一眼。

夏远改抱住他的胳膊，擦着不存在的眼泪道："大哥，你搞错对象了，你要让老大低调点，不是我啊！求求她了，让她再低调点吧，我不活了！"

"……"

"……"

"……"

几人都是无语。

最后吕涛无奈地看向月思卿道："老大，其实我和夏远想法一样。我刚想起一件事，去年博老叫你清思还记得吗？当时觉得这名字耳熟，后来想到清思是卡列国出名的年轻炼药师，只是那时，我根本不会想到上面去。你已经是灵战双修了，要再是炼药师的话，那岂不是……怪胎了！"

他想来想去，真觉得只有"怪胎"这个词能形容月思卿了，虽然难听了些。

月思卿脸黑了几分，说道："这叫天才好不好？"

"天才还不够形容。"吕涛尴尬地笑了笑，众人对月思卿持有上古神器的事已经没有任何怀疑了。

“老大，你什么时候学炼药的我们怎么不知道？”夏远好奇地问。

“进皇家学院前就开始了。”月思卿想了想答道。

“你藏得也太深了吧，好吧，我只能接受事实了。不过我的老大是炼药师，以后有什么事也不用求人了！哈哈！”夏远说着满脸骄傲地揽住月思卿的肩膀，以示亲近。

曲松和吕涛冲他直翻白眼。

“对了。”月思卿想起一件事，从空间戒指里取出几个玉瓶分给他们说道，“这里盛的是凝息丸和开灵丸，对灵气突破有极大好处，曲松现在刚好能用上。”

夏远双手捧着玉瓶，简直激动得要哭了。

月思卿嘴角轻抽，心下一软，说道：“以后会给你们更好的。”

他们是她的伙伴，是她的手足，待她好的人，她也百倍还之。

“老大，你老师真是一品炼药师？”曲松问道，对于月思卿能一下拿出这么多高阶丹药，他有些相信这件事了。

唔……夜玄算是她在炼药上的老师吧？虽然那家伙不承认。月思卿也不想解释太多，点了点头，又拿了几份丹药托吕涛赠给维尔他们，她是个有恩就会报恩的人。

四人坐在那观看竞技，评头论足，倒也颇为有趣。

月思卿也知道了，由于曲松后来，竞技场数跟不上吕涛和夏远，他们三人便都报了单人竞技，如今都在中级场摸爬滚打中……

这种方法，赢率降低不少，但对个人经验积累有莫大的好处。

四人在竞技场一直看到天黑，一起用了饭才分开。

月思卿回到久违的宿舍门口，刚要抬手敲门，手却顿在了半空，那一掌没有敲击下去。

女子眉眼中掠过一丝凌厉，冷意爆发而出，身形一矮，一个就地打滚从平台上斜飞出去。

与此同时，一道明亮的蓝光耀过树梢，狠狠击在房门上。

“轰”的一声，宿舍前门炸裂而开，烟雾四起。

这么大的动静，立刻引起女生宿舍楼一阵嘈杂声。

半空中蓝光再起，急切而凌厉，显然那人想赶紧动手。

“哼！”月思卿轻哼一声，蓝灵强者么？她也未必就怕了！只是，真的要逼她动手吗？

虽然夜玄嘱咐过不能用灵气，但她总要自保。

念头刚闪过，一道身影已晃到她面前，冷喝道：“滚！蓝灵也敢猖狂！”

眼前紫电清霜与蓝光狠狠撞击在一起，暗中那道鬼鬼祟祟的身影“嘭”的一声摔飞了出来，已被一人近前直接扼住了喉咙。

“等一下！”月思卿刚叫出一声，可已经来不及了，她听到明显的“咔嚓”一声，对面的蓝光缓缓消散下去。

黑衣少年手一松，已将那人尸体收了走，慢慢转过身。

“思卿小姐，您受惊了。”面无表情的少年声音也很冷，只是在月思卿眼里，这样已经很客气了。

月思卿不由轻叹一声。她承认自己此刻绝对不是起同情心，而是感慨！一名灵师要花费多少努力才能修炼到蓝灵这个级别啊，在大陆上也已是跺跺脚便能地震的一方强者了，今天，却连吱一声的机会都没有，便殒命了！

想来，其他紫灵强者也做不到这个地步，到底是跟着夜玄的“老妖怪”。

皇杀看见她的神色，淡淡说道：“不用盘查了，他是应家派来的，只是没想到动作这么快。”

显然，皇杀已经知晓点风声了。

“应家的？”月思卿并不意外，她在熔炉铁堡也就这个仇家了吧。

皇杀说道：“是的，应家对小姐不利，迟早都要与我们为敌，杀一个少一个。”

“……”好直接！

皇杀又道：“应家必不罢休，还有其他动作，请小姐随我去见主子！”

略一思索，月思卿点头同意。

若是身体正常，她倒不畏惧太多，打不过就跑呗，而现在的她，还是保住小命要紧……

此时，女生宿舍内已经冲出来了不少人，月思卿刚想回头看看，皇杀已冲到近前，低声道：“思卿小姐，失礼了！”

便一把将月思卿扶住，背生双翅，带着她飞驰而去。

第十三章

又做师娘

很快便到了夜玄所住的石屋，相较于其他地方，这片角落还算是比较清静的。石屋里点着灯，幽暗的灯光萦绕着温暖的氛围，让月思卿心里一安。

双脚落地后，皇杀便隐退了。

月思卿蹑步向主屋走去，远远便看到一身黑袍的夜玄正跷着二郎腿坐在檀木桌旁的太师椅内喝茶，俊脸冷漠。

“应家的人胆子还不小，竟然敢在熔炉铁堡下手，事情败露后，铁堡那些老家伙谁不知道？他们就不怕被找上门吗？”皇暗站在一边说着话。

“兔子逼急了还会咬人。”夜玄淡淡启齿。

“也是，与其被一名炼药师惦记着，还不如先下手为强，到底铁堡跟应家还有些情分，先斩后奏。”皇冷在一旁补充道。

“牺牲一名蓝灵灵师，总好过应家上下命都悬着。”夜玄冷冷说道。

熔炉铁堡这样的大机构，之所以没有势力敢插手，便是一旦有人在铁堡内蓄意伤人，铁堡是一定会要他偿命的，哪怕是名紫灵灵师。

这规矩或许严了点，但这也是对铁堡上下几百名学生的安危负责。所以，几乎无人敢来侵犯铁堡。

刚说完话，夜玄一抬眼，便注意到院子里那道身影。

月思卿也在这时缓缓迈步跨过门槛，在夜玄三人的眼光注视下小心翼翼地走了进来。

“对不起，我打扰你们谈话了吗？”月思卿尽量让嘴角的笑意看起来很自然。

毕竟，她今天可是负气跑出去的……这会儿又回来了，有点抛不开面子。

只是她不知，这笑容在夜玄眼里比哭还难看。

“思卿小姐，主子正等你回来呢，怎么会打扰呢！”皇暗赶紧笑哈哈地说道。

只不过刚说完这话便感到一道冷光直射过来，夜玄将手中茶盏轻轻磕在檀木桌上，凉凉道：“我什么时候说等她回来了？”

皇暗顿觉不妙，笑容一时也收不回去，尴尬万分地站在那里。

月思卿撇了撇嘴，暗自嘀咕道：“小心眼！”

眼珠一转，朝客厅靠里的房间走去。

夜玄喜欢将洗澡的地方设在一楼，在卡列国皇家学院时如是，这儿也不例外。

瞧着她的举动，檀木桌旁三个男人都没有说话，直到月思卿从里头取了两个打水的木桶出来，皇暗赶紧夺了过来："我来吧。"

哪能叫一个小姑娘干这种体力活呢？

夜玄眉头微微一皱，似是思索了一下，扬声说道："让她来。"

皇暗手一抖，又立刻将桶放下了，但还是不甘地问道："主子，她提不动吧？"

"两桶水就提不动了？"夜玄不以为然地说道，"虽然她现在不能用灵气，但别忘了，她不止是名灵师，也是名战师，这么点力气都没有，还称得上什么战师！"

"这……"皇暗想要辩解，毕竟，没有哪个战师会通过打洗澡水来提升体质的。

只不过，刚出口一个字，他又想到不妥，便闭了嘴。

"我来吧。"月思卿暗地里翻了个白眼，没有与夜玄顶什么，再次拿过两个水桶，朝屋外走去。

没办法，人在屋檐下，不得不低头啊！

月思卿一回头就换了个悲愤的表情……她这次是将夜玄得罪大了，这男人也太小气了吧？

不一会儿，她就平平稳稳地从院子里打了两桶热水进来，脸上神色收敛得干干净净的，走进小房间，又提着空桶出来。

来来回回好几次，月思卿终于将洗澡要用的水打够了，也将自己折腾得够呛。

不能怪她，谁叫她现在灵气不足，身体又虚弱呢？

"思卿小姐，我替你加热。"月思卿将桶扔在地上时，皇暗走了进来。

"多谢。"对于皇暗的出现，月思卿及时道谢。

哼，还好那人还有些良心，知道她现在不能用灵气加热洗澡水。

只不过，她真的感到手酸……

皇暗出去后，她将门关上，手一时重了些，就听"砰"地一声响，便将小房间和客厅隔绝开来。

走了没几步的皇暗忍不住浑身一抖，抬头，快速觑了眼夜玄。

夜玄盯着那门，神色依旧淡漠，只是那无端蹙起的眉头说明了他此刻内心的不平静。

"我将她惯坏了吗？"良久，一声低喃自他唇畔溢出。

皇暗和皇冷听得清楚，面色怪异地对视了一眼，在彼此眼中看到了无语的神情。

惯吗？那是一定的。

只不过，他们绝对是宁愿看到主子惯月思卿，也不想看到这冷场的一面，心里太受煎熬了。

皇暗和皇冷悄然退下。

半个时辰后，月思卿一身清爽地出来了，可没打算倒洗澡水了，装作无视夜玄的存在，快步从他面前走过，"嗒嗒嗒"就上了楼梯，很不客气地进了主卧。

在柔软的床上打了个滚，她找到一个最舒适的姿势躺下，拉过被子盖上。

“吱呀”一声，房门被推开。

脚步声轻轻走到床前。

不知为何，月思卿感到心跳开始加快，紧张的情绪在蔓延。

尼玛，今天夜玄那老家伙有点不对劲，应是对她白天的反抗极其不满。

而这时，身上一凉，那床丝绸般光滑的锦被被一只大手揭开……

“你干什么？”月思卿一个翻身，咬唇问。

夜玄幽黑的眸子注视着她，平静地说道：“你都不问问我的意见吗？”

女子迅速爬坐起来，一捋长发，被滋润得白里透红的脸颊微扬：“好了，我不睡你的床就是，我去隔壁房间。夜教主，你有意见吗？如果有，我就回宿舍。”

夜玄眼睛微眯，没有作声。

月思卿抓住机会说道：“嗯，你没有意见，好，那我去隔壁房间了，再见！”

说完，她双脚落地，光着脚丫往门外便跑。

“等等！”夜玄想都没想便一把拉住她的手臂，回过头时，眉头微皱，尤其是眼光在扫到她那雪白的脚丫后，皱得更厉害了。

“又怎么了？”月思卿看着他问。

“我同意你离开了吗？”夜玄低沉磁性的嗓音煞是好听，只是说出来的话未免有些扫兴。

“那你要我怎么样？”月思卿将下巴一扬，趾高气扬地问。

“卿儿！”实在受不了她这样和自己说话，夜玄手臂一动，已将她拉了过来，揽在怀里。

少女只着一身单薄的中衣，初见凹凸的身材被勾勒得隐隐若现，散发着纯情的气息。

“卿儿，你就对我这样？”夜玄的声音已全是无奈。

一句话，便将月思卿的委屈勾了起来。

“是你对我不好的。”月思卿嘟起红唇，恨恨道，“你虐待我！”

夜玄被她用的这个词给雷到了，但心房，却本能地一疼。

“我怎么虐待你了？”他忍不住将她揽得更紧。

这样的亲密，叫他很满足，之前种种不快全都抛到九霄云外了。

“我提不动洗澡水，手臂好酸……”月思卿控诉起他的行为来。

夜玄一怔后，那颗心猛然揪到了一起，刚看着或许还不觉得有什么，毕竟在他心里，她是一名合格的战师，但听着她叫酸，他便感到无比心疼，低低说道：“卿儿，我给你揉揉，是我不好。”

“现在你还要赶我走……”月思卿睁着无辜的大眼看他，继续控诉。

“没赶你走，你看，你不是在这吗？”夜玄被她的眼光看化了心，赶紧解释。

“你不好。”月思卿总结了一句。

“嗯，是我不好。”夜玄轻叹着承认，想起什么还是说道，“我总觉得把你宠坏了，以后无法无天，不听我的话了。”

“那你不要对我好了！”月思卿伸手便推开他。

“不干！”夜玄这会儿哪舍得放手，慌张地说了声，紧紧抱着。

月思卿却狠了心，抓着他的手，一根根松开他的手指，说道：“夜玄，你要知道，我不是听话的玩具，你对我好，对我不好，我都是我，不会有任何改变！”

夜玄颇为震惊地望着扳开他手指的月思卿。

月思卿却已快步跑出房门。

很快，他听到“砰”的一声响，那是隔壁房间的门被关上的声音。同时，他也听到自己的心沉了下去。

顿了一下，他开始坐立不安，心里跟猫抓着一样难受。

一咬唇，他飞身跃出了窗户，却是没入隔壁房间。

月思卿正在做梦。梦里，一群人正在追杀她，她拼命地奔跑着。

可那群人的速度却越来越快，离她也越来越近。

这时，一声兽吼声惊天动地般响起，一袭暗红衣袍的夜玄骑着那头面相凶恶的穷奇从天而降。

“夜玄，救我！夜玄，快救我！”月思卿有如见到救星，不顾形象地大声叫着，一下跳进他的怀抱。

“夜玄，别抛下我，别抛下我……”她低声啜泣起来。

好怕在这危险的关头，夜玄会抛弃她。

“不会抛弃你，我会和你永远在一起。”夜玄轻抚着她的头发，怜惜的吻一点点落在她脸颊上。

“嗯……”月思卿答应着，睁开眼睛，眼前却是一片幽暗。

“做噩梦了？谁在追杀你？应家的人？”夜玄就坐在床头，紧紧将月思卿只着中衣的身体搂在怀里，心疼地问。在说到“应家”时，他的声音陡然便冷却几分。

“我不知道。”月思卿摸了摸额头，那儿有一层渗出的汗珠。

“你怎么会在这？”半晌，她终于反应过来了。

自己刚才是在做噩梦，而她现在正睡在夜玄在熔炉铁堡的石屋里。

不过她可记得，她明明一个人睡在隔壁房间了，夜玄怎么会在这？

“想你……”夜玄揽紧她，声音又酸又涩，“好想你，我永远都在你身边，保护你，不会让你受任何欺负。”

月思卿咬咬唇，不语。

“我没有将你当玩具。”夜玄轻轻吻着她的耳朵，哑声说道，“只是因为太爱，害怕你会离开我。”

“那你还无缘无故惩罚我吗？”月思卿红唇一嘟，撒娇地问。

“以后不了。”夜玄将她搂得更紧，吻着她的脸颊，嘴角笑意变深。

“嗯。”月思卿也笑得很开心，享受着他的怀抱和吻。

“卿儿，我想抱着你睡……”夜玄得寸进尺地要求道。

“是谁说长大了就不跟我同睡的？”月思卿脸色一板。

夜玄的脸明显有些黑，有些难看，可他就是不走。

月思卿“咯咯”一笑，窝进他怀里，轻声道：“你抱着我睡。”

“嗯！”夜玄立刻又眉开眼笑了，此时的他真的如一个孩子，心情因为月思卿的一句

话忽上忽下。

他抱住月思卿躺到床上，拉过被子，将两人盖住，怀里的柔软，叫他的心都快化了。

第二日。

月思卿和夜玄正面对面吃着早膳时，一道身影走了进来。

月思卿感觉光线被遮挡住，习惯性抬头朝门口看去。

“啪！”她左手夹着的馒头掉了下来，顾不得这么多，她赶紧站了起来，有些尴尬地叫道，“图堡主。”

她怎么也没想到，图堡主会来这里，所以丝毫准备都没有。

“呃，月思卿？”图堡主看看她，又看看夜玄，也是一头雾水。

“我叫他来的。”夜玄却一点也不惊讶，拉她坐下：“先吃饭。”

“嗯。”月思卿也不去违逆他的话，重新坐下来，继续她的早膳。

“等会儿吧。”夜玄又说了一声。

不用点名，图堡主知道他这话是说给自己听的，说道：“好的。”

月思卿见状有些着急，想说什么，夜玄已给她夹了一筷子菜，温声道：“赶紧吃呢。”倒是将月思卿的话给堵在了喉咙里。

图堡主很识趣地退出了客厅。

月思卿怕耽搁他们办事，速度很快地就用完了早膳，才如释重负地问道：“要不要我去将图堡主叫回来？”

“不用。”夜玄拉过她的手，抽出一张丝帕仔细地将她的小嘴擦干净。

“你叫他来应该是有急事吧？”月思卿有些放心不下。她在猜，夜玄约图堡主相见，莫非为的就是昨晚刺杀她的应家蓝灵？她也很想知道这件事现在处理得如何了。

“急什么？”夜玄不置可否，手腕微用力，已将她拉坐到了腿上。

月思卿轻呼一声，本能地扶住他的肩膀以保平衡。

耳畔，那道磁性悦耳的嗓音响起：“进来吧。”

进来？月思卿先是一怔，随后明白了他在说什么，顿觉身子一僵，有种被雷当头劈下的感觉。

这也导致，在听到图堡主苍老的声音传来时，她还没有来得及撤离……

无声无息出现在石屋前的图堡主确实开口了，只是他发出的却是一声明显吃惊的轻呼，而且迅速闭上了嘴。

可仅仅这样，已经让历尽世事的老者失态了，可见眼前这幕给他打击有多大！

“老师！”图堡主还是没忍住，喊了一声。

夜玄依旧优雅万千地半靠在太师椅上，墨发披垂，容色绝美，只不过，大腿上却还坐着一个人。男人的右手，正紧紧扣着那人的腰肢，亲昵暧昧。

月思卿羞得双颊通红，想要挣扎下去，却发现夜玄的右手勒得不是一般的紧，根本不容她逃离。

她只好改变策略，将脸死死埋在男人怀里，心里各种哀叹……

有皇家学院肯尼迪院长一例在前，她也不感到意外了。

夜玄笑道："怕什么？阿图，这是你师娘。肯尼迪没有告诉过你吧？"

听到"师娘"二字，月思卿只觉后背一麻。

尼玛，又来一个了。

图堡主嘴角轻抽，却还是走了过来，仍有些不解："师娘？学生没有听三师弟提过。"

这么多年习惯了老师只身孤影，怎么忽然就冒个师娘出来了？

"是的，她是你师娘，唯一的师娘。"夜玄唇角笑意一敛，神色严肃了几分，手一松，却是将月思卿放下，换作牵住她的手，总是不容她离开。

夜玄语气中难得地认真叫图堡主心神一凛，夜玄的脾气他知道，这绝不是开玩笑。他当即恭恭敬敬地行下大礼："见过师娘！"

月思卿咬着唇，脸色涨成通红，没有搭腔。

"你再不吱声，图堡主的老腰可要闪了。"夜玄捏了捏月思卿的手，笑容染上些微暧昧。

月思卿狠狠掐了下他的掌心，说道："图堡主，快请起吧。"

"是。"图堡主直起身，笑笑地说道，"恭喜老师和师娘了。"

这个结果是他怎么也不会想到的。

也难怪昨儿在办公楼，月思卿敢这么甩他老师的脸，老师居然也不怎么生气。原来，那根本不是什么外人，而是他老师的……女人啊！

想到昨天，图堡主脸上便是一热，冲月思卿低头道："师娘，昨天不知您的身份，还受了您的礼，实在惭愧。"

夜玄淡淡说道："不知者无罪。"

听了他的话，图堡主才明显松了口气，主动问道："老师，学生但听吩咐。"

夜玄"嗯"了一声，说起正事："昨晚那名应家蓝灵处理干净了吗？"

"是的，处理干净了，应家绝对不会发现星月教的踪迹。他敢擅闯熔炉铁堡，就要有接受代价的勇气。"

"嗯，也不是怕他知道。只是这场游戏，会变得更加有趣……"夜玄缓缓说道，声音透着一股阴冷的杀意。

"一切都不会是老师的对手。"图堡主发自内心地感叹一声。

"嗯，我和卿儿今天会离堡，应家你得多注意着点。"夜玄并不将他的话放在心上，说起自己的安排。

"是，学生明白。"图堡主立刻应下。

月思卿一愣，有些迟疑地开口了："图堡主，这次我离开不会有什么事吧？"

图堡主老脸一红，赶紧道："不会不会。这熔炉铁堡，您想来就来，想走就走。别说现在铁堡没有学生敢惹您，就算有，我也有法子给您善后。"

月思卿笑了笑，点头称谢。

嗯……师娘的身份还是蛮管用的，之前怎么就不见着他这么积极？

图堡主离去后，月思卿挣开夜玄的手，双手叉腰，瞪大眼睛看着他，质问道："夜玄，

你老实交代，你到底收了多少徒弟！”

夜玄靠在椅子上，望着她，俊美的面庞漾起十分开心的笑意，说道：“不记得了，这一世收的最少，阿图是大徒弟，肯尼迪是三徒弟，还有个二徒弟意外去了。”

这一世……想到夜玄曾说过，星月教的夜教主每百年涅槃重生一次，在世上已经活了千万年，那么，他收的徒弟必也无数吧。

“怎么，还想听人叫师娘？”夜玄调侃她。

月思卿翻了个白眼：“被一群老妖怪叫师娘，生生被叫老了。这师娘，谁爱做谁做去！”

说完，她转身要走。

夜玄自后头一把拥住她，声音中透着一抹柔情：“别，我只要你做。”

几个字，便教月思卿心中无限甜蜜了。

“我没那么老。”她转过头，盈盈笑着，斜眼瞧着夜玄。

夜玄心动几分，俯身，在她红唇上点了几下，轻声道：“你是我的小夫人，是他们的小师娘。”

月思卿被他的答案逗乐了，笑起来。

夜玄趁机长舌直入，与她火热地亲吻起来。

如夜玄所说，当日，他们便离开了熔炉铁堡，各戴了一张面具，遮掉月牙标记，宛然路人。

出了铁堡，两人继续穿行暴乱荒原，只是此次目的地却是星辰国。

北大陆自古便是一片富饶的土地，实力比南大陆强许多，修炼源也要浓很多。只是暴乱荒原可不是一般人想穿越就能穿越的，这里凶兽歹徒，频繁出没，没个实力就等着躺尸吧。

纵然是骑着上古神兽穷奇，他们二人这一路也遇到好几拨空中拦路的。

敢于半空拦截的，想必也是有实力的，至少有蓝灵。

如此，寻常人如何敢随便穿越北大陆？

星辰国，上五宗，几个词便构建成一片令人向往的空间。那儿，从古至今就是强者沃土、高手聚地，古老，强悍而又神秘。

到了一处密林，夜玄却突然命穷奇冲了下去，在她耳边笑道：“先去三角区逛逛。”

“三角区？”月思卿有些怀疑地挑了挑眉。

不是说去星辰国吗？夜玄怎么又停在这了？

“当然了，请你看一出好戏。”夜玄说着眼睛笑得像月牙。

“呵呵，有好戏我怎么能错过呢？”看到他的举动，月思卿好奇心起了，弯唇一笑，满不在乎地直接朝树林内迈去。

夜玄大步跟上，并牵住她的手。

树林内幽风阵阵，阴暗，潮湿，偶有兽吼声传来，令这一方天地充满了诡秘和危险……

两人踩在满地落叶上，发出轻微的“咯吱”声。

猛然间，月思卿停下了脚步，警惕地朝四周看去。

她虽然不能使用灵气，但对危险的警觉却是存在的，这一刻，她感到了危险。

“什么人鬼鬼祟祟的，滚出来！”夜玄厉声喝道。

“过路的，不知道这是应家林吗？”一道凉飕飕的声音响起，林子里，七七八八的脚步声走了出来，为首的是名棕眉老者。

“应家林？”月思卿对夜玄带她来这的用意在此时完全清楚了，呵呵，原来是应家的了，不过看样子，他们并不认识自己。

月思卿笑盈盈地说道：“知道。此山是我开，此树是我栽，要想从此过，留下买路财！把你们身上值钱的东西都交出来吧！”

她突然的反客为主叫那些人全部愣住了。

怎么着？他们不是来抢货的吗？明明是他们说这句话，怎么成自己被威胁了？

“哈哈，真是天大的笑话！”棕眉老者仰天长笑了一声，说道，“小家伙，太嫩着点了吧！你们有几斤几两也不掂掂！再废话，老夫可要你见血了！”

“老家伙，你再废话，我可要让你见血了！”月思卿将他的语气学了个十足十。

她敢笃定，夜玄既然敢带她来，又一副悠闲看戏的模样，自然早有准备，所以她也无所顾忌。

“你……”棕眉老者气得险些吐血，怒声道，“上！让他们知道，应家林到底听谁的！”

“一群蝼蚁！”夜玄薄唇轻启，不屑地吐出四个字，长袖一挥，已抓住月思卿连退数丈。

前方，却已光芒激射，有人战到了一起。

从那几个穿梭的背影来看，显然是皇暗与皇冷。

“留一个！”夜玄清喝一声。

“是！”皇暗利落干脆的声音传来，那边的战斗却已经接近了尾声。棕眉老者在一声惨叫中被皇暗掐住喉咙，一把摔到了夜玄跟前。

“你，你们是上五宗的？”棕眉老者狼狈地趴在地上，声音一片嘶哑，再无刚才的底气，他的眼中，满是忌惮和惊疑。

拥有紫灵强者，实在没有几个地方可猜。

“应家得罪了不该得罪的人。”夜玄不置可否。

棕眉老者没有说话，只是眼中露出明显的凝重之色，眉头紧锁，似是在思索。

“她，不认识吗？黄林主。”夜玄左手一递，以十分敏捷的速度撕下了月思卿脸上的人皮面具，露出女子真容。

“你知道我？”棕眉老者被他点了名，脸色瞬间变得难看起来。

道上混的，最怕的就是底细被人弄得一清二楚，夜玄能一口叫出他的称号，说明他们是有备而来！

而他在看到月思卿容貌时，终是倒吸一口凉气：“月思卿？”

“我是不是也该问一声，你知道我？”月思卿见他居然叫出自己的名字，也颇为气恼，冷笑了一声。

她基本明白了，她现在必是进了应家上下的黑名单，成为公敌了。

“应家有你的画像……”黄林主说到这时，声音卡住，豁然释放出一股极强的蓝色灵气，

身子急速后撤，看样子是想逃离。

夜玄根本连一眼都懒得再看，只是伸起右手，为月思卿挡了下强劲的灵气波。

随后，棕眉老者的惨叫声响起，伴随着皇冷的声音：“在两名紫灵面前也敢玩花样，嫌死得太早吗？”

“好了，戏看完了，卿儿。”夜玄放下衣袖，看向月思卿。

月思卿注意到，眼前的空地上已经收拾干净了，那些人的尸体都已不在。

她心中微叹一声，却不会再有任何怜悯和同情心。

在这个大陆就是这样，家族势力同心对外。

她得罪了应家，应家的一名仆从都会想要她的命。

早就要作对的，何不先下手为强呢？

看到她的若有所思，夜玄轻轻捏了下她的柔荑，低低道：“这个世界，你必须学会狠。”

“我知道！”月思卿抬头，给了他一个安慰的微笑，“这里还有吗？”

“没有了。应家让他们先蹦跶几天，那才好玩。”夜玄轻笑一声。

忽然，有几道脚步声朝这边走来，伴着一个苍老的声音厉声喝道：“有人，谁？”

夜玄眉头一挑，抓紧月思卿的手，没有避让。

而月思卿也看清了来人。

当先一名鹤发精瘦的老者，许是骨架小，面容倒不显老相，一双小眼中，精光闪烁，灵气内敛。而他身后则跟着两男一女三名年轻人。

他的目光在夜玄和月思卿脸上扫了一下，蓦然盯住月思卿，眼中划过一丝震惊和惊恐。

“不知道这位小姑娘来自哪里？怎么瞧着如此面熟呢？”

他倒是一眼瞧出月思卿女子身份。

月思卿摸了摸脸，刚才夜玄撕下她第一层人皮面具，她现在顶的是月家女儿的身份，还有人认识她不成？

“爷爷，我知道！”一名少年突然站了出来，叫道，“一定是那废物袁梦的女儿，不是说有十几岁了吗！”

袁梦？梦娘？这些人当真认识她母亲？月思卿也极为惊讶。

老者也忍不住开口：“你真是她的女儿？”

“我不知道你们说的是谁！”月思卿冷哼。

“你叫月思卿是不是？你是卡列国月家的！”那少年再度开口。

可见，他们是知道月思卿的存在的。

“是又如何？”月思卿冷笑一声。

老者见她这么快就承认了，面露讶色，喃喃道：“难怪长这么像，只是太巧了……”

“是那废物的女儿？”少女许是到现在都没有消化这个事实，震惊地反问了一声。

虽然她看上去有几分机灵，但到底是经验浅了，说话上没那么注意。

“谁是废物？”月思卿双眼一眯，眼光不善地看向那少女。

“哼，还能有谁？别告诉我你这是想要来北大陆认亲的，没用的，你以为我们上五宗会随随便便就承认你？还是说，你来就是为了那碧灵果？”少女鄙夷地瞪着月思卿。

"无知之辈。"月思卿冷哼一声。

她根本没听懂那少女在说什么，大致意思就是以为她会想去投靠她上五宗吧？

殊料这句"无知之辈"激怒了少女，她也冷笑一声，说道："无知？呵，我袁雪可是绿灵九级灵师，你呢？别遗传了你娘，也是个废物！"

"啪！"

少女的身子被一股劲流直接摔飞出去，劲力之大竟是飞了丈余，空中喷出一道血箭。

"至少在我跟前，你就是个废物！"夜玄揽住月思卿，声音冰冷。

老者吃了一惊，未料到这年轻男子竟如此狠厉，当下怒气也冲了上来："阁下什么意思？"

"二爷爷，都是一家人，有话好说！"另外一名一直没有开口的少年赶紧上前拉住老者，冲月思卿叫道，"卿儿，我是你表哥，我叫袁沐，我爹和你娘是亲兄妹，我爹一直惦记着你娘呢。你不要听雪儿胡言乱语！"

老者甩开他，身形一闪，已将少女袁雪给抱了回来。

"我娘是上五宗的？"这一点，月思卿还真是大吃一惊，但她表面却是不动声色，讥讽一笑道，"我还是今天头一回听说呢，看来，在我娘眼里，上五宗也不是什么大不了的地方，她连提都不屑提一下。"

"那是你娘没脸提！"老者气怒交加，一股紫色光芒瞬间自他身上暴涨而开。

竟是连上五宗都屈指可数的紫灵。

巨大的压力突然而至，月思卿脸色一白，喉头便是一甜，强自将一口鲜血吞了下去。

夜玄及时伸手将她揽入怀，那股巨大的压力才突然散去。

她现在的身体不能动用灵气，除了生死关头，否则她都会以身体生受。

但老者心里却是一定。

刚才这一试，他肯定了，月思卿毫无灵气。

因为任何一个灵师在此时都会本能地释放灵气护住自己，但月思卿周身却见不到一丝灵气的波动。

但这一试探，却是激怒了夜玄。

夜玄双手依旧负在身后，身形优雅，平凡的人皮面具下透露着的是临危不惧的从容。

他缓声说道："据说，泉蒙宗有三名紫灵，如果我在应家林折掉其中一个，袁二，你说，泉蒙宗的实力是不是要大为削弱？"

他吐字清晰而平淡，可说出来的话，却教老者面色大变。

这人，不仅知道他的宗派，而且还知道他，更者，他说话的语气，完全不将泉蒙宗放在眼里！

东山岳，西泉蒙？

月思卿脑海里突然就冒出这么一句流传已久的话来。

山岳宗和泉蒙宗并称上五宗双龙，可见实力之强。

她的母亲，那个一丝灵气都无的梦娘，居然来自于这个强悍而久负盛名的古老家族……真是有些出乎她的意料呢！

“阁下是谁？”袁二哑声问。

夜玄能挡住他的威压，倒令他不敢小看。

“你没资格知道。”夜玄冷冰冰吐道。

袁二触到他幽冷的眼神，心中微微发虚，想着还是回去调查下好，转头对月思卿说道：“有件事我要告诉你。你外公私自拿了家族的血参精给了你娘，害得我儿至今身体落下遗根！迫不得已，给你娘下了毒，只有家族的碧灵果能解。你若有心救你娘，就劝你娘将血参精还回来！”

月思卿听明白了，心中一惊，问道：“这是什么时候的事？”

“前不久，你还有时间，超过半年，幽冥毒才会发作。只不过，那时，就算是一品炼药师也治不好了！”

他说完，带着几个儿孙飞速离去。

夜玄眉头一皱，见月思卿并没有追的意思，便看向她：“冬伯和秋伯并没提起过这事。但有一点我没说过，你娘虽然没有灵气，却相当聪明，连秋伯和冬伯都被她甩掉过，她单独行动，想必就是和家族联络。”

“那到底有没有中毒？”月思卿担忧地问。

“别急。自然没有回报给我，那必是没有出事。”夜玄安慰她道，“幽冥草是一种植物，本身无毒，但泉蒙宗中有族人不能沾此草，一旦沾到，便会全身逐渐红肿，半年到一年后会浑身肿胀而死。这种体质，泉蒙宗会不定向传给后代，每一代都会有那么几个。好在泉蒙宗很早就研制出了碧灵果克制此毒。这件事，知情的不多。”

“那碧灵果也只有泉蒙宗有吗？有其他办法解毒吗？”见夜玄很了解，月思卿的心略微平稳下来。

“嗯，我没研究过，如今的方法，就是向泉蒙宗借碧灵果了。”夜玄很坦然地说道。

“好借吗？”月思卿有些担忧。

“他已有了防备，恐怕不太好借。”夜玄摇了摇头。

“哎。”月思卿轻叹一声，连夜玄都没把握的事，那该有多难。

星月教虽然实力很强，但泉蒙宗乃上五宗双龙之一，实力也不弱，紫灵便有三个。而碧灵果又是在他们自己地盘，想要偷盗不容易。

夜玄轻轻抚平她紧拧的眉头，轻轻一笑：“急什么？我们这不就是去星辰国了吗？虽然不好借，也一定会有法子。”

月思卿点点头。

第十四章

前往母族

半个多月后，两人来到星辰国主城祖玛城。

这片大陆最古老悠久的国家，最强悍繁荣的国家，就在他们眼下。

石砌的方顶房屋大气连绵，方形的棱角，飞扬的屋檐，灰重的石头，无不渲染着这座城市的大气沉稳。街头来来往往、络绎不绝的各色人等，更是为城市添了无限生机。

祖玛城中央有一座巨型铁堡，黑漆漆的，有些像星月殿的构造，只是更加庞大。

圆堡外头用金色染料书着三个大字：竞技场。

这三个字，月思卿可是一点也不陌生。

对星辰大陆的灵师和战师来说，除了野外历练，竞技场便是他们提升实力、增加经验最好的地方了。只是夜玄带她到这来干什么？

她没有问，夜玄却主动解释道："星辰国一年一度的武战会要开始了，便在这里举行。虽然武战会只是国际大赛，但星辰国的实力是整片大陆的尖端，能进入武战会的门槛便不低，至少要青灵以上，所以这场大赛的水平还是很高的。"

"青灵以上，确实不低。"月思卿说道。

"嗯，比赛只有两个等级，蓝灵级别和青灵级别。"夜玄笑了笑道，"你这三个月不能使用灵气，观看这种级别的比赛最有利。"

"可我娘的事……"月思卿并没有多少心思放在武战会上面。

"想要打探泉蒙宗，这儿也是个好地方，你不用着急，交给我。"夜玄安抚她道。

"好。"月思卿定了定心，转头仔细瞧那竞技场。

圆堡前，聚集着不少人，铁制建筑上的大门外，排了一条长得看不到头的队伍，看样子都是为那武战会而来。

这么火爆？月思卿暗吸一口气。

似是看出她的疑惑，夜玄笑道："武战会刚刚开始，还是蓝灵级别的竞技。要知道，蓝灵级别交手可是罕见的精彩，而整片大陆，也就星辰国能公开观看，其他地方哪有这样的机会？"

月思卿"嗯"了一声，难怪了，想必那些人也是从五湖四海闻名而来。

她对这武战会倒也生出几分期待来了。

只是，这么长的队伍要排到何时？

她正想着时，夜玄却已拉着她，径直走到队伍的最前头。

“到后面去排队！”四五个膀粗腰圆的工作人员立刻围了上来，叫道。

“是啊，要排队，不公平！”队伍里立刻有人应和道。

“我们站队站得好辛苦，可不能放纵其他人插队！”

月思卿听着那些人的叫嚣声，无语地抽了抽嘴角，要是站队那得站到几时啊？有夜玄在呢，他会想办法。

凭他星月教的身份，应该好进这武战会吧？

只不过，夜玄却转眼看向了她。

“嗯？”月思卿一挑眉，有些不解，“怎么了？”

“出示你的身份。”夜玄微微一笑，叫道。

“呃，我的身份……”月思卿一愣，转头便迎上四张不善的脸庞。

她尴尬一笑，心中却已明白了夜玄的意思，从空间戒指里取出自己的炼药师服，随手披在身上。

“四品炼药师？”一名汉子看到她的徽章，立刻面露尊敬之色。

“嗯。”月思卿应了一声。

“炼药师大人，请跟我来。”那名汉子挥散另外几人，脸上充满了恭敬，在后面一众惊呆的眼光下，引领夜玄和月思卿走了进去。

“我擦，原来是炼药师！”

“难怪这么牛叉了！”

“算了，继续站队吧……”

外头议论声声中，月思卿已经踏进了竞技场。

中央一个石砌大平台，地势较高，两旁则是梯形的观战位，此刻，下午场还未开始，观战位上却坐了大半，只是能进来观赛的都是身份不低的，大家都极有素养，说话声音很低。

夜玄和月思卿都戴了普通面具，并没有多少人注意，二者在高阶上找了位置坐下，没再说话，各自锐利地打量四周。

“皇冷。”夜玄忽然叫了一声。

那紧跟着人流进来的皇冷出现在二人面前，低声道：“主子，有何吩咐？”

“你去打听泉蒙宗的事，具体内容……你也听到了？”夜玄挑了挑眉。

“都听见了。”皇冷说完，后退数步，消失在人海中。

没过一会儿，外面的人便蜂拥而进，将整个竞技场都坐满了，而此时，比赛还未开始。

过了会儿，终于有一名男主持人飞上高台，大声宣布：“星辰国武战会蓝灵等级比赛现在开始！有请接下来的两名蓝灵强者！”

很快，蒙着脸的两名老者各自挥动蓝灵翅膀飞上高台。

“蓝灵强者都不愿泄露身份，所以比赛时也不透露姓名。”夜玄在一旁解释。

“原来如此。”月思卿恍然大悟。

虽说实力一旦暴露，别人也容易猜到是谁，但在一定情况下，保护了很多来自隐世家族或者深山老林的强者，给了他们放心的锻炼机会。

蓝灵之间的比赛确实不同于低阶别，出手便招招狠辣，绝无拖泥带水。

由于两者灵气皆高，又有各种药物辅助，一场比赛足足耗去半个多时辰，令围观人群看了个过瘾。

月思卿正凝神看比赛时，耳边响起皇冷的声音："主子，打听到了。"

她的心神也被吸引过来，扭头看向站在夜玄身后的皇冷。

"说。"夜玄低声道。

皇冷坐到后一排皇暗给他留的位置上，低声说道："冬伯问了梦娘，得知梦娘前段时间确有与袁大联系，要家族的血参精帮助月跃修炼，月跃的修炼怕是到了瓶颈期，而血参精则有冲破瓶颈，提升体质的作用，对月跃来说极为适合。也难为她能想到血参精这好东西，也难为袁大对女儿一直有歉疚，竟真的从族里偷出来给了她。"

"这事本来是神不知鬼不觉的，可偏偏袁二的儿子袁远在冲蓝灵时没有成功，反受灵气侵蚀，受了重伤，需要血参精来调理。袁二发现血参精不在，盘问家族中人，最终种种苗头指向消失了一段时间的袁大。袁远重伤虽能治愈，但若没有血参精这宝贝，灵气恐怕一辈子都无法再有进展，袁二能不急吗？"

"所以，他只身前往卡列国，冒充袁大，设了巧计将梦娘诱出来，可惜梦娘没有带在身上，也誓死不还。有秋伯和冬伯还有教里其他人在，袁二进不了月府，拿不回血参精，便给梦娘灌了幽冥草碾制的茶汤，又将家族碧灵果全部藏起，好威胁梦娘和袁大还血参精。"

皇冷一口气将事情的来龙去脉说清楚了。

"袁大这么疼我娘，连血参精都肯给？"月思卿低语一句，有些感触。

"嗯，到底是他女儿，虽说家族不承认，他也是担忧她的安危的。血参精对于没有灵气的普通人来说只能滋补养身，没有太大的作用。梦娘要血参精，他如何不知道会是给月跃用，袁大舍得给月跃，说明他还是希望月跃能保护好梦娘。"夜玄缓缓说道。

"现在怎么办？恐怕那血参精我父亲已经给服用了，到哪去找来还他？"月思卿问。

"碧灵果现在都在袁二手上，连袁大也没办法拿到。"皇冷补了一句。

月思卿嘴角轻抽，这人还真会算计呢！

"真没有别的方法得到碧灵果了？其他地方没有？"她不甘心地问。

"碧灵果，只有泉蒙宗有。"夜玄打破了她的美梦。

"那……"月思卿抿了抿唇道，"你上次给我的凝息丸，增进体质的，对袁远有没有用？或者说，你能不能治好袁远的伤？"

她知道夜玄是一品炼药师，便想到这上面去了。

夜玄笑了起来，握住她的手，压低声音，在她耳边道："傻丫头，你自己就可以。"

"我就可以？我才是四品炼药师，也能治得好？"月思卿满腹怀疑。

若是她都能治得好，袁家何至于只要那血参精？四品炼药师虽然不多，但泉蒙宗内应该不缺吧？

“我说的不是——”夜玄低声解释，只是话还没说完，月思卿已经抢说道，“我明白了，你说的是……小紫？”

提到小紫的名字时，月思卿的脸色变得有些难看。

“是的。”夜玄干脆地肯定了，“小紫是万年人参，虽然品种与血参精不同，但万年修行岂是白费的？药效早就超过血参精不止了。据我所知，泉蒙宗的那株血参精也不过几千年历史。”

“只要小紫的汁液就够了吗？小紫是我的心头肉，如果全部送与袁远，我怕做不到。”月思卿面色略为阴沉。

“不需要，汁液就够了。你给我，我将它融入到凝息丸的方子里，改炼出来的丹药效果绝对好。”夜玄向她保证。

“好！”

两人就算说定这件事了。

接下来几天，月思卿每日在皇暗的陪同下前来竞技场观战，夜玄则带着皇冷在星辰国的落脚点炼制新丹药。

加入小紫汁液，又融入了上古神兽穷奇的血，这枚凝息丸的药方炼制出来的丹药可就不再是凝息丸了。

月思卿足足看了两个月的竞技赛，从起初精彩纷呈、刺激人心的蓝灵争霸到现在的青灵较劲、一争高低，她强按着性子，力争将每一场比赛都研究通透。

可以说，这一个月来，她虽然没有修炼，但从比赛中汲取的经验却是十分难得。

两个月啊，时间太过漫长，梦娘的毒素如一座小山般压在她心上。

好在，两个月零八天后，夜玄终于出关了。

他出关的时间是在晚上，月思卿正坐在院里的石阶上，暖暖的春风吹散她的长发，女子双手托腮，望着明月发呆。

天上，蓦然间乌云顿起，明月隐没，半空中电闪雷鸣起来，气象刹那间就变了。

她惊得站了起来，身后，皇冷从暗处冲了出来，喝道：“思卿小姐请回避，主子的丹药要炼成了！这是丹雷！”

丹雷，作为炼药师的月思卿可是一点都不陌生。

她脚尖轻点，身子顿时朝夜玄闭关房对面的檐下飞去，同时，一抹青光划过，一道影子凝聚成了实形，站到她身边，哈哈大笑起来：“哈哈，这雷，本龙可最爱了！主子，我保护你！”

这正是上古青龙，它的属性便是雷，武器也是雷，对于丹雷，它喜欢得紧呢。

月思卿微微一笑，可一想到夜玄现在的处境，笑容便无影无踪了。

“小青，你去保护夜玄，帮他顶丹雷。”

她下了一道命令，口气丝毫没有与小青商量的意思。

她知道，这时候，炼药师才是最危险的。

“不用吧？那男人太强悍了，身边有穷奇，还有其他我们不知道的东西……”小青有些犹豫。

“去！听话！”月思卿直接几个字将他的话堵住。

小青无法，只得说道：“好！”

他身形一闪，已化作一道银白色流光，朝丹雷扑去。

银色乍现，星光迸裂，已分不清哪里是小青，哪里是丹雷。

月思卿伸手捂住双耳，不想听那剧烈的雷声，双眼，则一眨不眨地盯着对面的房间。

“轰！”一声爆响，那平房的屋顶被一阵巨大的气流击裂，碎石掀得漫天飞舞。

“夜玄！”月思卿惊叫一声。

“思卿小姐，可别过去，现在正是主子最关键的时刻，其他人务必不能打扰！”皇冷生怕月思卿不知，拦到她面前。

“我知道，夜玄他不会有事吧？”月思卿仍是担忧。

“不会有事的。”皇冷回答她的声音无比坚定，没有丝毫怀疑。

月思卿这才松了口气。

那一头，雷声轰鸣，丹雷之响之大令人心神震颤。

皇冷已及时施放出一层半透明的紫色灵气罩，将他和月思卿都护在其中。

乌云密布，天色昏暗，半空中，青龙威猛的身形时隐时现，龙嘴大张，吞噬着那些轰隆隆的九色丹雷。

渐渐地，雷声越来越小，紧拢的乌云也慢慢散开，露出那轮稀薄的明月，月光洒在院子里，在雷声的末脚，营造出安静而平和的气氛，似乎刚才那电闪雷鸣从来不曾存在过……

“啪”的一声，眼前的紫色灵气罩碎开，月思卿赶紧朝对面跑去，嘴里焦急地喊道，“夜玄，夜玄！”

烟雾弥漫中，她拨开被震成数半的门板，跨进房间。

“卿儿。”嘶哑的声音传来，一道身影朝她走来。

“没事吧？”月思卿赶紧问。

“放心，怎么会有事？”男子伟岸的身形已到了门前，借那如水的月光看去，他穿着黑色长袍，俊容多了几分疲惫，略显沧桑，长发更是略为散乱地黏在脖颈上，面容有些狼狈。

将他上下扫了两遍，确实无事，月思卿这才放心，朝他身后看去，挑眉问：“成功了？”

丹雷既起，那枚伪一品丹药应该也炼成了吧？

“嗯。”说到这，夜玄的嘴角翘起一丝笑意，说道，“你先出去。”

月思卿“咦”了一声，没有多说，顺着台阶走到院子中央。

身后，夜玄很快也跟了出来，他右手拿着一个小玉瓶，左手却抓着一个可爱的小动物，比小粉略大，通体雪白，拖着条毛茸茸的大尾巴，一双眼睛骨碌碌直转，看着月思卿。

“这是什么灵兽？”月思卿惊讶地问。

“灵兽？”夜玄笑起来，“小傻瓜，它不是灵兽，是丹药。”

“丹药？”这下月思卿更加吃惊了，忍不住瞪大眼睛问，“你该不会告诉我，这就是你炼制出来的丹药吧？”

“嗯，是的，这枚丹药虽然有一品的价值，但还不是一品，否则就不会是现在这个样子。”

夜玄捏着它的尾巴摇了一摇，解释道，“真正的一品丹药，甚至能化成人形，而且还可能拥有人类的智慧。”

“……”月思卿无语了。

连丹药都能变成人，这世界真玄幻了！

夜玄看向那小动物，眼神蓦然一厉，喝道：“变形！”

在他大力一握之下，那小动物痛苦地嘶鸣一声，转眼就变作一枚浑圆的朱红丹丸，在夜玄掌心滴溜溜打了个转。

夜玄直接将它扔进玉瓶，封好口。

月思卿叹为观止，良久才找到自己的声音：“这枚丹药能治愈袁远？”

“嗯，可以。”夜玄肯定地点头，安了月思卿的心。

他随即又轻轻叹道：“可惜你娘太心急了，取血参精给你父亲服用，血参精固然珍贵，如何比得上你的小紫？如果没有这一出，袁远也没有资格服用这枚丹药。”

言下之意，此药比血参精还要珍贵。

“她不是不知道嘛……”月思卿也无奈之极。

“没关系，这枚血参精我加了料。”夜玄话锋一转，朝玉瓶瞥了一眼。

“加了料？什么料？”月思卿问。

“当然是让袁远出问题的药，不过，一时半会可看不出来，将来你就知道了。”

“为什么？”月思卿睁大眼睛问。

按理说，袁远并没做错什么……

“那家伙，可不是什么好东西，我早就想收拾他了。”夜玄说着话，目光一沉，眼中难掩那一丝嫌恶。

“他得罪你了？”月思卿试探地问。

“是的，他得罪我了。”夜玄看向她，一字一字说道，“他想除掉你，你说，是不是将我得罪大了？”

“除掉我？”月思卿愣住。

“袁远瞒着家族打听过你的事，你在卡列国扬名，他是知道的，曾经动了杀机，想除去力量还不够强的你。这就是为何去暴乱荒原前我没让你和吕涛三人一起的原因。”

月思卿浑身一震，对袁远的做法深深皱起眉。

但随后，她却笑了开来。

夜玄说：“他想除掉你，你说，是不是将我得罪大了？”

简短的话语，已教她心中盈满暖意……她知道，自己在他心里是那么重要。

“夜玄，只是白费了你这么久的功夫，对付他，实在没有必要浪费你这么久的精力。”月思卿心疼地说道，将男人的头发理到身后，抬手轻拭他额上的汗珠，动作温柔之至。

“这也是没法子。”夜玄很享受她的照顾，半眯着眼说。

“洗个澡，好好睡一觉。等你醒了，我们再商量去泉蒙宗的事。”月思卿提议道。

这份大礼，她可是要亲手送上门的。

“武战会结束了？”夜玄问起另一件风马牛不相及的事。

“还没有，现在是青灵阶段，有不少上五宗的人参赛呢，虽比不得蓝灵对战精彩，却适合我的灵力阶段，能学得不少经验。”所以她每天白天都会去竞技场观赛。

“嗯，你明天再去看，我休息一下，后天，我陪你去泉蒙宗。”夜玄当机立断地做了决定。

“好的。”

两人说完后，月思卿便扶夜玄进了屋。

皇暗和皇冷打好沐浴水，供夜玄洗了澡，洗完澡，他便躺到床上去睡了。

毕竟一连两个月的炼药，身体累得够呛，纵然是夜玄，也要好好休息才能恢复巅峰状态。

足足睡了一天两夜，夜玄于第三日清晨准时醒来。

这天，他要和月思卿一同去泉蒙宗。

作为上五宗的双龙宗派，泉蒙宗的位置也很偏僻，有夜玄带路，月思卿并不着急，两人飞行了半个时辰后，终于到达祖玛城西山。

泉蒙宗便位于西山之巅。

碧草蓝天，迎风顶立。巍峨的山门，苍凉的刻字，古老的浮雕，高耸的云梯，无不显露着宗门大族的气派和威严。一踏入此中，便感到空气都有了些微变化。

月思卿和夜玄刚在山门外伫立，耳畔便听得山风飕飕，一道严厉的喝问声响起：“来者何人？”

一名灰衣老者闪现在山门侧，警惕的眼神落在月思卿和夜玄脸上。

“麻烦通报下，我是来见袁二的，我有重要的事情找他，想必，他也很感兴趣。”月思卿淡淡说道。

老者眉头一皱，说道：“我们族长不轻易见外人！”

“是吗？你就告诉他，是上一回在应家林见面的那人，他在等着我给他送东西，真的不见吗？后果，你承担得起吗？”月思卿双眼微眯，冰冷地射向那名老者，说出来的话咄咄逼人。

她向来是个尊重前辈、尊重高手的人，但对泉蒙宗的人，她实在没有什么好感。

所以，也不能怪她对这名老者不敬了。

见一名小辈居然如此眼中无人，语气如此欠揍，根本不将自己这名实打实的蓝灵强者放在眼里，老者气得脸色铁青。

“怎么说话的？小子，就这么没礼貌吗？”

老者怒声说完，周身蓝色光芒暴涨，试图以一名蓝灵高手的气势打压月思卿。

只可惜，月思卿只是眉头一皱，脸上再无多余的表情了。

“泉蒙宗的人，就是喜欢这样欺负别人？”她讽刺地开口，丝毫没将对方放在眼里。

呵，蓝灵确实很厉害，只不过，还吓唬不到她！

见她如此猖狂，老者心中倒没底了，但听她唇枪舌剑一番后竟说自己欺负她，一张老脸气成紫红，冷声说道：“欺负别人？年轻人，老夫生平还是第一次看到你这种不识好歹之人！蓝灵，起！”

他说完，蓝色灵气蜂拥而出，在半空中化作一道大掌，冲月思卿猛拍而去，下手竟是一点也不留情。

“哼。”夜玄轻哼一声，一把拉开月思卿，右手微动，蓝光大绽，“嘭”的一声响，一簇火焰腾空而起，在蓝光掩映下以迅猛无比的速度朝老者的掌印飞去，“轰”的一声散开，形成一道一人多高的火墙，焰花四射，温度灼人，硬生生地将那掌印吞噬，以强大的后劲冲老者包围而去。

蓝灵老者闷哼一声，连退十数步，他抬起头，不敢相信地看着年龄不大的夜玄，哑声问道：“蓝灵？”

不仅是蓝灵，实力还在他之上！

“现在，该去传话了吧，耽误了你们二族长的正事，你以为你真能承担得起？”月思卿嘴角一撇，话说得仍然有些难听。

老者却不吭声，看了夜玄半晌，声音染上一丝恭敬：“领教了！”

话音一落，他已飞快消失在重重台阶之上。

月思卿扭过头，冲夜玄翘起大拇指，笑嘻嘻道：“不错呀！”

“那当然，也不看看是谁。”夜玄得意扬扬地觑她一眼，一点也不谦虚。

没过一会儿，他们便听到半空中响起一声灵兽的嘶鸣，翅膀振风的呼呼之声刮过天际。

月思卿仰头看去，便见一只巨大的飞行兽缓缓降下，飞行兽宽大的背上，站着四五个人。

当先那名老者一身灰袍，五短身材，眯眯小眼，不是那袁二是谁？

在飞行兽徐徐降下一半时，袁二双肩一耸，后背生出一张半透明紫色双翅，脚尖一点，纵身飞下，落在台阶之上。

打量了二人一眼，他拧眉说道：“原来是你们。”

“是我们，又见面了。”月思卿卸下第一张人皮面具，露出一直常用的那张，那一张，早已随着岁月和肌肤渗到一起去了。

“嘶……”她明显听到对面传来的倒抽冷气声。

“小梦？”一道声音轻轻响起，带着极大的震惊。

月思卿循声望去，便见飞行兽上另一名老者同样展开紫色双翅，飞了下来，与袁二并肩站到一起。

他穿着一袭青袍，身高体形皆胜于袁二，一副周正的面貌给人庄重严肃之感。

“你是谁？”老者双眼紧紧盯住月思卿问。

虽然月思卿没见过他，但看他刚才脱口而出的一句话和他周身气势，猛然便想到一个可能。

“袁家大族长吗？”月思卿轻轻一笑，玩弄着手中的人皮面具，轻描淡写地说道，“我是谁并不重要，但你在这里更好。”

袁二轻轻瞟了身边人一眼，冲月思卿沉声说道：“那咱们就打开天窗说亮话吧，你来找我，是来交换碧灵果的？血参精带来了没有？”

月思卿并未立刻接话。

袁二急了，有些沉不住气地先发问道：“怎么了？难道你不是诚心来交换碧灵果的？我知道你身边这人有些本事，但我泉蒙宗，上五宗双龙之一，也不是你们就能闯得进来的！

碧灵果，更不是轻易便能拿走的。大哥，你说是不是？”

他说着，斜眼看向一旁的青袍老者。

果然，他就是袁大，袁家大族长。

袁大面色冷沉，并不答话。

“大哥自然没理，身为族长之首，他更应该以身作则。”另一道苍老的声音响起，一名红袍老者缓缓飞下，他的背后也是一双在阳光下耀眼炫丽的紫色翅膀。

不用说，这人，便是袁家第三名紫灵强者，袁家老三了。

袁大仍旧不吭声。在泉蒙宗众族人面前，他确实不占半点理。

血参精是家族至宝，轻易不与族人。而他却私自将它从药库取出，拿给自己的女儿，而且，这个女儿没有一丝灵气，不被家族收留，这血精参明显是要给外人用的。

家族发现了，即便他是大族长，也难逃其咎。

可他到底是袁家老大，下面人尊重他，并没有施以家法。所以对袁二威胁梦娘之事，他真正失去了说话的权力。

“你们不用逼得这么紧。”月思卿看着袁二和袁三对袁大两面夹攻，忍不住一声冷笑，开口道，“我今天来，不是送血参精的，但我可以给你比血参精更珍贵的东西，到底能不能换几枚碧灵果，也要看袁二族长你的意思了。”

“哦？”袁二听到不是送血参精的话时，脸现怒容，但听到后面，眼光却又亮了几分，“这东西，效果比血参精还好，能治好我儿子的伤吗？”

“这个我能保证，相信贵宗也有识货的人，只是，我交出东西，碧灵果能给吗？”

月思卿开出条件。

“只要我儿能好，我也许你小梦无事。已经三个月了，剩下的时间可也不多了。想必，你也不希望自己母亲出什么事吧？”袁二一口许诺。

“母亲？你是小梦的孩子？”袁大终于在这时开口了，像是什么得到了证实，声音也不免拔高了几分。

“袁大族长，请你做个见证吧。泉蒙宗里其他人，我是信不过的，碧灵果交不交与我，也只能请你把舵了。”月思卿保持着客气而疏离的态度，缓缓说道。

她确实信不过袁二和袁远，但有袁大在，事情就好办多了。

“你是卿儿？”袁大似乎没听到她的话，而是脸容黯淡，陡然如苍老了十多岁似的，声音嘶哑，含着叹息。

月思卿一怔。

原来，他还知道自己的存在呢。

“袁大族长，你考虑得怎么样了？”月思卿岔开了话题。

一旁的袁二冷着脸插嘴道：“大哥，卿儿也没有任何灵气，你别想着将她领回来！现在，解决碧灵果的事比较重要！”

月思卿心里冷笑一声，这人倒是等不及了。

当然重要，哪有事情比他儿子的命还重要呢？

不过，袁二的话也正投她的下怀，她可不想跟泉蒙宗有什么干系。一旦有了牵扯，她

可就难独善其身了。

“你带来的东西呢？”袁二冲月思卿上前一步，问道。

这一回，月思卿没有作声，身旁的夜玄开口说道：“东西自然会给你看。”

他右手已从耳上的金色大吊环中取出那个小玉瓶。

袁二的眼光立刻直了，紧张地盯着他手中的玉瓶，其他几个，也不错神地望着同一处。

男人修长的手指捏着精致的玉瓶，格外清雅美丽。

食指轻动，“啪嗒”一声，瓶盖开了，一股浓郁的药香味随着山风弥漫而开。

红光一闪，什么东西快速从瓶子里射了出去。

“想跑？”夜玄冷笑一声，身姿一闪，手臂已迅猛地一擒一抓，将那物事牢牢握住。

“咩——”低微的哀鸣声响起，众人看过去时不由目瞪口呆。

那被夜玄抓着的是一只拖着大长尾巴的毛茸茸白色小动物，它正四蹄翻飞，想要挣扎开男人的大手呢！

它动得越加厉害，那股诱人的丹香味也就越发浓烈。

场面沉寂了片刻，袁二小眼瞪大，失声叫了出来：“一品丹药？”

那股丹香已经熏得人如入仙林了。

他这一叫，现场站着的几名老者俱是大吃一惊。

一品丹药？

这片大陆上的一品炼药师已经销声匿迹很久了！

以往留存下来的一品丹药稀少得可怜，大多数被人供在了家里，市面上，何曾流传过一品丹药了？

“居然是一品丹药，我没看错吧？”袁二激动地喃喃自语。

“如假包换。”夜玄冷冰冰地开口。

“碧灵果呢？”月思卿向他摊开空落落的右掌直接问，怕他不了解，又补充道，“这枚一品丹药掺了数十万年人参的汁液，比起你们泉蒙宗的血参精，可要宝贵得多了！你儿子的伤不仅能治好，也能突破蓝灵。”

“真的？”袁二一双微眯的小眼中闪烁着激动的光芒。

“去把族里的炼药师请来。”红袍老者袁三虽然也因看到一品丹药而极其兴奋，但到底没失去理智，开口说道。

“好。”飞行兽背上一名青年应声而去。

没一会儿，一名五十开外，身着黑色炼药师服的老者大踏步而来，远远地，嘴里便叫嚣着：“哪有一品丹药，老夫要开开眼界！”

他快步奔来，一眼便看到夜玄手里拎着的白色小动物，禁不住深深吸了口气，浓烈的丹香扑鼻而来。

“天呐，真是一品丹药！”老者三步并作两步地冲到夜玄跟头，就要去摸。

夜玄抬起左袖挥开了他，冷冷说道：“只可远观。”

“是是是。”老者激动得不成样了，双眼都快凑到小动物身上去了，连连说道，“确实是一品丹药，有人参的味道，没错。这丹药不管什么药效，都是极好的，绝对能治好袁远的伤！”

月思卿看着他身上穿的衣服，黑色炼药服，那是二品炼药师的标志。

嗯……夜玄下的料，他估计也看不出。

而听了这名二品炼药师的话，袁二脸上最后一丝担忧去了，随即从怀里取出一个小布包，一层层打开黄布，露出里头三枚青色的果子。

他介绍道：“这就是碧灵果。”

“现在交易吗？”月思卿问。

“行。不过我有个条件。”袁二思量半晌后，眼中露出算计的光芒。

“说吧。”月思卿也不急，更不怒，悠闲地问。

现在一品丹药在她和夜玄手里呢，不怕袁二玩什么花招。

袁二嘿嘿一笑，看了眼袁大，说道：“碧灵果是我们泉蒙宗特药，大哥一看，便知真假，用不着验证。但你送来的虽然是一品丹药，但对我儿的伤到底有没有用，谁也不敢肯定。”

“你想怎么样？”这回问话的是袁大了。

“所以，我想留卿儿在我宗多留几日，等我儿伤势确有起色后，就放行。”袁二将自己的打算说了出来。

直白地说，他怕月思卿跑了。

袁大皱起眉头，对他的话极为不满，可也说不出什么来，只能看向月思卿。

“我这几日在看武战会呢，怕是没时间在贵宗逗留。”月思卿闲闲地拒绝了。

“没事。我们宗门也会去武战会，你只要跟我们一起就行。”袁二并不罢休。

呵呵……这老狐狸！

月思卿心中暗骂一声，嘴上云淡风轻地说道：“既然这样，那我们就恭敬不如从命了。”她说着瞥了夜玄一眼。

“我们”二字，显然是将夜玄也拉了进来。

袁二并不介意，笑呵呵地说道：“不好意思啊，那就有请两位暂住我宗了。”

虽然不知夜玄的身份，但只有他和月思卿，也闹不出什么花样。

“那碧灵果，现在交换。”月思卿望向他手中的青色果子。

“没问题。”袁二答得很痛快。

“让袁大族长交换吧。”月思卿又说道。

既然请袁大来做证，那由他做中间人再适合不过了。

“卿儿，你信任我？”袁大有些怔怔地看向月思卿，似乎对于得到她的信任感到了一份殊荣。

毕竟，他们手中的可是稀罕宝贵的一品丹药啊！

月思卿冲他笑而不语。

信任他？废话！信任只是相对来说。她最信任的还是身旁这个。

有夜玄在，她还能怕那些人抢了丹药去不成？

于是，袁大从两方人手中分别接了碧灵果和白色小动物，又将相应物给了对方。

这笔交易便算成了。

袁二紧紧攥着玉瓶，呵呵一笑，说道："两位，请吧！"

他伸手便召下了飞行兽，示意夜玄和月思卿上去，后二人倒也不客气，踩上宽阔的兽背，与袁家三兄弟并肩而立，朝泉蒙宗深处驶去。

第十五章

以牙还牙

飞行兽的速度并不快，缓慢而沉稳，飞越了百步台阶，穿过崇山峻岭，才到了泉蒙宗真正的内部，山峰上凹下去的一块，类似山谷。

站在高空，便能听见山谷内传来一阵阵整齐响亮的吆喝声。

月思卿微眯眼睛，以适应迎面的山风，往下瞧去，看得到一排又一排的标兵正在训练。

飞行兽缓缓下降，他们的视野也越来越清晰。

正在这时，月思卿忽然听到耳畔风声，一道攻击对准了她。

攻击来得又快又猛，众人站得又近，打了她个措手不及，脚步一闪，本能地后退几步，想要躲开攻击，却不留神，脚下一滑，身体一个倒插葱便往半空栽去。

只不过，还未等她掉落兽背，右脚已被一只手猛地拉住。脚上得了力，月思卿本能地来了个空翻，身子已被夜玄揽进怀里。

夜玄的双眼，已然袭上浓烈的杀意，直直射向袁家三兄弟旁边站着的青年人。

“对不起，失手了。”青年人被他的眼光看得不自在，赶紧低下头道歉，却刻意压着声音。

“袁雪，胡闹什么！”袁大眉头一拧，怒斥出声。

那女扮男装的青年人，正是袁远的掌上明珠——二房的袁雪，也是那日在应家林遇到的少女。

袁雪小嘴一噘，抱住袁大的胳膊撒起娇来：“大爷爷，雪儿本想试试卿儿姐姐是不是真的没有灵气，没承想失手啦！就算卿儿姐姐真摔下去了，雪儿也会立即用枝条将她缠回来。”

袁大压住不悦道：“下次没有长辈的允许，绝不能这样！”

“是。”袁雪乖巧地答道。

月思卿也听明白了他们的对话，敢情刚才那一手是袁雪在试自己！呵，如果自己真的没有灵气，身旁也没有夜玄帮衬，那她的命不就送在那一刻了吗？

她忍不住冷笑：“怎么？试探出来了，结果可还令你满意？”

“呵呵，卿儿姐姐确实没有灵气。”袁雪说着，眼中流露出高傲的神色。

在生死关头都没有一丝灵气波动出现的女子，说明她是真的没有灵气。

怕事情闹大不好，袁大冲夜玄开口解释：“小孩子有些爱胡闹。”

夜玄一脸的冰寒敛去几分，嘴角甚至勾出了点笑意，说道：“是的，小孩子爱胡闹很正常。”

袁雪没想到他会帮着自己说话，一愣之后，抬头看着他。

只可惜，还未等她看清夜玄的表情，甚至没有看清他的脸时，眼前一花，一股大力袭来，她不受控制地直接摔飞出了飞行兽背。

“雪儿！”袁二惊叫一声，慌忙张开双翅，急飞出去拦阻。

飞行兽背上发生了片刻的骚乱。

夜玄已回到月思卿身边，搂着她的腰，嘴角笑意并未散去，说道：“我也还是小孩子，我也爱胡闹！”

月思卿嘴角轻抽，这人果然霸道！

这一玩，恐怕将袁雪的心脏都给玩停了。

不过他是为了自己，月思卿心中暖暖的，挽紧他的手臂不语。

隔了会儿，飞行兽便降落在山谷正中央。

刚刚落下，便有女子啼哭声传来：“爷爷，吓死我了！”

袁雪惊得脸容扭曲，披头散发地朝他们这跑来，一下就赖到了袁二怀里，似是要他做主。

“袁二族长，今天的武战会就不去了，明天开始。带我们去休息的厢房吧。”月思卿直接将她当作空气，和袁二商量。

“你刚才怎么都不躲一下，丫头！”袁三，红袍老者，嗓门洪亮，恨铁不成钢地看着袁雪，语气虽急，却含着一丝疼溺。

“三爷爷，不是雪儿不躲，雪儿，雪儿也不知怎么了，灵力像是被封住了。”袁雪从袁二怀里探出一个头，嘶着小嘴说。

袁二和袁三闻言，都不禁对视一眼，眼中多了几丝警惕。

“阁下，来者是客，我不希望多出什么事端，雪儿年纪小，若是有什么地方得罪了你，还请多多包涵。”袁二沉声说道。

袁三更直接，脸色不好地开口：“我们泉蒙宗可不是小门小派，任人欺负而还不了手。看在大哥面上，这是最后一次。如果有下次，你就等着承受老夫的怒火吧！”

夜玄搂住月思卿，说道：“只要泉蒙宗不碰我们，我也绝不会动贵宗一根汗毛。否则……”

他凌厉的眼光射向袁二身畔的袁雪，一字一字说道：“谁动她一臂，我就卸掉他的四肢！”

冰冷的话和阴冷的眼神如毒蛇般在袁雪心口狠狠一咬，袁雪吓得浑身一哆嗦，更别提其他人了，对此二人立刻起了远离之心。

袁二一名紫灵强者，哪曾受过这气，当下也不甘示弱地说道：“谁敢在我泉蒙宗造次，老夫也定让他有去无回！”

“都少说几句吧。先把一品丹药送去给小远服用才是正事。”袁大沉声插嘴，岔开了话题。

“请吧！”袁二冲夜玄瞪了一眼，让出道路。

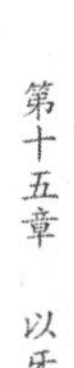

不管怎么说，还是得监视着这二人。

不一会儿，在袁家三兄弟的带路下，一行人踏进泉蒙宗深处。穿过曲折的小路，跨过平整光洁的训练场，到了后山生活区。

在其中一间石屋前停步，袁雪乖巧地跑上去打开了门，恭身请道：“三位爷爷请。”

夜玄和月思卿则跟着袁家三兄弟进了石屋。

石屋四周垂挂着厚重的窗帘，光线昏暗，空气中充斥着一股浓郁难闻的中药气息。

最里面的高床榻上，一人正半躺着，脸色虚弱，有气无力。

“父亲，爷爷们来了。”袁雪快步上前，轻声叫道。

“嗯……”那人低哼一声，抬眼看去。

“伤得很严重啊？”月思卿上前一步，冷冷说道，趁机打量这个想杀她的人长什么样。

“小梦？”袁远乍然瞧见那张与梦娘神似的脸庞，惊得倒抽一口冷气，“哇”的一声，张口便喷出鲜血，染红床单。

“你！滚开！”袁雪见父亲受了刺激，又痛又怒，猛地便去拽月思卿衣服。

月思卿身形一闪，已敏捷地躲开。

袁雪抬头，迎来的却是夜玄冷厉刺骨的眼神，她突然想起他刚才的话，不觉四肢发凉，冷汗顿出。

“小远，有没有事？”袁二坐到床头，也是满面忧容。

“她，她怎么会在这里？”袁远镇静下来，脑子到底好使，已经知道月思卿的身份了。

“你放心小远，父亲已经跟她交换了丹药给你治伤来了。”袁二连声说道，一面将那玉瓶拿出，欣喜道，“是一品丹药，黑炼已经验过了，对你的伤有莫大的好处，效用比血参精还要好！”

他一面说，便将那枚朱红色的一品丹药倒在了手中。

“真的是一品丹药？”袁远顾不上去看月思卿了，双眼紧紧盯住丹丸。

“是真的，张嘴！”袁二可怕这丹丸跑了，死死捏着，下了命令。

袁远立刻张开嘴巴，任袁二将药丸丢进去吞下。

“好好歇息吧，父亲在这守着你。”袁二将他扶躺下，低声说道。

“小远一定会好起来的。”袁大嗓音干涩地说道。

这件事，到底是他有错在先。

袁二不置可否，冲夜玄道：“你们就住这院子吧。”

夜玄和月思卿都知道，他是怕自己二人跑了。

对他的安排两人并无异议，便找了偏房歇下。

有夜玄在，窝在他的怀抱内，即便身处险地，月思卿也是毫不害怕，睡得极香，一觉到天亮。

第二日一大早，袁二便收拾好了，通知夜玄和月思卿随他们泉蒙宗小队一块儿前往祖玛城竞技场观看武战会。

山门外聚集了数十号人，倒也热闹非常。

袁大和袁二两紫灵竟然都在，其他的便是小辈了。如袁沐——据说是梦娘亲兄袁逸的儿子，是袁大的亲孙；袁雷，袁雪的哥哥，同为袁远的孩子；还有三房的孙子袁森，和旁系十来个青年男女。

月思卿也猜到了袁大兄弟在这儿的原因。

袁二亲自过来，是怕他们跑了，袁大则是怕袁二对月思卿动手，这两人互相牵制。

“就差雪儿了。”袁二扫视一遍人群，沉声说道。

“来了爷爷！”遥远处，一道银铃般的嗓音传来。

众人看过去，便见穿了一袭白色纱裙的袁雪脚踩飞行兽，在一帮黑衣族丁的簇拥下飞过来。

白衣翻飞，衬着那副花容月貌，倒正映衬了她的名字：雪。

“咱们家大小姐气势就是不一样！”袁三笑呵呵地说道。

袁雪面带笑容，脸上洋溢着一股天生的高傲，不待飞行兽降落，脚下一滑，已从半空跃了下来。

脚底绿光大绽，源源不断的灵气蜂拥而出，托在她的脚心，延缓了她的速度，女子长发纷飞，优雅地落下。

虽然没有灵气翅膀，但这一招灵气反托用得极妙。

“好！妹妹！不愧是袁家天赋最好的后辈！”袁雷第一个拍手称赞。

袁家三个老家伙虽然没说什么，但脸上却扬起微微的笑意。

袁雪落地后，上前两步，恭敬地行礼：“雪儿见过三位爷爷！”

“嗯，雪儿，实力见长啊。”袁三笑哈哈地说道。

袁二则觑了月思卿一眼，若有所指地说道：“嗯，这才是我们袁家血脉正统的小姐，天赋奇佳，真没叫袁家祖上失望，我们泉蒙宗后继有人啊！”

他说着，脸上露出欣慰的笑来。

袁雪也看向月思卿，微扬下巴，眼角眉梢堆积起不屑与傲然。

呵，一个废物，怎么能和我比？

袁大并没有看月思卿，却也察觉到了他们的意有所指，苦笑道：“我家沐儿比不得雪儿，也不如雷儿，二房的实力确实更高一筹。”

大房被比了下去，袁沐脸颊涨红，垂下了头。

袁雪和袁雷则面露喜色，围在袁二身边，袁二更是笑得合不拢嘴了。

“呵……”这时，一声极低的笑声响起，带着一丝说不出的讽刺。

场面顿时静寂了一下，袁二立刻回头，锐利的目光在众人脸上扫过去，问道：“是谁？”

众人你看看我，我看看你，没有人回答他。

袁二的目光缓缓停在了夜玄脸上。

夜玄嘴角的笑意还未散去，漫不经心地说道：“我看贵小姐的灵气不过绿灵……”

“十七岁的绿灵九级，拥有七品灵兽，你觉得呢？”袁二倒也不怒，一字一字反问。

“唔，原来是十七岁的绿灵九级啊……”夜玄若有所悟地点点头，随后又摇了摇头，叹道，“这样的天赋只是一般一般。”

“你什么意思？”

夜玄的话让袁二等人的笑容成功地凝固在脸上，袁二和袁雪脸色难看，却没有立刻说话，倒是一旁的袁雷有些沉不住气，开口问道。

“就是字面意思。”夜玄耸了耸肩，随意答道。

袁二轻哼一声，说道：“雪儿的天赋别说在我泉蒙宗顶尖，纵然是整个上五宗，能与其匹敌的又有几人？阁下可莫要轻视了去。”

他以为夜玄的意思是说袁雪的天赋还不够好。

“未必。”夜玄嘴角微撇，露出一丝不以为然的笑，吐出两个字后，没有再说什么。

袁雪被夜玄这番瞧不起人的态度气得满脸通红，大家小姐的脾气上来了，也不顾自己曾吃过夜玄的亏，扬头说道：“爷爷，谁知道这人是什么身份，大约从没见过我上五宗的派头，故意说这大话！”

袁二冷冷应和道：“走吧，别理他！”

他说完，口中吹起一声响哨，那名在半空中盘旋的飞行兽扑扇着翅膀，闻声而至，徐徐降落。

袁大、袁二、袁家直系在众族人的簇拥下，首先上了飞行兽背，紧接着，夜玄与月思卿也站了上去，最后才是袁家旁系青年和一群黑衣族丁。

大家站定后，飞行兽缓缓上升到一定高度，嘶鸣一声，振翅飞越西山。

一路没有意外发生，众人平安抵达祖玛城中央的竞技场。

只是，他们降落的地方并非竞技场大门，而是那巨型圆堡的后门。此时，后门外也三三两两聚集着一些人，身着华服，面色悠闲，倒不像急着进堡观看武战会。

飞行兽稳稳落下，众人从飞行兽背上走了下来。

“是泉蒙宗的。”人群中，有人认出他们，立刻说道。

月思卿注意到，这一声后，旁边那些人皆是面露恭敬之色，让出一条路来，看向他们的目光都有些微变化。

她正打量时，一声冷哼传入耳畔，袁雪已如一阵风般擦过她的身子，朝前面走去，身后，自然是袁家那些旁系和黑衣族丁拥护而来，将走在前头的女子身份衬得越发高贵。

“袁大小姐！”

“袁大小姐！”

一路而去，招呼声不绝于耳。

袁雪高昂头颅，淡淡应着，对那些人的奉承和恭维已然习惯。

走到后门处，她才站直身子，回过头冲袁大和袁二道：“大爷爷，爷爷，请。”

她直接将轻蔑的眼光投向月思卿，没有丝毫掩饰，嘴角含上一丝讥笑。

进了后门，穿过幽窄的甬道，是个宽阔的大厅，厅内站着不少竞技场工作人员，瞧得进来的一行人，个个笑容殷切地拥了上来。

“袁大族长，袁二族长，欢迎欢迎。”

“袁大小姐，几天不见，您又变漂亮了。”

“袁大小姐不仅漂亮，实力更是出众啊！”

他们耳中听到的尽是一片恭维之声。

“来来，这边请，包厢给大家预留着。”一名工作人员弯腰指路道。

原来上五宗还有观战包厢，这待遇确实不错。

月思卿并未多说什么，跟着袁大、袁二、袁雪进了中间的包厢，据说是竞技场观战角度最好的包厢了。

包厢不大，所以想要一起进来的袁雷被拦在了外头。

毕竟月思卿和夜玄是不能离开袁二眼皮子的。

星月教在祖玛城竞技场也是有一席之地的，只是夜玄此次并没有张扬而已。

包厢很宽，一排栏杆后设有横座，后面的方桌上已上好茶和点心。

几人在横座上坐好，斜下方不远处便是竞技场中央的主战场，从他们的位置，居高临下，确实能轻松地将战况览于眼底。

袁雪伸手拈了片桂花糕送于唇中，看着下面拥拥挤挤寻找座位的人流，斜眼睨向月思卿，说道：“卿儿姐姐，你也莫怪爷爷不纳你进宗，泉蒙宗是星辰国一等一的大家族，一言一行都受人瞩目，咱们家族，拿出手的都是实力拔尖的高手。”

她的意思很明了了，像月思卿这样的废物，是不能给泉蒙宗丢脸的。

月思卿捧着青花瓷杯，轻轻抿着茶，不语。

袁雪的笑容更是骄傲了几分，说道：“上五宗不仅是星辰国的家族顶尖势力，更是能纵横整个星辰大陆了。遇到哪一个不对我们毕恭毕敬？想必你在那什么卡列国，从没看过这么大排场吧？”

她的话，倒是引起袁大和袁二的注意。

袁二冷笑一声道：“她一个乡下丫头进城，自是没有看过。”

语气中充满了不屑。

月思卿根本就懒得理会那祖孙俩，双眼暗含精光，在下方竞技场四周扫视着，耳朵也接收着各方传来的说话声。

在武战会举行的这么多天内，她除了学习到不少丰富的实战经验外，更是将星辰国不同的势力摸了个清楚。

前后左右皆有这样的包厢，想必都是为上五宗而建，而包厢外的空气中，浮着一层半透明的灵气罩，外头的人看不到里头，里头的人却能看到外面。

很快，风度翩翩的男主持人扇动着翅膀从高空飞下，充满磁性的嗓音拉开了这一天武战会的序幕：“各位观众，大家好，本届星辰国武战会继续开场！今天依旧是我们的青灵选手们展示他们的风采，欢迎大家观看。首先有请来自星辰国两个中等家族的选手上台比赛！”

如同蓝灵选手对战一样，这一次的青灵比赛，主持人也有意隐去了他们的身份。

两名青灵选手戴着面具上台，一胖一瘦，对面站定，向对方抱拳以示礼。

男主持人一声“开始”后，双方同时释放出自己的灵气，青色光芒瞬间耀遍了全场。

“青灵三级，灵师！”

“青灵四级，战师！”

为了表示对对手的尊重，他们报出了自己的实力，不过碍于比赛规则，却是没有泄出

灵物或武器的底。

两方开出灵气后，顿时各种招数依次而来。

众人眼前倒也是色彩纷呈，眼花缭乱。

微一瞟眼，袁雪瞧得月思卿托着下巴，半伏在栏杆上，看得津津有味，她的眉头不由微微一皱。

那废物可是没有一点灵气的。

昨天她本来是心存怀疑，所以在飞行兽后背上试探了月思卿一下。而结果也令她极为满意——月思卿，是真的没有一丝灵气。

无论哪个灵师，哪怕只有一点灵气，在生死存亡之际，也绝对会暴露出来。

而当时的月思卿，浑身连最起码的灵气波动都没有！只要有一丝，都不可能逃过三个爷爷的眼睛！

当然，她哪里知道，现在的月思卿根本不能使用灵气，她心里一旦有了要求，自制能力便非常强。加上夜玄在身边，她根本不需要有任何担心。

袁雪是不知，所以看到月思卿现在这模样，不由嘲讽地一笑，说道："哟，卿儿姐姐，好看吗？"

她这话明显含讥带讽。

月思卿若是没灵气，必会多想，可惜她根本没将袁雪的话放在心上。

"很精彩。"她头也没回地答道。

"是吗？卿儿姐姐，你看得懂？"袁雪又不怀好意地一笑。

对她这句话，月思卿直接无视了，双眼聚精会神地望着竞技场内的对战。

"呵。"袁雪讥笑一声，也不再看她，转头看比赛。

底下两名青灵战得难解难分，各种技能光芒闪耀，人们看得心惊肉跳，直呼过瘾。

第一场比赛在半炷香后圆满落幕，接着，第二对青灵参赛者在众人瞩目中走上台。

左边一名少年身姿挺立，墨发用珠玉冠在脑后，戴着半边面具，弧度优美的下巴和红润的薄唇露在外面，依稀可见他的俊美。

站在对面的年轻人同样拥有一副高大的身材，只是肌肉更加健壮，戴着的瘦面具快要遮挡不住他的大脸。他望向对面的少年，沉声说道："青灵三级，请指教！"

说完，他双手递出，各拿一只铁锤，周身灵气暴涨，青色光芒在他身旁肆意旋转，将男子衬托得越发健硕。

"青灵一级，请不吝赐教！"少年薄唇微动，声音亦是优雅动听，青色灵气徐徐自脚下升起，一如他的从容。

听到少年的声音，月思卿脸上神情微微一滞，忍不住朝那少年看去。

"我擦，是他！"银色的声音从心里传来。

"难怪我说怎么嗅到一丝熟悉的气息，武战会，他来凑什么热闹呢？"小青也笑笑地说道。

"虽然级别矮了两级，不过以综合实力来看，还是有可能反败为胜的。"银色分析得头头是道。

显然，他们已经知道那人是谁了。

月思卿无奈地笑了笑，却越发关注竞技场了。

台下二人已彻底释放出实力，健壮男子手握铁锤，已站在竞技场一角，虎视眈眈。

少年背后，却是露出一抹灵兽虚影，半明半现，如冰如雪，倒是一时教人认不出那是什么品种。

“铁锤第四技，猛力攻击！”健壮男子高吼一声，先下手为强，双手一扔，那双锤飞至半空，凝出一道巨大的铁锤虚影，朝少年砸去。

“冰凰第四技，寒冰箭！”少年清喝一声，身旁温度急剧下降，空气结成了冰花，簌簌而落。

在他眼前，由无数冰雪幻化成的一支巨型羽箭成形，夹杂着凛冽寒风，朝那铁锤迎上。

“砰”的一声，二者相撞。

不似普通的爆炸，那一刻，寒冰箭竟是将整个铁锤虚影冻住。时间仿佛静止……

越是安静，越是不寻常。

不在安静中爆发，便在安静中灭亡。

众人提心吊胆之际，但听“轰”的一声巨响，无数冰碴四散而飞，整个竞技台都只剩下一片冰雪茫茫。

一道身影在白雾中疾行而射。

“那战师动手了！”有人惊叫出来。

显然，战师不仅有战技，近身攻击力量也是极为强大的。而此时，只有战师才可能选择袭击对方。

“是啊，速度好快，不愧是战师！”

“那当然，速度是战师的灵魂！这个优势都没有，还称得上战师吗？”

底下，众人七嘴八舌的谈论声传来。

而坐在各大包厢内的上五宗族人，却都没有作声，静静看着，就连最为聒噪的袁雪也没有议论。

高手总是要有些风范的。

月思卿的嘴角只是轻轻一撇，没有说什么，双目仍旧紧紧盯着那道疾行的人影。

一声痛呼在茫茫白雾中响起，紧接着便是有人摔倒的声音……

“天啊，战师得手了？”又有人尖叫一声。

白雾缓缓消散，那些冰碴也碎裂成万千虚影，竞技台渐渐出现在众人眼前。

大家赶紧找去，想看看战况到底如何了，只是这一看，都不免吃了一惊。

刚才那冲过去的身影竟然不是战师，而是那名少年灵师……没搞错吧？那么快的速度竟然不是出自于使铁锤的那名战师？

明眼人都看得出，少年的速度与手法比那战师的近身攻击还要成熟。

不消几下，那男子便被少年逼得退到了一角，竟无还手之力，更是无法逃脱。

围观人群中，不免出现了倒喝彩声。

此刻，泉蒙宗的袁雪也忍耐不住了，皱眉说道：“这名战师是哪家的？一点职业素质都没有，居然会被一名灵师逼得节节败退，简直就是战师界的耻辱！”

袁大和袁二都没有立刻接她的话。

袁雪又说道：“我看，他的武器铁锤第一枚灵核加的是力量吧？身为一名战师，应该优先考虑速度类灵核。”

她说着轻叹口气，脸上却露出几分傲色，对自己身为一名灵师，对战师情况也如此熟悉而感到有些得意。

“你看仔细了吗？”月思卿微转头，冷冷问道。

袁雪一怔，看向她，没想到刚才一声不作的月思卿竟会在这时接她的话，而且……口气居然还是反问她。

她有什么资格反问自己？

袁雪心里恼了，嘲笑道：“怎么？你也有高见？”

月思卿对她的讽刺并不理会，径直说道：“首先，战师确实要考虑速度，但并不是所有战师都应该将速度类灵核加在武器的第一格，铁锤武器走的便是力量型，没能收手，是他反应慢了。第二，我想你搞错了，他不是一名战师。”

前面的话，袁雪听着脸色还很难看。

毕竟她根本没想到，月思卿这什么都不懂的废物还会对战师情况加以评论，而且说得还中规中矩，人模人样。

但听到最后一句时，她就忍不住哈哈大笑了。

“月思卿，不要不懂装懂，他不是一名战师？你搞错了吧？你知道我指的是谁吗？”她禁不住抛出好几个问题。

“使铁锤的未必就是战师。”月思卿没有再看她，目光淡淡地注视着那名退无可退的健壮男子，平静地说道，“他是灵师，铁锤不是他的武器，只是他的灵物。他是力量型灵师，这样的身法已经够了。可惜，他实战经验太少了。”

“你在开玩笑吗？你知道你在说什么吗？”袁雪笑容一僵，脸色古怪地问。

“她说得对。”这时回答她的并非月思卿，而是那一直没有开口的袁大。

袁大和袁二，两人已经收回了眼光，历经岁月沧桑的眼眸在月思卿脸上打着转，眼光中含着诧异和不解。

“大爷爷，你说什么？你也觉得那是灵师？”袁雪讶然望向袁大。

“嗯，雪儿，你到底是年纪小了点，没看过正常。他是灵师，铁锤是他的灵物，不是武器，所以，没有速度型灵核，他怎么快得起来？”袁二也肯定地说道，看向月思卿的眼神越发惊讶。

本命灵物是武器，这种现象很罕见，出身于上五宗的袁雪虽然听说过，却从没见过，不知道分辨细微，自然没认出来。

而月思卿，一个半丝灵气都没有的废物，更是在小国长大，眼皮子应该更浅，她怎么可能直接说出了真相？

须知，这一幕几乎骗过了竞技场绝大部分人呐！

“卿儿，你是如何知道的？”袁大到底按捺不住好奇心，问道。

“用心。”月思卿淡漠地给了他两个字。

战师、灵师集一体的她，这种事若都看不出来，那还称得上灵战双修吗？

“怎么可能……”袁雪备受打击，却又不得不信爷爷的话，双目有些呆滞地看向竞技场。

“那卿儿可看出了那名少年的灵兽是什么？”袁大不甘心地又问道。

月思卿给了他沉默。

就在袁大以为她不会再说话的时候，女子却又出声了。

“凤凰。”

仅仅两个字，带着一丝漫不经心，却再度让袁大和袁二的脸色变了。

“你怎么看出来的？”袁二立刻警惕地问。

月思卿轻笑一声，这回真的没有回答袁二了。

袁雪咬着唇，有些不敢相信地打量月思卿几眼，从袁大和袁二的态度，她知道了，月思卿说对了。

“什么凤凰你知道吗？”袁雪也插嘴来问。

她虽然没看出来少年的灵兽是什么，但身在泉蒙宗大族，对凤凰灵兽还是相当了解的。

月思卿仍是不语，连一眼都没有奢侈给她，紧紧眺望着竞技场的方向。

这时，少年已经一个扫堂腿将那健壮男子绊倒在地，右脚毫不客气地踩上他的胸膛。

袁雪不由觉得有些扫兴，自己观察场上情况。

风度翩然的男主持人已振翅飞至竞技场上方，笑容满面地公布本次竞技结果：“本场竞技，53号赢！”

既然没有名字，选手们的身份便由参加比赛时取得的参赛号决定。

四周看台上立即响起如雷般的掌声，掌声还未停息，男主持人磁性好听的嗓音再次响起：“接下来，有请下一轮青灵选手上台比赛！”

健壮青年艰难地从地上爬起来，一瘸一拐地下去了，而那少年，却依旧站着没动，淡漠的目光射向走上竞技高台的年轻人。

“咦？又是53号参赛吗？”看台上传来疑惑的询问声，不少人面露惑色。

低低的议论声中，登台的蓝衣男孩站到黑衣少年的对面，两两对视，目光互不逞让。

蓝衣男孩并没有佩戴面具，他的真容完全暴露在所有人的目光下，一头黑发半挽，肤色白嫩，唇红齿白，一双黑漆漆的眼珠极为漂亮，只是他半眯起眼时，满脸的算计却是教人心头不快。

这人……月思卿微微挑眉，她倒是识得的。

在卡列国琼城地宫时，她曾遇到夏远的哥哥，正是此人。

心中念头一转时，身后袁二已经开口：“这是夏家的夏秋，实力也在青灵三级，少年倒棘手了。”

“上五宗哪一宗都不好惹，他该下去了。”袁雪点头附和，看向少年的眼光划过一丝惋惜。

月思卿嘴角轻勾，是吗？那也未必。如果上五宗遇到的也是上五宗的人呢？

他们谈论时，底下，男主持人已经撤离，夏秋和黑衣少年拉开了距离，一同释放出灵气。

“夏秋，青灵三级灵师。”夏秋缓缓报出家门，并无隐瞒。

在此之前他已经参加过一场比赛了，大家都认出他的身份，对夏家大少爷的实力，大家多多少少都了解一些，故而夏秋并没有再掩饰自己。

“青灵一级灵师。”少年薄唇微扬，声音却不带一丝笑意。

“呵呵，开始吧。”夏秋冷笑一声，脚底下迸射出较为耀眼的青色光芒，一头浑身冒着火焰的大鸟出现在他头顶，肆意盘旋。

“火翼鸟第四技，火山爆发！”他高吼一声，黑衣少年所站的台面“轰隆”一声，周围喷出无数小型火山，竟是将他包围在了其中。

熊熊火焰剧烈喷吐着，张扬着，叫人看不清里头的情况。

“对了，夏秋是火攻击，那少年刚才放的是冰攻击，水能克火，夏秋未必能赢啊！”袁雪在一旁低声说道。

“谁说的？”袁二小眼中掠过一丝精光，沉声解释给他的孙女听，“夏秋的灵兽是七品阶的火翼鸟，火翼鸟是七品阶中的高级灵兽，只要阶别不比它高，任何灵兽的水攻击都灭不掉它的火势。”

“原来如此。”袁雪懂了，说道，“看来这头火翼鸟确实很厉害。既然是七品阶中的高阶，那只有八品阶的水属性灵兽才能克它了。八品阶……呵呵，那不就是神兽了吗？”

她说着，不以为然地望着那团团围住少年的炽火。

八品阶的神兽，纵然在上五宗，也不是轻易便能契约的。

“他败得有些可惜啊。”袁雪轻叹一声。

听她的语气，对那位神秘莫测的少年倒还有几分赏识。

“谁说他败了？”月思卿拧眉，冷冷哼了一句。

“这不明摆着的？”袁雪立即接道，当意识到是月思卿在说话时，她赶紧转过头看去，面上换了好笑的神情，“你呀，没听懂吧？我告诉你，爷爷的意思是只有那少年的灵兽阶别比火翼鸟高才能战胜夏秋，除非是神兽还差不多，他契约的还是神兽不成？”

“我以为袁大小姐对凤凰很了解呢，难道没认出来这是什么兽吗？”月思卿对上她的眼神，嘲讽地说道。

袁雪气得脸庞“轰”一下就红了，刚想回嘴，竞技场高台上却传来一声暴喝，猛一下便将其他声音全盖了下去：“冰冻三尺！起！”

所有人的视线立刻被拉了过去。

空气里气温急剧下降，一簇烧得正旺的火焰“嘭”的一声便被一个大冰块冻住了，紧接着，嘭嘭声不绝于耳，所有爆发的火山全部被棱角尖锐的冰块冻结在原地。

没过一会儿，高台一角便布满了冰凌，再也感受不到一丝火的气息。

满目冰冷中，黑衣少年缓缓现形，他脚踩一块颇大的冰石，长发散乱地披垂在后，薄唇肆意翘起，下巴拉成优美的弧度，别有几分狂乱的美。

他身后，一只雪白凤凰张开数丈双翅，轻轻扑扇着，尾后根根冰雕般的玉翅完全张开，青光闪烁，美轮美奂。

少年在这凤凰的衬托下，显得格外高大。

夏秋明显慌了神，脸上尽是惊怒恐吓之色。

“天，怎么会这样？”袁雪也惊呆了，失声说道。

“居然会是神兽……”袁大和袁二同时不敢相信地出声。

“是神兽九天冰凰！”下面，很快便有识货的叫了出来。

一句话引发了看台上的热议。

“居然是神兽呢，那名少年不简单啊！”

“实在没想到，居然是个神兽契约者呢，这回上五宗可算是踢到铁板啦！”

“没想到真是神兽。”袁雪看了月思卿一眼，实在没想到她怎么会知道这么多。

趁着夏秋慌神之际，那少年没有丝毫犹豫，当机立断，以迅雷不及掩耳之势结了个手印，叫道：“冰凰第四技，寒冰箭！”

“啪”的一声，所有的冰块全部碎开，里头的火焰早已湮灭，冰碴四射，汇聚到少年面前，以最快的速度凝聚成一柄长而大的箭支。

寒冰箭一凝成，便朝夏秋疾射而出。

“火球术！”夏秋赶紧凝神，急喝一声，双手推出一个巨大的火球，略带些匆忙地滚向少年。

寒冰箭直接刺穿火球，带着无与伦比的气势，带着冰寒到极致的温度，熄灭了火球，仍然劲头十足地扑向夏秋。

夏秋到底出身上五宗，脚步一闪，倒以一个凌厉的步法躲过了。

只不过，那少年的身形也已如箭射来，论身法，论步伐，较之夏秋要快上数倍，厉上数分。

他径直冲过来，一个横劈加扫腿，便将夏秋摔翻在地，如法炮制，脚尖并不客气地踩上他的胸。

“哇！”

竞技场内响起一片喝彩之声。

刚才因为白雾的遮挡，众人都没有看清少年的步法身形，这一回，大庭广众之下，每个人都看得清清楚楚了，那是丝毫不输于战师的身法！

“好厉害！”袁雪惊呼出声。

“那当然了。”月思卿勾起嘴角，下意识地便接了她的话，笑容中自然露出一分得意。

男主持人也在这时适时飞来，满脸激动地叫道：“太棒了，53 号再次赢得本场比赛！神兽的出现，将本届武战会的气氛再次推向高潮啊！神秘的 53 号，你到底是谁呢？”

他的话无疑让气氛再次热烈起来。

53 号黑衣少年，没有作声，转头，大步便下了高台。

他的冷漠，只会让周围人越加疯狂。

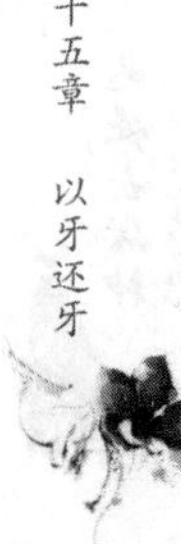

第十六章

尊贵身份

月思卿看到他离开，连忙站了起来，转身打算出包房。

“你去哪儿？”袁二起身，挡住她的去路，警惕地问。

月思卿瞟了眼脸色有些紧张的袁二，很无语，淡淡说道：“下去见个朋友。”

“哦？卿儿，你可是答应过的，这几天先住在我们泉蒙宗，有什么事情晚一点再说，是不是？”袁二也不跟她废话，将事情摊到桌面上来说，说到最后，更是嬉皮笑脸地道，“如果你们的一品丹药药效好，那我家小远起色也快，有点起色后，老夫自会让你们离去。”

“我想你搞错了。”月思卿缓缓说道，“我们留下，并非受你的威胁，不过是几分诚意。若我们想要离去，你真以为你拦得住？”

袁二被她说得眉头一皱，眼光不由自主地看向坐在栏杆后的夜玄。

男子虽然戴着平常得不能再平常的人皮面具，但他坐在那里，精瘦的身姿被朴素黑衫衬得笔直，雪白修长的五指随意握着茶盏，眼光淡然，自有一股云淡风轻的味道。

他不禁想起在应家林时这人说过的话。

“据说，泉蒙宗有三名紫灵，如果我在应家林折掉其中一个，袁二，你说，泉蒙宗的实力是不是要大为削弱？”

那淡漠空灵的声音，一字一字，再次浮上心头。

记忆深刻得好似镌刻在心里，他从未忘记一般。

袁二浑身一个激灵，一丝说不出的恐惧从心尖腾起。天，他疯魔了吗？居然会对一个年轻人产生了畏惧心理……

就在他拿不定主意时，袁大开口了：“卿儿，你在这里有朋友？”

他关注问题的角度与袁二截然不同，倒成功吸引去几个人的注意力。

“这是我的事。”月思卿简洁地答道，不想提得太多。

袁大和袁二还没说什么，袁雪先自不高兴了，红唇一撇道：“月思卿，你就这么跟大爷爷说话？有没有教养？”

教养？月思卿脸色微沉，锐利的目光射向袁雪，说道：“如果我是泉蒙宗的人，是你大爷爷的晚辈，我自然会知道如何孝敬长辈。何况，你们袁家现在留下我，动机不纯，不过是想监视我。我既非袁家人，又与你们有间隙，我能用这个态度对待你们，已经很不错了！”

可以说，以她的性格，留在泉蒙宗，真是相当隐忍了。

但这话在袁雪听来，却极其刺耳。

“好大口气啊！你有什么本事在我面前口出狂言？”袁雪怒了，小脸铁青，“我这个袁家正统大小姐都没你这么嚣张！”

“凭什么？就凭你动不了我！”月思卿也冷厉地回道。

是的，袁雪根本动不了她！

“袁家正统大小姐？呵，袁家正统大小姐已经被赶出家门了吧！”月思卿又补充了一句，听到“正统”这个词她便忍不住冷笑。

正统？谁比得上她母亲梦娘血缘正统？

泉蒙宗大族主亲生女儿，袁雪的血缘还能有梦娘纯正吗？

袁雪被她两句话说得脸色无比难看，年少气盛，灵气无法遏止地爆发而出，浓郁到极点的绿色光芒瞬间充斥了整个包厢。

“至少，在我袁雪跟前，你这个小杂种什么都不是！”

气怒交加的袁雪已然没有了其他顾虑，双眼血红，如吃人的野兽，死死瞪住月思卿。

她只想叫这个不能在泉蒙宗有一丝立足之地的废物好好认清下自己，没有实力，也敢猖狂？

“绿灵之技，枯木回春！”少女骄矜的声音没有丝毫压制，突兀地在竞技场上空响起。

无数绿色藤蔓张牙舞爪朝月思卿攻去。

“给我下去！”男子低沉冷厉的喝声平地而起。

未见夜玄有何动作，袁雪的身子已然被一股大力抛飞出去，直接朝竞技场高台摔下，动作快得让人几乎要看不清。

“大胆！”袁二也没想到夜玄会插手，怒极而站，身子前倾，右手紫光暴射。“咔嚓”一声，空间发生裂响，袁雪的下落被一股无形的空间墙挡住，她悬在了半空。

袁二纵身飞下，半透明的浅紫翅膀升起，他已快速将滞留半空的袁雪给带了回来。

袁雪吓得面如土色，瑟瑟发抖。

袁二长啸一声，看向夜玄的双眼已然通红：“好，老夫敬你们是客，你们却三番两次挑衅老夫的威严！既然你们能以二敌一，恃强凌弱，那老夫也不用顾忌什么以老欺小的破规矩了！”

他说完，将袁雪推给了袁大，紫色光芒激射而出，刹那间在他身旁聚成朵朵紫云，形状颜色极是好看。

“老二！”袁大脚步一闪，却已扶着袁雪，挡在夜玄和月思卿跟前，冷声提醒袁二，“现在可是在祖玛城内，你当真要别人看我们泉蒙宗的笑话！”

此时，因为袁二刚才的出手，已经破掉了包厢下方的半透明灵气罩，竞技场上数以万计的观众都微仰着头，惊愕地看向他们。

袁二到底年纪够长，扫了一圈下方后，眼中的血丝略退了一些。

“以二敌一？”月思卿听到这个词忍不住“咯咯”娇笑起来。

此时，竞技场内的比赛正好是休息时期，那名欲要报幕的男主持人也被这一突发事件打得措手不及，注意力也放在了他们身上。

所以，偌大的圆堡竞技场内，这一刻居然没有一点声音，安静得一根针掉下都能听见，月思卿的说话声自然也清晰无比地传入他们耳中。

“袁二族长，您没老糊涂吧？什么叫以二敌一？我可是根本没动手。”月思卿说着还抱起肩，证明自己的无辜，说出来的话却极为损人，“就你家孙女儿这低微的实力，还需要我和夜玄以二敌一吗？真是我长这么大听过最搞笑的事情了。”

她一面笑一面看向夜玄，眼神有些无奈。

真是的，她跟夜玄联手，对付的也不是袁雪这种小角色啊。

夜玄也回了她一笑，笑容却带着一丝宠溺。

袁雪被她的话气得脸色涨红，从袁大怀里挣扎着站起来，指着月思卿道：“你说谁实力低微呢？也别废话，有本事你跟我比，咱们一对一地比，公平透明！”

而下面看台上，很多人已经认出了这个豪包的主人了。

“是泉蒙宗的，天啊，居然是泉蒙宗的人。”

“那两位前辈难道就是传说中泉蒙宗一门三紫灵中的两个？”

“那位少女该不会就是被称为袁家前后三代中天赋最佳的袁雪袁大小姐？”

议论纷纷中，袁大脸色一沉，平时那敦厚温善的样子瞬间消失不见，脸上尽现一名紫灵强者的傲气与怒色，喝道：“都给我住嘴！”

他这一言后，袁雪噤了声。

到底是袁家老大，气势犹存。

“雪儿天赋虽强，实力到底不如别人，与其在这吵吵嚷嚷，还不如叫她回宗潜心修炼。如此逞强，对她真有好处？”

袁大出言斥责的便是袁二，只是声音很低。

但离得近的月思卿却感到耳膜嗡嗡直响，将他的每一字都听得极其清楚。

袁二脸色依旧冰冷，说道：“逞强对她确实没有好处，但雪儿这个要求并不过分，一对一比一场吧。否则，连续的两件事情只怕会对她产生阴影，将来她的修炼也难有突破。”

修炼之人，晋级靠的不仅是灵气，更多的是心态，只有参破天地间的神奇造化，才能摸到新境界的壁障，积蓄足够的力量去突破。而一名灵师若是心存郁结，那他的修炼之途只怕不会有多大进展。

袁二的话不得不说有些道理，将袁大给说得愣住，看向满脸紫红、一片怒色的袁雪，眼中也明显闪过一丝犹疑。

袁二见袁大有些动摇，继续说道：“比一场，老夫叫雪儿拿捏分寸便是。”

“你们都不用考虑我的意见了吗？”月思卿见他们你一言我一语说得热闹，忍不住讥讽地勾起唇，眼光扫过袁大和袁二，落在袁雪脸上，“比我倒不怕，我就怕，她的阴影会更深。”

“你……”袁二老脸抽搐了一下，眼珠子都从那眯眯眼中瞪突出来。

月思卿淡淡说道：“夜玄是我的人，有他在，何需我出手？一对一，那是竞技场上的事，真正的生死之战，谁跟你慢慢挑对手？”

“你这么说，老夫跟你对战也是可以的了？”袁二从牙齿缝里迫出一句。

“我相信大爷爷是不会旁观的。”月思卿说着眨了眨眼，冲袁大看去，故意加重了“大爷爷”三个字。

果然，袁大眼中划过一抹叹息的光芒，说道：“老二，不必跟小辈计较。”

“小丫头片子！”袁二快要被月思卿气昏了，“实力没有，嘴皮子倒不浅，小梦培养得不错啊！”

他明显说的是反话。

“多谢多谢。”月思卿笑盈盈地承了他的赞美。

“就怕你横行不到几时！这到底是个看实力的世界。”袁二重重哼了一声。

“你放心，我绝对活得比你长。”月思卿嘻嘻笑道。

“你再说一遍！”袁二的老虎须再次被月思卿捋到，双目圆睁，额头青筋暴露，依稀可见血液肆流，颇为恐怖。

“老大！”这时，一道压抑着惊喜和疑问的声音响起，打断了袁二与月思卿的对峙。

栏杆外，黑衣少年身后一双巨大的雪色翅膀张开，轻轻扇动着。黑色长袍边角纷飞，铜制的半边面具下，眼光充满了激动。

“老大！”

“老大！”

接着又是两声叫喊，却是从下方竞技台传来。

月思卿大喜，冲他叫道：“还愣那干吗，进来，别影响比赛了。”

“好嘞！”黑衣少年说完，却没有立即进来，而是一个猛子扎了下去，从竞技台下一手拎了一个，再次飞上来，稳稳落在栏杆后头。

三名少年，身高相似，俱是戴着半边面具，但瞧着裸露在外的面容，应该都是相貌不差。

袁大、袁二和袁雪已经认了出来，这名黑衣少年，正是刚才战败夏秋的那个，他年纪轻轻已过青灵，拥有的更是神兽九天冰凰，加之丰富的实战经验，前途不可限量。

而他居然认识月思卿？而且还叫她老大？

袁家几个都有些不解。

“老大，你怎么了？板着张脸，谁还敢欺负你不成？”这名拥有神兽的少年，不是别人，正是最善猜测人心的曲松。

“老大，你怎么会在泉蒙宗？”蓝发少年贴过来，牵着月思卿的衣角，小声问，这正是夏远。

“夜导师。”吕涛则冲着一旁戴着人皮面具的夜玄低唤了一声。

他认出了夜玄。

夜玄轻嗯一声，没说什么。

“要在这待几天。”月思卿看着许久不见的三个伙伴，心中一片暖洋洋，悠闲地靠着栏杆坐下，说道，“只不过泉蒙宗的袁大小姐非要跟我单挑呢，你说我一个灵力全无的废物她也不放过，活着真累啊。”

"……"

"……"

"……"

吕涛、夏远、曲松你看看我，我看看你，在彼此的眼光中看到了惊悚，同时转头，看向袁雪，只是那眼神，极其复杂，像是看一个死人……

"呵呵，有话好好说嘛，动不动就比拳头，比实力，真是太暴力了是不是？"曲松笑嘻嘻地说道，右手却已拿住左手五指，"咔嚓咔嚓咔嚓"，这声音听起来怎么这么叫人心头慌乱？

"就是，无聊。"吕涛冷冰冰吐出四个字，右手中绿光却已缓缓游走了。

袁雪可能还没看出什么，但一旁的袁大和袁二却是吃过多少年米的老妖怪了，他们何尝没看出这两名少年眼中一闪而过的杀意。

那是真真正正的杀意，没有任何掩饰。

这二人，居然会为了卿儿动杀意？难道是对卿儿有意？

不，不会的，这个想法一出就被他俩排除了，这三人，不像是爱慕之情，反倒是钦佩与诚服。

何况，虽不知另两人实力到底如何，但曲松的能力，已经胜过袁雪很多了，这名少年不仅天赋高，而且背景也绝对不弱。是什么原因会叫他对卿儿如此态度？

自己这外孙女，到底有什么不同的？

袁大心中的疑惑越加深了，沉声便冲曲松说道："阁下，刚才好本领，不知出身何处？"

"袁大族主，恭喜您晋级紫灵。您没见过我，晚辈却睹过您的风采。"曲松笑笑地答道，语气倒还恭敬，只是没有泄漏自己的底。

"袁大族主风采斐然，当年上五宗聚会上，一手鹿角之鸣引得彩云翩跹，令人景仰。"夏远一边给月思卿捏肩膀，一边接过曲松的话说道，眼底流露的确实是几分羡慕之色。

"那当然了，袁二族主也不差啊。"曲松瞟向一旁脸色阴沉难看的袁二，"袁二族主晋升紫灵，七品灵兽飞天苍鹰也晋阶为神兽，可喜可贺。"

听着两人连声赞扬，袁大和袁二感受到的却不仅仅是喜悦，放在袖下的双手都悄悄握紧了。

这两个小子，怎么对他们这么熟悉？

"原来阁下都是上五宗的？"袁大沉声问道。

袁二和袁雪面色也凝重了几分。

如果他们都是上五宗的，那这分量可就不轻了，不是他们能轻易动的。上五宗连气同枝，算是一家了。

袁雪牙齿都咬得咯咯作响，那小废物，何德何能结交这些人？

袁大和袁二年纪不是白长的，考虑问题自然没有这么简单。袁二生生将刚才从月思卿那儿受的气吞了下去，看向曲松，说道："不知是哪一宗的小辈如此优秀？老夫眼皮子倒是浅了，还不知上五宗中有此等人才。假以时日，必将又是上五宗新一代的翘楚。"

这话，他说得倒是很诚心。

如曲松的年龄和他现在的天赋，在上五宗中，潜力也属一属二了。

“优秀？”曲松轻轻一笑，眼光移向月思卿，语气中染上一丝敬意，说道，“在老大面前，我不敢称这两个字。”

这话倒是将袁大、袁二和袁雪说愣了。

“她优秀？”袁雪喃喃出声，却蓦然想到了什么，眼中再度充满了惑色。

“两位族长。”月思卿站起身，目光平淡地看向袁大和袁二，说道，“我想和我的朋友们相处，晚上再去贵宗。”

夜玄早已着人将碧灵果送去卡列国了，住在泉蒙宗，其实也是怕袁家玩手段。

听了月思卿的话，袁大和袁二对视一眼。

“老二，咱们去对面也是一样。”袁大首先开口。

“好。”袁二眼珠微转，也同意了。

他倒是看出来了，不管月思卿本人有没有实力，她这些朋友都不好惹，尤其是叫夜玄的，更是高深莫测。她若真无心想留在泉蒙宗，恐怕自己也未必留得住她。

袁大、袁二和袁雪离开了后，包厢里彻底只剩下他们几个。

竞技场下方也恢复了平静，武战会继续，只是月思卿的心思这会儿却不在比赛上。

“你们几个小兔崽子，怎么跑这来了？”她劈头就问。

“思卿，你不也一样嘛！”夏远吐吐舌，坐到她身边，悠哉地甩着长腿。只是下一刻，他就被一只大手提到旁边，夜玄改坐到他的位置上。

“夜导师。”夏远只得老老实实让到一边，叫了他一声。

这些都是人精，何尝没认出来。

曲松看了夜玄一眼，眉头微拧，眼角瞟了瞟夜玄自然搁在月思卿腰上的手，眼光中掠过一丝不悦，又小心翼翼地看了下吕涛的神色。

夜玄将他的神情尽收眼底，垂下眼睫，嘴角勾起一丝冷笑，很快又敛了去。

“曲松突破了青灵，便来参加武战会，这一回，铁堡里图堡主特别好说话，不仅允了曲松，还同意了我们前来。”吕涛说道。

图堡主当然好说话了。月思卿想着悄悄望了眼身旁的男人，眼底露出笑意。

那个，可是这位的爱徒。

“老大，你怎么会在泉蒙宗呢？”夏远又问。

“一些私事。”月思卿并不想将他们扯进这场风波，一语带过，“晚上我和夜玄去泉蒙宗就行了，明天还在这里见。”

“我们跟你一块去。”曲松提议道。

“不用。”月思卿一口拒绝了。

自己的身世她并不想提起，更不想将他们牵扯进来，到底曲松和夏远都是上五宗的人。

听着她的口气坚决，曲松和吕涛、夏远对视一眼，也就没有再说什么。

几人在包厢内观看武战会，直到天色微暝，一天的比赛告一段落，他们才走出包厢。

迎面，袁大、袁二、袁雪、袁雷等一帮人也都出来了。一行人沿原路返回，出了圆堡。

也不知是不是今天发生的事情令袁雪受到了惊吓，或是让她对月思卿起了提防之心，接下来一连十几天，她都没有再找过月思卿的麻烦。

七月初，一年一度的星辰国武战会终于圆满落幕了，此时，月思卿已经停用灵气三个多月了。这三个月，她如一名普通人一样生活，虽然在修炼或炼药上没有什么进步，但实战经验以及对灵气的领悟却达到了空前的高度。

曲松，以半边面具示人，以九天冰凰为神兽，以月家古武的犀利身法作后盾，在青灵阶别，居然也一闯再闯，跻身进了青灵五级以上的排名，得了一个潜力奖。

此次武战会，蓝灵阶别和青灵阶别各选出前六名，再各选四名潜力值最好的灵战师，共同定为前十。

前十名均能获得由星辰国皇室资助的奖励。除了前三有额外奖励，这二十人将在规定时间内，从炼药师公会的药库内任选一味丹药。这奖励可算是很贵重了，毕竟是一年一度的国级比赛。

清晨，坐落于祖玛城东大街的炼药师公会迎来了第一抹粲然的晨光。淡金色的光芒洒照在深灰色的岩体上，给那抹灰败沉重之色添上了几丝跳跃，静静矗立，无声诉说着星辰国悠久而尊贵的历史。

公会里，铺着花岗岩的地面磅礴大气，中央建筑前一字排开数十人，穿着颜色各异的炼药师服，淡淡望向朝这边走来的一群人。

这群人中，有本次武战会得奖的二十人，其余人则是陪同而来。

月思卿便夹杂在其中，静静打量着星辰国的炼药师公会。

虽然星辰国国力远强于卡列国，但炼药师公会在全大陆的设置却是相同的，都是平级公会。

玉阶上，中央的炼药师是一名身穿黑色炼药服的老者。纯粹的黑象征着他的身份——一名二品炼药师。

想起夜玄刚才的介绍，月思卿知道，他就是星辰国炼药师公会的会长切尔罗。

“尔罗会长，可以开始了？”有人恭声问道。

“好，我代表帝国热忱欢迎本次武战会脱颖而出的人才！”切尔罗看着列队而站的二十人，慈和的脸庞露出欣慰的笑容。

这二十名胜利者均是面露喜色，毕竟能得到一名二品炼药师的迎接也是非常大的荣耀。

切尔罗高声宣布道：“有请十二名名次奖得主进左殿，八名潜力奖得主进右殿！”

这样，便将两拨人给划分开了。

月思卿观察了下，发现其他人身边都有好几个陪同，当即也跟在曲松后头，袁雪则一脸淡漠地站在一旁。

至于袁大和袁二，两名泉蒙宗的紫灵强者，自然不会在公众场合抛头露面，隐到了暗处。

很快，月思卿、夜玄、吕涛等人陪着曲松进了右殿，被安排到了一间厢房等待。

自有一名炼药小童为他们奉上香茶，嘴皮灵活地解释道：“请少安毋躁，以往进药库取药都是好几人一起，大家常常看上同一株药材，为之大打出手。所以今年，会长安排所有得奖主陆续进药库，避免了冲突。”

“哦？贵公会有几个药库呢？”月思卿捧起茶，轻吹了下碗口的浮叶，漫不经心地问。

“我们公会只有一个药库，那就是呢。”小药童手指窗外，院子深处，一处半透明的灵气罩若隐若现，迎着阳光，折射出淡淡的九彩光芒。

“现在应该有人进去了，各位稍等便是。”小药童说完便拿着空托盘出去了。

月思卿站在窗旁，眺望那头，不语。

“娘，我能感觉到那里的药香在不停地变幻，药的位置在变动。”小紫的声音蓦然在她脑海里响起。

它给月思卿说话采用的是空间传音，其他人自然听不到。

“嗯。”月思卿轻瞟一眼不知何时站到身旁的曲松，曲松也看向她，点了点头。

昨儿晚上，她就将小紫给了曲松。

需知，从炼药师药库内任选一味药材或丹药的机会太难得了，助她冲破蓝灵封印的蓝极丹，光是药材就有一百多样，夜玄可以给她提供大部分，但还有几样价值较高，一时很难收全。

曲松知道她是炼药师，需要药材的地方多，便将这个机会给了她。月思卿好了，他也就好了。

这个机会，月思卿自会好好把握。即便如夜玄这样的一品炼药师，也不能随意出入炼药师公会的药库。

何况，她不能让他再出现，上一回为博老治病，到底将他一品炼药师的身份泄露了出去，已经引得满大陆风雨，四处都是在挖掘他出来的人。而她知道，以夜玄现在的实力，绝对不能挡得过那么多高手的求助。一旦被发现了点蛛丝马迹，他们的生活将被彻底打乱。

但她还有些担心，毕竟小紫是数十万年的人参精，随着她实力的提升，小紫的气息也比当初要浓郁得多，纵然有意收敛，也怕被高品阶的炼药师察觉出，这是她跟进来的原因。

这时，窗外一个略显苍老的声音说道：“虽然说炼药师公会大体保证公平，但真正的好药材怎么可能在这时候拿出来？公会炼药库内自有玄机。”

两抹身影缓缓走来，走在前面的老者身形魁梧，不动如松，正是袁大，落后半步的老者身形精瘦，干练之极，小眼中充斥着算计，却是袁二。

他们在炼药师公会内如同闲庭散步一般，潇洒自在。

月思卿看向袁大，心中动了一下。

他说的话正映衬了她心中所想。

“大哥，你说与她听有何用？”袁二脸色有些不悦道，“这种地方不是你我该来的，走吧。”

“不，看看再走吧。”袁大微微摇指，沉声说道，双眼在月思卿身上扫过。

“你该不会是不舍得她吧？否则，以你的地位，深居简出，最近倒是天天跑祖玛城！”袁二盯着袁大，径直说出心中的想法。

以往他们几个老家伙对武战会虽然重视，却也不可能每天定时去看比赛。在袁远伤情有了起色后，他也承诺了不再为难月思卿，袁大却还天天跟着月思卿一同出入。

袁大脸色微动，蓦然看向袁二，眼中升起一丝哀痛，说道：“袁刚地，小梦之所以离开，难道没有你的原因？”

袁二，真名袁刚地，闻言顿了一下，说道：“袁刚天，我也是为你好，有那样的女儿，丢的是你的脸！”

“好了，我不是想来听你们吵架的！”月思卿见他们话题转得这么快，柳眉一蹙，立即打断了他们的话。

袁大，也就是袁刚天，目光再次看向月思卿，眼光中含着愧疚、心疼、叹息和无奈，终是闭了嘴。

是啊，再不济，再怎么样，那都是他的外孙女儿，血浓于水的亲情，肖似爱女的长相，如何不叫他心酸？如何不叫他不舍？

袁刚地冷哼一声，说道：“纵然你心疼她，也帮不了忙。炼药师公会不接纳任何宗派的插手，即便是我泉蒙宗也一样。”

袁刚天没有出声，眼光却还流连在月思卿身上。

月思卿却已没有看他，蹙眉想着自己的事情。

药材库如果是定时变动的阵法，那么炼药库怎么会将真正的好药材拿出来？

吕涛和夏远在听了他们的话后，眼中生出惊愕之色，互相看了一眼，心中已有了几分猜测。而夜玄，则静静坐在太师椅内，捧茶而品，面无喜怒。

就在这时，脚步声响起，有人顺着花丛小道朝这边走来。

袁大和袁二顿时消失不见。

“潜力奖，53 号，跟我来。”说话声传来，一名身穿银白服饰的四品炼药师走了过来，老者一脸平静，带着炼药师身上常见的高贵。

“在，前辈。”曲松走出房门。

月思卿咬了下唇，也快步跟了上去。

“咦……”隐在暗处的袁雪看着她的身影挑了挑眉，嘴角露出一丝讽笑，这是要做什么？

“请跟老朽前往药库。”炼药师老者说着抬步朝原路走去。

“前辈，请允许我送他过去。”月思卿没再犹豫，冲他的背影直接说道。

炼药师老者回过头，淡淡说道：“抱歉，外人不能进后殿。53 号来吧。”

“前辈，我只送他过去。”月思卿坚持己见。

“我说了不能！”四品炼药师老者有着他的脾气，脸色一拉。

“活该，异想天开！”袁雪轻哼一声。

月思卿沉默了下，缓缓说道：“前辈，都是自己人，何必这么见外呢？”

“自己人？谁跟你是自己人？”炼药师老者欲要笑话她，转过头时，却看见月思卿从空间戒指里取出一枚闪闪发光的徽章。

“清思，炼药师公会——里院成员！”少女微昂下巴，将那枚徽章别在肩上，一字一字说道，更是加重了“里院”二字的语气。徽章上“里院”二字更是闪闪发亮。

这是炼药师公会里院的象征徽章！

是的，她不仅仅是一名货真价实的四品炼药师，比这身份更高贵的是，她是星辰大陆炼药师公会里院成员！

炼药师公会只有一个里院，建在总公会里。各个国家的会长、副会长、长老无一不是从里院培养出来的，那儿才是炼药师高层的摇篮。

而只有在公会里取得了无数成就，或者有超脱平常人的天赋，才有资格进入里院，通常都是上了年纪的人，像月思卿这样的年轻人，有，但太少了。

不仅是这名四品炼药师惊住，袁雪也震呆了。

“炼药师！怎么可能？”她惊呼出声。

“大哥……”藏在暗处的袁刚地也瞪大眼睛，不敢相信自己的眼睛。

那个小废物居然是炼药师里院成员？

“里院的？你是里院的炼药师？”四品炼药师老者望向那枚金光闪闪的徽章，那是他们这个行业最荣耀的标志，他禁不住老脸抽搐，不敢相信地求证。

月思卿仍旧站在原地，仍旧是那张脸，那身朴素的衣衫，但她的气势却悄然改变，从头到脚，有如笼了一层淡薄的日光，晶莹璀璨。

“前辈，幸会了。我想送我的朋友去药库。”月思卿沉声说道。

老者顿了半晌，看着月思卿的眼睛，诚恳地说道：“来吧。”

他的态度较之刚才已经截然不同。

“走。”月思卿冲曲松微抬下巴。

曲松嘴角绽开一抹笑意，袖下右手暗暗地给了月思卿一个大拇指。

三人离去了，留下的是一片呆滞。

“我靠，还可以这样吗？”夏远趴在窗台上，望着离去的三人，目瞪口呆。

“在这世上混，确实需要两把刷子。”吕涛叹了一声。

纵然他们早就知道月思卿便是清思，可还是低估了她这身份对外界的影响力。

“她是炼药师？”袁雪走了过来，面色阴沉难看，咬牙切齿地问。

只是，没人回答她。

满室寂静。

却说那一头，月思卿被引路的炼药师放了水后，顺利地将曲松送到公会药库正门口。空气中，九彩斑斓的光圈越发明显地转动着，很容易看出它是一个阵法。

站在阵法门畔的两名老者在有人走来时缓缓睁开了一直闭着的双眼，淡然的目光落在月思卿肩上时划过一丝讶异。

“炼药师公会里院成员清思，四品中阶炼药师，见过两位前辈。”月思卿脚步微动，上前半步，冲两位看上去便有几分绝世高人风范的老者行礼。

“四品中阶炼药师？”右手红衣老者颇为惊讶地重复一遍，目光快速在引路的四品炼药师脸上扫过。

那名四品炼药师羞惭地低下头，同为四品中阶，他却比月思卿要痴长好多年。

“难怪能进里院了。”左手白衣老者也笑眯眯地接了一句。

“不敢当。我家人侥幸在武战会中拿得名次，前来领奖，还望两位前辈多多照顾。”月思卿说完这话，身形闪开，将曲松让出。

“有劳两位前辈了。”曲松应和着月思卿的话，就势行礼，自然而然地承认了月思卿家人的身份。

也的确如此，从小一块儿长大，虽无血缘，却胜至亲。

“照顾谈不上，凭他的本事吧。”白衣老者慈善一笑，对月思卿跟过来的行为并无不悦，眼光转向红衣老者，笑笑地说道，“开始了吧？”

“嗯。”红衣老者唇角勾起一丝温和敦厚，冲曲松道，“我们为你开门，一百息之后，自动传出！”

交代完后，他双手已快速结起手印来，白衣老者也闭上眼，如法炮制。

淡淡的紫色光芒在他们指间缠绕盘旋……

竟是两个紫灵老家伙！月思卿暗暗腹诽，看不出来哟，这两位大概也是炼药师公会的元老级人物了，心中不由肃然起敬。

不一会儿，“轰隆”一声巨响，光圈倏地朝两边张开，露出一道黑漆漆的大门。

“进！”一声厉喝后，曲松毫不犹豫地飞奔进去。

白衣老者和红衣老者手印一变，那黑洞洞的门又缓缓关上，再次变作轻跃跳动的光点。

月思卿抿了抿唇，心中微定，好歹，小紫的存在没有被发现。

没一会儿，光点发出了巨大波动。

“多谢炼药师公会了！”曲松高笑一声，从里面冲了出来，右手紧紧攥着一方蓝色玉盒。

见他这潇洒肆意的表现，月思卿便知道，他得手了。

“去吧，有缘还会再见。”白衣老者微笑着说道，眼光却是看着月思卿。

“期待与两位前辈下次的相逢。”月思卿也说了句客套话，为了不影响后面人的领奖，叫上曲松原路返回。

路途并不长，很快就到了厢房外。

袁刚天、袁刚地和袁雪不知何时站到了房外大树的浓荫下，正以复杂难解的眼光打量着走来的月思卿，确切地说，是她别在左肩上的徽章。

月思卿本来已经忘了这么一回事，感觉到那几道灼热的目光，秀眉微蹙，又缓缓放平，低头，伸手摘下了金章，收进空间戒指。

“等等！”袁刚地见一旁的袁刚天没有动静，忍不住了，叫了一声，脚也跟着抬出去。

“你是炼药师公会里院的？你是炼药师？”他问道，语气却不肯定，眼中更是充满了浓浓的怀疑。

梦娘是灵气废物，她的女儿……怎么可能是炼药师？

就算她拿出了那尊贵的徽章，也只会叫他怀疑这是通过旁的渠道弄来的。

“我没有义务回答你的问题。”月思卿瞟了他一眼，看向曲松，“怎么样？”

曲松将那玉盒拿在手里掂了几掂，笑道：“那当然了，老大，还是你有办法，收好了！”

说完，他便将玉盒递给月思卿。

月思卿双手接住，同时看清了他的唇语：“玉血蛤丸。”

竟然是玉血蛤丸，那可是价值极高的一味药材，相传由修炼上千年的蛤吐尽一生之血，方会凝成。

看来，那两名紫灵炼药师果然给她方便了，而小紫，也不负其望。想到这，月思卿嘴角勾起一丝满意的笑来，说道：“干得漂亮！”

抬头时，却无意捕捉到对面袁刚天、袁刚地和袁雪脸上的惊愕：虽不知道玉盒内是什么，但用脚趾头也能猜到里面丹药的贵重，而曲松，就这样丢给月思卿了？

“这都是老大的功劳，小的只算出了点苦劳。”曲松嬉皮笑脸地说道。

他这话，令对面三人脸色又变了几变，但眼中却多了一抹深思。

他们想到了月思卿一路紧随曲松，成功为他开路。谁也不知道她后来又做了什么，但从二人的一举一动中可以感觉到，曲松虽是领奖者，但真正的幕后操纵者还是月思卿。

这一时刻，她那“老大”的光环挡无可挡，气势备出。

袁刚地瞳孔微缩，也是啊，若她真是炼药师公会里院成员，以她的身份，别说曲松，这世上，有多少人甘愿为她所用。

当然，他们也很好奇玉盒里盛着的到底是何等珍贵的药材。

月思卿看到他们的脸色，淡淡勾唇，右腕一翻，却是将那玉盒扔了出去。

袁雪轻呼一声，侧头看时，玉盒已稳稳落在从房里出来的那人手中。

夜玄抓住玉盒，黑袍下，修长的双腿却并没有为此住步，依旧稳健地朝月思卿走来。

“你收着！”月思卿冲他露出得意一笑。

呵，当着泉蒙宗人的面，烫手山芋她可不想拿，唔……财多总是要被人惦记嘛！

夜玄唇角的笑容扩大，将玉盒收了，说道：“这里差不多结束了，今天回去，还有些事情要处理。”

听着男人的语气，月思卿明白，想来星月教里出了什么事情，他一直为了陪自己才没有离开。

“今天？”她问道。

“卿儿，在泉蒙宗住几天吧，不想知道你娘的故事吗？”袁刚天打断了他们的谈话，眼角弥漫着一丝叹息，问道。

月思卿眉头一皱，有些不悦，刚想说什么，夜玄已出声道：“那就在这住几天吧，我会尽快来接你。”

“夜玄……”月思卿以为自己听错了，揉揉耳朵。

“听话。卿儿，这段时间我顾不上你。”夜玄俊美如谪仙的冷漠面庞掠过一丝不舍，逼音成线，在她耳边补上一句，“你需要一个极好的时机熟悉新阶别和新武器，留在上五宗。”

上五宗会给她这样的时机吗？他的话，她听明白了几分……月思卿轻轻咬住了唇，看向他的大眼充满了委屈：“真这样？”

“嗯，皇杀会留在你身边。”夜玄宽慰她。

“你走吧。”月思卿心头千言万语，到嘴边却化为这一句。

“卿儿，保重自己。”夜玄凝望着那双如会说话的眼睛，轻轻说了一声。

他不是有意将她抛在上五宗——这个人生地不熟的地方。

而是，冥冥中的感觉告诉他，将来他们需要面对的场合可能比现在要凶恶得多，他无法随时随地都保护在她身边。所以，他要教会她成长，哪怕这过程痛苦万分，也比不过会失去她的痛彻心扉。

“你去吧。”月思卿心中仍是委屈，转过头不再看他。

夜玄轻叹一声，深深看她一眼，终是狠了狠心，转身快速离去，身影隐没在炼药师公会繁密的林荫内。

“这么急？”感觉到那离去的气息，月思卿一咬唇，眼眶微湿，差一点便没忍住，泪水便下来了。

袁刚天和袁刚地看着夜玄离去，也有些愕然，同时将眼光转向月思卿。

“卿儿，可回宗小住？”袁刚天思忖半晌，语气有些小心地询问。

袁刚地并未作声，只是看向月思卿的眼光更加复杂，似乎还有一丝忌惮。

是的，现在站在他们面前的月思卿已不是那个身无长处的小废物了，而是一名拥有炼药师公会里院资格的炼药师！这样的身份，莫说是上五宗，横行整个星辰大陆都是绰绰有余的。

第十七章

狩猎大会

当然，炼药师虽然身份尊贵，号召力强，但其实并不像灵力高手那样难对付。

毕竟，他们实力通常要低微很多……

袁刚地心中蓦然划过这个想法，看向月思卿的双眼微微眯起。

月思卿却没有看他一眼，调整了下心情，冲袁刚天说道：“嗯，袁远的伤还没好，我再观察观察吧。不管怎么说，交易需要足够的诚心。”

“袁远也是你能叫的？”袁雪听到她直呼父亲姓名，顿时不悦，话也脱口而出。

“难道你父亲不叫袁远？我为何不能直呼其名？他一不是我长辈，二不是我敬重的人，我还需要对他有尊称吗？”月思卿心情到底不好，反问极其犀利。

袁雪气道：“再怎么样，你们都有血缘关系，在血缘上，他就是你的长辈！”

“谁说我和他有血缘关系了？”月思卿也不假思索，径直回道，“除了最近一个月，我在你泉蒙宗没吃过一粒米，没喝过一滴水，你居然还敢说我跟你泉蒙宗有血缘关系？你怎么能说得出来！”

袁雪涨得满面通红，指着月思卿的脸吼道：“你长得像大爷爷的女儿！”

这会儿她倒有些头脑了，没对梦娘不敬。

“这世上，长得像的人太多了！”月思卿报以一声嗤笑，不再理她，对袁刚天道，“不走吗？”

“走，这就回去。”袁刚天一愣后，眼中划过喜色，连忙答道。

袁雪正吵在兴头上，突然冷了场，她恨得牙痒痒。

吕涛、夏远原本打算跟月思卿一起，却被后者拒绝了，让他们跟曲松一起。

若是夜玄在还好，现在她一个人去泉蒙宗，算是闯龙潭虎穴了，再加上他们两个的话，她真的控制不了局面，怕出事情。

于是，月思卿独自随袁家三人飞往西山之巅。

明面上说是去观察袁远，实际上，她也不知道自己留在这里到底要做什么。

虽然袁刚天对她似乎真的很不错，经常关心她的生活，但泉蒙宗于她而言，仍旧是太过陌生。

但话说回来，这里确实适合修炼。

一连几天，月思卿都将自己关在房里，静心感受体内充沛的灵气。

三个月没敢修炼了，月思卿还是头一回调理自从幽暗谷出关后便一直凌乱如麻的气穴经脉，这需要几天工夫。

身体没有受到一丝侵害，反倒在凝息丸的滋补下越发结实了。也多亏这三个月来，她一直有着强大的自制力，没有强行运行灵气。

泉蒙宗也有如沉睡在深山中的雄狮，盘旋而卧，一片酣眠，全无动静。

五天五夜不休不眠，月思卿终于理顺了经脉内最后一缕凌乱的灵气，缓缓透了口气，睁开双眼，只觉神清气爽，浑身每一处毛孔都畅通无阻，就连那双黑眸也较平时明亮一些。

虽然没有睡觉，但月思卿却像有使不完的力气一般，精神奕奕。

兴致好了，她从空间戒指里取出一套湖绿色的纱裙，那是来熔炉铁堡前梦娘给她准备的。这几年正是长身体的时候，所以她的衣服大小也都备齐了。

湖绿色轻纱长裙上身，正好贴身，那发育饱满的双胸也终于能去掉长年紧绑的绷带，好好透一回气，将飘逸优雅的长裙撑得玲珑有致、凹凸有型。她散了一头墨发，梳了几个小辫，半挽在脑后，雪白优雅的脖颈越发显得修长迷人。又简单描绘了下五官，使得面容妍丽了几分，更倾向于女子的温婉。

带门出房，她漫步于风景秀丽的谷内。

可能是这副打扮与平时大相径庭，不少路过的族人都眼带惊艳地看向她，甚至还有人上前询问她是谁。

消除了所有族人的疑虑，月思卿沿着花丛小径独自行走，不知不觉便到了宗族深处。

白玉打造的台阶通向巍峨古老的大殿，那里是泉蒙宗高层议事的主要场地。

玉阶上，此时站了几道身影，低低的说话声被风吹开，忽然有人抬手指向阶下小道，惊疑不定地问："那是谁？"

袁雪顺着那人手指看去，吃了一惊，有些不敢确定地说道："是那小废物？"

"你说什么？"问话的少年公子不过十七八岁年纪，生得一副好皮囊，眉清目秀，唇红齿白。他看去的方向，一袭湖绿长裙的少女正伫立在岩石畔，清风拂开她的墨发，姿态美得撩人，那副雪肌花容更是添了几丝沉静与矜持。

"是家族中的一个客人。"一旁陪同的袁雷皱眉道。

虽然他心中大不喜月思卿，但也知道家丑不可外扬，倒不会在这少年面前讲月思卿和她母亲的过往。

袁雪本想说什么，瞄了哥哥一眼，终是闭上嘴。

"上五宗的？应该不会，我没见过她。"少年却不欲结束这个话题，转头问袁雷。

"外人，与我们不相干。"袁雷看上去便不怎么想介绍月思卿，而且，针对月思卿的炼药师身份，袁刚天下令知情者全部封口。

这时，那名少女却突然没入花丛间，转眼间又出现了，只不过正是往他们这个方向，也看到了站在玉阶上的三人。

"这里不是你该来的地方！"袁雷生怕月思卿靠近，大步下阶，冲月思卿喝道。

泉蒙宗要地，他自然有此担心。

月思卿站在那，轻提裙裾，眼角掠过一丝轻笑，呵，她稀罕来这里？

秦天也跟着下来，几步便到了月思卿前头不远处，眉头微拧，说道："袁雷，态度好一点。"

袁雷本就在气头上，被他这么一说，冷笑一声，道："这是我家事，与你何干？"

月思卿有些无语，冲秦天微微一笑，以示出言解围的答谢。

红唇如樱，绽开浅弧，可谓倾国倾城，媚倒众生。

秦天的心不由一跳。

"妖媚！"袁雪见得她越美丽，心中的怒意便越重，脱口就骂了一声，扭头看向秦天，她将来的丈夫，眼中多了一丝怨意，一字一字说道，"她没有一丝灵气。"

一句话便让秦天的神情僵在脸上。

"什么意思？"

他一时没有咀嚼过来袁雪话中含义。

袁雪看着秦天脸上难以置信的脸色，顿觉心中很痛快，嘴角牵起冷漠的笑："我说，她没有灵气，一点灵气都没有。"

说完，那笑带上了几分嘲意，看向月思卿。

不可否认，袁雪知道月思卿炼药师的身份，但她没有灵气这也是不争的事实，她并没说错什么。

虽然她也怀疑没有灵气也能成为炼药师的事，但没人告诉她答案。

秦天听懂了，震惊地看向眼前明媚惊艳的少女。

这样一个绝世佳人，怎么可能是个……废物？那个词，他脑海里提及时都觉得玷污了眼前的美人。

瞟见秦天的脸色，袁雪两道弯月般的眉毛厌恶地皱了皱，开口道："秦天，你虽然没见过，但也必定知道，我大爷爷有个女儿，没有灵气。"

"雪儿。"袁雷轻声叫了她一下，语气中带着提醒。

袁雪撇了撇唇道："哥，偏你那么谨慎，这事是公开的秘密，谁不知道？"

袁雷抿抿唇，没再说什么。

秦天怔了一下，一脸恍然大悟的神色，低声喃道："原来是她……"

他明白了。

袁梦，曾经是泉蒙宗最美的少女，七八岁时便已肌肤胜雪，五官明艳，是上五宗及整个星辰国多少男童最向往的玩伴。

只可惜，在她八岁那年测灵时，出身上五宗双龙之一、拥有数千年悠久历史的古老家族、强悍宗派泉蒙宗的直系，居然一点灵基都没有，结果一出，震惊众人。

好事不出门，坏事传千里。她的废物之名以风一般的速度传了出去，也成了无数人心中的遗憾，到后来，便成了对手笑话的对象。

他只从别人嘴里听说过袁梦的美，却从没亲眼见过，如今，得偿所愿了。

秦天忍不住低叹一声："难怪了，难怪我四爷爷到现在都还念念不忘……"

说到这，他脸色忽然微微一变，没再说下去。

四爷爷？月思卿挑了挑眉头。不知这少年出身何门，但想必也是上五宗的。爷爷辈的人也追她母亲？那她母亲年轻的时候倒也魅力无限啊！

秦天的感叹发自内心，却激怒了身边一人。

袁雪听着他字字声声都是对月思卿容颜的赞美，忌妒早就如水草般疯长起来，冷声说道："秦天，没有灵气又怎样？你既然这么喜欢，便娶回去吧！"

酸溜溜的味道难以掩饰，漫天都是。

秦天一愣，方想起今日过来泉蒙宗的目的，看向袁雪，说道："雪儿，别胡说。"

"我胡说？"袁雪强忍着委屈与怒意，眼眶都红了，指着月思卿道，"长得很美是不是？呵，比我美多了！"

"你也很漂亮。"秦天眉头一皱，但很快就舒展了，轻笑着说道，"泉蒙宗的血脉好，都是美人，可称得上泉蒙双姝了。"

"泉蒙宗要我一个就够了！何必要她？"袁雪霸道地扬头说道，"泉蒙宗只有袁家大小姐袁雪！"

月思卿嘴角轻抽。

她对自己的皮相不太在意，否则也不会整天男装来男装去了。而袁雪，在她眼里，也是颇为美貌的。

但可惜，她的心灵太丑了。

看到袁雪因妒而狂，月思卿暗暗摇头，准备离去，但在临走前还是冲秦天微微点头，甜美柔和的声音淡淡问道："不敢请教这位少爷出身何处？"

秦天没想到她会主动开口，而且是和自己说话，讶然之下，脱口说道："我？我是山岳宗的。"

原来是山岳宗的……

东山岳，西泉蒙，这可是上五宗两大顶尖宗门。

门当户对，唇齿相依，联姻倒也是极好的。

而这本是一番极其正常的对话，但在袁雪耳里却完全变了味。

"你倒是老实，别人问什么就回答什么！"袁雪气愤交加地指责秦天，"还是你巴不得说出来！"

袁雪出身名门，天赋又强，从小就是被人捧着长大的，小姐脾气很大。秦天同样出身高贵，素养极好，风度翩翩，并未与袁雪计较。

但袁雪哪里甘休，又将矛头指向月思卿："你问那么多干什么？他是我的未婚夫，你别肖想！"

肖想？呵，月思卿只觉好笑，自己可是名花有主了，而且男人不知道有多优秀呢！

她只是轻轻勾唇，对袁雪说道："袁大小姐，作为女人一定要矜持有涵养。如果我没记错，秦少爷还没有正式提亲吧？未婚夫三个字可不能随随便便使用，免得别人笑话。"

少女的语气轻柔而天真，听在耳里少了几分说教的意味，但讽刺的效果却一分没减。

袁雪到底是女孩子，又羞又气，双颊涨得通红，扭头看向秦天，声音抬高了几分："秦天，你告诉她，你今天来是干什么的？是不是要和我结亲？在你心里，我是不是你的未婚妻！"

秦天尴尬之极，眼光在袁雪和月思卿脸上扫了一扫，终是冲月思卿露出抱歉的一笑，低声道：“我今天前来贵宗，正是向雪儿提亲的。”

至于后面那句，他便省略了去。

但袁雪不罢休，仍是紧抓不放：“那我是不是你未婚妻？”

“雪儿……”秦天也有些不好意思了，欲要阻止她。

袁雪直接打断他的话：“你说，我和她谁重要？”

月思卿：“……”

秦天：“……”

袁雷：“……”

“雪儿，胡闹也胡闹够了！”秦天那一直温润如玉的脸庞终是拉下了几分，有些不悦道。

“既然心里没我，又何必来提亲？”袁雪失望地看着他。

“当然没你重要。”秦天沉默了下，说道，“她是外人，而你是我的未婚妻。”

袁雪听了这话，极其满意，脸色好看些了。

月思卿看完这场小闹剧，忍住笑场的冲动，给袁雪提议了：“不，当然有女人在他心里比你更重要。你应该问他，你和他母亲一起被上古神兽追杀，他先救谁。”

说完这话，她笑眯眯地转头离去。

脑海里，小青幽幽的声音传来：“主人，我们上古神兽是从来不会随便追杀人类的……”

“就是，卿卿，上古神物和神兽都是最懂礼貌的。”银色也嗤笑了一声。

“呃，呵呵，只是打个比方，我说的是上古凶兽。”月思卿后背一寒，尼玛，例子不能随便举啊。

而她这句玩笑话刚说完，没走几步，身后竟真的响起袁雪咄咄逼人的声音：“秦天，她说的那种情况，你先救谁……”

月思卿一愣后赶紧捂住嘴，一头钻进花丛，跑远了，再也克制不住，“咯咯”娇笑起来。

世间真有这么白痴的女人！

她那银铃般的笑声悦耳动听，撩人心弦。

突然间，身后有一把低沉粗犷的嗓音含着丝惊讶问道：“那是谁？也是贵宗的？”

随着声音响起，几道沉重的脚步声也传了来。

月思卿眉头一皱，敛了笑意，转过身看向来人。

并排而来的有五六人，都是气息沉稳、体态健实的中年男人，浑身透着成熟稳重。她匆匆一扫，认出了其中两张熟面孔，袁远和袁进。

袁远是袁家老二袁刚地的儿子，伤势已大好，已经能在泉蒙宗内自由行走了。

而袁进，老三袁刚人的儿子，对袁远算是言听计从。

站在二人中间的中年男子却蹙起眉头，声音染着丝疑惑：“袁梦？”

对于他能直接呼出母亲的本名，月思卿吃了一惊，看着那张完全陌生的面容，心中猜测着他会是谁。

“是她女儿。”袁进到底解释了一句。

“哦，看出来了，年轻。”中年男子点点头，有些不解地问，“她怎么会在宗里？”

“这是族长的意思，其他的我们不了解。”袁远抢在袁进前头淡淡说了一句。

显然，关于袁远重伤、碧灵果一事，都是泉蒙宗内部事务，外人仍是不知情。

中年男子“嗯”了一声，试探地开口道：“明天狩猎会，能把她带上吗？我想我父亲会很高兴见到她。”

袁进未敢就答，看着袁远的脸色。

袁远思忖着也没有说话。

那中年男子的脸色却不好看了，冷哼一声道：“这么点小事都不答应，也亏咱们这么多年的交情！”

他这么一说，袁远神情才变了几许，说道：“我没意见，想来族长大抵也不会拒绝。”

“那就好。”中年男子神色才恢复过来。

月思卿听了他们的谈话，心中冷笑，自己什么时候受别人安排了？不过，她也听到了，明天会有一场狩猎会，看样子，还不是泉蒙宗独家举办的，应该是上五宗联合吧。

难道，这就是夜玄所说的好时机吗？那她也是要争取过去的。

当然，这个要求已经不用她提了，别人替她考虑到了。

第二日一大早，袁刚天便亲自前来客用厢房，见到月思卿。

“卿儿，上五宗五年一度的狩猎会今天开始，你要跟我去看看吗？”他望着月思卿的脸，小心翼翼地问道。

如果不是月思卿住在这儿，谁也不会想到，堂堂泉蒙宗大族长，只会闭关潜修、不问世事的大族长，竟也会屈身来客院；如果不知道月思卿和袁刚天的关系，谁也不会想到，紫灵强者的族长，会对一名小辈如此迁就，如此看脸色。

月思卿虽然做好了打算过去，但表面却不急不躁，捧着一杯早茶，闲闲地坐在太师椅内，问道：“不知这上五宗狩猎会是怎么一回事？”

不得不说，她与袁刚天说话的态度很随意，也很放肆。

但越是这样镇定从容，袁刚天心中越觉得惊奇。

他笑着解释：“狩猎会是上五宗传承千年的传统，五年举办一次，地点由总宗主选定。我们的狩猎会并非普通的狩猎，而是由宗老会成员提前在狩猎地点大部分猎物的四肢或脖颈锁上铁圈，铁圈分金、银、铁、铜四种，视猎物的等级和实力而定。蓝灵以下家族成员皆能参加。五个宗门，派出人手相同，最后以各自猎物数量计算总分和个人得分。”

“金圈十分，银圈五分，铁圈三分，铜圈一分。总分将计上五宗五年一次的考核排名，所占分值比较大。而个人得分，则会在猎后评比，选出上五宗新一代十大优秀选手。”

“上五宗排名要五年一次？”月思卿感叹于狩猎会的精彩时，对考核排名年限之久也感到意外。

“嗯，一个孩子的成长没有三到五年那是绝对没有进展的，五年一次，才能有突破。”袁刚天对她的疑问可谓是极有耐心地给出回答。

月思卿没有一丝灵气，可他也不想敷衍，他也不知道为什么。也许，这就是血浓于水吧！就像当初小梦也曾缠着他问东问西，而他也有问必答一样。

月思卿揭了茶盖，轻抿一口茶水，声音被滋润得更加清甜：“泉蒙宗和山岳宗并称上五宗双龙，这也有些历史了，那这么多年的考核排名，都没有影响它们的地位吗？”

袁刚天微微一愣后，眼中掠过一丝赞许，笑道：“卿儿，你倒是会提问题，很聪明。泉蒙宗和山岳宗宗族支数很多，我们这是泉蒙宗总宗，还有好多小分族，总是能选一些人才出来。在以往的考核排名中，我们落败次数便很少，即使落败个几次，很快又能翻身，在世人心中，自然不会影响什么。”

说到这，他话音一转，笑容渐渐隐去，声音也低沉了几分：“不过山岳宗一直是很大的对手，我们虽为联盟，可竞争也极其残酷。而且竹清门近年实力也在逐步增强，前几次狩猎，我们已经有下风之向了。”

“竹清门？邵家？”月思卿立即想到曲松。

曲松正是出身竹清门。

“卿儿，你对上五宗很了解啊。”袁刚天看向她时，慈祥的眼神中掠过一丝精光。

“只是刚巧知道。”月思卿淡淡笑着，一语带过。

袁刚天“嗯”了一声，抬眼望向窗外，说道：“时间也不早了，该集合动身了。卿儿，你随我同去吧。”

“好。”月思卿放下茶盏，优雅起身，说道，“那走吧。”

开玩笑，她一大早起床就换了一身干练利落的短打男装，头发也绑了个不碍事的圆球，可不就是狩猎的打扮？怎么可能不去？

听到她的回答，袁刚天的老眼登时便亮了起来，“嗯嗯”几声，率先走出厢房。

太阳出来了，斜斜的日光打在西山之腰，山顶上，仍然有些阴冷。

此时，泉蒙宗上百位族人已经齐聚这里，有老有少，有男有女，大家脸上都带着兴奋和激动，数只飞行兽平稳地停在不远处。泉蒙宗另两位族长袁刚地和袁刚人带着一群长老会成员站在略高的地面上俯视众人。

“大哥来了。”袁刚地眼睛虽小，但眼光却毒辣得很，第一时间看到远处的袁刚天。

“那是……”袁刚人看过去时发现了月思卿。

“是卿儿。”袁刚地回答道，眉头暗暗一皱。

“她也去？”袁刚人长长的脸上露出疑惑之色，但还是转身迎了下去。

袁刚天带着月思卿到来时，那些正在低声交谈的族人们都停止了声音，两百多只眼睛齐刷刷看向他们，更多的眼光落在了月思卿脸上。

“那不是大房的卿儿小姐吗？”宗族里的人都不知月思卿的名字，只知她叫“卿儿”。

“是啊，听说她连最基本的灵基都没有，怎么，看她样子，也是要去魔巴赤山脉吗？”

“也许想去开开眼界吧，呵，就算是直系又有什么用？扶不起来的废物。”

“嘘……别让大族长听见了。”

低低的议论声再次如潮水般响起。

袁刚天与袁刚地等人会了面。

“大哥，你要带卿儿过去吗？到时候可能没人会保护她。”袁刚人脾气耿直，心里也藏不住话。

虽然听说了月思卿是炼药师的事，但她没有灵气，今天这场合恐怕不适合她过去，反倒会很危险。

"老三，你在家就行，我和老二过去，卿儿就不用你忧心了。我带她出去，自然会带她回来。"袁刚天语气坚定，不容反驳。

袁刚人撇撇胡须，没再说什么。

很快他们清点好在场的所有族人，尤其是整顿了下直系和旁系送来的狩猎队伍，共二十三人参加狩猎，其中最大的年纪已达四十多，最小的才十六岁。其他人的责任则是去壮大声势，并保护好族中年轻人。

一百多号人分坐四只飞行兽，从西山出发，浩浩荡荡驶向位于星辰国西北位置的魔巴赤山脉。

魔巴赤山脉是星辰国西北方的一道天然城墙，绵延数千米的山脉高低起伏，有效阻挡了北方野蛮国度的攻击和掠夺。

进入魔巴赤山脉，头顶八月骄阳被巍峨的山峰和浓荫密叶遮去，一丝清凉的气息便从心尖自然浸开，如炎热中的一处消暑境地。

山脉正南向有一座人工辟成的空谷，此时，谷里拉起了无数帐篷，更建设了一面弧形座席台，层层阶梯皆是由白玉打造，光滑洁白，莹润好看。这样贵重之物裸露在荒山野岭，倒也不怕别人偷去。这就是上五宗的力量，在星辰大陆跺一跺脚便能震慑天地的力量。

此刻，座席台上正忙成一团，互相寒暄，格外热闹。

月思卿和袁沐一左一右跟在袁刚天身后，撇去大部队，只朝那玉台中央主席台走去。

袁沐的父亲袁逸是大房直系，实力并不突出，近年来一直在外游历，所以袁沐跟着爷爷袁刚天的多。

一路上，袁沐多次想要和月思卿说话，但看月思卿有些冷淡，他也不敢开口。

主席台四周也坐了不少人，正在殷切地互相招呼问好。

他们刚刚靠近，便有一个大嗓门叫起来："袁大族长，咱们好久不见了啊，您过得越发好了啊！"

袁刚天立时看过去，赶紧抱拳施礼，笑道："我当是谁呢，原来是邵长老。您也过得好啊！"

月思卿赶紧低下脸，她可没忘记，几年前她契约小青时，便与这位上五宗的邵长老有过一面之缘。

现在想来，他应就是竹清门邵家的，货真价实的紫灵强者。

"刚天兄，来了啊！"又有人上前打招呼。

"夏族长，来得早啊。"袁刚天笑眯眯地说着客套话。

月思卿听到"夏族长"时，便知道是夏远家的那个了，悄悄抬头瞟了一眼，老者身形不矮，但偏瘦了些，一脸正气凛然的模样。

"咦，秦长老，怎么你一个人啊？"夏族长笑着看向另外一人。

秦长老？月思卿心中一动，快速瞥去，果然，这人她也认识，是在幽暗谷收服神器时遇到的秦长老。

秦……那是山岳宗的了。

“我们家秦天刚跟袁雪定下亲，族长他们正在和袁二商量婚事呢。”秦长老一脸笑意，慈眉善目，似乎他一直都这样和蔼。

“秦长老，您说我什么呢？”一个低沉磁性的男子声音传来，紧接着就是袁雪甜甜的笑声：“大爷爷，夏族长，邵长老，秦长老。”

秦天与袁雪一同走了过来。

“嗯，雪儿长大了啊，谈婚论嫁了呢。”夏族长笑了一声。

穿着一身玫红短打女装的袁雪今日将头发梳成马尾，颇显精神，闻言有些羞涩：“夏族长，您取笑了。”

她正要拉一下秦天的衣袖，却发现身边人的眼光落在某一个地方。

袁雪顺着看去，脸色登时变了，但却不好发作。

“咦，这位是？”终于，眼尖的秦长老第一个注意到秦天和袁雪间的不对劲，目光也自然地转到月思卿身上。

夏族长和邵长老也才看了过去，刚才并没注意她的相貌，现在一看，他们都不由吃了一惊。

不得不说，袁梦的长相在这些老一辈的心里还是留下了很深的印象的。

互视一眼，三人突然间便噤了声。

有些事情不是不知道，只是装聋作哑而已。

袁刚天却极其坦然，看向月思卿，微微笑道：“是小梦的女儿。”

他并没有隐瞒月思卿和自己的关系。

听着他这话，夏族长几个哪里摸得清状况，当下一个个喜笑颜开。

“原来是你的外孙女啊，袁老大，难怪今天脸色这么好了。”邵长老哈哈一笑。

“是啊，亲外孙女呢，还不高兴？”秦长老也附和道。

“你外孙女灵力级别多少了，能不能参加狩猎？”夏族长含笑询问。

他这问题一出，现场安静了几息。

袁刚天还没有回答时，袁雪生怕他要岔开这话题，立即接了过来，说：“她没有灵力！”

众人脸色再次陷入尴尬。

袁刚天扫了袁雪一眼，随意地在主席台坐下，冲月思卿笑道：“坐我身边来。”

他的声音很慈和，很温柔，没有一丝族长的架子，更没提灵力的事。

“好。”月思卿也不矫情，直接坐在他左边空位上，袁刚天才示意袁沐坐到右手空位。

秦长老、邵长老三个对视一眼，也就在旁边坐下。

偏生袁刚天没有招呼袁雪，这在以往是没有过的事，袁雪小脸盈上一丝委屈，站在秦天身旁，倔强地没说什么。

好在很快，袁刚地也带着袁雷和三房的袁森过来，袁雪这才随他们坐下。至于袁家其他旁系，则由部分长老会成员和从家族抽出来的人护在其他地方。

此刻，很多人虽然还没有聊够，但也意识到狩猎会即将开始，纷纷停止交谈，找到位子坐下。

玉台周围，很快就没了声音。

一声鸟鸣声响起，一名身着紫衣的中年男子踩着飞鸟而来，他脸上挂着笑意，雄浑的声音借着充沛的灵力传至四面八方：“很高兴我们上五宗五年一度的狩猎会又开始了，感谢大家的到来与参与。今年的狩猎会，总宗主派秦非主持，秦非深感荣幸，先谢过大家了！”

说完，他向众人行了个礼。

玉席上坐得满满的宗族人氏都向他回以热烈的掌声。

“秦天，又是你父亲主持，总宗主是相中你们秦家了。”一旁，袁刚地嘴角弯起一丝笑意，瞥了眼秦天，说道。

坐得不远的月思卿听了这话始才明白，原来担任主持人的秦非也是上五宗的人，而且是山岳宗秦家的，秦天的父亲。

秦天看着自己的父亲威风凛凛地站在飞鸟背上，脸上也绽出笑意，嘴里却谦虚地答道：“承蒙总宗主抬爱了，也只是看家父有过几年主持经验罢了。”

“那可未必，你潜力也好，与雪儿多多交流，两人一起修炼，进步得也快，上五宗就缺你们这样的年轻人才。”袁刚地的笑容带着几分深意。

“总宗主？那是谁？”月思卿虽然在三角区摩星界时远远见到过那个老者，但不曾放在心上过，突然听到这个称呼，好奇心被挑了起来。

袁刚天嘴唇微动，却是逼音成线，将声音用灵力灌进月思卿一个人的耳里：“今年的总宗主来自墨门。总宗主是从五个宗族选举出来的，为人公正。五年为一界限，到了下一个五年就得换人了……”

听了袁刚天的话，月思卿才算是明白一点，听袁刚地的意思，倒觉得秦非父子与总宗主走得近，都有希望成为下一任总宗主了？

这时，秦非又出声了，他的声带很好，低沉却又不哑：“接下来，有请山岳宗、泉蒙宗、竹清门、墨门和力宗五个帮派各出二十名选手，到中央集合。”

袁雪跟秦天、袁沐赶紧起身，匆匆忙忙下阶。

很快，一百多个人全部齐了，在下面齐刷刷站成五排。看到自己家族的勇儿健男，各个家族都极其高兴。

而当大部分人在关注台下狩猎选手们的时候，邵长老、秦长老几个却将眼光若有若无地看向月思卿，眼角染着一丝怜惜：是啊，相较于那么多年轻子弟，她也正是风华灿烂的时候，可惜就这样废了一生吗？

他们可能还以为自己能在月思卿脸上看到失落，看到黯然，看到悲伤，可实际上，月思卿静静看着一切，面上并无一丝异样的表情。

若非要找到一点情绪的话，那也应该是一点期待……

邵长老和秦长老坐在了一块，见状交换了一个眼神，都有些纳闷，也还些微惊怪。

袁梦这女儿不知是在哪里长大的，面对此等场合，倒没有一点怯场呢。

这时，秦非还在洋洋洒洒地说着：“……金圈、银圈、铁圈、铜圈，没有一样是好拿的，年轻人，想要成为十大优秀选手，就得拿出你的实力来！还有你的激情，你的豪迈！到底谁笑到最后我们拭目以待！在你们进入魔巴赤山脉这一刻起，你们的身边便有很多本族保护人员，但他们却不能帮你，只要一动手，你就彻底失去了资格。所以，年轻人们，这是一场你们之间真真正正的硝烟战！”

“接下来，有半炷香时间，请参加狩猎的成员们做好准备！”

秦非说完，飞鸟翅膀轻扑，他又闪身而去。

而现场，因为主持人的离去和半炷香的休息时间热腾了起来，大家再次毫无顾忌地畅谈起来。

第十八章

代袁家战

“卿儿，想不想进去看看？”袁刚天见袁刚地走下玉阶，找了块空地将袁雪、袁雷叫了过去低声指导，他也站了起来。

进去？她不进去来这里干什么，当观众吗？

想是这么想，但月思卿嘴上并没表态，而是跟着袁刚天的脚步下阶。

“小梦？”忽然间，一道苍老的声音如撞入她的耳膜，月思卿感到脑仁一疼，赶紧稳住身形，扭头看去，脸上掠过一丝惊讶。

那是一名五十多的灰衣老者，华发半秃，体形微胖，脸也略胖些，一脸傲慢的神情，气势却是十足。

“你不是小梦，你是小梦的女儿卿儿？”那人借着潮流推动，缓步走来，却一口说中了她的身份。

“是的，请问前辈是……”月思卿望着眼前走来的老者，疑惑地问道。

“你先别开口。”老者的态度也好不到哪儿去，蛮横地昂着下巴，用余光将月思卿扫视一遍，说道：“告诉我，你父亲是个什么样的人。”

月思卿心中感到一丝不悦，哪有人一上来就打听人家父亲什么样的。

“我想知道，他哪点迷住了你娘，是长得很英俊还是有实力，或者说，什么都不是，只会些甜言蜜语？”老者又问道。

这样无礼之至的话从一名貌相庄严的老者嘴里吐出来，月思卿更不爱听了，眉头皱得更紧，直接说道：“前辈若是不说自己是谁，那也莫怪我失陪了。”

“和你娘一样的脾气！”老者脸色一沉。

月思卿眉头微皱，她现在所站的位置便是梦娘当初所站的地方，她身边目力所及的人海，可能便是曾经对梦娘百般讥笑的人群。他们谈笑风生，袖手旁观，看着梦娘被挤出他们的世界，冷漠而无情。

想到这，月思卿的背脊挺得更直了，嘴角的笑意染上一丝讥讽。

“卿儿，不必理他！”袁刚天伸出瘦骨嶙峋的右手，握住月思卿的手臂，便要带她走。

那老者却在后头怪声怪气地叫道：“袁刚天，你这是害怕吗？怕她知道她娘跟我的关系？”

这话说得便有些不清不楚了。

月思卿明显感到自己的右臂一紧，被袁刚天狠狠攥了下。

她正要出声时，袁刚天已然转过了身，高大的身躯略显僵硬，轻轻颤抖，脸庞上有着显而易见的怒气：“秦启，你真要挑衅老夫的底线吗？当年的事情已经过去了！”

老者怪笑一声，眼底不露半分怯意，回道：“是过去了，只是这二十年来我不曾忘怀过，到底，她母亲是我秦启一纸契约定下的女人！”

他的女人？月思卿听了这话只觉一种说不出的恶心感觉涌上心头，嫌恶地皱眉道：“拜托，以你的年纪还肖想我娘？难道还想老牛吃嫩草不成？”

她心思剔透，已猜出秦启的身份，是秦天口中的“四爷爷”吧，那也是山岳宗秦家人。

可就算是山岳宗的，也不能这样欺负人！

对她的话，老者淡淡一哼，右手一翻，已握着一枚晶莹的玉制小牌：“这是你娘的家族玉牌，可是袁家老二当年输给我的东西，还有你外公也签了契约。你娘灵力全无，能给我暖床是她的福气，可惜她却欲死欲活地不从，真当老夫将她看在眼里吗？不过见她有几分姿色，当个玩物而已！”

“秦启，你找死！”袁刚天气得满面涨红，甩开月思卿的手，一股紫色光芒从他周身爆出，荡得月思卿站脚不稳，身形踉踉跄跄地朝后退去。

刚退几步，后背便被一股巨力托住，才不至于倒下。

月思卿感激地回头冲出手之人看去，对上的却是一张冷漠无波的少年脸庞，她的笑容变成了惊喜。

“皇杀？”

“小姐，我一直在你身边。”皇杀薄唇微勾，算是牵起一丝难得的笑意。

“嗯……”月思卿看到他，有很多事情想问他，尤其是有关夜玄的事，但现在显然不是最佳时机，她的注意力很快又回到眼前的事上。

扭过头，她朝袁刚天看去，却瞧见那向来沉稳内敛的老者已收了灵气，满脸颓败和痛苦。

“大哥，现在不是和山岳宗结仇的时候。”袁刚地不知何时站到袁刚天身边，低声说道。

而对面秦启身旁，也出现了两名衣着朴素的老者，眼含精光，蓄势待发。

“那玉牌……”袁刚天望着秦启手中持着的梦娘的玉牌，恨恨提道。

“大哥，都是我的错，签字的事是我瞒了你，玉牌也是我输给他的。”袁刚地猛然转到袁刚天面前，满脸哀痛道，“当年是我喝多了酒犯下的错，但到底是你签了字的……外人不会理解，他们看到的只是我们想破坏契约。”

此刻，他们的谈话已经引得周遭不少人停止了其他事情，转头看过来，眼中流露着好奇、震惊、古怪等神色。

秦启也没歇着，将玉牌收起，说道：“黑纸白字写得清楚，你亲自签的字，照上五宗宗规，凡契约一成终身有效，你若想强行抢夺走玉牌，岂不是视宗规于无物，视宗主于摆设，挑衅宗门威严吗？”

他一番话，正气凛然，如一顶大帽子直接扣到袁刚天头上。

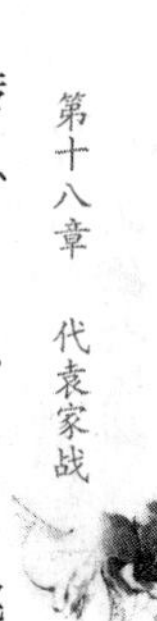

向来最重声名的袁刚天更是难以反驳，他眼中的痛楚之色愈发深重了，身体微颤，脸庞灰暗，犹如刹那间老去十多岁，不似一名叱咤风云的紫灵强者，更像一个普通人家岁数大了的老人。

月思卿脸色很不好看。

从他们的只言片语中，她也猜出了几分真相。

袁刚地背着袁刚天将梦娘当作货物输给了秦启，还骗了袁刚天在契约上签字，并将梦娘的家族玉牌也送了去。

可以说，这份契约在上五宗内已经完全有效了。

上五宗由五大强悍宗门联手而立，自然也有着它森严、难以逾越的规矩。破坏契约，绝对不可行。因为没人知道契约背后是怎样的故事，他们看得到的只是契约上的签名代表着同意。

身为一族之长的袁刚天更不能“出尔反尔”。他实则是个受害者，只是第一，契约并没有实行，第二，为了整个家族，他也只能选择忍气吞声。

但他如何受得了秦启当着这么多人面侮辱梦娘！

月思卿袖下双拳也紧紧握起，她看向袁刚地，目光中掠过一丝冰冷。

袁刚天更该恨的应该是袁刚地，他才是这一切的罪魁祸首，而不仅仅是秦启。但血浓于水，家和万事兴，袁刚天的恨意才怒而发生转移吧。

而秦启，抱着龌龊心思，必也伤害了当时的梦娘，直到现在还在做伤害梦娘的事，也绝不能轻饶！

月思卿想着，脚下步伐加快，已走到袁刚天身边，冲秦启冷声说道：“我想知道，怎样你才肯将玉牌还给我？”

“还给你？”秦启两道狂放的浓眉挑了挑，嘴角的笑有些暧昧，“也不是不可以。听说你也没有灵气？”

他的听说，想必也来自袁雪或秦天等人。

月思卿心中感觉一丝不妙，没有答话。

她没说话，不代表能堵住秦启的嘴，老者眼角掠过一丝淫邪之光：“若是你肯从我，别说玉牌，契约我也还给泉蒙宗。”

说着，他那肆无忌惮的目光在月思卿浑身上下打量。

月思卿虽然穿了一身男装，但五官却依旧精致明艳，少女初成的玲珑身段更是在短打男装的紧裹下若隐若现，别有一番魅力，看得秦启目光痴迷。

“你说……什么？”月思卿身体霎时绷紧，僵硬着脸庞，冷生生吐出四个字。

这一刻，她只想做一件事，剔了那双在她身上乱看的眼睛。

“老匹夫！”袁刚天怒声骂道，刚要发作，却教袁刚地紧紧抱住手臂。

“大哥，镇定镇定，他怎么敢动卿儿一根毫毛，只是说说——”

袁刚地的劝慰还未结束，袁刚天已猛地推开了他，上前一步，挡在月思卿跟前，冲秦启一字一字说道：“老匹夫，你若敢对卿儿起一丝主意，老夫必灭你山岳宗！”

梦娘的事因有契约和玉牌在前，何况梦娘也离开了上五宗，秦启也只是过嘴上之瘾，没有做出伤害的事实。他不占理儿，强行处理，只会毁了泉蒙宗。身为族长，他不能如此不顾大义。

但如果秦启又敢起龌龊心思，甚至是对他的外孙女儿，那他绝对不会善罢甘休了！

四周围，震惊过后，低低的议论声传来。

“听说秦四爷平生最好女人，如今看来果然是真的。”

“连这么小的孩子都不放过，简直不是人啊！”

月思卿缓缓从袁刚天背后走出去，声音平静地说道：“袁大族长，你不消说什么，我与你泉蒙宗并无一丝干系，也并非泉蒙宗人，还没人能做得了我的主。至于这糟老头，给我提马鞭我还嫌他脏呢！”

围观人群则吃了一惊，看着胆子贼大的月思卿。

敢于以小辈身份挑衅山岳宗一名蓝灵强者的威严，当真是不怕死！

“把你刚才的话再说一遍。”秦启声音冰冷地说道，面上带有浓浓的煞气。

以为这话能吓到她么？月思卿微昂下巴，眼光中是倔强的光芒：“你这般心思不正之辈，给我做洗脚的奴才我都嫌你脏！”

这话的意思相当明了。

“无礼小辈，让我教训教训你！”秦启气得脸色发紫，右手抬起，一道蓝色光团飞快凝成。

“你当我袁刚天是死的吗？”袁刚天不待他动手，已一把将月思卿再次拉到身后，挡住她，冲秦启喝道。

秦启出言讽刺道：“袁老大，你就别嘚瑟了，人家可是说得清楚，与你们泉蒙宗并无干系！是不是？”

最后一个问题，他看向的是月思卿，带着求证的目光。

“是的，我与泉蒙宗并无干系！”月思卿抢在袁刚天前面回答道，斩钉截铁，“但这又如何，你既然敢侮辱我，在我眼里，你也成了垃圾！”

“垃圾”两字脱口而出，叫人忍不住倒抽冷气。

“那你可做好承受一名蓝灵强者的怒火了呢？”秦启几乎是咬牙切齿地问道。

“只要你敢！”月思卿在气势上从来不会输给他人。

“我怎么会不敢！”秦启被她激将得最后一点耐性也没了，怒吼一声，蓝光爆发。

“四弟！”一名老者闪身过来，及时挡住了他，低低说了几句，眼光则是朝袁刚天这边瞄来。

秦启的蓝光缓缓消散了，恨恨地说道：“这次算你走运！我秦启在这对天发誓，必要让你做我的床上奴隶！”

“那我也在这里发誓，我必要让你永远都没这个可能！”月思卿也不逞强，冷笑一声。床上奴隶？也不怕恶心！

她知道，山岳宗和泉蒙宗都在这里，墨门、竹清门和力宗也全在，他们之间是打不起来的，但梁子也彻底结下了。

“卿儿，这种人别去理会。”袁刚天怕她有心理阴影，急忙转过头安慰她。

月思卿淡淡看了他一眼，对他刚才的护短并不领情，因为没有他，她也会这么做，这么说。

“我要进魔巴赤山脉。”面对袁刚天的关心呵护，月思卿只冷冷吐出一句。

袁刚天一愣：“你要去采药？”他能想到的不过如此了。

月思卿微微一皱眉，这老家伙想象力还挺丰富的嘛！

袁刚天见她脸色不对，以为她对自己的问话感到不悦，立刻改口道：“你说好你想做什么，我尽全力帮你。”

若说以前他对这外孙女便是抱着惭愧、内疚的态度，在知道她是炼药师公会里院成员后，袁刚天对月思卿更是越发敬佩和用心了。

“我有事，一个人就行了。”月思卿拒绝了他的好意。

“不，我不放心你。”袁刚天并不妥协。

月思卿没有接话。

袁刚天以为她同意了，转头吩咐袁刚地：“将卿儿算进名单。”

袁刚地一直站在旁边，也听到了他们的谈话，脸色正黑着，出声道：“大哥，卿儿她再如何厉害也不过是名炼药师，狩猎会占不到半点优势！算上她，我们宗就要去掉一个主力，实力可是会大大削弱的！”

每一宗门派进比赛场的人数都是相同的，所以要加月思卿的话，必须减掉一名成员。

而月思卿最多只是名炼药师，还不知道是不是假冒的，但不管真假，没有灵气的她只会拖队伍后腿。

“她是泉蒙宗直系，跟你我都亲，血统比那些旁系要尊贵得多！”袁刚天脸色微沉，虽然不喜袁刚地的话，却也知道那是事实。

“就算是直系，可她实力低微也不行啊！这个世界看的是实力。”袁刚地丝毫不为所动，毫不赞同地说道。

“就是，大族长，狩猎会五年才举办一次，在五大宗门考核中分值非常高，对下一次的考核影响极大，可不能儿戏！”

出来说话的是泉蒙宗长老会的一名资历较老的长老，说起来他也是泉蒙宗本宗之人，出身旁系，因天赋优越、实力高强才会被选拔进本宗总门，就任长老一职。

“对啊，大族长，我们知你对小梦愧疚，但这场比赛可不能随意了。您若真想带她见见世面，等狩猎会后有的是机会。”另一名长老也上前劝道。

“大爷爷，我们不希望月思卿参与进来。”袁雪不知何时也走近了，听到他们的谈话，立即发表自己的意见，“她若进来，帮不到忙不算什么，还会降低士气，族人们恐怕会难以尽心尽力狩猎，比赛结果堪忧啊！”

她的话，直接将月思卿拉到了对立位置。

月思卿淡淡瞟向她，发现跟在袁雪身边的仍是秦天。

秦天只是匆匆看了她一眼，便转过了头，没有说什么。

而这些人左一句，右一句，袁刚天脸色气得有些铁青，但愣是说不出反驳的话。

“如果我非要进呢？”这一回说话的是那一直没有开口的月思卿。

“没有我们的同意，你进不了。”袁刚地不客气地答道。

“不知道你们往年参加狩猎会，一般人的个人得分是多少？”月思卿目光缓缓扫过站立得整齐的参赛队伍，突然问起一个风马牛不相及的问题。

袁刚地卡了一下。

袁雪倒还算机敏些，很快接过问题答道：“半天时间比赛，大概在六十分左右。”

“金圈十分，银圈五分，铁圈三分，铜圈一分，六十分并不好弄。”袁雷补充了一句。

月思卿转移目光，看向袁刚天和袁刚地等人，缓缓说道：“六十分而已，放心，我至少给你们带六十分回来！”

“你这么自信？”袁雪惊讶地挑起眉。

她说带六十分就能带六十分回来吗？

月思卿她真的没有灵气？

“说的比唱的还好听！带六十分回来？你以为是你想带就能带回来的？没有灵气你用什么办法？我绝对不会让你进去！”袁刚地冷飕飕地说道，看向月思卿的眼中一片幽暗。

“是吗？没有灵气？谁说我没有灵气了？”月思卿扫视了下四周，确定没有外人围观时，她才压低声音，一字一字地说道，眼光中盈着一丝好笑的神情。

说她没有灵气的都是泉蒙宗那些眼睛瞎了的人，也不问问事情真相便将没灵气的帽子给她扣在头上，而她，自然不屑跟那些无知之人解释。

但这一次，魔巴赤山脉她是一定要进的！否则她可不是白留在上五宗了吗？

“你，你有灵气？”袁刚地所有的神情刹那间全部转化为震惊，面色如同吞了苍蝇一般僵硬，反问时，声音也结结巴巴起来。

“卿儿？”袁刚天也惊讶地睁大眼睛，不敢相信。

“我说过我没有灵气？”对于他们的惊讶，月思卿只是淡淡反问了一句。

“我以为，你娘……”后面的话，袁刚天没有再说下去了。梦娘没有灵气，作为她的女儿，月思卿这么久也没有表现过，甚至于被袁雪推下飞行兽而无任何反应，不能不让其他人有这样的想法。

“最少六十分。”月思卿说道，“放心，我绝不会拖你们队伍的后腿。”

她并没有将话说得很满，但这样质朴实在的话语也易教人安心。

“你有绿灵了吗？几级？”袁刚地皱眉问道。

自从知道月思卿是炼药师后，他们便派人去卡列国打听月思卿的过去，只是两地相隔甚远，要一段时间才能调查清楚。

可纵使不知情，内心深处，袁家上下都已经信了。

毕竟，一名炼药师公会正式注册的成员，在这种事上撒谎的可能性太小。

“绿灵？”月思卿一愣，不禁眨了眨眼，说道，“算是吧。”

她是在幽暗谷闭关后一举突破到青灵三级，三个月的调养，她至今还未使用过新灵气，所以称一声“绿灵”级别也不为过吧！

但她的话在袁刚地等人耳里听来就不是这番意味了。

“算是？有些勉强啊，难道还没有突破绿灵？”袁刚地眼中流露出浓浓的怀疑。

天才在这片大陆上虽然不少，但也不多。黄灵和绿灵间的沟壑便是一道分水岭。

故而袁刚地对月思卿的灵力阶别做了个很坏的估量。

"呵。"袁雪轻哼一声，眼中却露出明显轻松的神色。

"这是我自己的事，总之，六十分我能拿下。"月思卿有些无语，却也不想给他多解释什么，将目光转向袁刚天。

答不答应，也就看他一句话了。

"让她顶替袁妍，袁妍做替补吧。"袁刚天略一思忖，冲袁刚地说道，"再无异议。"

规定只有二十人下场子，他们定的二十三人中，三名实力靠后的是替补。狩猎会中，每个家族都有三次替补机会，这也是避免突发意外。

"好。"袁刚地看了月思卿一眼，没再反对。他知道，就算月思卿真的毫无灵气，袁刚天还是会这么做的。

何况月思卿确实有灵气，而作为泉蒙宗直系的身份，即使灵气不高，也是会被照顾的。毕竟，这也是一个提升实力的机会。

"卿儿，你也有灵力，太好了！"袁沐悄悄挤到月思卿身旁，有些雀跃地低声说道，那张忠厚老实的脸庞上布满了发自内心的笑意。

看到他，袁刚天似是方才想起来，吩咐道："沐儿，等会儿进了山脉后，你帮衬着卿儿一些。"

他到底还是不放心。

"嗯，爷爷。"袁沐小声地答了句，瞄了月思卿淡然美丽的小脸一眼，脸庞微微红了。

月思卿在心里轻叹一声。

阅人无数的她自然看得出来，袁刚天和袁沐待她都是真心的……只是，她不想再卷入另一个利益团体。

随着秦家人离去后，众人的注意力也慢慢从月思卿等人身上转开，袁雪也转身离去。座席台前，即将步入山脉中参加狩猎会的选手们都在和家族中人进行密切的交谈，为最后的一战做准备。

"呜——呜——呜——"

三声悠长的鸣笛声在山谷上空响起，场上的说话声倏地一低。

"预备的号角响起来了，卿儿，跟他们一块儿吧。"袁刚天伸手指向袁家诸参赛选手所站的中央位置，快速扫了眼月思卿的穿着，点头道，"你这身衣服正好也不用换了。"

月思卿早就发现了，今天五大家族参赛选手们穿的衣服都有讲究的。

泉蒙宗穿的是一身黑，而她的黑色男装正好颜色相同。山岳宗穿白，竹清门穿紫，墨门穿蓝，力宗则穿青。

她仔细一想，赤橙黄绿青蓝紫黑白，如果按这九彩顺序来排，山岳宗第一，泉蒙宗次之，竹清门第三，墨门和力宗排最后。

大概这就是前一次上五宗的排名吧！

月思卿和袁沐一起行到泉蒙宗族人所站的聚集地，他们一到，周围那些眼光齐刷刷全盯到月思卿身上去了。

"你就是月思卿？"一道毫不友善的声音传来，一名个头较高的少女站在旁边，冲她横眉冷目。

“嗯。”月思卿应道。

“听说你才绿灵不到的实力，也想进魔巴赤山脉，族长将我这个绿灵五级都给除名了，你好威风啊你！”少女一面说一面露出恨恨的眼光，显然不满之至。

“厉害不是嘴上说说就能做到的，也要看成绩不是？”这大抵就是刚才袁刚天口中被她替代的袁妍了。

“你是什么级别？”袁妍冷着脸问。

“不会比你差。”月思卿轻轻一笑，不屑于与她口舌之争。

“口气真大！”袁妍根本不信，一脸不公，“你若实力那么强，这么久怎么一点动静都没有？仗着自己是直系欺负人是不是？哼，就算你是直系，将来说不定也要看我袁妍的脸色！”

说着，她傲然地昂起下巴。

“你当真要进魔巴赤山脉？”

袁雪不知何时已经换了一身黑色男装缓缓走过来，较她穿来的那套玫红色衣服颜色暗沉，却也衬得脸色如雪如玉。

“总之不会让泉蒙宗吃亏的。”月思卿纠正道。

这时，秦非响亮的声音在半空响起：“各位选手，准备好了吗？现在即将进入魔巴赤山脉！整片山脉都被我们下了禁制，凡是出现蓝灵以上灵气者，将会被自动传送出阵，宗老们也会第一时间赶到传送点，对违规选手进行处罚。而非我上五宗的选手们也请及时退出，山脉内的禁制会识别五个宗门的血脉，非我上五宗血脉者，也会被自动传出，轻则受重伤，重则殒命！”

月思卿恍然，原来还有血脉限制，难怪都不用核查人员是否有作弊的了，来参赛的无非都是宗门之人。

“一、二、三！”秦非数了三声后，一声急促的短笛声响起，那条紧紧挡在谷口的粗铁链被当中切开，露出一个大豁口。

“进去吧！”秦非的笑声激荡开来，一百号选手争先恐后地朝豁口处飞驰而去。

同时，他们的上空，几十名紫灵、蓝灵强者一同张开半透明的翅膀，光芒绚丽，向魔巴赤山脉上空飞去。

其中，各宗门都会抽派高手一路保护本族之人的安全，而宗老会的几名宗老则负责协调整场比赛，确保公平。

“卿儿，跟着我。”袁沐虽然胆小，但关键时刻还是勇敢地抓住月思卿的小手，生怕她跑丢了。

两人随着人流进去，转过几个小山头，周围便稀落了一些。

五大家族的人也逐渐散开，界线划分得更加鲜明了。

月思卿留意到，自己身边聚集着的大多是身穿黑衣的泉蒙宗人，而这群人围着的中心俨然就是袁雪。

她并不意外，虽然袁雪的年纪在泉蒙宗年轻一辈中不算大的，实力也不是最强的，但她的天赋却是最好的，又是女性，格外骄矜一些，从小便偏受几位族长的宠爱。

“分组吧。”袁雪回过头，缓缓扫视一圈身边的本族之人，开口道。

立刻，二十名参赛选手，四人一组各自站到一起，还剩下三个人呆呆地站在一边，目光颇为尴尬地对视几眼，最终落到月思卿脸上。

月思卿心中顿时明白过来。

想来他们之前就计划好了，四人一组，分为五个小组分头行动，效率大大提高，在遇到棘手的灵兽时，四个人的力量也不算单薄。

而那三个人，正是袁妍所在的小组。袁妍被替下了，自然就是月思卿顶上。

可对月思卿未知的实力……那三个人如何放心，均是面露为难之色。

“兄弟们，抱歉了，爷爷让我照顾好卿儿，我要和卿儿一起。”袁沐先是归了队，而后诚恳地向队伍里另外三人道歉，才走回到月思卿身边。

那三个人见状，虽然有些不情愿，但也知道事情无法更改，索性朝另外三人看去，说道：“咱们凑一凑吧。”

顿时便有反应快的两人冲了出去，同时说道：“我跟你们一起。”

出身大房直系的袁沐虽然比不上二房的袁雷、袁雪厉害，但灵力也不低。能和袁沐组队的其他三人，实力也差不到哪去。

“袁明，你吧。”他们要了那三人当中实力好一点的袁明。

剩下的两名青年袁方和袁达则苦着一张脸看向袁沐和月思卿，他们已经没有了选择。

虽然袁沐绿灵七级的灵力不算低，但月思卿的战斗力会不会拖后腿呢？毕竟在这危险的魔巴赤山脉，多一分力量多一份保障。

“既然这样，那就定下来了。”袁雪不以为意地说道，“事不宜迟，分头行动。一、二小组去东面，三、四小组去南面，第五组去北面。”

第五组，就是袁沐这组。

其他小组都是两个两个离得较近，他们组是独自去北面，真要出了什么事可是叫天天不应，叫地地不灵。

针对袁雪的安排，袁方和袁达的脸色瞬间难看起来，但这是袁雪的决定，他们并不敢反驳，毕竟旁系在泉蒙宗里还要倚仗直系的鼻息生活。

但袁沐说话了，他的脸憋得通红，显然是鼓起了很大勇气才说出口：“雪儿，北面太偏僻了，应该安排两个小组过去。”

袁雪轻叹一声，一脸无辜道：“安排不过来啊，总要有个小组单独行动，袁沐，你是直系，由你来带队最好。”

她的解释很含糊，但袁沐一看便是个老实的人，讷讷少言，不知道如何改变袁雪的主意。

“北面就北面吧。”还是月思卿开了口，结束了这场“谈判”，她也不多看袁雪一眼，直接冲袁沐道，“时间也不早了，我们出发吧。”

既然是狩猎比赛，那必然有时间限制，按照往年习惯，在半天左右。

瞧得她如此肆意横行，袁雪脸色冰冷，在背后重重哼了一声：“呵，看你等会儿吃亏吧！”

月思卿耳力好，这话听得清清楚楚，她忍不住勾了勾唇。

吃亏？她月思卿几时吃过亏？

身后，袁雪一声娇喝，泉蒙宗大部队分向两个方向飞奔而去。

很快，四周围便安静下来，只听到踩在山路上的脚步声。

月思卿回过头，看向身后跟上来的三人，尤其是有些不太情愿的袁方、袁达。

她肃了肃脸色，开口道："既然我们四人是一个小组，不管你们能不能接受，接下来在魔巴赤山脉里我们便是一个团体了，有福共享，有难同当，谁要有异心，这个队伍便散了。"

听她说话底气十足，丝毫没有胆怯，袁方和袁达颇感意外，对视一眼，再次看向月思卿。

"既然这样，我们选个队长吧。"袁方思忖了下，提议道。

是的，他们已经无法更改事实了，唉声叹气不如接受事实。

"袁沐当队长吧。"袁达献殷勤地说道，笑笑地看向袁沐。

好歹袁沐的身份尊贵着，实力也不差。

袁沐脸庞微红，瞟了月思卿一眼，刚欲点头，月思卿已脆声说道："沐哥哥，我来吧。"

一声"沐哥哥"瞬间拉近了她与袁沐的距离。

袁沐脸庞上的红云更浓了，想也没想，脱口答道："好，你来。"

"她来？"袁方和袁达俱是吃了一惊，有些不敢相信地看向月思卿。

天啊，真的要这样吗？一个传说中没有灵气，现在也不过灵力低微的女子来当他们的队长吗？他们会不会被带到狼窝虎穴中去？会不会被灵兽撕成碎片？

"对，有意见吗？"月思卿看向二人，笑眯眯地反问。

两人互看一眼，又看看袁沐，摇了摇头道："就这样吧，赶紧，否则我们和其他队的差距就大了。"

五个小组分头行动，自然是要拿到一起比较的。

虽然同意了月思卿当队长，但他们二人的眼光里露出的却并没有几分服从，只是为了赶时间。月思卿知道，到了关键时刻，这二人必不会听自己的。

她淡淡一笑，意气风发地说道："走！"同时将巨大的精神力扩散开去，感知方圆数里内的动静。

身为炼药师，丰富的精神力具有无可替代的优势。

而憋了三个多月的她终于可以在今天毫无顾忌地在山脉内横行了，巴不得遇到灵兽，好大展身手，贯通自己的经脉。

"这边！"月思卿熟门熟路地指引着方向，实则是精神力感知到灵兽的存在。

"魔巴赤山脉内的灵兽级别怎么样？"她一面走一面问。

看着她熟练的模样，袁沐、袁方和袁达都很惊讶，这不像第一个来丛林内历练的少女，还是说她根本就是莽打莽撞？

袁沐嘴里回答她："这里灵兽有高有低，我们现在在山脉中央部位，只要不跨越山头，就不会遇到蓝灵以上的灵兽。这儿最高的大概是青灵级别的灵兽。"

青灵级别的灵兽相当于蓝灵级别的人类，实力已经相当强悍了。像一号小组，四名青灵高阶的中年男人，便完全能对付青灵灵兽，甚至可以挑战级别低的蓝灵灵兽。

"黄灵灵兽佩戴的是铜圈，积一分；绿灵灵兽戴的是铁圈，积三分；青灵灵兽戴的是银圈，能积五分；而蓝灵灵兽戴的才是金圈，积十分。"袁沐将比赛规则说给月思卿听。

"嗯？银圈和金圈间的积分差得很多呀。"月思卿弯唇一笑。

"是的，蓝灵灵兽我们都别肖想了，就算是实力最强的七表叔那组恐怕都有点压力，除非与袁雷他们联手。"袁沐叹道。

"以我们这一组的实力，如果遇到青灵灵兽就很麻烦，卿儿，不要太往里走，能遇到绿灵灵兽更好，黄灵的话也不放过吧！"因为队长一职给了月思卿，袁沐怕她不知，委婉地提出自己的意见。

"跟我走便是。"月思卿但笑不语。

青灵灵兽她还真没放在眼里过，当初在幽暗谷七天修炼时，绿灵九级的她便已经挑战蓝灵灵兽了，何况现在的她已经青灵三级，还拥有神器鼎力相助。

只要把那两个小子摆平，自己的实力也不会泄漏。

袁沐以为她答应了，松了口气，叫上袁方和袁达，紧紧跟着月思卿。

月思卿没再说话，而是将精神力扩散得越发远了。脑海里是一片混沌的黑暗世界，有如当初召唤本灵时一样，有光芒或强或暗的光团浮现着。

她尽力避开那些微暗的光团，直接朝强光处走去。

空间戒指里，小紫也帮助她感受外界气息，遇到危险时及时提醒。

很快，他们便进了山脉深处。

淡淡的日头下是一望无际的深山幽涧，岩石嶙峋，偶有猴声鸟鸣传来，别有几分大自然的清幽。

可同时，众人也感觉到了危险，那是一名合格灵师的直觉。

"卿儿，前面恐怕不太安全，我们走得太深了。"袁沐停下脚步，脸色凝重了几分，到底跟着袁刚天见过几分世面。

"没关系，跟着我就好。"月思卿头也不回，朝那水流声处走去。

身后，袁方和袁达也因袁沐的话迟疑起来，干脆停步不前。

"卿儿，你是不是在胡乱指路？我也觉得这里太过危险。"袁方正色说道。

"就是，我们奉你为队长，你也不能视我们的生死为儿戏啊！"袁达一面说一面小心翼翼地观察四周。

"既然我是队长，那就听我的。"月思卿转过身，冲袁方和袁达说道，"我就算想害你们，也不会害沐哥哥吧。"

袁沐听了这话，心下极是感动。

"那也不一定，你和袁沐哪有什么交情，谁知道你存的什么心思！"袁方对月思卿的态度越发不客气了，到底只是利益相交，一旦侵犯了自己的利益，立刻翻脸，毫无犹豫。

"对啊，袁沐，你来做主吧。"袁达恳切地看向袁沐，说道。

袁沐面露难色。

"我们还能不能好好说话了？"月思卿一眼扫过二人，很无辜地耸耸肩，"大家意见这么不合，那就别走一起了，分开来吧。"

"卿儿，魔巴赤山脉不安全，如果分开来出了什么事，家族是要怪罪下来的。"袁沐不赞成地摇摇头。

“那我能有什么办法？我是队长，他们不听我的，出什么事情也要他们自己一力承担。沐哥哥，你说是不是？”月思卿笑嘻嘻地问道。

是他们不听话，能怪自己么？她这话将袁方和袁达推入被动状态。

“你以为你真是队长……”袁方气得咬牙切齿，只是后面的话还未说完，一声狂怒的兽吼声猛然响起，尖锐的咆哮带着浓浓的血腥气息，摄人心魄。

光听这一声地动山摇的兽吼便知道这只灵兽绝对品阶不低。

袁沐几人瞬间脸庞变了色儿。

月思卿也立刻回过头，双眼警惕地朝前方一处自然山涧看去。

山涧顺着山势起伏高低，在地势较低的山沟处汇成一汪天然湖泊，湖泊不大，但水色极碧，清风徐来，波光粼粼。而闪烁的光芒下是无限隐藏的危机。

“嘭”的一声巨响，水花四溅，有如激起一道喷泉，一头庞然大物从湖泊中跳了出来。

“啊！”袁沐几人惊呼一声，脚步连退，始才看清，那是一头生有双蹄双角的牛。

牛身呈血红色，双角硕大而尖锐，狰狞的脑袋上，一双牛眼瞪大如铜铃，直直地看向月思卿四人。

“是这座山峰上攻击实力最强的青灵灵兽之一——血色红牛！它本该在山顶的，怎么会出现在半山腰？”望着那头与祖辈描绘得差不多的外形，袁沐脸色铁青地叫了出来。

血色红牛，早先便被袁家长辈普及过魔巴赤山脉知识的袁方和袁达自然也是听过的，眼光中含着惊悚与绝望之色。

青灵阶别的灵兽本就难对付，何况还是以强力攻击而闻名的血色红牛！他们只有四个人，还有活路吗？

“捏破传送丸吧！”袁沐虽然胆小，但还是有自己的主见，立刻说道。

每名选手身上都备有一粒传送丸，只要捏碎它，便能主动传送出阵，避及了生命危险，但也预示着他们在魔巴赤山脉内的狩猎比赛结束了。不到万不得已的情况谁也不想用。

“别！”月思卿厉声阻止了他，退到他们前面几步的距离，脸上毫无害怕之色，反倒溢满了兴奋。

“卿儿，血色红牛是青灵阶别高攻击灵兽，你看到了吗？它的脚上，一边绑着银圈，一边绑着铁圈，这是和一般的青灵灵兽区分开来的。”袁沐紧张兮兮地解释道。

果然，那只血色红牛庞大的身躯下方锁着两只圈，一银一铁。

红牛双目喷火，仰起恐怖的大脑袋，咆哮声再度撕天裂地：“嗷……”

袁方吞了口唾沫，苍白着脸道：“这头牛肯定是下山洗澡，被我们破坏了，正在狂怒中，我们不是对手！”

月思卿翻了个白眼，脸色一沉，厉声道：“都给我退后，越远越好！”

她的话令袁沐三人大吃一惊。

“卿儿，你一个人……”袁沐惊恐地张大嘴，不敢相信地问。

“少废话，还不走！”月思卿说完，上前两步，挡在三人前头，不再理会身后那三个磨磨蹭蹭的男子了，直接冲血色红牛昂起骄傲的头颅，也不管对面那头兽能不能听得懂，直截了当地说道，“我要你脚上的两只圈，若是识相的话，乖乖给我，否则，别怪本姑娘下手不客气！”

她这番话说得袁沐、袁方和袁达嘴角直抽。

似是感受到月思卿在自己脚上打转的眼光，红牛直起前蹄，又是一声怒嘶，一道青光自它脚下腾起。果然是货真价实的青灵灵兽！

“灵力，起！”月思卿红唇微动，吐出低却清晰地三个字，那许久未从爆发过的灵气如同获得了自由一般，争先恐后地从她的七经八脉中拥挤而出，叫嚣着，嘶吼着，浓郁的青色光芒刹那间照耀了整个天地，将少女初见玲珑的身形笼罩在内。

青灵灵气！看这浓度，绝不会是青灵一级，至少也是青灵三级！

袁沐、袁方和袁达被那汹涌的灵气扫荡到，“噔噔噔”连连后退，好不容易稳住身形，谁也不曾离开，皆是目瞪口呆地望着月思卿。

傻了，傻眼了。

“我看错了吗？那是青色灵气……”袁方呆呆地喃道。

“她是青灵吗？真的假的？”袁达也愣头愣脑地迸出一句。

袁沐更是脸肌僵硬，话也不会说了。

青灵三级以上的灵师？真的吗？月思卿的年龄可是比他还小，如果他没记错的话！可如果她真的是青灵三级，那她的天赋该妖孽到何种地步！

神啊，即便是上五宗数千年的历史长河中，如此天赋的先辈也寥寥无几啊！

“小紫，封锁空间！”月思卿早已知晓了小紫招数的妙用，随着它实力的提升，完全能将方圆十丈内的空间封锁住，外界感应不到这边的一丝气息，也杜绝了其他灵兽来援的可能。

随着青色灵气铺天盖地，一道身影闪过，一个稚嫩的声音叫道：“小粉见过主人，感谢主人的恩赐！”

月思卿一愣，朝声音处看去，就见三步距离处，一个粉嫩嫩的小女娃站在那，穿着一身粉色纱边的裙子，露在外面的手臂白白嫩嫩，两条麻花辫可爱地拖在肩膀上，一双水灵灵的大眼睛要多可爱有多可爱。

“小粉？”月思卿艰难地吐出两个字……

“主子，要不是你，小粉永生都不能晋升神兽一阶，主子，您就是小粉的再生恩人，小粉愿生生世世服侍您！”小粉说这话时，一脸真诚的感激之情，声音都激动得发抖。

“神兽？小粉，你晋升神兽了？”月思卿虽然一时不能消化她的新形象，但很快就明白过来，心中的喜悦之情也是难以言表。

“是的，小粉现在是八阶神兽！”说完，她满脸的自豪之情。

“恭喜你！”月思卿笑容绽开，冲她竖起一个大拇指，也不再责怪她主动跳出来会给自己带来的麻烦了。

想了想，她冲契约空间说道：“小白呢？”

对面的红牛也因小粉的出现，气势上明显低了不少，警惕地看着他们。

“主子，我升六品了。”雪白的虎王高兴地一蹿而出，身躯又庞大了好几分，除了额上金印之外，四蹄也变成了尊贵的金色。

“切，六品有什么好得意的！”小粉不屑地撇了撇嘴。

“哼！你当初不是六品吗？”白虎王冲她龇牙咧嘴，“明明长得那么丑，还装可爱！”

“呜——小粉本来就可爱！”小粉眨巴眨巴眼睛，泪水就要掉下来了。虽然晋升了神兽，性格还是没变啊……

“好了，正事重要！”月思卿强忍着想笑的冲动，打断了它们的对话，眼睛看向对面的红牛。

“卿卿，小粉的晋阶让战斗力又提升不少！这三个月没有白休养。”银色和小青也同时出现在月思卿身边，笑眯眯地说道。

三人一兽围住月思卿，倒将袁沐、袁方和袁达吓得再也说不出话了。

这到底是什么情况？

而对面的红牛也嗅到了危险的气息，谨慎地看着他们。

月思卿淡淡看向它，说道：“不好意思，你的银圈和铁圈本姑娘都收了！银色，漫天花雨！小青，龙吟九天！小粉，火焰球！小白，金刚掌！”

一连串的话语脱口而出，月思卿只觉得神清气爽，那久违的战斗激情又回来了！

红牛发飙了，重重的铁蹄踏在地面，如雷声轰鸣一般，一个巨大的脚印青光带着狂风怒号便冲月思卿撞去。

“轰”的一声，所有的技能狠狠撞击在一起，爆发出惊天动地的巨响，金光四射，乱人眼帘。

两大上古神兽加上一个八品神兽的威压，足以抑制红牛的部分威力，再加上多技同发，以月思卿强悍的灵气储量为后备，血色红牛吃了大亏，“腾”地一声再次跌落湖泊。

月思卿可没忘记这次出来的目的，眼中精光一闪，她已捏住胸前的玉石灵坠，喝道：“封锁！”

这次的封锁空间不同于小紫的大范围封锁气息。玉石灵坠的作用是隐藏月思卿所在的空间，空间大小随她的意念变化。

于是，月思卿的身形下一刻便消失在袁沐等人的眼界内。

玉石灵坠隐藏空间的效果只有三十息，所以，三十息倒计时开始……

右手一翻，月思卿抽出那柄自幽暗谷后便没再动过的上古神器——裂日凤吟刀！

精美锋利的雪刃在她拔出刀鞘时光芒一闪，长成数丈高。弧度适中，形若弯月，冷厉的幽芒吞吐着银光，有裂日破月之功效。月思卿静静握着翡翠般碧绿的半透明刀柄，微微一动，刀锋上传来远古凤吟，悠扬，神秘，撩人心弦。

握着上古神刀的少女，也如被笼上一层幽雅神秘的光芒。

“落马箭！”红唇轻动，三个字一出，凤吟声倏地震颤耳际，裂日凤吟刀脱手飞出，化作一柄巨大尖锐的锋刃，银色刀刃逆着日光，森寒一片。

“咻——”锋刃如箭，飞射出去。

落马箭是绿灵高阶战技，她在铁堡时曾经练习过，但还是第一次使用。

相较于锁骨连环刀、弯弓斩，落马箭的劲头更足，并且能锁定敌人，对方难以逃脱。

“兰之碎片！”

月思卿再次叫出一声，闭上双眼，感受脑海里出现的一幕幕画面。

那是银色自带的青灵技能，不消经过练习，便直接可以用。

雪色兰花旋飞而出，一声巨响后自爆成万千破碎的兰瓣，朵朵兰瓣如花雨般朝红牛降下，任何一片高度旋转的碎片都是一柄锋利的武器，断人心弦。

她此次历练最大的目的就是熟悉青灵，熟悉新技能。

红牛再次放出蹄印攻击，但已落下风的它早已后劲不足。

一声惨叫，鲜红的色泽随着水波泛出，那清幽的湖泊霎时弥漫开艳红，那是血的颜色。

“小青你去取圈！”银色从空间戒指拿了钥匙，递给青龙。四种圈都能用这把特定钥匙打开。

青龙毫不迟疑，身形一闪，快速飞向湖泊，跳下了湖。

“不愧是龙，水性真棒！”白虎望着青龙的动作赞叹道。

“还好，弄脏的不是我的衣服。”银色在旁轻轻吁了口气，美艳的五官扬起一丝笑意，修长干净的五指随意地理了下自己的雪色长袍。

“……”月思卿嘴角直抽，瞟向银色，尼玛，这朵兰花够坏啊！

小青很快就从湖里跳了出来，也顾不得浑身湿漉漉的，向月思卿跑来，兴奋地将一枚银圈和一枚铁圈交到月思卿手上。

月思卿嘴角绽开一抹笑意，得手了！

小青摇身一变，便换了套干净的青衫，喜滋滋地站在月思卿身边。

三十息的倒计时结束了，玉石灵坠的效果消失，月思卿等四人一兽也露出身形。

“小紫，收空间吧。”月思卿低低叫道。

“是，娘。”小紫脆生生地回答道。

头顶的天空似乎清明了一些，空气也清爽得多，只不过这些变化，无人注意到。

第十九章

杀死蓝灵

“卿儿！”袁沐看到染红的湖泊和那喘着粗气的红牛，便知道这一战的胜败了，惊喜交加地跑过来，一眼便看到月思卿手中的圆圈。

“换地方。”月思卿将两枚圆圈收进空间戒指，径直吩咐。

她并不打算伤及灵兽性命，毕竟，这头六品阶的红牛也是经过了很多年的岁月才修炼到青灵级别，难得了。

“卿儿，你一个人战胜了血色红牛？”袁沐仍然难以置信，喃喃问道。

“废话，我们不是人吗？”小青冷冷哼了声。

“……”月思卿无语。

还真不是人呢！

袁沐和跟过来的袁方、袁达的注意力立刻转到了这群兽的身上，结结巴巴地问：“他们，他们是……”

袁方又小心翼翼地问：“你是青灵灵师？”

月思卿思忖了下，郑重地看向袁沐三人，说道：“是的，事到如今，我也不瞒你们。我是青灵三级的灵师，他们是我的灵物。”

“真的是青灵三级！”袁沐脑中一炸，几乎一片空白。

这是才多大的青灵三级啊！

“可怎么这么多灵物？我从来没看过一个灵师带这么多灵物的啊………不都只有一个吗？”袁方紧紧捂住胸口，气快要喘不过来了。

袁达也呆呆地说：“对啊，你的灵物能分身吗？”

他们始终都不会，也不敢猜想到那个事实上面去。

月思卿倒是实诚地笑了笑，淡淡道：“不用惊讶了，我就是传说中的召唤灵师，我可以召唤很多灵物。”

“天啊，召唤灵师！”三个人几乎同时惊叫出来，声音因激动而发起抖来。

“卿儿，你是召唤灵师？你不是炼药师吗？”袁沐被这个真相震惊在原地。

“我是炼药师，也是召唤灵师。他们都是我的灵物。银色、小青和小粉之所以是人形出现，那是因为他们都是神兽，这两名是上古神兽，小粉是八阶神兽。”月思卿索性一块儿解释出来，免得他们再问。

“扑通扑通！”

袁方和袁达直接给跪了。

召唤灵师也就算了！灵物中居然有三个神兽，其中两个还是上古神兽……欧，天啊，还让不让他们活了？

“卿儿，你是说笑的吧？”袁沐脸上肌肉直抽搐，看向月思卿。

“我有时间跟你们说笑吗？抓紧时间，走吧。”月思卿右手一挥，已将银色、小青、小粉和白虎王统统收进了契约空间，身旁空无一物了。

“扑通！”这一回袁沐给跪了，实在是惊吓太大，好在他又赶紧爬了起来。

“卿儿，你真的是我的妹妹卿儿吗？”他擦着额上冷汗，颤声询问。

“……”

月思卿自是不知道自己将好几个真相一把扔在人家眼前给对方带来的巨大冲击。

如吕涛等心态极好的人恐怕都无法一股脑儿接受。

“走吧。”月思卿只说出这两个字了，也不顾他们，转身先行离去。

她这一走，袁沐、袁方和袁达才好似突然来了精神，慌慌忙忙地跟了上去。

一面找寻下个目标，月思卿一面还抽空看向双腿颤巍巍跟着的袁方和袁达，眼中俏皮的光芒一闪，扭头问：“两位，我还有没有资格当你们队长啊？”

袁方和袁达脸色微白，如小鸡啄米似的直点头，连声答道：“当然有资格，别说队长了，你将来当我们族长也是绰绰有余！”

月思卿后背一寒，赶紧阻止道：“别胡说了，我对泉蒙宗可没有一点兴趣！今天的事情也就你们看见了，沐哥哥，答应我，不要将这事说出去。”

她说着真诚地看向袁沐。

袁沐缓缓从刚才的震惊中回过一点神，听到月思卿的要求，面露难色：“卿儿，连爷爷也不能说吗？我们的收获多了，我怕是瞒不过他。”

月思卿想了想，认真地说道：“如果你真想说，青灵三级的实力我允你们透露，但召唤灵师的事不许说。你要知道，这个身份如果泄露了，会给我带来多大的麻烦，现在的我，实力还不够，除非你想害我。”

她知道袁沐待自己有几分真心，索性将利害关系阐明清楚。

袁沐一惊，刹那间明白过来月思卿的意思。

“好，我不说，你们呢？”他转头看向袁方和袁达。

“我们也不说。”袁方和袁达赶紧保证。

“嗯。”月思卿缓缓敛去嘴角笑意，声音蓦然间染上一丝冰冷，道，“我想你们也不敢说，但凡这事被其他人知晓，我第一个就拿你们开刀。身为一名召唤灵师，我想要你们的命，简单！”

她这是威胁，彻底的威胁。

但这一刻少女的气势十足，冷厉的字眼叫人无法不信，她说得到必会做得到！

“我们绝不泄漏一个字！”袁方袁达立刻低头重复了一声。

“如果他们从其他渠道知道的，可也不干我们的事。”袁方赶紧补充一句。

“这个我自有分寸，管好你自己的嘴。”月思卿冷冷补了句，转头继续前行。

接下来事情就简单多了，袁方和袁达再无一句异议，心甘情愿地跟着月思卿，袁沐自是乐见其成。

既然组成了一个团队，他们又对自己这般信服，月思卿对他们也就多加关心。她并非只挑青灵阶别的高阶别灵兽对战，一路也会考虑些绿灵灵兽。为了不耽搁时间，她通常都是将部分灵兽引到一起，自己独自对付大头，剩下的留给他们。

丛林内，幽风吹过，空气里弥漫开浓浓的血腥味，哀号的兽吼声逐渐低了，月思卿利落地解下一只白熊臂上绑着的银圈和铁圈，收了灵兽，快步顺着林荫道向外走。

袁沐他们就在不远的地方。

刚走数步，耳边便传来一阵急乱的脚步声，有人说话的声音传来：“这只灵兽是我们打伤的，你们怎么能占了它的银圈？”

“我们来的时候这里没人，它是我们的俘虏品！”袁方据理力争地叫道。

“泉蒙宗的小子太不识抬举，呵，敢对老子大呼小叫！”一道怒气冲冲的声音随后响起。

“这是我们大房直系袁沐少爷！”袁达介绍袁沐道。

“袁沐少爷我又不是不认识。你们怕是认不得我吧？我是竹清门直系邵留乐，绿灵九级灵师。今天就算是你们家袁雷少爷或袁雪小姐在这里，都不敢和我这般说话！两个无知的小子！”自称“邵留乐”的青年颐指气使地说道。

月思卿这时已经蹑步走了过去，透过疏疏密密的林间枝叶，看到一个身穿紫衫、相貌颇有几分英俊的少年负手站在那里，下巴翘到了半空，满眼不屑与轻视，瞄向袁沐三人。

“原来是留乐少爷。”袁沐脸色微动，显然听说过这个名字。

“嗯，袁沐少爷。”邵留乐从喉咙里哼了一声。

袁沐，虽然生于长房，但实力一般，性格偏于内向，加上父亲也不在家，在外的名头倒不如袁雷、袁雪大。

袁沐看看手中那枚虽然染了血迹却依旧锃亮的银圈，看看远处因重伤在地上哀号的三尾豹，再瞧瞧不远处的邵留乐，脸现犹豫之色。

他们过来时，那只潜伏在草丛中的三尾豹突然袭击他们，而在这之前，三尾豹已经受伤了，所以月思卿没有感受到那原本是青灵灵兽的气息。虽然是头受伤的豹子，但到底是青灵级别，瘦死的骆驼比马大，再加上他们自己引来的一头绿灵灵兽，对付起来极为困难。

他们为战胜半伤状态的三尾豹，已是出生入死，付出了极大的代价。虽然明白了三尾豹之前是在邵留乐四人手中受了伤，但猎物最终还是折在自己三人手里，就这样将银圈拱手相让，多少有些不舒坦。

就在袁沐两难时，邵留乐悠悠说道：“袁沐，这猎物可是我们先动手的，按规矩说就是我们的东西了。你说呢？”

考虑了下，袁沐开口道：“留乐兄，这猎物是你们先打的不错，但我们也花了九牛二虎之力降服了它，这银圈总不能全归了你们，好歹，你们也要分我们一个铁圈。”

他这话说出来，月思卿立刻暗地竖了个大拇指。

不错嘛，她家沐哥哥也不是那么好糊弄的，到底没丢泉蒙宗的气势。

若是换个知事的，或者换个精明的，多半也就顺水推舟了，但邵留乐一向自负惯了，何况又是在比赛场，哪里会舍得将自己的东西吐出来给他？

邵留乐脸色说变就变，沉了下来，说道："袁沐，现在可是狩猎比赛。平常，我全部给你都不成问题，但现在不行。你若不给，那我们也就只能以实力服人了！"

说完，他周身气势微变，围在旁边的三个人也俱是冷了脸。

显然，邵家这四人的实力远在袁沐三人之上。

"好大的口气！"这时，一道清脆微凉的声音传了过来，一道身影拨开枝叶走了出来，正是一身黑色短打男装的月思卿。

她径直看向邵留乐，已快声说道："先碰猎物者，对猎物有占有权，但在捕杀猎物中出了大力的，也同样具备对猎物的分享权。这才是星辰大陆的规矩。你一面提规矩，一面又想动手抢，真是笑话！"

看到她过来，袁沐三人的脸上顿时焕发出光彩。

"卿儿！"袁沐一颗心总算放了下去。

"队长！"袁方和袁达也高兴地唤了一声。

月思卿的出现于他们而言，就等于银圈的保住，这种安全感毋庸置疑，那么肯定，那么牢固。

月思卿轻扫一眼他们，"嗯"了一声。

"原来他是你们队长？我怎么从没见过他？"邵留乐微微惊愕，上下打量了月思卿几眼。

月思卿那肖似梦娘的长相，在上五宗内也不过是他们的长辈才会见过，邵留乐等年轻娃娃自然陌生得紧。

"你不用管我是谁。"月思卿阻止了他的继续探究，冷声道，"既然你不打算客气，我也没打算和你好商好量。对不起，这枚银圈我不给你，不服气？不服气我也要用实力服人了！"

说完，她脚尖一动，一股雄浑的力量扫荡而过，璀璨的青色光芒"唰"一下平地而起，将月思卿整个人笼罩，又慢慢散去，落到她大腿处停下。

青灵三级的力量一展无余！

青灵已经甩绿灵一道深壑，何况还是青灵三级！如此年轻……

邵留乐四人同时倒吸一口冷气，邵留乐更是脱口问道："青灵三级？你是谁？"

他眼中充满了惊愕之色。

月思卿哪里会理他，小脸绷得更紧了："我数三声，三声过后，你们再不滚出我的视线，我就将你们身上所有的圈圈全部留下！"

说完，她也不给对方时间，直接叫道："一！"

"二！"

"走！"邵留乐一咬牙，到底做了个正确的决定，带着自己三名队友快步离开。

"三。"月思卿红唇微启，轻轻念完最后一个数字。

"天，好霸气！"袁方忍不住大声赞道，满面笑容。

"爽呆了！"袁达也长吁一口气，从来没有这么痛快过，狐假虎威也是相当不错的滋味。

"如果不是竹清门的，我还真会下手。"月思卿淡淡哼了一声。

狩猎会，当真会那么公平么？若不是看在曲松也出身竹清门的面上，她岂会放过送上门的货物？

"换地。"月思卿勾唇说道。

四人顺着林荫道向魔巴赤山脉深处走去。

很快，他们到了下一处山涧，消灭了两只黄灵灵兽，就地烤点灵兽肉，补充点体力。磨刀不误砍柴工嘛！

两只灵兽，一只獐子，一只野鹿，四人合力，不一会儿就抬上了架，烟雾袅袅，香味也扩散开去。

月思卿常在野外历练，对烤肉可谓是信手拈来。看着她熟练的动作，袁沐、袁方和袁达皆是眼露讶色。

可以想象，没有了家庭的庇佑，她一定吃过不少苦吧。但感慨之后，几人眼中都染上分羡慕之色。毕竟，这般天赋……确实令人望尘莫及。

四人将烤好的灵兽肉分了，体力匮乏的他们开始狼吞虎咽起来。

吃得正香呢，蓦然间山林深处传来一阵略显急促的脚步声，伴着粗犷的说话声："在那边，一定在，我闻到肉香了。"

"你的鼻子还真尖。"另一道笑声响起。

听到那两道说话声，月思卿手上动作微微一滞，而后继续畅快地咬下一大块獐子肉。

那些人又来了吗？

念头转过没一会儿，那些脚步声便到了面前，一声冷笑响起："呵，果然在这儿！小子，还记得我不？"

开口的不是别人，正是去而复返的邵留乐，他身旁围了八九个人。

月思卿并没去注意，一面咀嚼着喷香的肉块，一面淡淡说道："这么气势汹汹回来，找到帮手了吗？"

"当然！"邵留乐理所当然地答了一声，让开身形，冲后面一位青年福了福腰，态度变得极其恭敬，说道："大哥，就是他们四个抢了我们的猎物，正好你在这附近，咱们人多力量大，还怕了泉蒙宗不成？"

"是他？"青年人半晌从齿缝里迸出两个字，却是极力压抑着愉悦的笑意。

月思卿听到声音时亦是一怔，立刻抬头，与来人的眼光对上。

看到他的一刹那，月思卿哑然失笑。

她还没想到，邵留乐请来的帮手竟然会是曲松呢。

"是他。"邵留乐哼了一声，低声说道，"你可别小看他，他实力很强，已经是青灵三级了，但以你的灵兽和实战能力，还有我们做帮手，到时，他们所有的战利物都是我们的了。"

见曲松脸色似乎没有太大变动，邵留乐又赶紧进言："爷爷也说了，今年的比赛我们要不计一切手段，力争让竹清门进入双强。"

他没有说出口的话是，爷爷的希望都在眼前这人身上。

这人，是邵家最神秘的直系，从一开始的不知事，到八岁那年突然的崛起，以一只神凰震惊了整个竹清门，当下被族长收在身边，亲自培养，他的身份，也成了半隐秘状态。

“你找错人了。我怕我也不是他的对手。”曲松冲邵留乐微微一笑，自嘲道。

“怎么会？”邵留乐一皱眉。

曲松却已没再看向他，而是冲月思卿笑开，直接坐到她身边，很自来熟地拿过架子上一串烤肉。

袁沐等人有些目瞪口呆时，曲松已经很香地吞噬着美味，含混不清地说道：“老大，我一开始不是没见到你吗？”

他知道月思卿在泉蒙宗，也猜测到此次狩猎会她可能会来，所以在比赛开始前特地留意了下场中选手圈，但那时袁妍还没被替下，他自然没找着。后来月思卿去了的时候，时间已经差不多了，他们都没注意到对方。

“我是最后上场的。倒是你，吕涛和夏远呢？”月思卿连忙问。

他们二人如此熟稔的态度惊呆旁人。

“大哥，他，你认识？”邵留乐吃惊地问。

“我老大。”曲松看了他一眼，平淡地说道，“别说是我，就算我们所有人加起来，都未必是她的对手。”

“老大？这么厉害？”邵留乐脸色变幻不停，阴晴不定，好半晌，嘴角绽开一抹笑容，笑嘻嘻地对月思卿说道，“原来是大水冲了龙王庙，一家人不认得一家人了。你是大哥的老大，也是我邵留乐的老大！刚才得罪的地方，还请老大见谅！”

他这通话说得极其圆溜，态度也非常诚恳，如同换了个人。

袁沐三人都忍不住脸庞抽搐。

月思卿则一脸坦然，说道：“不知者不罪，坐下来，大家一起吃吧，不过灵兽不够，谁再去捉几只。”

“我去我去。”立刻有竹清门的年轻人说道。

邵留乐也就坐了下来，与他们一起吃烤肉。

他虽然有些自负，但对曲松的实力还是打心底佩服，连曲松都奉月思卿为老大，可想而知月思卿的实力有多强。他还不如顺坡下驴，结交一份关系。

吃完烤肉后，曲松和月思卿自然而然地结成小团体，邵留乐本也想赖着，却被曲松无情地赶走了。人多羹少，没办法。

而月思卿也从曲松嘴里得知，吕涛因不是上五宗的人，已然回铁堡了，而夏远则回了力宗夏家。就在刚刚，他和曲松分头行动，约定一个时辰后在一处山石会面。

月思卿和曲松共八人到了山石处，远远便看到几道青色身影在徘徊。

青色，是上五宗五色服装中最次的颜色，但力宗的实力却也不能小觑。一次失利不代表次次失利，何况除了山岳泉蒙，各族之间的分数都咬得很紧，稍不留意便会垫底。

“曲松，你终于来啦！”一道青影冲了出来，蓝莹莹的短发迎着阳光，可爱极了，正是夏远。

“不看看这是谁吗？”曲松嘴一撇，努向月思卿。

夏远看到月思卿时，先是一呆，而后激动万分地叫道：“老大！天啊，真的是你！”

整个人便热情地扑了过来，一把将月思卿搂住。

众人都被他的热情震呆片刻。

“靠，连力宗的人都称呼她老大……”袁方和袁达跟在后面，忍不住咕哝了一声。他们之前可都是眼拙了。

“走，大家一块儿去猎杀灵兽，抓紧时间。”月思卿看到曲松和夏远，心情无疑变得很好。

接下来的目标也很明确，三拨人马，十二人，全都以月思卿为首，唯她是从。

人多力量大，月思卿带着他们，直接让一名有飞行灵兽的灵师召出灵兽，载着他们朝蓝灵灵兽可能藏身的山头跋涉而去。

而在据说是魔巴赤山脉强弱分界线的山口时，月思卿遇到了并不想遇见的人。

袁雪和秦天各带着己方人马，和一些其他家族的参赛选手们也围在那片山谷外，看样子也是打算进去的。

通向山谷深处的一道山路极窄，月思卿等人也提前降落下飞行灵兽，走了过去。

袁雪眼尖地看到她，惊叫一声：“你怎么也到这来了？”

“我不能来吗？”月思卿扫了一眼四周，心不在焉地回答她。

秦天的目光在月思卿脸上打量了一下，眼中难掩一抹惊艳。不得不说，女装的她艳丽天成，穿着男装，同样也能穿出那一身英姿飒爽，潇洒之至。

他沉声解释道：“里面是危险区域，可能会遇到高阶别灵兽，四人小队的力量太过薄弱，还是别去涉险的好。”

秦天和袁雪自然不会想到月思卿和同来的其他宗门是一路的。

毕竟在这场能影响上五宗排名的比赛中，跨宗门联手是少之又少的事情。

他和袁雪亲事已定，泉蒙宗和山岳宗又是两大宗族，互相帮助下没什么大碍。

可其他宗族就未必这样了，争夺得你死我活呢。

“袁沐，你怎么带着她瞎跑？”袁雪此刻将指责的话头对向袁沐。

袁沐脸庞微红，一脸无辜地解释道：“雪儿，不是我带卿儿瞎跑，我们这队的队长是卿儿。”

“什么？你居然将队长给她当了？你们傻了不成？”袁雪立刻尖声叫了起来，满脸不可置信。

“雪儿小姐，这是我们小队自己的事情，只要到时候交出足够的成绩不是一样吗？”袁方听得她语气中有贬损月思卿的意思，早和月思卿站在一条战线上的他立刻不满了，郑重地说道。

“你们……”袁雪愣愣地看着他，一时无语。

秦天的眼中也出现了疑惑之色。

“卿儿，好，就算你是队长，你也不能胡作非为吧？进入危险山脉，伤及的可是我泉蒙宗的苗子！你到底居心何在！”袁雪怒气冲冲地望着她，声音很尖锐。

周围人全都注意着这里。

月思卿不急不忙地答道："我不是你泉蒙宗人，我进不进这山脉与你无关，袁雪，你还没有资格来指责我！有本事，叫你们袁家人不要跟着我。"

说完，她已回头认真打量起山谷内的景色。

"袁沐！"月思卿的一番话堵死了袁雪反驳的可能，她转向袁沐。

"不好意思雪儿，我是一定跟着卿儿的。"袁沐此次的回答坚定有力，无片刻迟疑。

"我们也是。"袁方和袁达也说道。

当着这么多人面，袁家三名族人竟然不给自己面子，袁雪气得脸庞涨红，咬着牙道："袁沐，你就算了，袁方、袁达，你们也是反了不成？"

两个旁系也敢违逆她的话吗？

"反了？袁雪，你不能代表袁家，他们听我的，有什么不对吗？"这一回，袁沐并没叫袁方和袁达为难，拿出自己长房的身份，力压了袁雪一头。

袁雪一时竟说不出话了。

"一只母鸡不停地咯咯叫着，终于停下来了！"月思卿揉了揉耳垂，厌烦地吱了声。

"你说谁是母鸡？"袁雪立刻又如被踩到尾巴的狐狸，跳将起来，想也不想，右掌朝月思卿后背拍去。

"滚！"一道冰冷的声音传来，不消月思卿还手，一道手臂更快一步地举来，巨大的弹力挥在袁雪身上，她惨叫一声，朝后跌去。

秦天赶紧接住袁雪，以免她摔得更远，目光一沉，看向动手的人："竹清门的人也要插手家族内事吗？"

紫衣很好地象征了曲松的身份，他冷声说道："家事？我家老大真是泉蒙宗的人吗？就算是，她首先也是我老大。有人欺负老大了，难不成还让老大自己动手？"

曲松眼底的冰冷愤怒已是极其费力地克制着，如若不是顾忌上五宗之间的利益关系，他根本不会将话说得这么好听了。

"你老大？"秦天讶然挑眉。

"是的，是我们的老大。"夏远也走上前，阴沉着脸说道。

秦天嘴角轻抽，他怎么没看出来，这名少女居然还有如此宽的人际网？他原不过以为，她就算有些灵气，也不过是单枪匹马，在上五宗毫无人脉，现在看来，完全不是呢！

秦天眼中不由多了几抹沉思。

"别耽搁时间了，母鸡叫太刺耳了，快些吧！"月思卿看也不看袁雪，但说出来的话却令那边呼痛的袁雪再次怒到极点。

而这时，月思卿一行人已快速踏进了山谷，向更深处前行。

十二人团队所向披靡，一路大小灵兽全部跪服。蓝灵阶别的灵兽开始出现，成了他们捕猎的主要目标。

在月思卿的领导下，大家成功击杀了第一头蓝灵灵兽，接着开始搜寻第二只。

就在月思卿跳上一株大树，东张西望时，她突然感到后背一阵冷风吹过，一种危险的感觉袭上心头。

还未等她出声，一只大手已将她的脖颈抓住，直接拎下了树。

月思卿反手一个擒拿法去劈对方的大手，对方“咦”了一声，改握她的腕。

月思卿与他化解着招式，一来一往间，她也看清了对方的容貌，不是别人，正是那个令人恶心的糟老头——秦家四爷秦启。

“小丫头，你怎么会是我的对手，老实点吧！”秦启狞笑一声，听到有脚步声和询问声传来，赶紧一把拖住她，腰一弯，却是钻进一个山洞。

“你想干吗？这里禁止蓝灵以上灵力施展，否则会被自动传送，你不知道吗？”

“可惜，这个山洞是我辟开的空间，就算你伙伴们找来了，也进不来！”秦启哈哈一笑。

此时，宽敞的山洞四壁悬挂着不少自然照明石，将整个洞中央照得如雪般光亮，丝毫不比天光差。

只不过，山洞四角都有幽灵般的蓝光在闪动，也不知秦启用了什么法子隔开了外界的探知。但她确认，这片山洞确实是个独立的空间。

那么，她靠不了外人相助了？

月思卿皱起眉头。

似是看出她的所想，秦启笑眯眯地拈着唇边胡须，说道：“这山洞是我用契约灵器亲手封下的，没有我，你根本出不去，外人也进不来！小丫头，倔强这性格我喜欢！”

“可是我听说，如果布阵者死亡的话，阵法也会不解自开呢！”月思卿冷冷一笑。

“什么？布阵者死亡？臭娘们，你是在诅咒老夫吗？还是说你异想天开，以为你是老夫的对手？老夫可是蓝灵灵师！”

说完，秦启脚下一点，一道纯正的蓝色光芒倾泻而出，将他苍老的身躯笼罩在内，那张脸庞微昂，染上了几分蓝灵强者的高傲。

脑海里，银色的话传来：“这人长年时间花在女人身上，身体已被掏空不少，至多刚突破蓝灵，卿卿，你不用怕他，你有三只神兽，一件上古神器，又是灵战双修，再加上丹药辅助，以你青灵三级远超同龄人的灵气储量，战胜他的概率很大！”

银色的话无疑给了月思卿极大的信心。

而且她也知道，现在除了一战之外，她别无法子，难不成这老东西还会主动放她走？

“蓝灵又怎样？秦启，我也和你说过，我必让你永远无这个可能！而且，我娘的家族玉牌，我要亲自取回！”

月思卿轻喝一声，浓烈的青光一拥而出，环绕在她身周，跳跃变幻着，美极。

她怎么会让这老贼肆意欺凌她母亲和自己？

“青灵三级也敢说大话！看招！”秦启冷哼一声，满眼不在乎，右掌举起，蓝光汇聚，一个数丈宽大的乌龟出现在面前，龟壳轻轻蠕动着，四条短腿自由地舒展着。

月思卿眼珠子都差点掉了下来，你妹，这老东西的灵兽居然是乌龟！

“原来是王八，难怪了，真配你！”她嘴巴上丝毫不饶人，一挥手，已召出雪色兰花，同时完成小白附体，小粉附体。

随着白虎王和小粉的晋阶，附体效果也发生了变化。女子周身肌肤被金黄色的毛发所覆盖，脚踩风火轮，一头黑色长发也幻化成了火色，额头上那一簇鲜红的火焰兰花更是迎风招摇。满室青蓝光芒围绕中，她犹如九天圣女，璀璨而夺目，令人不敢直视。

秦启气得老脸苍白，但看向月思卿附体后的模样，眼中又惊又怒，征服之欲却更加浓了。

“好，很好！圣龟技，地动八方！”他略显苍老的声音带着雷霆万分的气势。

那一直趴在地上的乌龟猛然昂起短小的脑袋，身躯猛然增大，一只脚狠狠踩在了地上。

“轰”的一声，月思卿感到脚下一阵巨响，天地都开始旋转。

“小青附体！”她急喝一声，背后双翅猛地张开，带着她飞向半空。

“龙吟九天，兰之碎片，火焰球，金刚掌！”她一连又喊出几个招式。

招式合体，是她现在最大的杀手锏。

毫不迟疑，她从空间戒指里抓了一把丹药塞进嘴里，细看的时间都没有。

一声绵长的龙吟在山洞里响起，“砰！”所有的招式相撞在一起，山洞里是真正地动山摇了。

月思卿因会飞行，躲开了致命一击，只是眼前一花，胸口闷了一下，这多亏了珠丝软甲这样的宝物。而眼中无人的秦启却吃了个大亏，被青龙锁定住，身子慢了半拍，被招式的反弹力量攻在胸前，一口鲜血喷吐而出，他腾腾倒退数步，不禁吃惊万分地看向半空的月思卿。

“有几下！”秦启怒了，这回是真的怒了，蓝光大绽，高喝一声，“龟之防御附体！”

瞬间完成附体后他再次叫道：“龟之火，吞噬！”

这是他的蓝灵灵技，目前最强的技法。

趴伏在地的巨龟脑袋一昂，石青色的龟甲缓缓变成红色，仿佛被烤熟了一般，从头到尾红得发亮。同时，它一张口，无数火焰汹涌而出，连同着地面，也被这赤火席卷，炙热的气息扑面而来。

满洞都是喷吐的火舌，秦启倨傲地站在一片火海之中，阴沉地盯着半空中的月思卿。

眼看着满山洞的火势越来越大，越来越高，真的要将这片空间变作火海炼狱时，月思卿动了。

“小青，淬火！”少女红唇微动，下了一道命令。

虚无的灵兽空间里，青龙和小粉同应一声：“是！”

小粉俏然而立，樱唇一张，一个心形粉色水晶从她唇瓣间吐了出来。

“这是我的神兽灵核，它也是我的火种，小青接好！”

无疑，晋升为神兽的小粉控火的能力变得更强了。

青龙吞下水晶，再张口，出现的已是森冷的银白色火焰，那是上古神兽淬炼出的精火。

月思卿脚底的风火轮、额间的火焰标志以及满头长发皆发生了改变，火红由银白所代替。她整个人浮在半空，在满室火海的映衬下，显得那么诡异、神秘。

“你就等着毁灭吧！”秦启哈哈大笑着，在笑声未断时，却蓦然注意到了月思卿的改变，表情不禁凝固在脸上，眼中出现了惊异之色。

还未等他反应过来，半空中的月思卿已冷声喝道：“也给我吞噬！”

她没有大片的火焰攻击，也不知道该使用谁的技能。但她现在只有一个想法，那就是用自己的火焰盖掉秦启的火焰！

那银白色的火焰犹如不受控制一般，从她周身每一个毛孔爆炸而出，月思卿只觉身体好似被什么东西撑了开来，下一刻便会解体，她痛苦地呻吟了一声，勉强控制住飞行之姿，双眼已然血红。

银白色火焰铺天盖地，如狂风暴雨般滚向山洞的每一个角落。

“你的灵力这么低，也敢与我硬抗？”秦启见她竟然是想以火攻火时，忍不住面露讥讽。

然，下一刻他便讽刺不出来了。

银白色火焰强悍之至，所过之处，哪怕是一个赤红火苗也被覆灭得一干二净，只留下烧得一片狼藉的地面，再无他物。

而这越滚越大的火球以迅猛的速度冲向了秦启。

所有的一切都发生在几息之间，快得令人措手不及。

“龟甲防御！”秦启怒吼一声，身体“咯吱咯吱”直响，一层严密厚实的龟甲瞬间爬上他全身，很快就被湮没在银白色火海中。

月思卿终是没能扛住如此巨大的灵气消耗，后背半透明的银白双翅渐渐变得透明起来，身体缓缓下降，在离地一丈时，翅膀消失，她也摔落而下，单膝一软，跪在了地上。

银白色火焰似乎是冰冷的，山洞的温度早已冷却下来。

月思卿又取出一把丹丸，塞进嘴里，一面吞服，一面站起身。

火焰缓缓消退，露出中央被龟甲封住的秦启。

等到最后一丝火焰熄灭时，那一直未动的老者终于扭动了下身子，龟壳“轰”的一声碎了，化作无数蓝色灵光融入了秦启的身体。

他抬起头，看向月思卿，声音却带着几分掩饰不住的颤抖：“神兽之火？上古神兽之火？”

身为蓝灵，他的七品圣龟释放出的火焰招数极强。只要实力不超过他，即使是释放出神兽之火，也不是他的对手。

所以，他敢笃定，那只能是上古神兽之火。

“很抱歉地告诉你，是！”月思卿嘴角牵起一抹笑容，纵然脸色苍白，但笑得却极其满意。她看出来了，这一招自己占了上风。

而秦启，脸庞则难看极了。

月思卿契约的本灵居然是上古神兽，这是他根本没想到的事！

一丝鲜血自他的嘴角蜿蜒而下，触目惊心。

秦启抬袖，粗暴地擦去嘴角血迹，眼光中杀意横生，阴冷地说道：“小杂种，我会叫你生不如死！”

说完，他摊开右手，蓝光一闪，瘦骨嶙峋的手掌上已多了一个金光闪闪的三角鼎。

金鼎的出现，使得大战后一派萧条的山洞恢复了一分光彩，只是，气氛更加沉重了。

“神级灵器！”银色的声音在脑海里响起。

果然，秦启一字一字说道：“神级金鼎，还罩不住你一个小小的青灵吗？即使你有上古神兽，也不是我灵器的对手！”

月思卿红唇微抿。

她深知在这片大陆上有两个职业最为尊贵，就是炼药师和炼器师。相对于炼药师来说，炼器师更是凤毛麟角。而炼器师出手的灵器，效果都是巨大的。而一件神级灵器，那该有多恐怖！

“金鼎出，罩万物！”秦启一声高喝，手中金鼎脱手飞出，霍然间膨胀而开，如一座宝塔，下方黑漆漆的洞口朝月思卿劈头罩下。

“卿卿，凤吟刀！”银色急忙叫了一声。

月思卿心中一动，脚背微弓，一个发力，身形骤退，右手已抽出一柄弯月大刀。

弧形刀锋，银色暗芒，通体散发着优雅神秘的气息，刀尖微颤，声若凤吟。

裂日凤吟刀，上古神器榜前十利器，有通天裂日之能。

“去！”急促的喝声响起，通体蓝芒的大刀飞出，横在半空，正隔在急速下降的金鼎上。

“铛！”刺耳的金属撞击声几乎要撕裂人们的耳膜，令人脚尖处都发起颤来。

月思卿再次飞开，有些底气不足地看向半空。

她不过才青灵，对裂日凤吟刀的发挥有压制吗？

“莫担忧，灵器硬拼不问主人级别！”银色知道她的担忧，赶紧解释道。

此刻两个灵器的硬撞，孰强孰弱也就分辨出来了。

“嗞”的一声脆响，金鼎表面出现了一道裂纹，不等大家去注意看，嗞嗞声接二连三响起，不绝于耳，光滑的金鼎表面犹如被砸碎一样，大片大片的裂纹出现，布满了整个鼎身。

而裂日凤吟刀半点动静也无，静静浮在半空。

“哗啦！”金鼎碎成万千琉璃，倾泻而下。

秦启看着半空中这一幕，已惊得张大了嘴。

“落马箭！”月思卿可不会在生死关头开小差，她知道，自己没有了退路，低喝一声，裂日凤吟刀一个转身，已化作一道箭光射向秦启。

上古神器威压全开，直逼秦启的咽喉！

“万藤缠身！”一道娇嫩的嗓音在耳边响起，无数紫色根须如同怪兽的腿脚一般从秦启身周冒了出来，疯了般地缠上，将他牢牢绑在原地。

月思卿余光一瞟，看到的是满头紫色长发的小娃娃，赤脚站在地上，一脸冷峻，正是小紫，它似乎又长大一些，但差别不大。

而这短短的几息时间内，他们配合得却是天衣无缝。

裂日凤吟刀狂啸而至时，秦启已被紫藤束缚住，无法动弹。

“嗖！”

利器洞穿肉体的声音响起，血花四射，鲜红点点。

“锁骨连环刀！火焰球，金刚掌！”月思卿忍着灵气再次被抽空的虚弱，一连补了三个大招。

锁骨连环刀，橙灵灵技，虽然不够强悍，但却是锁定猎物的好帮手。

秦启瞠圆双目，不敢相信地看着月思卿，身躯却终是缓缓倒下，一个蓝色光团自他头心飘逸而出。

“卿卿小心，那是他最后的意识，不能叫他传了出去！”银色看到那抹蓝光方才想起什么，立刻叫道。

月思卿一愣，见倒在地上的秦启确实没了生命气息，强吸了口气，朝那抹蓝光追去。

只是，她已无力追上。

蓝光缓缓渗出山壁。

“糟糕，这老家伙必定是临死前向家族报了信！”银色闪身出现在月思卿身边，皱眉说道，“蓝灵以上强者死之前可以快速凝聚意识团，将想说的话传出去。”

“报就报吧，是福不是祸，是祸躲不过！”月思卿说话的声音带上了几分喘息，眼光警惕地转回到秦启身上。

“已经死了。”小青也站了出来，嫌弃地看向秦启的尸体。

“我战败了一名蓝灵灵师？”月思卿掩饰不住眼底的兴奋，喃喃出声。

这种感觉，比她当初在幽暗谷重伤蓝灵灵兽的成就感还要强烈。

毕竟，灵师是人，有着非凡的智慧和无尽的手段。

“是的卿卿，你现在的实力可以越级别挑战了，恭喜！”银色笑眯眯地说道。

“主人，可也不要轻敌，这老家伙没什么真才实学，不能以此来看低其他蓝灵。”小青在一旁郑重提醒。

他们俩一唱白，一唱红，月思卿都能诚恳接受，说道：“我知道。秦启已死，这个空间已经自动解了，我们若不赶快离开这里，等会儿势必会有人找来。”

“是的，娘，我去给你拿他的纳戒，里面有许多好东西哦！”一道身影蹦蹦跳跳地向秦启躺尸处奔去，正是小紫。

最后关头，它冲出戒指，释放了一招万须缠身。

“小紫，谢谢你！”月思卿由衷地感谢道。

她虽然也谢银色，谢小青，谢小粉，谢小白，但它们都是她的契约灵物，他们的关系是互存的，所以这声谢她可以放在心底，但小紫是不同的，它并不属于她。身为万年人参，它可以随时离去。

“娘,我会保护好你的,我也很厉害哦！”小紫从秦启手指上褪下纳戒,迈着短腿跑回来,将那枚黑色纳戒给递给月思卿。

“嗯，我家小紫有很多本事呢！”月思卿笑着接过纳戒，试着探入一丝灵气。秦启已死，与这枚空间戒指的关系也自动解散，月思卿轻而易举地将灵识探了进去。

里面空间很大，这是一枚高级纳戒。纳戒里装满各式各样的东西，最常见的是药材，更有不少很罕见的珍稀药物，想必也是这老家伙搜刮来的，月思卿甚为满意。除此之外，还有一张红晶卡，几本技能书，一堆高级灵兽丹核和不少日常用物，当然，梦娘的家族玉牌也放在了最显眼的地方。

月思卿将那些生活物品统统扔掉，取出玉牌，才将黑色纳戒丢进自己的空间戒指里。

现在还不是她戴上它的时候。

但那些东西已经是她月思卿的了。

晶莹剔透的玉牌上雕绘着“袁梦”二字，月思卿轻轻摩挲了会，嘴角露出欣慰的笑。这是象征她母亲忠贞的东西，终于到了她手中，想必梦娘知道也是极开心的。她慎重地将玉牌收起，这才说道：“走吧！”

出了山洞，眼前倏地一亮。迎面，清幽的山风吹来，叫人神清气爽。没有了山洞里的血腥，这儿便犹如是人间天堂。

第二十章

技压全场

月思卿长吁一口气，身子已经疲惫得不得了，拖着脚步向前走去。

“老大，老大！”有人大声地在叫她的名字，正是曲松。

再次听到熟悉的声音，月思卿感觉宛若隔世，一股说不出的感慨浮上心头，她忍不住深深提了口气，大吼出声：“我在这！”

不一会儿，附近的所有队友都赶了过来，与月思卿会集到了一起。

“老大，你到哪去了，可担心坏我们了！”曲松看到她，松了口气，但双腿却还明显地打着颤，显然是害怕过度。

“老大，没事吧？”夏远也眨了眨眼睛，掩去眼底的焦灼，问道。

“一件小事，让你们挂怀了。”月思卿一脸歉疚地说道，很不好意思。

“下次别吓我们就行了，老大。”曲松无奈地摇了摇头。

月思卿笑了一笑，却没有说什么，算是结束了这个话题。自然，大家此时还不知道，月思卿嘴里轻描淡写的“一件小事”会有多么震撼人心！

几人再次结成团队，朝魔巴赤山脉可能存在的蓝灵灵兽藏身处走去。接下来的战斗之路异常顺利，再没遇到什么危险万分的事情了。

不一会儿，天便黑了，午时进入山洞，此刻，半天的时间在紧张的战斗中度了过去。

夜，来临了，魔巴赤山脉沉浸在一片幽静中，偶有野兽的狂哮声从远处传来，增添了几分狰狞与恐怖。

“听说时间不多了！”曲松从丛林内迈步出来，脸色凝重地说道。

月思卿知道他与家族之人保持联系，能收到小道消息，当说道：“先分项圈吧！”

在遇到曲松、夏远后，他们所有战利品全部交与月思卿保管，只为信任，而且，遇到任何困难时，月思卿都是单体力量最强的那个。

月思卿将一大串项圈取了出来，这些，都是在组团后所赢来的，不包括她和袁沐小队之前取得的成绩。

“数吧。”月思卿豪气地将这堆金属扔在脚下。

很快，曲松就报来得数：“金圈八枚，银圈二十六枚，铁圈二十四枚，铜圈十二枚。”

“分赃！”月思卿又下了命令。

于是，三个团队进行瓜分，最终月思卿小队获得金圈三枚，银圈八枚，铁圈八枚，铜圈四枚，共计九十八分，再加之前打拼的五十分，总分一百四十八分。

而曲松小队得金圈两枚，银圈九枚，铁圈八枚，铜圈四枚，共计九十三分，加上前头的三十二分，总分一百二十五分。

夏远小队和曲松小队合作后分成相同，九十三分，加之前二十三分，共计一百一十六分。

当这结果一报出来，除了月思卿、曲松和夏远外，其他人全部呆在原地。

“太高了！天啊。”袁沐张大嘴巴，犹自不敢相信。

他不会说，就算是青灵九级的长辈们，在这场狩猎活动中，也不过拿到这样的分数而已，而且也还是顶尖队伍在数队联手的情况下才会如此！

而现在，他们一个平常实力的组合队伍，莫说拿这么多分了，就连一百分对他们来说也是一种奢望！

月思卿并不想独拿太高的分数，毕竟她参加狩猎会并非为了泉蒙宗，顺便给他们捎点好处罢了。她自是不会叫曲松和夏远吃亏，要求调剂圈圈，平均得分。

曲松和夏远拗不过她，只得重分了下。最终，月思卿以金圈三枚，银圈十一枚，铁圈十四枚，铜圈三枚的结果得到一百三十分，曲松得一百三十分，夏远得一百二十九分。

“夏远还有一分，走，去捕只黄灵灵兽。”月思卿收了自己的那份报酬，沉声说道。

魔巴赤山脉进入深夜后，已经相当不安全，很多灵兽群居一起，而他们所在地更是最危险的一个地方，月思卿更是不敢随随便便用精神力探查四周。

所以此时的灵兽反倒不那么容易捕捉。

众人刚走出去几步路，脚下却传来一阵震动。

“时间到了！”曲松惊呼一声，还未等其他人答话，炫丽的九彩光芒在眼前爆开，等他们再次看清眼前的世界时，所处之地已经变了。

较为空阔的大广场上，四周竖立着的照明柱将这宽阔的场地照得一片明亮，清幽的月色也被掩去几分光芒，气氛却是异常平和安详，毫不似山脉中的森冷危险。

随着九彩光芒不断亮起，越来越多的人出现在广场上，静寂渐渐被低低的喧哗声所代替。

“你们小队怎么样？”

“不多，六十五分。”

“那还不多啊，我们才五十几。”

“跟精英队比起来差远了，他们都一百多。”

“哪能和他们比，实力差距在那！”

月思卿微微眯眼，听着耳边不断响起的谈话声，看着他们不同家族的各自归队，终是回头冲曲松说道：“先解散吧，我可能等会儿来不及和你们打招呼，咱们学院见。记得，不要泄漏我的任何消息！”

“嗯，好，不过，老大，为什么来不及打招呼？走那么快？”曲松答应着，可还是疑惑起来。

只不过，没人给他答案。

月思卿亭亭玉立的身影已隐没在一群蓝紫黑白中。

泉蒙宗的族人们陆续站到一起，头顶有飞行灵师扇动着翅膀悬浮在半空，好叫其他地方的族人注意到这边。

月思卿带着袁沐、袁方和袁达很快就找了过去。

“他们回来了！”有人叫了一声，并没刻意掩饰声音，所有人都听到了。

“袁沐，你们回来了？”袁雪从人群中挤了出来，扫视了下四人，面带好奇地问，“你们拿了多少项圈？”

“现在要吗？”月思卿睨了眼她，并没直接回答。

“等会儿。”袁雪眼珠微转，猜测道，“六十分？”

她记得月思卿之前有所保证，必定会带六十分回来。

“或者，你们还能拿到七十分？”说到后面一个数字时，袁雪的语气有些无所谓了，显然，她不指望月思卿小队还能拿到七十分。

面对袁雪的询问，袁沐、袁方和袁达都面露激动之色，恨不得马上告诉袁雪自己队伍的成就，但月思卿没有开口，他们自是不会先提。

“雪儿，你们多少？”袁沐努力维持着表面的平静问。

“七十六分。”袁雪没有任何迟疑，无比骄傲地说出这个数字，嘴角更是溢起自得的笑容。

这还是袁雷相助的情况下，她与秦天等队联手才拿到的成绩，以往，她所带的队可是从没超过七十分。

袁沐点头，这个成绩确实很不错了，只不过……想到月思卿，他的脸庞便微微抽搐起来。

“各就各位，请各家族统计参赛选手人数。”黑夜的上空，秦非清晰有力的声音传来。

袁雪一个激灵，赶紧打住话题，走到了队伍最前头。

广场逐渐安静下来，袁雪从怀里取出一张写有名单的纸开始点名，所有泉蒙宗人皆到。

而其他几个家族，参赛选手或有受伤者，但却都平安回来。

半空中，一袭白衣的秦非降落在玉台一方，满意地扫视众人，再次开口道：“现在请各家族参赛队队长上缴项圈，有请来自五大宗门的评委们计数！”

他说完，数个身影奔到五个家族方阵前面，递了个精致的篮子给队伍前方站着的人。

泉蒙宗参赛队队长自然是袁雪了。

同时，秦非身后，五道身影自玉台高处飞了下来。

五名老者，来自五大家族，衣服的不同颜色很容易区分他们来自于哪个家族，而他们背后，皆是一双半透明的蓝色翅膀，在照明石惨淡的光芒中，越发显得虚幻迷蒙。

他们正是这次狩猎会的评委们。其中来自泉蒙宗的灰衣老者正是当日在山门外被夜玄一招击飞的那人，月思卿后来得知他是长老会的一名成员——令长老。

无暇关注评委，此刻，泉蒙宗内二十名参赛选手分为五拨，皆看向袁雪。

比赛虽然没有年龄要求，但却有比率要求。三十岁以上的选手只能有四个，二十五岁到三十岁选手四个，二十岁到二十五岁选手四个，二十岁以下选手四个。还剩四个名额，派家族直系参加，有多有少者，自行调剂。

袁雪首先将篮子举到队伍前方四名三十岁以上的选手面前，颇为恭敬地叫道：“七爷爷，您先交。”

右边身材高大的老者取出一叠项圈投进篮里，笑道：“不多不多，金圈三枚，银圈十三枚，铁圈十六枚。共一百四十三分！”

此语一出，众人叹然。

青灵九级的长辈们就是厉害！

袁雪又转向其余小队，成绩如下：

第二小队（二十五到三十岁方阵）：七十八分；

第三小队（二十岁到二十五岁方阵）：六十五分；

第四小队（袁雪所在直系队）：七十六分。

袁沐虽为直系，但在最后调剂到了月思卿所在的二十岁以下方阵队，第五小队。

最后，袁雪踱步到月思卿面前，笑嘻嘻地说道：“该你们了。”

其他参赛选手顿时将所有目光投射到他们四个身上，眼光中充斥着好奇。

“不知个人得分怎么算？”月思卿脸上也带着笑，不紧不慢，却是问起个风马牛不相及的话题。

她可是深深记得自己下场前保证过，至少带六十分的个人得分回来。

而她亲自进入山脉后一算，大半天时间，六十分并不好得。如果将队伍分数平均摊下来的话，连青灵九级的灵师都得不到这分数。

袁雪一愣后，冷冷说道：“四人小组，小组得分即个人得分！你运气好，有袁沐帮忙！但十大优秀选手与你无缘！每个家族除掉三十岁以上的队伍，从项圈得分最高的其他两个小队推选队员！”

原来这样……月思卿明白了。

除去第一小队的成绩，目前得分最高的是第二小队和第四小队，袁雪便身在第四小队。

月思卿所在的第五小队，一般是年龄在二十岁以下的旁系，即使袁沐被调剂过去，却也比不得袁雪这队的实力。加上自己队这次发挥得好，所以袁雪一点也不担心第五小队的分数会比她的队高。

“与我无缘，难道就与你有缘了？”月思卿很不喜欢她这自满的口气，淡淡将自己的分析说出来，“既然是从得分最高的两个小组选择，那么，即使除去青灵九级的第一小队，也轮不到你们队！”

“怎么轮不到我们队了？”袁雪一听这话，想也不想地就反驳道，“我们队现在仅次于第二小队！”

“还有我们队呢！”月思卿一字一字说完，从空间戒指里将两大把项圈抓了出来，在叮叮当当声中，右手高高举起，雪光照耀下，一片光华乱转。

“天，居然有金圈，还好几个！”不少人惊呼出声。

在袁沐、袁方和袁达心里，却远远不止这么多。

只少一个她，那八枚金圈，他们剩下十一个人谁也挣不来。

这八枚金圈，至少要分给月思卿六枚才公平。

看到金圈，袁雪的脸色顿时一变，再看到银圈和铁圈的数量，她的脸色更难看了。

“你这是多少？”她问话的声音都染上了几分怀疑。

“不多。金圈三个，银圈十一个，铁圈十四个，铜圈三个，统共是一百三十分！”月思卿语气平淡地说道。

听到“一百三十分”时，泉蒙宗其他选手皆是沸腾起来。

“天啊，三个金圈，一百三十分，他们小队走了什么狗屎运！”

“是啊，太高了吧，就算是袁沐少爷也没有这个实力啊！”

“都快赶上青灵九级队了，那可是货真价实的四个老家伙。难不成，他们小队的实力这么恐怖了？”

众人议论纷纷声中，将眼光全部投聚到月思卿身上。

毕竟，袁沐、袁方和袁达的实力他们都清楚，没有特殊原因，他们是决计拿不到这么高的分数的！难不成，这个意外就出在月思卿身上？

“你到底什么实力？还是说，你作弊了？”袁雪深深看着月思卿的双眼，一字一字问。

月思卿的脸色则坦然得多，眉头也不挑动一下，静静接受四方眼光，反问道：“我的实力还不需要向你报备吧？”

语言并不犀利，但却刚好卡住袁雪的话，后者脸庞涨得通红，不知是气的还是忌妒的。

“至于作弊……在你们上五宗眼皮子底下，我若是都能作弊，其他人难道就不会吗？”月思卿又闲闲抛出一句，将众人的疑心全部打压了下去。

“不可能，你年纪这么小，怎么可能和袁沐三个杀得死蓝灵灵兽？还是说有队伍帮你们？但是，不存在啊！”袁雪犹如疯魔了，一个劲地喃喃自语，眼光些微凌乱。

“雪儿！”袁雷一把拉住她，厉声喝止了她的自言自语，“正事要紧！”

袁雪也知不是追究这些事的时候，赶紧收了篮子，一言不发地向评委团走去。

这边，袁雷着一袭黑衫，在月光和照明石的光芒下身材颀长，脸色却有些苍白，冲月思卿开口道：“卿儿，都是一家人，以前有什么得罪之处，还望海涵！”

说着，他郑重地给月思卿行了一个礼。

看来，他和他父亲袁远一样，也是知道月思卿以前实力的，说不定夜玄所说的刺杀，他也有份。

月思卿看着男子略显绝望的眼神，嘴唇微勾，问道：“刚才袁雪说了，十大优秀选手，每个家族可以推荐两名，是不是？”

“是，除去青灵九级的队伍外，从得分最高的两个小组中各选一名。我们泉蒙宗，便是第二小队和你们第五小队了。你放心，比赛过程很公平，不会作假，虽然旁边没有外人，但实则那些宗老会长老们和评委们心中都有数，谁也无法以权势压人。”袁雷沉声说道。

他以为月思卿是担心自己会被袁雪打压，其实，这场比赛全过程都是在监视之下，又怎么可能说打压便打压得了呢？

“好，那我们这一队的选手名额，是袁沐。”月思卿说着，向袁沐看了一眼。

“卿儿！”袁沐正听着他们说话呢，没承想话题突然就被引到自己头上来了，而且还是涉及十大优秀选手的，登时有些慌乱。

“袁沐？”袁雷也吃惊地看了袁沐一眼，不解地望着月思卿。

上五宗新一代十大优秀选手，可是要被当成种子来培养的，待遇非同一般，好处也少不了，怎么就给袁沐了？这小子这么走运！

“卿儿，我不行。这应该是你的。”袁沐镇定几分后连声解释。

“沐哥哥，你行的。虽然你的灵气和灵兽都比不上袁雪，但你有一点却远胜她。那就是你的心态极其沉稳。真正的高手，在后期才能看得出来，你将来的成就会比她高。”月思卿冲袁沐莞尔一笑，缓缓解释道。

当然，前提是她也会给予他适当的帮助。

袁雪虽然在忙，却将她的话听得清楚，险些没气得吐血。

“月思卿，你有什么资格批评我心态不好！”

月思卿并没理她，她这番话说得高深，教导语气十足，加上神秘莫测的实力，让周围人看她的眼神都染上几分异样，感觉她好像就是个隐世高手一样……

袁雷嘴角轻抽，还是勉强说道：“袁沐，恭喜你了。”

“袁雷，你比我强得多。”袁沐赶紧谦虚地说道。

“那又怎么样呢？”袁雷苦涩一笑，眼光落在月思卿脸上，若有还无地低叹一声，“可惜，这样的天才出在你们大房……”

甚至于，他父亲暗派杀手，也除不掉月思卿。

那一头，评委们已经接到五大家族的篮子，分别摆放在月光下的玉桌上。篮子里，金银铁铜，四种金属，映着光辉，皎洁绚烂，耀得人眼花缭乱。

玉台上各大家族的人都站了起来，探长脖子想要看清自己家族篮里的项圈多不多，毕竟，现在所有分数还是保密的。

“袁妍，若是这次那丫头拖了后腿，家族就知道我们也还是有些用的。”站在玉台下方的一名青年冲旁边的少女低低说道。

袁妍眉眼一横，冷冷道：“呵，他们换下我就换吧，要是垫底可别怪我！”

说完，她眼中露出一抹幸灾乐祸。

那废物生的女儿还能怎么样吗？

“这几个小家伙太不懂事了！”他们的声音虽小，还是瞒不过紫灵强者。玉台上方的袁刚地悄悄瞟了眼袁刚天的脸色。

“算了，谁年轻时不爱出风头？”袁刚天脸色不变，劝阻了一声。

下面，评委们已经开始依次统计宗族得分，从上届比赛最差的力宗开始。

不一会儿，秦非便跃上半空，叫道：“接下来有请总宗主公布本届上五宗狩猎会最终成绩！”

他话音一落，整片山谷再次陷入绝对的安静。

一名老者从暗处走了出来，他身材高大，穿着五色领酒红长袍，站到了宗旗之下，金红底绘五色锦带旗随着夜风轻轻飘扬，将老者面色衬得越发庄严。

他轻咳一声，笑着说道：“那本宗就宣布本届成绩了。”

“力宗：金圈五枚，银圈三十四枚，铁圈五十三枚，铜圈三十一枚。共四百一十分。

“墨门：金圈三枚，银圈二十五枚，铁圈四十二枚，铜圈三十三枚。共三百一十四分。

“竹清门：金圈六枚，银圈三十五枚，铁圈五十八枚，铜圈二十九枚。共四百三十八分。

“泉蒙宗：金圈七枚，银圈四十枚，铁圈六十二枚，铜圈三十六枚。共四百九十二分。

“山岳宗：金圈四枚，银圈三十一枚，铁圈六十一枚，铜圈三十二枚。共四百一十分。”

结果一出，全场哗然！

“怎么可能！”一直保持静坐的袁刚天和袁刚地都不敢相信地从位置上站了起来，惊呼出声。

五大宗族，泉蒙宗以领选几十分的优势遥遥领先，不说排在第一了，光这差距也难以叫人想象啊！

“是不是报错了？我们怎么比泉蒙宗和竹清门少这么多！”同时，山岳宗族长，秦天的爷爷秦雄也站了起来。从秦家人一直镇定的态度来看，秦启已死的消息显然还没传到他们这里来。

“力宗怎么可能比我们多这么多！”墨门的人也齐呼出来。

力宗往常可是实力最低的……

就连总宗主自己也是脸上肌肉抽搐，苦笑着叹道：“看来我们墨门是后继无人了啊……”

同时，参赛选手们中间也产生了不小的骚动。

袁沐轻吸一口气，在月思卿耳边低低说道：“这个结果也是能预料到的。卿儿，这是你的功劳。如果不是你，第五小队最多也只拿到六七十分。”

是啊，月思卿小队以一百三十分的高分，以直逼青灵九级队伍的实力，直接将其他宗族甩了开去。

泉蒙宗的人不是傻瓜，谁不知道这是月思卿的功劳？齐齐将敬佩和讶异的目光投向月思卿。

青灵九级的四名泉蒙宗老者亦是目光复杂地上下打量她。

若不是自恃身份，场合又不对，他们定然会过来询问一番。到底是什么情况，竟让一个后生带的队伍实力直逼他们老家伙的队伍！

总宗主叹口气后，大声说道：“本次比赛，总分第一名是泉蒙宗！”

“啊！”泉蒙宗的族人们也不顾讶然，欢声雷动起来，除了被替代下来的袁妍一脸怨色，其他人皆是打心底高兴。

“第二名，竹清门！”竹清门竟是力压山岳宗，成了本次比赛的黑马。总宗主的话一出，竹清门亦是兴奋得又跳又叫。

广场上，月思卿的嘴角也勾上一丝笑意，目光射向竹清门参赛选手的方向，一眼便寻到曲松所在处，后者也正含笑看过来。

两人目光相撞，会心一笑。

“第三名，山岳宗和力宗并列！”

力宗的人长吁一口气，而山岳宗则是没有一点声音传来，人人脸色如罩冰霜，一片黯然。

往昔排在第一的山岳宗，此次却与排老末的力宗拿了个相同的分数，几乎垫底了，这简直就是耻辱！

虽然这只是上五宗排名比赛中的一项，但这项比赛的决定意义很大，比分直接影响最终排名，可想而知山岳宗族人们有多郁闷了！

秦非也如霜打的茄子一般，蔫头耷脑地开口道：“既然这样……”

眼看着他就要跳转下个环节，突然的一道雄浑嗓音打断了他的话：“等等！老夫想了解下本次比赛详情。”

声音来自沉默的山岳宗，一名华发老者背身紫色双翅，在几名老者的拥护下飞了过来，缓缓落在广场上。老者虽然一头白发，但面色却红润如枣，眉若卧蚕，精神奕奕。他正是秦非的父亲，秦天的爷爷，现任山岳宗族长秦雄。

“泉蒙宗怎么可能拿到这么多项圈？往届比赛中，还从未有超四百分很多的，这次比赛怎么回事？”秦雄凌厉的目光扫过泉蒙宗参赛选手们，气势十足地发问。

袁刚天和袁刚地见状，也振动双翅降落下来，站到本族选手面前。

袁刚天淡淡说道：“秦族长，比赛由宗老会全程监督，我泉蒙宗难道还会玩诈不成？”

“老夫想知道，本届泉蒙宗两位优秀选手是谁。”秦雄也不跟他打马虎眼，直接问道。

袁刚天微一思索，扭头说道：“雪儿……”

本来就要到评选优秀选手的环节了，他们也不用藏着掖着。

袁雪扭头，看了眼月思卿，脸色有些不甘地说道：“从第二小队和第五小队推选。”

“袁清和袁沐。”袁雷将两个人的名字道了出来。

袁清实力是第二队最强的，也是第二小队队长，优秀选手归他没有疑问，而袁沐……参赛选手们自然知道那些成绩绝不是袁沐能做得出来的，但他是直系，实力也不低，大家倒没什么怨言。

“袁沐也在？”秦雄自然认识泉蒙宗直系袁沐，登时起了疑心，道，“袁沐小队拿了多少分？”

袁雪顿了一下，说道：“一百三十分。”

上五宗虽然比赛竞争激烈，但始终号召友谊第一。不管是从上五宗同盟角度来说，还是从自己将要嫁进秦家来说，秦雄都是长辈，他的话，袁雪自然不可能不答。而且比赛要求公平透明，这些细节她没有权利隐瞒。

可就她这句话，震惊了整个广场。

“一百三十分？你开玩笑吗？袁沐才绿灵七级的实力！就连青灵九级的前辈们，也就只拿这么多分吧！”站在一边的主持人秦非忍不住脱口叫道。

几乎所有质疑的目光统统射向袁沐。

袁沐脸色涨红，只是不吭声。

“秦老头，不用这么为难晚辈了。宗老会的人呢？他们不是全程监督比赛吗？叫他们出来说话吧。”袁刚天自然了解自己孙子的性格，不管怎么说，袁沐不可能使诈，这点他是放心的。

想到这，他的眼光扫向了月思卿，疑惑变得异常浓烈起来。

“袁大族长，我们也正想问你，这位是……”从总宗主身旁走出来五六名老者，同样穿着五色领暗青长袍，正是宗老会的长老们。

他们的目光一致看向同一个目标：月思卿。

虽然说月思卿每次都会用小紫封锁空间，但这举动多了，还是引起宗老会的警觉。封锁空间，可不是一般人能够做到的！

月思卿被点到名，顿时所有目光又转移了过去。

“她是老夫的外孙女。”袁刚天见月思卿成了焦点，微皱眉头，作出解释。

“原来是泉蒙宗的直系。”宗老会的长老们面色一肃。

到底是“直系”，还是大房直系，给人的感觉立刻就不同了，大家投向月思卿的目光染上几分讶异和尊重。

“原来，这位也是袁家小姐？”这时说话的却是走过来的总宗主。

月思卿不置可否。

她的默认，让袁刚天心情极好，呵呵一笑，笑容间反倒还有几分满足：“是啊，卿儿在外地长大，对上五宗各种规矩都还不懂，总宗主莫要见怪。”

“正常正常。”总宗主点点头，看向月思卿，苍锐的眸中倒是溢出一分讶色，“本宗看你的外孙女落落大方，没有怯色，倒是难得。”

“总宗主过奖了。”袁刚天笑得越发醇厚了。

“卿儿的灵力如何？”总宗主又问。

他既然问了，秦雄、秦非等人自然不会再多嘴，倾耳细听。

“这个……”这个问题难倒泉蒙宗的大族长袁刚天了，他支吾几声后看向月思卿。

“很一般。”月思卿给面子地回答一声，却是含糊其辞，一语带过。

总宗主、宗老会数名长老、秦雄、秦非及其他各大家族的关注者皆是一愣。

就在这时，一声撕心裂肺的叫声从山岳宗席上传来：“大哥，不好了！”

一道身影几乎是滚下玉台，飞奔而来，那人手中还捏着一枚磁片。

秦雄转头看过去，还未反应过来，衣袖已被来人紧紧拉住，老者满面悲切地说道：“老四死了！刚才二哥报讯，宗庙堂里，老四的灵气灯熄灭了，最后的意识传了回来，确定是泉蒙宗袁梦的女儿下的手！就是她，袁梦的女儿，袁刚天的外孙女！在魔巴赤山脉动的手！”

他说着，怒指向月思卿。

这话音一落，一片惊呼声在四周响起。

就连袁刚天自己，也惊得张大了嘴巴。

“你说什么？老四死了？秦启死了？”秦雄直以为自己听错了，再三确认。

“是的，秦启死在她的手上！”老者双目喷火地盯住月思卿，浑身紫色灵气再也控制不住地往上直飙。

最后一句话，再次引发整个山谷的惊呼。

有没有搞错啊，秦家老四可是名货真价实的蓝灵强者！再不济，他也是蓝灵啊！而月思卿才是个十多岁的女娃娃，她母亲更是个灵气全无的废物！她居然能杀死一名蓝灵强者？

袁刚天第一个怒极反笑，冲秦雄干脆利落地抛出三个字：“不可能！”

是的，没有任何怀疑，就是这么肯定。

因为这事，完全不可能！

在大事上，袁刚地的态度也很坚决，冲秦雄瞪眼道：“秦老头，事情还是要好好调查才知道结果，你该不会是故意诓我们泉蒙宗来的吧！”

他不得不有这个想法，毕竟这一回泉蒙宗出的风头太大了。

“秦家绝不会将仇人认错的！”老者咬牙切齿，愤愤答道。

这倒也是，山岳宗该不会将仇人认错……可若没认错，又有什么可能呢？

秦雄也红了眼睛，秦启再不争气，也是他胞弟，他冷声说道：“总宗主，这事你一定要给我们一个合理的解决办法。否则，我们山岳宗就只能私了！若是宗会不信，我们可以出示老四的意识团！”

大家都是高手，都知道蓝灵强者在临死前可以释放意识团，如此看来，秦家不会弄错。

这下，大家再次看向月思卿。

其他人基本都难相信，但曲松和夏远却是信了。

月思卿有几斤几两他们可清楚，她杀一名蓝灵强者，那是绝对有可能的！而且，他们不约而同想起月思卿失踪的那段时间，一股说不出的恐惧感袭上心头。

难怪她之前说，如果到时来不及打招呼就走，到时候学院再见。

她说的是指这件事吗？

“没错，是我做的。”一片静寂中，少女独特的清脆嗓音如月光般流利而出。

几个字，引得四周一阵疯狂的吸气声。

“你说什么？”秦雄冰冷的声音充满了杀机，纵然是知道了事实，也不如她亲口承认来得痛苦。

“卿儿？你在胡说什么？秦启可是名蓝灵强者，你怎么杀得了他？是不是有人陷害你？”袁刚天立刻扭头问，苍眸中布满震惊。

“不，没人陷害我，是我杀了他，我独自杀了他，和任何人无关。他该死。”月思卿缓缓从空间戒指里掏出梦娘的家族玉牌，沉声说道，“第一，他不该扣留我娘的玉牌，肆意侮辱我们母女；第二，他不该将我强行拉到密闭的山洞内，据说还是在你们上五宗宗老会眼皮子底下辟出的一个单独空间。”

说到这，月思卿的眼神快速扫过宗老会几名长老，眼神中掠过一丝闪得极快的讥笑，继续道：“他将我带到那里，我只有两条路可选，一是做他的奴隶，二是杀了他，破开空间。我不是傻子，我选择了杀他！”

“这件事，没什么不好承认的。秦启就是死在我手上，再来一百回，我依旧会杀掉他！他死有应得！”

少女斩钉截铁的话掷地有声，那道被月光拉长的身影异常冷漠。

“天，蓝灵强者啊，说杀就杀，她到底是什么怪物？”有人情不自禁低喃一声。

“怎么可能？”秦天也不知何时走了过来，满眼不敢相信。

她不应该是个灵气全无的废物吗？

犹记得，泉蒙宗花丛之下，少女羸弱的身形，娇艳的面庞，天真的笑容……

“卿儿，你的灵力多少了？怎么可能是你杀的？”袁刚天仍然不信。

月思卿没有作声，只是脚尖微动，青色光芒从脚底涌出，一拥而上，又缓缓降落。

青光中，少女精致的脸庞格外美丽清雅。

“青灵三级！”一名长老叫了出来。光芒一出，级别自然瞒不过一群老家伙了。

“十七岁的青灵三级！”月思卿冷冷纠正说话的那个人。

既然要暴露实力，那就暴露得明显点！

“十七岁的青灵三级，我的天，开玩笑吧！”立刻有人尖叫出声。

“擦，这小姑娘是个绝世天才啊！她到底从哪冒出来的？真是泉蒙宗的吗？”

“泉蒙宗的袁雪比她都差远啦！”

“可她天才是天才，怎么杀得了蓝灵强者呢？”

广场周围响起无数惊叹声，也伴着疑问。

而此时，秦家老者气愤填膺地指住月思卿，大声吼道：“她是一名上古神兽拥有者！”

“上古神兽”四个字一喊出来，那本就议论纷纷的广场瞬间凌乱了。

天啊，上古神兽拥有者，这个名头牛叉闪闪！似乎已经很久没有见到过了，居然就是这个看起来不显山不露水的小女娃，据说还是个废物生的女儿，甚至都没在宗族内留过名！

有这么变态吗？

“我擦！”

“我靠！”

“我去你奶奶的！”

一声接一声的感叹此起彼伏，快将广场淹没成一片海洋。

“是真的吗？”袁刚天、袁刚地脸庞上苍老的肌肉控制不住地抽搐起来，傻呆呆地看着月思卿，一时难以消化这个现实。

袁雪呆在原地，一动不会动了，秦天也张大嘴巴，无法相信。

就连上五宗那些自恃身份尊贵、一本正经的总宗主和宗老会长老们也全吃了一惊。

众生各相，唯有两人冷笑出声。

那两声笑来自竹清门的曲松和力宗的夏远。

他们冷笑的对象自然是上五宗高层和那些族长们。

真是没见过世面，一个“上古神兽”就将他们吓到了？要是他们知道月思卿还是召唤灵师，拥有数头上古神兽，还是灵战双修，拥有上古神器的事，那岂不是个个都要吓晕了？

面对袁刚天的质问，月思卿顿了一下，缓缓点了点头。

她的点头，无疑是默认了她上古神兽拥有者的身份！

“绝世天才！绝世天才！”总宗主都激动地连连竖大拇指，这样的天才，他们都没见到过。

“你不是炼药师吗？”袁刚地没忍住，满脸震惊地问。

“什么？炼药师？”总宗主被他的话一愣。

“刚地！”袁刚天一惊，叫出了声。

“有什么好瞒的，我可是亲眼看见，她有炼药师公会里院的徽章！”袁刚地直接说道，他太想知道答案了。

“不会吧？”玉台上再次传来疑问声。

竹清门、墨门、力宗的族长长老们也都是面露惊色。

“你是说这个吗？”月思卿悠悠闲闲地从空间戒指里将里院徽章取了出来，右手二指捏住举起，月光照耀下，清晰无比的“里院”二字闪闪发亮！

没等众人回过神来，她又说道：“我还有这个呢。”手中却已多了一件银白色炼药师长袍。

“可惜级别还没来得及升，现在只是四品中阶炼药师。”月思卿将长袍随意披上，看着肩上的徽章摇了摇头，这确实是她现在的遗憾。

“四品中阶炼药师？十七岁？”就连上五宗总宗主都目瞪口呆了。

这名上古神兽拥有者，居然还是名身份尊贵的炼药师？而且炼药天赋也这么好？

“还是炼药师公会里院尖子成员？”又有人艰难地反问。

“不，她还是名上古神兽拥有者！”

月思卿面容淡定，瞟了袁刚地一眼，嘴角勾起一丝浅浅的笑，说道：“是啊，我是炼药师，四品中阶炼药师，炼药师公会里院尖子成员。同时，我也是灵师，青灵三级灵师，上古神兽拥有者！请问大家，还有什么疑问吗？”

“……”

这下，广场上已经没有一点声音了，当震惊过了头就是沉默，无尽的沉默。

“炼药师，青灵三级灵师，上古神兽拥有者，我看走眼了么？”秦天喃喃念叨着，不停地揉眼睛，看着面前虽然还是那张面容，气势却大变的少女。

天呐，这简直就是奇迹。

他居然还会将这样的少女当作废物，他自己才是废物差不多！

一片静默中，月思卿扯了扯红唇，说道：“真是抱歉，失陪了！”

说完，“轰”的一声，她后背在生出一双巨大的银白色翅膀的同时，身子直接朝后方倒飞出去，快得有如闪电。

少女锁发的布绳被大力扯断，一头黑发飞散而开，黑色短打衣装将玲珑有致的身躯衬得越发窈窕，而她背后，一双银白色半透明巨翅恍若灵光幻化一样，毫不似普通灵兽的翅膀，翅膀四周更是白光闪烁，星光灿烂，将少女整个人衬托得有如九天圣女。

只是几个眨眼，巨翅连扇，她已隐没进了无边的黑暗，幽秘的山脉。

“好美，那是仙女吧？”有人喃喃说道。

“该死，还不去追！”秦雄急得一跺脚，厉声喝道。

顿时，七八个人从山岳宗所在席上一蹿而起，朝月思卿离去的方向飞射过去。

“来人，去保护大小姐！”袁刚天也立即出声喝道。

其实不消他说，泉蒙宗长老会已然跃起好几个跟了过去。

甭说是他们泉蒙宗了，整个上五宗历史上都没有出过的天才，这次可是出自他泉蒙宗直系，那还了得，祖宗坟头冒青烟了，舍了命也要护她周全啊！

广场上一时乱得可以。

总宗主喟叹一声，冲袁刚天颔首道：“没想到，老都老了，你还来了这么一桩喜事。真是不错！恭喜你了，泉蒙宗后继有人。而得此天才，咱们上五宗也是如虎添翼。”

毕竟，星辰大陆上还有很多隐世家族，对外来说，上五宗是抱成一个整体的。

袁刚天自是万分惊喜，但同时又有些犯愁，说道：“道喜还早，老夫的外孙女可还不是泉蒙宗的，这也要看她的意思了。老夫不勉强她。”

一旁的袁刚地沉默下来，一直没有再说话。

而袁雪，已是面色惨白。

天才，在月思卿跟前，她如何能称得上这两个字？

想到自己对她做的那么多事情，对她说的那么多话，袁雪脸庞通红，恨不得找个地缝钻下去。

月思卿这人如此天才，居然这么隐忍自己！想必过去的自己在她眼里根本就是个笑话吧！

难怪能拿到这么多高分了……难怪！

颇受打击的袁雪就跟蔫了似的，再也说不出话。

玉台之上，人们的谈论声却更加热列了，泉蒙宗出了个天才少女，手刃山岳宗蓝灵强者秦启，这可是个大话题啊！相信不需要过多久，便会在星辰国传开，甚至于整片星辰大陆。

只是众人还不知道她的真实姓名。

月思卿，卡列国那个据说灵战双修的少女，谁也不会将她们联系到一起……但总有一天，她的身份会包藏不住。

而上五宗这潭看似平静的水，也被此事搅乱了……

却说月思卿，振翅离开后，皇杀便出现了。

他的出现，无疑叫月思卿安下了心。

为了躲避那些紫灵强者的追寻，月思卿和皇杀片刻没有停留，一路朝暴乱荒原的方向飞去。

相比于月思卿逃“难”时的匆匆忙忙，皇杀相对来说要悠闲得多，边飞边问：“思卿小姐，去星月殿总殿吗？”

“不，回熔炉铁堡。”月思卿一口拒绝了。

当初，谁走得那么利落来着？要她去找他？门都没有！

“可主子想见你。”皇杀为难地挑了挑眉头，那张俊美冷漠的少年面庞难得出现了一丝生动的表情。

“我不想见他！”月思卿脱口答道。

“主子，你都听见了吧？”皇杀忽然扭头，冲着空气无奈地耸了耸肩。

“什么意思？”月思卿看到他这古怪的动作，顿起疑心，收敛了翅膀扇动的速度。

紧接着，空气扭曲了一下，一道身形缓缓出现。

“卿儿，你就这么狠心？”

低沉磁性的嗓音悦耳好听，男子着一袭暗红色长袍，颀长的身姿被紧紧裹住，透出男人的劲道与有力。墨发用一顶紫金冠束在脑后，雕刻俊美的脸侧，金色大耳环轻轻摇曳着，一如初见时的张扬。

看到他，月思卿几乎是本能调转方向，朝另一个方向飞去。

“生我气了？”下一刻，月思卿便感到那声音到了耳旁，身体被一股巨力拉进温暖的怀里。

结实的胸膛，有力的臂膀，熟悉的气息那么清香，那么令她有安全感。

月思卿紧咬牙关，却是不语。

“卿儿，我好想你。”夜玄揽着少女，控制不住自己，低下头，轻轻吻着她的唇瓣，叹了一声。

久久的思念便在这一声叹息中抒发得淋漓尽致。

“现在想我，当初干什么去了？”月思卿红唇一撇，有些不满地哼道。

“这不是想让你得到成长吗？”夜玄轻轻叹息着，声音迷离中透着几分满足的感叹。

月思卿置了会儿气，感受到背后男人浓浓的爱意，终是心一软，什么东西“咔嚓”一声断了，如海的思念狂涌而上。想也不想，她回过身，反手抱住夜玄的腰，酸涩而委屈地吸了吸鼻子：“夜玄……”

“卿儿，好卿儿。”夜玄的心几乎都要被她叫化了，双臂越发用力，想要将眼前这宝贝深深压进胸膛。

“主子，追兵近了。”皇杀不知何时飞了过来，垂着眼，面无表情地提醒。

“好。”夜玄轻拍了下月思卿的后背，说道，“先回去。”

“嗯。”月思卿应了一声。

夜玄也不放手，背部一动，火红色巨翅“唰”一下生出，暗色流光，一如幽夜里那一丛篝火，孤寂，肃杀。

这次速度很快，几天后，他们便悄无声息地进入暴乱荒原。

星月殿总殿，后山主卧。

新换的墨蓝色纯锦床单铺就的红木床上，洗得干干净净的月思卿愉悦地打着滚儿，嘴里哼着小曲。

门“吱呀”一声开了，夜玄裹着一件白色长袍进来，俊挺的脸庞在雪色衣衫映衬下异常潇洒帅气，狭长的凤眸不如以往的冰冷，而是挑着几丝掩饰不住的欢喜。

“卿儿，还不睡？”男子低沉的声音温柔极了，含着自己都不知道的宠溺。

“夜玄，你又将我骗到这来了，不是回熔炉铁堡吗？”月思卿高抬双腿，绷紧脚尖，认真地说道。

“真的要回熔炉铁堡？”夜玄反问了一声。

“不真回，还假回吗？”

“那我现在送你回去？”夜玄嘴角一勾，朝这边走来。扫到女子那没有穿袜子的双足，小巧玲珑，雪白干净，忍不住眼光微动。

他伸手便将那双玉足捉了住，入手光滑细腻，他忍不住多摸了几下。

“咯咯咯……”粗糙的老茧硌着脚板，月思卿娇笑起来。

夜玄一用力，便抓着她小腿将她直接拖了过来，伸手抱住，两人一起陷入柔软的床榻。

“卿儿，你真可爱。”夜玄望着她美丽的笑靥，低声说道，眼中流露着深深的依恋。

“不是送我回去吗？”月思卿眼角盈着笑意问。

“不去。”夜玄答得干脆利落。

“是……唔……”月思卿刚说出一个字，男人火热的吻已尽数倾下。

夜玄微闭星目，贪婪而满足地汲取着少女的香甜。

“睡了……”月思卿推他。

“等亲够了……”夜玄含糊地答道。

“……”

如此，或亲或抱，整整一夜。

第二日，疲惫不堪的月思卿一睁开眼睛便看到酣睡于身旁的夜玄，无奈地叹了口气。

“卿儿……”夜玄呓语一声，瞬间也睁开了双眼，眸光毫无睡醒的困倦，反倒精光如电。

“没睡好。”月思卿一嘟红唇，翻进他怀里。

“那再睡，丫头。”夜玄心疼地啄了下她的额头，有些内疚。

“什么时候回去？”月思卿喃喃。

“等你睡醒。”

这一觉便到了中午时分，月思卿才起来。

与夜玄在楼下用早膳时，皇暗走了进来，在夜玄的示意下，低声汇报道：“上五宗的人已经搜寻到暴乱荒原这边来了，而在此之前，泉蒙宗已经派人去卡列国调查月家，相信过不了多久，思卿小姐的底细便会泄漏。”

夜玄“嗯”了一声。

北大陆和南大陆到底离得远了，消息闭塞。而月思卿当初灵战双修的名头在卡列国传得沸沸扬扬时，是他特意隐去她的详细资料，将她送进铁堡。铁堡向来是个封闭式管理的场所，大家自然不知内情。

月思卿不作声，轻喝米粥。

山岳宗知道了她的底细，意味着她将来日子会很不安宁……

“明天随我回卡列国，解决完那边的事情，我给你在铁堡内重新安排一个身份。至于山岳宗，还没有胆量搜熔炉铁堡。”夜玄淡淡开口。

“回卡列国？”月思卿挑眉问，“是为了杜绝山岳宗寻仇到月家？”

“这是其一。另外，你可能不知道，半个月前，雄鹰和月木子离开了熔炉铁堡，去了卡列国。”夜玄沉声解释，却是抛出了一记重磅。

“你说什么？雄鹰去了卡列国？”月思卿立刻停下汤勺，皱眉说道，“应百川？他去卡列国干什么？”

“逮不到你，他自然会打别的主意，与月木子倒是一拍即合。”

月思卿忍不住冷笑一声：“月木子这回是连月家都不要了吗？不，我现在就要回卡列国。”她实在放不下心。

“也好。”夜玄点点头。

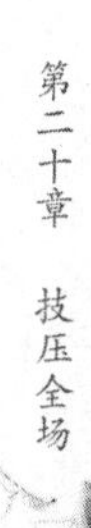

重庆出版集团 重庆出版社

目录

目录

第一章

引狼入室

十一月，当逐渐凛冽的寒风刮遍整个卡列国帝都时，月思卿与夜玄终于踏上了这个南方小城的土地。

望着遍地尖顶的建筑，行色匆匆的旅人，月思卿心中涌出一股浓烈的思念。

在这座小城中，有着实力远逊于上五宗的四大家族，但那里，却有着她至亲的家人。

“走，希望能赶得及。”月思卿拉了拉夜玄的手，快步朝帝都月家的屋宅奔去。

雄鹰和月木子先他们半个月出发，但她和夜玄却减少了在路上花的时间，希望能赶在两人抵达前回月家。

月家老宅，前面两扇门虚掩着，往日守门的小厮不见踪迹。往里窥去，大气的花岗岩砌成的石阶迎着日光，耀然生辉。前庭，却也是空无一人。

气氛有些诡异。

夜玄微眯双目，说道：“别急，跟着我。”

他在出发时告知了留在月家的秋伯和冬伯，而一直到现在，秋伯和冬伯都没有向他报告异样的地方，说明并没有出现问题。

月思卿蹑起脚步，跟着夜玄跨过空落落的前庭，穿过长廊，进入后院。

一路无人阻拦，似乎月家早已空了。

月思卿和夜玄也保持着沉默，一直到踏入后院教场后，女子才低呼出声。

教场上里三层，外三层，密密麻麻全是人。

除了身着月家服饰的月家族人，月思卿还看到了大量陌生的脸庞。

那些人站在教场右边，身着青衣，面色冷漠，或负手而立，或手执刀剑，眼神锐利，一股肃杀之气在空气中飘荡着。

为首的不是别人，正是身材魁梧、面色阴沉的雄鹰——应百川，他身旁还站着两名气势不凡的老者。

对面，月无霸白眉白须，当中而立，苍眉尽竖，眼中满是怒意。

那原本红润硬朗的脸庞泛着一丝惨白，在他身旁，教场上的训练木桩支离破碎，一片狼藉。

显然刚刚，这里发生了一场大战。

“父亲，您退下，既然是来找我月跃的，那就由我一人一力承担！”低沉的嗓音响起，一名身材精瘦、满面沧桑的中年男子却是走了上来，一把抹去嘴角渗着的鲜血，那眼光，却是极其倔强。

这人正是月跃。

“胡说！他们找你的麻烦，你以为就会放过月家？”月无霸冷沉地哼了一声。

听了他的话，应百川面露冷笑，有些狰狞，声音无情之至：“月思卿得罪了我们应家，月跃我们不放过，月家，我也不会放过！今天就是你们的死期！”

他吼出最后一声，双眼有些血红。

自从应家林那帮人的折损，他就知道，自己与月思卿之间再无退路，只能拼个你死我活了。

月家，你们一个小国家族，承受他们应家的怒火吧！

“唰”的一声，应家几十数人俱是身体微震，灵气爆涌而出。

其中，应百川本身是青灵五级，而他身旁两名老者，一名蓝灵，另一名竟然是紫灵！

轻薄优雅的紫色光芒在璀璨的骄阳下若有若无地浮动着，色泽很淡，可仅仅那一抹紫色，便已经震慑住了月家所有人。

“紫灵强者？”月无霸瞪大双眼，死盯着应百川右手面色无波的青衣老者，后者身周，紫色光晕正淡淡旋转着。

“月家，蝼蚁之辈，也敢与我北大陆应家作对！”

青衣老者半眯着眼，脸上没有过多的表情，苍老的唇微动，吐出的却是冷漠之极的字眼。

月思卿站在树丛后方，看着这一幕不禁心痛。

雄鹰居然是想要灭她月家来着！月木子，她这是引狼入室吗？

念头刚刚闪过，那边，月木子动了。

她闪身从月刚身侧走了出去，一脸震惊地望着应百川，脱口说道：“百川，你不是说只要月跃吗？用月跃引出月思卿，你真正的敌人是月思卿，你怎么能动月家？甚至是……灭族！”

最后两个字，无比艰难地从她的嘴里吐了出来，带着难以置信。

“你以为月思卿这么容易上当？在捉到她之前，我应百川也绝不做亏本的买卖！我应家林的蓝灵强者无故失踪，必然与月思卿脱不了干系！她杀我应家人，我也绝对不让她月家安生！哈哈，月家，你们就先为月思卿陪葬吧！怪就怪，你们生了月思卿那样的惹祸坯子！”

应百川说着，仰头哈哈大笑起来。

“月思卿这惹事精！”月刚气得咬牙切齿，捏着拳头，忍不住便冲月跃的方向吼道，“你生的好女儿！”

“二弟，现在我们都是一条绳上的蚂蚱，月家有难，谁也不能独善其身。节省点力气吧！”月跃看也不看他一眼，冷冷说道。

而月木子，则如同看一个怪人一样看着应百川，连连摇头：“百川，你骗我……你是打算连我也不放过吗？”

“月木子，你算什么东西！”应百川眉眼一横，怒视向月木子，不屑地斥道，“你以为我很喜欢你吗？不过是看在你是月思卿的姐姐，有些利用价值，玩玩你罢了！”

月木子脸色苍白，站脚不住，“噔噔”后退数步，眼中充满了痛苦与不信。

“百川，你这么想的？”

“滚，和你说话我都嫌脏！”应百川连最后一丝颜面都不再给予月木子。

月木子犹如被人当头泼下一桶冷水，整个人冻在原地。

“木子，这到底怎么回事？”月无霸眼中掠过一丝精光，不紧不慢地问。

“爷爷……”月木子叫了一声，后面便答不下去了。

“爷爷，我来告诉你吧。”就在月木子尴尬万分时，一道清凌凌的嗓音响起，甜美，清冷，几分熟悉。

众人情不自禁地朝声音处看去，都不禁愣住。

一袭黑色衣衫、女扮男装的月思卿穿枝拂叶，向教场内部走来。精致的五官映着朝阳，透着几分英气。

“月思卿回来了？”有人以为自己看错了，使劲儿揉揉眼睛。

就连应百川，也面露震惊之色，绝没想到远在千里之外的月思卿会出现在这里。

月思卿不顾众人惊讶的目光，直接走到月跃身旁，冲后者露出一抹安慰的笑容，才扭过头，声音扬起，说道：“月木子和应家应百川可不是寻常的关系，没有月木子的带路，他能这么快来月家？更不会这么容易就把人带来了。”

说着，在众人疑心重重的眼光里，她淡然看向月木子，后者脸庞涨红，满面不安。

“我以为，木子姐姐要欺家灭族了，原来，木子姐姐也不过是被应百川利用了。只可惜，这么多天你和他赶路辛苦了，恭喜你给月家带来了灭顶仇人。”

她的话，犹如尖刀，刀刀插进了月木子心脏深处。

“啪！”一道响亮的巴掌声传来，众人还未反应过来，月木子已经被掀飞至地，本能地爬跪起来。

动手的是月无霸。

他脸色苍白，身躯却笔挺，连腰都不闪一下，便给了月木子重重一掌。

“不肖子孙！”恨铁不成钢的语气。

“爷爷，我错了！我不是故意的！”月木子眼泪哗啦哗啦直往外涌，抽抽噎噎地叫道，却是承认了此事。

顿时，教场内骂声一片，道道目光如要在月木子身上剜千千万万的洞。

月思卿做完这一切，优雅转身，正面对上应百川一行人，即便是他身旁的紫灵强者，也没有叫她眼睛多眨一下。

“雄鹰，你的目的在我，现在我来了，该是咱们算总账的时候了。”她说着话，声音越来越冰冷，“你想灭我月家，抱歉，我也一样希望你应家在历史上除名！”

“月思卿，你别大话，你拿什么来对付我？”应百川讥笑一声，“就凭你的天赋吗？别天真了好吗？就凭你一个人，连我的对手都不是！”

“雄鹰，所有的事都因你我而起，我愿意陪你斗一场，你说呢？”月思卿看着他的眼睛，缓缓开口。

“就你一个人？不叫帮手了？”应百川挑了挑眉，很不屑。

“我一个人，你也一个人。你赢了，我往后再不找你应家麻烦。”月思卿淡淡说道。

“这么便宜的买卖我可不做！”应百川直接拒绝。

“那你要什么？”月思卿反问。

“我赢了，我要你的一双眸子和一双手。”应百川盯着她清灵淡漠的眼睛，冷笑起来。他厌恶她的眼神，所以要她的那双眼睛。

“卿儿，别答应他！”女人的尖叫声传来，那是梦娘的声音。

“我们绝不接受这样的条件，卿儿，你退后！”月无霸沉声开口。

月思卿还未回答时，月无霸已闪身过来，一把将她拖到身后，轻咳了几声，说话声却异常坚定：“这是爷爷的命令！卿儿，这一次你必须服从！就算全族灭亡，你也不能死！你必须活着！爷爷今天为你拼了！月族的人，还记得我们先祖的血性吗？这一战，你们敢应吗？”

最后一句，他大声吼问。

“敢应！我们拼了！”无数人激吼出声，声音连成一片，回应着月无霸。

“拼了！拼了！”

那一阵阵响彻天际的声音，震得月思卿双耳发震。

有那么一刹那，她感到头脑一片空白。

这，就是家族的力量吗？无关灵气，震撼心灵。

“就算全族灭亡，你也不能死！”月无霸的话犹如深深的刀印，刻在月思卿心里。

“为什么！”月思卿转头看向月无霸，问了出来。

老者身躯微佝，又挺了起来，精神矍铄的面庞苍白消瘦，往日严肃的表情也染上了几分黯然，恍若短短的时间内便老去了十几岁。

“你是月家唯一的希望，上千年，我们等了上千年，终于还是等到了。卿儿，只有你能带领月家回到故土，回到那片大陆，卿儿，就算爷爷求你了！”月无霸突然寂了声音，逼音成线，直接用灵气输进月思卿脑海里。

月思卿心中一时不知何种感慨。

“爷爷，相信我。”月思卿望着老者沧桑的面孔，这一声“爷爷”却是发自于内心。

说完，她转过身，昂起下巴，冲应百川缓缓说道：“我答应。”

“卿儿……”一旁的月无霸低喃一声，想要移动身形，却又想起什么，站了住，苍老却锐利的目光中掠过一丝犹疑。

凭借对月思卿的了解，他应该相信她的。

那个丫头，她不做无把握之事啊！

果然，他没有阻拦月思卿。

教场内的喧哗喊话声也因月思卿那简洁利落的几个字乍然一停。

对面的应百川见月思卿答应得如此爽利，心中暗喜，叫道：“好，接招吧！”

说完，他身躯微动，浓郁的青光迸射而出，在应百川身边环绕飞旋，青灵五级的实力一展无余！

“碎天鹰爪！”怒吼声如发泄般地响彻云霄。

一声嘹亮的鹰啼传来，众人眼前便是遮天蔽日的黑暗，一只巨大的苍鹰飞在半空，尖利的鹰爪化作青光疾射而出，直冲月思卿脸门抓去。

“哼。”月思卿轻哼一声，众人色变，唯她沉稳。

“龙吟九天，兰之碎片！”少女红唇微吐，却是只发出两道命令。

对付雄鹰，两招便绰绰有余！

青灵三级的光芒伴着技能呼啸而出。不见真龙，但闻龙吟，如来自于遥远的天际，带着神秘久远的气息，令人心头发悸。而雪色兰花从女子额头飞出，“滴溜溜”转向对面，“砰”的一声，炸成无数片破碎花瓣。

如果说，刚才应百川的鹰兽出现时是遮天蔽日，那么兰花的爆裂则是惊天动地。

“轰隆隆！”头顶，乌云翻滚，雷电怒鸣，万千花瓣之下，空气被割得哗啦作响，风雨堪泣！

这样的气势，不是普通灵兽能够召唤出来的。

“上古神物！”原先站在应百川身旁的紫灵老者第一个脸色剧变，惊叫出声。

只是，已经晚了。

应百川的身体在龙吟之困下一时无法动弹，万千花瓣倾洒而下，看上去美丽无比的景色却暗含无限杀机！

月思卿娉婷而立，眼光无情地看着这一幕。

“嘶啦”声不绝于耳，一声声惨叫自花瓣中传出，听得人毛骨悚然。

雪色花瓣飘然落地，化作了虚无，渐渐地，被花瓣围绕着的那一方空间终于露了出来，只是有人忍不住尖叫了一声：“啊！”

正是月木子。

躺在地上的应百川再无往日的高手气概，长发断开，蓬松凌乱，挡住脸庞，一身衣衫碎尽，裸在外头的肌肤已然看不出原先的色泽，密密麻麻的血痕纵横交错。

这哪里还成人形？哪里还是那个熔炉铁堡的雄鹰应百川？

雪白的兰花幻作小巧精致，回到月思卿右手指尖上，轻轻颤动着花瓣。

少女嘴角勾起一丝冷笑，轻蔑地望着应百川。

而那一头，应家的人沸腾了。

“杀了她，杀了她！”

“杀了月思卿！灭了月家！”

“神老呢？神老怎么不动手！”

他们口中的神老，那位紫灵强者，现在却正与一名英俊的少年站在十数丈开外，彼此对视。

在应百川受难时，神老确实动了，只是他一动，却被一股更强大的力量给挡了回来，那人，便是眼前这个少年。

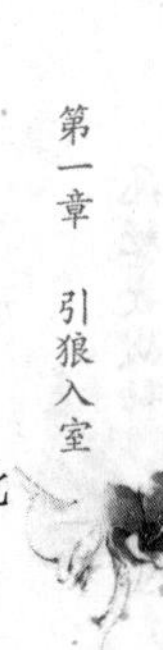

神老忌惮地看了少年一眼，少年则悠闲地抱起双臂，睨向应百川的方向，叹息道："没用了！"

"阁下是谁？"神老咬牙切齿地问，自然知道他是一名紫灵。

少年未答。

神老一咬牙，脚尖一动，已闪至应百川身边，看着地上奄奄一息的青年，他眼中划过一丝沉痛。

"月，月思卿。"地下的人并没有死，破碎的唇瓣嚅动了下，清晰地叫出三个字。

"我在这，雄鹰，你输了！"月思卿站得高，将应百川的面部表情看在眼里，冷声说道。

她一开口，周围便安静了下来，群情激愤的应家族人也强行按下了怒火。

"你，升，升得好快。"应百川喘了几口气。

"青灵三级而已，不过收拾你，一只手就够了！"月思卿不以为然地解释，"雄鹰，你想要的是我的一双眼睛，但我想要的，却是你的命！"

听了他这话，应百川牵动了内心的怒气，连声急咳起来。

月思卿继续道："我不提条件，因为我不需要。我赢了，就是你丧命的时候，何须再提条件？"

原来如此。

他以为自己胜算满怀，却原来，对方早就看中了他的命！

"神老……"应百川强行吞下怒气，颤声道，"替我灭了月家，尤其是月思卿的命……"艰难的声音却是开始向他身旁蹲下的神老留话。

"没必要浪费力气了雄鹰！"月思卿大声说道，"你有紫灵强者，我也有！皇杀！"

"在，思卿小姐！"那名冷漠的少年不知何时已闪身到了月思卿身侧，一双深潭似的眼睛毫无波泽。

"月家族人听命！"月思卿毅然转身，冲后面一排排兴奋不已的月家人发下命令，口气理所当然。

"是！"那些人也一脸服从，高声齐应。

在这世道，强者永远受人尊敬！

"剿灭所有应家狗！"清冷的声音在整座月府上空徘徊。

"是！"又是整齐的呐喊声。

应百川喉头咕哝一声，一抹不甘和绝望爬上他的眼际，他终是无力地倒了下去。

而同时，教场内各种灵气光芒闪烁而起，一场大战拉开了序幕。

身为卡列国如今的第一家族，月家族人在战斗上接受过专业训练，反应、素养都是极好的。

月无霸直接对上应百川身旁另一名蓝灵老者，其他的人则在月跃、月刚的统领下对付应家剩余的人，而神老则与皇杀战到一起。

月无霸先前许是受过伤，交手才几招，便被对面的蓝灵老者一掌拍到胸上，身子倒飞了十数步，一口鲜血喷出。

"爷爷！"月思卿惊叫一声。

“哈哈，月家无人了么？”蓝灵老者猖狂地笑了起来。

所有人的注意力都被他这一声吸引了过来，看到月无霸落败，应家人欢呼一声，士气大振。

月思卿惊怒交加。

只不过，她还未说话时，那名蓝灵老者的笑声还未停止，“砰”的一声闷响，他整个身躯拦腰断裂，瞬间化作一团血雾。

“嘶——”战场在这一刻突然变得极其寂静。

“就算月家无人，也轮不到你指手画脚！”冰冷的声音响起，身穿黑色长袍的男人缓步而来，他戴着一张半边铁制面具，只看到一双森冷的眼睛。他左手持着一柄厚重的纯黑色大刀，右手则拿了块丝帕轻轻擦拭着刀锋。

谁也没看到他怎么动手的，那名蓝灵老者就消失了……

震惊之后，响起的是月家人的欢呼：“武王殿下！”

应家人惊骇之余，战斗立刻成了一边倒的情形。

不出一炷香时分，应家来的二十余人全被收拾得干干净净，而那名神老与皇杀却已不知踪影。

“不用管他们，那老头子不是皇杀的对手，清理战场吧。”夜玄扫了一眼狼藉一片的教场，淡淡开口。

“是，武王殿下！”月无霸点头。

他们在这边交谈着，忽闻耳边女子一声清喝：“去哪儿？”

疾风刮过，众人立即看去，却瞧见月思卿轻装简行，拦在月木子跟前，一双凤眼满含冰冷。

月木子趁乱想要离开，不提防自己的一举一动都落在月思卿眼里，她恼羞成怒，盯着月思卿的眼神直欲喷火。

“留下吧。”月思卿不理睬她的眼光，淡漠地吐出三个字。

周围，月家人的眼光全都落在月木子身上，包括月无霸、月跃等人，那样的眼光再不似当初一般温和，而是夹杂着深深的痛心和质问。

“把这里收拾收拾。”月无霸缓缓移开眼光，吩咐道。

他一面着人去卡列国皇室回禀消息，一面将直系族人和旁系中着重培养的尖子后辈全都召进大厅，包括月木子。

不一会儿，不大的前厅便或站或坐了不少人，夜玄自然被月无霸请了上座，月思卿则坐在月跃身边，和月跃、梦娘低声说话，脸上皆是喜色。

“族长，皇室收到消息了，大皇子已经在赶过来的路上。”一名长老匆匆进来，说道。

月无霸“嗯”了一声，叹道：“大皇子婚事在即，让他操心我月家之事，难为了。”

“爷爷！”月木子被老者锐利的目光扫到，头皮一麻，上前一步，“扑通”一声跪倒于地，先自摆出认错的姿势。

“好一个孝顺孙女！”月无霸望着月木子，眼光既恨且怒，更是夹杂着无比的痛心。

到底是他一手带大的孩子啊！

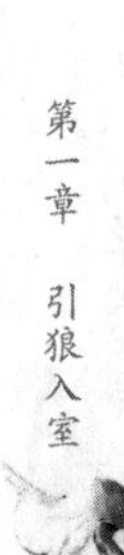

“爷爷，我错了，我真的错了，不求您的原谅，只求木子以后能好好修炼，为月家建功立业！”月木子趴伏在地，哭得梨花带雨，惹人生怜。

大厅内一阵静默。

月无霸沉声开口：“跃儿，你看？”

拖长的尾音在静寂的厅堂内格外清晰。

月跃本是半转着眼，并未看月木子，听得月无霸发问，立刻毕恭毕敬地看向老者，说道：“父亲是一族之长，但凭父亲处置！”

淡淡的话语，并无多少情意。

“父亲……”月木子红着眼眶，抬头叫道。

“谁是你父亲！”一道隐忍着怒气的声音响起，却是出自于一向柔弱的梦娘。

月思卿也讶异地看向她，中年女人挽着墨发，柳眉竖起，神情是平常难得一见的怒色。

按道理来说，梦娘一个没有半点灵气的妇道人家，在这种场合是根本插不上一句话的。但她现在的身份是月思卿的母亲，在月家，她的地位便水涨船高，还没人不给她面子。

“阿梦……”月跃伸手将梦娘的柔荑握进掌心，低声唤道。

“跃哥，你也别拦我。月木子本来怎样我管不得，也不想管。但她现在伤害的是我最亲近的两个人，我不能姑息她这样的假仁假义！”梦娘挣开自己的手，冷眼看着月木子，说道，“你卖消息给应家，带人来月族，只为想置我家卿儿于死地。为了这个不可告人的秘密，你连养了你这么多年的父亲都不管不顾，月木子，你还是人吗？”

“谁说我不顾父亲了？”月木子也沉不住气了，回道，“我本想拿你为诱饵的，但是你根本不给我机会！”

梦娘闻言，冷笑一声：“给你机会？我袁梦是没有灵气，可还不是个傻子！也只有你父亲这样的可怜人才会念着与你父女一场，不忍拒绝你！”

听着他们二人的对话，月思卿心头微动，转头问月跃：“父亲，怎么回事？”

月跃薄唇微动，却是轻叹一声，半闭上眼。

身后有人低声回答，却是一直守在梦娘身旁的冬伯。

“思卿小姐，应家原本是想先掳走夫人的，但夫人不上月木子的当，并不出院。月木子才骗了大爷出门，被应家的人堵住。只是他们没想到，大爷早已不是废人，已经有青灵五级的实力了。应家一时没能得手，才导致了后来月应两家族人的对峙。”

“原来如此……”月思卿恍然大悟。

难怪一进教场时，她就看到父亲受了内伤。

如果不是父亲的实力这两年有了飞快的恢复，那么今时今日，事情的局面也许会无法控制。

想到这，她不禁紧紧捏住垂在身侧的双拳。

也难怪梦娘会如此生气了，月木子碰的是她此生最亲的两个亲人，任何一个女人都无法接受。

梦娘虽然没有灵气，但到底出身于大家族，聪慧不输常人，她抬起下巴，眼光淡淡扫过前厅所有人，说道：“你们留不留下她，我没有资格决定，但从今天起，她不再配做跃

哥的女儿！”

一句话，将月木子撵出了“小家”。

月无霸看向月思卿，沉声道：“卿儿，你打算如何处置月木子？爷爷将决定权交给你。”

月木子闻言，眼中划过更深的妒色。

是了，月思卿今时今日的地位，连当初的她也是完全比不了的了。

月思卿淡淡一笑，说道：“同为月家骨血，我又怎会伤她性命？只是要将她撵回旁系。”

月木子旁系的身份并不是秘密。

月木子一愣，只是将她撵回旁系这么简单？她心中不由掠过一丝窃喜，但紧接着月思卿的话便粉碎了她最后一丝希望：“在这之前，我要废了她的气穴！”

气穴是灵师修炼的根本，是灵气汇聚的中心，如果气穴被毁，那这灵师便凝聚不起来灵气，真真正正沦落为废人了。

“月思卿你敢！”月木子惊得脸色发白，失声尖叫。

“你敢对我做那么多事，我如何就不敢对付你呢？”月思卿微微一笑，看起来温柔的笑意却令人后背生寒。

“慢着！”这时，一声苍劲的急喝自厅外传来，随即便有几人匆匆忙忙走了进来。

为首的两青年身形颀长，面容俊美，眼角挑着几分阴恻，正是上官羽，他身边，是有着卡列国第一蓝灵之称的卢劲松。

“老师！”看到老者，月木子如见救星，眼泪滚滚而下，向卢劲松膝行而去。

“月思卿，看在老夫面上，将她交与我带回严加管教，如何？”卢劲松望着往日里乖巧的徒儿沦落成如斯模样，不禁悲从中来，向月思卿诚恳地提出请求。

“这是月家家务事，还请前辈莫要插手。”月思卿淡淡开口，却是驳回了卢劲松的面子。

卢劲松倒显得有几分尴尬。

“卢老英明一世，莫要让这名声被一名劣徒给毁了。”突然间，一道低沉富有磁性的嗓音从上座传来，声音不大，却猛一下扎进众人的耳膜。大家扭头看去。

一袭黑衫的夜玄缓步下阶，半眯着凤目，看不清他的眼神。

“武王殿下。”卢劲松看到夜玄，脸色立即一肃。

“王叔。”上官羽也立即行礼。

“嗯。”夜玄清冷地应了声，慢慢抬起左手，修长干净的五指迎着门窗外洒进来的日光，极是漂亮。

也没看到他做什么动作，不远处，月木子却是发出一声痛彻心扉的惨叫：“啊！”

浓郁得化不开的绿色光芒突然间控制不住地从月木子体内疯涌而出，女子身体扭曲成一个诡异的角度，在地上哀鸣，声声惨呼令人心悸。

厅内其他人看得心惊胆战。

几息之后，青光逐渐散去，月木子也如没了声息般躺在地上，如果不是那急促轻微的喘息声，众人都会以为她死了。

而此刻的情形清清楚楚告诉所有人，月木子的气穴已经被毁了！她现在成为一个永远凝聚不起来灵气的废物了！

这个事实让人惊悚。

夜玄冲月无霸轻勾薄唇，说道："失礼，越俎代庖了。"

这男人，不动声色中便废了一名绿灵灵师的气穴，手段之狠辣与高超，就连月无霸也是闻所未闻，当即脸色便变了，对夜玄的敬畏之情难以掩饰，更别提其他人了。

卢劲松一脸呆滞，却是一个字都说不出，上官羽则是满面惊骇。

一直没有发言的月无霸站了起来，脸色异常凝重，说道："将她送回旁系三支。"

说罢，他又一脸歉意地看向卢劲松，说道："抱歉了，月家的人，还是月家自行处置比较好。"

卢劲松长叹一声，忌惮地看了眼夜玄，终是点头道："也好，我送她一程。"

说完，他跟着退出了厅。

上官羽见状，也没有久待，冲夜玄告了辞。

前厅内，月木子的阴影尚在，但很快，就被月思卿的一席话给冲散了去。

"父亲，爷爷，有件事我必须告诉你们，现在，我是北大陆上五宗中山岳宗追拿的敌人，恐怕还会连累月家。尤其是看到应家人行事方式后，我越发觉得心头不安。"

"上五宗？你又得罪了上五宗？还是山岳宗？"月刚脸上如吞了只苍蝇般难看，惊问出声。

在见识到月思卿的魄力和夜玄的实力后，月刚说话态度倒是客气了些。

月思卿还未回答，月无霸沉声开口："东山岳，西泉蒙，那可是上五宗的两大高峰，你怎么会惹上他们？"

"卿儿，怎么回事？你去了上五宗？"梦娘起身，眉目间含着惊疑问。

月思卿回望向她，抿唇不语。

梦娘急了，连声问道："你不是在熔炉铁堡修炼吗？怎么去了上五宗？你是不是还去了……泉蒙宗？"

梦娘的出身，这里除了月思卿和夜玄，可能还包括月跃，其他人恐怕都不清楚。

"我杀了秦启。"月思卿看着焦急的梦娘，一字一字说道。

"扑通"一声，梦娘往后一倒，跌坐到椅子上，力道太大，那把椅子被她坐翻了过去，她直接摔在地上。

可她没有叫疼，目光呆滞。

"阿梦……"月跃赶紧扶起她。

梦娘却如没看到他一般，直勾勾望着月思卿，声音颤抖："秦启？山岳宗四族长秦启？你杀了他？我听说，他前几年突破了蓝灵，是一名货真价实的蓝灵强者！"

"是的，我杀了他，他侮辱了我最亲近的人，死有应得。"月思卿轻轻说道。

"卿儿！"梦娘哽咽一声，再也忍不住了，泪水滚落脸庞，冲过去就将月思卿紧紧抱住，哭道，"我的好女儿，是娘对不起你，是娘不中用，让你脸上抹黑了！娘心中好难受！"

"娘，胡说什么呢？你是卿儿唯一的母亲，卿儿会为你做主。从今之后，再没人敢欺负你！"月思卿眼角湿润，轻轻拭去梦娘的眼泪，笑着说道。

"嗯，卿儿，娘谢谢你。"梦娘重重点头。

母女二人抱头痛哭的场景惊呆了其他人，月跃长叹一声，其他人则是满脸震惊。

“秦启？秦家四族长？蓝灵强者？卿儿，你杀了一名蓝灵强者？还有阿梦，你怎么对山岳宗这么熟悉？”月无霸不敢相信地问。

梦娘听见他问，才不舍地放开月思卿，擦去眼角余泪。

“秦启是我杀死的，蓝灵强者在我跟前也不过尔尔。”月思卿傲然看向月无霸。

原还想说几句的月刚在这当口是什么话也说不出来了。

好吧，人家连蓝灵强者都能杀得死，这里还有什么他说话的份儿？罢了，这仇不结也结了……虽然一直不喜月思卿，他眼中对月思卿到底还是起了一丝叹服之意，至少，让他对上一名蓝灵强者，完全能被捏死，更别提二十年前了。

她的天赋，确实强悍！

“思卿，你现在什么灵力级别了？”月无霸好奇地问。

月思卿思忖了下，正色答道：“爷爷，我现在是青灵三级。”

“青灵三级？你才十七岁，就已经青灵三级了？”月无霸吃了一惊，而身旁的月刚更是惊问出声。

他在二十五岁上才达到青灵三级的水平，如今三十多了，也还在青灵徘徊。

“嗯。”月思卿淡淡应声。

“十七岁的青灵三级，灵战双修，拥有上古神物……真是千年难遇的天才！”月无霸激动地站起身，扶着太师椅把的双手攥得青筋暴起，“难得！难得！”

“父亲，你多年的夙愿要实现了。”月跃冲月无霸展露一笑，随即眼带忧色地看向月思卿。

家族重担，那双柔弱的肩膀真的能扛得起来吗？

“卿儿，爷爷相信你，在外头，要有些心机，少给自己树立明面上的敌人。”月无霸叮嘱了一句后，微微笑道，“月家也许帮不上你什么忙了，爷爷所能做的事情就是减轻你的后顾之忧。我，月家第十二任家主月无霸在此宣布，将率领族人退出卡列国帝都四大家族，隐居世外。”

他这话一落音，周围顿时响起一阵惊呼声，连同月思卿，也惊讶地叫道：“爷爷！”

“勿拦我。”月无霸冲她摇了摇手，眼光缓缓扫过整个前厅。被他苍锐的眼光扫到的地方，立刻安静下来。

“月家等了这么多年才等来这样一个希望，绝不能在我手中毁去。隐世家族，能更好地培养我们的力量！”

老者的声音在大厅上空飘扬着，坚定有力。

隐世家族，在星辰大陆上有不少，力量也是不容小觑的。

“不知道你们想要我做什么？”月思卿挑眉，想到什么，缓缓问，“难道是和……神殿有关？”

“你知道神殿？”月无霸一愣，神情一肃，问道。

“不太清楚，愿闻其详。”月思卿求教道。

月无霸轻叹一声，抬头看向厅外，眼光些许迷茫，声音淡淡，“神殿的事太过渺茫，卿儿，等你实力提升了再说吧。不要以此为压力，安心修炼。”

“好。”月思卿应了一声。

“对了，为什么提到山岳宗秦启，阿梦如此激动？”月无霸转眼看向梦娘。

“没什么，过去的事了。”梦娘立即答道，垂下了眼睛。

见此，月无霸也不好再问，吩咐众人散了，并将隐世的消息传达下去，早做准备。

月思卿和夜玄商量了下，分头行动，夜玄去宫里与皇王会面，她则陪父亲母亲说说话。

月跃居住的院落内，茶香氤氲，气氛祥和。

交谈中，得知月跃的灵气恢复得极快，已经达到他遭人迫害前的青灵五级水平了，她颇感欣慰。而她也明显感觉到了梦娘对袁刚天的思念之情，但却因为上五宗在她心中留下的阴影，她又回避了这个话题。

月思卿心下暗暗发誓，必有一天，要风风光光将梦娘接回上五宗，到时候，月家上下，更不敢瞧不起她母亲了。

第二章

月刚之死

冬天，日照时间极短，没一会儿天色就全黑了。

月跃居住的院落内传来几声树叶摇曳的声音，再次归为寂静。

院角一株苍劲的大树上多了两条黑影。

月跃房内一片漆黑。

“我今天白天发现月跃有些不对劲，但未必就真有问题，咱们先在这看着。”夜玄贴着月思卿耳朵低声说道。

月思卿也是作惯了贼的，没有作声，紧紧盯着月跃房门。

夜半三更，霍然，一道黑影从窗棂里闪了出来，东张西望了一下，闪身没进黑暗，看背影，正是月跃。

“跟上！”月思卿的心都提到了嗓子眼。

父亲这么晚出去要干什么？

夜玄抱紧她，飞身跟上。出了月家，出了帝都，在郊外转了几个弯，他们竟是跟到了宝光神洞所在地。

刚一落地，夜玄就捂住月思卿的嘴巴。

宝光神洞的大门处，一道身影如幽灵一般在那门前走来走去，月跃脸色惨白，毫无血色，他那深纹密布的眼睛内空洞茫然，毫无焦点，只是不停地走过来，走过去。

突然间，她感到空间戒指内一股灼热的气息腾起，伴着小紫焦灼的声音：“娘，我好像控制不住绿珠了！”

绿珠？那不就是以前控制宝光神洞的妖孽吗？难道它又要复生了？

月思卿一阵紧张。

夜玄也感觉到了她的躁动，缓缓松开手，说道：“卿儿，我们进宝光神洞。”

“能进去？”月思卿反问。

“五枚九彩神珠，够了。”夜玄沉声说道。

当初，三枚九彩神珠的力量不足以打开宝光神洞的大门，而五枚，绝对够了。

月思卿一咬牙，将五枚九彩神珠取了出来，其中，绿珠表面光芒闪烁，一股股灼热的力量散发出来。

“绿珠好像快要爆发了！”

月思卿说完，身旁“嗖”的一声风过，夜玄不在了，下一刻，他出现在石墙边，一手掐住了月跃，叫道：“卿儿，快点！”

月跃无力地仰在他手臂上，看上去应该晕厥了过去。

“好，让开！”月思卿叫了一声，默默静下心神，嘴里喝道，“去，开门！”

那五枚神珠随着她的意念动了，“唰”的一声，齐齐飞向石墙处。

“轰！”

一声巨响，石墙炸得粉碎，粉尘弥漫。

待烟雾散后，石墙处的铁制大门出现了，“咔嚓咔嚓”声后，铁门自行打开，绿珠“嗖”的一声，先飞了进去，其他四枚神珠也立即跟上。

“夜玄，走！”月思卿一跃而进。

宝光神洞内一如既往的黑暗，凉风习习，不知从何处吹来。

夜玄抱着月跃，拉住月思卿，随着前面那个绿色光点在洞内奔驰，直至眼前出现了被照明石映得昏黄的石洞。

绿珠也停了下来，滴溜溜原地打转。

月思卿一眼就认了出来，这里就是上一回他们四大家族前来修炼的地方，当时绿珠也是在这里控制了他们。“月跃的身子在发热。”夜玄忽然扭头看向怀内的月跃，皱眉说道。

“绿珠！”月思卿的担忧终于达到了顶点，错步走出，看向绿珠，惊怒交加地说道，“我不知道你到底想干什么，但他是我的父亲，我绝不允许你做出任何伤害他的事情，否则，我会毁了你！”

是的，这一刻，她恨不得立刻摧毁绿珠。

虽然知道自己没有那样的能耐，可她还是有一股极强的信念，就是自己完全能毁掉绿珠！

不知是她冰冷的眼神起了作用，还是震慑的话语收到效果，绿珠颤动了几下，光芒熄灭了几分。

但月思卿还来不及窃喜，绿珠周身光芒却猛然爆开，较之先前更加灿烂明亮，“嗤”的一声，直接飞过来，钻进了月跃的身体。

月思卿倒吸一口凉气，无助地抓住夜玄的衣袖。

夜玄将月跃放在地上，拉着月思卿的手安慰：“没事，我感觉绿珠没有恶意。”

不管有没有恶意，月思卿也只能等了。

月跃的脸庞开始抽搐，双眉皱起，似乎陷入了痛苦。

一旁的月思卿只能干看着，心如刀绞。

良久，月跃脑门上忽然绿光大绽，绿珠缓缓飞了出来，直接飞到月思卿眼睛前方，颤动了几下，倒有几分讨好的意味。

月思卿哪里顾得上它，忙蹲下来去看月跃。

“父亲，父亲……”她轻轻叫唤着，不敢太大声，生怕惊扰到月跃。

月跃似是听到她的呼声，那双眼睛遽然睁开。

眼里的空洞消失不见，所替代的是几分迷茫。

“卿儿，这是哪？我怎么在这儿？”月跃伸臂支起自己的上身，一脸惊讶地看向月思卿和夜玄。

月思卿一怔，见他眼内确实一片茫然，缓缓开口：“父亲，你知道这是哪吗？”

“宝光神洞？”

“嗯。”月思卿点头，“你经常来这吗？”

“我想起来了。”月跃轻叹一声，抬头扫视四周，“一切都想起来了，是在这里，没错。”

“这里？您是说，那一年宝光神洞的记忆？”月思卿听他提起这事，来了点精神。

她记得，月跃曾说过对宝光神洞这段记忆很模糊。

而现在，他说他什么都记起来了。

难道是绿珠的功劳？

她下意识地回头，看向绿珠。不知是不是绿珠感应到了她的意念，一下就蹿了过来，乖乖地落到她肩膀上。其他四枚珠子也飞了过来，一一停在那里。

月思卿心中惊奇，没有多说什么，而是再次看向月跃，一字一字地问：“当年，这里发生了什么？”

所有的事情都应该追溯于宝光神洞的那段记忆吧。

月跃的表情有些呆滞，目光也投向了远处的石壁，似是陷入了久远的回忆，良久，他才收敛了脸上的神情。

“唉。”月跃长长叹了口气，声音一下有如苍老了十几岁，倍显沧桑，说道，“那一年，我们四大家族的后辈们照例来宝光神洞修炼。可谁料进来后，这里跟我们想象的完全不同，沿路我们看到了不少先祖的遗骸。大家虽然觉得很吃惊，但想到长辈们这么放心地让我们进来，都没有放在心上，直至到了这里，看到很多光团。他们便进入光团修炼。而我和月刚，对遗骸起了疑心，路上探查了一番，最后到达这里。”

“当我们过来时，这儿已经很安静了，所有人都在修炼。只是，那些光团前却站着一个陌生的年轻男人，他穿着一身绿衣。我和月刚都不认识他。”

月思卿不自觉地便朝绿珠瞥去一眼。

那就是中邪的绿珠啊！

月跃苍老的声音继续在空气中流动着：“绿衣男子说，他已经控制了这里的所有人，我们两个也逃不掉。他说，要和我们做一笔交易，让我每年都诱哄一些四大家族的灵师靠近宝光神洞，好为他提供灵力。但我怎么肯同他做这笔交易？”

说到这，他眼中露出悸怕之色：“我打算和月刚联手与这绿衣男子一决高低，但我没想到，月刚会在这时给了我重重一击，直接将我打晕过去，后来我就晕厥了，怎么出宝光神洞的都不知道，只是，从那里出来后，灵气锐减，一下变成了废物。”

“月刚？”月思卿一下抓住这个词，两道柳眉都竖了起来。

果然是他吗？

这时，她感到一股灼热的气息自左肩传来，本能地，她一耸肩膀，想要甩开那股灼热，不承想，绿色神珠一下就被她挥飞出去，跌落至地。

绿珠落地的刹那，绿光闪现，凭空幻化成一个人。

那人，着一袭绿衫，墨发挽起，面容精致美丽。

“绿珠？”月思卿失声惊呼。

它怎么又会变成人？

“是他！卿儿，就是他！”月跃也嘶哑着嗓音叫了出来。

绿衣男子眼神微动，直接看向月思卿，与当日相见截然不同，少了几丝狂狷，减了几分邪肆。

“见过主人！”绿衣男子忽然一拂衣袍，恭敬地朝月思卿单膝下跪。

“……”月思卿忍不住看了夜玄一眼。

月跃也被这一幕震住了，有些傻呆呆地看看绿珠，看看月思卿。

“我不是你主子。”月思卿淡淡让开他这一礼。

绿衣男子不以为意地一笑，缓缓站起来，嘴里说道：“普天之下，我只有一位主人，绝不会认错。”

月思卿微皱眉，不与他计较这个问题，指着月跃问：“刚才是你帮我父亲恢复了记忆？”

“是的。”绿衣男子也看向月跃，说道，“月刚打晕他后，向我求饶，愿意与我合作，但提出一个条件，要实力超过月跃。”

“无耻！”月思卿忍不住骂道。

“还好了，他没要月跃的命，也算是兄弟一场了。”绿衣男子轻轻一笑。

月跃听得也极为认真，显然，他对这晕厥之后的事并不知情。

“后来呢？”月思卿问。

“我吸干了月跃的灵气，但气穴我毁不了，便在月跃心中下了灵力控制，而月刚，因为成了我的奴隶，我也给他下了这样的灵力控制。我告诉他，如果有一天月跃灵气恢复了，只要连续在月跃的饭菜中滴入他的血，慢慢地，月跃就会变成他的奴隶，月刚就能完全控制他了。”

“那月刚给我父亲下了毒？不，是滴了他的血？”月思卿又问。

“是的，月刚的血液中有邪气，月跃也有，但月跃的邪气已经被我清理掉了，他没事了，主人放心。”绿衣男子禀告道。

“呵呵……”一旁的月跃也听懂了，低笑一声，喃喃道，“这几天总觉得自己不对劲，原来如此……”

谁也听不懂他的笑声到底什么意思。

夜玄清冷的声音开口道：“是的，你晚上跑到宝光神洞来发疯，想来也是被这里的灵气控制着。”

“是我自己过来的吗？”月跃若有所悟。

“嗯，我虽离开了这里，但我到底在这里待了那么多年。这儿有我的意识残存。否则，我此刻也不能再化为人形。而你服了月刚的血，邪气很深了，才会被吸引来。”绿衣男子说着，身形变得越来越透明，声音也越来越小，“我的时间到了，以后恐怕都不能再出现……”

“绿珠！”月思卿心中一紧。

绿衣男子没有再回答他，或者说，他的身形已经完全消融于空气中了。

绿光慢慢散去，浑圆光滑的绿珠再次出现，淡淡的绿色光华干净剔透，如深山中最纯净的那抹泉水。

月思卿摊开掌心，绿珠朝她飞来，稳稳落在她白嫩的掌心上，随之，青珠、赤珠、蓝珠和橙珠也依次飞来，聚到一起。

一种奇异的感觉涌上心头，月思卿不知道是不是因为刚才绿珠的那一声“主人”，让她感觉到与这五枚九彩神珠的距离突然就拉近了。

没有再多想，她将九彩神珠收进空间戒指，冲月跃说道：“父亲，我们回去，你身体还虚弱着。月刚的事可不能心软，必须寻找一个妥当的解决办法，否则，他体内的邪气会害更多的人。”

她说完这话，月跃沉默了。

月思卿不知道他恨不恨月刚，但他们到底是同胞兄弟……

三人没再提这件事，一路出了宝光神洞。

送了月跃回房，月思卿和夜玄才深一脚浅一脚地回到客房，一路都没有惊动任何月族之人。

往那张床榻上一躺，月思卿便忍不住重重叹了口气。

“卿儿，莫要想那么多。好好睡一觉。”夜玄说着褪了鞋，在她身边躺下，将床尾的被子拉开，给两人盖上。

“嗯，不想，夜玄，我相信你会有解决办法的。”月思卿揉了揉眉头，转身赖进他怀里。

软玉温香，令夜玄身子一僵，随后缓缓放松，低声道：“嗯，交给我。”

“嗯。”月思卿眯起眼睛，忽然想起什么，仰起脸，说道，“夜玄，你睡在这不太方便吧？明天早上叫别人看见了……”

女子白皙丰嫩的脸庞离男人的脸很近很近，她说话时，香甜的气息钻进夜玄的鼻息，他忍不住呼吸粗喘了几分，哑声道：“没事，没人知道。”

“可是……”女子刚吐出两个字，夜玄已用唇堵住她的嘴，含着如花的樱瓣，心神俱醉，手攥紧女子的腰肢，吻变得深入疯狂起来……

月思卿哼唧了几声，被他的火热所吞噬，半晌，她才挣扎开，呼得一点新鲜空气，兰息急促，嘶嘴道：“夜玄，你说话不算数！”

借着窗纸上映出的月色，夜玄清晰地看到那张被亲肿的水润红唇，异常诱惑，喉头咕哝一声，哑沉道：“什么话？”

“你说了，长大后就不跟我同睡的。”月思卿嘟着嘴道。

夜玄哑然失笑，双臂却是揽紧了她，如两块坚硬的钢铁似的，声音磁性十足地在她耳边低低反问：“小傻瓜，这句话早就失去效应了，忘了吗？”

“你什么意思？”月思卿双颊发烫。

“我的意思就是，”夜玄以五指为梳，轻轻插进她散乱的秀发，柔声道，“长大后，我更要和你睡一起……”

月思卿的脸成功地红到了底，脱口呼道：“夜玄你流氓！”

夜玄一把捂住她的小嘴，眼底闪着满意的光芒：“我不对你流氓，难道还让别人对你流氓？卿儿，你从九岁时就已经打上我夜玄的标记了，反正都养到这么大了，总是逃不了。”

他越说，月思卿越发羞赧。

夜玄却是越看越喜欢，一翻身就将她压到身下，按住她欲要挣扎的双臂，更加深沉迷醉地吻起来……唔，真甜！

月思卿被他亲累了，倒也很快地就睡了过去，这一觉，格外安心。

第二天一早，夜玄却没有真的为所欲为，而是在月思卿之前起来，离开了她的房间回避了。

月家家丁送来丰富的早膳，月思卿在房内用完早膳后便被召往主厅。

她去时，厅内更是坐了不少人，月无霸、月刚、月二夫人、长老会，包括前几日不见的月景明、月水莹全都到齐了，而西手席位上，更是端坐着分量十足的人物——武王殿下。

看到夜玄出现在这里，月思卿心头咕哝了一声。

她走上前，先给月无霸行礼。

月无霸满面笑意道：“卿儿，坐爷爷身边来。”

听他这话，远处站着的月景明和月水莹兄妹都面露一丝淡淡的妒意，坐在族长身边，那该是多大的殊荣啊！

月思卿笑了笑，倒也没拒绝，径直走过去坐下，同时，目光不动声色地将大厅扫视一遍，颇有深意地在月刚脸上停留片刻。后者也正板着脸注视她，脸色阴沉，嘴角边的一撇鼠须让他整个人显得有些猥琐。

月无霸见大家来得差不多了，最主要的是月思卿一家都来了，这就够了。他清了清喉咙，笑眯眯地说道：“月家人都在这里了，武王殿下也在。武王殿下不是外人，也不用避忌什么。”

他说到这一顿，朝夜玄投去恭敬的一眼，郑重地说道：“昨日，本族长与长老会商议一夜，确定半月后动身离开帝都，隐世的地方就在东部的格兰城附近。大家有没有意见？”

月思卿一愣。

格兰城？他还真会选地方呢。

可能……是有意的吧。

月无霸和长老会的决定，其他族人怎会有意见呢？纷纷点头称是。

只不过，有人还是问道：“族长，那皇王同意吗？”

月无霸一笑，看向夜玄，说道：“我们月族在帝都根基很深，近两年更是荣升为四大家族之首，卡列国第一家族，离开本不是件简单的事，皇王也未必放行。所幸，一切都有武王殿下相助，皇王不仅同意，还支持我们隐世，在帝都的土地商业，也有武王的帮助，半月内全部都能脱手。”

众人听了他的话，都感激地看向夜玄。

武王的地位他们岂能感受不到？他出手，十拿九稳。

夜玄淡淡抿了口茶盏内的茶水，说道："放心，卿儿是本王的妻子，月家的事就是本王的家事。"

这话一出，月家人不禁万分羡慕地看向月思卿。

月思卿脸颊一红，薄唇抿起。

月无霸又说了些迁族的注意事项，眼看着他说得差不多了，月思卿知道，这是个好机会，不能再等了。

"爷爷，我也有件事想说。"

清脆的声音在前厅响起，少女离开了座位，缓缓下阶，却是站到了月跃席旁，月刚的座位在月跃正对面。

"哦？卿儿，你有什么事情？"月无霸看向她，眼神中满是鼓励。

"很重要的事情。"月思卿嘴角的笑容缓缓消失，沉声说道，"昨天晚上，半夜三更，我发现我父亲一个人去了宝光神洞，而且，他眼神飘忽，完全是被人控制住了。"

不得不说，月思卿这会儿说出来的事情玄乎之至，令人几乎难以相信。

但对于她的话，月无霸的神情却毫无怀疑，只是万分震惊地喃喃："难怪了，昨夜宝光神洞被强行打开，原来是你们……"

他看了月跃一眼，急切地道："继续说。"

宝光神洞的铁门被强行毁去，虽身在百里之外，但他和另外四个家族的族长却第一时间察觉到了异样，等到五人会合，再赶去宝光神洞，那时，月思卿几人已经离开了，留给他们的是一个空空如也的石洞。

现在，月思卿说出了此事，他心头的疑惑浓到了极点。

月思卿用余光观察了下月刚，发现后者的神色变得紧张起来，嘴角勾起一丝冷笑，她继续道："在那里，我看到了一位身着绿衣的年轻男子。"

提到绿珠，在场的月家人俱是一声惊呼。

相信，出现在前厅的人，都是家族的优秀人才，都进过宝光神洞，对于绿衣男子其人，皆是心知肚明。

"这位绿衣男子就是宝光神洞的主人，他恢复了我父亲当年在宝光神洞内的记忆，并告诉我们，当年我父亲因为倔强，不肯服从于他，他选择了另外一个人做傀儡。那人，不仅要求神洞主人将我父亲变成废人，还学会了控制别人，将别人变为自己的傀儡，每年死在神洞里的那些家族之人都是由那人骗去的，而那人，这几天开始在我父亲饭菜内下毒，试图控制我父亲。"

月思卿一口气将这些话说完，明显地看到，月刚的脸色变成惨白，脚步开始悄悄往殿外移动。

她猛然朝他的方向看去，厉声道："月刚，你做了神洞主人的傀儡，还不敢承认吗？"

"嘶……"所有人惊呆了地看向月刚，还未完全领会月思卿话语的意思，只是本能地脚步连退，远离月刚，月刚的身旁只剩下他夫人和月景明、月水莹一双儿女。

"刚儿，你哥哥是你害的？你做了神洞主人的傀儡？"月无霸看向月刚，艰难地询问。

“你们别相信她，她在骗人！神洞里的事情谁不知道，大家都跟神洞主人做了交易是不是？”月刚见所有人注意着自己，一脸激动地指向月思卿，怒声叫道。

“是的，都做了交易。只不过，你却在他们没有达到紫灵前就骗走他们的性命！什么紫灵交易，根本就是假的，你才是神洞主人真正的帮凶！”月思卿伶牙俐齿地高声反驳。

“你在胡说！”月刚吼道。

“月刚，身为亲兄弟，我会冤枉你吗？”这时，月跃出声了，声线中满是痛苦，“我本来不想指认你，事情已经过去那么久了。可现在的你，已经不是以前那个二弟了。父亲，叔伯们，他的体内已经布满邪气！如果任由他这样下去，他就会成为潜伏在月族中的杀手，不知道有多少族人的命会丧失在他手中！到最后，他可能会变成六亲不认的狂魔！”

月跃的话语沉痛而坚定，想必是经过了一番思想挣扎才会说出。

邪气、杀人狂魔，这些字眼直教月家上下胆战心惊，看向月刚的眼神布满了惊骇。

“月跃，你和你女儿血口喷人！你拿出证据来！不是这样就能排挤掉我，好做下一任族长的！”月刚眼中充满了疯狂的怒意，大声喝道。

他的话，倒也引起月家族人们的深思。

当真是权力争斗才走到这一步吗？

“月思卿，你们怎么能这样冤枉我父亲？”月水莹也气不过，站了出来，眼眶红得快要哭了，“爷爷，你不能偏听偏信，任由大伯将我父亲丑化成杀人狂魔！”

小小年纪，她也一时接受不了这样的事实。

证据？月思卿眼光一冷，邪气入体，她能拿出什么证据？

她不禁朝夜玄瞟去求助的一眼。

夜玄轻轻放下茶盏，右手自然搭在椅把上，站了起来，黑色长袍顺着健硕的身躯下来，衬得男人身姿极为修长。

他缓步从阶上走下来，目光淡漠地盯住月刚。

月刚的小腿明显地哆嗦了一下，连忙喊出声音以掩盖他的慌张：“武王，没有证据你别乱来！”

“不，我不乱来，我只是想让大家看看你体内的邪气到底有多深！”夜玄一字一字说道，眼光也蓦然变得冰冷。

就在他眼光变了的同时，月刚突然脚步一动，身形以恐怖到极点的速度闪了出去。

众人还没看清楚眼前发生了什么事情，下一刻，狂笑声已从前厅中央的空地上传来。

“哈哈哈哈，是的，我中邪了，那又如何？武王殿下，你也不是什么好东西，就算我不中邪，也会被你将白的说成黑的，与其如此，我倒不如拉个垫背的！”

众人看向那狂乱的声音时，都忍不住倒抽一口凉气。

空气中飘着的全是不知从哪冒出的血色红绸，如那死人的灵堂上随风飞舞的白带染上了鲜血，红绸乱飞乱舞，将那一小片空间隔离开来，月刚站在其中，一头长发也成了红色，散乱地披散着，阴沉的脸庞上黑气纵横，一双眼睛则成了鲜艳的血红，毫不似人样。

月刚中邪，已是毋庸置疑的事了。

此时的他，俨然就是地狱中上来的魔鬼！

“父亲！”月景明和月水莹尖声喊叫，吓得眼泪滚滚。月二夫人直接晕厥了过去。

“卿儿！”月跃瞳孔急收，失声叫唤，而一旁的梦娘更是瘫软在地。

月思卿在刚才的一刹那，被月刚拿在了手中，此刻，她虽挣开了月刚的双手，却也站在那片血绸飞舞之间，身后，更是大片大片的血墙拦住她的道路。

显然，除了个别小辈，所有人都认识到，这片血绸是个阵法，月思卿出不来。

“月刚，你疯了吗？你要对卿儿做什么！”月无霸到底是名蓝灵强者，又是月刚的父亲，很快镇定下来，冲月刚喝道。

“你管我做什么！你的眼里永远只有月跃、月思卿！我什么都不是！哼！”月刚看向月无霸的眼神一片冰冷，毫无父子之情，眼珠上，黑气缠绕，看不清他的眼神。

“父亲，他现在已经邪气附体了，不能心慈手软，他已经不是您的儿子了。”月跃强行稳下心神，急声解释道。

“可卿儿……武王！”月无霸突然想到什么，求救般的眼神看向夜玄。

夜玄站在那里，眼神中是嗜血的杀气，可怕的杀气让人一接触到，体温便降到零点。

他没有动，月无霸也就没有动。

“月思卿，你说对了。”月刚见他们沉默，愤怒的眼神射向月思卿，“我是中邪了，你满意了？呵呵，你要为你的满意付出代价！我用邪气凝成的血阵，我自己的血液为引，你逃不出去，别人也进不来！我要杀了你！有你做垫背，我不亏！”

众人在听到“血阵”二字时，脸色大变。

以血为引，以邪为灵，以生命为源。血阵，自古以来，就是死阵。月刚是笃定自己逃不脱武王之手，所以才在临死前祭出了血阵。

传说中的死阵……还是头一回在现实生活中见到！

相较于其他人，月思卿却是异常的平静。

刚才她试过了，这个阵确实出不去。那么，和上一回对付秦启一样，她唯一的解决办法就是杀了月刚吗？

“我知道，你不害怕。你连蓝灵强者都杀得死，一定不怕我吧？”月刚看向她并无波动的眼神，冷笑道，“只是，杀死第一个蓝灵是你的运气，第二个，就未必了！”

说完，他仰天长吼一声，蓝色光芒齐绽而开。

血阵内，是爆发的蓝光，月刚脚下，更是出现一头凶猛的黑狼，随声嘶吼。

“他居然是蓝灵！”

“天啊，月刚不是青灵吗？怎么突然变成蓝灵了！”

周围响起一片惊呼声。

月思卿也眼神微动，没想到呢……

“我这名蓝灵强者在自己的血阵内，攻击增加两成，而你将被削弱两成，月思卿，这样，你还有胜算吗？”月刚说着，纵声大笑，“月思卿你后悔吗？”

如果她不指认他，他们也会相安无事的，至少现在。

“卿儿，别怕他，他是用邪气硬提的灵力，还不牢固，本身实力根本达不到蓝灵，纵然有血阵相助，也不过秦启的水平。”银色的声音清晰地在月思卿脑海里响起，给月思卿打了不少气。

月思卿的心定了几分，透过朦胧的血雾看出去，迎上夜玄的眼神。

他就站在血雾之外，一袭黑衣，简洁干净，正深深注视着她。

“别怕，卿儿。”

他唇齿微动，吐出四个字，夹杂在月家人嘈杂的声音中可以直接被无视，但他的口形，月思卿看懂了。那四个字，也撞击在了她心上。

莫名地，她就安心了。

她相信夜玄是不会看着自己死的，他一定有办法。

女子的眼神缓缓移向月刚，带着一分倔强，说道：“月刚，你就这么有信心？我能杀死秦启，也照样能收拾你！”

说完，她脚尖一动，灵气激射而出，青光炫丽，“噌噌”涨到青灵四级的水平。

“青灵四级？不错么。”

月刚见她的实力居然比青灵三级还高一级，微微一愣，随后冷笑起来。

那又如何？

月思卿没有作声，在越级战胜秦启后，她获得了大量灵气，经过回程路上的修炼，已经达到青灵四级了，只是还未稳定。

青灵四级展示出来后，银色、小青、小粉也出现在她身边，三个人形灵物目光冰冷地看着月刚，白虎王四蹄着地，狂吼出声。

不是月思卿没有控制他们，而是血阵之内，他们自动被召了出来。

“天啊，他们是谁？”

“是灵物，是卿儿的灵物！是神物！”月无霸第一次没有稳住情绪，声音颤抖地叫了出来，“卿儿怎么会有这么多灵物！”

他的话，月思卿在阵内听得清楚，血阵并没有隔绝声音。

在前厅突然沉寂的空当，她的眼光动也没动一下，盯着月刚，哑声说道：“因为，我就是传说中的召唤灵师！”

召唤灵师！

四个字一出，前厅内响起一片急促的抽气声。

召唤灵师已经是很逆天的存在了，怎么她身边还都是神物呢？

连对面的月刚，也因这个事实呆住，不敢相信地打量着银色几个。

“月刚，接招吧！”月思卿不再给他反应的时间，心中喝出一连串词语：“漫天花雨！金刚掌！火焰球！落马箭！”

她首次将战技和灵技糅合到了一起。

月刚收回心神，喝道：“蓝灵之技，狼之夜啸！”

“嗷”的一声，黑狼张开巨口，长嘶一声，一个巨大光球从它口里喷出，带着千斤力量射将出去。

蓝色光球的速度很慢很沉，但沿路却带起漂亮的蓝色尾巴，让人不敢小视这技能的可怕威力。

而月思卿的数种技能齐出，身边更是花雨绽放，弯弓舒箭，光芒齐照，上古神兽兼上古神器，视觉效果无人能比！

“轰”的一声，双方技能狠狠撞击在了一起。

光雾弥漫，四周道道血绸发出刺耳的撕扯声，月刚的脚步“噔”地后退了一步，而对面的月思卿，却是脚跟在地面直接拖出一条长长的印迹，后背重重弹在血阵墙上。

所幸有珠丝软甲，她并未受伤，只是气血翻涌，脸色涨红了几分。

“龙吟九天，兰之碎片，锁骨连环刀！”她没有停歇，继续喝道，同时向嘴里塞进一把药丸。

“狼之夜啸！”月刚使出的仍是这招。

再一次的狠狠撞击！

如不是月无霸和皇杀等人及时释放出灵气罩，这所前厅早已不复存在了。

这一回，灵气耗去大半的月刚也没能经受住巨大的冲击，倒飞而出。

月思卿也好不到哪儿去，后背重重撞在血墙上，强行吞下了一口鲜血，脸色转为惨白。

“月思卿，这一回，看你还能撑吗？”月刚也摸出一把药丸吞下，笑声诡异。

“狼之夜啸！”他拼尽力气，再次使出蓝灵之技。

月思卿深吸一口气，将那背在身后的右手拿了出来，不大的小手紧紧握成了拳头。

像是下了很大的决定一样，她缓缓舒开手心，看向掌心的眼光变得冰冷而决然。

“去吧！”心中默念一声，掌心中的东西动了。

五道光芒掠过半空，那是五枚九彩神珠高速移动留下的印迹，带着灿烂的小尾巴，直飞而出。

没有任何声音，也没有任何华丽的效果，只是五枚看起来像玩具的小圆珠。

但它们的出现，却让整个前厅的气氛跌至冰点。

一股沉重的威压如流水般缓缓漫开，如吞噬夜晚的黑暗，风卷残云地吸尽了周围的灵气，皇杀布置的紫灵灵气罩也无声无息地爆裂……

时间，好似静止了一般。

那股压在所有人心头的力量却突然变得巨大起来，他们感到了心慌意乱，感到了气喘吁吁。

“不好，快后退！神器：隐藏空间！”夜玄将这一幕尽收眼底，大喝一声，手指微抬，一个漆黑的物事被抛了出去。

随后，月思卿和月刚所站着的血阵变得越来越透明，而压在众人心头的压迫却突然间消失不见。

月无霸瞪大了眼睛，惊道：“天，竟然是空间隐藏！”

隐藏空间，不同于封锁空间，是真真正正地将那片空间与他们所在的空间隔绝，那片空间发生任何事情都再也影响不到旁边的人和事。

夜玄用的是隐藏空间的神器，这在星辰大陆是早已失传的无价之宝。

在那片空间变成半透明之后，夜玄的身形便消失在了原地。

“嗤”的一声轻响在死寂之中格外清晰，恍若空间被撕开一条裂缝，两道人影滚将出来。

随后，“轰”的一声巨响有如从遥远的天际传来，明明很远，却又像是很近，众人只感觉一刹那头脑全然空白，耳膜震聋，再也听不到一点声音。

待到他们回过神来，目光再次看向前厅中央，那里，一团浓郁的黑气缓缓在消散，月刚不在，血色红绸也消失不见。

“卿儿，你没事？”夜玄急切的声音响起。

月家族人的注意力立刻转向声源处，只见玉阶之下，一袭黑袍的夜玄正紧紧搂住月思卿。

“小祖宗，求求你了，这五枚神珠不是这么用的……”见她无事，夜玄身心一松，无奈地擦拭去额头上渗出的汗水。如果他不在场，月思卿恐怕也会逃不开神珠爆发的力量！

月思卿吐了吐舌，那是她最后的底牌，或许神珠还能识主呢，这是她抱着的希望。

她转而问：“你能进血阵？”

“我能进血阵，但我想给你一个磨炼自己的机会。”夜玄将她扶了起来，低声说道，“结果，你给了我惊喜……好在，这场战斗，对你修炼还是有很大益处，就像当初战胜秦启一样。”

“嗯。”月思卿点头。

越级战斗，她方能激发自己全部的潜力。

只有在这样的危急情况下，她才能将所有灵气真正消耗完。而气穴就像一个收纳盒，盒内一点东西都没有时，收纳能力才达到最强，这便是她吸收天地灵气最佳、提高实力最好的时候。

“那月刚呢？”月思卿问。

其他人也都等着这个答案。

“他已经随着那片空间消失在天地之间了。”夜玄看向那淡开的黑气，毫无怜惜地说道。

“唉……”上座的月无霸轻叹一声，眼神中怅然若失。

到底是他儿子，即便中了邪气，这样的结果，也足够他伤神很久了。

“庆幸的是，卿儿没有事。”月无霸走到月思卿身边，眼底浮出欣慰。

这样的结果，已是非常好了。

“卿儿，我的卿儿！”晕去几番的梦娘哭着跑过来，紧紧将月思卿搂住。

月思卿安慰了她几句后，又安慰了月跃几句。

前厅内，却突然响起哭泣声，月景明和月水莹知道他们的父亲再也回不来了，控制不住情绪，跪在地上大哭起来。

“景明，水莹，节哀吧。那已经不是你们的父亲了。你们也不用怪卿儿，即使他赢了，血阵瓦解后，他也会死。这才是真正的死阵。”月无霸哑声劝道。

月景明和月水莹不说话，只是哭泣。

月思卿也没有说什么，他们的父亲也算是死在她手上，可是，那也是月刚先动的手。如果他们恨自己，她也没办法。

“卿儿，刚才你使出的最后一招是……九彩神珠？”月无霸的声音突然出现在月思卿的脑海里，他用的是逼音成线，同时脸上露出惊骇之色。

刚才那恐怖得像是要毁灭天地的力量他感受得最深。

“嗯。”月思卿没有隐瞒他。

“你居然能控制九彩神珠？”月无霸满面震惊。

“不知道。”月思卿如实回答道。

月无霸却是十分惊异，思忖片刻后，慎重的声音嘱咐道：“卿儿，以后莫要拿九彩神珠出来，这片大陆上，觊觎它的人很多。”

“嗯，记住了。”月思卿冲他点头，也将这话默记心中。

前厅内的气氛格外凝重，谁也没有料到，这么短的时间内，一个大活人就这么没了。

月无霸叹息一声，蓝灵的他已会藏起所有情绪，闷声说道:“大家都散了吧，计划不变。”

“是，族长。”众人皆向他告辞出厅。

第三章

打击仰萍

月思卿也在梦娘的搀扶下站稳了身子，夜玄从旁边将她的手臂托住，沉声道：“我来吧。”

少女大半个身体的重量便压到了夜玄身上，梦娘怀里一空，抬头看过去，只见夜玄半抱着月思卿，毫不吃力，步伐依旧稳健，月思卿的表情也放松得多。

她苦笑了一声，自言自语道：“终究是长大了……”

女儿需要的不再是自己这双纤弱的肩膀了，能给她遮风挡雨的是另外一张宽厚的胸膛。

回到厢房，月思卿在夜玄的授意下直接在床上盘膝坐好，进入修炼状态。

此刻，她内息极空，正是吞噬外界灵气的绝佳时候。

干枯的气穴，犹如处于涸辙里的干渴小鱼，一触到外界顺着经脉涌进来的灵气，如饥似渴地吸收着。

这段时间的奔波也令她很久没有这样认认真真修炼一场了。

月思卿缓缓梳理着经脉内一丝丝的灵气，任时间这样一点一滴过去。

在内息达到完全充盈之时，月思卿欣喜地发现自己的灵气又增长了一截，离青灵五级近了不少。

她缓缓睁开眼睛。

淡薄的日光洒入眼帘，微微刺眼，她眨了眨眼睛，再次睁开。

卧室内，浅紫色窗帘自然垂下，斑驳的日光随着窗外枝叶的晃动轻轻摇曳着，床上，映下一个淡淡的影子。

“卿儿。”低哑的男声响起，却是坐在不远处的夜玄叫她。

“夜玄，过去多久了？”月思卿问，现在的她精神奕奕，浑身上下是使不完的力量。

“半个月了，月家明天最后一批撤离。”夜玄轻轻一笑。

“这么快？”月思卿从床上跳了下来，抹了把脸道，“出去看看！”

“嗯。”夜玄看着她生龙活虎的模样，眼底掠过浓浓的笑意。

月思卿和夜玄一路往前厅而去，明显地发现，月府比半个月前要寥落得多了，沿路鲜

少见到月家族人的身影，园子里处处寂静。

到得前厅附近，才有说话声传来，能听到其中夹杂着一道强硬无比的男子声音，极其陌生，并非月家人。

怎么？有人来找麻烦了吗？月思卿心中一惊，飞快地瞟了夜玄一眼，加快脚步，冲到了厅前玉阶之上。

厅门前的族人看到多日未曾出现的月思卿，喜不自胜，冲厅里叫道："思卿小姐来了！"

厅里的说话声停了下来。

月思卿走进去便看到里头站了不少人。主席上，除了坐着月无霸外，上官羽也在，他身旁坐着一名相貌颇为柔美的少女，正是仰萍，虽然几年未见，容貌长得开了，但大致轮廓却是没有变的，她正眼光复杂地打量月思卿。

月思卿的注意力却没有在她身上逗留太久，而是移向月无霸右手太师椅上的中年男子，后者五官周正，一脸傲然。

很快，厅内的安静便被他打断了："月族长，那就这么说了，我还要收拾收拾，先告辞了！"

他起身后，月无霸也赶紧收了看向月思卿的眼光，满脸焦灼地问："曾大人，没有一点商量的余地了吗？月家虽然隐世，但给你的待遇绝不比以前差，而且月家刚刚退隐，正是需要炼药师的时候。"

被称为"曾大人"的中年男子干笑两声，看向仰萍说道："大皇子妃也说了，仰家现在也是关键时刻，仰家对我有恩，我不能不帮。"

"月族长，非常抱歉。"仰萍站起身，满脸无辜道，"我爷爷现在要炼的药至关重要，真是寻不到高品阶的炼药师了，也只有曾大人能帮得上忙，本皇妃斗胆向月族长借这个人，还请月族长成全。"

"成全？曾大人的去留岂是本族长能决定的……"月无霸苦笑一声，眼中流露出浓浓的失望。

什么仰家需要曾大人，全是鬼话，他们月家和仰家的关系可没有好过，月思卿心中一动。

是了，仰萍在她手下可是吃过大亏的，对她怎么会有善意？兴许，今天这件事，还是有意针对她来的。

红唇一勾，月思卿微昂下巴，并不与仰萍虚与委蛇，直接问道："仰萍，我倒是好奇呢，曾大人要随我们月族离开，你怎么赶巧不巧的这时候来借人？"

"月思卿，你怎么这么没礼貌？我现在是大皇子妃！"仰萍脸色一怔，成婚后的这段时间受尽旁人尊敬的她，突然被月思卿直呼其名，眉头一皱，指责出来。

"大皇子妃？没礼貌？"月思卿还未说话，身旁的夜玄眼色却是蓦然一沉，冰冷锐利的目光直射向仰萍身旁的上官羽，"我倒是不知了，晚辈在长辈面前也是可以这么放肆的！"

那个一贯优雅的男子不动声色中便能翻云覆雨，而现在，他竟然还发怒了！

上官羽的心霎时寒到底，顾不得其他，一把拉住仰萍，从阶上连番跃下，揪到夜玄跟前，喝道："萍儿，你就这么和王叔说话的！胆子还不小啊！"

仰萍整个人都震住了，一时有些呆滞。

"她该道歉的人不是本王！"夜玄一手揽住月思卿的腰，极其霸道。

上官羽看了眼月思卿，眼角快速划过一丝不甘，但快得让人难以捕捉，仍是命令仰萍："这位可是未来的王婶，王叔的婚事，早已经内定下来了，你还不给王婶行礼？"

说完，他自己先朝夜玄和月思卿行了个王子礼，恭恭敬敬地喊道："王叔，王婶。"

月思卿嘴角勾起一丝冷笑，上官羽的性格她如何不知？但纵然如他，此刻也不得不在自己跟前低头。

月家族人们也被这一幕震呆，一言不发，厅内寂静得可怕。

在这样的气氛下，仰萍终是服了软，单膝跪地，行了个大礼，叫道："王叔，王……婶。"

月思卿扬了扬眉毛，放慢声音，以教训的口气说道："嗯，入了皇室，那就是皇室的人了，辈分高低，长幼尊卑，可是要时刻谨守的。仰萍，听到了吗？"

仰萍的身子颤了几下。

上官羽紧紧掐了下她的腿，女子才咬牙道："是，晚辈听到了。"

一旁的夜玄怒意全退，嘴角已是忍俊不禁了。

"起来吧，说说曾大人的事怎么回事？"月思卿问道。

到底上官羽在旁，她不能拂了皇室面子，便叫了仰萍起来问话。

仰萍眼中划过一抹愤怒，低着眼睫说道："我是来向月家借曾大人的。"

"仰家必须要曾大人吗？我们月家好像也需要他呢！"月思卿好笑地问。

仰萍刚欲说话，那边的中年男子却是脸色一沉，起身说道："武王殿下，未来的武王妃，我们炼药师不受任何国家管制！我想去哪里也是我自己的事。"

"……"月思卿无语片刻，缓缓出声，"这么激动干什么？不知道曾大人的炼药水平如何？"

虽然已不是头一回看到炼药师在外如此嚣张了，但月思卿还是不习惯。她实在想不通，和自己一样职业的炼药师到底哪来的那么大傲气！

曾大人只以为她是质问语气，当下冷冷说道："四品高阶炼药师！以我的年纪，还有很大的发展前途！"

确实，中年达到四品高阶，对于普通炼药师来说都是个相当难跨越的一道槛，跨过了，至少也是名三品炼药师。

月家的人听到这话后，脸色再次一肃。

唯有月思卿一脸的不以为意。

她转身冲同样随着曾大人下阶的月无霸，说道："爷爷，送曾大人离开吧。"

平淡的声音不含喜怒，原本是个平常话语，但曾大人在报了自己实力后再得到这样一句，顿时便生出浓浓的挫败感。

怎么，自己这个四品高阶的炼药师这丫头竟然还不放在眼里吗？

月无霸也略有些迟疑，看了曾大人一眼，低声说道："卿儿，若是能将曾大人留下……"

毕竟一名四品高阶炼药师非常难请……

"不用了，四品高阶炼药师级别还是低了，月家这么大，还是请个好点的炼药师吧。"

月思卿淡淡开口道。

她承认，自己有寒碜曾大人的意思。

这么容易就被仰家收服了，他也不是什么好东西！

“好点的炼药师？”月无霸无语地吹了吹胡须。

月思卿到底知不知道，三品炼药师就已经不是他们这种小国家族能请得起的了，四品高阶，已是十分珍贵。

曾大人也是被她的话气笑了，眼神厌恶地射向月思卿，他也不急着走，冷声道：“比我好的炼药师那就是三品和二品了，我倒想知道，你一个离开帝都中心的隐世家族，到哪能请个三品炼药师来。”

他也是和月思卿杠上了。

“这个不用曾大人操心。”月思卿轻描淡写地答道，“别的难找，两条腿的炼药师多的是。”

两条腿的炼药师多的是？曾大人快要被她的蔑视气晕了，厉声道：“是吗？炼药师多的是？你就这般小看我们炼药师，有种，你现在就变个炼药师给我看看！”

月思卿听到这话，不自禁地便朝仰萍看了一眼。

曾大人立刻补充道：“除了大皇子妃！月家能找出第二个炼药师吗？”

众人见他态度如此强硬，都不免皱起眉头。

月思卿却在这时轻笑出声，声音如珠玉落盘，动听悦耳：“谁说月家找不到炼药师了？远在天边，近在眼前！”

说完，她一手已从空间戒指里取出银白色炼药师长服，轻轻一抖，便披到了身上。

曾大人还没来得及细看，仰萍已惊呼出声，“炼药师？月思卿，你也是炼药师？”

“四品中阶，如假包换。”月思卿淡漠地将肩上徽章摆正。

四品中阶四个字一出口，前厅内传来一阵吃惊之声。

“天啊，四品中阶炼药师……你不是在骗人吧？”仰萍根本就不相信。

她的炼药天赋也还不错了，又有家族的培养，到现在为止，却也不过才在五品低阶。

曾大人相形见绌啊！他脸色阴晴不定，变幻了几下，说道：“四品中阶而已，还是四品！你到哪去请三品炼药师？或者说，四品高阶炼药师？比你高的人可不吃你这套！”

“四品中阶炼药师或许是不够资格，但，这个呢？”月思卿答应着他的话，同时从空间戒指里拿一枚金光闪闪的小徽章，小徽章上“里院”两个字格外清晰惹眼，也象征着她的尊贵身份。

“炼药师公会里院成员！”

月思卿一字一字地说出来。

最后一个字落音，全场沉默了下，半晌后响起一连片低低的惊呼。

里院，那是炼药师公会主院最宏伟的代表，也是所有炼药师梦寐以求，追及一生的目标！

“这是真的吗……”月无霸揉着自己的老眼，艰难地吐出几个字。

他这个本就天赋妖孽的孙女居然不仅是灵战双修，召唤灵师，还是一名高天赋的炼药师吗？

除了他，几乎所有的月家人都在拼命思索这个问题。

如果月思卿真是一名天赋如此高、精神力强悍的高品阶炼药师，那么……加上她其他的光环，结果令人生畏！

上苍简直太眷顾月思卿了吧，怎么能将所有的优点全部赋予了她一个人呢？

仰萍和上官羽一脸震惊，而曾大人则是如吞了只苍蝇，脸色难看到极点。

“身为炼药师公会里院成员，请一名三品炼药师还不容易？就算一下寻不到合适的，我们月家也不需要添一名四品高阶炼药师！”

月思卿静静站在那里，这番话从她嘴里说出来叫人难以反驳。

是啊，一名年纪如此轻的四品中阶炼药师，更是炼药公会里院培养尖子，她完全有资格这样说。

曾大人脸庞涨成通红，愤愤道：“那就告辞了！”

说完，转身出了前厅。

月无霸想说什么，话到嘴边又吞了回去。

而仰萍有些愣愣地注视着月思卿，有些犯傻。任她怎么想也想不到，灵气如此高的月思卿居然还是一名精神力如此强大的炼药师！灵气和精神力向来是难以共存的，此消彼长的多。

一旁的上官司羽倒是开口了，声音慎重：“月思卿，不，王婶，你……难道就是清思？”

他实在没有第二个猜测了。

年纪如此轻的高天赋炼药师，卡列国近年也只出过一个，而思卿清思，这么一想，上官羽几乎是没有疑问了。

“你就是清思？”仰萍跟着反应过来，声音蓦然尖厉了几分，脸色极为古怪。

“是，又怎样？”月思卿淡淡瞟了她一眼。

“月思卿，你赢了。”仰萍的声音蓦然哑了起来。在月思卿面前，仰萍感到了一股深深的无力。

炼药师通常灵力都不甚高，但这个少女却是全能。而且光是炼药一面，便是她比不了的了，更别提其他了。

天啊，他们家这位小丫头到底是什么样的天才啊！简直就是祖坟上冒青烟！太令他们兴奋了！

“上官羽，你们可以回去了。”夜玄一把搂住月思卿的腰，声音异常冰冷，毫不留情地下起逐客令。

上官羽一惊，原本对清思还打过主意，现在根本不敢想了，答道：“是，王叔。”

趾高气扬来月家的仰萍却是灰溜溜地离去，本想打击月家，这下好了，彻底被月思卿打击到了，她好不尴尬、难堪！

月思卿对自己的身份已然不在意了，她知道，这一回离开月家，在暴乱荒原和北大陆，她都是不可能再用“月思卿”的身份出面。

月家最后一批迁族终于在当夜完成，月思卿和月家人告别，在月无霸、月跃、梦娘等人期盼不舍的眼神中，她随夜玄踏上回熔炉铁堡的路程。

一月末，寒气还没有退尽，一望无际的暴乱荒原上莽莽苍苍，偶尔可见几个黑点在移动。

此时正是熔炉铁堡三年一次的新生开学时间，那些穿行在荒原上的多半是这一届的新生。

在半空凭借小青凝幻成的双翅飞行的月思卿俯视着那些人影，嘴角生出几丝苦笑，当初，自己不也是这么过来的吗？

很快，她便和夜玄抵达铁堡，这一次的落脚点毋庸置疑，是夜玄在熔炉铁堡的石屋。而且将来的一段时间，月思卿都会住在这里。

此刻，她手中拿着一张纸，纸上是一个人的资料。

夜九，青灵三级战师，二十岁，三年前进熔炉铁堡，竞技场战绩二百五十场赢，二十三场输，已晋阶高级场，但已有半年未下场过。

月思卿极快地扫过三页宣纸，提炼出重要的几条信息。

“半年没下场？那他干吗去了？”她好奇地抬头问夜玄。

“自然有任务。”夜玄淡淡答道。

夜九是星月殿的青年，星月殿也会适当送一些晚辈去各地学院修炼学习。

“你的人，又能进熔炉铁堡的，想必也是有几分真才实学，也会输二十几场？”月思卿对这个倒有些讶异了。

“输赢乃竞技常事。熔炉铁堡虽然不大，却也卧虎藏龙。卿儿，可不是每个人都像你这样妖孽。”夜玄说着愉快地笑起来，末了补了一句，“当然，只有我跟你是绝配。”

“绝配……夜玄，别给自己脸上贴金了！”月思卿有些无语，抬腿踢了他一脚，却也忍不住弯唇而笑。

夜九，就是她接下来在熔炉铁堡的新身份。

夜玄眼睛也如星辰般闪亮，说道：“卿儿，你现在可以直接进高级场竞技了，拿下五十场胜利，你就是竞技之王。如果在高级场内，你一场都没有失手过的话，那就是熔炉铁堡的钢铁圣斗士！要知道，熔炉铁堡不是每一届都会有钢铁圣斗士的出现，已经十多年没有过了。而历史上，每一名钢铁圣斗士都是这片大陆的绝顶天才。”

月思卿“嗯”了一声，听得很仔细。

她知道，如雄鹰这样的角色，在熔炉铁堡只是小角色而已。

他名气大无非是因为应家，真正的高手还是在“民间”，那些穿行在熔炉铁堡中、不显山不露水的年轻人，或许才是王者之军。

“钢铁圣斗士，对前面几个场地的输赢没要求吗？”月思卿挑眉问。

前头，夜九可是已经给她输了二十三场了。

“没要求。”夜玄笑道，“因为，能在高级场连胜五十场的人，在前面场地中也绝对碰不到对手。”

“嗯，钢铁圣斗士，我一定会拿下。”月思卿一字一字发誓道。

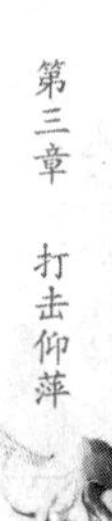

当日，因为连日赶路的疲劳，月思卿没有作任何安排，好好休息了一天，夜里睡了个早觉。

第二天一早，她换了一套朴素的灰衫，戴上夜九的人皮面具，拿了他的牌号去了竞技场。那确实是张扔进人群都找不出来的大众脸，丝毫不引起其他人的注意。

一进高级场区域，月思卿明显感觉到了这里气氛与其他几个场地的不同。

无论是入门场还是初级场，抑或是中级场，都是极其热闹的，观战的学生或窃窃私语，或交头接耳，议论研讨着场内的竞技实况，如有不明白的地方，只需竖一下耳朵，听听旁边人的谈论，便会对场中情况了如指掌了。

但高级场却完全不同，在这里，听不到一点嘈杂的声音。

由于高级场的人数明显变少，相比之下，观众台显得有些冷清，大家更是默不作声，双眼只跟着场中的战斗，不予评论，到得这个地步的学生们，基本都有了自己的判断能力，而且，他们大多数是独来独往，偶尔的几句交流声很快就湮灭在寂静中。

这样的环境，倒有些压抑。

月思卿美目一转，目光一点点在观众席上移过，蓦然一顿，她的脚步也走了过去。

第一排座椅上，一名着精致蓝袍的年轻男子斜斜而坐，墨发黑眸，生得眉清目秀。他右手把玩着一把红木雕成的小剑，双眼不错神地看着场内比试。

他身边都坐满了人，唯有左手还剩半个空位。

之所以是半个空位，是因为一名五大三粗的肌肉男正横躺在两个座椅上，头枕一个，脚架一个，悠哉地看下面比赛，而旁边其他人却是没一个开口指责的，可见其霸道惯了。

月思卿皱了皱眉头后，脚步不停，走到第一排的护栏前，冲那肌肉男子低低开口："麻烦你让一下，我要坐这儿。"

以防出意外，她粗哑了嗓子，改变了声线。

那肌肉男撑起脑袋，一脸愕然地看向月思卿，眼中划过一抹浓浓的不悦，显然没想到会有人叫他让座。

"小子，你是来找茬的吧？别的地方没有座位吗？"男子嗓门很大，说话时脸上横肉乱颤。

不少人的注意力本能转过来，但这是高级场，大家对这种事关注得并不多，很快又继续看比赛。

月思卿下巴微昂，示意了下蓝袍男子，淡淡道："不，我想坐他身边。"

肌肉男眼眸微眯，盯住月思卿，又看向身旁的男子，疑惑地问："你们认识？"

"似乎不认识。"蓝袍男子打量了下月思卿，也有些不解。

"那就行了。"肌肉男冲月思卿冷哼一声，"小子，你是新进高级场的吧？这么不懂礼数？给老子道个歉再滚！"

月思卿的脸色慢慢地冷了下去，并没有动。

她向来是个不爱惹事的主，可也要看情况。

现下，这男子一人霸占两个位子，明显就是他的不对。不让位子不打紧，她把人叫走便是，可他言语却这般粗鲁！

“你向我道歉。”月思卿冲肌肉男缓缓说道，“我可能会考虑不计较你的侮辱。”

“你说什么？”肌肉男显然是被她的话震惊到了，像是被踩到后尾的蝎子，一下从座位上弹跳起来，一字一字地反问，“我向你道歉？小子，你皮痒是不是？你知不知道老子是谁？”

“好了，武兄，别跟他计较。”一旁的蓝袍男子拉了下肌肉男的衣角，淡淡出声。

“今天，老子还非要他向我道歉不成！”肌肉男却是一意孤行，不理会蓝袍男子的劝解。

月思卿看着他满面怒火的样子只觉好笑。

自己不过是很有礼貌地让他道个歉，他就气成这样，那换作自己，岂不是要被气死了？

她一言不发，上前一步，便坐到了肌肉男让开的座位上，淡淡说道：“谢谢。”

这个举动绝了，肌肉男如一记重拳砸在了棉花里，最后还让月思卿得逞了，他气得一口气差点没续上来。

“找死！”肌肉男怒斥一声，浓耀的青光瞬间平地而起，巨大的灵力波动再次将全场眼光一瞬就吸引了过来。

青灵五级！这汉子，难怪如此猖狂了，竟然是熔炉铁堡达到毕业的实力——青灵五级！

肌肉男灵气覆上的右手直接冲月思卿抓去，去势快而汹涌，青色光芒在空气中划过一道长长的光线。

电光石火之间，月思卿右肩一矮，身形一沉，身体折成一个诡异的弧度，让开他那一抓，同时，青光大绽，脚底下青灵四级的灵力一闪而过，只是和肌肉男青灵五级的光芒混合在一起，旁人难以注意到。

而她的右肘迅速弯起，猛地撞向肌肉男的腰肢。

一招过后，月思卿便急速收去所有灵气招式。

而竞技场内的人，只看到那个五大三粗的肌肉男惨呼一声，身体倒飞而出，越过栏杆，直接摔进了竞技场地面上，那两名正在场中竞技的灵师都被唬了一跳。

“……”所有人都无语了。

竞技场沉寂了一瞬后，终于有人忍不住笑了，爆笑声顿时充满了整个高级场，这倒是很难得的事。肌肉男身体结实，虽然摔个狗吃屎，但好歹还是爬了起来，只是满面阴沉，怒气冲冲地往阶梯上冲。

座席上，蓝袍男子站起身，满面震惊，看着月思卿三息时间，神情不敢相信，试探地开口，“老，老大？”

“嗯，还认识，算你识相。”月思卿没好气地吐出一句。

这人不是别人，正是曲松。

他好奇又惊讶地打量着月思卿的新面容，嘴角浮出一丝苦笑：“月家古武我要是都认不出来的话，那还混什么混啊！老大，你……没事吧？”

最后一句，他压低了声音。

月思卿知道他问的是上五宗那边的事，嘴角一勾，笑道：“自然没事，有夜玄呢。”

“夜玄……”曲松提到这名字就撇了撇唇道，“听吕涛说，他来头还不小啊，星月教的么？”

月思卿“嗯”了一声，他们只知夜玄和星月教夜教主有关，却不知那正是夜玄本人。但若知晓了，解释倒还麻烦了。

他们在这聊了几句，那一头，肌肉男便气势汹汹地追赶过来。

月思卿立即嘱咐道：“月思卿不在熔炉铁堡，我现在是夜九，夜晚的夜，七八九的九，一名战师。”

最后一个字刚落音，肌肉男便大步过来了，扯着嗓子叫道：“那小子，你要什么阴招！有种的跟老子去外面单打独斗！”

现在的月思卿可不再是那个刚进熔炉铁堡的毛头少年了，在熔炉铁堡内，以她青灵四级的实力，绝对能够笑傲群雄，更加不畏惧这些威胁的话语了。

只是，她还没开口，曲松却上前一步，说道：“武兄，刚才我认错了，这是在下的老……朋友夜九。”

差点因为习惯而脱口的“老大”赶紧改了过来，“老朋友”三个字听起来倒还很顺溜。

“曲松，我敬重你是条汉子，但你朋友，抱歉了，他若真有实力，我自会敬重他，可若他只会耍阴招，老子可是要踩扁他的！”肌肉男狠狠发下话，眼光怒瞪着月思卿。

月思卿脸色冷沉几分，看着肌肉男，缓缓说道：“别把话说得那么难听，我不需要你的敬重，既然你想再摔一次，那我……奉陪！”

说完，她脚尖微动，青灵四级的光芒再无掩饰，“轰”的一声冲上半空，光芒四射中，她右手握着一柄并不出彩的灰色匕首，这是裂日凤吟刀的幻形。

握住凤吟刀，月思卿的速度猛地便暴涨了几倍，几乎转瞬闪到了肌肉男身边，刚才的招式再次重演。

于是，众人再度看到肌肉男被娇小玲珑的月思卿扔飞出去……

“轰”的一声，竞技场内传来了闷响。

众人几乎是不忍直视。

太凶残了！

“威……武！”曲松从齿缝里憋出两个字。

他是没看到当初月思卿是如何用九段十八摔、棍棒十八式来对付风超的。

月思卿缓缓将凤吟刀的幻形收起。

她将从秦启空间戒指里挑出的三枚七品阶的灵核镶嵌在了其上，分别是两枚速度灵核和一枚力量灵核。手持凤吟刀后，她的速度才会那么快。

“我下去抽牌号。”月思卿冲曲松说了一声，快步朝竞技场后台走去。

“我擦！”月思卿走后，被摔得七荤八素的肌肉男抹着脸庞，骂骂咧咧地走了上来。

“武兄，别跟他斗，你斗不过他。”曲松见他还有不服气之意，正色说道。

“谁说老子斗不过他了？老子都青灵五级要毕业了，若不是为了竞技之王的名称，老子还会待在熔炉铁堡吗？老子怎么就斗不过他了？”肌肉男一看就是满腹怨气。

听着他连爆粗口，曲松眉头一皱，脸色终是冷了下来，说道：“随你！自讨苦吃！”

说完，他也不再理会肌肉男，越过他，大步去了。

肌肉男翻了个白眼，转过身，四处寻找月思卿的身影。

尚未看到想要找的人，耳边却是传来高级场导师的声音：“下一场竞技比赛，9 号对 36 号。”

新的比赛开始了，高级场内些许的喧哗也消散了，众人目不转睛地盯着场中央。

角门处，一名身着灰衣的年轻男子缓步走出，神情自然，步伐稳健，嘴角还带着一丝淡淡的笑意，颇有些闲庭散步的意味。

看到月思卿，大部分人都有些愕然，这不就是刚才将肌肉男扔下竞技场的小子吗？

“钱成，青灵六级灵师，灵兽：六品紫金猿。”青年缓缓报出家门，同时释放灵气。

“呵，那小子竟然遇到钱成，算她倒霉！”看到钱成，肌肉男首先放松了情绪，幸灾乐祸地笑道。

熔炉铁堡的毕业实力虽然定为青灵五级，但毕业年龄却是二十五岁。很多不到二十五岁的学生已经超过青灵五级了，但他们仍然不选择毕业。这也导致高级场内强者如云，竞争气氛一起，留下的人更多了。

青灵六级？月思卿嘴角轻抽。熔炉铁堡内确实高手如云呢！

她也缓缓放出灵气，报道：“夜九，青灵四级战师。”

一名青灵六级，还是灵师，一名青灵四级，只是战师，光听这差距，众人都不禁轻叹起来。

“武器呢？”钱成看着月思卿手里多出的一把铁制长剑，挑眉问。

武器，通常也是战师自报家门的一项内容，如同灵兽一样。

“武器？”月思卿抬起左手，查看了下手中的铁剑，漫不经心地说道：“几个金币从铁堡的武器摊上买回来的。”

这是句实话。有了裂日凤吟刀后，还有什么武器她能看得进眼？平常随便拿着将就练手的而已。

只是这句实话引得寂静的高级场内一阵无语抽气声。

“几个金币铁堡摊上买来的。我靠，也亏她说得出来！”

“她到底是来参加竞技的还是来玩耍的啊？身为战师，连个像样的武器都没有吗？”

大家议论纷纷，打破了场上的宁静。

钱成脸色一变，冷声冷气地说道：“你就这么小看我吗？接招！”

他右手一挥，嘴里高声喝道：“紫金猿第四技，猿之跳跃！”

身旁一头形似猿类的灵兽缓缓现出，它的身躯极大，不似普通猿猴，趴伏在地。听到命令，紫金猿在地上猛一得力，跳了起来，直冲月思卿飞去，一时间，分不清是幻还是实。

“落马箭！”月思卿望着那冲过来的紫金猿影，不慌不忙，厉喝一声。

铁剑“嗖”地一声腾空而起，在空中铺展而开，形成一把巨大的箭锋，折射着高级场上空凛凛日光，疾射向钱成。

“轰”的一声巨响，落马箭撞上钱成的大招，声响震人。

“弯弓斩！”月思卿没待轰声响完，再次疾呼一句。

这一招是在落马箭还没结束时发的，这是真正的一心两用。

但钱成却不会。

青光再次凝聚为一柄大刀，直直砍下。

“唔！”钱成没有心理准备，挨了一刀，身子无力地软倒下去。

月思卿淡然地收了灵气，将铁剑扔进空间戒指，脸上毫无表情。

一切发生得极快，好如电光石火一般。

竞技场内的观众们还没看清楚具体过程，便发现钱成躺地上了，一个个目瞪口呆，不敢相信。

“可以裁判最终结果了吗？”月思卿转头冲后台区的导师提醒道。

对于外界的反应她并不关心，她现在所关心的只是高级场的竞技之王什么时候能拿到。

“对对，出结果了，这一场比赛，三十六号赢！”导师反应过来，立刻叫道。

全场安静了一下后响起经久不息的掌声。

“怎么可能？一名战师怎么会战胜一名灵师？”肌肉男望着这一幕，脸色难看得紧。

月思卿去后台拿了碧玉钥匙，在玉阶上与曲松说了会话，得知吕涛和夏远还在中级场，便没有再多说什么，约了曲松晚上见，便去修炼房修炼了。

这个小插曲并不影响月思卿在熔炉铁堡的回归。

自此之后，她都以“夜九”自称，扎根在铁堡竞技场。

而她也不负夜玄所望，“夜九”此人惊艳入世，以青灵四级的战师身份，而且出招狠辣干净，绝不拖泥带水，屡战屡胜。

凡是去高级场参加比赛的学生，无人不知“夜九”大名。

三个多月后，月思卿如愿拿到第五十场的胜利，五十场连赢，打破了熔炉铁堡近十多年的纪录。一下，她就在熔炉铁堡红了。

而月思卿关注更多的是北大陆的动态。

应家没什么好说，带到卡列国的人马全军覆没，剩余的应家人则被夜玄一锅端了。

而北大陆，却是极不安宁。

月思卿听说，山岳宗与泉蒙宗彻底闹掰了，很快就要组织族间大战了，上五宗的水彻底乱了。

那件事情到底是她造成的，而且袁刚天和袁沐对自己也确实是发自内心的关照。

所以，熔炉铁堡的学业一结束，她顺利拿到熔炉铁堡毕业证和“钢铁圣斗士”证书后，去心似箭，辞别了图堡主，打算前往北大陆。

第四章

毕业大礼

五月最后一天，天气有些闷热。

傍晚时分，天色微暝，被炙热的太阳烤了一整天的暴乱荒原去掉了几丝闷热，天边，夕阳如饱饮了玫瑰酒，满脸红晕，染透半个荒原，营造出宁静祥和的气氛。

霞光下，熔炉铁堡的山门越发显得庄重圣洁，两道身影从里面走出来，影子被斜阳拉得又长又扁。

“老大，恭喜你脱离苦海。时间过得真快，一晃，咱们在这片大陆也待了快十年了。”与月思卿并肩而行的吕涛低声叹道。

曲松和夏远回族了，便只有他一人前来为月思卿送行。

两人相视一笑，斜阳洒照在他们脸上，有一种感情，无法用词语去形容，那是可同生，可同死，可共刀山，可并火海的感情，比亲情浓，比友情深，比爱情醇。

“他在这里！”突然一道略为尖锐的声音在半空响起，紧接着，一个巨大的黑色影子缓缓飘来，却是从高空降下了一只飞行灵兽。

灵兽背上，站着几十个身穿褐色短打衣装的汉子，个个面色狰狞，目露凶光。

“总算是等到了。”右边同样飞来一只大鸟，鸟背上站着的却是一群赤裸着上身的男子，看他们打扮统一，应该也是属于另一方独立的势力。

“呵呵，你们都来了啊。”一道笑声传来，远处的小沙丘烟尘四散，却是从后头冒出十几个红衣人，为首的是名干瘦的老者。

三拨人马，从三个方向堵住了出熔炉铁堡的路。

月思卿和吕涛面面相觑，同时松开手，暗暗提高了警惕，不动声色地打量着这些人。

该死，居然有这么多迎驾的！月思卿暗暗腹诽。

还没等他们说些什么，头顶上空传来一阵大笑：“哈哈，看来这小子将咱们荒原的势力得罪完了！有趣有趣。尤老二，咱们又见面啦！”

“幸会啊狼主。”干瘦的红衣老者冲半空抱了抱拳，淡淡一笑。

又是一头奇形怪状的鸟类灵兽由远及近飞来，左羽翼处，一名虎背熊腰、佩着钢链子大刀的老者满面红光，精神奕奕。

"老大，这些是暴乱荒原上的势力。"吕涛的眼光蓦然一冷。

"嗯。"月思卿轻应一声，刚才那人已经说了。

吕涛一直在熔炉铁堡待着，每天就是竞技竞技再竞技，修炼修炼再修炼，对其他事情都不上心。当然，大部分学生都像他这样。

而月思卿则不一样，她在星月殿住过，也随夜玄游览过整片荒原，心里对这一带的势力都有个谱。

微一思忖，她脚步微动，上前一步，冲红衣老者尤老二施了一礼，放沉声线，问道："一袭红衣走天下，这位，想必就是暴乱荒原北边势力天青帮的副帮主尤二帮主吧？"

尤老二面色微微一变。

月思卿淡笑着看向满面红光的老者，继续道："这位应该就是暴乱荒原南边势力狼啸门的门主了，早就听说狼主使得一手好钢链。"

那狼主闻言，禁不住脱口骂道："去你奶奶的，这小子怎么将我们调查得这么清楚？"

月思卿缓缓收了嘴角的笑意，目光不惧不怕地扫过他们，说道："我夜九何其有幸，居然能得你们前来接应。"

"小子，别跟我们扯皮了，既然你认识我们，那应该也知道我们来的目的！"尤老二脸色冰冷，阴恻恻地说道，"你一个月前重伤了老夫的孙子，老夫等你出来很久了。"

"还有本主。"狼主也缓声说道，"本主的侄子只差几场胜利就能拿到竞技之王了，却败在你手上，而且还被击成重伤！"

他们二人开了口，那褐色衣衫和赤裸上身的两帮人也阴沉着脸开始数落月思卿的错事。

"你们就说打算怎么办吧。"月思卿淡淡开口。

尤老二冷哼一声，说道："熔炉铁堡有明文规定，毕业的学生一旦出了铁堡，荣辱兴亡便再与铁堡无关。"

"尤二帮主与我说这个做什么？莫非，你想杀了我？"月思卿微微一笑，直接问道。

"得罪了这么多势力，你怕是走不出这片暴乱荒原了！"尤老二说完，怪笑起来。

"那也未必吧。你们确定能拦得住我？"月思卿勾起唇，笑容也变得冰凉。

"暴乱荒原是我们的地盘，你说拦不拦得住？除非你滚回铁堡，否则，这辈子都别想出来！"狼主也厉声说道。

看着这些人气焰腾腾，吕涛皱眉，低声道："老大，先回铁堡，别跟他们正面冲突。"

月思卿刚想说话，远处整齐划一的脚步声响起，紧接着，荒原上出现了无数黑点，飞奔而来。

天青帮和狼啸门的人都拧起眉头，回望过去。

"让道！"一声厉喝后，那些黑点眨眼间就变成几十个飞驰的黑衣人。他们来势极猛，带得一路烟尘滚滚，迫得其他人全部站了开来。

烟尘还未到近前，戛然而止，一卷红绸在半空划了道好看的弧形，倾泻而下，红绸一头恰好滚到月思卿脚前，随后，四名身强力壮的黑衣男子飞跃而至，齐齐跪到红绸两侧，大声叫道："属下恭迎小姐回殿，小姐千秋万代，河山同盛！"

那边，震天般的呐喊声一齐响起，直冲云霄。

回音阵阵，让人简直认为，整片暴乱荒原都能听见了。

月思卿嘴角轻抽，吕涛一脸黑线。

而那边，天青帮的尤二帮主，狼啸门的狼主，以及其他所有人，都石化当场，瞪大眼睛，一动不会动了。

半晌后，尤二帮主才颤声叫道："什么？星月殿的？你是星月殿的……小姐？"

虽然不知道血腥刚强的星月殿从哪冒出来个小姐，但暴乱荒原的人谁不知道刚才这红绸跪拜仪式是星月殿夜教主专用的？

而这些来人黑衣黑发，额上是统一的月牙标记，显然是星月教的标志。

也是，在暴乱荒原，还没人敢冒充星月教，那可是自寻死路，还是死无葬身之地！

星月教，存在了上千年，在暴乱荒原可谓是只手遮天，尤其是星月教教主，不知涅槃重生了多少岁月的老怪物。而星月教的手段比荒原上其他任何一个帮派都要狠辣。

凡是被星月教下了绞杀令的人，永远活不过当天三更，从无失手。

"夜九，小姐……"尤二帮主喃喃了一声，忽然间，全身打了个激灵，声音颤抖地叫道，"你，你该不会是夜教主的女儿吧？"

他这么一说，越发肯定了，其他人也是面露恍然之色。

除了夜教主的女儿，谁会享受着星月殿最高级的待遇？而且，她还偏偏姓夜！

月思卿直接被他的话震蒙了。

夜教主的女儿……这个词一遍一遍在她脑海里闪过，如电闪雷鸣，将她从里到外都烤焦了。

星月教的四名黑衣人也是身体一绷，强忍住才没笑出来。

尤二帮主等人却已是大惊失色，对视几眼，二话不说，转过身就"扑通"给跪了下来。

他们的动作毫无迟疑，身为一帮之主，一门之首，年纪还这么大，居然就做出这样的动作，可以看出，星月教在这片荒原上到底是个什么样的存在。

"夜小姐饶命！我们有眼不识泰山，得罪了您，真是该死！"尤二帮主将头磕得砰砰直响。

月思卿有些无语，也有些震惊。

狼主也不顾身份，磕头道："夜小姐，真是对不起！还望您大人不计小人过，别和小的们一般计较。请夜小姐饶命！"

听着这些人一口一个"小的"，月思卿后背直发麻，一旁的吕涛也是直翻白眼。

"快滚吧！"她哼了一声。

"是是，谢谢夜小姐！请夜小姐回去后向令尊问好，小的们可是一直敬重他！希望他不要责难下来。"尤二帮主嘴巴一张一合，这些客套话倒是说得极其顺溜，而后快速爬起，心惊胆战地退远了。

狼主等人也是一样，慌里慌张地就离开了。

待他们回过神来时，才发现后背的汗都能下雨了。

是啊，他妈的居然看走眼了！那可是星月教夜教主的女儿，他们就算有十条命也不敢去惹她啊，那不是找死啊！而且还是找灭族！

那些人离去得看不见了，月思卿才徐徐收回眼神，望着仍然跪着的四名星月教教众，眉头一皱，问道："夜玄呢？"

"卿儿叫我呢？"熟悉的声音响起，一道身影由远处飞来。男子着一袭暗红长袍，戴半边铁面，一双深邃的眼睛光华流转，静静注视着月思卿，收去肩后的赤红双翅。

"教主千秋万代，河山同盛！"地上的四名黑衣人立刻调转方向，冲夜玄齐呼，面上挂着深深的崇敬之色。

"教主千秋万代，河山同盛！"整齐响亮的口号声再次震响苍穹。

"行了，退下吧！"夜玄摆了摆手，淡淡吩咐。

"是。"四名黑衣人拉住红绸边，脚下一个发力，身子倒飞出去，不一会儿，随着其他教众一起消失。

听到他们叫"教主"，月思卿就忍不住捂着小嘴偷乐起来。

夜玄见到她笑得开心，心情也很喜悦，嘴角勾起，只是在瞟了眼一旁的吕涛后，那笑便敛了几分。

"吕涛，你回铁堡吧。"

吕涛看了眼夜玄，又看了眼月思卿，轻叹一声，微耷眼皮，应道："是，夜导师。"

一声"夜导师"瞬间便拉近了两人的距离。

夜玄的目光也不经意地柔软了几分，沉声说道："吕涛，好好干，早日从铁堡毕业。这世界还很大，心态放低些，切勿强出头。"

切勿强出头……这话，是针对刚才的事情夜玄对他的警告。

"谢谢夜导师指点。"吕涛恭敬地答应一声，冷峻的脸色也柔和了些，告辞进堡。

当只剩下夜玄和月思卿两人时，月思卿忍不住纵声大笑起来："夜玄，夜教主，我是你女儿……"

夜玄的脸色黑了几分，却是紧紧牵住她的手，道："胡闹！"

"别人说的……"月思卿笑得上气不接下气。

看着她这模样，夜玄的眼色更加温柔，忍不住揽了她的腰肢，低低道："傻瓜，你不就是我养大的吗……"

月思卿自己开玩笑还行，被夜玄说出来，却是不好意思了，羞红了双颊，一脚踢过去道："胡扯！"

夜玄哈哈笑起来，神情极为愉悦，捧起她的下巴道："小傻瓜，让我亲亲，唔，总算养得水灵了……"

"……"月思卿脸庞红云更甚，想说什么，男人爱怜的吻已封住她的唇。

斜阳映着薄辉，为二人拥吻的身形镀上一层浅金，空旷的荒原成了最美的背景。

良久，两人才分开。

"去哪？"月思卿低声问。

"星月殿。"夜玄哑声答道。

"何时动身去北大陆？"月思卿最关心的莫过于这个问题了，她想知道上五宗现在到底怎么样了。

“不急。”夜玄沉声解释道，“你先以修炼为主。”

于是，月思卿随着夜玄回到了星月殿，果真拿到了好几本技能书，其中有两本是高级灵技。

接下来，月思卿便将大部分精力投入到炼技能和炼药中，时间过得倒也快。没多久，她便掌握了灵物们其他的技能。

白虎王青灵灵技：虎啸山林。虽是声波攻击，但侧重点与青龙的龙吟九天不同，重在力量。

小粉青灵灵技：火墙术。灵气可以喷出一堵巨型火墙，这是防御敌人入侵的招式，用得好了也能起攻击之效。

给小青用的绿灵和青灵技能书，月思卿却是下了血本，将两本高级灵技都加上了，分别是绿灵：青龙扫尾鞭，青灵：电闪雷鸣。

夜玄和她的用意相似，将银色和小青打造成高攻的个体，小粉和小白则成为最佳的辅助防御灵兽。

而她也在夜玄的指导下成功炼出三品丹药。

做完这一切，她才与夜玄一块儿赶至星辰国主城——祖玛城。

十月金秋，天气凉爽。

祖玛城中央的玉石广场上，金黄色的大蕊花盛开了一地，饱满的花瓣优雅美丽，浓郁的香气在主城上空散之不去。

然而，广场上的气氛却是风霜刀刃，冰雪苍茫，令人不寒而栗。

花砖铺就的地面上，两拨人马对面而视。

一拨人少，皆穿黑衣，月思卿一眼扫过便认出这是泉蒙宗的人。

而对面那拨人马却是极其壮观，人数上是泉蒙宗的三倍不止，却是上五宗中的其他四宗，几乎是成包围之势，将泉蒙宗一行人锁在其中。这样以多胜少的对阵，往那一站，人多的气势便立即出来了。

月思卿微微吃惊，这难道是要四打一的节奏吗？那样的话，泉蒙宗恐怕已经风雨飘摇了。

山岳宗的人马中，当先一人身材高大，脸色冷峻，正是山岳宗族长秦雄，他冷声开口：“袁大族长，我可是将话说清楚了，若是三天之内再见不到你外孙女，四大家族一起上袁家门讨公道！”

袁刚天站在当先的位置，脸色阴沉，并没说话。

其他四族的联手，对他们泉蒙宗来说无疑是很重的打击。

其中有何内幕他不清楚，但他知道的是，现在的泉蒙宗已经到了生死存亡的关键了。

“袁老头子，我话就点到为止，后果自负！要知道，四族联手，定能将你们宗族连根拔起，彻底毁灭！走！”秦雄示威完毕，一挥右袖，转头离去，其他四族的人马也全部跟上。

“太过分了大爷爷！”袁沐站在一旁，紧握拳头，恨恨地说道。

“回去准备准备。”袁刚天眯眸望着那些嚣张而去的一行人，沉声说道。

现在，泉蒙宗一枝独秀，而另外三个家族竟然一夕之间都投靠了山岳宗。如果那四个家族想借此机会一举拔了泉蒙宗，也不是没有可能。

袁刚天长长叹息一声。

上五宗的人都走了，月思卿却没走，站在角落里，想着刚才看到的事情，满目思索。

“卿儿，有何打算？”夜玄站在一旁，淡淡问。

“原本我想先考核炼药师品阶，但现在看来，秦雄给的三天太短了，我想先去找曲松和夏远。”

“找他们？拉拢竹清门和力宗？”夜玄继续问。

“是的，刚才不是看到了吗？另外四个家族如果联手对付泉蒙宗，泉蒙宗根本不是对手。这就是团体的力量。”月思卿缓缓吐道，目光坚定。

“好，我陪你去。”夜玄同意。

决定好了，月思卿也是雷厉风行，离开了广场，径直去郊区的力宗。

她的第一站便是夏远处。

曲松和夏远都是她最亲近的人，他们两人相比，她对曲松的办事能力更加放心，所以，首先去找的是夏远。

力宗位于祖玛城东郊，与泉蒙宗方向相反。月思卿作夜九的打扮，而夜玄则隐藏到了暗处。飞行半时辰后，月思卿风尘仆仆地出现在力宗山门处。

她刚刚站定，便有身影从里面闪将出来，人还没看清，声音先到：“敢问来者何人？来我力宗做什么事情？”

说完后，一名青衣老者站到了山门侧，个头不高，身手却很敏捷。

月思卿深吸一口气，平息了下心神，再出口已是波澜不惊的话语：“麻烦问下，夏远在宗里吗？我是他朋友。”

听她的语气，俨然是经常来这儿。

“夏远？你找错人了吧？我们这没有叫夏远的。”老者微一皱眉，直接否定了。

“没有叫夏远的？”月思卿心神微沉，怎么回事？

“少年，请回吧。”老者说完便欲进去。

月思卿急忙叫住他：“等等，我说的是夏……云，有吗？”

“夏云？”老者脚步一顿，回头打量月思卿一眼，眼神中划过一丝古怪，问道，“你是哪里人？”

看他这么问，月思卿知道自己赌对了。

也幸得她记性好，想起那年在琼城时，曾听夏秋亲口喊过夏远“云儿”。

果然，夏远只是化名。

“我是卡列国人，是夏云最好的朋友，我要见他。”月思卿径直回答他。

老者听她说是夏云最好的朋友，来自卡列国，眼中掠过一丝明了，放低声音说道：“夏云现在没时间过来，而且，他也未必想这时见你。”

“到底是什么事，还希望前辈明说。”月思卿上前一步，沉声询问，同时，右手微动，已从空间戒指里取出一个蓝色小玉瓶，挑开瓶盖，腕部轻旋，一枚玉白丹丸弹飞向老者。

老者眼疾手快地接了住，正讶异时，月思卿已淡淡道："四品丹药增力丸，不成敬意。只望前辈通融一下，我和夏云，生死之交！"

看到女扮男装的少年俊脸上一片诚恳之色，老者心中微动。

好一个"生死之交"！

看了眼手中那枚浑圆的丹药，略一思索，老者收了起来，往旁边一让："少年，随我进来。"

"多谢了！"月思卿快步跟上老者的步伐。

老者叹了一声道："云少爷前段时间虽被家族所承认，但在家族中地位还不高。家族之事，由长老会和宗青会共同主持。他现在想进宗青会，今天正是接受挑战的日子。"

听了他的话，月思卿恍然大悟。

难怪夏远鲜少谈及家族了，原来他一直不被家族承认。他的天赋可也算是顶好的，难道……因为他的身世？她只能想到这个原因了。

想着，她问一旁的老者："进宗青会的挑战难度大不大？"

老者眉头一皱，说道："进我族宗青会的条件就是接受宗青会实力最差的三人，以及实力最强之人的发难。如果在前三场挑战中赢得两场以上，而最后一场挑战又得到长老会的肯定，便能进入宗青会了，原有的宗青会实力最差之人淘汰掉。"

"与实力最强之人挑战，怎样才能得到长老会的肯定？赢吗？"月思卿问。

"不，一般新晋宗青会的青年都不可能是实力最强之人的对手。那一场挑战，只是便于长老会观察考核人员在危难之中的素养。"老者耐心地解释道。

"明白了。"月思卿点点头。

确实，人在危险关头才会被激发出所有潜能。

长老会这一安排虽然听起来很玄乎，但却有几分道理。

说话间，他们二人已大步踏进一方宽敞的白玉广场，三面环山，阵阵山风涌来，倒让这里显得极为凉爽。

此刻，广场上可谓是人山人海，中央极其开阔的空地上，青光大盛，两道身影正在急速交战。

青光消散少许，露出一个蓝色碎发的少年，白嫩的小脸紧紧板着，双眉微蹙，薄唇急速开合："青灵之技，毒刺倾天！"

"嗷"的一声怪鸣，青光中，一条粗如水桶的竹叶青扭转尾巴，张开大口，无数绿色尖刺冲对面的光阵喷射过去。

那绿，浓得诡异，叫人看着后背便会发寒。

而夏远，招式一出，脚步便是一动，几个闪身，已避开对面的主攻击。他的近身闪躲身法，颇有几分古武月家的风范。

月思卿脱口赞了一声："好！"

战场上的夏远，退去几分稚色，多了几丝勇者担当。

月思卿望着那身高眉目逐渐长开的少年，轻轻叹了一声。

当年的小正太，真的长大了。

夏远因和月思卿、吕涛几人经常较量，近朱者赤，近墨者黑，在战斗中，亦是如他们一样，心态极其平稳，经验也十足。

经过一个多时辰的对战，他已三场连胜拿下了第一阶段的胜利。

宗青会三名实力最弱的青年人，全部败在夏远手上。可以说，他已经具备了进宗青会的条件。

夏远额上早已是热汗淋漓，冲玉阶那边恭敬地抱了一拳。

“嗯，不错，去休息下，一炷香后，战最后一场。”一个苍老的声音传来，却是发自于中央的灰袍老者口中。

“是，爷爷。”夏远应声退下。

月思卿见状，立刻朝他走去。

此刻，好几个青少年模样的人正围着夏远，帮他递水拿衣。

月思卿也没有避嫌，径直叫道：“夏远。”

夏远含着口水，神情一愣，嘴巴一张，那口凉水尽数喷射而出。

“老，老大？”他顿了顿，从地上站起来，不敢相信地看向戴着人皮面具的月思卿。

月思卿并没有刻意改变声线，而“夏远”这个名字，也没有几个人会叫。

“是我。你好好休息，别说话。”月思卿冲他摇了摇头，按下他的肩膀，让他重新坐倒在地，右手已从空间戒指里取出一把丹药，说道，“嚼碎它们，能帮你快速恢复灵神。”

这些丹药中，补血的，凝神的，提气的，什么都有，品阶也都不低，其中最高的竟然是四品高阶。

越是品阶高的丹药，服用效果越好。

这是夏远最需要调息的时候，月思卿毫不吝啬。

倒是一旁的几个青年和少年被震呆了，望着月思卿手心那一大把有如随地就能捡到的丹药，眼瞳骤缩，情不自禁地看向月思卿，到底是什么样的人，居然比他们上五宗还出手阔绰！

夏远“嗯”了一声，也不矫情，接了过来，张口便咀嚼起来。

众人看得心惊肉跳。

那跟过来的矮胖老者也是目瞪口呆，忍不住问：“你是炼药师吗？”

月思卿淡笑不语。

“老大，你在，我就心安了。”夏远冲她露出招牌式的迷人笑容，缓缓闭上眼，不再说话，静静调息。

为了不打扰他，月思卿也退到刚才所站的位置。

而那些年轻人则悄悄站到一旁，对着月思卿的方向议论纷纷起来。

很快，最后一场竞技来临了。

夏远服了那么多丹药，又调养了这么久，状态猛然飙升到最佳，精神奕奕地走了出去。

那一头，拨开人群，缓缓出现在空地上的身影，月思卿却是极为熟悉。

夏秋！

少年脸色阴沉，望着夏远，并不言语。

“哥哥。”夏远脸色一变，抱拳叫道。

宗青会，对年龄有限制，年纪不超过三十岁，以夏秋的天赋和实力，在宗青会中确实数一数二了。

“到时，我不会留手。”夏秋淡淡开口。

“是，云儿领教了！”夏远说完，脚尖一动，已释放出他青灵一级的实力。

夏秋冷哼一声，周身青光暴涨，声音也传遍整个广场：“夏秋，青灵五级灵师，接受夏云的挑战！”

刚还有些窃窃私语的广场这一刻完全安静了下来。

广场上两道未动的身形突然间就动了。

青光大绽，暴喝声响起：“青灵之技：毒刺倾天！”

“绿灵之技：喷火术！”

对上夏远的大招，夏秋只用了绿灵之技。

也是，凭借他高夏远四级的灵力和他的七品灵兽，绝对力压夏远一筹，绿灵之技已然足够。

“轰”的一声，夏秋的火翼鸟大口一张，无数火焰冲夏远喷吐而去，艳红的火焰连绵成狰狞的火海，火光耀天。

而夏远的竹叶青也是膨胀了身子，幽绿色的毒刺连珠弹似的射去，他脚下也连点数步，敏捷地闪躲着那丛丛火焰，身法老到之极，周边已有不少叫好声。

夏秋邪肆的眼眸倏然一沉，在火光映衬下眼神却显得格外冰冷。

火海范围随着他的意念扩大、移动，明显是将夏远困死在火海当中。

火系灵师的力量就强大在这里，凡是比他灵力低又没有飞行灵兽的对手，几乎处于劣势。

月思卿双眼一沉，夏远实力本就低于夏秋很多，而他的灵兽是竹叶青，更不能飞行，若是夏秋再不松手，夏远又脱离不了他的意志，会被活活烧死。

“夏秋，还不收手！”她无法等待下去，脚步一错，上前一步，厉声喝止。

这一声，在沉寂的广场上极为清晰。

然而，广场中央的夏秋却是纹丝不动，恍若未闻，阴沉的眼瞳中渐渐染上火一般的血红，身体也微微摇晃起来，而围着他的火海却是“噌”的一声升高了一丈，火势越发汹涌。

大家看得出，他已经将灵气驱到了极致。

而夏远，仍旧没有踪影，必是在那一片火海之间。

“秋儿住手！”苍老冷厉的声音自玉阶处传来，染了几分怒意，显然，灰袍老者，力宗的夏族长也意识到了危险。

以夏秋的实力，根本无须用火海淹没夏远来求得胜利，更不需要发挥他所有的实力。他这样做的结果，只能加快夏远的灭亡。

夏秋微微一震，眼光清明少许，但那熊熊火焰却依然没有退势。

“小青、小粉，借火！”月思卿再不迟疑，厉喝一声，银白色火焰自身体肌肤每一个毛孔叫嚣而出。借火之技，她已经操练得极其熟悉了。

森冷的火焰自她的立脚之处朝夏秋咆哮而去，一路滚来，那熊熊燃烧着的赤红火焰有如遇到什么可怕的东西似的，尽数被吞灭，灼热的温度急转而下，化为冰寒。

风卷残云，广场上的烈火被消灭得一干二净，最后，凝聚而起的银白色火球“砰”一声撞上震惊不已的夏秋。

灵气被掏空的他毫无防备，重重摔飞出去，衣衫刹那间就被外焰冰冷、内焰却滚烫的银白色火焰烧了个一干二净，头发全焦，皮肤也毁伤大半。

四周响起一阵尖叫之声。

而月思卿收了火势，飞跃而出，奔向广场一角的夏远身旁。

他躺在地上，应是陷入昏迷，衣衫尽毁，肤色焦黑，所幸蓝色头发在灵气保护下只烧焦了末端。

看着夏远那紧闭的双眼，月思卿的怒意再次从心尖腾起，看来她的下手还是轻了！

她从空间戒指里取出一件薄毯，将夏远裹住，还好因灼烧时间不长，夏远也只是受了些皮外伤，昏迷是因为被呛到，一时呼吸闭塞而致。

经月思卿一拍一打后，他缓缓醒了来。

而此时，玉阶上十数名老者俱已来到广场中央。

“扶两位少爷下去，传医师。”灰袍老者吩咐一声，脸色平静，并未因两个孙子的烧伤而表露情绪，他的眼光倒是看向月思卿。

“这位是……”

“我是夏云的朋友，见过力宗族长。”月思卿冲他行了一礼，不卑不亢。她曾在狩猎大会上见过夏族长，故而能一口叫出来。

“哦？云儿的朋友？出手很犀利，刚才那是神兽之火？”夏族长赞许了一声，惊讶地问。

“让族长见笑了。”月思卿勾唇答道，却没有正面回答他的问题。

“爷爷。”而这时，夏远和夏秋都被下人扶了过来。

“爷爷，他一个外人，怎能插手我力宗之事？还请爷爷为秋儿做主！”夏秋双眼含泪，跪了下来，悲愤交加地看向月思卿。

“秋儿，刚才你过分了点。”夏族长淡漠地指责道。

“是，爷爷，秋儿不对，刚才一时太投入了，出手没有轻重，伤到弟弟，任凭爷爷处罚。但爷爷也不忍心看着秋儿被外人击伤吧？请爷爷做主，我们力宗好歹还是上五宗之一，怎能这般任外人欺凌！”夏秋说着，昂起下巴。

不得不说，他这一番话说得很有艺术。

“族长，确实如此！不能叫外人小瞧了我们力宗去！”四周的族人们看向月思卿的眼神充满了不善。

“少年，老夫钦佩你的义气，不过，你违规了，敢接受力宗的惩罚吗？”夏族长缓缓问道。

“不知道力宗想如何惩罚我？”月思卿不紧不慢地问。

夏族长见她面无惧色，眼中倒也掠过一丝惊异。

“爷爷，卿儿是我朋友，她只是想救我，无心之过，请爷爷宽恕！”夏远焦急万分，也跪了下去。

夏秋还想说什么，夏族长打断了他们的谈话，冲月思卿说道：“你既是云儿的朋友，又拥有神兽，老夫也不蓄意为难你，给你两个选择。”

“第一，在本宗宗祠面壁一天；第二，与执法长老过十招，可能会受伤。”夏族长将两条路给月思卿铺开。

四周响起低低的窃语声。

“族长还是偏袒了云少爷的朋友，只在宗祠面壁一天，还不是跪，这对伤害力宗直系的侵犯者简直就是最轻的惩罚了。”

“是啊，傻子都会选第一条，这是放水啊！”

夏远闻言，抬头看向月思卿，心中很痛苦，低低提醒道：“卿儿，执法长老是蓝灵。”

是了，别人不知道，他还不了解月思卿吗？

第一条，她是不可能选的！

果然，月思卿听了夏远的话后，冲夏族长微微一笑，说道：“感谢夏族长承让了，我选择第二条。”

她一说完，四周顿时响起惊呼声。

“什么？她选第二条？和执法长老对战？”

“执法长老可是蓝灵强者，她疯了吗？”

“对啊，以她的年纪，再好不过青灵二三级吧！就算拥有神兽，也不能这么猖狂啊！”

月思卿缓缓勾起唇。

“你确定？”夏族长也震惊地再问了一遍，“和我宗蓝灵执法长老比试？”

“我不觉得自己有错，第一条，我做不到！我只能选第二条，还望力宗手下留情。”月思卿虽然有自信，但却不会笨得表现出来，反倒是满脸无奈和苦笑，似乎第二条也是她迫不得已的选择。

夏族长眼光颇为复杂地看了月思卿一眼，说道：“好。”

这时，一名褐色长袍的老者跨步而出，冰冷的眼光射向月思卿，嘴里说道，“族长，让老夫来吧！”

夏族长眉头微皱，嗅到了几丝危险。

执法会也是宗族独立的机构，与长老会、族长并齐，夏族长不好干涉他们的决定，只好同情地看了眼月思卿，带着一帮人退了下去。

第五章

拉拢两宗

广场空阔下来，很快只剩下月思卿和龚长老二人对峙。

龚长老没有说话，一股巨大的蓝色灵气从他身旁汹涌而出，同时，一只通体雪白、穿山甲模样的灵兽出现在他脚边，张着大嘴，哈哈着冷气。

月思卿从未见过这种灵兽，而这只灵兽出现时，旁边也响起不少惊叹声，显然，大家也不常见。

所幸，契约空间内无所不知的银色再次向她普及灵兽知识："卿卿，这是冰山甲，穿山甲的突变种类。据说，冰山甲的冰盾，一般的神兽之火都破不了！而且眼前这只冰山甲怕也是只神兽。"

"知道了！"月思卿快速答道。

以水攻火，力宗的人想得倒很美！可惜，她的神兽之火，岂是平常的神兽？那可是上古神兽青龙和神兽小粉的结合体！

想着，她毫不迟疑，脚尖一点，释放出自己的灵气。

浓郁的青色灵气呼啸而出，她的实力也完全展示在众人面前：青灵六级……灵师！

在拿下钢铁圣斗士的称号后，她便一举冲破了青灵六级！

"天啊，她居然青灵六级了！"

"真的假的，我看她年纪不大啊！"

"是啊，怎么可能都青灵六级了！"

四周围响起一片惊讶的质疑声。

"有几把刷子！接招吧！"龚长老冷哼一声，暴喝道，"冰山甲蓝灵之技，万千冰刃！"

龚长老可是作为执法长老的身份出来教训月思卿的，而且还有十招之限，他自然是一上场就动用了大招。

整片广场的温度猛然下降，远处，山风刮来，弥漫着冰霜之气。

冰山甲凝成幻影，碎裂成漫天的冰寒刀刃，急速转下，带起的风声夹杂着咆哮，寸寸割划着范围内的任何东西。

月思卿站着没动，不慌不忙，红唇轻吐："借火！小粉，火墙术！"

小粉的青灵技能，她还是第一次用。

"唰"的一下，平地而起一道高达一丈的银白色火墙，跳跃着的冰冷火焰撞到撕裂的冰刃，发出嗤嗤声响，而那道火墙，在月思卿的意念下，将她整个人封闭其中，挡住了四面八方的冰刃。

锋利的冰刃，一触到火墙，便在一阵嗤响声融化成了烟雾。

月思卿傲然屹立的身影，在一片半透明的白色火海中，依旧挺立。

冰碰上火，输赢自分。

以龚长老蓝灵实力的神兽之冰，居然都融不掉那银白色的火焰，全场哗然。

"那是……上古神兽之火吗？"那名引月思卿进来的矮胖老者惊骇地叫出声。

而他不知何时站到了夏族长一行人之中，他的话，其他人都听见了，皆是满面凝重。

"银色，兰之碎片！"月思卿随后轻呼。

银白色火墙轰然倒塌，包融了最后一片冰刃，同时，雪白的兰花从一片火焰废墟中直射出去，碎成无数兰瓣，朝龚长老席卷而至，与刚才后者的万千冰刃值得一拼。

龚长老也不畏惧，轻喝道："冰盾！"

巨型寒冰盾"轰"的一声出现，将他整个人封闭在了其中。

月思卿嘴角露出一丝冷笑。

力宗派出龚长老与她对战，想着的无非是用他的冰山甲来克自己的神兽之火，但他们却没想到，自己拥有的是极其强大的上古神兽之火！

冰与火，从来只有一物降一物，所以，该她逆袭了。

换了其他的蓝灵强者，她还真未必有这把握。

"借火，火焰球！"月思卿冷喝一声，一丛火焰球"嗖"地一声冲龚长老的寒冰盾飞去。

掐准火焰融掉寒冰的时间，月思卿提了口气，清冷一笑，心里一连串地叫道："龙吟九天！兰之碎片！虎啸山林！"

里头的龚长老虽然被寒冰盾封着，但是能行动的，看到月思卿放招，也立即叫道："万千冰刃！"

"啪"的一声，寒冰盾就在内焰的高温下碎了。

而龚长老的万千冰刃也释放了出去，同时，他脸上露出一抹狞笑，叫道："空间封锁！"

显然，他祭出了灵器。

上五宗拥有空间封锁这类灵器并不稀罕。

空间封锁，直接将月思卿所有技能冰冻住了，而他的技能却铺天盖地而去。

换作其他人，可能就傻眼了。

但月思卿只是微勾红唇，叫了声："小紫！"

一道紫色电光从她空间戒指直飞而出，一路划过碎痕，空间封锁被迫瓦解。

而月思卿则捏住玉石灵坠，直接连着那片空间隐藏了，躲开了万千冰刃的攻击。

龚长老的脸上露出了不敢置信的神色，"嗷"的一声，犹如从天边传来龙吟回荡天际，直接困死他的行动，兰之碎片和虎啸山林也是同时落下，容不得他有半点反应。

"砰"的一声，他的身体径直擦着地面飞射而出。

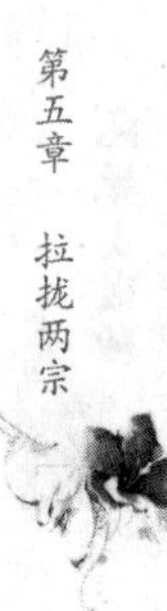

躲在广场边沿的月思卿紧接着低喝道：“小青，电闪雷鸣！”

“啪！”“轰！”天空顿时乌云密布，广场上方，银白色的闪电一道接一道劈下，雷鸣声阵阵刺耳。

上古神兽青龙的青灵之技，还是高等灵技，足以与银色媲美！

龚长老刚欲站起的身子再次倒下，在银光雷轰声下仓促地躲避着，终是被一道闪电击中大腿，衣衫尽裂，染红地面。

当三十息时间一到，月思卿缓缓出现，电闪雷鸣一概退去，乌云散开，那犹如接受了黑暗洗礼的力宗广场也终于迎来了一丝光明。

月思卿居高临下，看着因腿伤和力竭无法站起来的龚长老，注视着他愤恨痛苦的表情，清晰的声音在寂静的广场上响起：“你输了。”

“天啊！”

周围的人终于因她这一句反应过来，忍不住尖叫起来。

什么？那个本应该受宗族执法长老惩罚的小子居然反过来打败了执法长老？有没有搞错！执法长老可是拥有神兽的蓝灵强者！

本是要看她能不能挺过执法长老的十招，现在，执法长老可是连她的三招都没过！

所有人看向月思卿的眼光都变了。

几名中年汉子上前，将龚长老飞一般地抬了下去。

而夏族长一行人再次纵身下阶，朝月思卿走来，脸上，早已一片凝重。

“上古神兽，破解空间封锁，空间隐藏，还有，如此繁多的招式！小朋友，你到底来自于哪个大家族？哪个家族居然还有这样的天才？”夏族长到底是个紫灵，一口叫出她的好几个底牌，郑重地询问。

“对了，夏远呢？叫他出来介绍一下。”这时，旁边一名中年男人也含笑说道。

瞟他一眼，长相与夏远、夏秋有几分相似，应是他们的父亲。

月思卿淡淡一笑，说道：“夏族长，前辈们，行不更名，坐不改姓，我就是山岳宗现在要缉拿的月思卿。”

月思卿，三个字一出，场中再次沸腾起来。

如今的这三个字，在上五宗早已是耳熟能详了。

“你就是泉蒙宗流落在外头的直系月思卿？难怪杀得死秦启了，你不仅拥有上古神兽，实力也很强悍！而且，听说你二十岁都不到？”夏族长满脸震惊地问。

“十八。”月思卿言简意赅。

这个数字一出，场中再次响起一片赞叹。

“我靠，十八，还要不要人活了！”

“死了算了！十八岁青灵六级就已经很逆天了，居然还几招就战胜了蓝灵的龚长老，这是妖孽啊！”

夏族长等人也都是嘴角连抽。

月思卿则缓缓勾唇，看向伤势大好、从人群中向这边走来的夏远，放柔了声音道：“夏族长，我和夏云是生死之交，有我月思卿在的一天，就能保夏家一天。”

她将话说到这儿便顿住了，眼波含笑地望着夏族长。

是的，现在的她或许实力还不够，但她的潜力却是极其妖孽的，大言不惭说出这番话，目的只有一个：现在的她需要夏家的帮助。

她相信夏族长是个明白人。

夏族长眼中掠过一丝深思，开口道："思卿小姐的前途不可估量。你陪云儿先歇歇吧。"

月思卿"嗯"了一声，去看望夏远了。

夏远的外伤并无大碍，他开心地拉着月思卿逛力宗。

"夏远，其实等实力高了，再为家族效力也不迟，家族不应该成为修炼的束缚。"月思卿低声提点他，在夏远跟前，她永远都是大姐姐。

夏远咬了咬唇，小心翼翼地瞟她一眼，答道："卿儿，我希望自己能在力宗说上话。你也知道，现在上五宗为了你的事乱成一团糟……"

他说着，又不好意思地垂下头，叹道："我清楚自己的实力太低微了，做无用之功而已。"

他的话说得不完整，但月思卿听懂了，刹那间停下脚步，心里说不出的感动。

夏远原是为了她……

她看向蓝发少年的眼光中染上几抹晶莹，说道："以后别为我拼命，凡事都会有解决的办法。刚才，夏秋是真的想要你的命。"

"我知道。"夏远并不意外地点点头，"卿儿，我从没和你说过我的身世。我和夏秋同父异母，他母亲是我父亲明媒正娶的夫人，而我母亲没有名分，而且早早就死了。夏秋他一点也不欢迎我的回来。"

私生子么？月思卿的心如被一只大手重重一拨，有些心疼。

"可我到底还是得回来，为了证明自己，我才会去卡列国皇家学院求学，希望能跻身进入熔炉铁堡，那样，才能受到家族的重视。"夏远淡漠地说道，眼光并无多少波动。

"还有，我没有骗你，我以前就叫夏远，进了力宗后，名字才被改成夏云。"

"我没生气。"月思卿冲他莞尔一笑，说道："夏远，夏天的夏，远大的远。"

轻轻淡淡几个字，便将他们二人的思绪拉回到久远的记忆里。

那时，他们初遇。

两人低声交谈着，不一会儿便逛了小半个后山。

夏族长也在这时带来话，午时请月思卿用膳。

不出月思卿所料，夏族长在与长老会、宗青会一番商议后，决定在这场内乱中保持中立，适当时会站在泉蒙宗一边。而夏远，也正式进入家族宗青会，为家族更好地卖力。

对于夏族长的"中立"，月思卿一笑而过。

力宗一直势单力弱，自然不敢做出头鸟相帮泉蒙宗，但如果竹清门被她拿下，力宗的立场绝对会变。因为那时，不帮泉蒙宗，也不帮山岳宗，对力宗来说，绝无什么好处。

用过膳，她便匆匆告辞了。

下一站，竹清门。

不同于进力宗，月思卿很容易就被人引了进去，并直接带向竹清门的议事大殿。

大殿内坐着不少人，此刻有些微的喧哗声传出。

“曲松，如你所说，月思卿确实很厉害。但她到底只是一个人，山岳宗、墨门和力宗的力量并非我和泉蒙宗联手便能抵御的。”略显苍老的声音坚定地在议论声中响起。

刚欲挑帘的月思卿闻言轻抽嘴角。

里头正在说她呢！

曲松在竹清门的地位与夏远在力宗的地位一对比，果然鲜明。

能够直接向族中高层提出相帮泉蒙宗的事而不被责难，可是颇具威信。

只不过，竹清门也不想做这出头之鸟。

闻言，月思卿嘴角勾起一丝浅笑，大步踏了进去，一屋子男女老少的眼光均是向她射来。

“力宗的事不用担忧，他们已经支持泉蒙宗了。”

少女特有的清磁嗓音很清晰地传入每个人耳中，随后她大大方方地站到了大殿中央。

“你是……”高位上的老者面容沧桑，看着很陌生的月思卿问。

“在下正是诸位刚刚才谈论的月思卿。”月思卿淡淡一笑，丝毫不隐藏自己的身份。

“月思卿？”所有人听到这个耳熟能详的名字俱是吃了一惊。

毕竟山岳宗多次强调月思卿此人，在他们印象里，月思卿就是山岳宗此刻的头号仇敌。

“老大！”曲松的表情无疑最兴奋，顾不得其他，直接朝月思卿冲来。

“曲松！”月思卿的眼角终于翘起一抹真正的笑意。

“你刚才的话什么意思，力宗已经站在泉蒙宗一侧了？”高座上的邵族长扬声询问。

“是的，如果老爷子也同意的话，那我们这边也有三个大家族了，山岳宗不足为惧。”月思卿笑着比画了个三比二的手势。

“力宗已经投靠泉蒙宗了？你拿什么让我们相信你？”这时，邵族长不远处坐着一名青衫老者沉声说道。

一瞧之下，月思卿竟是认识。

这是她曾经在修落崖下契约青龙时见过一面的邵长老。

月思卿沉吟片刻，是的，她现在拿不出任何证据。

就算是竹清门当面质问力宗，力宗也不可能傻到承认立场，做那所谓的“出头鸟”，他们可能做到的只是“中立”。

见她沉默，邵长老冷哼一声，冲邵族长道：“族长，就算月思卿真像曲松说的那么好，她杀了秦启却是事实。我们若是偏帮偏信，乱了阵脚可不是好事。而且她也没被泉蒙宗承认，只是一个人，帮不了我们什么。”

“谁说我是一个人？邵长老倒是贵人多忘事，几年前，修落崖一见，这么快就不记得了吗？”月思卿突然开口，淡淡提醒道。

“修落崖？上古神兽青龙的出世地？”对那个地方，邵长老怎么会忘？他记得深刻着，只是，却不记得有月思卿这号人。

“是啊。”月思卿微微一笑，轻声道，“小青！”

青光“唰”的一下应声闪过，室内气温骤然下降，一道青影出现在月思卿身旁，青衣男子负手而立，天庭饱满，容貌威严肃穆，俨然就是青龙化成人形的长相。

“神兽青龙？”邵长老失声惊呼。

邵族长也吃了一惊，站起身道：“原来青龙竟被月思卿契约了。”

从他们的谈话中月思卿知道，曲松并没透露她的细节。

邵长老顿时想到那一天的场景，看向月思卿的眼光也禁不住充满惊骇：“那人居然是你？不会吧？星月教？你是星月教的？”

“不，我不是星月教的。”月思卿轻笑着答道，“但我若有需要，整个星月教都为我所用！邵长老，这样还敢说我是一个人吗？”

她说的是实话。

她没有参教，怎能算是星月教的？而以她现在在星月教中的教主夫人一位，完全能调动整个星月教。

“当然，虽然我和曲松是过命的交情，但竹清门若是站在山岳宗一头对付我，那么，我也只能视竹清门为敌了。十年、二十年，我等得起。我月思卿的做人准则就是君子报仇，十年不晚！”说完，月思卿瞟向曲松，给了他一个只有两人能看得懂的眼神。

邵族长闻言，脸现冷笑：“你好大的口气！我若真要对付你，你以为今天你能走出我竹清门？”

“走不走得出，谁知道呢。”月思卿毫不理会他的威胁，对上邵族长那一双历经风雨的眼睛，眼中写满倔强。

空气冷沉了一会儿，四下里静寂无声，大厅的气氛却异常紧绷。

就在众人心里不安之时，邵族长缓缓移开了与月思卿对视的眼神，投向曲松，淡淡问：“你说呢？”

曲松上前一步，躬身行礼，说道：“曲松一肩担着邵家的恩，一肩担着竹清门的责任，与邵家命运息息相关，更是感激爷爷的抚育之恩。但思卿与我，交情也确实深入骨髓，何况思卿并未对邵家做什么大逆不道的事，爷爷若要帮衬山岳宗对付她，曲松也只好担那不孝之名了。”

他的话说得光明磊落，意思也很明白。邵族长虽是震在那里，却也没有发怒，半晌，低低一笑，脸色略微明朗，声音也柔和了几分，“罢罢，你们关系既是这样好，倒显得爷爷小气了。山岳宗的事，爷爷也不是非要插手不可，只是，这求人的态度太硬气了。”

说完，他冲月思卿富有深意地投去一眼。

这老家伙都说软话了，月思卿哪还会端着架子，立刻顺着他的话下阶，嘴角勾起一抹轻笑，说道：“邵族长既然是曲松的亲爷爷，在思卿心里，也是思卿的亲爷爷，对爷爷说话哪用得着对外人那般客气呢？”

一声“爷爷”说得邵族长心里大快，话也脱口而出：“有你这么天才的孙儿，那也是我的福气了。”

这话倒不假，以月思卿的天赋，北大陆都难得一见。

一旁的邵长老自从知道月思卿的身份后，神色便一直若有所思，再见他们打得亲热，也就没有再开口。

竹清门这边也就定了下来。

月思卿离开竹清门后，与夜玄在他位于祖玛城的别院内住下。

三天后，山岳宗当日约定去泉蒙宗讨要公道的日子到来了。

一大早，夜玄与月思卿便起来了，倒不急着过去，一面用膳，一面探听在西山蹲点的皇杀的汇报。

辰时，西山上便有了山岳宗等宗门的行迹。

巳时，山岳宗、竹清门、力宗和墨门四大宗派的族长、长老兼优秀后辈们齐聚西山之巅。

朝霞从东方射出，映亮了大半个西山，顶峰却还笼罩着一片阴凉。

泉蒙宗后山宽阔的广场上，五拨人马区域分明地站立着，泉蒙宗独站一边，成了四族半围之势。

秦雄与总宗主站在一起，扫了一眼泉蒙宗的阵势后，冲最前方的袁刚天大喝："老东西，你的外孙女呢？她杀了我四弟，你们还打算包庇她到何时？"

"秦雄，做人也是要有底线的，分明是你们家秦启先对我外孙女不轨在先。就算他不死，老夫也会亲手解决了他！你却还有脸纠集其他宗来找我泉蒙宗的麻烦？"袁刚天也是脸庞铁青地怒斥回去。

"不轨？你有什么证据说他不轨？我们看到的结果是秦启死在了月思卿手上，你泉蒙宗还有理吗？"秦雄恨声道。

袁刚天气得双手握拳："秦启的龌龊还要证据吗？"

"他禀性风流，却从不动咱们上五宗的人，除了你女儿袁梦，那是你家老二输给我们的，愿赌服输，跟我们有什么关系？"秦雄一句话将关系撇清了。

袁刚地当年干的破事，袁家也只能自吞苦果，还真怪不了山岳宗。

袁刚天虽气，却也无法反驳。

事情发展到今天这一地步，双方是公说公有理，婆说婆有理。

总宗主试图从中调解，岂料两个宗门的人吵得越来越激烈，直到一声清越的鸟鸣划过天际，吸引了大家的注意力。

一只黑色的中等飞行兽遥遥飞来，在他们头顶盘旋一圈，徐徐降下。

飞行兽背上站有两人，其中一人正是月思卿。弯弯的眉，深邃的眸，高挺的鼻，樱红的唇，精致的面容恍若最精巧的匕首一刀一刀雕刻而成，在一身黑衣衬托下格外清丽出尘。

"月思卿！"秦雄看到她，立即怒吼出她的名字，如暴怒的雄狮。

秦家和袁家皆是炸开了锅。

"她怎么会来？"

"月思卿居然知道了这事！"

"……"

交头接耳的声音在月思卿迈步走来时变低了。这一刻，整个广场的视线，大约几百双眼睛，齐刷刷地全部集中在月思卿身上。

少女并未因此情景而畏缩不前，笑笑地看向秦雄："秦族长下了好大血本！为了见我

一面，整个上五宗都被惊动了，我月思卿真是何其有幸！”

她的尾音上扬着，染着浅浅的笑意，好似真的在参加一场盛大的迎接会，而不是被寻仇。

“月思卿，你还真敢出现，老夫倒是小瞧了你！”秦雄的情绪镇静几分，冷嗤一声。

“月思卿，你来得正好，这个烂摊子还不是你造成的！”袁雪没忍住脾气，冲月思卿吼道，她一大早就受够了惊吓。与她心情相似的有不少，忍不住口出怨言。

“没做亏心事，不怕鬼敲门。”月思卿并未将旁边的议论放在心底，“秦启对我不仁，我便对他不义，受到屈辱不会反抗那是傻子，我可不是傻子！再来一次，我还是会将他千刀万剐。如果秦家因此事与我决裂，那么，很抱歉，整个山岳宗都是我月思卿的仇人！今生，你不灭我，我誓要灭掉秦家！”

她这话一说出来，秦家诸人皆是倒吸一口冷气，怨言四起。

秦非口快，忍不住冷笑道：“灭秦家？你可真会痴心妄想！”

月思卿并没理会他的质疑，而是提起一个事实：“曾经，三角区应家也要捉拿我，我也与他们说过，终有一天我要让应家在三角区除名，片甲不留。那些人不信，可现在，你们看到了？三角区还有应家吗？”

应百川在卡列国死去后，夜玄便火速命星月教收拾了应家老根，但做得神秘，外人只知应家一夜被灭门，却不知是谁下的手。

这么大的事情，身在北大陆的上五宗谁人不知？这时听月思卿说出来，全都震呆了。

怎么？应家被灭门居然是月思卿干的？怎么可能？应家可是在三角区扎根已久的老家族了，竟就这么亡在一名小辈手上？

大家看向月思卿的眼光有了些微变化。

尤其是秦雄身后不远处站着的秦天，更是发出一声低沉了无的叹息。想到当初见面，他竟将这么一个有魄力的女子当作花瓶废物，简直就不可饶恕，那是他这一辈子最重的走眼了。

应家一事震撼归震撼，并没有阻止秦家的继续。

秦雄冷声道：“上五宗可不是应家那小地方，在总宗主的支持下，我们四个家族一齐上门，就望袁大族长开明圣义，将外孙女交出来，由老夫带回山岳宗，按山岳宗宗规处罚。若是袁大族长不同意，那我们也只得硬抢了！”

停了一停，他看向月思卿道：“你能灭应家，老夫就不信你还能灭我上五宗四个大家族！”

虽然竹清门、力宗和墨门的实力稍弱，但上五宗中，哪个家族不是经历了千年的血雨更替，乘破过多少大风大浪？一个应家被灭对他们还造不成太大的影响。

“是的，我灭不了上五宗四个家族。”月思卿缓缓说道，嘴角勾起一抹诡异的笑容，“但你就这么确定，这四个家族都会听信你的谗言来对付我吗？”

“什么意思？”秦雄闻言皱眉，眼光不自觉地看向竹清门等三个家族。

被他疑惑目光扫到的邵族长眉眼一动，已然抬步出列，朗声道：“秦族长，这件事情的曲折不为外人所道，更是涉及女儿家的清誉，我竹清门决定保持中立。”

他此话一出，秦雄第一个变色，扭转头，不敢置信地瞧向邵族长，脱口问：“为什么？”

不少人正惊愕于竹清门的表现时，那一头，力宗的夏族长也大步而出，朗声说道：“老夫想法与邵族长一致，也保持中立吧。”

随着两位族长离开原地，族人也本能地朝他们靠近，自动与山岳宗保持距离。

力宗的态度再一次叫其他人心中一沉，尤其是山岳宗和泉蒙宗，感受最深。

袁刚天眼底划过深思，看了眼月思卿。

从她刚才的语气不难判断出，这二宗的突然变化与她脱离不了关系。

他心中不免暗暗吃惊，自己这外孙女虽然天赋是强了些，但到底是只身孤影，连他都束手无策的另四宗居然就被她搞定了两宗，真是意外！

秦雄等人却被气得脸色发白，眼看这一场戏便唱不下去了。

“别告诉我，墨门门主也要叛离。”秦雄望向那边的墨门门主，声音有些讽刺。

墨门门主倒是被他这语气问得尴尬了，皱着眉，没有答话。

“秦雄，这件事若能和平解决就和平解决吧。”总宗主也在这时适当开口，局势似乎已不是他能控制的了。

秦雄脸色难看，袖下双手紧握成拳，不时有咔嚓咔嚓骨响之声传出。良久，他一字一字说道：“袁刚天，算你狠！我们走！”

原本的胜券在握反成败相，秦雄极其不甘，但也知道留下无益，忍怒率着秦家人浩浩荡荡离去，墨门紧随着离开。

邵族长与夏族长对视一眼，沉吟着正要离去，却被袁刚天叫住。

“二位族长先请留步。”

他说着快步行到不远处，容色有些不好意思，还是开口道：“刚才多谢两位相助，否则今天这个烂摊子，袁某也不知道如何收拾。”

邵族长呵呵一笑道：“袁大族长，你客气了。老夫也不想承你的恩情，实不相瞒，老夫是因为月思卿才会这么做，你养了个好外孙女儿啊！”

夏族长也“嗯”了一声，道：“月思卿确实很优秀。”

言下之意，他也是因为月思卿才会改变立场的。

不仅袁刚天听了无语，袁家上下也都是暗暗惊讶，看向月思卿的眼神多了抹打量，没承想月思卿居然还和他们两族有这么深的交情。袁雪，亦是紧锁眉头，不敢再像先前那般大呼小叫了。

事实告诉她，月思卿不但实力高强，手段……也不弱。

“多谢两位前辈了。”月思卿含笑过来，冲二人抱了一拳，旁的话没有多说。

邵族长和夏族长随意说了几句后便告辞而去。很快，后山广场上只剩下袁家人了。

月思卿刚移动脚步，袁刚天便开口了：“卿儿，别走，能坐下来聊聊吗？”

他问着话，眼中是期待和小心的眼神。老者的脸庞，相较于年前，明显衰老沧桑了几分，高大的身姿在薄衫的紧裹下越显消瘦，立于风中，憔悴得恍若一阵风便能吹走。

月思卿缓缓吸了口气。

她知道，自己的事情给眼前这人带来了很多麻烦。

她原本可以不理会他的请求，但从头至尾，这个男人都没有伤害过她，就连梦娘，也不曾怪过他。

“可以，只是，不相干的人我不想看到。”月思卿说着，眼光淡淡扫过袁雪的脸。经历了月木子一事后，她对这样肤浅的女性完全是憎恶了，连虚与委蛇的兴致都不想有。

“月思卿，谁才是不相干的人？你搞错了吧？这里可是泉蒙宗，袁家的地盘！”袁雪很敏感，忘了月思卿的厉害之处，犹如被踩了尾巴的蝎子跳起来质问。

月思卿并不回避她的眼神，冷漠地启唇：“如果我愿意，有一天，我会叫你滚出泉蒙宗。”

她的声音不大，脸上却是不容置疑的自信。

“你好大的口气！”袁刚地冲月思卿怪笑一声。

“袁二族长见笑了。”月思卿皮笑肉不笑地说道，“当年你能稀里糊涂地将我娘给卖了，我对你也喜欢不起来。不要用吃人的眼光看我，我没打算回袁家，更犯不上晚辈顶撞长辈的罪名，也没义务对你虚情假意。你要明白的是，用不着若干年后，现在，我就能废掉袁雪！”

她说着，冲一旁的袁雪微眯起眼，眼中的杀意一闪而过。

“你敢——”袁雪脸色扭曲地喝出声，只是，后面的话还未说完，眼前冷风吹过，月思卿便不在原地了。

紧接着，一声闷响，袁雪的身子如风筝落地一般倒飞了出去，惨叫声尖锐而短促，“砰”的一声巨响后，叫声戛然而止，袁雪摔下来直接昏迷。

袁刚地又惊又怒，暴吼一声：“月思卿，老夫面前也敢这么猖狂，今天不收拾你，我就不叫袁刚地！”

说完，紫色光芒一闪，他周身已涌现出淡如线的紫色光芒。

紫光并不浓郁，也不绚丽，但只那轻描淡写的一笔，便叫气氛蓦然冰冻，众人呼吸顿滞，情不自禁地朝后跌去，而广场的花岗岩上则出现了几丝裂痕，从袁刚地的站脚处极速向四周蔓延。

这就是紫灵灵师的力量！那是足以与天地媲美的法则！

月思卿阻止了要动手的袁刚天。

“害怕了？”袁刚地冷笑着问。

“收拾我，也要看你有没有这个本事！”月思卿说着，脚步轻动，身子飞快地移形换位。

袁刚地还没看清时，站在月思卿位置上的已换作了一名黑衣青年。

青年人脸色有些惨白，五官却生得极好，一双淡漠的眼睛内似乎留不得世间任何挂念。

“袁二族长，我是思卿小姐的贴身侍卫。”皇杀难得如此主动地开口，只是语气依旧那么冰冷。

“贴身侍卫？月思卿居然让她的贴身侍卫来承受一名紫灵强者的怒火？根本就是自取灭亡！她就是这么自私吗？”袁刚地见他年纪不大，又正在气头上，一时也没发现什么端倪。

对面，皇杀冷笑一声，懒洋洋解释道：“我想你搞错了吧，自取灭亡的是你，不是我。”

他说着，脚底微一用力，美丽的紫色光华淡淡飞出，耀人眼目，那本已冷沉的气氛更是肃重了几分。

“紫灵？”袁刚地倒吸一口冷气，不敢相信地打量皇杀。

居然会是紫灵！

而再看皇杀紫灵的浓度，显然甚于自己，袁刚地心里连声叫苦，但箭在弦上，不得不发，他也只好硬着头皮率先发起攻击。

“鹰击长空！”刺耳的鹰鸣响彻苍穹。

皇杀见状，面不改色，轻喝道：“去！”

霎时间，乌云翻转，厉风呼啸，天地为之剧变。

这就是紫灵强者能与天地抗衡的力量！

“轰”的一声巨响，众人耳膜险些炸开，眼前也出现了一时的空白。

待意识回转，众人急忙向战场看去，只瞧见那名年轻冷峻的男子依旧负手站于原地，脸上神情未曾皲裂半分，一双深潭似的眼睛内也不见半丝波动，好似什么都没有发生过一样。

然而，不可能什么都没发生。

刚刚还站在那儿的袁刚地不见了踪影。

泉蒙宗族人们惊骇交加，赶紧四处搜寻，不料耳边听得一名族人的尖叫：“二族长！”

大家都慌忙朝声音处看去，就见袁刚地的身子正被几名身强力壮的族中壮年半扶半抱着，鲜血从他口中喷射而出，那张刚才还嚣张得意的老脸此刻一片惨白。

“刚地！”袁刚天眉头一拧，便要过去。

“大族长留步。”淡而悠扬的声音响起，不急不缓，如悦耳的风铃。

夜玄从月思卿身边走出，容颜俊美，一双凤眸却亮得有如天边星辰，波光流转间明媚万千，下意识地便吸引了众人的注意力。

“你……”袁刚天皱眉看向他，自然认识他。看上去如此年轻，难道也会是个紫灵？

袁刚天正胡乱猜测之时，夜玄却轻轻抬起右手。

十指修长，在渐渐移来的日光下泛着薄润的光芒。

众人明显地注意到，一丝细细的黑线缠绕到他中指之间。黑色线丝不似实形，闪烁不定着，忽然，“嗖”地一声直飞出去，方向却正是袁刚地的位置。

“过来！”男子好看的唇轻启。

“咔嚓”一声，一丝肉眼可见的裂痕竟然划破了空气，下一刻，那明明还在数丈之外的袁刚地竟然出现在夜玄眼前。

所有人都惊呆了，包括月思卿。

这是什么本事？竟还能移动空间？

她是听说过蓝灵和紫灵可以操控空间，但这根本不包括移动空间……那得多恐怖啊！

可是，夜玄做到了。

袁刚天那张苍老的脸庞直接扭曲得不成样了，家族压阵的袁家老三——袁刚人也匆匆从后面赶来，将这一幕尽收眼底，忍不住倒吸冷气。

“阁下想做什么？”袁刚人忍不住暴喝道。

他的脾气是三个兄弟当中最火暴的，但为人却异常耿直。

夜玄勾起唇角，漫不经心地看向半跪着的袁刚地，语气异常随意，“我只是将自己的灵气注进了他的身体，只要我捏爆这丝灵气，他便会彻底消亡，连一点灵魂都不剩下！随时随地，我都能控制他的生死。”

明明是平常的语气，说出来的话却叫人心惊肉跳到极致。

这……是真的吗？

“你骗人！”袁刚地的声音都在打颤，脸上肌肉更是不停地跳动。

“想试试？”夜玄轻轻一笑，右手手指快速结了个印，袁刚地那惨白的脸庞慢慢爬上黑色，顺着他脸部经脉扩散，不一会儿，他的脸便成了一个密密麻麻的黑色蜘蛛网，恶心之至。

四周响起一声接一声的尖叫，有灵气低的女性甚至呕吐起来。

而袁刚地的注意力不在这上面，他一脸惊惧之色，感到身体正在逐渐膨胀。

“停，停！”他忍不住恐惧地大叫。

夜玄手印一滞，袁刚地便浑身无力地摔倒在地，脸上的黑潮也很快退去。

“这，这是传说中的灵爆！”一旁，袁刚天突然惊呼一声，声音较之先前尖锐了无数倍。

“算你有眼色。”皇杀冷冷瞥了他一眼，代夜玄回答了这个问题。

“不可能！”袁刚天不敢相信地直摇头，“灵爆是黑灵灵师才可能会的招式！而且，那只是传说！”

黑灵灵师一出口，广场突然就静寂了下来。

大家不约而同地想到袁刚地脸上的黑气，看向夜玄的眼神已然全变了。

黑灵灵师？这……可能吗？

男人并未被外界影响，依旧是黑衫微垂，淡淡而立，眉眼间洋溢着强大与自信，缓缓说着与实力无关的事：“袁刚地当年卖掉袁梦，可是有条件的，他的条件就是让秦启说服山岳宗帮他夺泉蒙宗大族长之位。这根本就不是输赢，而是袁刚地与秦启的一场合谋。”

他一说完，袁刚人就直接反驳：“不可能！”

“可不可能，我说了不算，袁大族长向来聪慧，难道没有任何察觉吗？”夜玄轻笑着看向袁刚天。

袁刚人和所有族人也都同时看过去。

袁刚天，却出乎意料地沉默了。

“大哥，这不是真的！”袁刚人求证地再问。

空气凝固了片刻，袁刚天低低开口，却是看向袁刚地：“你想独揽泉蒙宗大权的心思，只不过，你是我的亲二弟，我们都姓袁，加之我在宗族里的威望也越发不如你二房，所以我一直没有在你面前表现过什么。现在，我只想听你说一句，你是不是真的想要掌权？想的话，大哥让你。唯一遗憾的是，十几年前我没说出这番话，否则那时，梦儿就不会离开泉蒙宗了，也不必受这么多年的流落之苦。”

老者沉稳的声音慢慢传遍广场，重重响在每个人心头。

袁刚人震惊地张大了嘴。

袁刚地微闭着眼，一脸无力，说道："大哥，现在说这话是讽刺我吗？你大房比我二房厉害，有月思卿，你还怕大族长之位不牢吗？"

一句话，他的狼子野心昭然若揭。

"二哥，现在这样不好吗？没想到你……"袁刚人一脸痛心地望着袁刚地。

四周又静寂下来，夜玄磁性的嗓音响起："所以说，我若不给他喂灵爆，留着这么一个人在身边，可真是不安全呐，大族长，你说是不是？说不定哪天，泉蒙宗就被外族一锅端了！"

"我对宗族没有异心！"袁刚地立刻辩解道。

"众人同心，其利断金。你有反叛之心，泉蒙宗迟早毁在你手上！"夜玄不客气地说道。

"泉蒙宗怎么样是我们袁家的事，你控制我又是什么意思？"袁刚地的神智恢复了几分，扬眉问道。

"我不控制你，难道还等你伤我最爱之人吗？"夜玄冷嗤一声，单手却已揽过月思卿。

月思卿听着他们对话，除了对夜玄实力摸不透外，其他的都心里有了数。

袁刚地确实是个危险分子啊！

"最爱之人？"袁刚天若有所思地重复了一遍。

"大哥，这不是你外孙女婿吧？"袁刚人脸色古怪地插嘴道。

袁刚天好不尴尬，转移话题道："不敢请教尊上实力？"

夜玄不答，皇杀单步向前，冷斥道："我们主子的事还不是你能过问的！"

其实，夜玄不说，其他人也都骇然了。

不说他会使灵爆，单说皇杀这个强大的紫灵都称他为主子，那这年轻男子的实力该有多恐怖！

"卿儿，能聊聊吗？"袁刚天再次问道。

月思卿刚欲回答，夜玄搂在她腰上的手却是一紧，男子沉声说道："不用久留了，袁大族主，卿儿如今是不会回泉蒙宗的，对你对她都没好处。若是你有心，就帮她做一件事。"

"什么事？"袁刚天立即问。

"给她一枚通往玛拉基丛林的玉信。"夜玄淡淡说道。

"卿儿要去玛拉基丛林？"袁刚天神色一震，"这么小？"

"她已经青灵七级了，而且，她的实战能力不输于大部分蓝灵。"夜玄骄傲地说道。

"我知道。"袁刚天"嗯"了一声，看向月思卿，嘴角浮出苦笑。

他的外孙女如此彪悍，倒令他觉得很陌生了。

他们袁家祖上当真冒青烟了吗？居然还有这样的后代！而他们，更是眼瞎地错过将这后代放在直系好好培养的机会。

而月思卿却暗暗惊讶，原来夜玄已经给她安排好了后路。

玛拉基丛林，那又是什么样的地方？

"好。"袁刚天看了眼月思卿，很快答出一个字。

"玉信何时能办好？"夜玄又问。

“过几天怎么联系卿儿？”袁刚天说着话，再次看向月思卿，试探地问。

“祖玛城炼药师公会。”夜玄语气平淡地吐出几个字，却是叫人心神一震。

众人想起月思卿炼药师的身份，心中对她的天赋再次感到惊叹。

“嗯。”袁刚天轻叹一声，却也不再强求。

那个光芒闪耀的外孙女儿，他缺席了她的一程，她却将缺席他的终生吗？

只不过，知道总比当初不知情好，一直担心梦娘母女没有灵气、过活艰难的袁刚天悄悄松了口气。

第六章

魔鬼丛林

三天过后，祖玛城炼药师公会。

袁刚天如约而至，他来炼药师公会与月思卿碰面，将玉信送到她手上。

此刻的月思卿经过一段时间的冲刺后，已经在炼药师公会完成了三品认证，穿上海蓝色的炼药师服，脱离了低品阶的队伍，成了一名货真价实的三品炼药师！

而袁刚天除了给她送去一枚圆滑的碧玉外，还给她带了数本高级技能书、罕见药材等珍稀之物。

月思卿也不跟他客气，将这些珍宝收进空间戒指，尤其是那枚碧绿小玉，月思卿收妥得更加仔细。

她听夜玄说，位于北大陆边界的玛拉基丛林是一片鲜少有人涉足的神秘区域。

并不是那儿人少，而是那里和其他国家几乎没有联系。

据说，玛拉基丛林灵气极浓，很多人不辞千里前往玛拉基丛林历险，最后因为各种复杂问题引来了玛拉基人的不喜。上五宗，身为星辰大陆非常厉害的五个宗门，在此情况下出了面，与玛拉基达成协议，以后，送往玛拉基的灵战师由他们把关，调查清白了才会放行。玉信，便如同他们的身份证明，也是开启玛拉基丛林大门的钥匙。

月思卿知道曲松、吕涛和夏远的实力都还没突破青灵五级，暂时离不开熔炉铁堡，所以这一次，她是孤身前行。

是的，孤身前行，因为夜玄也不会陪她一起。

“过去的路上修炼有危险，潜心炼药，解除你蓝灵封印的定极丸只差几味原材料了，我和皇杀都会注意着点，等收齐了，我就过去给你炼制。”夜玄嘱咐她。

“那我很快就收齐了呢？你会马上过来吗？”月思卿仰着小脸问，语气竟有些天真。

夜玄无奈地勾勾唇道：“那几味药不容易集齐，而且蓝灵也不容易冲，炼药不急在一时。”

“笨！”对于夜玄的答非所问，月思卿噘了下唇，扭头看着那位于祖玛城地下的传送阵，九彩光芒淡淡萦绕其上，有龙吟凤啸之势。

“我走了！”她清喝一声，未待夜玄答应，身形已融入那一片九色光芒中，极其绚丽漂亮。一道黑影也跳了进来，随着烟雾慢慢散开，两人便消失了。

月思卿如夜玄所言，每天便低头研究药书或者炼药，一个月的时间过起来还真不快。

一个月后，传送阵到了尽头。

月思卿被一股大力托了出去，就地打了几个滚，方才稳住身形，抬头看向另一个弹跳而出的身影，嘴里问道："皇杀，到了吗？"

那与她一起从传送阵过来的正是皇杀。

"到了，小姐，我如果没看错的话，这儿正是玛拉基丛林的外围。"皇杀跃将起来，敏锐地打量了下四周，沉声说道。

"外围？"月思卿正好奇这个外围到底有多"外"时，一群脚步声朝他们走来。

"有人，我先避。"皇杀说完，身形缓缓变得透明，已经不在原地了。

月思卿抬头迎向匆忙过来的那群人。

这群人很怪异，竟是个个瘦得皮包骨头，脸骨突兀嶙峋，看上去颇为吓人。

站在最前头的是个须发皆白的老者，也正拿双眼打量月思卿，沉声问道："玉信呢？"

月思卿早就将碧玉捏在手中，他一问，便摊开手心。

"玉信在这，不敢请教长者，这里是哪儿？"月思卿问话时极尽礼貌周全，叫人听着很舒服。

白发老者呵呵一笑，说道："这里是死人城。"

死人城？三个字，如给月思卿心头泼上一桶凉水。

她忍不住去打量老者身旁其他人的脸色，却发现那些人不管是老是少，都是同样的表情——僵硬，带着一丝凶狠，仿佛要吃人似的。

她即使不怕，也感到后背微微一麻。

"你是新人，那我就跟你说说吧。"白发老者嘴角仍然带着笑意，继续道，"来我们玛拉基丛林的人目的都只有一个，进玛拉基黑暗城堡，因为只有在那里，你们的实力才能得到最好的提升。那是青灵冲蓝灵，蓝灵再往上提升最好的路了。只不过，这条路不好走啊！"

"你现在被传的是我们死人城的一个村落，这儿只是个小村庄，你要一直顺着太阳东升的方向走，走到死人城中央才能抵达黑暗城堡的大门。每周只能有一个人进入黑暗城堡，竞争激烈性可想而知。"

老者说到这里语气一顿，用怜惜的眼光看向月思卿："你年纪不大啊，看上去不过青灵出头。"

他是疑问的语气，不过月思卿却没有回答，而是苦笑道："今年十八。"

"十八"这个数字一说出来，白发老者面现惊愕，而反应最大的莫过于他身旁那些围着的男人们了，个个面露兴奋之色，眼露血光。

月思卿浑身有些不舒服，但瞧着白发老者在，那些人并不敢向自己冲来，也就压下了性子，问道："前辈，该如何称呼你？这里人的实力如何？"

"实力都比你强。"老者摇头哼道，"你才十八，还能有多少实力，如果不是我在这里，他们早就要吃你了，都饿坏了。真是作孽啊，这么小年纪，家人居然也肯送到这里来。小朋友，你到底知不知道玛拉基丛林是什么样的存在啊？这是完全由鲜血和死亡砌成的世界。”

“长者能解释下吗？黑暗城堡是干什么的？”对这些信息，月思卿真是两眼一抹黑，什么都不知道。

夜玄只说这里十分危险，嘱咐她凡事小心，具体细节他没说，或许他也不清楚。

“黑暗城堡是我们丛林灵气最为浓郁的地方，整片玛拉基丛林的灵气之源便在那里。而且进入城堡后，能获得很多修炼和竞技机会，更不像在死人城这里要承担生命危险。”

白发老者缓缓说道，他身旁的男人们虽然躁动不安，却似震慑老者的力量，不敢有所行动，只是凶狠地盯着月思卿。

月思卿对那些眼光恍若未闻，若有所悟地喃喃道：“那来玛拉基丛林的人多半都是来奔黑暗城堡的吧。”

“是的。你现在想出去也晚了，我们丛林十年开一次通向外面的门。你来得很不巧，去年才开过的门。”白发老者说着，拿同情的眼光看她，“也就是说，你要熬过这九年，才有出去的机会。不过，以你的实力想在这生存九年……真的很难！”

“你是说我会死在这里？死人城就必须要死人吗？”月思卿不解。

“并没有规定死人城一定要死人，只是黑暗城堡有要求，进入黑暗城堡的学员们，必须拥有十枚玉信，新人进来时只有一枚玉信，想要十枚，就得抢别人的，总有很多人失去自己的玉信。而死人城里三餐是靠发放的，只能通过玉信领取，没有玉信就意味着断掉食粮。在这个上无飞鸟，下无走禽的世界，没有粮食，唯一解决饥饱的办法就是——食尸。”

“食尸”两字一出，月思卿后背涌出一股寒气，再看向他身旁那些瘦骨嶙峋的男人们，霎时就懂了。

原来，他们挨饿很久了……

“前辈，多谢了。”月思卿说完脚步一斜，朝侧前方快速走去。

“啊！”不知是谁嗓子里发出一声嘶哑的叫喊，那些人便乱了，不顾一切地朝月思卿疯冲过去。

老者的眉顿时拧了起来，眼角划过一丝怜惜。

只是，下一刻，他便呆住了。

青光一闪，月思卿高挑略瘦的身形掩映在一片浓郁的青光中。

青灵七级的实力一展无余！

她并没用什么灵技或战技，只是一个漂亮的旋身，无影腿连蹬而去。

聚集着灵气的腿脚，夹杂着古武月家招式的快、狠、准，力道拿捏恰当，连踢在众人腰腹穴道上，那些男人连惨呼都没有一声，个个就软倒下去。

月思卿优雅落地，收了灵气，拍拍手，轻叹一声。

这些人落魄成这样，一看实力就肯定没上蓝灵，何况又饿了这么久，她根本就不必费什么心思去赢。

想着，她抬起头，冲白发老者绽开笑容：“谢谢前辈了，再见！”

说完，在老者惊怔的目光中，月思卿飘然远去。

“青灵七，七级？十八岁？真的假的，这，这是哪个隐世家族培养出来的？”老者翻

了个白眼，简直难以相信，双手已下意识地从口袋里掏出灵力磁片。

他机械地灌入灵气，将磁片放在嘴前，说话的语气也呆呆的：“十八岁的青灵七级，十八岁的青灵七级……”

而月思卿则快速朝东方走去。

玛拉基丛林的天气很热，外围较为开阔，巨大的太阳没有任何遮挡，如鲜红的灯笼挂在头顶，直射而下。大道旁铺就着一片片林海，各种稀奇的植物迎风招展，只是如老者所说，这里看不到一只飞鸟，一个走禽，还真是个古怪的地方。

一路上，她碰到好几批活人。只是他们的目的都在她的玉信之上。这些人，有单枪匹马的，也有五六个合伙的，他们的实力都没超过蓝灵，月思卿妥妥地全给收拾了，反过来没收了他们的玉信，可惜的是，她将他们的口袋底都摸穿了，也只找到三枚玉信。

很快就过了正午，她却还没到下一个村落，更没找到老者口中发放三餐的饭点。走走打打，这大半天她又累又饿，所幸空间戒指里储存了一些干粮，她赶紧拿了出来，在路边随意坐下，对着空气喊道：“皇杀前辈，出来用午膳！”

她相信，皇杀应离自己不远。

果然，她才叫了一声，面前的空气嘶嘶响起，皇杀的身形缓缓出现。

“小姐，您用吧，我可以不进餐。”他淡淡解释道。

“那好。”月思卿也知道，到达一定境界，可以长久不进食，靠修炼就行。

但显然，死人城不是个修炼的好地方，而且经常会有打斗，不吃饭是存活不下去的。所以那些饿鬼才会选择食尸。

“皇杀，你应该知道，进城堡是不是很难？”

皇杀嘴角轻抽了下，答道：“应该会很难吧，否则，死人城就不会死那么多人了。具体我也不清楚。”

“那你清楚什么就说什么吧。”月思卿嚼着白面馒头，不放弃一点信息。

皇杀眉头抖了抖，说道：“属下只能说，小姐若有危难，属下必定会保护。其他的路，还需要小姐自己探索。”

这话的意思很明了了，对于这里的情况，皇杀应该是知点情的。

月思卿颇觉无趣，摆摆手道：“好啦，我也不为难你了，都怪夜玄那坏东西！”

“小姐……”皇杀脸色一黑，对于她这么直呼主子大名还这般侮辱还没习惯，转念一想主子与月思卿的亲昵，索性闭上了嘴。

而月思卿则已从空间戒指里将自己的灵力磁片拿了出来。

“这里不能用灵力磁片。”皇杀突然又开了口。

已经向磁片灌入灵气的月思卿闻言一怔。

她本能地环视了下四周，问道：“这儿有空间限制？”

话音刚落，她手中的灵力磁片闪烁了一下，那是灵力磁片接通的标志，随后夜玄磁性悦耳的声音：“卿儿，想我了吗？”

月思卿手一抖，差点没将磁片给扔飞出去。这男人，越来越肉麻了。

而皇杀也是嘴角连抽，看样子也是窃听到了磁片里的声音，他看了眼月思卿，说道：

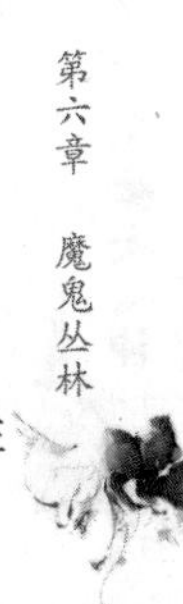

“当我没说！”

说完他快速后退，回避了两人的谈话。

月思卿也没想太多，将磁片放在唇前，嘟起唇，娇气便上了来：“夜玄，你这个狠心的家伙，居然就这样将我送进玛拉基丛林这火坑，你知道这是个什么样的鬼地方吗？”

那边沉默了一会儿，传来夜玄低低的声音：“卿儿，这些天我也想了很多。如果你真的不喜欢，那就回来吧。不提升实力也没关系，我保护得了你。”

听着他的话，月思卿深受感动，语气坚定起来：“夜玄，我跟你说着玩的，虽然危险了点，但我一定好好修炼，将来换我保护你！”

她可不要躲在他身后受保护。

“傻丫头。”夜玄在那边轻轻一笑，极为感动。

她还想说些什么，一声大喝响起：“你是哪来的人？怎么会有灵力磁片？”

月思卿一愣，怕惊扰到夜玄，主动掐断了两人的联系，站起身，朝丛林内跳出来的人看去。

那是一个四十几岁的中年男子，相貌平常，穿一身黑色直筒衣服，脸色被衬得有些惨白。

这身黑衣，与刚才那名白发老者身上的衣服一模一样。

她立刻将磁片扔进戒指，淡淡道：“我自己的磁片你也管？”

“不是，我想说的是，你的灵力磁片怎么能通话？任何进玛拉基丛林的人都用不了灵力磁片！”男子沉声说道。

“为什么？”月思卿刚才听皇杀也说过一次，倒好奇了。

“传送阵的原因，你不用知道那么多！”男子阴沉沉道，“你是新手吧？慢慢你就会懂了，灵力磁片上缴！”

“这恐怕不成。”月思卿摇了摇头。

灵力磁片可是她和夜玄联系的唯一介质，她怎么可能平白无故地就上缴？想也别想！

“你居然敢反抗我？你知道我是谁吗？”男子脸色一沉，隐见怒相，喝道。

“不管你是谁，这磁片我也是不交的。”月思卿答得硬气十足。

“好，好。我让你明白，在玛拉基丛林内，还从未有人敢和黑暗城堡的力量抗衡！你胆子很大啊，新来的，果然没吃过亏！”男子咬牙切齿地一字一句说道，脚底下却不停留，释放出浓郁的蓝光。

这名中年男子竟然已是蓝灵一级的实力了！

月思卿颇为吃惊，没想到还有这般年轻的蓝灵！

听他的语气，他是黑暗城堡的人！

想到刚才的白发老者，他们应该属于一个势力，而黑暗城堡的威望如此之大，恐怕已经掌控了整个玛拉基丛林，所谓的玛拉基人可能全都是城堡的力量。

轻吸一口气，月思卿脚底微一用力，踩出一片青光乱颤，同时说道：“前辈，我不想和你争斗，但这灵力磁片是我的私人所有，我也不愿意交。一块灵力磁片应该对你们造不成什么损失吧？”

“这是规矩，你既然来了我们丛林，就必须遵守玛拉基丛林的规矩！”中年男子寸步不让。

月思卿知道这事没有退路了，只得拱了拱手道：“那就得罪了！”

说完，她率先发出攻击：“龙吟九天，兰之碎片，虎啸山林，火焰球！”

面对一名蓝灵强者，她丝毫不敢大意。

男子却没将她的青灵七级放在心上，冷哼一声，喝道：“去！”

一柄凝成实体的锋利长剑在他面前出现，在蓝光映射下，以迅捷的速度朝月思卿飞来，后尾带起漂亮的蓝色尾巴，风声阵阵，招式不紧不慢，手法却极其老到，暗蓄精锐。

“砰”的一声，双方技能狠狠撞在一起。

月思卿只觉气血一阵翻涌，脚下不稳，连退数步，踩进一人高的植丛内。有软甲护身，她虽觉得不适，却无大碍。

而那名中年男子却更惨，闷哼一声，直接倒飞出去数丈，重重摔在道旁，一看就受了不轻的内伤。

蓝灵又怎么样？蓝灵一级更不用提！

月思卿微微眯眼。她虽是青灵七级，但因气穴宽，体内灵气已相当于平常人的青灵九级巅峰了，何况，这一招中含了两头上古神兽和一头神兽的技能，相当于好几名青灵九级巅峰同时发招，普通的蓝灵初级哪里会是她的对手？

月思卿反应快，脚步连闪，已抢在中年男子回神之际一脚踏在他的胸口上，右手习惯性地掐住他的喉咙，封死他的下一步动作。

这人……该如何处理？

月思卿大脑内闪过一丝犹豫。

换作平常人，她直接打晕了丢进丛林就行了。可这人却是黑暗城堡的，自己灵力磁片能通话的事又被他看见了，若是就此放了，恐怕后患无穷。

“小姐，杀了。”

不知何时，皇暗出现在她的眼界内，轻描淡写地说道。

可能是见月思卿犹豫得太久了吧。

月思卿咬了咬唇，她还是第一次对没有深仇大恨的人动杀机。

但想法也只是一瞬间，下一刻，她右手一用劲，那名中年男子便断了气。

而下一刻，一个淡淡的蓝色光团从他头顶飞了出去。

有了上回秦启的经验后，月思卿早就知道蓝灵强者死后会有意识团传出，眼疾手快地弹跳而起，一把握住那意识团，灵气聚到掌心，顿时将它捏得粉碎。

她刚想得意一番，耳边却听得皇杀暗叫一声：“不妙！”

“怎么了？”月思卿立刻扭头问。

她回头的时候，耳边却是响起一声尖锐的鹰鸣，将她的注意力吸引到了半空。蔚蓝无际的天空上，一只黑色大鹰飞快掠过。

这里不是没有鸟吗？怎么会有鹰？难道是黑暗城堡养的？

她正纳闷间，皇杀沉声说道：“那是黑暗城堡用来监视的空中之王黑暗苍鹰，眼尖鼻锐，还受过专业训练。它可能是看见了这一幕，回去报信了。”

“那怎么办？”月思卿有片刻的手足无措，自动忽略了皇杀对死人城了解得这么通透的事实。

说话间，那只黑暗苍鹰已化作一个看不清的黑点栽了下去。

“一只畜生而已，腾不起什么大浪，走一步看一步吧。”皇杀正了脑袋，冷冷的年轻脸庞恢复了波澜不惊，“我来处理他的尸体。”

月思卿吐吐舌，说道：“好，那我赶路了。”

午后的太阳渐渐西移，但阳光强度不减反增，晒得人火辣辣的。

月思卿的赶路速度比上午要快得多，还没到傍晚，便抵达下一个村落。

村落不大，坐落了很多石屋，只是大部分都是空的。许多饿得皮包骨头的男女懒懒地坐在墙根下晒太阳，看到月思卿满身血迹，都没有动手，而是远远地观望。

一间敞开的石屋前，月思卿终于看到了传说中的发放三餐。一名上了年纪的老者，身着黑暗城堡的黑色服饰，慢慢向手里的碗舀进白米饭和三样菜肴，饭菜的喷香传出去好远，那些墙根处靠着的人们眼馋地看着，不停地吞咽口水，喉咙里发出古怪声响。

老者将瓷碗端给眼前站着的一名男子，眼光却看向月思卿的方向。

月思卿本能地垂了下眼睫，杀了他们的人，她还真有些心虚呢！

不过这老者肯定不知情，她又自然地抬起眼，状似无意地冲打饭的男子看了一眼。

男子看不出年纪，顶着一团乱七八糟的头发，脸上有几处污迹，嘴旁更是生着浓密的胡须，衣服更是破破烂烂不成样。

他捧着饭碗走来，月思卿顿时绷紧了神经。

就像前面所说，对于任何一个有战斗力的人，她都视为不可轻视的敌人。

“不用那么紧张，我要吃饭，没打算攻击你。”男子从她身边经过，笑眯眯地说道。

月思卿却不敢放松警惕。

男子倒退了两步，好奇地看着她道：“小子，看上去你年纪比我还小啊？”

什么叫看上去年纪比他小？

月思卿嘴角直抽。

眼前这人“看上去”至少三十多了吧，自己才十八岁，是肯定比他小！

她也没好气地回道：“大叔，你这么老，我比你小是一眼就能看出的事实。”

男子一脸受打击的模样，叹道：“我也才二十几岁，有那么老吗……”

“……”月思卿浑身起了鸡皮疙瘩，“你骗谁呢？”

“我真的才二十九岁，我对天发誓！”男子将右掌对向天空。

“二十九……”月思卿险些没喷血。

好吧，二十九确实也“才”二十几岁……

她强忍了想笑的冲动，哼道：“大叔，让开吧，我要打饭！”

“你还有玉信？竟然没被人抢空吗？”男子惊愕地摸着鸡窝头，作出夸张的姿势。

月思卿实在不想再跟他废话下去，直接忽略了他的反应，径直走到黑衣老者面前，掏出一枚玉信在他眼前晃了晃，道："打饭。"

老者微笑着拿起碗，给她盛饭盛菜。

月思卿接过饭菜后，见刚才那自称二十九岁的大胡子男子已经在墙根下站着吃饭了，她便朝另外一堵墙下走去，离那人远一点。

后背靠着墙，总是要安全些。

只是，她刚扒了饭菜没几口，一抹身影便到了她旁边。

"一个人吃饭多无聊啊。"大胡子男子津津有味地咀嚼着饭菜，感慨道，"要是有些小酒就更好啦！"

月思卿皱了皱眉头，习惯性地朝旁边挪了一步，与陌生男子保持距离。

"小子，不用怕，我不抢你的玉信。"男子眼尖地瞟见她的反应，含笑说道。

月思卿面无表情地回他："不是，我是怕和你站近了，我会控制不住自己去抢你的玉信。"

"……"她的回话叫男子的笑容顿时凝固在了脸上。

而当事者则成功地享用了一顿安静的晚膳。

吃完饭，男子却又嬉皮笑脸地贴上来道："小子，你年纪小，可还有些胆量呢，我倒不想抢你了，要不，你跟我混吧，如何？"

"跟你混？怎么个混法？"月思卿挑眉问。

"跟着我，保你有吃有喝有玉信，在死人城，两人联手比一人孤身作战好得多。以我的实力，跟我组队，你可要轻松很多啊！"男子的笑容溢出几分得色。

"那也未必。"月思卿淡淡答道，"说不定，你还拖了我的后腿！"

男子再次被她的话呛到，忍不住说道："小子，你的嘴比我还损，你是哪个大家族送进来的吧？要知道，在死人城靠的是实力，任何家族背景都没用。"

"知道。"月思卿飞快地答道，"走了，再见！"

说完，她快步朝昏暗的道路上走去，并没打算在村落里过夜。

"等等我啊！"对于这样冷淡的月思卿，男子倒是生起了兴趣，赶紧追过去。

月思卿皱了皱眉，她可不想和别人组队，至少现在不需要。

在这危险的地方，一个人或许还安全些。

想着，她的双肩微振，后背生起银白色的翅膀，越过一片丛林，朝远处飞去。

白天之所以不用翅膀是为了节省灵气，而现在，为了尽快避开那人，她便放了出来，很快就听不到那嘈杂的叫声了。

她这才缓缓在道旁落下。

刚欲找地方歇息，耳边却听得急促的脚步声，正向她这方向走来，似乎有两三人。

月思卿心中一沉，想要避进丛林，那边的人反应却是极其敏锐，喝道："别想跑！"

显然，那些人刚才就发现了她。

月思卿缓缓朝来人望去，眼皮子不免都跳了几下，因为过来的三个人不是寻常人，他们身上全都穿着一色的黑衣，那是黑暗城堡的标志，而最前面那人手上，赫然捧着一只黑色苍鹰。

脚步轻轻移了下，月思卿有立刻开溜的打算。

这三人有很大的可能就是冲她来的。

果然，她刚刚一动，那只被黑衣人捧在手上的老鹰立刻扑棱起翅膀，一双锐利的眼睛直直盯住月思卿，尖叫起来。

“该死！”月思卿低咒一声，这大概就是白天那只黑暗苍鹰，认出了她。

三名黑衣人动作极快，“嗖嗖”几声已散了开，成三角合围之势，将月思卿围在中间，堵住她离去的路。

“是你杀了我们黑暗城堡的一级黑士？”捧着苍鹰的是名黑衣女子，戴着黑纱面罩，窈窕的身姿裹在一袭黑色长袍内，略见凹凸。

“应该是他。”另一名老者冷笑道。

“玛拉基丛林是我黑暗城堡的天下，你上来就杀了黑暗城堡的人，嫌活腻了吗？”

他们你一言我一语，让月思卿一时无法插进话。

她想着应该说些什么时，黑衣女子耳目却是极尖，一扭头，厉声道：“什么人？”

一名老者应着她的话跃向道旁的丛林，随手将一人扔了出来。

那道身影一落地便敏捷地爬了起来，向月思卿匆匆走来，嘴里吸着冷气：“乖乖，我说小子，你的胆子比我想象的还大啊！你居然敢杀黑士！在死人城得罪黑暗城堡的人，你是不想混了吗？”

那人边说边以后背对向月思卿，警惕地扫视围着他们的三名黑衣人。

“大叔？你怎么在这？”见到正是吃饭时看到的那位鸡窝头男子，月思卿略吃一惊。

“还不是追你来着，现在好了，我也被你拖下水了！”男子吹起浓密的胡须，挠着蓬乱的头发，眼里是认命的无奈。

“原来你们认识。”黑衣女子冷冰冰开口，惨白的月色照映在她脸上，清晰地看到她眼中一闪而过的杀机。

沉默了下，月思卿平淡地说道：“大叔，我想你搞错了，我和你素昧平生，从无交集，你不必冤枉送死，这是我和黑暗城堡之间的事，你走吧。”

似乎是有些惊讶，男子回过了头，看向月思卿，眼中流露着惊奇的表情，说道：“小子，看不出来你很仗义啊！生死关头竟然没想着拉我下水。刚才在村里，你不愿与我组队是不是也不想拖累我？”

月思卿不语。

不可否认，她确实也有这一想法，但更多地是为自己考虑，不想将自己的后背交与一个不信任的外人。

“兄弟，不得不说，大叔我的胸襟比你欠缺了点，不是我想送死，而是被他们发现，我也逃不了，只好选择与你并肩战斗，要是刚才没被他们发现，就算他们杀了你我也不会出头。这都怪我好奇心太重，唉！”男子对自己并没离开做了坦然的解释。

他的实诚倒让月思卿生了几分好感。

毫无利益交集，反过来换作她，也绝对不会强出这个头。

“你们两个唧唧歪歪够了吗？”黑衣女子露在面纱外的一双杏瞳寒气森森，相当不耐烦地开口，“死到临头还乱叫个不停！”

“岳荣，别跟这小子废话了，早解决了还要回去复命呢！”

虽然他说话速度很快，但“岳荣”这个早已深入月思卿心底的名字却狠狠刺中月思卿的脑海。

岳荣？难道是从小和她一起长大的岳荣？

在星辰大陆找了这么久，她还真没找到另外一个叫“岳荣”的女子。

不管怎么说，得试试。

“等等！”她当下瞟着岳荣，轻轻叹道：“难道今天就是我月思卿命丧黄泉的日子吗？”

“月思卿”三个字，她吐字清晰圆润，还刻意放慢了速度。

黑衣女子的身子明显一震：“你说你叫什么名字？”

倒是一旁的大叔说话了：“原来你叫月思卿。我叫全理，记住了兄弟，若真的命断黄泉，地狱里还能找到对方！”

“不可能。老……大？”黑衣女子眼中染着疑色，试探地低声吐出几个字。

一声“老大”，叫月思卿的心完全放松下来，肯定了她的身份。

月思卿眼中露出笑意，说道：“岳荣，你不应该姓山岳的岳，月亮的月多好。”

异常熟悉的话语让岳荣的神情有些恍惚，下意识地接嘴道：“这样咱们就是亲姐妹了？”

“谁跟你是亲姐妹，我们是亲兄弟好不好？”月思卿不屑地说道。

“你是男的，可我是女的。”岳荣的回答不假思索。

“也就曲松承认你是女的。”月思卿含笑道。

在听到“曲松”这个名字时，岳荣的眼神蓦然恢复了清明，看向月思卿时有着前所未有的坚定。

是的，上述对话，她们小时候经常说。

“咔嚓”一声，岳荣右手一用力，修长的五指直接将手中那只苍鹰的脖子给拧断了，出手相当狠辣，随手将苍鹰的尸体丢进空间戒指里。

“岳荣！”两名老者看到她这一行为，皆是大惊失色。

岳荣快速扫了眼两名老者，沉声说道：“幽老，谢老，一级黑士不是她杀的，黑暗苍鹰认错了人。”

两名老者浑身一震，仿佛明白了什么。

一旁的全理大叔也是目瞪口呆，看着这极为戏剧化的一幕，有些反应不过来。

“放心吧，幽老和谢老是自己人。”岳荣说着拉下自己的面纱，露出一张精致美丽的脸庞，却是不像吕涛和曲松戴着人皮面具，她完全是小时候的长相。

同时，她冲幽老和谢老低低说了些什么。

那两名老者神色微微一松，道：“既然如此，那我们就回去复命了。”

“好。”岳荣闪身靠近月思卿，在她耳边低语一句，右手则飞快地将一样东西交在月思卿手里。

月思卿下意识地便攥紧了那冰冷的金属物件，心中若有所悟，对岳荣点头：“回见！”

“嗯，珍重！”岳荣深深看了她一眼，连退数步，冲两名老者一挥手：“走！”

三条黑影快速淹没在一片黑暗之中。

很快，大道上只剩下月思卿和全理两人，月光将二人的身影拉长，丛林内寂静无声，只听得偶尔的夜风轻轻刮过，枝叶瑟瑟。

“刚才的事，你不会说出去吧？”月思卿含笑看向全理。

全理脸上肌肉抽了几抽，说道：“我找死差不多，谁想和那群黑士扯上一点关系！走，找个地方歇宿！”

全理大叔来了这么一出后，两人的关系近了很多，而且现在的形势他们最好还是走在一起。

第七章

黑暗城堡

两人找到一处地势和植被都较好的丛林内坐了下来，所谓的休息也就是修炼了。

月思卿和全理离了大概十丈远，盘腿坐在浓密的丛林内，两人谁也看不见谁。

风吹来那一头略为沉闷的声音，“月思卿，你守上半夜，我守下半夜，另一个人可以安心修炼。”

死人城太过危险。

“不用，我一个人守就行了，你修炼吧。”月思卿淡淡回道。

“你一个人守得下来吗？轮流吧，这是规矩。”全理也放低了声音。

“随便你。只是从现在开始别和我说话，我需要好好放松，有危险我自会知会你。换夜时也别叫我，我不会回答你。”月思卿向他交代道。

“你的要求还真古怪，你真的是在守夜吗？还是说你根本就是在睡觉啊？”全理严重怀疑起来。

黑暗中，月思卿嘴角忍不住弯了起来。

确实，她要的效果就是全理不打扰她，因为她根本不会守夜，当然也不是睡觉，她要修炼。

至于守夜的事，有人会为她代劳。

哦不，不是人，是灵物。

别的灵师，灵物跟着战斗一天，晚间也是需要休息的，否则第二天没有力气战斗。但她不一样，她可不止一个灵物！

银色、小青、小粉和小白，包括小紫，五个家伙轮流守夜毫不费力。

“好了，就这么说定了。”月思卿笑盈盈说道，“现在开始。”

说完，她率先闭上眼。

“月思卿？”全理试探地叫了一声，果然，那一头再无回应。

“月思卿？你是不是在偷睡？”全理又问。

可给他的回应只有那轻而浅的风声。

算了，全理轻轻咕哝一声，也没有再求证什么，只是进入浅修炼状态。

而月思卿则微微睁眼，看向自己一直握在手心的东西。

那是一块黑色铁牌和一张小巧的扇贝形磁片。

铁牌两面皆呈黑色，四周雕绘着繁复的花纹，却是只字未刻。但月思卿也猜到了它的象征，黑色不就代表着“黑暗”吗？这应该就是黑暗城堡的令牌吧？

岳荣不放心自己，将令牌给了她，这样，若是真遇到什么危险，还能救下急。

至于那磁片，必定是属于岳荣的，她们可以通过这个联系。

这丫头，还是那么细心！

她没有再说话，缓缓闭上了眼。

第二日清早，月思卿睁开了眼睛，看向那边自丛林内站起来的全理，后者须发凌乱，让人不忍直视。

他打着哈欠道：“月思卿，你昨晚真的守夜了？”

“嗯。”月思卿也站了起来，拍打着衣服。

“那你说说昨晚可有什么响动？”全理问。

“子时，今天凌晨，有脚步声从路上经过。”月思卿轻描淡写地说道。

对于她能准确地答上问题，全理无语了。

他昨晚根本没敢完全进入修炼，这两处动静也是他记得最深的。看来，有月思卿在，他今晚真的可以高枕无忧了……

于是，两人结成队伍，就这样一路往死人城方向走去。

头几天，他们走得异常顺利，月思卿都无需出手，几个小喽啰都教全理大叔给解决了，全理大叔是青灵八级的实力，对于寻常人，二十九岁青灵八级也算不错了。

如月思卿这样变态的简直就是凤毛麟角吧。

第四天上，离死人城中央很近了，他们终于遇到了劲敌。

那是一个四人队伍，四名实力都在青灵八级的灵师。

这一路而来，两人并没遇到蓝灵以上的对手，听全理说，传送到死人城东面的都是青灵级别的灵战师。

但尽管如此，四个青灵八级联手也是非常难缠。

全理眉头深深皱起，低低道：“果然，越靠近中央实力越强。月思卿，我们不能再往前了，在这片地方蹲守，等实力长进了再走。”

这种打法也是死人城最常见的方法。

甚至有人从传送来的村落走到死人城中央花去五六年时间，等他们一路浴血进入死人城时，基本已达到了来玛拉基丛林的目的——变强！

只不过，四名青灵八级根本就不在月思卿的眼里……对她来说，这还算不得真正的挑战。

她正想着要不要动手，一道清脆的女声却是从半空传来：“住手！”

沉着的声音十分冷静，也很熟悉。

几人抬头看时，就见一名扇动着棕色双翅的黑衣女子缓缓降落下来，正是岳荣。

“卿儿！”这一回，岳荣身边并没有那两名老者。

不同于吕涛和曲松，身为女孩子，岳荣与月思卿更为亲近，唤的更多的也是名字。

“你的老相好来了。”全理在月思卿耳边轻轻咬了句舌。

岳荣走过来后，眼光立刻扫向那四名灵师，脸色“唰”的一下就变得冷峻了几分，冷冷说道：“你们走吧，这里有我。”

四名青灵八级的灵师你看看我，我看看你，有些莫名，但他们可是不敢反抗一名黑士的命令，点点头，快速离开。

在死人城，凡是如岳荣这般一袭黑色古旧长袍打扮的人，无论老少，不管男女，都是绝对的主人。如月思卿那样敢与主人作对的人太少。

“挺威风啊。”月思卿笑道。

“相当威风啊！”全理小鸡啄米地点头。

岳荣却是连眼角也不扫他一眼，看向月思卿的眼睛充满担心，道：“卿儿，前几天不方便出来，昨天才寻了个时机跟义父提了此事。义父同意了，可以教你直接进黑暗城堡。”

她说着，微微笑起来。

虽然现在她对月思卿的情况不甚了解，但来玛拉基丛林的人目的无非只有一个——进黑暗城堡。

“直接进？好吗？”月思卿有些犹豫。

她考虑更多的也是这一路而来的宝贵历练。

“这儿离黑暗城堡也不远了，城堡修炼池的灵气可比外面浓郁很多。每天越级挑战的话，实力不会比在外面提升得慢，最主要是危险性小了很多，黑暗城堡内是不允许随便杀人的。而且我会帮着你。”

“美人，你是什么实力啊？”全理问岳荣道，“据说，进了黑暗城堡的人都是黑士，你在里面就没有在外面这样的优势了。真能帮她吗？”

月思卿若有所思，原来进了黑暗城堡的人都能晋升为黑士，难怪里头限制生杀了，都是黑暗城堡的力量，自然得保护着。

岳荣说道：“青灵七级，二十岁！而且，我是神兽契约者，现在单挑也绝对不输给你！”

全理大叔倒吸一口冷气，看不出来她实力这么高。

“不错啊岳荣。”月思卿也有些讶异，虽想过岳荣的实力在吕涛和曲松之上，却根本没想到会达到自己一样。

岳荣笑道：“卿儿，你的实力呢？一定比我高吧？”

“我估计月思卿在青灵两三级吧，也不会太弱。”全理大叔在一旁评点道。

青灵两三级，月思卿忍不住用十分无辜受伤的眼神看向全理大叔。

大叔原来一直这么看轻她，这样真的可以吗？还能不能好好相处了？

“也可能青灵四五级了吧？”全理大叔沉默了下，不太确定地又抛出个数字。

见月思卿并没作声，岳荣怕伤及她的自尊心，赶紧转移话题道：“吕涛和曲松也在这里吗？”

“在，他们现在还在熔炉铁堡，我也刚从那里出来不久。吕涛和我在卡列国长大，同为卡列国四大家族的后辈。进了熔炉铁堡后遇到曲松，他是上五宗邵家的，竹清门的直系。”月思卿沉声介绍道。

“哈哈，我说得没错吧，刚离开熔炉铁堡，应该是刚毕业，青灵五级，对不对月思卿？”全理大叔笑嘻嘻地插嘴。

“是的，毕业了。”月思卿并没否认。

“这么小年纪就从铁堡毕业，比我强多了呢。”全理大叔难得赞叹了一声。

岳荣还想多了解一些，可眼看着天色渐渐明亮起来，只好说道：“我们赶紧进死人城中部吧，否则耽搁了进黑暗城堡的时间。”

“好。”月思卿点头道。

全理大叔也死皮赖脸地跟了上来，眼巴巴地说道：“我说美人，你把月思卿弄进去了，也多带一个我吧，我和月思卿是个团队呢！”

岳荣回过头看向全理，耸了耸肩，语气却很不客气：“真是抱歉大叔，我的权力还没有那么大，能带两个人进去。”

她直白的拒绝叫全理有些垂头丧气，却还是理解地说道：“也是，我明白。”

他深深看向月思卿，语重心长地说道：“月思卿啊，你就先进黑暗城堡吧，不要怕，我一定尽快进去保护你。嗯，就这么说定了，我们早点相见！”

说完，他挥了挥手：“去吧。”

“……”

“……”

岳荣和月思卿被他的话给麻到了。

“多谢大叔了。”月思卿还算领情地说了句，冲岳荣微微点头，两人转过身，快步朝东面去了。

两道身影渐行渐远，逐渐消失在一片金黄的丛林内。

死人城中部。

大片大片的石制房屋构成了城市的基本轮廓，坚硬，沉重而又略显萧瑟。石屋的廊下，大道旁，巷隙内，四处可见形色各异的男女，他们或谨慎，或自如，或紧张，观望着四周的一切，谁也不敢轻举妄动。

四周静悄悄的。这是一座由血腥和战火气息充盈的城市。

孤寂，冷落，冰寒。

头顶，聚集着终年难散的乌云，让死人城的天空都显得那般凝重压抑。

中央可见一座矗立向云间的尖塔，纯黑色的塔身，简洁古朴的造型，在一片低矮的石屋中倍显突兀。

“那就是黑暗城堡。”岳荣低声说了句，二人脚步不停地朝尖塔方向奔去。

一路上，不少人用惊疑的眼光打量二人，在看到岳荣身上那袭简朴的黑袍后都不自觉地退了几步。

可以看出，黑暗城堡在死人城的力量有多强大。

而随着二人向城堡的靠近，道旁也不时有突然爆发的战斗，光芒乱颤，吼叫连连，似乎是压抑后的大爆发。

据岳荣介绍，这是在抢地盘。

每周一，黑暗城堡都会开门，第一个冲进去的人便会被吸纳成为黑士。所以大家都试图控制离黑暗城堡近的位置，一场场战斗无休止地进行着。

快到城堡大门时，岳荣也没有再上前，而是拐了个弯，带着月思卿穿街走巷，最终跨进一扇乌黑的小门。

那是黑暗城堡的侧门。

一进去，眼前便是个极其宏伟开阔的巨大广场，无数身着黑衣长袍的人们正在进行激烈的操练，有人上前迎接。

月思卿注意到，那名男子双肩上标着三颗银白色的星星，而他身后的黑衣武士们，肩上也标着同样的星星，不过数量只有两颗。

这大约是黑士级别的划分吧？

过了会儿，岳荣折回身，冲月思卿道：“跟我来。”

那名为首的黑衣武士率先领路，穿过广场边沿，三人到了中间一所高大的黑色石殿前。

踏入宽广的石殿，一阵不知从哪涌来的冷风袭来，让月思卿都不自禁地打了个寒颤。

“就是这小子？”一句冷飕飕的话语传了过来，颇有居高临下的味道。

循声看去，便见大殿尽头的高阶后走出一名老者，同样着一袭黑色长袍，肩膀上却赫然标着一个金黄色的月牙图案。

“弗修士长！”岳荣见到老者，神情立刻恭敬起来。

“这小子年纪太轻了，城堡不收！你们走吧。”老者哼了一声。

岳荣愕然，没想到会是这个结果，忍不住问：“为什么？”

“没有为什么！招收学员这一块现在归老夫管，老夫说了算！”弗修士长相当高傲地坐在那里，只看得见两个黑漆漆的鼻孔，相当傲慢。

“弗修士长！”岳荣仍不死心，“我义父难道没有跟您打招呼吗？”

弗修士长的脸色为之一沉：“别说老夫不照顾梅东学的脸子，他就算要带人进来，也给老夫带个可靠的吧？老夫可不想砸自己的招牌！”

虽然他的话说得很好听，但月思卿还是听得出来，他跟岳荣的义父梅东学关系并不怎么好。

岳荣还想说什么，月思卿却抢在她前头，悠扬的声音开了口：“我能问一下平常黑暗城堡招收进来的学员都是什么实力吗？”

这一点她还真不清楚，没有了解过。

殿内一静后，弗修眉头一拧，冷笑道：“什么实力？比你高多了的实力！这还不是你现在能问的事情，有时间去好好修炼，别尽想着找关系！”

“……”

尼玛，这老东西吃了火药啊？月思卿心里暗骂一声，嘴里还是平静地说道：“我不辞辛苦地走到这里，说什么弗修士长也要给我一个试炼的机会吧？就这么离开，我可是有些不甘心呢！”

见她居然和自己讨价还价，弗修一双苍眸中立刻迸出了火气，话也脱口而出：“试炼？好，老夫给你这个机会！看到旁边的三级黑士了吧，战败他，你就能留下了！”

弗修的目光盯住的正是那位领二人进来的黑衣武士。

他是三级黑士……月思卿心中一动，肩膀上的星星图案果然是黑士级别的标志。

“这也太为难人了吧？”岳荣立即惊呼出声，眼光也充满忌惮地看向那名三级黑士，“弗修士长，三级黑士的级别可在蓝灵之上了！”

月思卿心中也微微讶异。

玛拉基丛林的力量当真这么强吗？一位武士首领都是蓝灵级别的？

不过，看到城堡外那么多想要进去的青灵八、九级，月思卿还是有些能够接受的。虽然青灵九级升蓝灵很难很难，但那也只是一步之遥了。

“许武刚刚才升的蓝灵而已，就算不打败他，也要在他手下挺过十招。老夫这不算为难人吧？换作从外头竞争进来，遇到的阻碍可是比这还要多！”弗修轻飘飘地抛出几句话。

岳荣眼中掠过一丝极快的不满，很快消逝，她焦急的声音也平缓下来：“卿儿，我们走吧，我一定还会想到别的办法。”

她的心已经凉了。

弗修这还不叫难为人吗？

普通的蓝灵也就罢了，许武却是从死人城千军万马中杀出来的蓝灵！就算刚升蓝灵，灵基不稳，但那身经百战的经验可不是说着玩的。

月思卿却没有动，下巴微昂，倔强的声音在石殿内响起：“弗修士长，您说的话可算数？”

弗修眉头一皱，喝道：“老夫说话言出必践！如果你能战败许武，我就留下你，在黑暗城堡内修炼！”

“好，这试炼，我接下了！”月思卿答得利落，同时横移数步，与黑衣武士许武拉开了距离。

“卿儿？”岳荣吃了一惊，待看到月思卿坚毅的神情时，后面的话便没有再出口。

许武面色冷漠，什么话也没说，周身灵气爆发而出！蓝光绽然！

月思卿抿起唇，脚尖微旋，青灵七级的灵气也不加掩饰，一片青光中，少女那戴着夜九面具的脸庞布满凝重，一双黑眸折射着精光。

“青灵七级？”岳荣见到她实力亦是如此之高，惊愕半晌，嘴角露出一抹苦笑。

“大鹏展翅！”许武厉喝一声，一只鹏类的飞行灵兽幻影凝出，压着大殿高悬的天顶，朝月思卿铺天盖地而去。

“漫天花雨，电闪雷鸣，虎啸山林，火墙术！”月思卿早已对这些招式组合滚瓜烂熟，一见对手露出实力，瞬间便想到应对之策。

大殿空间小，漫天花雨的效果能发挥到极致。漫天花雨下，一声虎啸震得地动山摇，极速的闪电和雷声轰然而下，重重与鹏翅之影撞到一起。

同时，月思卿面前竖起一道防御的火焰之墙，熊熊烈火吞吐不息，大殿的温度急剧上升。

一切不过眨眼之间。

月思卿腰身一折，踩着月家古武步法，连换了数个方位，火墙也随之移动。

技能相撞的威压狠狠还击而来，撞在火墙之上。

“呜”的一声嗡响，无数火焰碎裂成星星点点四溅飞开。

余威冲到了月思卿胸口，最后一层防御珠丝软甲又卸掉了几分力道。

饶是如此，月思卿还是踉跄了几步，有血气涌上喉头。

到底是蓝灵级别……

相较于那个不屑一顾的一级黑士，许武确实强悍不少。

再看对方，也退了几个大步，面色略为惨白，警惕地看着他。

“龙吟九天，兰之碎片！”月思卿深知战斗之中时间就是生命，丝毫不给许武喘气的时间。

然而，许武到底是从死人城摸爬滚打而来的，他也与月思卿同一时间采取了行动。

黑色身影缓缓在空气中支离破碎……

糟糕，这是什么身法！

来不及多想，月思卿一把握住胸前的玉石灵坠，心中低喝：“空间隐藏！”脚步几乎是飞射而出，蹿到了殿落另一角。

回头看时，一只尖锐的鹰爪狠狠贯穿了刚才她站的位置，而许武的黑色身形也闪了出来。

空间封锁和空间隐藏都会导致招数中断。

所以月思卿又喝了一声：“龙吟九天，兰之碎片！”

此刻，她在暗，敌在明。

一声龙吟困住了许武，兰花碎片如刀刃般疾射而下，带起森冷的风声。

龙吟只持续了一息，许武身形电闪，却还是没有躲开上古兰花的青灵技能。

“嘶”的一声，半边长袍被直接割开，鲜血淋漓。受制的许武落了下风，急捂受伤的地方，滚落地面，想要以此避开兰花敏锐的攻击。

月思卿已直冲进兰瓣雨中，一脚踩住他的身体，右手轻轻一扬，那攻击正盛的兰瓣却是蓦然停下，旋转到了一起，恢复成一朵雪白的兰花降落在她白嫩的手心。

“请问弗修士长，我这算赢了吗？”月思卿冲高阶上的弗修一字一字地问。

弗修脸色难看极了，还不能完全消化眼前的事实，声音先自喉咙挤出：“你赢了！”

“多谢弗修士长了。”月思卿撤了脚，身形骤退，到了安全位置，冲弗修微微一笑。

这一战，她胜得漂亮。

因震惊而沉默的石殿中，弗修用复杂的眼光不停地打量月思卿，终是不太确定地问：“你的招式……”

月思卿嘴角弯起一抹不明显的笑意，说道：“不便透露。弗修士长，可以安排一下我留堡的事了吗？”

弗修这才从失神中清明过来，脸上的神情渐渐恢复了开始的冷漠，道：“岳荣会告诉你的，退下吧。”

说完他转身离开了石殿。

岳荣轻吁一口气，看向月思卿的双眼盈满惊喜，小心翼翼地瞥了眼许武，叫道："卿儿，先出去！"

两人离开石殿，顺着林间小道朝黑暗城堡后方走去。

据岳荣介绍，那座石殿又名比武殿，殿前方是可供万人操练的广场，殿后方却是城堡学员修炼生活的区域。

那座插入云端的高塔，也是黑暗城堡的堡瑰，又名九星塔，是黑暗城堡，乃至整片玛拉基丛林灵气最为浓郁的地方。

所谓的修炼池便在九星塔一层。

九星塔的位置恰好又在黑暗城堡东西区域交界处，所以黑暗城堡又分为东派和西派，东派的灵战师皆是达到蓝灵，而西派的实力则在青灵水平。两个派的修炼池也因此区分开来。

一路上，岳荣叽叽喳喳的像个小鸟："卿儿，原来你也青灵七级了，这么高的实力还瞒着我，给我一个好大的惊喜！"

"也没瞒你，本来就不比你高，和你一样罢了。"月思卿淡笑。

"那怎么能一样呢？"岳荣连忙摇头，极其认真地说道，"我的青灵七级太不实诚了！"说着她叹了口气。

"不实诚？怎么说？灵气还能虚报？"月思卿不解。

"不是。"岳荣"唉"了一声，低低道，"我义父对我期望很高，在我身上使用了些秘法，我的灵气才涨得如此快。可秘法有秘法的限制，会造成一些不可逆转的伤害。我怕自己的实力止步不前，蓝灵都突破不了。"

看着月思卿惊讶的表情，她的声音越发伤感了："其实，我已经感觉到体内那股巨大的阻力了。有时候想想，我也挺恨义父的……"

"有那么严重？"月思卿拧起柳眉，脸色凝重起来。

"嗯。"岳荣点头，"有过先例。在我之前，有不少使用秘法的人青灵过后便再无长进，甚至猝死的都有。"

"有办法解决吗？"月思卿问。

事关岳荣的生死，她也很担忧。

"很难。秘法使用不是正大光明的。听说，历史上黑暗堡主曾经出面过，救过一名因秘法走火入魔的，但那人对堡主有恩，其他人乱用秘法，后果只能自负。"岳荣苦笑了下道。

"一定会想到办法的。"月思卿安慰她道，也默默将这件事记在心上。

说话间，两人已到了西派宿舍前。

岳荣早已将这里打点妥当，她和月思卿住在二楼最里侧的两人间。

进了宿舍后，月思卿才发现，黑暗城堡的住宿条件实在是太差了，二人间仅放得下两张床，一条狭窄的过道横亘其中，墙壁顶端打着一扇透气小窗，除此之外一无所有！

"这真的是给人住的吗？"月思卿有些无语。

"当然了，大家都一样。"岳荣麻利地将旧床单撤了，换上新床单，顺手将月思卿的也给换好了。

“有放东西的地方吗？”

“能来这儿的人谁没有空间戒指？”

“洗澡呢？”

“这里不需要洗澡。”

“……”月思卿嘴角轻抽，“为什么？”

“很快你就会知道的。”岳荣偷偷一笑，卖了个关子。

将床单都铺好后，她才和月思卿出了宿舍门，去楼下报到。

岳荣比月思卿早来十几天，而且对黑暗城堡很熟悉，很快就向她介绍了不少。

西派是青灵基地，但内部也划分为两个小团体，分别是一班和二班，每个班大约百把人。这些青灵无不是死人城中历经千辛万苦才闯进黑暗城堡的灵战师。西派学员数量自是不止这些，岳荣说，还有小半人正在死人城受罚。

城堡内每月进行一次学员分数考核，成绩垫在后面的数十人便得被打回死人城，磨炼半个月后才能召回。这样，每个月总有十几天会有一些人流落在外……

对于黑暗城堡如此残酷的考核，月思卿很无语。

而她最关心的还是考核内容。

岳荣带她到了二班处报了到，导师有事离开了城堡，接待的是名普通黑士，给月思卿发了城堡名牌和一袭黑色长袍，如岳荣他们一样，肩上还有一颗银白色的星星。进入黑暗城堡后，他们便成了黑暗城堡的一级黑士。

岳荣也是一级黑士，只不过在外头出任务时，星星必须摘下来。这也是为何月思卿在死人城时没有看到的缘故了。

刚进城堡都是一级黑士；迟迟未能突破蓝灵，但一直对城堡忠心耿耿的学员便能提升到二级黑士；达到蓝灵级别方能升为三级黑士；潜力比较好的蓝灵在升了几级后便顺理成章地成为四级黑士。

四级黑士是黑暗城堡内地位比较高的人了，但他们并不是金字塔的顶端。四级黑士上是传说中的五级黑士，但他们肩上不戴星，戴的却是一弯金色弦月。

比如弗修就是这样。

还有，岳荣的义父。

月思卿只知他是黑暗城堡能用十个手指数得过来的黑士长之一，在岳荣小的时候便收养了她。

其他事，岳荣似乎不愿多说。

但月思卿感觉得到，她义父对她管教甚严。

两人从宿舍离开后，一起向比武殿前的竞技广场走去。

如同熔炉铁堡，这里的竞技也进行得如火如荼。不同于熔炉铁堡，城堡内每天都有两场竞技任务，个人和四人小队，并将结果纳入月考核。

为了不在考核时落到后面而去死人城过提心吊胆的日子，每名学员都铆足了劲拼命。

接下来几天，月思卿和岳荣的主要活动场所便在竞技广场。

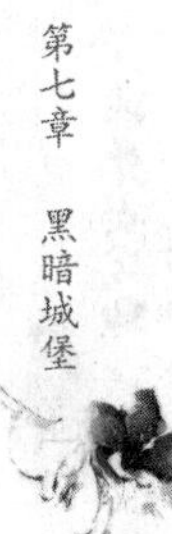

被岳荣戏称为“蓝灵之下无对手”的月思卿，赢得竞技根本就是轻轻松松的事。为了锻炼自己，她一直使用的灵物是所有灵物中资质最低的白虎王，至于其他灵物技能和战师技能一概没用，短短几天，她也从战斗中获益匪浅。

至于何时去修炼池修炼，岳荣没有详说，让月思卿静等。

十四天后，她终于等到了消息。

岳荣告诉她，第二天清早去比武殿集合，开启进修炼池之路。

闲话少说，第二日，月思卿和岳荣一大早就直奔比武殿。偌大的黑色殿宇中已经站满了人。

匆匆一扫，明显看出大殿内两拨黑衣人划分得极其鲜明，正是一班和二班，每班前都站着两名身穿黑衣、肩上有四颗星的黑衣男子。

岳荣径直走向右手队列，冲最前面身材魁梧的中年男子行礼道：“焦宇导师！”

焦宇导师正是她们所在二班的指导老师，这还是月思卿第一次见他。男子长着一张国字脸，相貌周正，点点头道：“岳荣，你终于来了，就差你了！”

还没等岳荣回话，他的眼光自然一扫，注视到了一旁的月思卿，眉头微拧：“这是谁？”

岳荣赶紧伶俐地接话道：“这是我带进来的好朋友月思卿。”

“月思卿？有点印象。”焦宇思索片刻，淡淡道，“是新生吧。来城堡还没满三十天？”

虽是问句，但却是肯定的语气。

“十五天了。”岳荣答道。

焦宇导师摇头道：“岳荣，你又不是不知道我的规矩，没满三十天的新生不可进入修炼池！何况她还是走后门进来的！”

月思卿愕然朝他看去，又看向岳荣，心里恍然。

难怪岳荣一直不肯跟她详说修炼池的事了，原来还有这一规矩。

“焦宇导师，让她跟我们一起吧！”这时，一道熟悉的声音从那群黑衣人中传了出来。

月思卿抬头看去，有些目瞪口呆，出列的那个正是半个月前分开的全理。

他怎么会在城堡里。

全理一头乱发稍微修饰了下，还是乱蓬蓬地贴在头皮上，走过来冲她挤眉弄眼，掩不住脸上的得意。

“全理大叔？”岳荣也没想到会看见他，顿时冲焦宇道，“导师，全理大叔好像也是新生吧？”

据她们所知，全理一定是在月思卿后头进来的。

“是的，全理是昨天才进来的。”焦宇导师毫不隐瞒，“但他是炼药师。”

一句“炼药师”出口后，月思卿和岳荣都吃了一惊。

炼药师？这还真没想到。

全理则嘿嘿笑着。

“原来大叔是炼药师，走眼了。”岳荣脸上一直对全理的不屑之色终于在这一刻收敛了几分，眼中漾上一丝羡慕和崇敬。

“还有意见吗？”焦宇睨了眼月思卿，态度傲慢了几分，说道，“修炼池的修炼位，哪个班先到齐就由哪个班先抢，任何一个人表现不好都会影响整体。炼药师在这一场比试中能帮到我们很多，我可以破格收他。但若每个未满三十天的新生都让我带着，那我们二班肯定被一班甩得很远。到时候，好修炼位全被一班的人占了，你们甘心吗？”

听他的意思，还不是就光进修炼池这么简单，还要进行团体比试来抢修炼位？

“不甘心！焦宇导师，赶紧开始吧，别磨磨蹭蹭了。”身后，一名瘦削高挑的黑衣年轻人走了出来，不满地瞪了眼月思卿，冲岳荣道，“岳荣，你怎么尽干捣乱的事！”

岳荣怒视向他，一直嘴皮子厉害的她却没有回嘴，可见对这名年轻人有几分忌惮。

月思卿心中暗暗称奇，岳荣的义父是黑士长，在黑暗城堡中可以称得上是官二代了，难道那小子也是有城堡背景的？

岳荣转向焦宇导师道：“卿儿是青灵七级，前不久，弗修士长为卿儿安排了试炼，她战胜了蓝灵级别的三级黑士许武，而且是在三招之内赢的。”

她抬出弗修士长的名头，这事，自然是可信度极高的了。

焦宇神情渐渐转为惊讶，看向月思卿。

这时，一道爽朗的笑声传来：“我说焦宇导师，你手下还有这么好的人才？要是你不想要，给我们一班吧？怎么样？”

说话的是一直站在角落里的黑衣男人，和焦宇一样，肩上镶着四颗银星，同为四级黑士。

“鲁导师，你说笑了，时间也差不多了，那就走吧。”焦宇导师尴尬地一笑，冲鲁导师点点头，两人率先往殿侧门走去，二班的黑士们立即跟上。

岳荣、月思卿和全理落了后，全理低低解释：“那名鲁导师是一班的，为了保证等一会儿比试的公平性，每个班都由两名导师带队，本班和对方班各一个。”

“嗯。”月思卿应声后没再多言。

他们走后，一班黑士们也在另两名导师的带领下跟着离开。

穿过石殿侧门，通过一道长长的走廊，便能看到一左一右两处石门，里面黑漆漆的，难以分辨里头情况。

两个班级分别在洞口停下，四名导师站在了最前方，互相招呼。

焦宇导师脸上挂起明显虚伪的笑容，说道：“明剑导师，那就开始了吗？”

一班那名站在左手的导师也回以客气的笑容，道：“嗯，一起出发，先到的班级先选修炼位。”

“等等。”这时，一直陪同焦宇导师左右，起监督作用的一班鲁导师开口了，“焦宇导师，按照往年惯例，每队二十人吧，你们队现在多了一个，是不是该去掉一个？”

焦宇导师一愣，方才想起来多了个月思卿。

他眉头微皱，冲前头一个子较小的男生说道：“赵泽，你回去吧，下次再带你。”

被点到名的赵泽一脸被击蒙的表情，有些激愤地开口：“导师……”

“不用再说了。”焦宇导师抬起右手阻止了他，“这里，你的实力稍微差些，回头，我会给你补偿。”

焦宇导师都将话说到这份上了，赵泽还能有什么办法？

他也只能吞下一脸不甘心的表情，退出队列，恶狠狠的目光不加掩饰地朝月思卿瞪去。

是的，就是这个后来的小子抢了他的位置，月思卿是吧，他记住了！

对于他那能吃人的眼光，月思卿丝毫没放在心上。

赵泽匆匆离开，留在此处的人马终于又一致了，四名导师打了个眼色，大声喝道："走！"

于是，两队黑衣学员分别在本队导师的带领下，分从左右石门鱼贯而入，朝那无边的黑暗中踱去。

第八章

抢修炼池

位于前方的新学员们一个个拿出准备好的照明工具，大部分人拿的都是夜明珠，只是大小各一，价值不同罢了。

小颗夜明珠在大陆上其实值不了什么钱，顶多算是种特殊照明石罢了，但若在鹅蛋大小以上且没有任何缺损的夜明珠就十分罕见了，价值连城。

此刻，便有人拿出了鹅蛋大的夜明珠来，周围被照得很明亮。

月思卿也有一颗从夜玄那裹来的夜明珠，比鹅蛋还大，堪比儿童拳头，相当罕见，光芒极为夺目。但眼看着周围已经雪亮了，似乎用不着她再添一分光亮，于是，那探进空间戒指的意念微微一动，取了最外头的一枚照明石。

岳荣则手执夜明珠，与月思卿并肩朝前走。

阵阵冷风从不知名的黑暗刮来，脚下石砾被踩得发出清脆的响声。

行走中，突然一道不屑的男声响起："照明石？什么年代了你还用照明石？连夜明珠都没有吗？"

说话的是先前训斥岳荣带月思卿进来的那名年轻男子。

他的话引得新学员们全部看向月思卿手里的照明石。

岳荣终是忍不住了，低声道："洛荣，月思卿是我的朋友，请你态度好一点！"

洛荣，这名高傲无比的年轻男子根本没将岳荣的话放在心里，冷冷一笑道："岳荣，你还没资格教训我，连你我都可以不尊重，何况你朋友！"

岳荣一张俏脸被他气得泛白，骨节在袖下攥得咯吱直响。

月思卿拉了她一把，清冷平淡的声音说道："我觉得，洛荣少爷应该将所有的精力集中到眼前的比试中来，而不是分心诋毁队友，降低比赛速度。有句话说得好，不怕神一样的对手，就怕猪一样的队友。我想，洛荣少爷是不想毁了我们整个二班吧？"

她不紧不慢的话语掐中了重点——比赛中怎能分心！

洛荣刚才的举动在这番话的衬托下，立刻成了自寻死路的行为。

而在听到"猪一样的队友"时，四周明显传来一阵忍得辛苦的笑声。

就连那一直皱着眉头的焦宇导师也不禁暗暗点了下头。

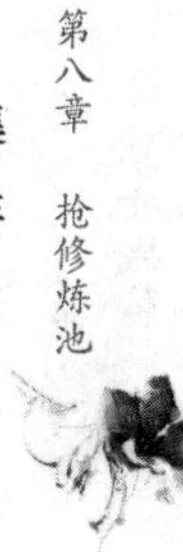

这场比试中，除了遇到真正的危险时他和鲁导师会出手外，他是一句话都不能说的，这也是保证比赛的公平性。

洛荣的面色却难看无比，看向月思卿的双眼中充满了黑暗和暴戾。

“你在骂我是猪吗？胆子很大！”他一字一句地说道。

“如果洛荣少爷不想做猪一样的队友，那就闭嘴吧！”月思卿直接说道。

“你有什么资格教训我？”洛荣显然也被月思卿触到了逆鳞，怒气腾腾地斥责道，“我一句话就能让你滚出黑暗城堡！你这个连夜明珠都用不起的乞丐！”

看着有些歇斯底里的洛荣，月思卿前进的脚步停了下来，平淡开口：“洛荣少爷，我完全相信你有能力赶我出黑暗城堡，但我也要告诉你，我月思卿在黑暗城堡内一没杀人，二没放火，行得正，坐得直，毫不歉疚！城堡若真不留我，自有留我之处！至于你骂我是乞丐，你以为你有多富？就这样的夜明珠也配拿出来用？我不是没有夜明珠，只不过怕拿出来后吓到你！”

洛荣刚要出言嘲笑，月思卿手指微松，却已扔了照明石。

下一刻，众人只觉得眼前耀过一阵强烈的白光，一如白天最刺眼的日光。恍惚的瞬间，好似整个石洞的边缘都被照亮了一般，慢慢地，光芒稳定下来，可见光域比刚才还是扩展了一倍有余。

众人下意识地看向月思卿掌心托着的那个夜明珠。

儿童拳头大小，椭圆形，圆润光滑，色泽均匀，一看就是上品，这正是夜玄珍藏的一颗夜明珠，不过现在是月思卿的了。

最令人震撼的还是它周身寻不见一丝瑕疵和缺角，是大自然完美的杰作。

而这枚当世罕见的夜明珠此刻正躺在月思卿的手心。

洛荣不敢相信地失声惊呼起来：“这么大的夜明珠！怎么可能？”

那个穷小子怎么会拿出这么贵重的夜明珠？

“井底之蛙！”月思卿凉凉地吐出四个字，冲岳荣道：“走！”

“姐姐，你也要给我反应时间啊！”岳荣好半晌才将张大的嘴合拢，惊叹道。

月思卿和岳荣、全理不再关注受到严重打击的洛荣，飞步上前去了。

别说那些黑暗学员被她这一手惊到了，就连一旁的焦宇导师和鲁导师也在彼此眼神中看到了深思。

拥有如此大的夜明珠，至少说明了一点吧，这小子不是个小角色！

前几批灵兽，众人齐心协力地解决了，月思卿并没有发挥自己的实力，顿时引得有人不满了。

一直在后方静观其变、没有插手的洛荣冷声笑道：“月思卿，你倒是会享现成，除了动动嘴皮子，我怎么没看到你动手？该不会你根本就是个纸老虎吧？”

他对月思卿的实力抱以严重的怀疑。

月思卿没理他，从夜明珠一事后，洛荣俨然脱离了群体，既不动手也不相助。

是的，凭他可能有的背景，不需要通过比试，他或许就能直接进入修炼池。

但她不行。

这里没有夜玄，没有庞大的家族给她依靠，她只能靠自己的努力。

“大家慢点，前面有水！”借着白光，月思卿眼中捕捉到若有若无的粼粼波光，她眯了眼仔细打量后高声喝道。

其他学生也都放慢脚步。

“这是黑水。”鲁导师提醒道。

月思卿率先在黑水前停了步。

眼前是一汪肉眼看不到尽头的水域。

“我来探路，我的灵兽是水系！”一名青年男子大声说道，闪身而出。

岳荣和全理，包括那一直闲闲看戏的洛荣，他们的灵兽都不是水系，所以齐齐将希冀的目光射向说话的青年男子。

青年男子的灵兽在这一刻派上了用场，脸上扬起一丝得意的表情。

毕竟，没有年轻人不爱出风头。

“去！”他轻喝一声，一抹青光自他指尖弹了出去，直接没进了黑水中。

众人还没看清那到底是什么灵兽，耳边却传来一阵剧烈水响，“轰”的一声，水面爆炸，溅起数丈高的激流，一个物事被抛飞出来。

新学员们脚步不受控制，连退了几十步才稳住身形，也看清了，那被抛飞的东西正是一头连喷鲜血的双角水牛，看样子，正是那名青年男子派去试探的灵兽。

才进黑水就重伤而回，所有人的心蓦然沉了下去。

这黑水里到底藏着什么怪物？

“嘶……”沉重的喘息声在水流声中响起，又是一声巨响，一样绿色之物破水而出。

水桶般的身体，碧绿色的花纹，狰狞可怖的三角脑袋，长而猩红的三叉舌头，黑水中冒出来的完全就是一只剧毒的巨蟒！

虽看不到水底下的情形，但也能猜到，它那极其庞大沉重的身体必然盘踞在黑水中央，正正挡住他们的去路。巨型绿蟒那恶毒的眼神、吞吐的长舌以及嘶嘶喘息的声音叫人从心底打起冷战。

“蓝灵五级的七品灵兽巨蟒，拥有剧毒，大家小心了！”鲁导师的脸色也是为之一变。

大家纷纷议论起来，月思卿却站在黑水前发呆。

“月思卿，你傻了啊？这种时候居然走神，是不是从没看过这样凶猛的灵兽？害怕了？不知道该怎么处理了？还是在想着往哪逃好？”洛荣不放过一切机会打压月思卿，对于她此刻难得的走神更是赶紧抓住。

对于洛荣嚣张的态度，岳荣气结，却也知道现在不是与他撕破脸的时候。

月思卿没有应声。

刚才她是在和契约空间交流。

看到巨蟒时，银色就出声了：“啧啧，这条蛇修炼的时间不短啊！小青，看上去比你还粗。”

小青轻哼一声：“我展示的只是幻形，它怎么比得上我？一条小破蛇！”

“那这条小破蛇交给你解决没问题吧？”银色笑眯眯地问。

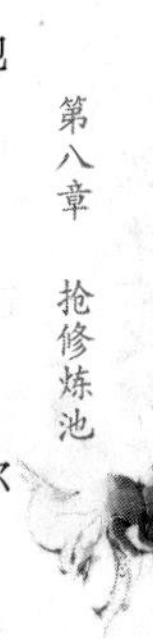

“自然！”小青满脸傲气地应诺下来。

她插嘴说道：“小青独自怎么能解决？我虽然实力有提升，但蓝灵五级的灵兽，又在它的地盘，恐怕不好惹。”

“没关系卿卿，别忘了，青龙是龙，龙自古就压蛇一头，何况还是上古神龙！”银色宽慰她。

月思卿心里有了底，却也不敢大意，在所有人都看着她发呆时，她一字一句道：“我试试。”

“你试试？什么意思？”洛荣一呆。

“你想要一个人对付它？”岳荣却是领会了月思卿的意图，惊问出声。

众人加诸在月思卿身上的眼光是惊骇与质疑。

月思卿回头说道：“单打独斗倒不是不可以，只是会浪费我们二班的时间。我打头阵，呆会儿，你们只管朝巨蟒身上放大招，大家团结一心，才能顺利过比试。”

听了她的话，大家心里暗暗琢磨，怎么？若是时间充足的话，月思卿还能跟巨蟒单打独斗不成？

这话，也立刻引得有人不满起来。

洛荣再次不嫌世界乱地叫嚣道：“月思卿，你的算盘打得倒啪啦直响！你打头阵，大家协助，最后赢了，功劳好像都是你一个人的！”

月思卿也不跟他辩，让开身形，淡淡道：“那我把这个功劳让给你吧，洛荣少爷，你来打头阵。”

洛荣本想激将月思卿一个人去对付巨蟒，没想到她这么平静地就退了一步，倒叫自己尴尬了。

打头阵？这条毒蟒他可也不想沾染。

他尴尬的时候，焦宇导师为他解了围：“月思卿，你上吧，我相信你。”

月思卿微微一笑，道：“那我也就恭敬不如从命了！”

她要的不是他们的信任，只是个台阶。

说完，她身旁青光一闪，原地多了一名身材魁梧的男子，一袭青色长袍在一群黑衣里格外突兀。

众人都惊讶万分地看向他，青衣男子却已抬步走向水边。

盘踞在黑水中的巨蟒看到他，水桶粗的蛇身不住地扭动起来，可怖的三角眼死死盯着青衣男子。

“一条小蛇，也敢在本尊面前放肆！”青衣男子傲然开口，浑身威压毫不吝啬地释放而出。

巨蟒“嘶嘶”了几声，突然做了一个令所有人吃惊的动作，身体哧溜一声滑进了黑水里，碧绿的大脑袋也完全没了进去，水底下哧哧几声响后便没了声息。

小青眼中射出金光，扫视了一下黑水面，这才回过头，看向月思卿，笑道：“主人，幸不辱命！”

一声“主人”将众人吓得一个激灵。

饶是做了心理准备的焦宇导师和鲁导师在这时还是忍不住叫出声：“神兽？不，不可能，神兽的威压没有这么强！它是……上古神兽？”

上古神兽，那可不是说着玩的，虽然只和神兽差两个字，实力、血脉却已是天差地别。

“本尊乃上古神兽青龙。”青龙瞟了他们一眼，冷冷说道。

“嘶……”黑洞内响起一阵倒吸冷气声。

原谅他们吧，能从上古时代遗留下来的灵物本就不多，能亲眼看到一头上古神兽，相当不容易啊！

确认了青龙的身份，焦宇导师和鲁导师看向月思卿的眼光又复杂了几分。

难怪那么厉害了……居然还能契约上古神兽！

月思卿可不想在这鬼地方耽搁太久，引开诸人视线道：“赶紧离开这里最重要。”

大家连声应是，看向那望不见尽头的黑水。

“巨蟒被吓跑了，这里头应该不会再有灵兽来袭击，我们可以乘坐飞行灵兽过去。”一名新学员立刻提议道。

立刻便有好几人主动放出自己的飞行灵兽。

而焦宇导师和鲁导师身为蓝灵灵师，自然可以灵气化翼，不用飞行灵兽。

月思卿“嗯”了一声，说道：“你们分工吧，我和岳荣、全理三人一起开路。”

小青化作龙形，让月思卿三人上了后背。

“大家抓稳灵兽，小心一些！”月思卿站在龙尾，冲后面喝道。

果然，那条绿色巨蟒再没出来过。不一会儿，一行人就顺利抵达彼岸。

岸这边，大家明显感到了燥热。

“这里怎么这么热？”有新学员一下地后立即抱怨起来。

“当然了，修炼区下面是一座火山喷泉，怎么不热！”洛荣哼了一声。他的眼光一直没有离开月思卿，含着深深的忌妒之情。

而其他人一落地，目光自然而然地便看向月思卿。

那道瘦削的身影一直冲在前头，有她在，大家便有一种“一夫当关，万夫莫开”的感觉。

“前面估计不会太远了，大家一鼓作气吧。”月思卿嘴角露出一抹笑意，随手将青龙收进了空间戒指。

“好。”不少人赞同道。

只是下一刻，突然有名新学员抱着肚子蹲了下去，嚷道：“我肚子痛……”

肚子痛？大家都一愣，怎么搞的？关键时刻怎么还有人出状况？

只是，还没来得及问清楚，旁边又有一人捧着肚子，脸色变得苍白，颤声道：“我肚子也不舒服。”

没一会儿，周围的人几乎都做了一个同样的动作，捂住自己的小腹。

月思卿的脸色变得很难看，若不是身旁的岳荣和全理都露出了同样症状，她还真的以为眼前的一切是演戏呢，因为，来得太快了！

站着的人很快只剩下月思卿、焦宇导师和鲁导师三人了。

焦宇导师异常惊讶地看着月思卿，忍不住开了口，说了他在石洞内的第一句话：“你怎么没事？”

月思卿平淡却犀利地反问：“导师，我也正想问你呢！”

焦宇导师被她那略有些冷厉的目光一扫，有些无语，冲月思卿无奈地摇了摇头。他为了避嫌，尽量是不开口的。

地下，全理快速取出一个小玉瓶，直接对着瓶口灌了几粒药，而后哑声道：“是中毒了，可能是毒气。”

“是毒气，但没有直接接触，所幸中毒不深，可也要尽快医治。或者，大家也可以用灵气将它逼出来，只不过需要时间。”不知何时在一名新学员身边半蹲着查探他脉门的鲁导师站了起来，沉声说道。

毕竟毒气不是闹着玩的，他得尽到一名导师提醒的职责。

用灵气逼毒也是解毒的一种办法。但鲁导师说出来的时候，月思卿便在心里排斥掉了它。

灵气去毒，需要消耗的时间可不是一点两点，那他们一路而来的努力不是全白费了吗？

“想不到黑水里今年居然来了这么个怪物，毒气也这么厉害！”焦宇导师还是没忍住，低低吐道。

他说的话并不干涉月思卿他们比试的过程，自然也没什么要紧。

鲁导师在旁苦笑：“是啊，说到底还是九星塔的灵气太浓了，吸引来了那条毒蟒。否则这地底寒湿火热两重界处，怎么会繁衍了这么多活跃的灵物！”

全理服了药，脸上有了丝血色，站了起来。

“药有用吗？”月思卿赶紧扶住他，关心地问。

“不知道。”全理也只能这么回她，说道，“我来找找，希望能尽快替他们解毒。”

说着，他握住空间戒指，一脸沉思。

身为炼药师，身旁的丹药药材自然是不少的。

月思卿知道他在翻寻空间戒指，也没有打扰他。

鲁导师见状，长叹一声：“七品阶的蓝灵五级毒蟒，普通解毒药丸恐怕都没有奇效，至少要是四品以上的吧？”

“这么说，只能用灵气去逼了？”焦宇导师有些不甘地问。

经历了刚才的顺利，他真的希望今年自己的队伍能成为史上第一呢，这么看来希望要落空了啊！

他们说着，目光落在月思卿身上，见她到现在都很正常，确实是没事，都颇为惊讶。

“月思卿，你为什么没中毒？”焦宇导师问，“和你的上古神兽有关系吗？”

除此之外，他想不到其他原因。

“或许吧。”月思卿含糊带过，却在心里询问灵兽们。

“娘，有我在，你百毒不侵的！”小紫坐在空间戒指里一堆“自制玩具”中，头也不抬地说道。

原来是小紫。

月思卿心头微微一松。

银色嘴角勾起，说道："卿卿，不仅仅和小紫有关，你服过两枚凝息丸，那里头可是夹杂着上古凶兽穷奇的血。穷奇，自古就吞食万物，根本就不惧毒的。所以夜玄的凝息丸才会格外养人。再加上小紫，别说是毒气了，就是你吃了巨蟒肉，也一点事没有！"

"真的吗？"月思卿听了极是高兴。

吕涛、曲松都服过凝息丸，应该也能抵御百毒了，看来下次，她还得去夜玄那哄一枚来给岳荣。

很快，全理就回过了神，手里抓了一大把丹药，颜色很杂。

"分给他们，这些都是五品中阶和六品高阶的解毒丸。"他说着，递了一半给月思卿，自己则闪身到其他人面前分发起来。

月思卿先递了枚给岳荣，又分给其他人。

大家听了焦宇导师和鲁导师的话，正盘膝而坐，用灵气去逼压毒素呢。丹药发过来时，他们睁眼接住，囫囵吞枣地便吞了下去，又开始逼毒。

"好像不顶用。"全理皱起眉，声音也有些颤抖，大滴大滴的汗水从他额侧滚落。他自己服用的是最好的那枚，五品高阶的解毒丸，可显然都镇压不住毒素。

"没用的，还是用灵气逼出来！"鲁导师见全理脸色已变，立刻厉声吼道，"四品丹药都未必有用！你只是五品炼药师，控制不了，老老实实用灵气吧！"

他怕再耽搁下去会出人命。

虽然不是他班上的学员，可也是黑暗城堡的力量。而且焦宇导师还在这里。

"服这个看看！"月思卿见全理并不能解决这事，再不犹豫，玉腕一翻，双指捏住一枚白色丹药。

全理二话不说接过。

"这是什么丹药？"鲁导师问。

"四品中阶丹药通解丸，能解绝大部分毒。"月思卿说着，脸色却并不明朗，"不过，只有两枚。"

她说着，拿出另外一枚，这是打算给岳荣的。

丹药夜玄帮她备得很多，但偏偏解毒丸就两枚，应是夜玄知道她的体质不惧毒。

这时，洛荣大喝道："别吞下去炼药师！"

月思卿一震，全理也是一震，准备接解毒丸的岳荣也是一震，手自然没动那解毒丸。

洛荣坐在离他们不远的地方，脸色苍白若纸，傲色也完全看不到了，中毒的他跟常人无异。

"别吞下去！炼药师将丹药含在嘴里，用精神力给我们逼毒，比灵气要快！"洛荣喘息了几下道，"身为炼药师，连这个都不知道吗？"

全理有些赧然，一旁的月思卿也是暴汗。

好吧，她也不知道。

"他不知道正常。"鲁导师开口了，他本来不打算插言的，但既然洛荣提到这个方法，他必须要警告他们，"这个方法确实管用，但是，只有三品以上炼药师才能用。全理才五品炼药师，可能不知，就算知道了，也没有用。他的精神力不够强大，若是强来的话，会爆体的！”

“爆体”两个字一出，全理浑身颤了一下。

毕竟，他也害怕。

炼药师界中，不像灵师或战师学习很系统。没有正规的高级炼药班，基本都是一个带一个，最古老的拜师学艺。而炼药师靠的就是与别人不同的丹药和药方，他们都很藏私，在教徒弟上也是如此，只有你到了那一步，才肯将那一步的知识教给你。

所以这个方法，全理没听说过。

月思卿也不知道，因为她好像从离开皇家学院后，炼药上就没有一个正规的老师了。当然，夜玄其实就等同于她的炼药老师了，但他也没说过。

“我来。”她夺过药丸，一字一句冷声说道。

“你来？”全理没听懂她的话，不解地挑起眉头。

“我来给你们解毒。”月思卿又说了一遍。

“你又不是炼药师，你怎么解……”话说到最后，全理的声音渐渐小下去，脸上的疑惑蓦然变浓。

焦宇导师和鲁导师，包括洛荣也都看向她。

月思卿淡淡说道：“我是。”

只有两个字，“我是”，却如同一声惊雷，在黑水旁炸开。

“什么？你是炼药师？”全理失声惊呼，不敢相信自己的耳朵。

“你是炼药师？”焦宇导师和鲁导师也以为自己听错了，眼睛瞠大了，布满了震惊。

岳荣更是直接张大了嘴，忘了疼痛。

而其他正在用灵气逼压毒素的新学员们也一一睁开眼睛，相对于这些人，他们还没有反应过来，有些迷茫。

“可是，就算如此，也不能让你冒险，给我，卿儿。”全理看着她手中白色的通解丸，开口说道。

他对月思卿的称呼也改变了。

“给你才是冒险。”月思卿也不怕打击到他，径直说道，“我是一名三品炼药师！”

“三品炼药师！”

这五个字，比刚才给他们的刺激还要大。

天呐，三品炼药师那是什么概念？一品炼药师几乎绝迹，二品炼药师相当罕见，三品炼药师那是非常高的级别了，一个城市都找不到几个的！而且几乎都是五六十岁的老者，最年轻的也四十多啊。

而眼前发生了什么？

这个拥有上古神兽的青灵七级的年轻灵师突然轻描淡写地说他还是一名三品炼药师！

这根本就不让别人活了啊！

不再关注周围人的震惊目光，月思卿将一枚解毒丸含在唇中，盘膝而坐，闭上双眼。脑海里是一片黑暗，她集中所有的意念，慢慢感知着这片黑暗。

逐渐，那一个个虚幻的人影出现了，她尝试将精神力探入他们的身体，去触碰那团团黑气。可能是解毒丸融解的缘故，凡是触到她精神力的黑团渐渐都消散了去，直到那些黑气全部被去尽了，她才缓缓睁开眼，深吸一口气。

月思卿的精神力本来就无比浩瀚，消耗了这么多，也只感到轻微的疲累。

“吁……”全理第一个睁开眼睛，满面轻松地说道，“果然解掉了。”

其他人也一一站了起来，擦去满头满脸的汗珠，脸上的表情都很自在。

月思卿没事人一样站了起来，说道：“毒都解了吧？”

“都解了。”大家眼光含着一丝敬畏看向她。

“那就赶紧走吧。”月思卿不想再停留，转身大步朝前方走去。

其他人生怕离她远了，一窝蜂地跟上。

靠，三品炼药师啊！这小子还是不是人？

接下来的路程顺利多了，众人齐心，解决了不多的几拨灵兽攻击。再到后面，空气越来越烫，似乎都要将他们的肌肤烤着了，也再没有活着的生物潜伏。

“从这上去。”鲁导师闪至一旁的一处石洞，熟练地指引道。

嗒嗒嗒嗒，新学员们齐齐上阶，眼前的光线也慢慢亮了。

那是一座悬满照明石的大殿，洞壁奇形怪状的石雕在氤氲的雾气中若隐若现，暖热之意将大家的衣袍早就给熏透了。

“这么快就到了？”一道讶异的声音传来，一名黑衣老者从雾气中走过来，脸上漾着浓浓的惊讶。

“嗯，我们二班是第一到的吧？”焦宇导师满面春风地问。

“当然，这次怎么这么顺利？难道下面的灵兽都睡懒觉去了？”黑衣老者开玩笑地说道，不过确实是十分吃惊。

月思卿注意到，他的肩上也绘了四颗星，黑士四级。

“这次二班小家伙们的实力很强！”焦宇导师说着，眼光意味深长地在月思卿脸上停了半晌，眼光中是赞许之色，这才说道，“好了，王导师，我们可以挑选修炼池了吧？”

说完，他不放心地回头看了一眼，似乎怕一班人马很快就赶了过来。

“当然可以了，孩子们，跟我来吧。”王导师笑容和蔼，转身朝殿中央走去。

这群已经算不得“孩子”的新学员们默不作声地跟上。

石殿中央是一个数丈见方的池子。白茫茫的雾气便是从池底升腾上来的。

王导师停了步，胖而矮的身子掉了个头，冲他们笑道：“这就是九星塔的修炼池了。恭喜你们，这里可是玛拉基丛林灵气最为浓郁的地方，在这里修炼，事半功倍。从今天起，你们便有了来这里的资格，任何时间都可以过来。”

王导师加重了最后一句。

不少新学员们看着修炼池，眼底暗暗露出兴奋和激动的神色。

“今天没有人来修炼吗？”有学员低声问道。

“今天是新学员初次进修炼池，其他人都不能进来。”王导师指着池底漂浮着的隐隐约约的青色光圈道：“那些有了青色光圈的地方，都是老学员们的修炼位置，你们进不去，自己在别的地方找个修炼位，修炼后会自动形成你们自己的光圈，十二个时辰不散。”

原来这里的修炼位还能认主的。

月思卿颇觉好玩。

但立刻就有新学员抱怨地叫出声："那好位置不都被抢完了吗？"

"每个月都有放出去的学员，修炼位是够的，虽说位置影响灵气，但再差的位置都不会差到哪去。不过，灵气越高的地方温度也就越高，你可以凭借温度高低判断灵气浓度，但是，可要小心哦。"王导师笑呵呵地说道，"太烫的水雾可是会在你修炼时灼伤肌肤的，还会影响修炼，所以适合自己就好了，莫要贪心。"

说完，他微微敛了嘴角的笑意，冷眼旁观起来。

围在池畔的新学员们动了，大家分散开来，消失在雾气中。

岳荣拉住月思卿的衣袖："卿儿，这边来。"

"嗯。"月思卿应了一声，随着她走，全理也赶紧跟上。

他们三个，倒是形影不离了。

一直走到修炼池的东北方，岳荣才压低声音道："我义父已经给我留好位置了，就在这附近。"

"等等。"月思卿轻轻吐了口气，说道："我有更好的地方。"

"哪？"

"你们敢跟我去吗？"月思卿转眼问他们。

"开玩笑，这有什么敢不敢！"全理哂笑出声。

"那走！"月思卿说完，蹲下身，率先跳进了修炼池。

全理和岳荣也纵身跳下。

月思卿带着路，缓缓在修炼池中摸索，偶尔会在雾气中撞见一两个本班学员，大家都极有眼色地避开了。

不多时，月思卿三人便到了修炼池中央。

中央地面上矗立着一座层层奇形怪状的高石，高石呈青褐色，四周和别处明显不同，没有一丝水雾，清晰无比。

正在他们惊讶地打量高石时，一道焦灼的严厉声音直接传进他们耳里："那三名新学员，可别乱闯，站着别动！"

王导师、焦宇导师和鲁导师三名老者正站在岸上，含惊带惧地看向他们，刚才那一声惊喝，正是出自王导师之口。

焦宇导师双手变幻着手印，蓝色灵光闪烁射来，显然，那些水雾是他用灵气逼开的。

"月思卿、岳荣、全理，你们回来！"水雾散开后，鲁导师轻易地瞧见是他们三人，立刻呼出他们的名字，下了命令。

"这里是禁地吗？"全理见三名导师面色紧张，也不由紧张兮兮地问。

"看样子确实和别的地方不同。"岳荣抬头望向月思卿。

卿儿怎么会知道这里？

月思卿微微拧眉，冲岸上三名导师看了一眼，抬了抬右手，做了个稍停的姿势，心里则在问小紫。

“这里确定是灵气最浓的地方？”

“娘，我确定。这块怪石是用来镇压灵气之源的，离它越近，灵气就越浓，当然，温度也很高！”小紫坐在戒指里，认真地说道。

它有空间操控能力，空间里的变化也逃不过它的眼力。

“月思卿，你给我回来！不要再上前了！那块石头周围是能直接烫得死人的。哪怕你是紫灵强者，也会化成一摊水！”焦宇导师好不容易得了个实力如此高强的学员，一路都在想回去后怎么将她收到门下做直系徒弟，哪能看着她涉险？

“不会吧？”岳荣倒吸一口冷气，“这么恐怖？”

她义父因是直接给她留了修炼位，这里面的乾坤自是没有对她细说。

“我们还是走吧。”全理也劝道。

“不，我要在这里修炼。”月思卿不慌不乱，说出自己的意图。

“什么？你没疯吧？在这里修炼？”全理瞪大了双眼。

她的话也没逃过三名蓝灵导师的耳朵。

“月思卿，回来！连我们都不敢靠近修炼，你哪来的自信？”焦宇导师又惊又怒。

月思卿咬了咬红唇，问银色：“当真可以？”

实则她也不确定。

“卿卿，唉，你忘了……”银色长叹一声。

当年他们在寒潭底修炼那么久，这热气真伤不了他们。

“好，我自是信你。”月思卿点点头，扭头看向岸上三人，不，已经不止三人了，不少学员听到这边的呼喝声，都围了过来看热闹。

“敢问三位导师，这修炼池里可有不允许我们新学员修炼的地方？若是我想要在这里修炼，是被禁止的吗？”月思卿清脆悦耳地询问。

王导师眉头微皱，看了眼焦宇导师，沉声答道：“按理说，修炼池内并无禁足之地。但我们已经尽到提醒的职责了，若是不要命，你尽管去！”

他的脸色也一点点冷下来。

有人自寻死路，他还非要拦着不成？

“那就多谢导师了！”月思卿微微一笑，转回了头。

“银色，去！”轻呼一声，一丝白光自她额头射出，紧接着，一朵通体雪白的兰花浮现而出。

九片花瓣，雪一般的圣洁，白色光芒淡薄地洒在月思卿身上，莹润而温和。月思卿踏了上去，冲呆滞的岳荣和全理道：“上来！”

两人赶紧也站到其中两片花瓣上。

所有人都看呆了。

他们自然不知道这是月思卿的灵物，一致将它当作了神器！

兰花宝座轻旋着移到怪石旁，意外也在这一刻发生。

“轰”的一声，剧烈而可怕的猩红火焰从一直死寂的池底汹涌而上，将雪色兰花以及上面的三个人全数吞没。火海冲天，映红了第一层塔的塔顶。

“啊！”周围响起连片的惊呼声。

谁也没想到，池底居然还有如此可怕的火焰！

“天地热源的惩罚啊！”焦宇导师无力地低吟了一声。

火海疯狂地叫嚣了片刻，缓缓退下，慢慢地，众人的惊呼声卡在了喉咙里。

因为那朵雪白的兰花宝座仍然还在原地，上面的三道身影已经盘膝而坐，脸色平静，显然正处于修炼状态。

火焰慢慢地流进池底，一丝不剩，周围恢复了原状。

“怎么可能？天地热源没能灼伤他们！”王导师因为震惊，一张老脸都扭曲起来，不敢相信地大叫。

“那难道是上古神器吗？什么上古神器竟然能抵御天地热源！”焦宇导师也张大了嘴。

“这个月思卿到底是何方神圣？”鲁导师沉默良久，终于一脸凝重地问。

大家都没有作声。

拥有上古神兽，还有上古神器，简直就是逆天了！

“是弗修士长安排进来的，想来，也不应该是我们能问的事。”焦宇导师沉声解释道。

当然了，回头他肯定会寻到机会慢慢了解的。

“嗯。”鲁导师和王导师仍然羡慕地看着月思卿三人，能在天地热源最浓郁的地方修炼，比别人可要省不少力，还真是好福气！

几乎是待所有二班的学员们都找到了修炼位后，一班的两名导师终于带着新学员们从殿后冲了上来。

“王导师，王导师！”带头的明剑导师气喘吁吁地跑了过来，一看修炼池边空无一人，大喜道，“怎么，我们一班这次拔了头筹？”

他们的速度并不算很慢，明剑导师可是有几分夺冠的打算，再一看岸边和池内似乎无人，更是喜不自禁。

王导师靠着盘龙大柱剔着牙，不咸不淡地说道：“拔头筹？等你们班拔头筹黄花菜都凉了！二班的人，都修炼半个时辰了。”

“……”明剑导师和他身后的一班新学员们的脸色立刻就变了。

“他们怎么这么快？真的假的？”

“不可能吧？”

疑问之声不绝于耳。

就连二班跟队的导师也一脸不信地问：“我们二班真到了那么久？”

“还真不骗你们，一班的孩子们，跟我来吧。”王导师直起身，伸了个懒腰，缓缓朝池边走去。

“太好了！”二班那名导师兴奋地握起拳头，一路上，真是让他白担心了！

新学员的修炼池之行，在今天便拉开序幕。

第九章

结仇士长

第一次修炼，大家都是在晚间结束，看到修炼位上留下自己的灵力光圈，才满意地离去。出去时自是不会走危机四伏的地下层，而是从九星塔正大门离开。

一出去，月思卿就被一道身影拦住。

“月思卿，我等你很久了！”双眼血红的赵泽怒瞪住月思卿，他在这等一天了！

“想单挑吗？那就来吧！”月思卿经历了大半天的修炼，体内灵气正充沛着，送上门的肉盾，不用白不用！

说完，她“唰”地一下就冲了上去，也没施展灵气，采用最古老的月家古武之术，劈掀踢打，扔砸踩踏，九段十八摔在她手中玩了个极致。

没办法，她是清楚的，死人城爬出来的人，没有一个是好对付的。

她不下手，他也会动手的。

那还不如先下手为强。

赵泽直接被她打晕了，看样子，可能几个月都起不来。

“乖乖，我说老大，师父没白教你啊！”岳荣是行家，在一旁赞叹道。

“那当然了，也不看看我练过多少人！”月思卿拍拍手，在赵泽腰上踢了一脚，淡淡道，“走吧。”

“扑通”一声，一旁的全理跪倒在地，捂着胸口叫：“我的妈呀，月思卿，幸亏我没得罪你啊！幸亏啊！”

“……”望着全理大叔发疯，月思卿嘴角轻抽。

和全理在路口分手后，月思卿和岳荣回到宿舍。

从二楼的走廊眺望比武广场，隐约见到繁密枝叶间透射出星星点点的光芒。

狭窄的过道旁，两个女人面对面躺在两张床上，都是长吁一口气。

月思卿也才懂得了岳荣说的不用洗澡的原因。

在滚烫的修炼池修炼一回，全身就好似被水雾洗了一遍，毫无汗渍，回来真的不用洗澡了。

“老大……”岳荣刚开了个头，对面床上，月思卿却是不好意思地冲她比了个手势，说道：“等一下。”

翻身坐起，她从戒指里取出一闪一闪发亮的灵力磁片，出了房。

“卿儿？”那边传来夜玄迫不及待的声音。

“夜玄，你还真是时候。”月思卿嘴角弯起笑意。

“想死我了。”夜玄低叹一声，说道，“今天累吗？”

“还好，今天去修炼池了。”月思卿可算是找到倾诉人了，连珠炮似的将白天的事情从简说了一遍。

夜玄在那头极有耐心地听着，时不时传来笑声。

每次都是，月思卿说，他听。

“那些人都不用理会。两相平安最好，若真有人惹你急了，灭了他就是，管他是士长还是谁，有皇杀在。”男子在那一头轻描淡写地说道。

“那可是士长啊！你不知道，这变态的黑暗城堡内士长级别多高，岳荣的义父也是士长，还会什么秘法，听上去好牛叉的。这个势力庞大着呢，皇杀前辈单手也难敌双拳啊！”月思卿嘟着嘴道，当然，把周围说得险恶，不乏撒娇的味道。

夜玄低笑起来，声音柔软了几分：“牛叉个鬼！要知道，最强大的人在你身边。“

“在我身边？”月思卿将信将疑地问，“夜玄，你不会是给自己脸上贴金吧？”

“哈哈。”夜玄爽朗地笑出声。

“我要去和岳荣聊天了夜玄，要不然灵气也用完了。”月思卿有些不舍地向他道别。

“这么快？”夜玄那一头的声音明显充斥着不悦，“和一个新认识的朋友有什么好聊！”

“夜玄……”月思卿无法解释，只能保证，“我不会聊很久。”

“好吧，不许聊晚了，早点睡。”夜玄也只能无奈答应。

但很明显，他忌妒岳荣了。

月思卿“嗯”了几声，掐断了通话，心满意足地回到宿舍。

“卿儿，老实交代，你的灵力磁片怎么带进来的？”听到脚步声，岳荣一个翻身从床上跃了起来，问出不解。

月思卿耸耸肩，舒服地躺下，说道：“就是一直带在身边的啊。对了，上回被我杀掉的那个黑士就是看到了这个，想要没收。”

“是的，玛拉基丛林其实是个封闭的空间，除了和上五宗之间的传送阵能单方面送人进来，想要出去的话，就得等十年一开的空间门。那个传送阵是由黑暗城堡堡主当年亲自带人布下的，有消磁的功能，能毁去所有灵力磁片，这也是以防里面的人和外界联系。”说到这，岳荣轻叹一声，“这里，就是一座与外界隔绝的坟墓。”

“那倒也奇怪。”月思卿并不打算究查原因，总之，和夜玄脱不了关系。

刚才夜玄的话浮上脑海。

他说，最强大的人在她身边。

能在玛拉基丛林这片神秘的空间中动手脚，不得不说，他确实很强大！就是不知，如果他对上黑暗城堡的力量，胜算又有几成？

“我也想知道外面的世界是什么样的。”岳荣抱着后脑勺，眼神呆滞地看着房顶，声音有些伤感，“我从小就在这长大，没出去过。”

“说说你的故事吧，岳荣。”月思卿柔柔一笑。

“嗯。我的命没你们好，义父有很多孩子，我的天赋最好。他安排我和洛荣比试，可惜我输了。义父不满意，便给我施了秘法。洛荣的父亲也是黑士长，而且是所有黑士长中级别最高的，被赋予了极强的生杀之权，这也是洛荣为什么那么猖狂的原因。他父亲如日中天，义父让我不要轻易挑衅他。”

“你呢，卿儿？”

月思卿便将自己的经历也告诉了她，包括她所知道的吕涛和曲松的身世，除了夜玄的事，她都说了。

说完后，她感触颇深，他们四个当中，岳荣恐怕是最惨的了。

说是义父，其实对她并无太多抚育之恩，而且为了提升她的实力，不惜给她施加危险之致的秘法，哪有人性啊！

可是，黑暗城堡的力量，哪里是她想要逃离立刻就能逃离的？

“思卿。”岳荣郑重地唤她一声，“我原以为要努力很多年，所幸你们也在，终于可以不用孤单了，我一定要离开玛拉基丛林，我对这里实在太厌倦了！”

“我们到时一起走，曲松和吕涛还要过来呢！”月思卿冲她自信满满地说道。

虽然修炼池的天地热源确实很强悍，但黑暗城堡这个地方真的太黑暗了！在这里待十年可以忍受，但若待一辈子，那简直不能想象。

“好！”岳荣嘴角露出满足的笑意。

子夜，遥远的厮杀声或强或弱地传来，倒成了最好的催眠曲。

第二日，月思卿和岳荣一大早就去了竞技场，先是各自完成个人任务，两人再一起组织了另外两名一级黑士，完成组队任务。两场任务她们都赢了，算是开门红。

就在打算离开时，几道黑色身影从比武殿走出来。

月思卿微眯眼，认出是弗修和焦宇导师。另一名黑士长老者身材高大魁梧，面貌黝黑，五官组合着冷厉之色，却是不识。

身旁的岳荣却是闪了出去，冲高大老者叫道：“义父！”

义父？月思卿嘴角轻抽了下，那个变态义父？

高大黝黑的老者向岳荣点了下头，眼光缓缓移到月思卿脸上，主动询问：“你就是月思卿？”声音略显粗嘎。

“是的，前辈。”月思卿客气地答道。

“不错，很优秀。”梅东学由衷地赞道。

“月思卿，不知你师出何门？”旁边的弗修突然开口问，深深打量着月思卿。

“隐世家族。”沉吟片刻，月思卿回答道。

“空间之门还有九年才开，若在这里拜个老师，对你突破蓝灵，继续深造有莫大的好处。”弗修士长淡淡说道，话语已有明显的暗示之意。

“拜老师？”月思卿挑了挑眉，平静地开口，“多谢二位前辈，只是我已有老师了，而且这辈子，只有他一名老师。”

说到这，她的心有些酸酸的。

已经很多年没看到月出云了。

那个曾经牵着她的手，将她带出格兰城的男人，那个温润如玉、待她极好的男人，辞去了皇家学院导师一职后，便从她的世界消失了。

“哦。”梅东学和弗修都是微愣，眼中掠过一丝失望。

焦宇导师却是面色一松，暗暗高兴。吃不到的葡萄，也不能叫别人吃到！

又随意聊了几句后，三名老者方才离去。月思卿、岳荣以及后赶来的全理一起去修炼池修炼。

接下来的三个月，都没人再打扰月思卿的生活。

她和岳荣、全理在天地热源的极浓灵气之下，都升到了青灵九级，进入了新的巅峰时期——冲破蓝灵。

青灵九级这样一道关卡，卡住了成千上万人。

月思卿并不执着于突破，除了炼药，她会在城堡里四处走走，感受天地灵气。

黑暗城堡给她的感觉并不好，她总是感觉暗处藏着几双眼睛，盯着她的一举一动。

眺望那高耸的九星塔，直插进死人城的天空，死一般的寂静和黑暗也总让人感到压抑。

回到宿舍，正与从里头出来的岳荣撞了个对面。

“卿儿，我正要去找你呢！”岳荣劈头说道，将她拉进房。

“什么事？”

岳荣查探了下四周，确定宿舍周围没有外人偷听，才从枕头下摸出一个纸包，里头是一枚黑色药丸。

“毒药？”月思卿拧眉。

“这是义父叫我拿来，偷偷下在你饭菜或水里给你服下的。”岳荣皱起眉。

“他想控制我？”月思卿微眯凤眸，眼中露出讥笑之色。

岳荣沉默片刻道：“三个月前，他就叫我留意你的一举一动，并上报给他。我自是不可能那么做。他等得急了，看你性倔，又怕其他士长们先动手，所以采取了这个狠毒法子吧！”

“其他士长们会先动手？”月思卿想起这段时间隐于暗处的眼光，若有所悟。

“是的，黑暗城堡现在在职的有八名士长，之间明争暗斗得厉害。”

月思卿接过药丸扔进空间戒指，嘱咐小紫别乱吃，问岳荣：“那你回去怎么交代？”

“你不用操心我，我总会有很多话去圆。”岳荣沉声说道。

月思卿“嗯”了一声，只是心里放心不下。

当天晚上，岳荣便离开了宿舍，回了梅东学所住的大院，也在黑暗城堡里。

第二天一早，月思卿结束了整夜炼药，起身伸了个懒腰，将炼药工具统统收了起来。

然而，岳荣一直没回来，中间只是传了个消息叫她安心。但月思卿如何安心得了？

她想让皇杀去打探下虚实，但皇杀告诉她，梅东学的院落有灵气罩，闯进去不打紧，但会打草惊蛇。月思卿只好放弃。

岳荣这一离去便是半个月，足足半个月，月思卿没有她的任何音信。

晚间，月思卿独自在宿舍休息，空间戒指里的磁片便亮了。

她赶紧去接，却发现不是岳荣的那块，而是来自夜玄。

“夜玄？”低低唤道，月思卿敛起负面情绪，她不想让远在千里之外的夜玄为她操心。

“卿儿，告诉你一个好消息！”夜玄开口便语带笑意。

“好消息？能有什么好消息？”月思卿对此话并不能打起精神。

“吕涛和曲松一个月前便前往玛拉基丛林了，估计已经到了，这还不算好消息吗？”夜玄说道。

“真的？怎么才告诉我？”月思卿“咕哝”一声便从床上爬了起来，满眼激动。此刻，正是她需要好伙伴的时候啊！

“给你惊喜呀，不过也用不着这么兴奋吧？比见到我还要开心？”磁片另一端，夜玄明显酸溜溜的话语传来。

“当然不了。再说了，你会来吗？”月思卿反问。

“这也不一定。”夜玄笑笑地问。

“还不一定呢，依我看，你是不会想来看我的！”月思卿有些委屈地说道。

“谁不想看你了？不想看你我想去看谁？”夜玄叫冤。

“看你的那些徒弟呗，肯尼迪院长啊，图堡主啊什么的。”月思卿撇唇道。

“那些破老头有什么看头！哪有我家卿儿好看？卿儿又长高了些吧？唔……长得那么漂亮，怎么看都看不够。”夜玄说着，声音渐渐就嘶哑了。

而月思卿，一张脸都红透了，咬着唇道：“夜玄，你越来越胆大包天了啊！”

“我说的是实话，卿儿，想你。”夜玄在那边低低笑起来。

月思卿佯装镇定，心里却很慌乱，不得不说，夜玄的话让她有些心花怒放。

匆匆半个月又过去了，岳荣还是不见踪影。

但夜玄说的好消息却叫月思卿有了期待。

眼看着又到月底，月思卿仍没打听到吕涛和曲松进黑暗城堡的消息，她果断做出决定，在比武殿公开本班考核成绩时，上前冲焦宇导师说道：“焦宇导师，判我不合格吧！”

“什么？”焦宇导师以为听错了话，重复了一遍。

二班其他学员们也吃惊地看过去，窃窃私语起来。

“你想去死人城？”焦宇导师到底是过来者，立刻领会了她的意思。

“是。”月思卿简短地回答道。

“好。”焦宇导师干脆利落地同意了。

是的，换作其他人，他可能还有些不放心，但月思卿想去死人城，他是绝对不会劝阻的。

死人城，寂静的巷落一如从前。

“去吧！”送他们出来的四级黑士挥了挥手，命人关上了城堡大门。

一群换了便装的黑士们顿时作鸟兽散。

纵然是已经进了黑暗城堡的人，可也不敢挡在大门前做肉盾。

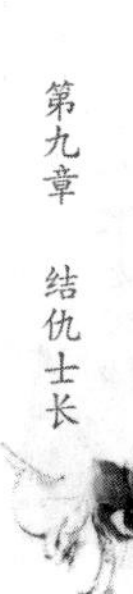

月思卿脚步迅速地朝东街走去。

她能感受到那些落在自己身上的眼光，但她不在意，只是目光不时扫视着两旁，寻找熟悉的身影。

青灵九级的她，在这里，几乎无所畏惧了。

“看你们往哪逃，想要和老子争地盘，简直就是找死！”一阵彪悍的吼骂声从深巷中传来，破锣般的嗓音刺得人耳膜不适。

月思卿扭头看去，便见十数道身影围在墙旁，眼光凶狠地瞪着被他们挡住去路的两人。

两名年轻男子，身高八尺，皆是相貌俊朗，气质脱俗，背靠背站在一起，眼内尽是沉稳和锐利。

月思卿嘴角缓缓勾起一丝笑，停下脚步，朝巷内看去。

“老大？”那两名被围攻的男子看向月思卿，却是失声惊呼。

这二人不是旁人，正是吕涛和曲松。

“原来找帮手来了！”第一个开口的男子立即发现了端倪，皱眉道，“你们老大就这么瘦弱？这样也配称一声老大？”

“配不配得上，你说了不算。”清冷的声音却是出自月思卿。

她说话的同时，脚底浓郁的青光一冲而上，毫不掩饰她青灵九级的实力！

在玛拉基丛林中，争取的就是时间！

“漫天花雨，电闪雷鸣，虎啸山林，火焰球！”她一口气喊出四个大招，步法奇快，已与吕涛、曲松合到一处。

后二者也是与她合作惯了的，一左一右同时喝道：“狮噬九诀！冰冻三尺！”

“轰轰”之声连响，十数道身影接二连三地跌飞出去。

他们又怎么可能是这三名天赋本就逆天的灵师的对手？何况他们的合作还是天衣无缝。一群人爬起来就跑，还是识相的。

月思卿这才扭过头，笑了起来：“哈哈，恭喜你们来到这里！滋味不错吧？”

“老大，是不是要以‘前辈’的身份来迎接一下我们？”两人欣喜若狂地凑到她身边，笑哈哈地问。

“迎接就不必了，黑暗城堡可更阴暗！”月思卿给他们敲响警钟。

“咱们是来修炼的，跟黑暗城堡井水不犯河水就是！”曲松一脸不以为意道。

“看来这一路上，你们对黑暗城堡的势力也了解不少了。”月思卿淡淡一笑。

“嗯。”吕涛点头，沉声道，“早就听说玛拉基丛林被本地人控制住了，很排外，但没想到这势力在这儿只手遮天。”

曲松挑眉问：“对了老大，你怎么还在外面游荡？以你的实力，不应该啊！”

他说着将月思卿上下打量一回。

月思卿是以考核不合格的身份出堡的，所以一级黑士的衣装自然而然地被没收了。

想要再进城堡，必须靠自己的实力。

“我是出来接你们的。”月思卿轻轻一笑。

“你知道我们来了？”曲松讶然。

“有夜导师呢。”吕涛跟着补了一句，嘴角轻撇。

“哦，星月教教主？”曲松显然知道了一些夜玄的信息，随口就说道，“听说他很神秘，难道连玛拉基丛林都这么熟悉啊？还能与你联系？”

“那又如何？不过是联系而已，在这儿，靠不了任何人！”月思卿缓缓说道。

“嗯，还有我们呢！黑暗城堡再阴暗，我们也能联手走过。”吕涛和曲松一同说道。

月思卿满足地一笑：“走吧！”

三人没再耽搁，一路往黑暗城堡大门走去。

明处的，暗处的，那些如狼似虎的目光紧紧盯着三人，一股压抑的气氛蠢蠢欲动。

月思卿、吕涛和曲松自然也感觉到了。

“好，就这吧。”月思卿在离大门数十丈远的巷口停下，站到了一家空店面的屋檐下。

死人城虽然有无数房屋，但那些房屋却没有人居住。

这里并无生意往来，可以说是一座空城。

就连吃饭，也都是黑暗城堡的黑士们定点定时发放。

但死人城郊区各个村落里却有大量农田，那些真的混不到一口饭吃却还有些力量的人可以跟着黑士们去做苦力，讨得一碗饭吃，同时解决了死人城这么多人的食粮问题。

只是他们刚刚站定，立刻便有六七个壮汉走过来，其中一人面色阴冷地喝道：“滚！这里是老子们的地盘！”

月思卿并不意外。

在死人城中央，这句话是随处都能听到的。

尤其是离黑暗城堡的正门如此近，若是没个人出来撵他们，她倒觉得奇怪了。

她淡淡一笑：“抱歉了，贵宝地我们看上了，让，还是不让？”

“我擦，这小子好大口气！年纪不大，居然这么猖狂！”旁边一名年纪不小的壮汉被她的阵势惊到了。

“叫他吃吃厉害！”另一人冷声喝道。

“嗖”的一声，六个壮汉一同释放出灵气。

青色光芒一冲而上，将他们全部吞没，又缓缓降下，整齐划一地出现在月思卿面前。

青灵九级，六个青灵九级！

月思卿轻轻一挑眉。

“小子，怕了？”那名中年壮汉看到她微变的神色，忍不住眼露得意之色。

是啊，像他们这样六名青灵九级的组合，从传送阵一路走来，委实很壮观。

“怕？不怕，你们的地盘我抢定了！”月思卿一撇唇，青色灵气同样爆发而出，释放出她同样的青灵九级实力。

这句话可是激怒了对面一排人。

“小子，你狂！老子今天让你筋断骨折！”中年壮汉怒从心来，怪吼一声，整个人化作一头凶猛的巨兽合身扑来，其他人也几乎同时祭出技能。

月思卿不慌不忙地闪开身形，喝道：“火墙术，龙吟九天，兰之碎片，虎啸山林！”

吕涛和曲松虽是没有作声，但反应一点也不慢，也跟上自己的青灵技能。

而月思卿却已捏住玉石灵坠，唤了声空间隐藏，身形缓缓消失。

变换身法，她已祭出那柄上古神器——裂日凤吟刀！

翡翠手柄，银色刀锋，无不掩映着尊贵与凌厉。

“锁骨连环刀！”她眯眼叫道，那能碎天裂月的神刀“嗖”一下化作九道光芒，幽蓝的神器光芒被压缩到九道细小的幻影内，灵气爆涨，带着无比尖锐的势头冲那六名壮汉疾飞而去。

“噗噗噗噗！”锐器刺入身体的钝响一连串响起，月思卿下手可谓是又狠又准，直接没进他们的身体。

吕涛和曲松不知是想要个帅还是想干什么，腾身飞起，两人一人一个旋脚踢，三百六十度旋转中飞快踢出四脚，认穴极准。

“砰砰砰砰！”

那六道身影瞬间便倒飞了出去，直接砸向黑暗城堡大门的方向。

而吕涛和曲松已优雅落地，甩了甩头发，转了转手腕，一脸冷傲之色。

那六个汉子全部重伤，估计没个一年都无法恢复巅峰状态。

没办法，在黑暗城堡下手必须得狠。

暗处窥视的人无不吓得浑身直哆嗦。

新来的三个小子居然如此厉害！

长街上一片死寂，没有一点声音。

月思卿三人则顺理成章地占据了那一带的屋檐。

第二日，正好是周一。

惨白的阳光透过微浓的云层四散下来，照在大街上，虽然明亮，却感觉不到温暖。

无数双眼睛眨也不眨地盯紧了黑暗城堡的大门。

辰时三分，期待已久的“吱呀”一声在静寂中响起，打破了死人城的寂静。

“开门了！开门了！”立刻有人高声呼喝起来。

那边，屋檐下正在假寐的月思卿三人立刻睁开了眼睛，眼内划过一抹清明，站了起来。

“老大？”吕涛低声唤月思卿。

“不急。”月思卿给他一个安抚的答案。

而其他地方，无数条黑影自巷内、屋檐下冲将出去，那原本貌似空荡荡的街道中，突然间就冒出了数不清的人，像是一夜间从地里钻出来的一般，大家互有忌惮，都不敢靠得太近，但望向黑暗城堡的眼光却都灼热得发亮。

那扇紧闭的黑色大门在众人凌迟般的眼光中终于有了更大的动静，缓缓朝两边拉去。

“冲啊！”一道尖锐的声音在人群中响起，顿时，几十道身影一跃而起，直接朝城堡那仅仅才露出一条缝的大门奔去。

“火墙术！”月思卿双手快速结出一个手印，轻喝一声。

“轰”的一声巨响，一道熊熊燃烧着的火墙横空在大门前腾起，滚烫的温度逼得所有近前的人不得不退后数步。

“走！”月思卿轻呼一声，背生双翅，一把抓住不会飞行的吕涛冲将过去。

到得近前，改飞为跳，两人以及随后的曲松已步法精妙地冲进人群。

“空间隐藏！”月思卿捏住玉石灵坠，急喝一声。

然，玉石灵坠却是毫无反应。

“娘，这儿空间被屏蔽了，不能用！”小紫焦急的声音传来。

“去！”月思卿骂了一声，难怪没人用空间技能了，原来被限制了。

她反应极快，迅速改口道：“龙吟九天！”

喊话的同时，一声响亮的龙吟声在云端响起，绵长而幽远，面前所有人都是微微一怔。

月思卿却已带着吕涛和曲松飞一般地上前，再次叫道：“火墙术！”

这一回的火墙不在大门前头了，而是在他们身后，用来阻隔追兵的。一回身，他们三个便和闯到前面的几个高手缠斗起来。

若是一般人，估计要耗费一下时间，但对月思卿来说，这算不了什么。

燃烧着的烈火缓缓消灭时，众人眼前已没了那三道身影，而城堡大门也已彻底掩上。

沉寂半晌，城堡门外炸开了锅。

“我靠，那三人真狠啊，那几个拦路的青灵九级这么快就被解决了？"

“他们手上功夫不错！”

“废话，我也看得出啊。不是只能进去一个吗？怎么进去三个了？”

“谁知道啊，刚才火焰太大，看不清！”

就在一片议论声中，月思卿、吕涛和曲松却已挤进了黑暗城堡的大门。

刚一踏进，一道冰冷的呼声便在耳边响起：“谁是第一进来的？另两个，出去！”

声音冷漠之至，毫不讲情。

月思卿回过头，看到一张熟悉的面孔。

“弗修士长！”她出声叫道。

弗修士长冷漠的表情在触到她的脸庞时微微一滞，转成惊讶：“月思卿？怎么会是你？”

显然，他对月思卿出城堡的事并不知情。

“嗯。”月思卿顿了一下，还是说道，“我出去了，接两个朋友进来。他们实力很好，不知城堡可否通融？”

“哦，月思卿。”弗修士长双眼在吕涛和曲松身上脸上转了一圈，又看回月思卿，似笑非笑道，“这个事情好办啊，介绍两个人进来不是什么大事，但是，你可知道，只有黑暗城堡内部人才能有资格介绍。这个内部的权限，并非指刚入门的一级黑士，至少要有黑士长出面。就像上次，梅东学介绍你来，不过他这个人有些不靠谱，他介绍的我也并不一定就收。”

他的意思其实说得非常明白了。

这是伸根杆子让月思卿往上爬呢。

“弗修士长，我可以考虑几天吗？”思忖片刻，月思卿出声问道。

她也不是傻子，至于现在就给答案吗？

“当然。”弗修士长答应得爽快，冲吕涛和曲松看去，又说道：“你这两位朋友就先在黑暗城堡里住着，等你考虑好了来找我，我可以立即给他们办一级黑士登记，就连修炼池，也可以立即过去，而不用等一个月。梅东学不分管这一块，所以他没这权力。”

末了，他补充了这么一句。

“嗯。”月思卿咬牙答应，心里将他骂了个来回。

这老家伙，果然也不是省油的灯！会用条件威胁人了！

吕涛和曲松的住处便安排在月思卿房间的隔壁，不过现在还没有住的必要。

月思卿带他们简单逛了下黑暗城堡后，便借着问路，慢慢就挪到家属院去了。

那里住着级别比较高的内部人员，如黑士长梅东学。

找到梅东学的院落，月思卿直接报上姓名，没一会儿，他们三个就被请了进去。

进得前院，吕涛和曲松的脚步却被拦了住，院里的童子说，梅东学士长只见月思卿一人。

月思卿和吕涛、曲松低语几句，随童子离开。

到得后院，梅东学并不在室内。

月思卿一个人坐在那，由童子给沏了杯茶。

她便静静等着。

而此刻，前院里却传来隐隐约约的说话声，听得有些熟悉，月思卿心头一动，蹑步走了出去。

前院大树下，岳荣一袭黑衫而立，昂着头，看着从树上跳下的两名青年男子，小脸冰冷，质问道：“你们两个在树上鬼鬼祟祟的干什么？”

她双眼中满是戒备之色。

虽然她不喜欢梅东学，但这里到底是她住的地方，而且，梅东学目前也是她的靠山。

吕涛和曲松看到她，吓得都从树上掉了下来。

此刻没戴面纱的岳荣真容毕露，她是四人中唯一不用戴面具的人。

“荣荣？”曲松呆住了，喃喃出声。

“你们！”岳荣也是瞬间变色，“你们是……”

“吕涛，曲松。”吕涛淡定地从地上爬了起来。

“是你们！我是岳荣。你们怎么会在这儿？”岳荣大喜过望，简直不敢相信。

“哈哈，这么快就相认了？”清脆的笑声在一旁响起，月思卿走了出来，“不错吧？我们四个又团聚了。”

曲松小时候和岳荣玩得最好，立刻上前问东问西。

气氛很是和谐。

不过很快，就被一道粗哑的声音打破：“月思卿，你来了。”

四人立即看过去。

一抹高大的身形快步而来，正是梅东学，眼光带着审视打量着他们。

“义父！”岳荣恭声叫道。

义父？曲松自然没了解这里的事情，见得眼前场景，双眼不觉就眯了起来。

“嗯，月思卿，这两位是你朋友？”梅东学扫了下吕涛和曲松，问月思卿。

“是的，弗修士长允许他们陪我进来住几天，不过说了，不好办黑士登记，除非拜他

为师。但我还没考虑好。”月思卿沉声说道。

梅东学闻言，嘴角的笑意深了几许，声音却是漫不经心：“你来找我，是想拜到老夫门下吗？”

他倒也不和月思卿多费唇舌，开门见山。

就连岳荣，也被梅东学这话引得侧目，惊讶地看向月思卿，眼角飞快地掠过一丝担忧。

月思卿看向岳荣，思忖了一下，微微笑道：“我和岳荣交情很深，总是要和她在一个阵营。”

“嗯，你有这样的觉悟很好。”看起来，梅东学对她的态度很满意。

“那能给我两个朋友安排进城堡吗？”月思卿问，这个是重点。

她同意拜师，却没有拉吕涛和曲松入伙的打算。

毕竟，这可是个危险活。

“你的两名朋友我会安排，不过，让他们拜在我手下，就更好安排了。”梅东学若有所指地说道。

月思卿眉头一皱，敢情这老家伙还想将吕涛和曲松也给收了？

想法刚过，吕涛和曲松却是极快地对视一眼，不约而同地上前一步，说道：“我们愿意！”

他们态度的一致倒让月思卿没话说了。

吕涛看着梅东学的眼睛，无比真诚地说道：“反正都是拜师，与其拜一名陌生人，还不如和朋友在一起，大家齐心协力为师门争光！”

“是啊，不知导师意下如何？”曲松也问道。

看着这两人一派正经和虔诚的模样，月思卿心里那个吐血。

梅东学闻言，苍老的眼角露出一丝喜意，嘴上则平淡地道：“再好不过，荣儿，你准备下，等会儿让三名新徒给为父敬茶。”

行敬茶之礼，便代表着师徒关系已成。

岳荣的身躯却是微微一震，望向梅东学，脸色有些怪异，但最终一个字没说出来。

“还杵着干什么？还不快去准备？我叫两个义兄帮你。”梅东学面色一沉，苍眸中闪现一丝不悦。

“是。”岳荣低头应道，转身离去。

月思卿明显感觉到岳荣有话要说，她也能猜到，多半是不想让他们拜梅东学为师一事，可当着梅东学的面岳荣却是无论如何不能也不敢说的。

不管岳荣怎么想，月思卿并没解释。

固然是岳荣担忧他们的安危，可相对来说，若不拜梅东学为师，他们在黑暗城堡内的危险系数可能更大，而且还会连累岳荣。现在这样，是最好的解决办法。

梅东学右臂一抬，指向身后方向，笑道：“这边走吧。”

不一会儿，月思卿三人便跟着他来到主院。

梅东学自坐了首位，月思卿三人站在阶下。

身为新徒，他们必须要有这样的觉悟。

不多时，门外响起脚步声，几名男女端着托盘鱼贯而入。

为首的正是岳荣，她的脸色似乎比刚才阴沉得厉害了，垂着头，将手中的黑色小托放到一旁几上，移出托盘内一只青花瓷的茶盅。

她身后，两名年纪稍长的青年也同样将两杯茶放到几上，拿着托盘站到一边，眼中含着奇异的笑看向月思卿三人，似乎对这三名新来者抱有好奇。

月思卿主动走来，从岳荣手上将茶盅接过来。

岳荣的双手一紧，她竟是没有接住。

一愣之时，月思卿抬头看向岳荣，眼光触碰时，岳荣本能地松开手。

月思卿眼中却掠过一丝深思，没有说话，接过茶盅，转过了身。

吕涛和曲松也依次端起了茶盅，向梅东学走去。

手臂举过头顶，月思卿低下眼睛，沉声说道："师父在上，请受徒儿的香茶！"

她的眼内流转着的是一份深深的不甘。

诚如曲松所说，人在屋檐下，不得不低头。

黑暗城堡内，她虽有皇杀护身，但那也是迫不得已的情况下才会用的一支箭。而且，最主要的是，岳荣在梅东学手上！这是她不得不出此下策的重要原因！

但她没有跪拜，这是她的原则。

"呈上来吧。"梅东学笑了一笑，并没追究她没下跪的事。

于是，岳荣三人又走过来，将他们手中的茶盅接了，放到梅东学旁边的桌上。

梅东学一一打开，并没喝，而是笑道："为师回茶，你们品一口即罢，这敬茶之礼便也到位了。"

说完，他又示意岳荣三人将敞口的绿茶递送回去。

月思卿接过绿茶，一股香味便扑鼻而来。

垂睫看着茶水，她的嘴角已生出冷笑。

原来，梅东学真正的一手是要用在这里！下毒控制之术，他还要用第二次吗？

她刚将茶杯举到唇前，耳边便是一阵风响。

"啪"的一声脆响，她手里的茶杯摔落至地，瓷器碎裂，茶水四溅。

厅里众人顿时呆住，有些反应不过来地看着这一幕。

"岳荣，你干什么？"梅东学的老脸沉到了底，站起身呵斥道。

岳荣缓缓吸了口气，回过头，目光没有任何回避地看向梅东学，说道："义父，荣儿只是不想让朋友喝下了毒的茶水！"

一句话，叫厅里气氛又变了几变。

梅东学的脸色差到了极点。

那两个义兄急忙喝道："荣儿你疯了！什么下了毒的茶水！这明明是义父赏给他们的敬茶礼，这是拜师茶！你怎么就轻易打了！"

他们说着，几个箭步就跃过来，想要拖岳荣出去。

"滚开！"岳荣面向他们，眼也没眨一下，直接骂出了声，脚下已以一个凌厉无比的步法闪远。

“是不是拜师茶你们心里比我有数！”岳荣冷哼道。

这句话，让厅里温度又降了几度。

沉默半晌后，梅东学看向岳荣的眼光里划过一抹怨怼，冷笑道：“是，是加了些东西，但怎么，那不是你亲手加进去的吗？现在给老夫装什么善人！”

岳荣淡淡说道：“义父，你不用挑拨我和卿儿他们的关系。毒药确实是我加的，我是按照您的吩咐去做的。义父对荣儿虽无父女之情，但到底有养育之恩。当然，这养育之恩，除了进黑暗城堡的一些特殊权利外，还真的没有其他的了，若非要算，不顾荣儿生死前程，在荣儿身上施加邪法也算是吧。我从不敢违逆你的话，所以没有拒绝你的要求。我想看看，你会不会改变主意。”

她说到这，梅东学脸上的神情几乎是扭曲了。

“岳荣，你根本就是长了一颗反心！”他暴怒地吼道，杀意在他眼内膨胀着。

岳荣眼中虽划过惧色，但她却没有后退，继续说道：“可惜，你太让我失望了！我哀求了你那么多次，你却还想用邪术控制卿儿！既然这样，哪怕反了义父，我也绝不会背叛他们！若说我有反心，那也根本是你逼的！”

她说完，眼中闪烁着坚定的光芒。

也许，她从未想过，有一天，自己会这样决绝地与梅东学相抗衡。

那个用邪术生杀随意的男人，早已成了她心头这么多年的阴影。

“好，岳荣，你还真反了！你可知道玛拉基丛林有一半是我的天下！当年，我能让你生;现在，也能让你死，甚至生不如死！”被自己养的“宠物”背叛了的梅东学如一头狂怒的狮子，怒气勃发。

“我相信。”岳荣轻勾红唇，冷冷说道，“但我也不能眼睁睁地看着朋友被你害。”

那一头，“啪啪”两声清脆的碎裂声再次响起。

原来是吕涛和曲松已发力掼碎了手中的茶盅，脸上虚与委蛇的笑容早已不见，替代的是一片冰冷。

眼前这一幕，看来是不会善了的了。

望着满地青花瓷碎片，梅东学怒然拂袖：“敢背叛我，就要有承受后果的勇气！一名紫灵强者，可不是你们能得罪得起的！”

他说着，肆无忌惮地释放出周身灵气。

巨大的威压如潮水般从梅东学所站的地方荡开，铺天盖地，狠狠撞在月思卿四人的胸口处。

危险中的本能反应，月思卿立刻调转周身灵气，浓郁的青光将自己笼罩在内。

但纵然如此，她还是感觉胸口被重重砸到，呼吸一滞，灵气仿若被碾碎。

半晌，她终于嗅得一丝新鲜空气。

抬眼看到的便是梅东学那高傲凛然的身躯，他的眼底带着冷笑，而那股迫人神经的威压已然消散开去。

月思卿仍然站在原地没动，而岳荣、曲松和吕涛却都退了十数步，脸色有些苍白，嘴角有鲜血溢出。

对于月思卿竟然能生受紫灵强者的威压，梅东学的两名义子皆是面露震惊之色。

“梅东学，你敢动我们？今天卿儿来这里定然被许多人瞧见。她若在这出了事，你以为堡主会放过你！”岳荣冷笑着直呼梅东学的名字。

梅东学气得七窍生烟，手骨被捏得咔嚓直响，说道：“老夫现在不动你们，但你们的灵魂已经提前寄在老夫这里了！等着老夫来取吧！”

说完，他甩袖而去。

“走！”岳荣强咽下一口鲜血，急急慌慌地叫道。

“嗯。”月思卿应了一声，同时将从空间戒指里取出的几枚丹药扔给他们。

四人撤离了梅东学的住处，回到黑暗城堡宿舍区。

第十章

进九星塔

月思卿和岳荣的那间破旧宿舍里，四人盘膝坐在床上，并没修炼，而是目光凝重地对望着。

岳荣轻轻的一声笑打破了寂静："虽然和梅东学决裂了，可我心底更多的是轻松。"

"那老东西不是人，居然对你用邪术！"曲松面色铁青，眼里有杀人的狂躁。

"邪术倒没什么打紧，顶多修炼不能再往前。"岳荣迟疑了一下，说道，"但梅东学的毒药，必须三个月服一次解药，我只有一个半月的时间了。"

"什么？梅东学也给你下了毒？"曲松的脸色瞬间就变了。

"这个吗？"月思卿右腕轻翻，白嫩的掌心躺着一枚黑色丹药。

看到那黑丹，岳荣眼瞳抽搐了一下，点点头："是的，这毒叫黑心。"

"卿儿是炼药师，可有办法？"吕涛沉声询问。

月思卿抿了抿唇道："我让小紫看过，这毒成分复杂，不是一般解毒丸可以解开的，必须有相对应的药方，据我估计，至少在二品以上。"

众人沉默。

二品以上的炼药师本就难寻，何况，还要相对应的药方，更是难上加难。

"倒也不是完全没办法，我再想想吧。"月思卿安慰道，"目前先想想如何在黑暗城堡生存。"

"那老家伙在黑暗城堡地位很高啊，他眼皮子底下，有我们的立足之地吗？"吕涛不放心地问。

"梅东学是黑暗城堡的黑士长，堡主之下仅设八名黑士长，他便是其中之一。得罪了他，确实难以在黑暗城堡混下去。"岳荣冷静了许多，分析道，"但他不敢公然对我们动手，这是我们现在唯一的优势。但我们要注意，不能被他拿到任何把柄，他可是陷害过好多黑士的。"

月思卿心里有了数，说道："这个优势可以利用下。在城堡内无外乎修炼、竞技两事。大家都小心一点，不要单独行动，见招拆招吧。"

"不打算先离开城堡？"曲松问。

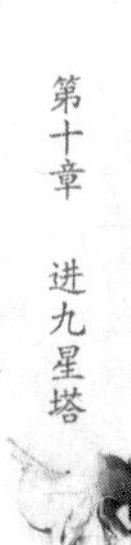

“你能离得开？”月思卿翻了个白眼，反问。

玛拉基丛林的大门十年开一次，到哪不在梅东学的控制下？倒是最危险的地方就是最安全的地方。

“可一名紫灵强者要暗杀的话，我们四个也不是对手。老大，即使你天赋已经逆了天，在实力上，还是差距太大。”曲松眼角掠过一丝担忧。

岳荣“嗯”了一声，情绪有些低落：“黑暗城堡内一年莫名死去的人也是有不少的。”

对于这事，月思卿倒是充满自信：“他是紫灵强者，就以为天下无敌了吗？我也有紫灵强者！他能来暗的，我就不能来吗？”

虽然皇杀的身份不便出面，可梅东学在暗中下手，她也能暗中还手！梅东学敢声张么？真敢声张，她就鱼死网破吧！

别忘了，她可还有最后一招杀手锏——九彩神珠！玛拉基丛林不是一片密闭的空间吗？大门不开，她炸一个门出来行不行？

但她的话却引起岳荣三人的惊讶。

“你也有紫灵强者？”曲松立刻问。

“不是。皇杀前辈是跟着我来玛拉基丛林的，倒是辛苦他了。”月思卿并没相瞒。

“这就是传说中的紫灵护卫吗？”吕涛开玩笑地问，语气中满是羡慕。

“紫灵……护卫？”岳荣艰难地重复了一遍，满是不解，“上五宗不是不如玛拉基丛林吗？紫灵做护卫，太有些大材小用了吧？”

“上五宗可付不起！”曲松在一旁嘴快地接道，“是夜导师。”

“夜导师是谁？”岳荣问。

“你姐夫。”曲松说完，快速睃了眼一旁的吕涛。

月思卿脸一红，道：“我出去问个事，别跟着。”

“老大不是生气了吧？”曲松吐吐舌。

“应该不至于。”吕涛耸耸肩。

而月思卿站到廊上，掏出灵力磁片，拨通了和夜玄的通话。

那一头，传来夜玄的声音：“卿儿？”

这边沉默了片刻，月思卿可怜巴巴的声音响起：“夜玄，夜玄……”

“怎么了？”夜玄被她那柔软的声音叫得心都化了，低低问。

“你知道黑心毒怎么解吗？”她径直问道。

夜玄是一品炼药师，他比自己有办法得多。

“黑心毒？”夜玄抓住了重点，“谁给你下了毒？”

他的语气忽然就变得恶劣起来，带着一丝冰冷残酷的味道。

“不是我，是岳荣，她义父……就是我和你说的梅东学那老东西给她下的，他也想给我下，但没成功，放心，他还动不了我。夜玄，药的成分我能搞清大半，但小紫感觉还有别的药材在内。解毒药能研制吗？”

原本还想诉诉苦，但她现在的境况怎能让远在千里外的夜玄担心？

“黑心毒的解药不是问题，皇杀会帮你弄到。”夜玄沉声说道，“不过，梅东学得罪

我了！他居然想给你下毒吗？放心，他们谁都动不了你，梅东学也不敢！你只管走你的路，我会嘱咐好皇杀的。”

“不过，我怕会连累皇杀。”月思卿轻叹。

“没事，我早给你打点好了，只是没告诉你。”

“真的？你对我真好，夜玄。”月思卿颇为惊讶，更为欣喜。

“我对你这么好，你怎么报答我？”

“我给你星月教站岗。”月思卿吐吐舌。

“行。”夜玄爽快答应，“不过，只许给本教主站岗，兼带个暖床，那就再好不过了。”

“夜玄！”月思卿脸颊飘上红云，咬牙叫了一声。

夜玄满意地笑起来，说道：“好了，我有话要跟皇杀说，你先回去，注意安全！”

“嗯，好。”月思卿恋恋不舍地挂断通话，这才脚步轻盈地朝宿舍走去。

回到宿舍，迎面而来的便是一股尴尬的气氛。

吕涛在闭眼修炼，坐在另一张床上的曲松和岳荣则大眼瞪小眼，无声地交流着，他们在梅东学强大紫灵的威压下受的一点内伤早已痊愈。

“咳咳。”月思卿咳嗽两声示意她的回来。

“卿儿，可有想法？”岳荣赶紧问。

“顺其自然，为所当为。”月思卿红唇微启，吐出八个字。

“嗯，只有这样了。”岳荣低声喃喃。

“那我们怎么办？难道要拜那个弗修为师？”曲松皱起眉。

月思卿刚要说话，门上便响起低沉缓慢的敲门声。

“咚，咚，咚。”

室内霎时变得寂静。

岳荣那有些无助的大眼内掠过一丝显而易见的慌张。

这个时候，突然有人敲门来找，让深受梅东学阴影的岳荣有如惊弓之鸟，大家都能理解。

“思卿小姐，是我。”这时，冷沉却年轻好听的声音传来。

原来是皇杀！

月思卿也松了口气，移步到门后，将房门拉开。

岳荣、曲松和吕涛立即看去，只见门外站着一名面色冷漠、五官却极为英挺的青年男子，一双深邃的眼眸如苍墨点染。

“这就是皇杀前辈。”月思卿介绍道。

皇杀递过来一枚浑圆的白色药丸，说道：“这是黑心毒的解药。”

别说岳荣等人吃了一惊，就是月思卿也张大了嘴合不拢。

是你妹，这速度是坐了火箭吗？

她刚刚才跟夜玄提起这事，解药就来了？靠！

“皇杀前辈，你真是太快了！”月思卿一面接过解药，一面赞叹。

皇杀淡淡一笑，又翻出两件黑色长袍奉上，道：“这两件黑士衣着是给吕涛和曲松两人准备的，他们也安排在了焦宇导师班上，已经登记好了，后天便可以参加这个月的修炼池试炼。”

“……”这下，月思卿四人都无语了。

“皇杀，你怎么做到的？”静寂声中，月思卿轻轻开口。

她确实将这件事告诉了夜玄，但是，也决计不会想到，他这么快就将命令传达给了皇杀，而皇杀，似乎都没有多少时间停歇便办妥了此事。

“你们休息吧。”皇杀交代完两件事，转身便走出房。

“皇杀前辈，慢走！”月思卿赶紧追上，礼貌地补了一句，才将房门关上。

她回过头，对上的却是曲松、岳荣和吕涛三双震惊的眼睛。

“我去，黑心毒的解药什么时候这么容易得了？”岳荣捏着那枚白色丹丸，犹自不信地喃喃。

“我想说的是，黑暗城堡的大门原来这么好进啊！”曲松也呆呆地开口。

“大家以后都住这间宿舍吧，在一起安全些。”月思卿做了安排。

“好。”其余人皆是点头答应。

接下来的生活便在这种状态下进行。

吕涛和曲松如愿跟焦宇导师进了修炼池，一路过关斩将，相当顺利。

而他们也不用选择修炼位，月思卿霸占着整个修炼池最好的修炼位呢，就算有人想跟他们抢，也没那个本事啊！

全理大叔也出关了，一出来便发现月思卿形成四人团体了，吃惊地嚷嚷着要介绍。

月思卿可不想连累他，便将自己得罪梅东学的事情告诉了他。

全理虽想帮她，但他们四人却是神出鬼没，也帮不上。

四月，死人城的春天除了天气暖和了点，并没有什么太大的改变。

这一年，月思卿十九岁。

她在玛拉基丛林已经待了半年多了。

梅东学处并无动静，毕竟有皇杀防范着，但学院里却有大事。

每年四月底，九星塔都会对黑暗城堡青灵阶别开放，所有青灵九级学员均可参加四月初的资格赛，取得前二十名的黑士便可进入九星塔上层。

九星塔是黑暗城堡的堡魂，然而，月思卿几人也只在它的一层修炼池修炼，却从不知道二层、三层以及更多层会是什么样的。

他们只是听说，能在九星塔上层待几天的，无不实力大进，而且若是能抵达九星塔尖端，更可以通向另一个灵气极其浓厚的大陆。

这使得众人对九星塔的神秘更增添了几分向往和信任。

宿舍内，低低的讨论声传了出去。

“老大，到底参不参加九星塔选拔赛？”岳荣询问道，“我在这里待久了，自然是知道的，九星塔确实是唯一通往太阳大陆的通道。”

吕涛点头：“其实我和思卿现在所在的月家和吕家，祖先也是来自太阳大陆。”

“嗯。所以，这回九星塔资格赛，我想参加。”月思卿认真地说道。

她没有说的是，夜玄也来自那片大陆。

可决定参加比赛，问题也来了。

“可是，我俩达到了青灵九级，吕涛和曲松没有。”岳荣说出心中的忧虑。

“是啊。”吕涛和曲松无不惋惜地叹了一声。

“我自然不会留你们在这个危险之地。”月思卿沉声说道，“其实昨晚我就和夜玄联系过了，他说，能让你们也参加。”

“什么？我们也能参加？”曲松瞪大眼，“没搞错吧？夜导师他能做这个主？”

吕涛也不太相信。

“说实话，我也不知道他打点的是谁，但实际上，他也确实能做到。”月思卿苦笑。

四人没有震惊多久，很快，皇杀就来了，并让他们直接报名，又是将几人雷得里嫩外焦。

我靠，这黑暗城堡难道是夜玄那小子开的不成？

他说什么就是什么？

黑暗城堡内，九星塔资格赛轰轰烈烈拉开序幕。

因为黑暗城堡内的青灵九级太多，比赛分为初赛和决赛。初赛形式是四人小组参赛，这样，比赛场次锐减。

月思卿、吕涛、曲松和岳荣理所当然地成立了一个小组，并取了个霸气侧露的名字：狂煞天下。

比武场上，小组赛如火如荼地进行着。

他们的狂煞天下队里虽然有两名“特殊队员”，实力不够青灵九级。但四人分工协作，齐心合力，连每个人的步法都精妙无双，如出同门。这根本就不像是灵师，反倒有几分战师的意味。

四人联手，场场必胜，直接闯进决赛。

狂煞队四名成员的名声一夜间就风靡了整个城堡。

决赛是个人赛。

月思卿和岳荣都拥有神兽，挤进前二十自然不成问题。曲松青灵六级，但他也拥有神兽，凭着月家古武，挤进前二十也没问题。

这里最让月思卿操心的就是吕涛。

他的实力还在青灵五级，而且灵兽的级别才五阶。相较来说，他倒成了队伍中最弱的了，不过，他也有一个优势，那就是他走的是猛攻道路，爆发力极强，加上月家古武的协助，整体实力提升了好几级。

临战前，月思卿将小紫和玉石灵坠给了他。

两样操控空间的法宝，尤其是小紫自带的攻击技能，果然让吕涛实力飙升，最后也通过了资格赛。

虽然排名靠后，但赢了就好。

四月底，九星塔正大门打开。

二十名身穿黑袍的黑士在弗修士长的一声令下后涌了进去。

身后，轰隆一声，大门再次关上。

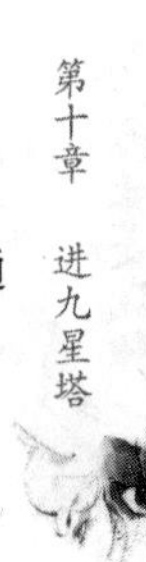

往日灯火通明的修炼池此刻却只闪烁着几点星光，一片漆黑。

这次带队导师有三个。站在一众学员面前的三名老者，正是黑暗城堡三名紫灵级别的黑士长，弗修士长、梅东学以及洛荣的父亲洛海。

想来，九星塔上层应该危险重重，否则黑暗城堡就不会动用三名紫灵强者前来护驾了。

从头至尾，岳荣都勾着头，不敢瞧梅东学一眼。

倒是梅东学，时不时看向他们，发出一声类似冷笑的声音。

黑暗里，他的那双眸子中依旧看得到燃烧着的火焰，那是极度的怒和恨。

月思卿并没退缩，不可能因为梅东学在这，她就放弃一个月来的努力。

安静的修炼池畔，忽然响起轰隆隆的声音，那声音却是来自头顶。

一道庞大的彩色光芒从天旋转降下，重重砸在修炼池对面的地上，光华四射，照亮了池边的人脸。

“沿着九彩楼梯上二楼！”弗修士长吩咐了一声，率先过去。

黑士们争先恐后地跟了上。

月思卿也赶紧招呼同伴，来到九彩楼梯下。

“九彩楼梯是天地热源幻化出的阶梯，这是引领你们去太阳大陆的通道！这是天地灵气，并非人为控制。你们只有三天时间，三天后，九彩楼梯便会消失。”弗修士长沉声解释，“这三天内，我和梅士长、洛士长会在危险时提醒你们，但却不能插手其他事。只有靠自己的力量走到九层，你才有资格去太阳大陆！”

月思卿闻言，仰头望向那九彩楼梯的尽头，九色光芒旋转变幻，模糊不清，只能感受到那遥远处迫人的威压。

第一名勇敢的黑士跃了上去，后面的人生怕被落下，挨挤着往上跑。

月思卿倒不急，让他们先上。

耳边就听得洛荣低而冷的声音：“一群傻子，送死也不用这么快。”

她不由挑了挑眉，转头，朝声音来处瞟了一眼。

洛荣正负手站在他父亲洛海身边，眼底的讥笑还未全部退去，而眼光，也移向月思卿。

对视的刹那，他唇瓣溢出冰冷古怪的笑容。

月思卿心底不知为什么，腾起一股不好的预感。

没再将洛荣那古怪的眼神放在心上，月思卿转开眼。

“思卿。”低低的叫唤声在身旁响起。

不用看，月思卿也知道那是全理。

全理也参加了此次资格赛，凭借他超凡的实力跻身进入了前二十名。

“全理，离我远点。”月思卿脸色一肃，立即压低声音，一字一字说道，同时瞟了眼站得稍远的梅东学。

她不想连累全理。

“卿儿，别这样，我这段时间日夜修炼，现在也是青灵九级，还准备了许多辅助战斗的药，绝不会拖你后腿！”全理脸上划过受伤的表情。

“我不是这个意思。”月思卿有些无奈。

“卿儿，让我和你们一起吧！”全理不顾那边梅东学等人的眼神，直接挽住月思卿的手臂。

“大叔，我们卿儿可是名花有主了。”岳荣皱眉道。

“我拿卿儿当妹妹呢。”全理哼唧道。

此刻，就只差他们几个没上去了。

月思卿出声了：“好，你跟我们一起吧，但一切得听我命令，任何后果自负。”

现在撇清全理恐怕来不及了，既然如此，就大家一起担着吧。

全理的情，她记下了。

在三名士长催促的眼神中，月思卿抬脚跨上了九彩楼梯。

望着头顶肃穆的空间，她深吸一口气，加快了速度。

最后一道身影消失在一层时，那道九彩楼梯也缓缓消散于黑寂的空间内。

一踏入九星塔二层，一阵扑面而来的灼热气息好似要燃烧了他们，滚烫无比。

这里的温度，比之一层的修炼池还要高许多。

天地间弥漫着高热，还没走几步便已是汗流浃背。

很快就有学员哧喘起来，以手当风，拼命地扇着，可扇出来的全是热风，越扇越热。

“这是炎热之道。”弗修士长面无表情地介绍道。

“确实够炎热的！”一名学员吐了吐舌。

月思卿也感到热得不行，但她并没召出银色，而是和吕涛三人一起漫步在回旋的殿廊上，寻找下一处九彩楼梯。

既然是来修炼的，这样的高压对他们的身体打造才有好处。

又前行了几十步，温度越来越高，大家几乎挥汗如雨，皮肤也有点受不了了。

“释放灵气抵御炎热。”弗修士长适时地提醒了一声。

众学员中，立刻有人飞快地释放出灵气，在自己周身幻成一个半透明的灵气罩，隔绝了大部分热量，里头的人明显地松了口长气。

月思卿抹了把额头，没有立即照做，继续挪动脚步向前走。

“逞能！”不知是谁低低吐了一句，月思卿下意识地抬眼看去，就见洛荣正冷冷瞅着她，而洛荣身边的一名黑肤青年，亦是满面不屑，在她看过去时冷声道：“到后面就装不出来了！”

此刻，两人身体外面都环绕着淡淡的青色灵气罩。

月思卿没有理会他们，继续走自己的路。

九星塔第二层也很大，地形有些复杂。

越到后面，温度越烫。

全理和岳荣最先承受不住，释放出了灵气罩，曲松忍了一段路，也扛不下去了。而月思卿和吕涛虽是满头满脸的汗水，犹自咬牙坚持着。

放眼四望，二十名黑暗学员中，除了他们俩没采取任何措施，仍坚持在热流中，其他人全都处在淡淡的灵气罩内。

这一切都要归功于夜玄。

在皇家学院学习时，他们可是不分寒暑，日夜训练，尤其是夜玄给他们准备的高难度体质训练。

小时候打下的根基总是比常人好些。

“你们真能坚持！”全理也不得不叹一声。

等走到二层中央时，吕涛也忍受不下来了，冲月思卿道：“我不行了。”

说完，青色灵气如泄了闸的洪水从他浑身每一个毛孔喷出，结成防护灵罩。

月思卿“嗯”了一声，呼吸也变得沉重起来，没力气多话，继续往前走。

“看到了，九彩楼梯！”有人劈手指向前面光华灿烂处，兴奋地大叫。

月思卿心头一松，浑身灵气不受控制地涌出，自发形成了保护罩。

她也已到了极限。

灵气喷出后，精神为之一爽，内息也清明了许多，明显感到灵力有提升。

很快到了九彩楼梯旁，温度却依旧很高。

大家不顾谦让，赶紧顺着楼梯往上走，希望赶紧摆脱这热气腾腾的大火炉。

待他们真正来到第三层时，四面八方的寒气汹涌而至。

刚才还在二层险些烧焦的众人突然间如跌冰窖，身体比心理反应快，浑身打起哆嗦来，那尚未来得及擦拭的汗水直接冻成冰块，贴着肌肤，更是一片冰冷。

“我，我的天啊，怎么这，这么冷？”一名学员颤着嗓子，艰难地将一句话给说完整。

“灵气感觉不够用了……”另一人则带着哭腔说道，他已经拼命地释放灵气去抵御寒流了。

“不够用也得撑着！路还长着呢！”弗修士长听到这句后冷斥一声。

“忍着吧，不要太依赖灵气了，要学会用身体去扛。”月思卿勾了勾唇，说给身后几人听。

吕涛、曲松和岳荣都默默地、自觉地撤掉了灵气，全理一咬牙，也撤了灵气，冷得浑身直打颤。

“走。”月思卿也收了灵气，缓缓朝前方走去。

很冷很冷，刺骨的寒风从四面汹涌而来，如凌厉的刀子，割得人肌肤生痛，比热气还要伤人。

大家纷纷从空间戒指里取出衣服加上，月思卿也这么做了，还取出黑布将脸蒙上。

虽然有效阻隔了寒风的肆虐，但还是抵挡不了冷气，那阴森的寒气，有如渗进人的灵魂一般，再多的衣物都阻隔不了。

走了一截路后，就有学员还是将灵气释放出来了。

这一回，曲松和岳荣的承受能力比刚才要强一些了，他们咬着牙，忍着极度寒冷的气候，挪步前行。

全理则从戒指里取出丹药吞下，帮助御寒。

走过一大半路程，他们才陆续放出灵气，温暖冻得麻木的手脚。

月思卿也没再硬撑，毕竟，她也不知四层、五层上还有什么险境等着自己。

离开九星塔三层，所有人的步子都极其缓慢。

真的是双腿快冻坏了……

顺着九彩楼梯，大家上到九星塔第四层。

第四层上，温度总算回归了正常，一众学员站在楼梯口不敢往前，大口喘着气，慢慢平息体内灵气。

站了还没一会儿，弗修士长就开口了："大家要注意，等会儿火焰要爆发了！"

"火焰爆发，什么意思？"有人不解地问了声。

他刚问完，众人就听得耳边"轰隆"一声巨响，整个地面都剧烈摇晃起来，还没等他们发现出了什么事，眼前便腾起熊熊火焰。

"这是火焰爆发，每三十息一次，每次爆发的地点不同，空气中留有火星。大家注意别被烧焦了！"洛荣的声音响起，带着几丝嘲讽。

看来，洛荣对九星塔上面的情况相当熟悉了。

也是，他父亲可在黑士长中实力为首，不可能不为儿子计划好。

而岳荣……如果仍然跟着梅东学的话，梅东学也一定会告诉她。

众人闻言，踌躇着没敢移动。

漫天汹涌的火焰又急流勇退，很快归为平静。

"还不走，等何时？三十息一次，自己把握！"弗修士长轻叱一声。

只不过，大家仍然没有动作，而是静观其变。

三十息后，果然，火焰再次爆发。

火焰爆发时间并不持久，可天上却是飘飞着不少火焰球，看上去便极为危险。

第二轮火焰波退去后，月思卿不再迟疑，喝道："走！"

她带着吕涛、曲松、岳荣和全理冲将出去。

"注意避开火星！"月思卿的目光敏锐地扫视着四周空间，提醒道。

但还有一些人站在原地犹豫不前。

月思卿、吕涛、曲松和岳荣脚下步法神出鬼没，总是能险险避开突袭的火星。他们八岁前接受过的暗器训练派上了用场。

而全理，则被他们下意识地护在了中间，所以他虽没有释放灵气，却根本无需动手。

身后其他黑士们看得一脸羡慕。

这步法，堪比强劲的战师了！

其余人犹豫了一会儿，见月思卿三人的身形消失在眼界内，也不敢再耽误了，相互鼓励了几句，冲将出去，以灵力抗衡。

待大家在下一处九彩楼梯停下后，洛荣将人数一点，众人才发现走过来的不过十五人，还有五人落在后面。

"不等了，我们上去！"洛荣不悦地说道，转身踏上楼梯。

另外几人见洛荣走了，顿时有些慌神，大家一合计，索性也上了楼梯。

"我们也上去。"月思卿平静地开口。

于是，大家又转阵到九星塔第五层。

一上第五层，众人就被眼前的一幕给惊呆了。

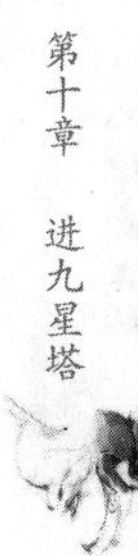

这里既不热也不寒冷，更没四溅飞洒的火星子，可入目的场景却教他们傻了眼。

水，全是水。

浑浊的液体充斥了整个四层，应该是被空间封闭住了，才在众人站脚的地方留出一块空地，不至于淹没整个九星塔。

“这该怎么过去啊？”一名学员有些咋舌。

“不知水有没有毒，幸亏我准备了这个。”又一名中年学员满脸庆幸地从随身携带的空间储藏器中取出一枚丹药吞下。

其他人如被提醒，恍然大悟，纷纷取自己的解毒丸。

月思卿这边却没有动静，只是眯眸，静静观望。

“哼，月思卿，你不先走了吗？”洛荣转头，眸光挑衅地看过来。

看到他胸有成竹的模样，月思卿不动声色，缓缓答道：“你先吧。”

“那我就恭敬不如从命了！”洛荣顺着她的话应声，右掌摊开，他掌心上放着一颗小小的白色珠子，通体光滑，闪烁着淡淡的光芒。

“去！”他轻喝一声，那枚白珠蓦然被投进前方水域，而洛荣一行人已快步跟了过去。

很快，他们的身子便没进了无边的蓝色水域，而奇迹也在这一刻出现。

米粒大小的白光渐渐扩散，周围水流被排开，发生明显的扭曲。走进水域的洛荣几人便笼罩在白色光圈下，自成密闭空间。而随着他们的走动，光圈亦随行。

“避水珠？”岳荣挑了挑眉，有些不确定地叫出白珠来历。

月思卿听说过避水珠，说白了，就是一种特殊的空间灵器，对水有极大的排斥性，能在水里开辟一片空间。

“难怪这么猖狂，看来准备齐全了嘛！”曲松冷笑一声，瞥了眼那边的洛海。

目睹了洛荣离开，月思卿耳边响起一连串的唉声叹气。

洛荣当然没有走远，而是在不远处停下，转过身，斜勾嘴唇，瞧着他们，确切地说，是瞧着月思卿。

“咱们用不起空间灵器，只能硬闯了！还是靠自己的灵力吧！”那名中年人沉声说了句，率真先释放出灵气环绕在身边，大步向水域迈去。

其他人纷纷效仿。

“月思卿，你还不过来？你家族那么有本事，难道这样的空间灵器也没吗？”虽是在水域中，但洛荣的声音却无比清晰地传了来。

月思卿看了下四周，除了她和吕涛、曲松、岳荣和全理五人外，就只剩下三名紫灵黑士长了。

“走吧。”月思卿淡淡说道。

刚才她并不是在犹豫，而是将一丝意识投进了契约空间。

小青叫唤她，她进去一看，就见青衫男子面色郑重地将一枚闪烁着青光的圆珠交与她，说道：“喏，主人，避水珠。”

“避水珠？”月思卿看着青色圆珠，不禁有些惊讶。

小青在哪得的避水珠？

只是银色、小粉和白虎王都齐齐发出笑声。

“这是什么？”月思卿看向银色。

银色着一袭白衫，优雅万千地站在那里，笑眯眯地说道：“那是青龙的上古兽核，青龙本生于水，天生便有避水技能，经历了十数万年的修炼，这枚上古兽核可是比避水珠要厉害得多。寻常灵兽可是不敢靠近，而普通的避水珠虽能隔开空间，却不能隐藏空间，遇到水中灵兽就有些麻烦。”

“哦？”闻言，月思卿心中一喜，看向青龙时，又有些担忧地问，“小青，你将灵核给了我，你要紧吗？”

“我这种级别，有没有灵核都没事，何况灵核也没离远，还在我身边呢。”小青笑着解释。

“好。”月思卿也不再和他啰嗦，拿了上古灵核退了出来。

不过，吕涛几个就不知道空间里的那段事了，凭着对月思卿无比的信任，大家谁也没作声。

走到水域正前方，透过那波动的水纹，月思卿看到洛荣冷笑的眉眼，那么清晰。

她不吭声，轻轻张开右掌，青龙的上古灵核融进了水里，缓缓荡开波浪，一圈青色光芒和蓝色波纹交织融合，劈出一个独立的空间。

吕涛等人无比惊讶地随月思卿走了进去。

“老大，早说啊，你也有避水珠！”曲松嘴角抽了抽，拍着胸脯道，“害我担心到现在！”

“卿儿，你真有本事！”岳荣想起她的那枚大夜明珠，想起她的紫灵护卫，再看着这罕见的空间灵器“避水珠”，到嘴边的话便是一声惊叹。

曲松和吕涛、全理却已经迫不及待地去看洛荣的表情了。

那个等着看好戏的人在看到月思卿居然也拿出“避水珠”时，忍不住呆滞片刻，脸容抽搐。

“奶奶的，月思卿那小子家族力量还真不弱！”黑衣青年明显是洛荣的狗腿，在一旁咬牙切齿道。

洛荣脸庞扭曲，恨恨道：“力量不弱又怎么样？别忘了，这里是我黑暗城堡的地盘！我倒要看看，这一次，她如何逃出生天！”

蓝色的水波流转中，众人陆续前行。

看上去，这一关似乎很简单，但九星塔五层，又岂会如此简单易过呢？

当他们行了一小截路程后，危险突发。

原本还算平静的水波突然剧烈地震荡起来，幅度极大，就连用了避水珠的洛荣也感觉到了晃荡。

“啊！”一声惨叫响起，众人眼前的水域顿时就飘红了。

紧接着，一群黑色物事扬起巨大的水花便朝他们冲来，它们身躯庞大，牙齿狰狞，类似鲨鱼，攻击力极猛。

而它们的攻击目标第一个就是洛荣，如发了狂，像是被他的避水珠刺激到了一般，狠狠用尖牙撕裂着那片空间。

避水珠的空间起的不过是避水之用，根本承受不住这样的攻击。

很快，洛荣就被逼得没有退路了，只得带着自己那帮人，力战强敌。

而月思卿几人，却在青光之中缓缓擦过他们身边，那些尖嘴鲨鱼却直接无视他们，甚至畏惧似的游远了些。

于是，其他人都被尖嘴鲨鱼缠住，而月思卿身边只是偶尔游来一条，被吕涛和曲松抢先干掉。

大家百忙之余朝这边看来，皆露出震惊忌妒的眼神。

尤其是洛荣，气得直咬牙。

偏偏走过去时，曲松不甘平静地叫了一嗓子："你的避水珠没我们的避水珠管用哦，我们不仅避水，还避兽！"

一句话简直能将洛荣气死。

可事实却又摆在眼前！

月思卿走得并不快，在没摸清具体情况时，她是不会远离大部队的，这也是为了他们几人的安全着想。

一行人边走边杀，花费了很长时间才找到五层的九彩楼梯，虽是不知日夜，但他们估摸着应该过去一天了。

在五楼楼口稍作歇息，大家才一起上了六楼。

六楼之上是曲曲折折的通道，乍一看上去，虽是路径幽深狭窄了些，却算是很正常的了。相较于二、三、四、五层，它既不炎热也不寒冷，既没火焰更没水域，在感觉上能让大家接受。

但九星塔第六层，怎么可能如此平静？

众人带着忐忑不安上了路。

而一路过来，他们的认识观彻底被打破了。

这条幽深的窄径上，尖叫声连连。

不时有黑色身影飘现出来，拍拍你的肩膀，或者摸摸你的头顶，更甚者，和你并排而行，牵住你的手。

大家用夜明珠照过去，总会发现队伍里忽然多了几个"人"。

那根本不是人啊，而是脸色惨白、双眼紧闭、手脚冰凉的尸体！

弗修士长压低了的声音传到每个人耳里："这些是九星塔锁住的幽魂，杀不死，别让他攻击到就行了！"

"幽魂"二字，令所有人胆战心惊。

而这些"幽魂"所附的身体，却还都是高灵力的灵师和战师，基本都在蓝灵以上，有着自带的灵技或战技，威力甚至超过活人！

据说，那些技能都是死者生前所熟练的招数，又不知在这九星塔浸淫过多长的灵气，故而越发纯熟……

一路上，大家提心吊胆地防备着突然冒出来的幽魂，使尽浑身解数和他们战斗，在阴森恐怖的狭窄长道中艰难前行。

"老大，你说九星塔为什么会有这么多幽魂？"沉寂中，吕涛低低问道。

月思卿没有立刻回答，两弯柳眉轻轻皱着。

是的，为什么会有如此多的幽魂呢？而且这些幽魂中有部分人所附的身体上还裹着一些黑色布料，与他们所穿的黑士长袍差不多。

她心底莫名地腾起不安。

曲松也猜到了她心中的想法，轻轻道："该不会以前死在塔里的黑士们都灵魂不灭，永远留在这里了吧？"

他的声音不大，但所有人都听见了。

没有人回答他，回答他的只是一片沉默。

进入这一层后，他们的人数只有十三人了，那在水域中被冲走的两人，以及前头跟丢队伍的五人，他们还会再回来吗？

也许，永远都回不来了吧？甚至，便会成为几缕幽魂留在了九星塔之上。

众人迈着沉重的步伐，终于顺利地走通了九星塔第六层，这才长长吁了口气。

可以说，到达六层九彩楼梯的时候，十三名黑士全都筋疲力尽了。

"第七层就在眼前了。"看到大家萎靡不振的样子，弗修士长开口了，似乎是给他们打气。

"休息一下吧。"有人忍不住央求道。

他们实在累得走不动路了……天知道九星塔七层上还会有什么怪物。

弗修士长没有作声，倒是一旁的洛海士长眼光缓缓扫过众人，在他的宝贝儿子洛荣身上停留片刻，说道："第六层的九彩楼梯与其他层不同，一旦有人靠近，半炷香时分便会消失。现在不上，等会儿就追悔莫及了！"

洛荣此刻全身挂彩，脸上满是污垢，颇为憔悴呆滞，正是需要休息的时候。

可见洛海说的是实情。

没有人再敢停在六层，随着三位士长踏上了第七层塔面。

第十一章

只活一人

第七层不同于第六层的阴冷狭窄，入目是一方宽大的殿堂，四周垂着柔和的照明石，静静的光芒洒下，萦绕着祥和平静的气氛。

此刻，大殿正前方的白玉阶上，摆着一张精致的躺椅，椅上交织双腿坐着一人。那人着一袭暗红长袍，墨黑长发挽到脚踝处，眉若青山，眼如清雪，姿态优雅，有不食人间烟火的美。

“夜玄？”看到那男人，月思卿即使再平静，也忍不住失态，惊呼一声。

“卿儿，你终于走到这里了。”夜玄抬头看向她，嘴角微勾，目光中流露出疼爱的目光，柔声道，“九星塔让你受惊了，很累了吧？”

月思卿嘟了下红唇，默认了，眼光快速扫向四边，查看其他人的反应。

其他人都目露怪色地看着夜玄，并没说话。

“卿儿，来，好好休息一下，我带你过去第八层，不用担心。”夜玄说着轻拂衣衫站起，缓步下阶，朝她走来，眼底透着明显的怜爱之色，“到我怀里好好放松下，乖，后面的事有我。”

可月思卿心里，突然地就升起一股寒气，身体蓦然便僵硬在了原地。

或许是他当着众人的面说出“怀里”这样露骨的词语太过奇怪，月思卿刹那间感觉到了异样。

周围，是不是太安静了？

整个大殿内只回响着夜玄一个人的声音。

如果不是旁边还站着这么多人，她当真以为这里除了她，只有夜玄一个活人了。

“吕涛。”月思卿当即低声唤身旁的吕涛。

可她没有得到任何回应。

斜眼一看，吕涛依旧保持着刚才的姿势站在原地，双眼直勾勾盯住夜玄，眼光中充满了讶异。可是，他对月思卿的呼唤没有半点反应。

月思卿的心忍不住“咚咚咚”快跳起来，眨眼间，夜玄便走到离她不过一丈远的地方了。

“银色！”情急之下，她又唤银色。

然而，此时此刻，就连契约空间也沉寂了，没有半点银色的回应。

而眼前，暗红长袍的夜玄离她不过三步之遥了，只要他一拉手，必能将她带入怀抱。

“滚！离我远点！”月思卿脑中轰地一声，清明了几分，突然就拉下脸，脚步飞快地后退了十数步。

“卿儿，怎么了？”夜玄一脸受伤地看着她。

“何方妖孽，竟敢在此乱作妖法！”月思卿面如寒霜，一字一句冰冷地喝问。

“卿儿，你说什么呢？什么妖物？我只是想让你好好休息下。”夜玄说着，眼露嗔怪之色。

“是吗？你不现形，那就甭怪我不客气了！”月思卿狠了狠心，召唤出青灵九级的灵气，同时，眉心一朵雪色兰花飞了出来。

虽然银色没说话，可不代表她的本灵就消失了！

“锁骨连环刀！”红唇轻吐，雪白的兰花瞬间爆裂为九把飞刀幻影，随着月思卿灵力的提升，出招的速度也加快了许多，九把飞刀刚刚成形，便以刁钻古怪的角度疾飞而出，直取夜玄周身大穴。

这一招，她出得既快且准，毫不拖泥带水。

不出手则已，出手便要一招到位！

真的夜玄，绝对能躲得过她这招。当初在皇家学院便是如此。

眼前的夜玄在“砰”的一声中消散开来，化作无数光点，消失在空气中。

月思卿眼前白光一闪，灯火辉煌的大殿再次回到眼前，但却不见了夜玄的身影。

而旁边那些学员们，还是如雕塑一般站着，眼光呆滞地看着前方。

“吕涛？曲松？”她又尝试着唤了一声。

后二者却依旧没能给她回应。

月思卿的目光快速划过众人，落在不远处角落站着的导师脸上。

令她惊讶的是，弗修、洛海和梅东学三人却是行动如常，洛荣不知何时也站在他们身边，很正常的模样，在她看来时，也满面震惊地看回去。

“怎么了？”月思卿心头一沉，三个字脱口而出，目光紧紧盯住弗修士长。

她想知道，到底发生什么事了。

“月思卿，你果然厉害！”弗修士长双手负在背后，双眼若有深意地看向她，嘴角勾起淡淡的笑。

“此话怎说？”月思卿表面平静地回答着他，殊不知，内心已经波涛汹涌了。

一瞬间，她想到了很多种可能，最后，冒出脑海的却是“幻境”两个字。

刚才那绝不是真的夜玄，否则不会就这么被她击散。

果然，弗修士长证实了她的猜测：“九星塔七层没有别的难关，有的就是幻界！”

“幻界？”

“嗯，从你们踏上六层的九彩楼梯后，其实已经进入幻界范围了。来到这所大殿，你们眼前看到的东西并非全部是真实的。幻界中看到的人或事，是你最想看到的。如果你就此沉溺，那么，你便永远都上不了九星塔八层，将会永远出不去九星塔。”

弗修的话，在月思卿心头敲下一记警钟。

所幸，她刚才并没有迷失自己，后果竟然如此严重……

但同时，她又担心起吕涛等人的安危来，转过身，目不转睛地注视着那几人。

突然，有人动了。

“老大！”吕涛的声音清晰地传来，带着一丝焦急与后怕。

他急速转头，脸色苍白，额上渗着大滴大滴的汗水，目光慌乱。

“吕涛！”月思卿连忙迎上去。

吕涛却是本能地喊出声：“别过来！”

说完，他快速退了几步，目光中充满警惕地看向月思卿。

“吕涛？”月思卿微微怔愣，突然想到什么，有些不可思议地开口，“刚才，你在幻界内看到我了？”

“幻界？”吕涛的思想也缓缓清明，“你是说，刚才我遇到的都是幻境？”

“嗯，他们还没能从幻境出来。”月思卿说着望向曲松、岳荣和全理。

听她这么说，再看看其他人以及三名黑士长，吕涛的神情才有些平复，擦了把脑门上的汗水，道：“吓死我了！”

“你在幻界中遇到什么了？”月思卿颇为好奇。

和自己有关吗……

吕涛却是双颊一红，难得地露出一丝羞涩，转过头，却是没有回答。月思卿倒显得尴尬了，轻咳几声，说道：“不知他们还要等多久。”

话音刚落，曲松和岳荣便先后嘤咛一声，醒了过来，同时又有一些学员先后从幻界中出来。

过了很久，全理也醒了。他满面狼狈，不知道在幻界中都经历了什么，可看样子必是不好受。但所幸，他走了出来。

月思卿的心才算真正放下。

又过了会儿，洛荣说话了，声音有些不耐烦：“可以去八层了吧，幻界也是不可以待久的！”

“点数吧。”洛海看淡淡说道。

虽然一路而来，他的话不多，但举手投足、一言一行之中，能感受到他那凌驾于弗修和梅东学以上的气势。

月思卿心中暗叹，果然是黑士长之首啊！难怪洛荣敢那般猖狂了！

弗修士长默默数了一遍，告诉洛海：“十人。”

还有几个还未从幻界中出来的人员，仍然目光呆滞，一动不动。

“人够了。”洛荣低低说道。

弗修士长“嗯”了一声道：“七层也不能待久了，这些人，就算从幻界中醒来，恐怕也没用了。”

他说着，向没有出幻界的那几个投去怜惜的目光，绕过他们，朝殿前方走去。

洛荣、黑衣少年和另三人跟上，看样子，他们倒形成小团体了。

月思卿并不奇怪，她这边也有五人，而且他们的五人团体是别人插不进来的，投靠洛荣很正常。

她也没再耽搁，招呼几人跟着离开。

而今的十人，明显划分为两拨人马。

从殿侧门出去，九彩楼梯便赫然出现在大家眼里。

这段路程，可以说是他们在九星塔走过的最短的一截路程了。但七层幻界，却比他们之前经历过的更加可怖，一不小心就是万劫不复啊！面对八层，他们都有些犹豫了。

弗修士长催促道："赶紧上，八层的九彩楼梯位置是随机变动的，随时会消失。"

一听说九彩楼梯会消失，大家都站不住了，争先恐后地挤了上去。

月思卿也义无反顾地踏了上去。

很快，他们便到了九星塔八层。

九星塔第八层也是一所巨大幽深的殿宇，大殿两旁竖立着两排巍峨的白玉龙柱，上雕盘龙飞凤，栩栩如生。

殿中央，一头身形庞大的野兽盘踞在地，人面虎身，毛长数尺，数丈长的尾部盘旋于身下，狰狞的大脑袋上，两只铜铃般的大眼正凶光毕露地盯着他们。

"梼杌（táo wù）！上古凶兽梼杌！"银色的声音在契约空间内脱口而出，带着一丝淡淡的震惊。

"它很厉害吗？"月思卿看着这头凶兽，心神却异常平静，镇定地询问。

"上古时期的灵兽，能不厉害吗？而且，它并没有认主，又生活在天地热源之口，实力不受压制。很难对付！"银色沉声解释。

是的，上古凶兽，天地热源，这几个词加诸一起，足以震慑人心。

青龙背负双手，望着梼杌，分析道："纵然有那三个紫灵士长，也不过能抗衡下，想要取胜，太难！不过主人，你放心，有我和银色在，保你一个人离开还是没问题的。"

月思卿皱眉，刚想说什么，洪钟般的声音突然在耳膜旁炸开。

那头凶怖异常的怪兽张开了血盆大口，说话了："呵，今年倒是来得早，就这些孩子吗？"

它说着，那双极具人性化的眼神轻蔑地扫过月思卿一行黑士。

弗修士长上前一步，态度极其谦恭，说道："灵尊，正是他们。"

月思卿微微讶异，扭头和吕涛几人交换了一个眼神。

看样子，这头上古凶兽不像是敌人，否则弗修士长三人不可能对它如此尊重。

冷哼一声，梼杌的瞳孔中划过冰冷，不以为意地问："留下哪一个？"

弗修士长立刻转头看向这批学员，洛荣跨步上前，声音中压抑着一丝兴奋："洛荣见过灵尊！"

"这小子？天赋好像不是最好的。"梼杌轻描淡写地说道。

"确实不是最好的，但其他几个，全都与黑暗城堡有过节。"梅东学赶紧解释。

梼杌闻言，声音蓦然变冷："那就不留了！"

而听了他们莫名其妙的对话，那些黑士脸上都露出略带惊慌的表情。

虽然没有完全听明白，可经验丰富的他们却感觉到了极剧的危险。

弗修士长回过头，望向这些学员，眼光淡漠，没有一丝表情。

他缓缓开口："九星塔第八层历练内容，你们当中，只能活一个。"

声音低沉，带着轻微的叹息，却又好似不闻。

然而，一句话，已在众人心湖掷下重重一击。

除了洛荣依旧面色平静，其他学员们都忍不住倒吸一口冷气，不敢置信地看着弗修士长，以为他是在和他们开玩笑。

"弗修士长，为什么这样？"那名一直和洛荣一起的黑衣青年面色变得惨白，颤声询问。

弗修士长没有作声。

洛荣开口了，眼光含讥带讽地看着月思卿："死到临头，也应该让你们做个明白鬼！从进九星塔的那一刻，不，确切地说，是从你们报名资格赛的那一天，你们的脚便跨入鬼门关了。九星塔确实能够通往太阳大陆，只是你们不知道，每一次的通行都需要大量灵气。没有更好的办法，唯一能打开空间门的方法就是需要许多名蓝灵灵师的全部灵气！而你们，经过重重磨炼，闯到这里，在临死前都能用秘法突破蓝灵！"

其他人听了他的话，面色都变得难看起来。

他们明白了，洛荣是早已内定的人选，他们，却只是为他开启空间之门提供灵气的物品罢了！

月思卿也恍然大悟。

难怪洛荣之前说了句"送死"。

送死还送这么快，落在有些人眼里，恐怕嘲笑得不行了吧？

她立刻和吕涛几个站成一个阵势，总是要搏一搏的。

见洛荣喋喋不休地说着，那边站着的洛海眉头紧锁，突然冷冷打断了他的话："和黑暗城堡作对的人都没有好下场！荣儿，速战速决吧！"

说完，一股紫色灵气自他脚下缓缓浮出。

只是一点紫色光芒，整个大殿的温度便如下降好几度，气氛变得空前紧张起来。

看来，洛海要自己出手。

他的出手，也在月思卿意料之中。

光靠洛荣，收拾得了他们？

"三名紫灵，还有一头神兽，思卿，不好对付，咱开溜吧！"曲松压低了声音，说道。

"去哪儿？"吕涛沉声反问，脸色却出奇地平静，声音也锋利如常，"上了九星塔还有退路吗？你知道怎么下去？怎么出去？还是说，你确定这头灵兽不是九星塔的主人？"

他的话虽然不中听，却相当现实……

是啊，逃？在人家的地盘往哪里逃？何况还是神秘莫测的九星塔！

曲松的脸色白了几分，岳荣和全理也抿紧唇不说话。

大殿内一片死寂，气氛凝重到了极点。

"走啊！"那名黑衣青年咬牙大喝了一声，猛地推开身边人，飞也似的朝原路跑去。

他知道，让他对上弗修士长、洛海和梅东学，那根本就是死路一条！除了逃，毫无办法！

他这一跑，另外几人发了一声喊，都撒开脚丫子跟上，浑身灵气涌出体外，速度提升到极限。

望着这一幕，吕涛几人目瞪口呆，脸部肌肉轻轻抽搐着。

“逃？逃得了吗？没有你们，谁来做垫脚石？”洛海冷沉着一张脸，一字一句清晰无比地说道，脚步一移，浅紫色光芒化作一道闪电击射而出，快得连人眨眼的工夫都没有。

“轰轰轰轰”，一连数声响动，那黑衣青年以及另外三人就在不远的地方当场毙命。

而洛海，已一挥黑袖，优雅从容地站回到原处，冰冷的目光掠也不掠死去的四人一眼，直接锁定住了月思卿五人。

梅东学忽然冷冷一笑，声音阴森地开口：“荣儿，你后悔了吗？”

他的眼神，如条毒蛇般缠绕住了对面人群中的岳荣，眼光中闪烁着恨意。

是的，他恨她的背叛。

虽无养育之恩，他却也在岳荣身上花费了心力。而且，一颗棋子怎么能背叛？

所以，他很享受这一刻岳荣的险境。

梅东学继续说道：“这就是你背叛义父的代价！荣儿，你难道真的不知道，在黑暗城堡里，只有我能控制你的命运！傻孩子，后悔了吧？”

他说着，故意露一张慈父面孔，只是那眼角眉梢却全是讽刺的笑，看上去极其滑稽。

岳荣原本正锁眉沉思，忽闻此话，抬起了头，找到梅东学的方位，眼光中的复杂情绪慢慢退去，剩下的只有坚定。

“我，从不后悔。”她一字一字答道。

这五个字，彻底激怒了梅东学。

“哼，好，你不后悔，既然你愿意死也要离开我，那你就去死吧！”梅东学吼着，周身紫色光芒跌宕而出，整个大殿的灵气都受到波动，不稳起来。

眼看着一场硝烟即将生起，月思卿心一横。

她确定，他们根本不是那三名紫灵强者的对手！

现在想要活下来，除了动用神珠，还有一个更好的办法就在那头上古凶兽——梼杌的身上。

“等等！”月思卿急喝一声，打断了梅东学的话，看向梼杌，快声说道，“灵尊大人，我有话要说！”

那一直趴在地上、懒洋洋看好戏的梼杌突然被她点到，铜铃大眼中掠过一丝轻视，说道:“先等等。”

“灵尊大人，这人没什么好心思！”梅东学急了，赶紧想要阻止。

他深知月思卿的天赋，害怕灵尊大人会突然变卦。

“我的话你也敢违逆？”梼杌的眼光蓦然冷若寒冰。

梅东学吓得声音一窒，没敢再说话。

月思卿顺利开口：“灵尊大人，我想和你谈谈如何你才能帮我们渡过眼前难关的事。”

“很镇定啊，人类。”梼杌赞了一声，但眼底却并无一分善色，淡淡道，“只是，你有什么资本与本尊谈条件？”

月思卿沉默了一下，说道：“如果看在穷奇的面子上呢？我和穷奇是好朋友。”

最后一句话，她硬着头皮才说了出来。

如果不是银色在契约空间里再三向她叮嘱，说梼杌和穷奇在上古时期就是有过命交情的朋友，她是绝对不会这么说的。

要知道，穷奇那家伙不仅是上古凶兽，还不好对付的，更是个自大狂。

“你和穷奇是好朋友？”果然，梼杌对她的话有了反应，巨大的瞳眸中染着讶色，有些不相信。

“是的，很好的朋友。”月思卿决定将谎撒下去。

唔，其实也不算谎吧，至少，她和穷奇的主人是好朋友。

“人类，你敢欺骗本尊！”梼杌的神色却突然间多云转阴，面色冷峻，如挂寒霜，声音也暴躁起来。

“灵尊，这个满口谎言的人类，我替你解决了她吧！”梅东学见状，赶紧进言道。

“一边去！”梼杌已然四蹄落地，站了起来，庞大的身躯顿时占了大半个殿宇，那长近两丈的尾巴更是狠狠甩到后面的石壁上，火星四溅。

它目光凶狠，直直勾住月思卿：“穷奇可是最恨人类的，它会认你做朋友？你痴心妄想吧！你倒是说说，你在哪看到穷奇的？”

“穷奇也在这片大陆，您应该知道，他的主人就是我的好朋友，穷奇更是救过我。”月思卿不避讳它的眼神，直接说道。

“穷奇的主人你认识？”梼杌眼内的狂躁更厉害了，还带着震惊。

“嗯。”月思卿点点头，没有再多解释。

如果梼杌和穷奇真的是朋友，就会考虑考虑她的条件。

“你和穷奇的主人什么关系？很好吗？”梼杌满眼不解地问。

“关系？”月思卿想了一想，微微一笑道，“很亲密。”

“是吗？他会和你很亲密？你是他徒弟？”梼杌想到什么，又问道。

“徒弟？嗯……是。”月思卿一听梼杌的话，便猜到它认识夜玄。

不管怎么样，和夜玄套点关系，梼杌必然也忌惮些。

在炼药上，她也能算得上夜玄的徒弟吧？

“什么，你的师父是……他？”梼杌还没来得及说话，梅东学已失声叫了出来。

显然，他们也听明白了一人一兽的谈话。

而夜玄，他们也知道。

“原来如此。难怪了，难怪了……天赋如此好，原来是他的徒弟。”弗修士长也震惊不已，自言自语道。

洛海的面孔却完全黑了，脱口道：“你怎么不早说！”

“早说什么？莫名其妙！”月思卿瞥他一眼，很不喜欢。

谁会喜欢想杀自己的人？

“也许是骗人的吧？”梅东学插嘴道。

“是不是骗人，很快就知道了。”回答他的是梼杌，它朝阶下迈了一步，舒展开数丈长宽的身躯，说道，“你说的那人，今天正好在这里。”

“夜玄？”月思卿心神一动，直接叫出名字来，“他在这儿？在九星塔？”

“是。”梼杌简单地应道。

下一刻，一道低低的笑声从月思卿身后传来，充满磁性的嗓音如悦耳的乐器，好听极了。

月思卿身体一僵，一时不敢回头。

那声音太过熟悉，太过好听，她如何听不出来，正是她朝思暮想的声音。

可是，突然出现在这里，实在太叫她震惊了。

那低沉的笑声近了，近了，直到她身边才打住。

“谁说她是我徒弟了？她不是。”男子的声音如上了年月的弦，磁性十足。

“不是你徒弟？”梼杌突然来了精神，瞳孔张大，冲月思卿怒声便吼，“你这个人类骗子！”

月思卿却是瞬间与夜玄拉开距离，看向他的眼神也充满了戒备。

“卿儿？”夜玄一愣，下意识地叫了一声。

只此一声，月思卿便知道，他是真的夜玄，而不是所谓的幻界。

她的夜玄，来了。

这个事实让她心头至少怔愣了好几息。

“不是你徒弟，敢骗我，我要吞了他！”梼杌眼里充满了狂怒。

“别胡来啊！”一道粗嘎的男声响起，随后，一名五大三粗、身高力壮的汉子着一袭红衣自夜玄身后走出来，急慌慌地叫道。

“穷奇！”看到他，梼杌眼里露出一丝惊喜，又立即疑惑地望向月思卿，“你认识他？你们真是好朋友？”

“好朋友？”穷奇异常艰难地重复了这三个字，瞟了月思卿一眼，他发誓好不好，他和月思卿说话都没超过十句的！有这样的“好朋友”吗？

梼杌看他的反应便清楚了，眼底刚刚平息少许的怒火再次翻腾而起。

“别性急啊兄弟，你的性子也不改改！”穷奇立即拦住它，笑嘻嘻地说道。

“穷奇，你什么意思？”梼杌焦急地看向他。

穷奇没有说话，而是望向夜玄，梼杌的目光也随之转过去。

这个时候，三名黑士长突然惊醒了。

“圣，圣尊？”一直面色平静的洛海脸容也不禁皲裂，颤声叫道。

“属下见过圣尊大人！”洛海说完，单膝一屈，就地跪下。

这是什么情况？

还有点负气的月思卿也呆住了。

“圣，圣，圣尊大人！属下见过圣尊大人！”梅东学和弗修的反应比洛海还要大，终于意识到发生了什么，撩起黑色长袍，一左一右跪到了洛海身旁。

洛荣不明就里，只是听到“圣尊”二字时，脸色唰一下变成了苍白，双腿也软倒下去，匍匐到了地上。

夜玄只看了他们一眼，便没耐心了，转头去找月思卿。

此刻的月思卿，小脸气成通红，如红通通的苹果，眼光复杂，可看到其中藏着无限怒气。

在夜玄看来时，她冷哼一声，转头向原路快步而去，更是怒喝：“走，都跟我走！”

吕涛和曲松面面相觑，他们也被眼前的一幕给惊住了。

而岳荣和全理却是不明所以，尤其是岳荣，因是从小生长在玛拉基丛林，反应更大，失声喃喃：“圣尊，他竟然就是圣尊！怎么可能，有生之年，我居然能见到圣尊！圣尊怎么会在这里？”

她的反应太过强烈，以至于其他人都迈出去数步了，而她依旧像根竹竿一样杵在原地。

“岳荣，想什么呢？”月思卿挑起眉头便问。

“卿儿，你要去哪？九星塔内岂能乱跑？”夜玄只几个箭步，便在弗修、梅东学、洛海吃惊的眼光中跃到了月思卿身边，一把抓住她的衣袖，小心翼翼地问。

“夜玄，现在的你，真的是我的那个夜玄吗？还是说，我眼前看到的一切都是幻界，是九星塔的幻界？”月思卿冷冰冰地望着他。

“卿儿，这不是幻界……”夜玄讪讪地开口，但一想到她在幻界中看到的居然是自己，那种说不出的欢喜便席卷了全身。

“是的，不是幻界，圣尊大人！”月思卿一字一字叫道。

“卿儿，不是我有意隐瞒，而是，实在不想给你增加心理负担！”夜玄郑重地开口。

是的，如果月思卿早知道他的身份，再来玛拉基丛林，岂不是失去锻炼的机会了？

月思卿也懂这个理，可心里就是不快活。

难怪他那么轻松地就将吕涛和曲松安排进了城堡，敢情是什么圣尊！

她没忍住，转头问岳荣：“岳荣，圣尊是什么东西？”

“嘶……”跪在那的弗修、梅东学、洛海以及洛荣都倒吸了一口冷气。

“圣尊不是东西，是，是玛拉基丛林的主人，是黑暗城堡真正的领导者。”岳荣思忖了会儿，还是说出了他的来历。

玛拉基丛林的主人！

八字一出，惊呆众人。

“我擦，夜导师什么时候还有这么牛叉哄哄的一手？”吕涛忍不住感叹道。

“果然强悍！”曲松也低语了一声。

月思卿不语，任她如何想，也决计想不到这一层上来。

夜玄才是玛拉基丛林的主人？

“卿儿……”夜玄见她不说话，微一用力，便将她拉到了身边。

月思卿想要挣扎，无奈男人握得极紧，一股铁力发着狠。

她只好怒瞪向他。

夜玄无视了她的眼光，望向那边惊得合不拢嘴的弗修几人，包括梼杌。

“不是说，不是你徒弟吗？”梼杌喃喃问道。

"不是我徒弟，她是我女人，我的妻子！"夜玄在说到"女人"二字时，一股说不出的满足和喜悦渗透了全身。

"妻子！"梼杌险些没摔倒，庞大的身躯直接变作一个和穷奇差不多体积的中年汉子，脸上肌肉严重扭曲，"主人，我没听错吧？"

"没有听错。"穷奇安慰似的拍拍他的肩，心里则偷笑着。

他们决计不会想到，夜玄有一天会说出这样的话。

主人？梼杌也是夜玄的灵兽？

虽说惊讶，但也不是不能接受的，连她自己都有两个上古灵兽啊！

"还没成亲！"月思卿只是觉得不好意思极了，满面嫣红，也不知是气的还是羞的，低垂下了头。

"呵呵，一家人不认识一家人了。"梼杌干笑几声，终于接受了这个现实。唔，这么说来，月思卿刚才确实不算是说大话了……

这小子，不，这女人，果然不简单啊！

万幸啊，他刚才没做什么出格的事。

想到这，梼杌忍不住偷偷松了口气。

可那一头的弗修、梅东学和洛海、洛荣父子哪里就能如此轻松了？

"什么！怎么可能？"洛荣有如被雷电击中了一般，脸上备受打击，如蔫了的茄子，呆呆看向月思卿。

"圣尊！"洛海、梅东学的声音却是颤抖得厉害。

如果再不知道眼前什么情况，他们也白活这么多年了！

天啊，圣尊的妻子啊！

圣尊是玛拉基丛林最神秘莫测、最高贵无边的男人，他在所有黑暗城堡的黑士心中便是至高无上的神。

可现在，他们却得知，被自己排挤、甚至想要杀害的一名普通黑士，真正身份居然是圣尊的妻子，心中的郁闷和震撼可想而知了……

我靠！

圣尊，你怎么能开这样的玩笑！

梅东学的面容都快扭曲爆了。

"圣尊，我们并不知情！"弗修当机立断，直接提起此事，表明自己的立场。

"你们当然不知情。"夜玄神色漠然，哼了一声，目光如刀，盯住梅东学，"但是，若有人罔顾堡规，擅用毒药和秘法，导致本派人才流失，这可就是大罪了！"

他的意思很明确，指的就是梅东学。

梅东学吓出一身冷汗，瞬间就感到前胸后背湿透了。

"圣尊，请听我解释！"他急急慌慌地叫道。

夜玄却不给他解释的时间，冷声道："我们黑暗城堡的原则是不错过任何一个天才，再棘手的事，都得上报后再作决定。而你梅东学，下毒不成，便为自己家的私事对黑士痛下杀手。这就是你对黑暗城堡的忠诚？"

梅东学额头脸颊上已是冷汗涔涔，一张平日板惯了的脸庞布满慌乱和苍白。

从未见过他如此窘迫紧张的岳荣也不禁张大了嘴巴。

在她心里，义父虽然手段阴森，心术不正，可一直都是形象高大，桀骜不驯的，何曾如今天这样狼狈伏小？

“圣尊饶命！圣尊饶命！”梅东学所能做的便是一个劲地磕头求饶。

夜玄冷冷一笑。

当那笑声传入梅东学耳里后，后者突然就停止了磕头的动作，抬起头，像是知道没有退路一般，目光中划过一丝疯狂，身形暴起，紫光大盛，他整个人已冲向岳荣所站的方向。

“荣儿！”月思卿惊呼一声。

腰上一紧，她被男人一把带进怀里，一阵天旋地暗后，下一刻，她已站到了玉阶之下，梼杌之旁。

夜玄的手仍然搁在她腰肢上，另一只衣袖轻轻一拂，将被他拉过来的岳荣松开。

岳荣逃过一劫，却还没能回过神，虽从镇定的脸容上看不出什么，但她的腿肚子却在不停颤抖。

那边，“轰”的一声巨响，梅东学整个人从里炸开，衣衫碎成千万个碎片，浓烈的紫光缓缓消散，一股烧焦的味道在空气中弥漫。

随着空间波动平歇，原地已看不到梅东学的人。

这个在黑暗城堡也算只手遮天的紫灵强者，就这样魂飞魄散，连一丝灵魂印记都没留下。

旁边，弗修和洛海的身体都微微打起颤来，更别提洛荣了，见识到圣尊的威力后，再联想到自己对月思卿的各种不尊敬，吓得大气不敢出。

“洛海，梅东学这支的善后就交给你，你好好处理。”夜玄慢慢开口。

被点到名的洛海浑身一震，立即惊喜地答道：“是，圣尊！”

圣尊是不打算追究他的错了吗？

他正想着时，夜玄淡淡道：“不知情者本是无罪，不过，本尊倒也想知道，你儿子到底哪一点感觉比我家卿儿优越了？”

洛海闻言一震，一旁的洛荣也是面色大变，不待父亲开口，已先自屁滚尿流地朝前爬了几步，叫道：“圣尊大人，我错了！我哪一点都比不上月思卿！我完全是因为忌妒！”

“你倒是有自知之明！”夜玄轻哼了声。

月思卿看到洛荣这般模样只觉得恶心。

不过话说回来，洛荣除了高傲了点，倒也没有真的损害过她什么。九星塔第八层的历练也不是他们能决定内容的。

她扭转过头，一脸厌弃的模样。

夜玄看她如此，也猜到她的不喜，挥了挥手，脸色冰冷道：“走吧！”

洛荣如获大赦，赶紧爬了起来，心中还有后怕，他虽然知道月思卿家族必然庞大，却无论如何没想到居然是圣尊！这背景他十个胆子也惹不起啊！

洛海也是满面惊喜，连连称谢，心下对夜玄越发感激。

“弗修，你先安排其他人出塔，明天在这集会。”夜玄淡漠地吩咐。

“是是！”弗修士长听了此话，有如吃了定心丸，连声应道。

岳荣还有些发愣，却被曲松一把拉过来，低声道：“还杵着干什么，快离开吧！”

月思卿见状也要跟过去，却教夜玄紧握住手，低声道：“你等会儿！”

“我不想待这里！”月思卿一嘟红唇，看也不看他。

“别，乖，听话。”对着她，夜玄的声音都柔软起来，哪舍得凶她一句。

弗修和洛海两人很快就带着吕涛一行离开了九星塔八层，从他们的内部通道直接出去。

穷奇和梼杌也不知何时躲进了契约空间，整个九星塔八层上，顿时只剩下夜玄和月思卿两人。

第十二章

新的大陆

月思卿咬紧下唇，不去看他。

夜玄腾出一只手，将她的脸扳向自己。无奈地说道："傻丫头，不是和你解释了吗？历练，不能覆在别人羽翼之下。"

月思卿轻哼道："不是指这个，但你……瞒得我好苦！"

"好了，我错了，卿儿，我都想你想得快发疯了，别生我的气。"夜玄望着那愈渐娇艳的面庞，心旌摇曳，忍不住便压上女子嫩红的唇。

双唇触上，一股战栗的电流击中二人身体。

那股浓烈的相思之情再难掩抑，吻变得疯狂火热起来。

夜明珠光芒闪烁，玉阶之上，铺着华贵软皮的太师椅内，女子双手紧攀男人的脖颈，双颊红晕如火，低吟着任他求索。

虽是没有超过最后一道防线，但夜玄也还是无法压制爱意，几乎将她的身体揉碎亲遍。如此，才能表达那如海深的情感。

"卿儿，越来越离不开你了……"良久，夜玄才意犹未尽地在她耳边轻叹。

月思卿平息了娇喘，将脸埋在他暗红长袍内，闷声道："黑暗城堡又是怎么回事？"

她有太多的疑问，夜玄懂。

他轻轻解释："玛拉基丛林本就是星辰大陆上灵气最好的地方，因为这里有空间裂洞。"

月思卿讶异地抬起眼，瞄了他一眼："空间裂洞？就是可以通往另一个大陆的地方？"

"聪明。"夜玄抚着她的脑袋，嘴角勾起一丝浅淡的笑意，"这里是通往太阳大陆唯一的路径。当年，我应该就是从这里下来的。为了防止这里的路被堵死，也为了不让太阳大陆的人发现这儿的异样，我控制了整个玛拉基丛林，建立了黑暗城堡，以及，九星塔。"

"那黑暗城堡里的黑士真的会去太阳大陆吗？"月思卿又问。

"当然。就像你经历的一样，九星塔八层的历练内容虽然残忍了些，却也没办法。只有大量灵气才能开启空间之门，我们一直用这种方法向太阳大陆输送人才。"夜玄并没否认。

"夜玄，你……"月思卿从他的怀里坐直了身子，看着他，欲言又止。

"是不是觉得我太坏？"夜玄沉默了下，眼内掠过一丝小心，道，"如果有一天，你

会发现，我根本就不是一个好人，卿儿，你会不会离开我……”

说着，他紧紧攥住月思卿的手，情绪似乎有些紧张。

“夜玄。”月思卿郑重地唤他一声，真诚地说道，“我也不是好人。但冤有头，债有主，哪怕是杀人夺宝，我也能接受。可是，这些学员们真的没做错什么。如果是公平竞争，我也不说什么，但有三名紫灵强者，这已经剥夺了他们的公平！”

夜玄轻抚着她的柔荑，幽幽道：“卿儿，这世界本就是弱肉强食。自从成为一名灵师，公平二字便已不在了，实力才是蔑视一切的根本！选择了九星塔，有了去另一个大陆的欲望，那他们就该知道，实力不够，就别痴心妄想！卿儿，我不想安慰你，因为除了黑暗城堡，这世界的每个角落都会有阴暗存在。”

月思卿咬了咬牙，既然世道如此，那她也没话说。

夜玄将她再次拉进怀里，轻咬着她的耳垂道：“傻瓜，放心吧，大体的公平还是有的，否则这世道还不是乱了？只不过不是绝对的。”

月思卿“嗯”了一声道：“夜玄，我懂了。我会好好修炼，用实力征服天下的！今天即使你不出面，我相信自己也能解决的。”

九彩神珠，那是她最后的杀手锏！

“我相信我的卿儿。”夜玄笑眯眯地回答她。

“夜玄，你真好。”月思卿满足地抱住他精健的腰。

夜玄轻轻一笑，反抱住她。

这样就叫好了吗？

那他以后可还要将她宠上天的，他的小丫头会不会承受不住？

“向太阳大陆输送人才？夜玄，你在太阳大陆的仇家是不是很厉害？”月思卿低低问道。

她听夜玄说过，不想被那里的仇家注意到。

夜玄强悍如斯还有仇家，他的仇家该有多强！

“嗯，很厉害。”夜玄轻声答道。

“等我强大了，我要把他们一个个除掉！”月思卿握紧了双拳，咬牙说道。

虽然没曾见过，可光听夜玄说起，她便恨不得将他们全都生吞活剥掉。

她不允许任何人伤害她的夜玄！

夜玄愉悦地笑出声来，月思卿的护短显然让他极其满意。

“乖，我自己解决就行了，你是我心头最重要的宝贝，好好照顾自己，那些势力也不会动你的。”夜玄轻柔地哄她。

两人哪都没去，就在九星塔第八层卿卿我我，诉相思之苦，度过了这一日一夜，直到弗修和洛海到来，一起来的还有岳荣、吕涛、曲松和全理。

夜玄望着一夜未睡的月思卿，眼里有心疼之色，朝弗修吩咐道：“今天叫你们来，便是送卿儿几人去太阳大陆。”

“卿儿过去那边，身份等同于我，由她代管黑暗圣殿。”夜玄简洁扼要地说道。

这话可给弗修和洛海冲击不小。

由她代管黑暗圣殿……这是赋予了月思卿多大的权力啊！

但他们看着那沉着的黑衣少女，却又坚信，假以时日，这名少女必也无比明艳。

夜玄交代好他们二人，目光落在岳荣脸上，眉头微皱，“果然是用了秘法。”

月思卿也想起这事，连忙说道：“夜玄，可有办法化解？”

她说着冲岳荣招手，示意她过来。

岳荣心中对夜玄还是有几分忌惮的，毕竟从小的教育如此。她带着些紧张走了过去。

“秘法的后果很严重，重至气穴报废，轻则固步自封，永远突破不了更高境界。”夜玄缓缓吐出事实。

“那还有救吗？”岳荣听到这话，心头凉了半截，话也问出了声。

“你既是卿儿的生死之交，我自会出手替你除去秘法效果，但一年之内恐怕实力不会有进展。”夜玄说着看向月思卿，目光温润了几分。

“真的？谢谢圣尊！”岳荣闻言大喜过望。

早就听闻黑暗城堡堡主可能会有解决办法，但黑暗城堡的堡主又岂是谁都能见到的呢？就连她，也是百闻不如一见。而今，圣尊大人突然和她沾上了一点关系，竟是老大的男人！她昨天一个晚上都没有消化完这个事实。

而今，他还要为她解除秘法，她能不高兴吗？

当下，她脱口而出：“不对，应该是谢谢姐夫！”

一句话将好几个人震愣住了。

月思卿险些晕厥，嘴角轻抽：“岳荣你……”

“卿儿应该比你小，别把卿儿叫老了。”夜玄的回答却出乎众人的预料，主动牵起月思卿的手，嘴角生出一抹骄傲的笑容。

他的女人，可嫩着呢，怎么能叫姐姐！

月思卿顿时风中凌乱了。

我擦，他自己就是个十足的老妖怪好不好。不让岳荣叫姐夫，还让岳荣叫妹夫不成，难不成还要把他自己也叫成一株嫩草……

想到这，月思卿再也忍不住，捂着嘴笑起来。

见她开心，夜玄嘴角的弧度越发大了。

“还是解除秘法吧。”岳荣现在总算是明白了，她家卿儿压根就是圣尊大人的心头肉，提不得啊，赶紧转移话题。

夜玄这才放开月思卿，说道：“盘膝坐下，进入修炼状态。”

岳荣不敢大意，立即按要求坐下。

夜玄依旧站立不动，只是双眼闭了上，那张立体的脸庞越发英俊了，一缕黑气在他右手中指上旋绕而出，如一道黑光，飞进了岳荣眉心。

没一会儿，岳荣的面色便开始扭动起来，眉头紧皱，似乎十分痛苦。

曲松在一旁看得心惊胆战，焦急无比。

半炷香时分过去了，夜玄才重新睁开了眼，手指一勾，那抹黑线从岳荣额心飞回。

岳荣嘤咛一声，身子骨瘫软下去，被曲松眼疾手快地扶住，揽进怀里。

“荣荣，荣荣……”他急切地呼唤。

“只是昏睡过去了，让她自然醒。只是这一年无法再积累灵气。”夜玄不以为意道。

“嗯，那就好。”月思卿的心安下来。

果然，很快岳荣就醒了过来，除了脸色苍白了些，没有其他问题。

夜玄又叮嘱了她几句。

岳荣知道自己被秘法改造过的身体开始恢复了，激动不已，连连称谢。

夜玄不再关注她，召了弗修和洛海近前，低声交代着一些事情。

月思卿几人只是叹息，此行夏远不能和他们一起了，但相信，不久的将来，他们必会在太阳大陆重逢！

很快，众人头顶在一阵“咯吱咔嚓”之声后，现出大片的白光，刺激得人闭上双眼。等再睁眼时，一架比之前更大的九彩楼梯坐落在八层中央。

月思卿率先踏上九彩神梯，看向底下站着的夜玄，神色染上几分凄楚。

男人正负手站在弗修和洛海中间，俊美如刻的面容那般脱俗，他的眼光也紧紧追随着月思卿。

在她看过来时，他神色微动。

弗修瞟了眼夜玄的脸色，没有立即开口。

一片静寂中，夜玄迈开修长的双腿朝楼梯走去。

九色光芒轻轻旋转着，光华闪烁，美轮美奂，夜玄拉过女子的小手，轻轻吻上她的手背，唇辗转着，轻吮着，那么珍视，那么爱怜。

月思卿虽然戴着人皮面具，可红晕还是染到了耳根。

这一刻，所有的光环都聚集到他们二人头上，周围的一切全成了背景。

“卿儿，等我。”夜玄沉声吐道，痴痴望着女子晶黑的双眸。

“嗯。”

旁边的人默不作声，看着这个玛拉基丛林最高贵、最强大的男人，这样送别他深爱的女人。

弗修和洛海看着月思卿，眼里渐渐露出尊重。

可以看出，圣尊对这名女子爱到了极点。

若是她当初只凭借着圣尊对她的宠爱，来玛拉基丛林，可是要风得风，要雨得雨，何必吃那么多苦？但她没有，她只是以普通人的身份进来，历练、比试，一切正常得不得了。

这样能吃苦的她，更值得他们尊重。

“圣尊，时间差不多了。”弗修低低提醒道。

“嗯。”夜玄应了一声，不舍地放下了手。

九彩光芒慢慢地笼罩了整片空间，月思卿和夜玄对望的眼神也一点点被切割去。

“夜玄！”月思卿心头一阵慌乱，忍不住大叫一声。

可男人漂亮的丹凤眸被最后一点光芒掩去，再也不见踪迹。

月思卿也听到耳边“轰隆”一声巨响，浑身上下都被九彩光芒紧紧包围，周围什么也看不见。

就这样，也不知过了多久，月思卿感觉整个人被一股大力抛了出去，她本能地运起灵力护住全身。

“啪”的一声，摔在什么软软的东西上，天光射下，刺得她睁不开眼。

躺在地上眯了很久，月思卿才缓缓张开眼睛，望着淡蓝色的天空和洁白的云彩，呼吸着带着青草味的湿润空气，心里突然很怅然。

她回来了吗？回来了吗？

可是，并不是想象中那么惊喜。

因为这么多年，她最重要的东西，最重要的人，都留在了星辰大陆。

想了一会儿，她站起身，叫道：“吕涛？曲松？岳荣？全理？”

得来的回复却是一道苍老的声音：“他们都不在。”

月思卿闻声回头，惊喜交加地看着从长草中走出来的皇杀。

“空间裂洞的传送也是随机的。”俊美的少年耸了耸肩，无奈解释，“太阳大陆这么大，谁知道他们被传送到哪个旮旯里了！”

月思卿张大了嘴，不是吧？这太让她失望了！

“那你怎么在这儿？”月思卿不死心地问。

“我是紫灵，可以选择。”皇杀微微一笑。

“好吧。”月思卿很快收敛了一切情绪，观察起四周的高山和田野。

“这里是太阳大陆东边的一个村落比得尔，这儿是太阳圣殿的领地。你放心，没人知道你是黑暗圣殿的。主子放在你空间戒指里的一面小黑牌，你灌入灵气，便能和黑暗圣殿接头，而黑暗圣殿有什么大事，也会通知你。您现在是黑暗圣殿的代理圣尊。”皇杀将她想知道的消息全都告诉了她。

“太阳圣殿？”月思卿抬头望向远山，青山婀娜，隐于云间。

皇杀仔细瞧了她脸上的表情，顿了一顿，压低声音道：“思卿小姐，太阳大陆最强大的两个主宰就是太阳圣殿和黑暗圣殿。主子便是黑暗圣殿的圣尊，这片大陆曾站在巅峰的强者。而太阳圣殿……”

说到这，他的声音染上了无限冰冷。

“太阳圣殿是主子的对头。太阳圣殿的圣主白罗更是主子的仇人！”他一字一字说道，也不乏先让月思卿做好心理准备之意。

“既是夜玄的仇人，那也就是我月思卿的仇人！”月思卿淡淡说道，没有一丝犹豫，连多问一声都没有。

不需要问。

哪怕白罗什么错都没有，但他是夜玄的对头，够了！他就是她月思卿的敌人！

皇杀欣慰地看着她，犹豫了会儿，还是开口了：“思卿小姐，有些话我不知当说不当说。主子不允许我在你面前提起，可是，我想，你有知道的权力。”

“你说。”月思卿心头一紧，说道。

“太阳圣殿有一处历练圣地，叫太阳井。在太阳井地下深处，锁了一缕魂魄。白罗动用了太阳圣殿的所有太阳之息镇压着，寻常人很难进去，除非那人的太阳之息极浓，才能打开封印，放出那抹魂魄。”

皇杀顿了一下，觑了眼月思卿的反应，继续道：“但太阳之息达到开启封印的地步，只有太阳圣殿的圣主白罗和圣女，其他人，哪怕是太阳圣殿的长老，也没办法踏入。所以我们一直没能救出那抹魂魄。”

“你们想要去太阳井救那缕魂魄？”月思卿挑眉问。

“那缕魂魄是主子的。”皇杀接下来的话惊得月思卿表情当场皲裂，整个人如被泼下一盆冷水，伸手抓住皇杀的衣袖，激动地追问：“你说什么？是夜玄的？夜玄的魂魄怎么会在太阳井？是太阳圣殿，他们要杀夜玄对不对！”

“别激动，思卿小姐。”皇杀反过来还要安慰她，徐徐道，“论实力，白罗那只狗根本不是我们主子的对手，说起来是一千多年前了，太阳圣殿用了卑劣的手段将主子的一缕魂魄给镇压住了，才和主子打了个平手。但主子失去了那十几年的记忆，也无法恢复到强盛的时候。所以他一直待在星辰大陆。虽说不惧白罗，但失去那缕魂魄，他恐怕永远战胜不了白罗。”

月思卿虽是心头慌乱，却也将他的话听得明白。

“那缕魂魄，一定要拿回来！”

不管怎么说，魂魄完整才是正常，不只是为了实力。

“所以，这是我对思卿小姐提起这事的原因。”皇杀脸色变得凝重起来，“您的灵魂，有极其浓烈的太阳之息，据我测探后的结果，绝不亚于白罗。”

月思卿一愣，盯着他的眼睛道：“你的意思是说，我可以开启太阳井下的封印？”

皇杀吸了一口气，点了点头，道：“主子不让我们说，是不想你去冒险。我也不想思卿小姐受到任何伤害。但思卿小姐迟早要去太阳井历练的，如果有合适的机会，完全可以释放出主子的魂魄。”

他说着，面上有些羞惭。

毕竟，将这事告诉月思卿，他也是存着想让月思卿去试试的想法，这也是逆了主子的命令，也让他自己感到过意不去。

可是，只有月思卿可以！

“皇杀前辈，不用再说了，谢谢你告诉我这件事，确实，我必须要知道这件事。”月思卿沉声答道，眼光中划过坚定之色。

皇杀想要救夜玄的迫切心理她是懂的，因为感同身受。

而她，也势必会为这一日而努力！

“皇杀前辈，你只告诉我，我应该怎么做才有资格进太阳井？”月思卿诚挚地向皇杀请教。

“进太阳城堡，便可参加太阳井历练资格赛，进入历练小组后，便可以去太阳井历练了。不过历练范围也在太阳井外围，更深的地方不让去，只能靠你自己探索。”

皇杀说着从怀里掏出一张泛黄的地图递给她道：“这是我们黑暗圣殿的密探研究出的太阳井大致地图。”

月思卿接了过来，扫了一眼上面纵横交错的黑线，没有细看，收回空间戒指。

“太阳城堡在哪儿？”她已经不需要再说废话了，直接切入最重要的主题。

“太阳城堡在太阳大陆中央的国度光辉城。但太阳城堡不直接招生，它只接受各地分校推荐上来的人选。比如思卿小姐目前所在的比得尔村落便可以推荐名额到城市约门，再由约门推荐人选去参加太阳城堡的竞争赛。”

这种选拔制度，和星辰大陆上的熔炉铁堡颇有几分相似。

“这个不难。”她淡淡勾起唇。

“对你来说确实不难。”皇杀赞许地看着她，“若是一般人，像吕涛、曲松，他们得在学院里再修炼十年，才能进入太阳城堡。因为进太阳城堡不仅要求灵气达标，也要求太阳之息达到一定浓度。太阳之息是验证太阳学员忠贞度的标志。”

“这么说，我得感谢自己灵魂内携带的太阳之息了？”月思卿讥讽一笑。

这什么太阳之息，她可不喜欢！

“也许，思卿小姐前世就是太阳圣殿的圣女呢，也说不定。”皇杀开玩笑地说道。

月思卿心里却“咯噔”一声，圣女？

刚皇杀说了，太阳圣殿内太阳之息达到这样浓度的无非圣主和圣女。

而师父以前也说过，她的身份和吕涛几个不一样。

难道……真有前世今生？

她不愿再想太多，和皇杀道了别，换了一袭白色衫袍，便往约得尔村落走去。

约得尔村落是片宁静的村子，这里依山傍水，草木青翠，环境空灵幽美，可以清晰地感觉到各种元素在空气中活跃。

灵气浓度确实很厚。

此时还是晌午，六七月的天气灼热了几许，月思卿走到村口便被人发现了。

几个身着奇装异服的男人站在一块儿议论。

“那人是谁，不是我们比得尔村的吧？”

“不知道啊，瞧她衣着，不像是我们这的人。”

“喂，该不会是黑暗圣殿的吧？”

“对了，可能性很大，大家可别忘了，黑暗圣殿有传送点就隐在我们附近。这人面生得很，说不得就是黑暗神殿派来的杀手！”

他们越聊越恐慌，最后，齐齐跳了出来，拦在月思卿跟前。

“你是黑暗圣殿派来的奸细？”为首的男人厉声喝问。

月思卿嘴角轻抽，摇了摇头：“我和黑暗圣殿没有关系。”

“有没有关系，我们说了不算，水晶球说了才算！”男人冷哼一声。

“对，水晶球！让长老拿水晶球来测试一下，看她是不是黑暗圣殿的奸细！”另一人吼道。

几个五大三粗的男人便对着月思卿连声说着。

月思卿脚步一动，还未换个姿势，那一头立刻有人叫起来：“抓住她，小心她跑了！”

立刻，耳边风声呼呼，四道身影从四个方向朝她攻来。

看他们的灵气，居然都在青灵三级以上！

一个看起来很偏僻的小村落，居然随便几个村民都是青灵三级以上了。

不过这几人还不在月思卿眼里。

她冷笑一声，脚尖一点，青灵九级的实力立刻全部灌到了右脚之上，一个漂亮的空中飞旋，“啪啪啪啪”，一招之间便将那四人全给踢飞出去。

“好大的胆！”蓦地，一声苍老的厉喝如平地炸雷般响起。

月思卿一转眼，便看到村子里头快步走出一个头发花白、气质冷硬的老者，手里还托着一个半透明的水晶球。

“小小年纪便已青灵九级，天赋了得啊！想来是黑暗圣殿的黑士吗？来我比得尔村何干？”老者怒瞪住月思卿问，眼中透着暴戾之色，似乎月思卿一回答不好，就要将她灭了。

看来，他们都将自己这个外来者当成敌人了。

月思卿冲老者微拂一礼，笑道：“我不是黑暗城堡的。”

“哦？不是黑士，灵气也会如此强？你可敢让我们测测你的气息？看看到底是太阳之息还是黑暗之息！”老者眯眸问道，声音极其尖锐。

“当然。”月思卿不畏不避地看向他手中的水晶球。

虽然说皇杀有言在先，说自己太阳之息很浓，但没有经过水晶球测试，月思卿自己也不敢确定。

在周围村民们紧紧盯视的眼光中，月思卿泰然自若地将右手手掌覆在了水晶球之上。

半透明的水晶球内，一簇白光渐从水晶球底部浮上来，眨眼间，便充盈了整个水晶球。

小小的水晶球犹如变成了炽烈的太阳，浓烈的白光透射而出！

“天啊！”那几名村民惊呼一声，张大了嘴，目瞪口呆地看着这一变化。

老者亦是满面震惊，不停地揉眼睛，以为自己看错了。

白光爆球，这可是他们这小村落千百年来难得一遇的事情啊！

因为这样的小地方，怎么可能有太阳之息那样浓烈的贵人！

只有太阳圣殿的高层，才可能达到这一境界吧？通常人，太阳之息不过数点，或者数片，最多也不过半个水晶球！

“你，你是太阳圣殿派来的？”老者望着月思卿，有些语无伦次地问，激动得肌肉都变了形。

月思卿面色不变，幸亏有皇杀的解释在前，她才能如此有底气，便浅浅一笑道：“我希望能通过地方学院推荐名额进入太阳城堡，还请不要声张。”

具体信息处理得模棱两可，但意思表达清楚了。

老者有些讶异道：“大人是哪里人？为何还没有进太阳城堡？”

这样的年纪，这样的太阳之息，有些不可思议啊！

月思卿也想到了这一点，并不详细解释，只是道：“有些私人原因，不便透露。如果这里不行，我换别处。”

老者闻言，赶紧说道：“大人莫急，先请大人在比得尔村先住下，老儿是比得尔村的村长瑟斯。”

通常，太阳圣殿的圣士身份可由两种来确定，一是随身携带的圣牌，二则是太阳之息。

前者可以作假，但后者却假不得。

黑暗圣殿的人是不可能拥有太阳之息的，这是太阳圣殿的独有印记！

所以瑟斯可以肯定，月思卿是太阳圣殿的人。有可能是高手伪装，也有可能是……内定的圣子圣女选拔人，从小精培细养起来的。

当然，还有一种可能，月思卿是黑暗圣殿特意安插在太阳圣殿的卧底。

但就算是卧底，达到那样浓的太阳之息，也需要在太阳圣殿待很多年，进太阳城堡对他来说也不难吧？并不需要特地来找自己这个陌生村落。

所以，应该真是一些不方便透露的私事。

给他推荐名额，简直就是举手之劳，有利无害啊！

瑟斯经过慎重的考虑后，邀请了月思卿住在比得尔村，将基本情况告知了她。

比得尔城隶属于太阳大陆东边城市拉金城，综合实力在太阳圣殿属下八大城市中排在最后。每年，拉金城向太阳城堡推荐的学员名额仅有三个。

拉金城施行村庄管理制，除了比得尔，还有约蒙村、瑞利村、悦灵村、秋翰村等。在太阳城堡招生前，先由这些村落向拉金学院推荐学员，参与修炼学习，到年龄级别够格时，再由拉金学院组织比赛，统一推荐名额。

比得尔村在这些村落中，实力也是排在最后的。

据说，拉金学院里，已经有四年没有出过一名来自比得尔村的城堡圣士了。

瑟斯非常重视月思卿的事，一连两天都跑去了拉金城，去拉金学院寻找熟识的导师为月思卿筹办此事。最后得到的通知是，拉金学院的圣士选拔赛在一个半月后，也就是七月中旬。瑟斯周折几番，联系好一名出自比得尔村的金导师，不过那名导师带学生出去历练了，说了一个月后回来，到时候见见月思卿再说。

这一个多月的时间，月思卿可不想浪费了，思量再三，她和瑟斯打了个招呼，住到了拉金城的旅馆。

拉金城虽然实力很低，但到底也是一座大城。这里的拍卖会、地下贸易商城倒也热闹非凡，应有尽有，许是灵气充沛的原因，很多东西比星辰大陆也要稀罕珍贵。

而她炼制冲破蓝灵的丹药蓝极丹还需要最后一味丹药炼金草，倾了全部家当总算是淘到了。

接下来，她便将自己锁在旅馆房间里，着手研制蓝极丹的制法。

这味药方的难度是三品罕见，可以称得上二品了。

月思卿小心翼翼地动手了，药鼎内散发出袅袅轻烟……

蓝极丹的制作过程太长了，过程又极其精细，饶是如月思卿这般谨慎而行的人，也会因一着走错，落个炸炉的情景。

一个多月后。

盘膝坐于房内的月思卿终于缓缓睁开眼睛，望着新买的四百年药鼎内已经成形的蓝色丹药，心里的紧张却没有去除几分。

丹药成形期，尤为重要！

“砰！”一声闷响在天空响起，刚才还晴朗万分的天空暗沉下来，丹雷终是来了。

炼制一品丹药、二品丹药或者一次性很多人炼药的情况下才会有丹雷出现。蓝极丹虽然近似于二品，但到底不是真的二品，丹雷很小，对拥有青龙的月思卿来说，根本算不得什么。

青龙化作一道青光飞向天际，迎雷而上。

这些丹雷，根本伤不到月思卿。

最后一刻，满室青光中，蓝极丹成形！

一月未睡的月思卿望着白嫩的掌心托起的蓝色丹药，浑圆而漂亮，嘴角不由勾起自豪的笑意。

蓝极丹属于三品中罕见的丹药，独立炼完它，感受了其中的种种曲折，月思卿感觉自己的炼药水平又上了一个台阶。

等到了光辉城，她一定要再去考核下。

将蓝极丹珍视般地收进玉瓶，放进戒指，月思卿伸了个懒腰，疲惫感袭上心头。

一个多月未睡，她的精神和身体都到了极限。

“我睡下……”喃喃吩咐了声银色，月思卿倒头便睡。

这一觉无梦，睡得极香，只不过，却是被吵闹声从睡梦里吵醒的。

“大人，大人！”

急促的敲门声不断响起。

月思卿睁开惺忪的双眼，听到瑟斯的声音，赶紧去开门。

瑟斯站在门外，皱纹铺满的老脸掩饰不住的焦急。

见月思卿开了门，他劈头便是一句：“大人，您怎么还不急啊，今天可是拉金学院选拔赛的日子！”

他一大早就过去拉金学院正门前等候，左等右等，始终等不到月思卿的身影，眼看着学院内圣士选拔赛已轰轰烈烈拉开序幕，他急得没法子，只好过来找她。

月思卿一吐舌，道：“对不起啊瑟斯村长，我睡过头了。”

说完，她走出房间，一把将门带上，催促道：“那赶紧过去吧！”

此刻，太阳已经高悬于头顶了。等两人赶到学院时，学院的赛场上人山人海，中间的赛地上青光乱颤，灵技飞扬，战得如火如荼，好不热烈！

瑟斯问了好几个人，终于带着月思卿穿行到主席台区域，来到一名中年男人身前。

正在聚精会神看比赛的中年男人眉头一皱，眼光移了过来。

“金导师，呵呵，我们来晚了吗？”瑟斯虽是年纪较长，身份也不低，但有错在先，也有些尴尬。

“瑟斯村长。”被呼作“金导师”的中年男人看到他时一愣，目光迅速扫到月思卿身上，有些不悦地问，“他就是你要带来的人？怎么到现在才来？”

瑟斯干笑几声，并没回答。

“你是青灵九级？”金导师将话题转向月思卿，看着她的目光带上几分审视。

“是。”月思卿微微一笑，不卑不亢。

金导师看了她一下后，虽有些犹豫，还是站起身，冲瑟斯说道：“村长，也不是我不给你面子，只是选拔赛已经开始，我名下突然多出一人，也不好交代。同是比得尔的，我当然也要照应照应，这样吧，我再去请示请示，你在这等等。”

“好好。”瑟斯连忙应着。

金导师则向他微微一拂，转身朝主席台走去。

“也不知道行不行，不过我觉得你实力不错，真不行的话，去找院长试试……”瑟斯盯着金导师离去的背影，一个劲地嘀咕着。

月思卿则将注意力放到场中比赛上。

此刻正在比试的两名青年都是青灵九级的灵师，一人攻击猛烈阳刚，另一人身法则无比飘逸，正是对手。

各种大招齐上，到比赛场地一片狼藉后，终于分出了胜负，身法飘逸的灵师略胜一筹。

这时候，金导师也折回了。

他面色凝重地冲月思卿招手道：“你跟我来。”

月思卿看了瑟斯一眼，快步走了过去。

第十三章

潜入圣殿

金导师一直将她带到主席台正中间才停下。

一名被年轻人围住的鹤发老者眯眸向她看来。

“院长，这是我们比得尔村的孩子，去年外出历练才回，因此错过了进拉金学院的年龄。”

“你叫什么名字？”老者问。

“清思。”月思卿淡淡说了个化名。

老者“嗯”了一声，道：“坐下等吧。”

月思卿也不知他葫芦里卖的什么药，依言便坐在离院长近的空位上，看向比赛。

周围那些年轻选手投来各种复杂的眼光，她都熟视无睹。

赛场上的比赛不多却精，每一对都角逐得你死我活，颇为精彩。

到了正午，一名导师模样的男人便出来公布最后结果。

月思卿心想，今天的选拔赛应该是几次海选后方才定下的，倒也节省了学院导师的精力。

没过一会儿，优胜的三名年轻男子便朝主席台走来了，十分有礼貌地向院长问好。

拉金学院院长含笑点头，却是将目光投向月思卿。

终于该自己了么？月思卿暗想一声，笑笑地叫道：“院长。”

“嗯，清思，你看到了，这三位就是我们此次圣士选拔赛的突出者，他们可以被送到太阳城堡去，当然，并不一定都能留下，只有实力强的才能真正跻身进太阳城堡。所以我们学院奉行的是实力为上。你既然在身份上没什么问题，那就要看实力了。”

“不知院长如何考校清思。”月思卿起身，冲院长轻轻勾唇，不紧不慢地问道。

她注意到，院长身前的三名优胜青年同时向她投来了充满敌意的眼光。

他们一定在想，这是哪跑出来的眼中钉，竟然还走后门！

院长嘿嘿一笑，望了那一头坐着的金导师说道：“你说呢？”

金导师笑道：“但凭院长吩咐便是，都是青灵九级，不存在其他争议。”

“原来是比得尔村的啊！”站于三人右手的褐发男子看了眼金导师，嘴角一勾，眼中划过明显的轻蔑之色，“青灵九级也很平常，想来也不怎么样。”

金导师的脸变了变，却没有作声。

似是应和那名男子的话，中间个头较高的清瘦青年也含讥带讽地开口：“这是事实。比得尔村已经好几年没有选拔赛脱颖而出的人了。”

即便是当着诸多人的面被损，月思卿也是异常平静，甚至不打算回应。

这些话，她从来当作耳边风。

可是，那边已步入中年的金导师气得扭曲却隐忍着没说话，他们说的是事实。

“好了。”院长对此场景淡淡一笑，一副司空见惯的模样，说道，“这些选手都是经过层层推荐上来的，很不容易，你直接进入最后一关，对他们来说也是极不公平。所以，我想出一个折中的办法。”

“什么办法？”青年们先于月思卿问道。

院长笑着捋了下白须道：“你们三个各做一个签，叫清思抽，抽中哪个，就和她对战一场，输了的人退出。”

“这……”左手青年皱起眉头，“她就比一场便能定？”

“如果觉得一场是机遇的话，可以战三场。若是你们输在她手下，那她就可以代替你们去太阳城堡了吧？”院长睨了三人一眼。

“好，就这样。”最右边的健实青年一脸冷漠，直接应承，“抽签吧，省得麻烦。”

说完，他快速给另两个同伴使了个眼色，道：“我去做签。”

“嗯。”院长没有拒绝。

很快，他就从别处讨了个托盘过来，盘上放着三个纸团，直接送到月思卿眼前，不耐烦地道：“抽吧！”

月思卿微微笑着，伸手捏住其中一个。

男子立即将托盘撤了，连着那两个没被抽中的纸团。

“快打开！”左手青年看月思卿没有动静，有些着急地催促。

月思卿红唇勾着浅薄的笑，右手两根如玉般通透的手指随意夹着纸团，说道：“看剩下两个的内容，不就知道这上面是什么了吗？”

此话一出，对面的三个青年俱有变色。

月思卿见状，心里已然肯定，随手一抛，以优雅的姿势将纸团扔下了比赛场，嘴角笑意一敛，清冷地说道：“我想，我不需要看了，你们当中排第一的那个，出来吧！”

刚才就见他们三个鬼鬼祟祟，又见那两张剩下的纸团被迅速处理掉，根本有不想给她看的意思，她便猜到，这三张纸团上写着的可能是同一个人的名字——三人当中实力最强者。

见她是比得尔村的，又只是青灵九级，他们三个大概心中有底了吧？

只是不知，她这猜测给对方三人带来了极大的震惊。

“你怎么知道的？”冷漠的少年不敢置信地问。

他没想到月思卿竟然如此善于观察！

月思卿冷冷道：“用实力说话吧！”

“不过也是青灵九级，还能飞上天去不成？”健实青年恢复了几分冷漠，略带高傲地哼道。

“就是你吧？去哪比？”月思卿毫不意外地看向他，确定他就是三人中实战第一的选手。

“下去！”男子说道，先自双肩一振，径直从主席台飞下了比试场。

“不行就别逞强。”金导师也压低声音，低低与月思卿交流，“别小估哈迪的实力，他可是一名货真价实的神兽拥有者！”

“嗯，知道了，多谢导师提点。”对他的好意，月思卿淡淡一笑。

见月思卿执意如此，金导师也没再多说什么，而是将她直接引领到玉阶之下，送进比试场。

当四周的拉金学院观赛学生突然看到走进比试场的月思卿时，议论声便大了起来。

“比试不是结束了吗？怎么还有一个？”

“这个似乎还不是我们拉金学院的，看起来面生得很。”

“而且她的对手居然会是哈迪吗？不至于吧！”

“不知道啊，但看刚才他们出场的气势，哈迪便胜了一筹。”

这两人，当真有可比性？

月思卿很快来到哈迪对面，无视上头射来的种种猜测眼光，深深看向哈迪。

哈迪眼中对她的嘲意还未全部散去，眉眼一冷，轻喝道：“神犬！”

一只通体雪白的长毛狗出现在他脚边，与其他狗不同的是，这只犬的背后还生着一双漂亮的翅膀，光华流转中，小眼睛透着几丝人性。

“这是神兽，雷白神犬。”银色的话及时传到了她耳中。

脚尖一点，她也不甘示弱，迅速召出自己青灵九级的实力，一片青光中，那张小脸依旧显得恬静无比。

“你的灵兽呢？”哈迪骄傲地昂起头颅，声音中满是不屑。

“就怕我的神兽出来吓到你的神兽！”月思卿仰头厉喝一声：“小青，出来！”

“轰”的一声，龙吟阵阵中，一条硕大的青龙甩着巨尾冲上半空，那覆盖着冷硬青鳞的百丈身躯完全展开，直接笼罩了整片拉金城。拉金学院里更是一片昏黑。

学生们不约而同地从座位上站了起来，惊呼声连片响起。

临行之前，在九层塔与夜玄缠绵之际，夜玄告诉过她，在太阳大陆，不要轻易使用银色，兰花的出现，可能会给她带来灾难。所以这次，她用了小青。

而以她自己的推断，她的灵魂里住了另外一人，而那人，和太阳圣殿有着说不清道不明的关系。

而此时，青龙已经张扬完毕，缓缓缩小了身躯，仅盘旋在拉金学院比试场的上方。

众人脸色苍白地看去，也正好看到它那生着数丈鹿角的头颅，紫金色瞳眸中满是高贵之色。

“上古青龙，它是上古青龙啊！”有人激动地叫出了声。

“天啊，我居然看到了上古青龙，不是说它已经灭绝了吗？”另一人失声惊呼。

“嗷……”青龙怒了，又是一声长喝。哪个该死的竟然敢造谣它灭绝的消息！

天昏地暗，雷鸣电闪，又是好一阵惊心动魄！

拉金学院的师生们都快承受不住了。

纵然是太阳大陆，神兽遍行的地方，上古神兽，也不是寻常人就能契约的，何况，还是位列十大上古神物前列的上古青龙！它的出现，将会轰动整片大陆！

再看向哈迪时，后者的脸庞已完全抽搐了起来，眼中闪烁着震惊与不信之色，而他的那头雷白神犬，此刻正匍匐在地，浑身战栗。

这是青龙头一回释放如此巨大的神兽威压。

月思卿嘴角的冷笑缓缓勾起，一字一字道："我说吧，你的灵兽被吓到了！"

哈迪面色难看之至，张张嘴，想说什么，却又是满面尴尬。

片刻工夫后，他一握拳头，嘴里却是高呼一声："控制灵器，给我绑！"

一语之后，无数根藤蔓以他为原点，向月思卿的方向飞射而来。那些缠缠绕绕的绿色藤蔓上散发着幽绿的光芒，一看便是有毒。而这些藤蔓交织缠绕，千根万根，竟是也数不清！

藤蔓迅速围住月思卿，交叠重复，慢慢缩小包围圈。

在场中其他人眼里，此刻只看得到月思卿的一点身影和几处衣角，她已经完全被包裹进了藤蔓的空间。

"进了我的神器，你还能跑吗？"哈迪见一招得手，哈哈大笑，一拍身旁的雷白神犬，叫道，"去吧，青灵之技，凶残嗜血！"

那神犬双眼内霍然亮起一片精光，后腿在地上轻轻一蹬，身子便冲月思卿疾飞而出，发出低低的吼声。

看样子，他是想来个瓮中捉鳖。

"呵。"月思卿轻哼一声，再不迟疑，探出右手。

右手那修长莹润的五根手指头上，燃烧出森冷的银白色火焰。

"烧，给我全部烧光！"她五指一甩，五道火焰一冲而起，森冷的银白色瞬间扩散成一片白光的海洋。那据说还是神器的控制灵器藤蔓转眼间便淹没在火的海洋。

那一头，哈迪的脸色全变了。

"怎么可能！你怎么能烧到我的控制灵器！"哈迪尖声大叫着，连忙想要撤走攻击。

可藤蔓的速度虽快，火焰的速度更快。

还没等藤蔓被哈迪收进怀里，银白色森冷火焰也已经飞速赶到，直接烧进了哈迪的怀里。

哈迪哪敢怠慢，只得一撒手，连退数丈，将控制灵器的一点源根扔到了地上，叫银白色火焰烧了个透底。

他已经完全傻眼了。

这他妈的到底是青龙什么技能，这么厉害！

这一切都发生在电光石火之间。

神器被毁，哈迪早已失去战心，一招就被月思卿震飞出去。

所有人都呆住了，满场无语。

院长扇着紫色翅膀飞下，目光也是极其复杂。

金导师也随后而来，脸上则洋溢着狂喜之色，叫道："院长，他是咱们比得尔村的！"

比得尔村可是有多少年没出过人才了，这一声承认，极大地满足了金导师在拉金学院的面子，那一直略微佝偻着的背也完完全全挺起来了。

院长点点头："愿赌服输。"

"我不服！"哈迪从地上爬了起来，"我虽输给了她，但出局的不该是我，我是第一名！"

"呵，要比试时，又是谁把第一名推了出来？"月思卿讥讽地笑道，"现在输了，又开始赖账了？"

哈迪面色铁青。

院长还想说什么，金导师已趁机说道："哈迪，你是第一不假，但别忘了，那是你拥有神器的基础上。现在你没有了神器，当真还能坐稳拉金学院第一的位置？"

哈迪的脸色"唰"一下变得惨白无光。

看着他逐渐冷厉扭曲的面容，月思卿轻叹道："年轻人，以后记住不要逞强。枪打出头鸟，你强硬出头，便宜的永远是你的竞争对手。别忘了，第二名和第三名都视你为对手，而不会因为集体来对付我就成了朋友。不信，你让他们将名额让给你，倒是看看谁会让你？"

月思卿的一番话也极其现实，哈迪明显被打击到了，虽然不准备做什么，可眼光还是禁不住朝院长身后看了两眼。

跟来的第二名朱蒙安和第三名巩星见状，只是垂了眼，装作没看见他。

哈迪忍不住大笑了几声，人突然间犹如苍老了几岁一般，冲院长、月思卿嘶声道："是我太笨，我记住了！"

说完，他转过身，闷咳了几声，大步流星地走了，决绝而去，再不回头。

月思卿暗暗摇头。

三天后，三名推荐出来的学生在拉金学院派出的一名陶姓长老和金导师、朴导师、令导师为首、十名学院铁卫为辅的带领下从拉金城朝大陆中心的光辉城行去。

拉金城是太阳圣殿属下城市中较偏僻的一个，离主城约有千里之遥，除了头尾一截路能坐飞艇外，中间有百里属于黑暗圣殿范围，他们只能摸边走过去。

那是一片一望无际的大森林，其间怪兽横行，甚至还隐藏着嗜血的高品阶灵兽。

众人连月穿行在森林中，斩兽杀敌，一路倒也得到了历练。

经历了环境的变迁和无数战役，月思卿竟然摸索到了蓝灵的屏障。

"导师，我要修炼，尝试冲破蓝灵。"月思卿满面凝重地冲金导师说道。

时机是稍纵即逝的，如果不好好把握，下一回冲破蓝灵的契机，她可就不知道要等到几时了。

"你说什么？"几名导师都被她的话吓到了，都像看怪人一样看着她。

要在黑暗圣殿的领域上冲破蓝灵，找死吗？

月思卿却是吃了秤砣铁了心，一脸坚决，说完盘膝坐下，径自就摆起修炼姿势来。

如果这儿真是一个陌生的地方，月思卿必不会同意留下的。

但这儿对她无害，能有蓝灵契机，她为何不好好把握呢？

陶长老望向三名导师，你看看我，我看看你，也是无语。

“清思这小子太过分了！”一直和她不对付的巩星气得直捏拳头，额头青筋毕露。

“陶长老，咱们走吧，别管她了！她要送死让她送去！”朱蒙安则冲陶长老叫道。

陶长老眉头微蹙，半晌说道：“再等等吧！”

这样一个天才学生，拉金学院岂会这么容易就放弃？

漫长的修炼开始了……

而出乎众人意料的是，竟然没有一个黑暗城堡的人来打扰他们，甚至有黑士发现他们后远远避开。

一个月后，地上一动不动修炼着的月思卿有了动静。

长睫微颤，她轻轻呻吟了声，额头和脸颊上布满了汗水，小脸也涨成通红。

霍然间，她张开了樱桃小嘴，一道黑影划过，有什么东西从空间戒指飞进了她嘴里。

那是蓝极丹，助月思卿冲破蓝灵封印的丹药！月思卿服了后，浑身的灵气也就暴涨开来。

蓝色灵气缓缓弥漫于天地之间，是深邃如海洋的蓝，纯粹如天空的蓝！

头顶，刚刚还晴空万里的天色蓦然间变暗沉了，乌云向中间聚拢，雷电在云层后酝酿。天地气象，竟然也发生了变化。

天地异象，这也是大陆上出现蓝灵强者的一项重要变化！

陶长老的脸色也有了明显的震动，喃喃道：“他真的成功了，真的突破蓝灵了！”

几位导师皆是眼有惊喜之色，朱蒙安和巩星，则是木呆呆地站立着，眼光中是无限的羡慕与忌妒。

月思卿徐徐睁开眼，感觉眼前的一切景物都变得清晰起来。远处枝头绿叶的纹路、空中飞翔的小鸟的绒毛，都看得一清二楚。

这就是蓝灵的境界吗？

她喜不自胜，站了起来。

“恭喜你，清思。”陶长老由衷赞道，接着便是金导师几人的祝贺。

“谢谢各位导师，为清思耽搁了这么久，现在，我可以为队伍出一份更大的力了。”月思卿微笑着说道。

陶长老面露笑容，说道：“那赶路吧！”

后面的路途上，更没有遇到过重的危险。

月余后，他们抵达了光辉城，当天便去了太阳城堡报到。

虽有点晚，但太阳城堡在招生方面却很宽容。

接待他们的太阳城堡导师是一名五十开外的老者，引领月思卿三人进了巍峨高大的汉白玉正门，到了太阳城堡的内殿。

雄伟的内殿内，已经站了近百人，其中有三十人左右是年纪较轻的男女，应是前来报到的学生，其余则是陪同。

就如月思卿三人，陪同他们进来的是陶长老、金导师和朴导师。朱蒙安和巩星都是朴

导师带出的学生，他自然是放心不下。

进殿后，两拨人自然分开。

月思卿三人站到了学生队伍里。

而内殿内低低的喧哗声也在他们这行人进来时低了下去，纷纷看向这边。

引路的老者站到众人之前，环顾了一下殿中所有人，说道："今天大家可以不用再等了，拉金城的人也到了！"

殿里传来明显的吁气声，显然，他们也等很多天了。

老者等大家都安静下来，才笑眯眯地开口说道："大家都在，老夫就将太阳城堡的入学规矩再说一遍。你们都是各大城市推荐上来的尖子生，实力毋庸置疑。但我们对你们的具体实力并不清楚，还要仔细观察一下，所以在入学前给你们准备了一场历练。"

月思卿因是才来，对这儿的规矩一点不懂，所以听得格外认真。

老者道："我将送你们前往脉冲山，那里是太阳圣殿和黑暗圣殿一座主城离殇的交界处，虽然脉冲山属于太阳圣殿管辖，但也还有黑暗圣殿的人出没。所以你们一面要提防灵兽，一面要提防敌人。一天时间，看谁获得的新鲜灵核最多吧。"

"要杀灵兽，取灵核吗？"一名学生沉声询问。

"嗯。"老者淡淡一笑道，"太阳圣殿主张的虽然不是杀戮，但脉冲山内的灵兽繁衍过多，你们过去算是为当地居民除害，也算是一种功德吧。单打独斗有些危险。我给大家一些时间，自由组队吧，我们的队伍是四人一队。开始吧。"

学生们在他话音一落之时，便本能地分地方会聚到一起。毕竟，来自同一所学院，同一座城市，一起联手是情理之中的事。大家毕竟配合了一路，而且又是老乡，战斗效果更好。

但朱蒙安和巩星却没有靠近月思卿。

"表哥！"朱蒙安冲那边一人招了招手，拉着巩星的袖子小跑过去。

月思卿看去，便知道这二人加入熟人队伍了。

"朱蒙安，巩星！"陶长老一直在旁边关注着这里，看到这一幕不禁勃然大怒，呵斥出声。

朱蒙安和巩星又赶紧折了回来，叫道："陶长老！"

"你们怎么把清思给抛下了？他可是我们一个阵营的！还有，别忘了，她是蓝灵！"陶长老一脸不爽地望着他们。

朱蒙安瞟了月思卿一眼，说道："我表哥也是蓝灵，还是灵战双修，不比清思差，另外一人可是召唤灵师呢，月思卿有能力，自能组到队。"

说完，他眼底露出的却是冷笑。

月思卿纵然是蓝灵，还能组到比他表哥还好的队伍不成?

月思卿倒并不在意，刚想说什么，却发现陶长老、朱蒙安和巩星的头都转到同一方向，愣愣地没说话。她也转头看去，这一看，差点惊呼出声。

走过来的三名青年，为首两人，一冷漠狂狷，一潇洒随意；一虎背熊腰，一风姿卓然；但却是同样的英俊好看。后面一人，虽作男儿打扮，五官却极其精致清秀，明丽非常。

这三人不是吕涛、曲松和岳荣是谁?

“老大，又见面了！”曲松笑哈哈地一拳落在月思卿肩上，眼中却难掩惊喜之色。

“你们怎么也会在这？”月思卿承认吃了一惊，这是她如何也没预料到的事。

“这就奇怪了，太阳城堡只许你来，不许我们来吗？”岳荣也笑嘻嘻地接道。

“我的意思是……”月思卿疑惑万分，后面的话却没有说出口。

她想说的是太阳之息的事，进太阳城堡必须要在太阳圣殿属下的学院修炼过，体内有一定的太阳之息才行，他们三个如何成？

但这儿是太阳城堡，旁边俱是太阳城堡的耳目，自然不能质疑出声，否则，必让人生疑心。

吕涛压低了声音道：“机缘巧合，以后再跟你说，老大。”

“嗯。”月思卿点头，她也不急在一时，只是心却宽了下来。

见月思卿在这居然也有熟人，朱蒙安和巩星都皱了下眉头，显是没想到。

很快，在场的学生们四人四人地走到一起，组满了队伍。

老者见状，点点头，说道：“其余人站远点，老夫要开启传送阵了！”

陪同们连忙撤出了内殿，老者在墙上摸到一个开关，运起灵力扭动了下。

“轰隆”一声，室内传出巨大声响，随着一阵紫光浮动，内殿中的身影都消失了。

脉冲山，离光辉城有着很远的距离，附近有不少太阳圣殿的城市，所以这儿也被纳入太阳圣殿的羽翼。但正如老者所说，站在山巅，可以眺望到黑暗圣殿的一座主城——离殇城。

而太阳城堡的这批学生们则统一被传送到脉冲山的山脚处。

从这里，他们将开始一段历练之行。

月思卿四人早就磨合惯了，没有丝毫惧意，率先踏进了这片山域中。

月思卿不解地问：“你们怎么会在一起呢？”

“因为遇到了一位故人，有他的帮忙，我们才得以进来。”吕涛笑着说道。

“故人？是谁？”月思卿脑中急转，想着哪些人在他们之前来到了太阳大陆。

“先保密吧，那人没让说。”吕涛神神秘秘地说道。

月思卿撇撇嘴。

脉冲山浓郁的森林内，数十道身影穿插前行，不时光芒大绽，传出野兽的咆哮怒吼声。

月思卿四人也敏捷地穿行在森林内，以他们完美无比的配合攻克下一只又一只强大的灵兽。

战意正酣时，突然远处传来一声凄厉的兽鸣，声音无比尖锐响亮，充满了愤怒，震得人耳膜发颤。

光听声音便能辨别出，这只灵兽的级别很高。

“前头必是一只神兽，神兽出没的地方少不得有珍世之宝，去看看！”伴随着说话声，数道杂乱的脚步声匆匆忙忙往这边走来。

月思卿四人稍作停歇，便看到八条身影从林子里蹿出来。

这些是太阳城堡的学生，八个人，正好两队，其中一队正是朱蒙安和巩星那队。

月思卿嘴角勾起一抹兴味的笑容，朝脉冲山北部的方向睨了一眼，说道：“我们也过去。”

既然有神兽，她怎么会不凑一下热闹呢？

“谁让你们跟着？别想占便宜！”朱蒙安忍不住回头斥责道。

岳荣冷笑一声，呛他道：“大路又不是你家的，我们走哪关你什么事！”

朱蒙安气得脸色涨成通红。

他们没再顾月思卿一行，甩开大步，有意要拉开距离一样，飞一般去了。

月思卿并没追赶，步子不变，带领着吕涛三人行走在山道上。

从刚才的声音她能判断出，神兽之地离这儿并不远。

远远便瞧见前沿头的山洼上面聚浮着阵阵乌云，不时有惨烈的叫声传出来，气象壮观，骇人之极。

“太阳城堡的学生竟然也有胆量到这边来，灭了他们！”粗嘎的男子嗓音响起后，便是一阵技能大放的声音，那一头，显然打了起来。

而听声音，正是朱蒙安那一批八人。想来他们遇到了黑暗圣殿的人。

“老大。”吕涛轻唤月思卿一声，看她的示下。

月思卿略一沉吟，低声道：“绕道。”

“好。”三人对月思卿的决策都是言听计从，跟着她没入一旁的林间小道。

直至那边的打斗声淡了，他们也出了林子，迎面便看到远处半高的山腰上聚满了人，穿着各式服装，三五成群地站着，不知具体情况。

但此刻，半空中的乌云已经散了，那凄厉的兽吼声也没再响起，一切都是阴转多云的迹象。

月思卿四人没有立即就出去，而是在林子附近悄悄转悠着。

月思卿靠着小紫的提醒，轻手轻脚拨开草丛，步到一座山石旁，弯下腰拨弄了几番，竟是挖到了一株银白色的植草，她如获珍宝地收进空间戒指。

开玩笑，能在瞬间全部恢复灵气和精神的元英草，能不是好东西吗？

神兽出没之地，果然有不少宝贝的。

月思卿转过身，准备招呼吕涛三人再去别的地方寻宝，耳边却蓦地响起一声厉喝：“什么人在这乱闯！”

吕涛几个都被这突如其来的声音唬一跳，同时转过了头。

出现在面前的是五名黑衣人，从头到脚都裹在密不透光的黑色长袍内，露着五双阴恻恻的眼睛在外，不善地盯着他们。

五个人，从里到外都散发着生人勿近的冰冷气息，有如来自地狱的恶魔，一不小心间便要了你的命。

这不是恐吓。

在太阳大陆，黑暗圣殿和太阳圣殿是死对头，一旦遇到，不是你死，便是我亡，现实异常残酷。

“大哥，是太阳城堡的小兔崽子们！”一名黑衣人恻声说道。

“来得好，解决了他们！”为首的黑衣人冷声喝道。

“慢着！”月思卿急喊一声，抬脚跨了出去。

刚才潜入森林中时，她还有意甩开了那些跟踪监视的城堡导师们，他们没有大动静，一时半会是引不来那些人的注意的。

所以月思卿也不跟他们浪费时间，直接从空间戒指里将夜玄给的小黑牌取了出来，竖在大家眼前。

“大胆孽徒，见到代理圣尊，竟然不下跪行礼吗？”皇杀的声音如从天降，响在众人耳边。同时，一袭简约黑袍的少年缓缓走了出来。

这枚黑牌，背面光秃无一物，正面雕刻着繁复的花纹，正是黑暗圣殿圣尊的信物。除了可以验明正身外，还能联络各大分殿。

见黑牌犹如见圣尊本人。

看到此牌，再看到皇杀的出现，五名黑衣人再无怀疑，吓得魂飞魄散，连忙齐齐跪下，嘴里叫道：“见过代理圣尊！见过圣统领！属下祝圣尊千秋万代，河山同盛！”

他们反应如此迅速，想必之前就听说过代理圣尊一事了，只是还没见过。

月思卿“嗯”了一声，心里却差点笑破了胆。

夜玄这厮怎么折腾来折腾去就那么一句啊！他还真想与河山同盛呢！

“前面发生了何事？”月思卿简明扼要地问。

“回代理圣尊，是神兽蓝晶玄兽的出世。不过蓝晶玄兽已伏诛，神兽灵核已被取出，在我们项黑士长手里。我想，他应该非常乐意将这枚神兽灵核献给代理圣尊。”黑衣人恭声答着月思卿的话。

月思卿淡淡一笑，虽然好东西谁都喜欢，但也不是随便能拿的，便说道：“君子不夺人所好。只是可惜了神兽之死。”

“没关系，蓝晶玄兽还留下了小神兽，只是目前还在争夺中。”黑衣人笑着解释。

“嗯。此地不宜久留，你们撤了吧。”月思卿警惕地环顾了下四周，说道。

“好，属下们告退！”黑衣人躬腰带着其他人迅速离开。

皇杀也悄无声息地隐去身形。

“啧啧，这代理圣尊的名头还真好用。”曲松羡慕得两眼直发光。

威风凛凛啊！

“导师，他们不是我们太阳城堡的学生，他们是奸细，是黑暗城堡的人！”就在这时，略带惊慌的声音在不远处响起。

月思卿的心瞬间便沉到了谷底。

怎么？身份暴露了？那这下可没得玩的了！

吕涛几人也都是脸色大变，一同望向声音传来处。

只见一道身穿一袭雪白长袍的身影缓缓从山道一侧没过来，看身形是年纪不大的男子，他脸上戴着一方雪色绸巾，遮住了面容，看不到长相。但那身白色长袍月思卿却熟悉，太阳城堡中看到有不少人穿着，应该就是太阳圣殿的统一服饰。

而他旁边站着名十八九岁的青年，正满面惊惶地望着月思卿，嘴里还在不住地重复：“导师，我们赶紧回去报告吧，要不然可不知会造成什么样的后果！”

放任一名黑暗圣殿的圣士，还可能是什么代理圣尊在太阳圣殿这边，实在是太大的危险！

“小姐，这人不能留！”皇杀蓦然从暗处闪身出来，眼中已染满嗜血，紧紧盯着对面的一师一生。

月思卿的身份若是泄露出去，那太阳井的计划便彻底失败！

“等等皇杀！”月思卿叫了一声。

而那边，也意外陡生。

白袍男子霍然抬起右手，一股浓郁的蓝光亮起，紧接着，他的右手准确无误地掐住了身边学生的喉咙，但听手腕“咯吱”一响，那名刚还嚷嚷着的学生脸色立时变成青紫，没有发出一声惨叫，就这样顺着白袍男子那修长干净的五指软倒下去，没了呼吸。

这突然的变化让所有人倒吸一口冷气。

皇杀惊愕之间，那名白袍男子已缓缓摘掉了自己的面罩，露出一张俊秀清雅的脸庞，疲惫的眼光中染着几分欣喜，哑声说道：“思卿，是我。”

淡淡的四个字，犹如从遥远的天边传来。

望着那熟悉中透着陌生的容颜，月思卿呆呆地站着，突然脚步不受控制地朝他奔去，声音中染上哭腔：“老师，老师！思卿好想你！”

那白袍男子清润的五官不是消失了那么久的月出云又是谁？

虽然她知道，他不仅是她的老师，更是她的亲叔叔。可是，她还是喜欢叫他老师。

皇杀脸色一变，想要追过去，但还是没动。

月出云将月思卿纤细窈窕的身子一把揽住，禁不住泪盈眼眶，喉头哽咽得发不出声：“思，思卿，你长大了。”

“老师，你好狠心，一去就那么多年！”月思卿想到这事，心里极为难受。

月出云轻叹一声。

虽然月思卿戴着面具，但并不影响月出云认出她。

她的气质，她的声音，还有，一旁的吕涛以及大家对她的称呼。

只一眼，他就知道，她来了。

“嗯。”月思卿毫不防备，直接撕下了自己的人皮面具。

是的，在老师面前，在三叔面前，她不需要任何提防。

就像刚刚，哪怕那名学生是老师的弟子，他也会那么做，只因不会容忍半点有可能伤害到她的可能存在。

月出云眼中跳跃着说不出的亮光，说道：“我也没想到会在这遇到你，倒是他们三个——”他话锋一转，指向吕涛、曲松和岳荣，“之前在大狼凹有过一面之缘，便力荐了他们前来太阳城堡。”

原来是老师的功劳。月思卿明白过来。

太阳城堡招生最看重的是学生对太阳城堡的忠诚度。太阳之息是检测忠诚度最直接的数据。吕涛几个虽无太阳之息，但没有拜入任何黑士门下的他们体内也没黑暗之息，若是有太阳圣殿圣士的推荐，也是能破例的。

“出云导师，我们好奇你什么时候来太阳大陆的呢！”吕涛含笑询问。

同为男人，对于月出云对月思卿那敏感的情愫，他不是没有察觉，只是不愿多想。

月出云依旧是他心中那个温雅如玉的男子。

“说来话长了，当年我也在玛拉基丛林，经历了许多，算是机缘巧合吧，和黑暗城堡没有关系。”月出云并不愿多提那些事，但从他的字里行间不难感觉到，他吃尽了苦头。

“那导师现在在太阳圣殿供职吗？”月思卿问起近况。

月出云“嗯”了一声，上下打量了她几眼，放低声音道：“思卿，你又为何……”

他问的自然是月思卿立场的问题。

月思卿沉默了一下，看向月出云的双眼，声音轻且坚定：“我是黑暗城堡的人，这一点不用质疑，也无需理由。”

夜玄的事她还不想说。

月出云凝望着她的眉眼半晌，缓缓勾唇笑了，说道：“既然如此，我会全力维护你的身份。”

“老师……”月思卿心中感动。

想到月家，她想起一件很重要的事情，问道：“老师当年爷爷提起的回去，指的就是太阳大陆吗？还有神殿，指的可是太阳圣殿，还是指黑暗圣殿？”

“是太阳圣殿。否则，我又怎会直接成为太阳圣殿的圣士长？”月出云淡淡说道。

“原来我们的先祖是太阳圣殿的人。”月思卿恍然大悟。

月出云随后道：“不仅是月家，仰吕风月，当年是太阳圣殿的四大圣士长。”

月思卿惊怔地看向吕涛。

卡列国那四个家族居然有这么大的来头吗？

时间关系，他们没有再聊太多，而是处理了那名学生的尸体，往神兽的方向摸去。

还没等他们走几步，那边传来“轰”的一声巨响，黑雾弥漫了整片天空，看不清前路。

月思卿伸手挥去飞来的烟雾，锁起眉头。

这时，数道身影飞也似的从那座山腰上奔来，不一会儿便到了她近前。

“代理圣尊！”有人唤她的名字。

月思卿眼尖地看到几角黑袍。

手中一沉，有什么东西被放到她怀里，随后就是那远去的男人声音：“黑暗圣殿旗下黑士长项留，奉上宝物敬请笑纳！”

月思卿低头一看，臂弯里是个一尺见方的蓝色冰块，凉凉的，不知是什么东西，而掌心握着的却是个浑圆的蓝色灵核，闪着晶光，一看就不是普通灵核。

朝神兽地看了一眼，月思卿的心都跳得飞快起来，迅速将两样东西丢进空间戒指，沉声道：“走！”

一行人迅速离开是非之地，继续在脉冲山较为安全的地域杀怪。

第十四章

太阳之井

当天色黑下来后，他们再次被传回到太阳城堡的大殿。

起先领他们进阵的老者笑呵呵地站在众人之前，说道：“孩子们，对你们的实力情况老夫已有初步了解。现在，整理各自组的灵核吧！”

不一会儿，各个小组迫不及待地向老者上报自己组的成绩。

其中，以光辉城霍元为首的小组所获得的灵核最多，而巩星和朱蒙安正是被他所带。

“这个小组很霸道，我们进太阳城堡时因为抢了他们的先，被他们出手教训过。”岳荣在一旁低低说道。

月思卿皱了皱眉，还是将自己组的灵核交了去。

一片银光闪闪，众人倒吸一口凉气。

看数量，竟是比霍元组的还要多！那小子真是拉金城那破地方来的吗？

这时，有人叫道：“光辉城的七品阶灵核多一个！”

吕涛冷哼一声，说道：“你们只看到七品阶灵核，却没瞧见咱们拉金城的五六品阶灵核都要各多一枚吗？”

顿时有人反驳道：“五六品阶算什么，要看就看七品阶！能征服高品阶的才是最厉害的！”

“就是，小打小闹谁不会，机会多少问题，七品阶灵兽能拿下才是真本事！光辉城不愧是咱们圣殿的主城，出的就是人才！拉金城呵呵，算什么啊！”

那些声音一力地抬举光辉城，打压拉金城，不亦乐乎。

霍元嘴角已漾起一丝浅浅的笑意，可以看出他此刻心中是膨胀的得意。

月思卿眼尾扫过地上的灵核堆，缓缓道：“是要比阶别最高的灵核谁多吗？”

“当然了，级别越高的灵兽才能越说明你的实力嘛！”有人笑嘻嘻地说道。

月思卿的声音蓦然一冷：“既然要比谁的灵核品阶最高，那这颗算不算？”

她右手已从空间戒指里取出一枚浑圆漂亮的灵核。晶蓝色的光芒在它四周流转着，璀璨晶莹，优雅迷人，一看便不是凡品。

能站在这儿的大多是识货之人，片刻的沉寂后，有人颤声叫道：“是神兽灵核！”

一句话，引来众人轻轻吸气的声音。

突然有人质问出来："清思，你在哪弄来的神兽灵核唬人？我们比的可是脉冲山一行的收获！"听声音正是出自巩星之口。

月思卿冲他投去讥讽的一眼，还未说话，白袍老者的嗓音却染着几丝震惊响起："是蓝晶玄兽的灵核，看色泽，不超过三个时辰！"

他的话，直接回击了巩星的否认。

这是一枚三个时辰内从灵兽体内取出的灵核，而推算起来，这三个时辰，月思卿都在脉冲山。

疑问只是刹那间冒出来的，随后便有人解惑了："听说脉冲山有神兽出世，我们没敢过去，可就是这头蓝晶玄兽？"

能过去神兽地方的，那可都是胆大不要命的，一般学生，谁会去冒那个险？所以他们也仅仅是"听说"而已。

老者的眼光中却明显染上惊异之情："不可能再有第二头了。这个灵核，确实是脉冲山那头八品阶神级灵兽蓝晶玄兽的灵核！"

掷地有声的话语做了最后的定论。

学生们全都惊呆了。有太阳圣殿和黑暗圣殿那么多高手，怎会让一枚神兽灵核落到一名学生手中？

大殿内一下缄默下来。

老者也忍不住问出心中的疑惑："不知你是如何得到这枚神兽灵核的？"

月思卿垂下眼睫，掩住眼内的嘲讽之色，淡淡答道："真的不好意思，但我想，这是我自己的事。"

老者虽然尴尬，却也没理。

吕涛转移了注意力："既然是比谁的灵核阶别最高，那我们老大拥有神兽灵核，光辉城的小子有吗？"

他也学着别人的口气称呼霍元。

霍元气得脸色涨红，却又无法反驳。

是的，按照那样的理论，月思卿确实是赢者！

老者轻叹一声道："拉金城的小组赢了！按惯例，他们可以享受到太阳城堡的优待。"

月思卿满意一笑，修炼得到优待，比赢了什么都好。

其他学生则眼露忌妒，但却无话可说。

接下来，月思卿便开始了在太阳城堡的修炼。

与黑暗城堡内残酷的竞争制度相似，太阳城堡也有它独特的淘汰办法。

一连数个月，在灵气如此浓厚的太阳城堡内修炼竞技，她如愿升到蓝灵二级，这样恐怖的升灵速度，已经叫人望洋兴叹了！

而岳荣也在月思卿药物的帮助下一举突破了蓝灵，吕涛和曲松也俱升到了青灵巅峰，只等窥那一线天机，跻身于蓝灵行伍。

同时，太阳圣殿最伟大、最光辉的一项任务来了。

这项任务也是月思卿来太阳圣殿的终极目的——去太阳井历练！

据说，在太阳井这片神秘的空间下方镇压着一头上古凶兽的灵魂，因为怨气太重，灵魂凝成了实体，在太阳井下掀起一片腥风血雨。那从地底汩汩而上的邪恶之气，也使得整座太阳井都滋生了各种阴暗的生物。

所以太阳圣殿每年都会组织学生去太阳井历练，既让学生增长了经验，又能除去里头的阴暗生物，还赢得圣殿治下百姓的称赞，一举三得。

月思卿没想到这场历练来得这么快，强压住心头的激动去报名。

一到白玉广场上，她才知道，想要参加历练，没那么简单。

人群包围中，就听到有苍老的声音在说话："全都退出一丈，一个个来，那些太阳之息低的就别白费功夫了，胡乱取闹的话，甭怪老夫不客气！"

这声音，正是当日领他们报名的老者，也是太阳城堡的高级圣士长——毕廉能。

以他的身份和地位，只在城堡要组织重大活动时才会出面，其余时候，基本看不到他在城堡里的踪迹。

随着他略微沉着的话响起，人流立即如水纹扩散般往外荡去，月思卿赶紧拉着岳荣站定身躯。

不一会儿，眼前稀疏下来，她也看得清了，最中间摆了个长条桌，毕老和三位导师坐在桌后，桌子上放着三座测量太阳之息的水晶球。

月思卿心头一动，不禁转过头，问旁边几人："去太阳井，对太阳之息有很高的要求吗？"

那几人转头看她，目光惊讶，有如看着一个白痴，说道："当然了，你不会不知道吧？要求达到水晶球一半以上的太阳之息。"

"靠，这么苛刻。"曲松嘴角轻抽，"那我们不是没戏了么？"

"知道没戏还不趁早回去！"这时一道讥讽味很浓的声音传来。

曲松几个回头看去，却见不远处站着一拨人马，正是以霍元为首，朱蒙安等几个人。

霍元轻蔑地看了眼月思卿，道："这次你怕是赢不了我了。"

他是光辉城大家族的人，从小就有太阳之息，哪里是个小地方的人能比的？

说完，他便来到毕老面前，顺利通过测试。

当浓郁的太阳之息达到水晶球一半时，旁边响起明显的赞叹声。

到底是光辉城的少爷，就是不一样！

霍元嘴角勾起一抹得意之色，转头看向月思卿："清思，你也来试试吧，既然来了，总不能什么都不做就回去了是不是？"

"霍少爷都这么说了，我又怎么好意思拒绝呢？"月思卿缓缓勾唇，轻移脚步走了过来。

她冲毕老露齿一笑，又看向霍元，说道："我一个拉金城小地方的，怎么比得上光辉城主城的太阳之息浓呢？霍少爷也莫见笑才怪。"

"呵，不自量力！"朱蒙安冷冷吐出几个字。

然而，下一刻，他的声音便卡在了喉咙里。

被月思卿覆在掌下的水晶球已涌上一股白色光芒，直接将霍元刚刚测量的那条线给冲了过去，就在上面一点儿，恰到好处地停了下来。

众人一片哗然。

谁也没想到，这口口声声说是来自偏僻的拉金城的青年，居然还有如此强悍的太阳之息！比霍少爷的还要浓！

霍元的脸色唰一下涨成了紫红。

毕老惊叹良久，只是点了点头，一个字都没说。

这个来自拉金城的青年，他到底是什么来头？

这个疑问在他心里盘旋而出。

月思卿回头，笑眯眯地看向霍元那张有如吞了苍蝇般难看的脸，一字一字说道："那就太阳井相见啦！"

说完，她带着吕涛几人扬长而去，如一阵风，很快消失在众人的视线内。

十月，天气凉爽。月思卿随着太阳城堡的大队伍开赴他们此行的历练目的地——太阳井！

毕老亲自带队，一行人兜兜转转，最终来到那片古老而悠久的空间。

一片密林。

头顶，湛蓝的天空、微灼的红日皆被细密的枝叶拦住，林内一片荫凉。不远处，几乎透明的光圈不易察觉地闪烁着，不仔细观察根本分辨不了那一点莹润的光泽。一股苍凉的气息在空气中弥漫着，靠近光圈，众人心头感受到的唯有庄重、肃穆和冰冷。

毕老站在最前方，脸色也异常凝重地盯视着光圈，向跟来的二十人嘱咐："进入太阳井后，一切按计划行事，切不可擅自离开队伍，否则后果自负，知道吗？"

"知道！"回答他的是整齐响亮的应声。

"嗯。"毕老缓缓收回眼神，转过身子，目光在众人面庞上扫过，继续说道："少年血气方刚，天不怕地不怕，老夫是能理解的。但如你们这般的学生老夫带来的也多，其中还真有不顾老夫劝诫，进了太阳井后竟尝试一人独行或者两三人小团体行走。他们当中，实力不比你们每个人差，可得到的结果呢？无不是横尸井内，做了那些阴暗生物的滋养。"

说到这，毕老叹了口气："从来没有人敢冒犯凶王的威严，即便它被圣主亲自带几大圣士长联手封锁在了太阳井内，可这里依旧是它的地盘。冒犯它威严的人，从没有活着走出太阳井的。"

众人心头微颤。

据说凶王极其难缠，即使被镇压也无法处死，只能每年继续叠加封印。

这给太阳井添了几丝神秘诡异的色彩。

"圣士长，我们绝对不会惹是生非！可以进去了吗？"有人催促道。

"嗯，可以了。"毕老回头看了一眼透明光圈，率先朝那头走去。

太阳圣殿早有准备，布下了大阵开启太阳井空间之门。

"轰隆隆"一声巨响，光圈破碎，溅作无数晶莹光点散飞于空中。

"进！"毕老清喝一声，二十道身影化作矫健优雅的豹子，陆续跃进了空间之门。

当月思卿睁开眼时，她的第一感觉就是冷，很冷。

她能清晰地看到方圆数丈内的情景。

他们所处的地方是一座巨大的石洞，不透阳光，但却四处是风眼，地上潮湿一片，凹凸不平。

"随我从这里出去，这儿不是灵气最浓的地方，灵兽也不集中。"毕老的声音在不远处响起。

大家听声辨位，很快再次集聚在一起。

而月思卿发现，站在自己身边的好巧不巧正是霍元。

霍元冲她露出并没有多少善意的笑容，随后从空间戒指里取出一枚碧绿色的丹药吞下。

"小心，洞里可是有不少毒蛇，在这阴暗的地方滋养得越发厉害，安全起见，大家服解毒丸。"毕老提醒道。

大家应了，发出一阵窸窸之声。

大家都在服解毒丸，唯有月思卿没有动，目光警惕地打量着四周。

"清思，你没服解毒丸？"霍元发现了她的异样，皱眉问道。

月思卿看了他一眼没有回答，转开了眼神，直接无视。

霍元咬紧牙根。他讨厌极了月思卿这样的镇定。不服解毒丸，装什么牛叉啊！

"清思，你没服？"毕老皱了皱眉，问月思卿。

月思卿冲他一笑："圣士长不用担心我。"

不说她已是百毒不侵之身，拥有小紫，也不可能轻易中毒，退一万步说，身为三品炼药师，要是被毒蛇给毒死了，那她也就没脸回去见夜玄了。

"逞能！"霍元唇齿间狠狠溢出两个字。

毕老想说什么，最终还是没有开口。

众人开始在水汪汪的石洞内穿行起来。

果如毕老所说，这样的昏暗中隐藏了无数灵兽，大多是蛇虫之类。

可能是在这儿养得久了，它们的攻击敏捷而锐利，速度快得惊人。

也所幸这批蓝灵以上的队伍实力够强，靠着眼疾手快，一次次拿下攻击。

前头，有亮光出现了。

"快到尽头了。"毕老的话让大家松了口气。

就在大家加快脚步，想要一鼓作气离开这危险重重的石洞时，"呼"的一声，什么东西黑压压一群压着洞顶朝他们飞来。

昏暗中，只见到一双双幽蓝的眼睛，极其可怖。

"是食人蝙蝠，有毒的！"毕老大声喝道，他向来沉稳的声音也染上一丝紧张。

食人蝙蝠是这些灵兽中最强的一种，可达七品阶蓝灵水平，相当于人类蓝灵高级到紫灵阶别。

若是出现一只也就罢了，他们这有二十名蓝灵呢！可食人蝙蝠也是成群出现，这么一大片，至少上百只，稍有不慎，便会玩完！

“站成圆圈，攻击！”毕老到底经验丰富，很快沉声发下命令。

众学生立刻背靠背站好，各种华丽技能直冲食人蝙蝠身上招呼去。

一时间，洞内蓝光大作，技能效果无比炫丽。

他们的攻击爆发性很强，第一拨成人脑袋大小的食人蝙蝠在惨叫声中化作青烟。

可蝙蝠优势在于数量多，第一拨牺牲了，第二拨又冲了上来，而且势头越发猛烈。如此几番后，第三拨、第四拨蝙蝠乱了，一齐扑过来，嗡嗡之声不绝于耳，如在耳边轰鸣，震得所有人头晕眼花。

蓝灵阶别的声波攻击，可也是不容小瞧的！

月思卿面色微沉，正想着以强大的精神力阻挡一下声波，不提防一抹蓝光突然从空间戒指里滑了出来。

蓝光化作薄如蝉翼的蓝色半透明光罩，将她整个人笼罩住了。

月思卿感觉好像突然遁入另一个世界，耳边吵得令人头疼不已的嗡嗡之声突然就销声匿迹了。

而她手上的攻击却不受影响地挥了出去。

这是蓝灵空间罩吗？

月思卿脑海中第一反应便是这几个字，但随即就被她否定了。

已经是蓝灵水平的她自然清楚这一点，蓝灵空间罩可以有效阻挡灵气攻击，但绝对不包含比自己实力高许多的声波攻击。

这么多食人蝙蝠的疯狂之下，甚至是毕老的紫灵灵罩都未必能撑得住！

但这一抹蓝光却挡住了……

她下意识地去看别人，却发现他们仍然处在被围攻的危险中，浑不似她这般轻松。

正犹疑间，一道清灵的笑声传来：“娘，我会保护好你的！”

月思卿讶异间，便又听到小紫颇为不满的声音：“她是我娘，不是你娘！”

“那就是我娘！”悦耳的声音也染着几分倔强。

不多时，两道声音竟然对骂了起来。

“都别吵！怎么回事！”月思卿百忙之中，抽了一丝心神分到了空间戒指。

只见铺着毛绒绒地毯的地上，一头紫发的娃娃和一名蓝发娃娃相对而坐，同是八九岁模样，长得精雕玉琢，粉嫩漂亮，好似一对金童，不过如此。只是两人眼光中都蓄满了不服气，互相瞪视，怒火中烧。

“你是……”月思卿惊讶地看向蓝发娃娃。

披着一头晶蓝长发的裸体男娃一溜爬起来，直接扑向月思卿怀抱，撒娇道：“娘，我是小蓝啊。”

“……”月思卿嘴角轻抽，尚有些反应不及。

小紫哼哼唧唧地解释道：“娘，他就是你从脉冲山带回来的蓝色冰块，是我的玩具，没想到这么快就孕育出小神兽了。”

听了它的话，月思卿讶然挑眉：“你是说，他是那块蓝色冰块？”

蓝发娃娃笑嘻嘻道：“娘，那是我的摇篮，我一生下来就得待在里面，等日子足了才能出来。”

面对这一出来就如此能言善辩的蓝晶小玄兽，月思卿有些无语。

好吧，神兽的基因确实不是嘴上说说而已。

“小蓝，这蓝色灵罩是你释放的？”月思卿思索着询问。

“那当然。娘，我虽然没有攻击技能，但却能为你释放空间灵罩，有的可以隔绝一切危害；有的可以只隔绝声音，但不影响你攻击；有的还能自动给你补充体力、灵气，增加速度、力量或其他属性。就看你需要什么了。我可是一名优秀的辅助系灵兽哦，生下来就能参与战斗！”蓝晶玄兽不无得意地自我介绍。

“这可是辅助系灵兽中的精英啊！”月思卿恍然大悟。

她曾经学习理论知识时，也曾听说过这种灵兽。不过，月出云和夜玄都说，如此强大的辅助系灵兽并不常见。

月思卿也没想过会遇到一头。

她自是无比开心，抚慰了小蓝和小紫几句，便收了心神，认认真真加入战斗。

食人蝙蝠虽然厉害，但也敌不过这些灵师的轮番攻击，一节一节败下阵来。

但同时，他们这边赢得也不容易，不时传来的闷哼声夹杂着无限痛苦。

待得只剩下数头蝙蝠时，那边才传来同行学生略带焦急的声音：“圣士长，他们怎么样了？”

月思卿狂丢技能的同时回头觑了一眼，便见四名青年仰躺在地，双眸紧闭，面色呈现着不自然的青紫，显然是中了毒。

一看便是中了食人蝙蝠的毒。

毕老查探了一下他们的脉息和体内灵气情况，脸色凝重道：“不大好，解毒药效力不够强，但也还有些，能暂时护住心脉。”

他的言外之意就是说，如果时间拖长了恐怕不妙。

霍元看了几眼，又将冷冷的眼光转向月思卿，心中暗想，怎么中毒的不是她？

可触到月思卿表面那层半透明的蓝色灵罩时，他的眼瞳剧烈收缩了几下。

可以清晰地看到，当食人蝙蝠的声波攻击打向月思卿时，那层灵罩便会轻颤起来，折射着蓝莹莹的光芒。

那到底是什么神器，竟然能自成空间，抵挡高级别的声波攻击！他们这个级别的人，对空间波动可是极为敏感。

难怪她不用服解毒丸了，原来有这东西！

饶是霍元出身大家族，此刻也不禁眯起了眼，难掩其中的忌妒。

不一会儿，最后几头食人蝙蝠也被部分人齐心协力给解决掉了，众人这才长长吁了口气，卸去了几丝防备，转头看向毕老几人。

地上躺着的伤员已经只有一个了，另外三人皆被另三名学生扶在臂弯里，虽神情狼狈，面上的颜色却好看得多了，应是没有大碍。

但地上这位……

“有些棘手，毒深了。”毕老望着那人越来越涨紫的面容，轻叹了口气。

“圣士长，不必愧疚，既然二品解毒丸都救不了，那也是他的命数尽了。”霍元走近几步，低声劝道。

但注意着这一幕的月思卿，心头却是一动。

这名脸庞深紫泛白的青年她有印象，在路上遇到强悍灵兽时，曾为她挡了灵兽的重重一击。

许是本能，但月思卿却记住了。

眼看着那青年的呼吸越来越沉重，月思卿迅速走上前，声音果断：“让我来吧！”

她蹲下身，右手已从空间戒指里带出一枚深绿色浑圆丹药，熟练地伸出两指捏住青年下颌，将丹药送了进去。

众人微微叹息，这还有救吗？

然而奇迹还真来了，青年服药没过一会儿，那原本涨紫狰狞的面庞竟然缓和了几分，又过了片刻工夫，青年面色已然从容，紫色也全褪了去，剩下的只是病态的苍白。

“嘤咛”一声，那被提前判定死亡的青年竟是睁开了双眼，有些茫然地看向四周。

“天啊，他真的醒过来了，好厉害！”

“连毕老都束手无策，他是怎么办到的？”

议论声中，霍元瞪大双眼，震惊地看向月思卿，忍不住问：“你刚喂他的丹药是什么品阶？为何如此管用？”

闻言，毕老的声音也染着疑惑：“是啊，老夫也很好奇。”

“一品解毒丸。”月思卿淡淡勾唇，不紧不慢地说道。

“一品解毒丸”五字一出，众人惊呆了。

“一品？你还有一品丹药？”霍元简直难以相信。

虽然太阳大陆上不缺高品阶炼药师，可那些个数量有限的一品炼药师却是神龙见首不见尾。

一品丹药，岂是谁想有就有的？

就算有，谁不是爱若珍宝，岂会随便拿出来救一个外人？

就连毕老也忍不住嘴角轻抽：“当真是一品丹药？你怎舍得……”

月思卿抬头，却是看向霍元，淡淡说道：“哦，一品解毒丸倒是不缺。”

这话明显是说给霍元听的。

霍元脸色一变，却是沉默不回，只是神情颇为不自在。

刚刚他们服解毒丸时，他还嘲笑了月思卿，如今看来，自己当真是大惊小怪了。

人家可是将一品解毒丸当大白菜吃啊，这叫他情何以堪！

袖下的双拳禁不住握紧，好，很好，他倒要拭目以待，清思这小子到底还能有多牛！

月思卿不再理会他，也不邀功，见青年好转便站了起来，说道：“是不是该先出去呢？这里到底不安全。”

她说着，敏锐的目光缓缓扫过满地蝙蝠尸体，昏暗的石洞内。空气中浓烈的血腥味让人感觉到深深的不安。

“嗯，先出去吧。”毕老赞同了她的建议。

一行人拖拖拽拽往不远处的光亮点行去。

月思卿感觉到不少投在自己身上的目光，尤其是属于霍元的眼光，更是带着深深的逼视。

呵，她嘴角轻轻勾起。

在进入太阳井时，她就知道，自己无法回头了。

纵然这一次不成功，她也不可能再用清思的身份回太阳城堡。

所以，暴露就暴露吧！

想着，她脚下的步伐越发轻快起来。

身边，毕老低声说道："太阳井共分四个区域，石洞水观是第一区，下一区便是悬崖止步，第三区是盘蛇长道，最后一区……我们不过去。"

众人闻言，呼吸微促。

石洞水观看起来路并不长，但一路的怪物着实让他们头疼，尤其是刚刚那群食人蝙蝠，差点要了他们的命。谁知道接下来在其他区域还会撞见什么！

毕老悠悠笑道："每一区域都会被一种生灵霸占，成为区域之主。刚才那群蝙蝠便是石洞水观区的区主，这里应是不会有更大的麻烦了。第二关、第三关的区主今年也不知是谁呢。"

"后面两关的区主只会比这一关的更厉害，是不是？"有人轻声问，语气里掩饰不住的惊骇。

"按理说，是的。"毕老承认道，"后面三关的灵气越来越浓。强悍点的，谁不想占好地盘呢？"

他的话引起了众人的沉思。

而此时，他们已经穿过了这段昏暗之旅，再次迈步融进了天光之中。

走出石洞，迎面而来清爽的山风。远处崇山峻岭，两旁绿树成荫，令人心旷神怡。

可每个人心里都清楚，这儿绝不是安宁的自然，而是随时随地都充满了无限杀机的场所！

毕老领着他们顺着山道往前走，嘱咐他们，不得碰这里任何东西。

果然，美丽的风景后隐藏着无限杀机，不时有强悍灵兽狂乱地飞扑而出，挡他们的道，咬他们的肉，丝毫没有任何怯惧感。

甚至于，路边开的美丽的植物也会突然伸长枝叶，化作无数锋利刀刃去割人喉头，锐利敏捷的出手以及极其隐蔽的存在，往往让人吓出一身冷汗。

就在一路的惊吓中，他们终于走到了山道尽头。

白雾迷蒙，从谷底涌起，恰好掩住了悬崖对面的风景。

是的，这里是一处断崖。

"悬崖止步么……"月思卿低喃一声。

话还没说完，一声暴喝蓦然在整片山谷里响起，声音雄浑，回声连绵："哪里来的人居然敢闯我的地盘！"

这一声厉喝，倒是教大家心里突了一下。

谷底涌出的白雾渐渐散开，露出一张极其狰狞的人脸，庞大的身躯脚踩大地，手握战斧，一双铜铃般的眼睛中说不出的锐利。

“敢进我太阳井，悬崖止步，难道不知？”狞兽一字一字发问，面含怒意。

月思卿望着他，一时不知这是什么品种的灵兽。

旁边，毕老的眼睛微眯，低低道：“他是人，不是兽。”

“是人？”旁边的学生听言，都忍不住一下瞪大双眼，有些难以接受。

这里会有……活人？

但下一刻，毕老便淡淡勾唇：“不，不是活人，他是死人。”

“死人……”众人脸色却是更难看了。

“嗯。”毕老解释道，“是生前留在太阳井的死人，因滋养了无数阴暗气息凝幻而出的躯体，拥有前世所有的实力和技能，甚至于前世的思想。但他们无法回归正常生活，也永远踏不出太阳井。所以，他们的心灵已经扭曲了，不能以常人而视之。”

“不知他实力如何？”月思卿脸色平静地问。

这种死人，她幼时在琼城地宫便已见识过。

如今，更是不怕。

“肯定在刚才那群蝙蝠之上。”毕老沉吟着给出答案。

“嗯，那就动手吧，事不宜迟！”月思卿沉声说道。

队伍里的人都随身备着大量丹药，灵气和精神力是绝对跟得上的，除了最后那名还未完全恢复的青年，其他人都能参战。

“嗯，动手！”毕老倒也不含糊，苍眸一眯，喝道。

立刻，无数攻击同时砸向那名怪人，怪人暴怒，抡起铁斧，紫色光芒大闪，如掠过天际的闷雷，重重划向他们。

原来竟是紫灵水平！

但是，能超越那群食人蝙蝠站在这里，必是有些本事的。

果然，几回招数过后，怪人突然仰头，对着那灰蒙蒙的天空一声长啸，尖锐的啸声刺得人人耳膜乱颤。

随后，有人惊呼起来。

月思卿刚欲抬脚，却也发现了一个恐怖的事实，双脚居然如钉在地面一样，竟是抬不起来！

这什么变态招数！

“小蓝，护体！”月思卿红唇轻吐，放弃了其他伤身的法子，却是动用了新收的灵兽蓝晶玄兽。

强大的辅助系神兽，该派上用场了。

蓝光乍现，迅速将月思卿整个人给裹在其中。

不同于刚才拦截声波攻击的半透明空间灵罩，此时，月思卿听得清晰的“咔嚓咔嚓”之声，那围住她的蓝光竟然如同上冻一般，迅速凝结成了厚厚的冰块，连她也只能依稀分辨外面的情形。

没等她看清外头到底如何了，地面忽然一阵剧烈的摇晃，女子心头也是猛然一跳。

虽是蓝冰盾隔绝了声音，可对外界的感触却是真实存在的。

她急忙扶住蓝冰盾以防摔倒，却明显发现蓝冰盾也在轻微战栗，似乎受了重击。

“咣当”一声，蓝冰盾终于承受不住巨压，破裂而开。

一点一点的晶莹光芒在空中飞扬，如流星般绚丽夺目。

月思卿的身形缓缓出现，眼前的场景再次回来。

令她惊愕的是，二十人当中，除了三四个人毫发无伤外，十数人方位凌乱地站立着，皆是面色苍白，唇角流着血迹，而她的余光更是瞟到了……一些模糊的血肉碎片，触目惊心。

“速战速决！不能再损失人手了！”毕老的声音染着一丝坚定在旁响起。

月思卿的心微微沉下，原来，刚才到底还是有人牺牲了。

目光一扫，所幸那名被她救下的青年并不在其中，否则，她也会觉得一枚上品丹药用得有些肉疼……

毕老看向她道：“清思，你的蓝晶玄兽确实厉害！久闻其名的蓝冰盾果然不负众望，连紫灵强者的绝技都能扛下来。老夫今日算是见识到了！召唤灵师果然吃得开啊！”

月思卿眼中划过一丝了然。

既然毕老知道蓝晶玄兽，那么看出蓝冰盾的技能也能理解了。而且，召唤灵师在这片大陆上本来就没绝迹，毕老说出来倒也不奇怪。

淡淡一笑，月思卿没有作答，而是看向山谷中的怪人。

怪人正佝偻着腰，大口喘息着，脸上泛着红潮，显然刚才一击也要耗去他不少力气。

冷然勾唇，月思卿毫不迟疑，脚下蓝光大绽，同时甩出两个技能：“火山爆发！电闪雷鸣！”

从进入太阳井以来，更加确切地说则是进入太阳城堡到现在，因为银色不能用，白虎在她升入蓝灵后便陷入沉睡状态，所以她只用了小粉后学的蓝灵技能火山爆发和小青的青灵技能电闪雷鸣。

小青的蓝灵技能是遮天蔽日，阻碍视线的，她刚入蓝灵，还掌控不好。

怪人急喘数声，惊怒交加，举起巨斧，狂吼着劈下。

那些存留的学生也擦干嘴边血迹，一同发招。

斧影森冷的光芒中，月思卿并不着急迎敌，而是留了三分心神紧密关注怪人的一举一动。

她不想让刚才的悲剧重演。

果然，这么盯视了一会儿，眼角余光就敏锐捕捉到怪人的奇异举止。

他的右手垂下，五指翻飞，如是结着什么手印，而左手却高举战斧，作出攻击之势。

“大家快退，他要放绝招了！”月思卿看到那有些熟悉的结印手法，想也不想，脱口叫道，同时背后腾地生出双翅，巨大的银色翅膀猛地一扇，轻盈的身体便离了地面。

这一声喊得及时，大家立刻做出反应，有飞行灵兽的立即升空，没有飞行灵兽的则用灵气幻化为翅膀飞起。

而怪人，则仰起脸，冲着他们的方向极怒咆哮。

月思卿召出半透明的护体罩，那震耳欲聋的啸声立刻被掐断，眼光则下意识地瞟向下方。

紫光一闪，她注意到，地面上冒出了无数个大大小小的光圈，光圈颜色很淡，打斗中根本难以注意。

而此刻，处在光圈中的植物，突然间如同时间静止一般，停止了随风摇动，固定在了一个个怪异的姿态上。

盛开在光圈缝隙间的草叶却依旧被他们战斗之风带起了波浪般的摇晃。

突然明白了什么，女子肩背上的双翅扑扇了几下，直冲下来。

“不用怕他，他就会这么一招！等我提醒时，你们注意脚下的紫色光圈，别踩着它也别留在圈内，就一定不会被定身！”

月思卿清晰地吩咐。

“清思，你想害我们灭队吗？”霍元立刻向她砸来反对意见。

除了她一个人外，没有人动，更别提相信她了。

“嗷！”怪人忽然又是一声泣血的嘶吼，月思卿顾不上别人，赶忙去看自己脚下，果然，紫光闪动，又有紫色光圈极快地浮现。

这一回，月思卿准确地跳出光圈，避开了那些大小不一的紫环，犹如躲开洪水猛兽一般。

“噗”的一声，地面上的紫圈却是突然一亮，光芒竟是直射向半空，刹那间，天空中那些不肯下来的学生们，扇动的翅膀也突然僵住，无法动弹了。

凡是在光圈领域中的学生，无论高低，被封得死死的。月思卿心中骇然，尝试着移步，却发现自己的行动没受半点影响。

大喜过望，在紫光褪去后，她手中的两个技能依旧平稳地飞了出去，狠狠撞击在怪人身上。

“哇”的一声，怪人似乎已是灯尽油枯，张口便吐出一口鲜血。

他抬起头，看向月思卿的眼光充满了愤恨和杀意。

“不听人言，吃亏眼前！”月思卿望着再次被定身的众人，冷冰冰吐出一句。

当然，并不是所有学生都被定了住，也还有极个别的侥幸逃出，包括毕老和霍元，几人很快聚集到月思卿身边。

不为别的，只为刚才她那神乎其神的判断，让人下意识地就相信她所站的地方一定是最安全的。

“绞杀令！”怪人咬牙切齿地吐出三个字，赤血的双眼盯紧了他们。

月思卿刚要提防，却发现身边传来一阵恐惧的惊叫。

原来，绞杀令针对的不是她，而是那些被定身的学生，原先布着紫圈的空间突然发生扭曲变形，里头的人脸庞也被挤得五官移位，叫声断断续续。

不能让他们就这样死了，没有他们，或许第三关她也走不过去！

手上的招式于是动了。

一柄巨大的弯刀在她掌心缓缓凝就，雪色刀锋折射着阵阵冷芒，翡翠手柄在阳光下透着冰润好看的色泽。

随着上古神器裂日凤吟刀的出现，这本就气势压抑的悬崖又添了几丝冷沉。

“流星箭！”月思卿冷喝一声，运出后学的青灵战技流星箭。

“嗖”的一声，裂日凤吟刀速度奇快，根本无需如何酝酿，已化作一道青色流星直接冲向怪人。

虽然毕老几人发招不比她迟，但她却是后发先至，一声钝响后，裂日凤吟刀狠狠贯入怪人体内。

怪人闷哼一声，身子摇晃了几下，终于在另几名学生的攻击下彻底倒了下去。

那原本还在扭动着的空间也随着他的倒下停止住了，那些面色青紫的学生如得大赦，摁着喉头，大口大口地呼吸着。

“上古神器？”毕老松了口气，眼光中充满了不可置信望向月思卿。

“你是灵战双修？”霍元皱眉询问。

“没什么。”月思卿淡淡答道，却是承认了。

霍元一呆。

她不仅是召唤灵师，还是灵战双修吗？

“霍元，你不得不承认，他比你优秀！”毕老面色凝重地开口，眼光中也透着几分凝重。

召唤灵师和灵战双修集一身的人才，那是必须得上报太阳圣殿总殿的，因为实在太少见了！

霍元的脸色如蔫了的枝叶，说不出一个字来。

第二关，悬崖止步，终于算是通关了。

第十五章

夜玄残魂

毕老统计了一下，这场通关，是以损失了四名学生为代价的结果。

剩下的人原地休息，不敢停留太久便整装出发，心中都不由暗想，第三关……又会有多危险？

下了悬崖，迎面又是深深浅浅的山间碎道。毕老带着他们再次弓身走进一座石洞。

迎面是曲曲折折的道路，而路上、壁上，墙根处，盘踞着的是一条又一条冰冷的长蛇，它们挨着，挤着，扭动着，嘶嘶的响动声中，成千上万双碧绿的三角眼提防地看着闯进来的人。

除了毕老外，所有人都不禁倒吸一口冷气。

我的天，这一关能过吗？

月思卿皱起了眉。和这些纯粹以历练为目的的太阳圣殿学生不一样，她来这里可不仅仅是为了提高实力，她是有备而来，真正的目标就在于太阳井最深处的东西。

她仔细研究了皇杀给她的地图，知道被关押的残魂就在第三关之后。

因为当年，白罗圣主用的法子太不光明正大了，所以对外称被镇压的是上古凶兽，实则是夜玄的残魂。

正想着时，毕老低沉的声音响起："这条盘蛇长道相当长，想要闯通可有难度，危险也大，大家杀多少是多少吧。"

这样，历练的目的也就达到了。

"圣士长，既然盘蛇长道很长，那么一旦动手，后头的蛇兽会不会一窝蜂地往外挤？若是那样，岂不是一直脱不了身？"霍尔皱眉问道。

他的话也让其他人面露惊色。

"这条路上毒蛇分布是一段一段的，不可能全体出洞，真到了解决不了的地步，再撤回便是，总归，这是我们的最后一关了。"毕老的话让大家心安了几分。

也让月思卿瞬间拿定自己的计划。

想要单独行动，这里是最佳机会了。

众人未动，毒蛇也没有立刻攻击，而是虎视眈眈地提防着，这也给大家又留了点养精蓄锐的时间。

半晌后，众人调息完毕，随着毕老一声命令，十六名蓝灵强者齐齐召唤出自己的灵气，蓝光一时间充满了整个石洞，十数个强大的技能全数攻向蛇群，真的是绚丽无比。

蛇兽数目众多，好在品阶却不是很高，除了个别蓝灵级别的蛇王，其余都在绿灵和青灵级别。那些强悍的技能一扫便是一大片。

众人见状，心头略松，但随即却又高高提起。

因为消灭一批，又有一批从洞深处游出来，幽幽的蛇眸闪烁着冰冷光泽。一拨又一拨，数量比第一关的蝙蝠多出好几倍。

而且，没一会儿，他们就发现了异样。

本已服了解毒丸的学生们感觉到了头晕恶心，呼吸都不通畅起来。

百毒不侵的月思卿自是不知，杀得欢畅时，耳边毕老的声音染着几分急促："空气中全是毒障，大家不要吝啬，补充解毒丸！"说完，他也塞了一粒解毒丸于口中。

太阳井越深的地方越不受他的控制。

就像刚才对付怪人时，他有心无力，还是眼睁睁看着四条性命殒灭。

而此时，有些学生的脸开始发青发紫。

月思卿百忙之中抽空扫了他们一眼，心里也暗暗吃惊。

这蛇毒之气竟是这般厉害吗？

想着，她也拿出一枚解毒丸吞下，再加一层保障。

刚才在第一关时，她给那名青年服下的其实并非一品解毒丸，只是她自己炼制的三品丹药，但她却悄悄抹了点小紫的汁液在上，才化解了青年的危机。

一品解毒丸极难研制，数量有限，不到万不得已的情况她怎么舍得随便使用呢？

"大家速战速决，退出去吧！"毕老终于下了决定。

月思卿心头微跳，她知道，留给自己的时间不多了。

"卿卿，用小青的遮天蔽日，顺便拿了它的灵核，再将小紫抱出来，加小蓝的速度盾，召唤小粉的火焰轮，直接闯过去！"一直闲着的银色此时给出了具体指点。

"能闯得过去？"月思卿咬了咬唇。

"盘蛇长道是应该可以的，但第四关，我也没把握。可如果我劝你就此收手，你会答应吗？"银色轻轻叹了口气。

"懂了。"月思卿简洁地吐出两个字，右腕一翻，喝道，"青龙，遮天蔽日！"

她不想再耽搁，诚如银色所说，她不可能放弃的。

青色长龙的真身霍然出现在狭窄的石洞口，粗硬的身子覆盖着冰冷结实的青色鳞片，龙须昂然，龙角耸立，巨大的瞳眸中折射着威严的目光。

这是在太阳井内，月思卿头一回召出灵兽真身。

青龙真身的出现和只释放技能的神兽威压是完全不同的。

"上古神兽！"毕老的脸色再度一变。

不时关注着月思卿的霍元也双眉一拧。

好强悍！不仅拥有上古神器，居然还有上古神兽！

青龙吐出一声惊天动地的龙吟。

随着龙吟声响，原本还有些亮堂的石洞突然间就陷入无边的黑暗，蛇群更是乱成一团，包括其他学生，都一时感到天旋地转。

“大家趁机退出去！”月思卿清脆的声音在整个石洞内传来回声，同时，她已左手抱出小紫，身形若风，飞速离去。

不过，她的方向却不是出洞，而是那条盘踞着无数毒蛇的狭窄小道。

若是此刻没有遮天蔽日的掩护，其他人看到这一幕，一定会吓得面无人色。

月思卿收了小青，右手一把捏住它扔来的灵核，同时翻出裂日凤吟刀，借助刀上镶刻着的速度灵核，生生提高了几倍速度，脚踩软软蠕蠕的蛇身，一下就隐没在小道上。

约摸着出了众人视线，她才轻喝一声：“速度盾，火焰轮！”

小粉附体，女子一头长发无风自起，眉心簇拥一团火焰似的兰花标记，脚底升起两团炽热的火焰。速度盾加身，在她身边幻化为一抹淡淡的蓝色光芒。纵然还戴着夜九那张丢进人群就找不着的面具，月思卿整个人还是被衬得炫美无比。

火焰的出现，照亮了幽深的石道。

月思卿定睛一看，便瞧见阴暗潮湿的地面上，无数条长蛇爬行着，却不敢靠近她，显然，它们都忌惮青龙的上古神兽威压和小粉的威压，正在观望。

她加快了离去的脚步。

而学生们撤离了场地，那些毒蛇并没追出洞，他们才一跤坐倒在地，大口喘气。

彼此互望间，霍元突然抬高了声音：“清思呢？”

他的话提醒了大家，顾目四望，竟是都没看到月思卿。

“糟了，她是不是乱闯进……”毕老面色一沉，后面的话没有说出来。

有学生弱弱地开口：“清思那么强，应该不会出事吧？”

说话的正是那名被月思卿救了的青年，一脸担心地问。

“那也不一定，说不定，她刚才已经趁乱出去了！”霍元轻哼一声，说话时突然想到这个可能，立刻看向毕老。

毕老严峻的脸色先是微微一松，而后又有些凝重道：“外面也不太平，我们出去找找吧。”

他的决定，其他学生自然没有反驳。

说到底，他们也不愿这么快就离开太阳井，能在附近历练历练也是好的。

再说月思卿，这会儿是真正孤身涉入险地。

狭窄幽暗的长道里，凉风不知从哪吹来，发出低低的呜咽声，在空无一物的石洞内听起来，恍若有人在哭泣，不时有黑影在墙角闪过，却又不见任何东西。

这里气氛阴森诡异，叫人不寒而栗。

月思卿召出小青和银色，让他们一前一后行走，自己则走在中间。上古神兽的感知力比她要敏锐得多。

越往前，那若有若无的呜咽声变得更加清晰了，在月思卿耳边不停地响起，伴着间或的男子叹息声，如怨如诉，令人毛骨悚然。

刚走出一个拐角，突然间月思卿就看到眼前一道人影飘来。

那是个面色惨白的男童，穿着染血的白衣，就这么朝她徐徐飘来。

走在最前头的银色身形一闪，化作一朵雪色兰花，不待月思卿命令，脑海里已响起一个庄严的声音："金兰怒放！"

这是银色的蓝灵之技。

金色兰花由内到外都散发着尊贵的气息，一朵花瓣接着一朵饱满地立起，正合了技能名的"怒放"二字。

当九朵花瓣尽数盛开后，九道金光倏然射出，直指男童。

"啊"的一声惨叫后，男童被金光刺中，整个身体化为了灰烬。

金兰消失，银色出现，面色些微凝重，回头说道："这小鬼是蓝灵级别，不过不敌主人。"

"嗯。"月思卿心里有了数。

继续往前走，这一路都飘浮着各种各样的灵魂体，或是男尸，或是女尸，或者是一些根本分辨不出的尸身，或缓慢飘浮，或速度如电，或是成群结队出现，吐着长舌，怪笑着围住月思卿。总归，一路都是说不出的阴森可怖……

所幸月思卿实力强悍，以一人之力独抗全部，磕磕碰碰地拐绕到了路的尽头。

不远处，一座雕刻着古朴花纹的雄伟铜门沉重地竖立着，门头上没有刻字，只是雕着一些看不懂的符文，色泽陈旧的金属材质折射着冰冷肃穆的气息，那股阴森到了这也显得若有若无。门前，一左一右端立着两个铜塑的武士，面容庄严，手执长戟，一动不动。

月思卿刚往前迈出一步，却骇然发现，左右两樽铜人那原本闭着的双眼霍然睁开，两道冷厉的光线直射而出，同时，嘴里发出一阵响亮沉重的喊声："轰……"

"遮天蔽日，金兰怒放，火山爆发，流星箭！"几乎是同时，月思卿身周光芒四射，华丽的招式攻击了出去。

铜人高举长戟，朝月思卿抡下。

"砰"的一声，技能撞在一起，发出巨大的冲击力。

月思卿的脚步不受控制地朝后退去，胸腔间翻江倒海起来。

强吞下涌到喉头的血水，月思卿面色苍白了几分，心中一凛，好强悍的攻击，堪比紫灵！

"龙吟九天，金兰怒放，火山爆发，流星箭！"月思卿咬牙，再次喊出技能，脚下一点，身形骤退。

又是一声轰响，月思卿勉强稳住身形，整张脸惨白得无一丝血色。

而那两个铜人，因为身体材质的坚固，只是微微晃了几下，却是毫发无伤，迈开脚步，朝月思卿的方向行来。

月思卿赶紧抓了把聚灵丹塞进嘴里，大量灵气挤进七经八脉，她有片刻的眩晕。

眼前一片空白时，她感到气穴中心失控了，无数灵气蜂拥而出……这是要升级了？

一愣之后，月思卿皱起了眉头，心里连声叫苦。

升级自然是好事，但她可不想在这里升级啊！虽然升级中不惧铜人偷袭，可是定会叫太阳圣殿发现异样！

这样，她可能会失去永远救走夜玄的机会！

这样的意念在她脑海里清晰无比地浮现出来，月思卿狠狠一咬唇瓣，咸苦的血液倒流进嘴里。

压制不住那些开始躁乱的灵气，那么只有释放。

本能之下，月思卿仰起几近绝望的脸庞，狂吼出声："啊！！！"

透着凄厉的嘶哑喊声，如同穿越久远的时空，扬尘而来，在古老的殿门前面激起了阵阵回声。

女子站在那里，脸庞微昂，一头秀美的长发早是被风鼓得高高飘散，两张人皮面具也因那一吼的力量脱落下来，露出女子惨白却不减艳美的面庞。

她那一头乌黑的长发也疯了似的狂长起来，由垂膝到及踝，再到坠地，整齐平滑，如最上等的黑缎，光泽墨亮。

高洁的额头上，更是浮出一朵金色兰花标记，淡淡的金光将女子衬得仙姿绰约，华贵绝伦。

突然一声惊悚的大笑自那古老的铜门后传来："哈哈哈哈哈！"

沉重的"轰轰"声响起，烟尘缭绕间，那两扇古铜门徐徐开启了。

一袭黑色长袍的男人缓缓走了出来。

苍白的光线自后头斜上方缕缕洒下，模糊了男人的脸廓，只看到一张出奇俊美的脸，以及那双冷漠狂邪的眼睛。

"夜玄……"这一刻，月思卿感到呼吸都停止了，心却骤然一沉。

她知道，这不是夜玄，或者说，不是她的夜玄。

"啊哈哈，又有人类来送死！"尖细的怪笑声从铜门后挤出来。

"圣尊大人，这是太阳圣殿的人，赶紧撕裂她吧！"又是同样的怪笑声。

此起彼伏的怪笑声中，数十道模糊不清的黑影挨挨挤挤地转了出来，如众星拱月般将男人围在中央。

而那两个铜人，不知什么时候已经退得不见踪影了。

周围很冷，冷得让月思卿身体微微打颤。

谁来告诉她，为什么是这样一副情形？

不是说这儿只是一缕被镇压封印的残魂吗？为何和她想象的不一样？

月思卿抿了抿唇："夜玄……"

刚欲说话，耳边却已响起连片的怪声："啊，她居然敢直呼圣尊大人的姓名！该死！"

"该死，该死！"

"吞了她，吞了她！"

"……"

嘈杂的声音中，男人脚步动了，没等月思卿躲避，几下便闪到她面前，一把攥住她的下巴。

月思卿被迫抬头，入目的是一双冰冷深邃的眼睛。

她感到身体的战栗突然变强，赶紧说道："夜玄，我是来救你的，我不是太阳圣殿的人。"

男人盯着她看了会儿，狂狷的眼中却突然掠过一丝浓浓的讥笑。

讥笑？月思卿吃了一惊，还没等她看清楚，身子却已便被男人狠狠掼到地上。

"哈哈哈哈！"暴虐的笑声在她耳边响起，震得她耳膜直颤。

月思卿茫然抬眼，只看到男子一脸邪肆地负手而立。眉毛笔直挑起，冷酷的声音字字诛心："救我？圣洁的兰花女神，你是不是还要告诉我，你打算来净化我的灵魂，让我脱离黑暗之渊，然后再将我压在太阳井里，困在这儿一千年，一万年，甚至永远？"

月思卿完全蒙了，不懂他在说什么。

但她还是确认了，这果然是那抹被压在太阳井下的残魂。

"夜玄，我是思卿，你听我说，你现在只是一抹残魂……"月思卿的话还没说完，身子骤然一晃，已被男人老鹰抓小鸡一样拎到了手里。

"闭嘴！你以为我不认识你了？兰花女神月思卿！"那张薄唇吐着阴冷的声音，"你是不是已经忘了，我现在这样正是拜你所赐！"

他阴沉沉地笑着，手上力道却是重了，月思卿手腕处传来咯吱咯吱的响声。

"夜玄，你放开主人！"金色兰花坠地，化为一抹穿着雪袍的妖孽男子，满面焦急。

"小小兰花，也敢在本尊面前造次！"他一挥黑色长袖，银色惨叫一声，再次幻成了兰花原形，白光一闪，消失在原地。

"夜玄，那是银色，是我的灵物……我，我……"对着男人冷冰冰的眼神，月思卿的声音越来越小，"我从没想过伤害你。"

"满嘴谎言的女人！我虽然破不了这封印，但纵然是白罗也决计不敢到我这来，你居然还有这么大的胆量，呵呵，是仗着我当年对你的宠爱吗？"

男人眼底流露出极大的嘲讽，一字一句道："落在我手上，我会告诉你，我是怎么处置背叛我的人！"

说完，他右手一紧，已大步提着月思卿踏入那半开的铜门中。

"哈哈哈，太阳圣殿该死！"

"哈哈哈，兰花女神该死！"

随风般跟来的黑色影子发出一阵阵狰狞可怖的笑声。

铜门在咯吱声中紧紧闭到一起，月思卿惊恐地发现，她一点灵力都使不出来。

男人重重哼了一声，随手将她扔在地上，居高临下，冷眼看她。

月思卿脚踝一动，脚底板如被东西硌了一下，情不自禁地便往旁边歪了几步，低头一看，满地却都是骷髅人头。

她掩下心中骇然，沉声道："夜玄，你不想离开太阳井吗？"

从对方充满怒气的话语中，月思卿不仅知道他没有原主夜玄的记忆，连性格也大相径庭。或者说，这是他原本的性格吧。

太阳圣殿的兰花女神，或许就是她的前世。

听那人口气，他被关押在太阳井也是兰花女神所算计的。

这还真是拜自己所赐吗？月思卿抹了把额上的冷汗，悄悄观察已经坐到台阶上方椅子内的男人。那张椅子完全用人头骨串连起来，一双双空洞的眼睛泛着阴冷的光芒，令人后背发寒。

男人随意坐在上面，深邃邪肆的眼眸冷厉地盯过来，含着极深的怨恨。

月思卿在心中叹了口气，说道："你知道的，我体内的太阳之息足够打开太阳井的封印。我放你出去。"交易是最好的办法。

男人嘴角勾起冷冷的讽笑："你以为你落在我手中，我没有办法出去？何需和你做交易？"

说完，他怪笑起来。

月思卿轻轻拧了眉头，待他笑声渐渐低了，她才柔声说道："夜玄，你若能出去，恐怕早就出去了。你多被关在这里一天，黑暗圣殿就会被白罗多欺压一分，你当真甘心么？"

她说完，"夜玄"的脸色变得无比难看。

"咯吱！"一声清脆的响声响起，随后一阵稀里哗啦，"夜玄"所坐的骷髅椅自己裂开了，没见得男人用什么大力，所有的骷髅头一瞬间碎成了粉末，洒在了阶上。

人影一闪，月思卿感到下巴处传来拧力，那人已到了面前。

"兰花女神，你良心发现了？"出口的便是备含嘲讽的声音。

"不是我！"月思卿心里一紧，想也不想甩出一句，凤眸也死死盯住男人。

"不是你，那是谁？"随着最后一个"谁"字落音，"嘶"的一声在空气中划响，紧接着月思卿便感到身体一凉。

低头一看，她整个人都僵住了。飘逸的白袍居然叫那男人一把撕成碎片，连里面的雪色中衣也被波及，露出大半白皙的肌肤在外。

心底一寒，月思卿慌忙抱臂遮掩身前风光，抬头望向"夜玄"，涨得双颊红透，清喝："你干什么！"

"夜玄"却对她的反应无动于衷，双眼在她身上来回扫视一番，一手将女子捞进怀里，另一只手则强行挥开她的手臂，肆意地探入衣内，揉握住那抹丰满。

美好的丰盈入手，轻轻的倒吸冷气声传来，男人的声音嘶哑狠厉了几分："说，白罗这样对过你几次！"

近处，他的双眼已布满血红。

月思卿呆了一瞬，血液倒流，想要反抗，却根本不是他的对手。

无用功之后，她直视着男人的双眼，恨恨道："我不认识白罗，他和我没任何关系！把你的手拿开！"

"没关系？不是为了他，你至于这样对我？从一开始，你就是假情假意吧？"男人根本没移开手，反倒越发用力了，狠声问道。

"放——"月思卿刚张开嘴，后脑勺一紧，已被男人冰凉的唇压上，狠狠咬了一口。

月思卿轻吸一口凉气。

男人的舌却带着一丝贪恋直闯进来。

"该死的奴隶，你只配做我的奴隶！"他恶狠狠地骂着，已将她压到一处骷髅墙上，疯狂地舌吻着，手也不闲着，摸遍她光滑洁白的肌肤，眼中闪烁着享受的光芒。

月思卿承认自己害怕了。

她从来都没有怕过什么，可这一次，她怕了。

不是怕会被人施暴，而是怕施暴的人是他。

耻辱的泪水就那样唰唰唰地滚了下来，月思卿脸色苍白地望着男人，眼底透露出的是深深的绝望。

“夜玄，别逼我恨你！”她只能说出这一句了。

撑在她身上的“夜玄”闻言一滞，抬头看时，便瞧见她满面泪水。

那一瞬间，他的眼中划过一丝复杂，可那只是瞬间。随后，男人冷冷道：“装？你还装？”

“我再说一遍，你如果再不放开我的话，永生永世，我都无法原谅你。”说完，月思卿闭上了双眼，再不理会的模样。

“装什么纯洁！”“夜玄”嗤笑一声，双手在她胸前紧紧拧了几把。

就在月思卿以为自己真的完了时，男人却已收了手，冷冷站了起来。

“你没资格让我碰！”他吐出冷漠的话语，转过身，右手五指张开，一股黑色灵气霍然暴动，地上的骷髅头也被带得飞了起来。不一会儿，一把新的骷髅椅便出现在他面前。

坐在椅子上，“夜玄”眯眼看着月思卿。

月思卿从契约空间里随手取了件黑袍将自己全身上下裹住，并不为夜玄的话动怒。

“我放你出去。”月思卿内心已平静了不少，再次提到自己的目的。

她不想耽搁太久。

“夜玄”却对她的话恍若未闻，右手冲石殿外招了一招。

月思卿本能地朝那边看去，就见两团黑色影子快速过来，阴笑声不绝于耳，同时一具尸体被抛到了阶下。

月思卿定睛一看，那人年纪不大，穿着白色长袍，不是他们一批来的圣殿学生又是谁呢？

她正要过去，“砰”的一声，那尸体脑袋迸裂，滚热的液体溅了出来。

月思卿急忙转开眼，避过这血腥的一面。

“圣尊大人，请享用。”谄媚的声音随即响起。

月思卿心中“咯噔”一声，生出一丝不好的预感，立即扭头，便看到“夜玄”握着一个透明杯子，里面满是猩红的液体，空气中弥漫着浓浓的血腥气。

她惊呆了，立刻喝道：“等等！”

“夜玄”闻言动作一滞，挑起眉，冷冷看她。

“不可以喝，那是血！”月思卿眉头紧皱。

那人又是轻轻一笑，说道：“正是鲜血才好喝，兰花女神，你要不要来点？”

说着，他再次将杯口递向唇边。

月思卿心头微颤，声音却厉了几分：“我说了不能喝！”

她说完，也不知哪来的勇气，几个箭步便跃到了高阶上，竟是一把攥住男人的腕。

实在是，她见不得这场面，夜玄那般优雅的人怎能做出这样的事。

打量了下她紧张的面容，“夜玄”顿了一下，嘴角勾起一抹似笑非笑：“还跟当年一样？这么讨厌？”

当年，兰花女神也如此讨厌么？

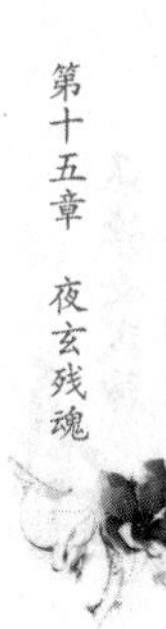

见她抿着唇，睁大无辜的水眸看着自己，“夜玄”眸色微深，腕一翻，便将杯子抛了出去，顺手将女子拉进怀里。

“你又打算来诱惑我么？”男人的呼吸明显急促了几分，低了头，不管不顾地啃咬起她娇软的唇瓣，声音含糊：“我不会……再上你的当！”

月思卿被他咬得痛了，轻轻嘤咛了一声，又惊又怒，脸庞急成了通红。

趁他松开的空当，她连忙开口：“夜玄，我和你说真的呢，早点出去，以免被白罗发现——”

“做奴隶也能将你留在我身边，是不是？”“夜玄”打断了她的话，眼神漠然无波地望着她。

月思卿还想说什么，“夜玄”已放开了她，缓步迈下阶，望着满室骷髅，阴沉地说道：“我不会离开太阳井的！而你也将永远在这儿陪我！”

月思卿默然不语。

这儿的空间不知被他加了什么禁忌，让她使不出半分灵气，知道自己想逃估计不可能，只有耐心等待机会了。

一路而来，她经历了太多，现在的她，身体几乎被掏空了。

思忖片刻，她终是撑不住了，冲“夜玄”说道：“既然你打算让我在这陪你，那我现在困了，可以在这休息一下吗？在哪休息？”

“你在这只是一个奴隶！还要我给你提供床榻让你睡觉？”“夜玄”见她如此，忍不住一字一字提醒道，充满了讽刺。

“我很累，真的好累！”月思卿犹如没听到他的话，打了个呵欠。

“我这可没床。”“夜玄”看到她水眸时，本想呵斥的话音一变，淡淡的嗓音染上几分戏谑，“你若真想睡，那就自己找地方休息吧。”

地上全是骷髅头身，腾都腾不出地方来。

这可是当年她最讨厌的东西了。

只不过，现在的月思卿又怎会是当年的兰花女神？

见夜玄不理会，她只好走到骷髅墙旁坐下，将一头长发随意挽了几道，靠着墙壁闭上了眼。

是的，她确实不喜与这些白骨为伴，可是，并不代表她害怕。

反正她没有片刻反抗之力，月思卿也不怕被暗算，很快就沉沉睡了过去。

“夜玄”一脸阴沉地坐在高阶上的骷髅椅上，脸色不善地望着这边。

良久，他缓缓起身，重又下阶，不知是有意还是无意，竟是脚下无声。

这时，女子眉头微挑，发出含混不清的呓语：“夜玄……”

“夜玄”身子微震，站在原地没有继续。

好半晌，他才动了。那张一直冷峻邪肆的脸庞掠过几分柔色，眼光也温和下来。

悄步走到月思卿身边，他伸出手在她身上点按了几下，确定女子陷入了更深的沉睡，才弯下腰，将她抱进怀里，转身，一个箭步，身形便闪回高阶上的骷髅椅。

女子闭着眼睛，犹如一只乖顺的猫咪，懒洋洋地卧在他怀里，满足的神情单纯得好似婴儿。

“卿……”男人似是动情地低唤一声，抚摸着她的秀发，低下头，情难自抑地亲了下去。

这样的吻，和刚才的粗暴又是大不相同。

柔情百倍，备含珍惜。

“小东西，你害得我好苦……”男人嘶声低语着，咬着她的耳垂，在女子白嫩的脖颈上不停地肆虐着，表情似悲恨又似欢愉。

月思卿没意识地轻喃一声，睡得很香。

“卿儿……”男人的心都化成了水，抱紧了她，如要揉入骨血，眼中闪烁着掩饰不住的喜悦。

这一千多年来，他怒过，气过，恨过，痛过，伤过，绝望过，怀疑过，无数种情绪造就了现在这样冷酷嗜血的他。

可此刻见到她，他又觉得，这么多年的暗无天日也算不了什么……

而且，在他心中，不也是无数遍地推翻过当初的猜测吗？

他宁愿相信，太阳井一事是白罗一手策划，和卿儿无关！

是的，一定是这样的！

他此刻将心尖上的珍宝紧紧拥在怀中，什么都不愿去信。

“圣尊！”就在这时，一道低沉的声音传了进来。

“夜玄”眉头一拧：“说。”

黑影冷声道：“圣尊大人，兰花女神不能留！”

“什么意思？”夜玄已经感觉不到自己的声线变得多么冰冷和充满怒气了。

“圣尊可是忘了当年的教训了？如果不是兰花女神给您喂下剧毒，又诱您走进太阳圣殿的天罗地网阵，您又怎么会被困在这里上千年，不见天日？”

“夜玄”紧抱女子的双手攥成了拳头，清晰可见手背上一条条暴起的青筋。

“圣尊，你仔细想想。这么多年白罗都没曾来过太阳井，惧的不就是您那可怖的实力吗？可现在，兰花女神突然来了，这么多年不来，现在来了，说得过去吗？”

“继续。”“夜玄”薄唇轻吐，淡漠开口。

黑影低叹一声，他伴着主子这么多年，何尝不了解他的心思？他早已知道可能会有的后果，却不愿去面对。

生活在黑暗太阳井内的主子心性残忍冷酷，他还是第一次见到能够令他动容的事情。

可越是如此，他越是非说不可：“圣尊心里比属下还要清楚，您是白罗心头的刺，他做梦都想拔去您。可是，如今，圣尊在太阳井内恢复了当年的巅峰，除了不能破印外，白罗拿您没有办法。他如果想彻底除去您，只能……故伎重施。”

言下之意已十分清楚了。

兰花女神此行的目的就是伺机刺杀圣尊的。

“夜玄”面色冰冷，却没有回话。

密室内一片死一般的沉寂。

良久，男人嘶哑的声音才开了口：“退下吧，我自有分寸。”

“圣尊……”黑影虽是不甘，却也只能幻化至无。

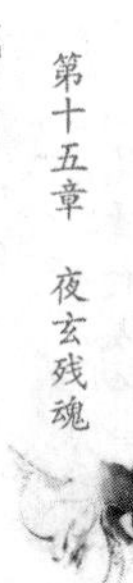

“夜玄”缓缓舒了口气，低下眼，却愣了一下，因为他看到的是一双平淡无波的眼睛。

月思卿已经醒了。

“他的话你信？现在的我并无反抗能力，你想取我的命也易如反掌。我不怨你。也许，真是前世的我做错事情，这一生来还吧。”

说完，她闭上了双眼，心中轻叹一声。

“前世？”男人却是惊讶地捕捉到这个敏感的词。

月思卿惨然一笑：“我不认识什么兰花女神，我只知道，我叫月思卿，我来自星辰大陆，今年仅仅十九岁。”

“你胡说！”“夜玄”面色急变，不敢置信地呵斥道。

月思卿见他对自己的话开始有反应，心中微松，从空间戒指里取出那面黑牌，说道：“这东西你认识吧？”

看到黑牌，男人一把将它抓在手里，颤声问：“怎么在你那里？”

“是他给我的，是夜玄，不过，不是你，是我的爱人——夜玄。”月思卿从容解释，“他缺失了一段灵魂，实力永远无法和白罗抗衡。我来这里，就是想要拿回他的灵魂。你跟我出去吧，那样，你才是完整的你。”

“你以为有这个就能证明？”“夜玄”捏着黑牌，声音蓦然变冷。

“随便你。”月思卿说完，轻轻靠在他胸膛前，伸出双手，自然地抱住他的脖子。

如果真的会死在他手上，也要让她再享受最后一段时间的温存。

“夜玄……”她轻轻呼唤，声音柔软。

“放开！”“夜玄”冷冷斥道。

他此刻竟是不知道自己动怒到底是因为刚才黑影的那番话，还是，仅仅为了她在说起另一个自己时，那满脸的温柔。

他发觉，他居然吃醋了，而且，吃的还是自己的醋。

“不放！”月思卿委屈地摇头。

“放开！”“夜玄”又是冷喝一声。

“不放！”月思卿的声音染上了哭腔，她自然不是被吓的，而是刚刚才得到一线温柔，突然又被这样对待，她心里很难受。

听着她那带着哭腔的撒娇声，夜玄的心刹那间柔软下去，甚至软成了一团水。

别说再凶她，他恨不得将她搂在怀里低声细语地安慰一番。

可是，他忍住了，就这样瞪着月思卿。

时间就这样一点一滴地过去……

不知何时，当月思卿从睡梦中醒来，便感觉到自己正舒舒服服地躺在男人温暖的怀抱里。

“夜玄，我做噩梦了！”她嘟起红唇，在他耳畔撒娇。

男人的眸光深沉似海，忽然，他一个翻身，便将月思卿压在身下柔软的床榻上，滚烫的吻细密落下，竟似控制了很久一般。

“卿儿……”他呢喃着她的乳名，再也不刻意的压抑，只是尽情地宣泄着自己对这小东西的爱。

当年是，现在亦如是。

他承认，她就是他心中圣洁无比的天使，对他有着致命的诱惑力。

“不管了，什么都不管了……”男人压制了一夜的疯狂在此刻尽数爆发，面对着心尖上的女人，思念了那么久的女人，所有的顾忌都被抛到了脑后。

即使她目的不纯，他也只能认了！

那向来充满着血腥味的密室内充盈着火热的温度。

月思卿心中不知是什么滋味。眼前的男人是夜玄的一缕灵魂，连气息都一模一样，那么轻易便让她迷乱了。

“卿儿……”“夜玄”满脸爱宠，将她抱在胸前，眼底掩不住的欢喜。

如果这真是温柔乡，甜蜜剑，他也死而无憾了。

第十六章

圣尊归来

“我饿了。”月思卿发现自己现在最需要的还是食物。

“想吃什么？这里似乎只有烤灵兽。”夜玄低声问，关心毫不做作。

“嗯，那就吃烤灵兽。你陪我吃，不许喝那个鲜血。”月思卿话锋一转。

“好。”夜玄点头，眸光柔软。

没办法，他实在是拿她没有任何办法。

以前在这太阳井下，以鲜血为饮，以尸骨为食，只是因为心性残酷到没有知觉了。

可如今，他又怎会在她面前那般？

不一会儿，便有人送来香喷喷的烤灵兽。

月思卿一面吃一面问：“太阳圣殿的人回去了吗？”她以为“夜玄”必然会招其他人进来问，“夜玄”却没有，他闭上双眼，很快重又睁开，淡淡道：“走了。”

“为什么不杀他们？”

“虽然我能控制四方，但杀外国的人消耗元气，没必要。”夜玄的声音很清冷。

月思卿想了会儿，轻声道：“太阳圣殿来太阳井历练打的是清除邪气的名号。据说，邪气太浓，一会造成周围环境阴暗，二则怕怨气过重，封印被毁。那这样的历练对你是不是也有所影响？”

她一直担心的是这个问题。

那些太阳圣殿的人所做的事是不是在伤害她的夜玄？

在看到“夜玄”点了下头后，月思卿心中的恨“腾”地冲到了顶点。他们居然这样对她的夜玄，简直就是该死！

“啪嗒”一声，紧握在手中的筷子被折成两段。

“夜玄”讶然地看她一眼。

“太阳圣殿，势不两立！”月思卿缓缓吐道，眼光无比坚定。

“卿儿……”望着月思卿丝毫没有掩饰的态度，“夜玄”的心猛一下就战栗起来。

他的卿儿……果然从没变过！

长臂一舒，他将女子拉进了怀里。

"夜玄，出去好吗？只有出去，才能战败太阳圣殿！"月思卿仰头望着男人的双眼，语气几近于恳切。

待在太阳井内，对他们永无益处。

夜玄看着她，眼中缓缓渗出笑来："你以为，我这么多年来不想离开这里？只不过，太阳圣殿的天罗地网印太过厉害。好在我如今的实力恢复到了黑灵初阶，倒是有一定把握，但还不是很肯定。"

"黑灵？"月思卿的神情一下呆住。

赤橙黄绿青蓝紫……是了，还有黑白。只不过，黑灵……别说没看过，连听都没听说过存在过。

"嗯。""夜玄"突然握紧她的玉腕。

月思卿感到一线暖流突然就流进自己的经脉。外力侵入，本能地便要运起灵气抵抗。

"别动。"低哑的声音在她耳边响起，却迅速让她镇定下来，放弃了一切抵抗，默默地任他的灵气灌入。

"蓝灵……卿儿，你真的重生了？""夜玄"的声音蓦地多了一丝惆怅。

月思卿定定望着他，说道："我不是兰花女神，但我也知道，我的夜玄，无论有无前世，这一生都不会和我分开。"

她的话轻柔却有力，"夜玄"的眉眼在她温婉的声音中慢慢展开。

"嗯，这就是命数。你和我，永不分开！"他低低说着，如誓言，又如呓语。

两人温存了会儿，月思卿才提起重要之事："刚才你说，把握还不够，指的又是什么？"

"太阳之息。"四个字，简单却又直接。

月思卿缓缓松了口气，微笑道："我想，我能帮得上你的忙。"

"嗯。所幸，我实力恢复得差不多了，现在也不是什么大事。""夜玄"终是放开她，站了起来，指着头顶镶着碎粒般夜明珠的顶部说道，"就从那里破封印吧，等会儿，你只管将所有太阳之息释放过去，其余的事交给我。"

顿了一下，他又说道："我总感觉那上面有着力量极其强大的东西，每当我想冲印时，总是会被挡回来。你站远点，到我身后去，明白吗？"

"好，我的灵气能用吗？"她问道。

"可以，刚才只是被我暂时封住了。""夜玄"冲她露出一丝歉疚的笑。

月思卿无奈地摇摇头，她就知道这男人之前有多防备她！当下不再多言，尝试着释放灵气。

休息了大约一夜的时间，灵气和体力都得到了完全恢复。

淡蓝色的光芒慢慢地浮上她的肌肤表层，闪烁着，跳跃着，蓝灵灵气在她的控制下一点点渗透出来。

太阳之息……她缓缓闭上双眼，如同在水晶球前测试时所感知的那样，寻找着经脉中熟识的气息。

"准备好了吗！"身旁，男人低声询问，看向她的眼神无限温柔。

尽管重生了，她还是他的女人。这，就够了。

“嗯！”月思卿点头。

“那，开始吧！”“夜玄”说完，唇间轻啸一声，一股纯黑的光芒自他周身爆射而出，静寂得有如死亡的恐惧悄无声息地在密室内弥漫而开。

月思卿耳边听得密室外传来一阵鬼哭狼嚎的声音，刚欲皱眉，那股强大得令人呼吸停滞的气息扑面而来。

一瞬间，她以为自己的身体被冰冻住了，无法动弹，也失去了知觉。

下一刻，隐约感到小手被人握住，紧接着面前的僵硬一松，新鲜的空气迎面而来。

这就是黑灵的力量吗？果然强大得令人发指！

“夜玄”仰头望着密室之顶，面容严肃，沉冷得有如千年铁石，冰冷悠远的声音自他唇中吐出：“以吾之魂，摄吾之力，为吾所用！”

坚定的话声一字一字落下，“轰”的一声，密室之顶发出了巨响，像是有什么东西狠狠撞到了铁板上。

“太阳之息，去！”月思卿也立刻集中心神，凭着感觉，将体内白光激荡而出。

一时间，密室之顶，黑光和白光充斥了眼球，刺得月思卿双眼看不到任何一点其他色彩。

又是“轰”的一声震响，几乎震碎人的耳膜，黑白之光迅猛爆开。

蓦然间，月思卿耳边闻得“夜玄”一声大喝：“到我身后来！”

手腕一紧，脚步踉跄了几下，她感到一堵温暖结实的墙挡在了面前。

而后，“砰！”如同什么炸开似的，无数黑白光点竟是迎着他们飞溅而来。

“夜玄”略显焦急的声音在她耳边快速响起：“那股强大的力量又来了！”

“给我回！”他怒喝一声，右袖挥舞，毁天灭地的灵气爆发而出，试图将黑白光点再次弹回。

就在这时，一声急喝却是在月思卿脑海里响起：“卿卿，快看！”

那是银色的声音。

月思卿陡然一惊，喜声叫道：“银色你没事？”

她以为它和白虎王一样陷入昏迷状态，不知何时才醒。

“没事，‘夜玄’还算有良心。”银色简洁地答道，“赶紧看，那是不是九彩神珠？”

在他说话时，月思卿就已经看向头顶了，眼中掠过讶异，望着空气中缓缓浮着的三粒珠子：黄色、紫色和黑色。犹如她空间内那五枚神珠一样大小和光泽。

怎么可能？九彩神珠怎么会在太阳井？

她震惊之时，突觉手指上佩戴着的空间戒指传来一阵灼热之感。

随即，五枚神珠，赤橙绿青蓝五种颜色的圆珠没待召唤，径直飞出，并且直接飞向空中那三枚珠子。

“这是怎么回事？”“夜玄”皱眉轻喝，挥袖便欲再行攻击。

“等等！”月思卿急忙拉住他的衣袖，阻止道。

“夜玄”回头看她，却见女子亮晶晶的双眼紧紧盯着那八枚神珠，他也看过去，微微蹙眉。

八枚神珠盘旋交织在一起，八种炫丽的光芒四下飞转，美丽极了。随后，一同以整齐有序的队列朝月思卿飞来。

赤、橙、黄、绿、青、蓝、紫、黑……应了这片大陆上九色灵气的前八色，还差一个白色。

看到这诡异的一幕，“夜玄”本能地上前一步，将月思卿更加护在身后。

“过来！”月思卿却是斜斜一步避开，眼神没有离开光彩绚丽的八颗神珠。

一股熟悉的归来感是那般强烈，强烈得她想要宣泄出声。

来吧，来吧……

她紧紧望着那些神珠，心里不住地呼唤着。

快到近前时，蓦然，八颗珠子一齐加快了速度，几乎化为八道色彩斑斓的光芒流进了月思卿的空间戒指，那么主动，倒叫月思卿愣住。

神珠消失，光芒一暗。

头顶“轰轰”之声大作，竟是屋顶坍塌了。

“卿儿，机会来了！”“夜玄”已经顾不上九彩神珠带给他的震撼和疑惑了，一把拉住月思卿的手，背后生出一双纯黑的巨翅，纯粹的黑色，阴暗的黑色，轻轻扇了下，便带着二人朝上面飞去。

这一回，没有任何阻挠，他们竟就这样飞出了太阳井地下，飞出了繁茂的枝叶，冲向飘浮着悠悠白云的蓝天。

瓦蓝瓦蓝的天空，碧绿碧绿的树林，雪白雪白的云朵，还有那新鲜得有如牛乳般的空气，让在黑暗的地下待了那么久的月思卿感到了一丝不真实。

她轻轻吸了口气，迎面山风扑来，凉爽无比。

“真的出来了吗？”比她感触还要深的是身旁的“夜玄”，声音都在发颤，“卿儿，你开灵气翅膀……”

他低低说道，身体却在阳光下变得越来越透明。

“夜玄！夜玄！”月思卿注意到他脸色不对，再看到这一变化，不由吓得面无人色，紧紧攥住他的手，后背却也自动展开小青附体的银白色双翅。

“没事卿儿，我是灵魂体，见不得阳光，你带我去见他就行……还会再见的，卿儿。”“夜玄”深深望着她，这一刻，他那双冰霜般的深眸再难掩饰火热和深情。

“怎么带你过去？”月思卿急了，有如抓不住缰绳的马夫，一片茫然。

“夜玄”的身体越来越透明，声音也微弱起来：“有玉瓶吗？”

“有！”身为炼药师的她最不缺的就是这东西，立刻从戒指里随意取出一个玉瓶，拔开瓶口问，“可以吗？”

“好！”最后一个声音被风吹散开，“夜玄”的身体化作一道白光钻进了瓶子。

月思卿赶紧将瓶盖盒上。

“对，卿儿，就这样，收起来。”男人粗哑的声音却是在脑海里响起。

“夜玄，你能听到我说话吗？”月思卿大喜之下，连声询问。

“能，灵魂体是可以交流的。”夜玄解释道。

“嗯。”月思卿定了定心，望了眼底下连绵的山谷，不禁问道，“现在去哪儿？”

“夜玄”还没答话，底下却是响起一片嘈杂声。

"在那里，大家快追！"

"跟我来！"

传来的说话声有些竟然无比清晰。

月思卿心头一惊，这么快就被太阳圣殿发现了吗？她快速辨了下方向，朝和光辉城相反的方向奔去，如果地图没有记载错的话，这个方向正是往拉金城。

光辉城是太阳圣殿的主殿，她自然不会傻到去那里。而黑暗圣殿的城市……现在她也不能去，体内充裕的太阳之息不会让任何一个黑暗城堡的人相信她的身份。

俗话说，阎王好过，小鬼难缠，纵然她有黑牌在手，却又如何保得所有黑暗城堡的人都听她的话？眼看太阳井的事就要大白于天下，她带着夜玄的灵魂，更是万事小心为上。

只不过，她刚刚展翅，耳边便听得一声急喝："清思！"

月思卿心中猛然一沉，一道黑影已快速闪至她面前。

正是此次带她前来太阳井历练的毕老。

看到他，月思卿心中警惕感大增，这可是个货真价实的紫灵强者……不过，她也未必就逃脱不了。

毕老一双凌厉至极的眸子紧紧盯住她，一字一句道："清思，难道我的猜测是对的？刚刚太阳井下面的动静当真和你有关？"

"黑暗圣尊的灵魂是不是在你手上？你到底是什么人？"毕老的声音蓦然变得冰冷，"清思，其实我早就怀疑你了。灵战双修，还都是上古器物，这真的很罕见。以你如此强的天赋，而且还有那么高的太阳之息，我怎么会闻所未闻？这根本就是不符合常理的事！加上你的突然消失，更是疑点重重。我倒没想到，你居然还有这么大本事，将黑暗圣尊的残魂放了出来！清思，你究竟是谁？"

月思卿知道自己是不可能跟毕老回去的，所以她也不必隐瞒，淡淡一笑："毕老你的本事也不小，知道太阳井下压着的不是凶兽，而是黑暗圣尊。"

据她所知，知道这一点的无非就是太阳圣殿和黑暗圣殿的高层们。

平淡的一句话已在毕老心中掀起狂风骇浪。

果然，他能肯定了，黑暗圣尊是清思救走的！

"圣士长，找到了吗？"突然又有声音远远传来。

月思卿脸色一沉，远远瞟了一眼，忽然口中长啸一声："小青，走！"

脚步一错，她的身子倒飞而出，青龙双翼扇起的巨风刮得毕老衣角猎猎作响。

月思卿飞行的身影迅速消失在苍茫的天际。

毕老追了几步停下，他知道，自己追不上了。

"圣士长，那不是清思吗？"两名学生舒展着半透明的蓝灵翅膀飞了上来，其中问话的那人正是霍元。他望着月思卿的方向一脸惊疑。

"嗯。"毕老哼了一声，满面凝重，道，"清思是黑暗城堡的间谍，救走了太阳井下的残魂！这件事，必须马上禀报上去！"

说完，他双翅一振，如流星般向光辉城的方向疾飞而去。

霍元两名学生则是留下来陪同毕老探点的，见状，也忙不迭振翅追去。

却说月思卿这一飞便是一个时辰，确定后面再无太阳圣殿的追兵后，她才降落地面，撕去匆忙中佩戴着的夜九面具，露出真容，稍作改装后，月思卿光明正大地沿主道前行。

山间小道反而极其危险，她还不如乔装改扮走大道。

而这时，空间戒指里的灵力磁片亮了。

月思卿心中一动，不用看也知道是夜玄。

或许是这几日做的事情太疯狂，事先没向夜玄透露半点风声，所以此刻她有些心虚。

等了半晌，看着灵力磁片上光芒不停跃动，她终是没忍住，灌入自己的灵气，接通了对话。

刚将磁片贴在耳边，那一头便传来夜玄有些焦急的声音："卿儿你怎么样？有危险吗？"

"我没事，夜玄，我现在很安全。"听着那边急切极了的声音，月思卿赶紧先安抚他。

夜玄松了口气，但随即声音却越发严厉："你知不知道你在做什么！"

显然，他已经知道了这件事的始末。

月思卿吐吐舌，没有回话。

夜玄犹不解气，喝道："我让皇杀去保护你，他倒好，教唆你做这么危险的事！你可知道，这和将你推进死亡之渊没什么区别！也是你福大命大才逃得一难，可面对着的却是太阳圣殿无休止的报复！"

"夜玄，我将你的残魂带出来了，你什么时候能来太阳大陆？尽快过来吧，多耽搁一天便会多一天危险。"月思卿不知道如何回答他的话，便直接转移话题，说起目前最重要的事情。

"你……"夜玄的怒气最终化为一声叹息，说道，"好，你来离殇城吧，我去那儿找你。"

"好！"月思卿答应得干脆。

果然，这件事很快就捅了出去，大陆上风声鹤唳，草木皆兵。太阳圣殿的所有城市一夜之间全部施行了戒严制度，抓得极紧，不放过任何一名可疑之人。

月思卿以真容出现，又拿出三品炼药师的长袍换了，一路而来，从无惧色。

太阳圣殿抓的是灵战双修的强者，却不是她这名真容妍丽的女子炼药师，很难叫人怀疑上去。而这一路的炼药也极大地促进了月思卿的炼药水平。

太阳大陆灵气浓郁，在这种情况下炼药，进步也是日增月长。

数月后，她安全抵达黑暗圣殿三大主城之一的离殇城，当年脉冲山脉历练一行时，她便靠近过这里。

有黑牌证身，又有皇杀开道，更有夜玄叮嘱，她很容易就进了离殇城。

离殇城城主亲自出面，招待月思卿。

得知夜玄因九星塔顶的天地热源通道出了问题，还没有到达，月思卿有些失望，但还是安心地在城主府住下，一面炼药一面等待。

她的炼药水平"噌噌噌"上升，已逼二品炼药师了。

而夜玄，终于在她正式升任二品炼药师那天到了。

离殇城的炼药师公会里，月思卿在对面老者震惊的目光中成功拿到了二品炼药师的黑色服装和肩章。

一名如此年轻的二品炼药师，简直逆天啊！

“恭喜恭喜。”

熟悉的声音从身后传来，犹如冰水般一下将月思卿冻住。

她猛然一顿，僵硬地转过身，看向来人。

男子身着黑色长袍，长腿缓缓迈来，没有多加修饰的面容俊美帅气，耳上的金色吊环轻轻摇晃着。

“夜玄？”月思卿听到自己的声音犹如蚊哼。

“知道错了吗？”夜玄目光凉凉地注视她。

“知道错了。”月思卿也不傻，和他较真对错已经没有意思了，反正目的已经达到了。她取出戒指里的小玉瓶，摇了摇道，“在这里！”

夜玄准备了一大堆想要教训她的话，可看到她如此坦白的面容，心地却又软了下去。

接过玉瓶，他低叹一声：“卿儿，我真的不想原谅你。以后，不可以再冒险，知道吗？你若不在了，我所做的一切都没了意义。”

“知道了，夜玄。”月思卿咬咬唇，问道，“这个怎么用？”

夜玄瞟了眼旁边的炼药师老者，低低道：“回去再和你说。”

从炼药师公会离开，二人直去了离殇城。

离殇城内，离城主见到夜玄从天而降，吓得够呛，只顾着跪下给他行礼，对夜玄交代要办的事情却没多问一句嘴。

离殇城，地下室。

同样是昏黄的灯光，同样是凋零的气息，这儿比刚才的感觉更要肃穆几分。

夜玄对月思卿低声道：“站远点！”

月思卿知道很危险，也不矫情，脚步一撤，身子飞速后退，靠在最外围。

“残魂，你也该回来了！”夜玄双目凝望着玉瓶。

玉瓶里传来一声大笑，笑声醇厚低沉，悦耳动听。紧接着整个玉瓶开始乱摇乱摆，乱动乱扔起来。

“归来吧，魂魄……”夜玄看向玉瓶的眼光有些迷离了，却是字字声声地呼唤。

他身旁的黑色灵气越来越浓，直至将他整个身影都埋没其中。

那股阴森可怖的黑色让月思卿再次感受到了巨大的压力。

随后月思卿便感觉世界静寂无声，一下陷入失聪境地。

慢慢地，周围的声音才开始回来……而当月思卿看向夜玄那边时，明显吃了一惊。

那一头，黑雾几乎弥漫了半个房间，将内里遮掩得严不透风，男人的身影半点不露。

月思卿刚想过去问问，黑雾中却传来一声低沉嗜血的吼叫：“啊！”

“夜玄！”月思卿惊呼一声，急得如热锅上的蚂蚁团团转，立刻就要奔过去查看个究竟，却被银色死死拉住。

夜玄的吼声依旧，染着几分凄厉，透着几分痛苦，断断续续的，每一声都直拧月思卿心房。

好在那声音渐渐便小了，黑气也缓缓散去。

最后，月思卿看到的便是站在中央的那道身影。

他披着纯黑色长袍，一头黑发没有束起，散乱地披垂下来，衬托着他健壮魁梧的身姿。只不过，他背对着月思卿，微勾着头，看不到脸，不知在想些什么。

月思卿突然感觉，这样的夜玄，她有些许陌生。

她心中忐忑，却没有立即出声，只是静静望着男人的背影。

良久，男人身形微微一动，一直关注着他的月思卿喉头也是咕哝了一声，脱口叫道："夜玄？"

她的声音轻轻的，有如一阵风吹过。

男人却已转过头来。

在看到他的脸时，月思卿明显一怔。

夜玄的五官发生了些微变化，原本俊美如雕的五官现在变得更加深邃了，眉眼深若古潭，悠悠荡漾间流露着岁月的沧桑，气质更加迷人，比从前多了几分成熟的男人味。在一袭黑发黑袍的衬托下，散发着一股强大的力量和神秘的气息。

"卿儿，残魂所有的记忆回来了。"他说着，深深闭上了眼，隐见眉梢掠过的一丝怅然。

月思卿先是一怔，随后明白过来。

夜玄这是聚魂成功了。太阳井下的那抹残魂已然回到了他的身体。

或许，那是他刻意遗忘掉的吧。毕竟，那全是痛苦和阴暗。

抿了抿唇，她开口道："现在，我是不是应该离开这里了？"

"什么？"夜玄被她的话说得一怔。

月思卿苦笑愈浓："我是说，我是不是应该离开离殇城了？"

"为什么这么说？"

"你不是说你已经想起来了全部吗？那么，当年，兰花女神背叛你的事不也想起来了？"月思卿并不避讳，直接说出来。

"那又如何？"夜玄快步走上前，拉住了她的小手，放柔了神情，低低道，"卿儿，或许那些痛苦不堪的记忆让我很痛苦很难受，但一想到你，我的心便安定下来。我并非自欺欺人，而是当年的事情恐怕也与你无关。"

看着月思卿露出疑惑的神情，他微微一笑，继续道："九彩神珠记得吗？它们那么亲近你，也只亲近你而已。相传，它们是上千年前一位神级强者自散灵力化成的九枚珠子……"

月思卿很聪明，明白了他的意思。

"你是指我？哦，不，是兰花女神？"

"嗯。"夜玄叹了口气，"不过这件事我不知情，那时的我已经通过秘法分裂灵魂，大部分灵魂得以穿破空间，去了星辰大陆，却将最重要的一段留在了太阳井。如果你当真要害我，何必会散去十数万年的修行，经历上千年的轮回，才有机会回来一次呢？"

说着，他已握紧月思卿的双手，将她揽进怀里，声音已是悲怆了。

"九枚神珠，我已经集齐八枚了。"顿了会儿，月思卿沉声说道。

"嗯，在太阳井还有三枚……"似是想起什么，夜玄哼笑一声，"我道为何密室顶部的力量强大而诡异，这原是白罗使的手段。他知道我心中对你深爱，对你的气息也本能会留手，所以才将你灵气化作的三枚神珠放在那里，限制我的行为。”

“……这也能限制住？”月思卿讶然了。

“嗯，这是灵魂的本能反应。”夜玄说着，左手捧起她的下巴，在她的额头落下一吻，辗转着薄唇，轻轻吐息，“你不知道，我有多爱你。”

月思卿心神俱碎，抱紧他的腰肢，一时心中又喜又痛又酸。

“夜玄……”

“乖卿儿。”夜玄珍视般地亲吻着她的眼睛和脸颊，满足地叹息着，“这一世歪打正着，还是将你送到我身边来了，至死……不会放手！”

“嗯，我也是。”月思卿轻轻一笑，享受着他的爱抚。

“还有一枚白珠。”夜玄皱了皱眉头道，“别急，很快就会知道它的下落。如今的白罗，我还真想会会呢！”

说完，那双深邃的眼睛内掠过一丝极致的阴冷。

那个和他平分天下的男人，那个设计将他和卿儿分开的男人，那个使计将他的残魂镇压在太阳井下的男人，那个欲要置他于死地的男人，那个欲要一统太阳大陆的男人！

白罗，太阳圣殿圣主，化成灰他都认识！

月思卿柔声劝慰道：“你如今灵魂刚刚完整，还是多多休息吧，报仇的事，也不急。”

心爱的女人如此温柔地关心自己，叫夜玄心都化了，只是点头。

两人手牵着手走出大殿。

殿外皇暗和皇杀在两旁恭候着，抬头看到一袭黑发黑袍的男人气质冰冷地大步走出，皆是吃了一惊，“扑通”一声跪倒在地，叫道：“恭迎圣尊归来！”

夜玄的改变，让跟在夜玄身边那么久的两人一眼便看出来了。

“嗯。”夜玄淡应一声。

“卿儿！”这时，有人惊喜地大声呼唤月思卿的名字。

侧头看去，月思卿也是喜上眉梢。

那边跑过来的一行人不是吕涛、曲松和岳荣还会有谁？

“你们什么时候到的？”她赶紧撇下夜玄，迎了上去。

岳荣笑道：“你路上给我通了话后，我们已经离开了太阳城堡，乔装打扮后直奔离殇城，路上没有放过修炼打怪晋级，才搞得有些晚。”

“我连累你们了。”月思卿一脸愧疚地道歉。

这件事虽然她早有准备，但还是让吕涛几人跟着奔波一路，甚至影响他们的前程。

“说什么呢老大！”吕涛神色立刻化为愠怒。

“就是，一家人还说两家话吗？”曲松也不赞同地皱皱眉，目光自然看向缓缓步来的夜玄，面上闪过怪异之色。

刚才皇暗皇杀叫的“圣尊”他也听到了。

这男人，竟然还是太阳大陆闻名遐迩的黑暗圣殿圣尊？

“夜玄，我想和他们聚聚，聊聊外头的情况。”月思卿望着男人深邃的眼睛，轻轻说道。

夜玄想了想，他们这么久未见，必是有许多话要说，便点了下头，有些不舍地松开她的玉手，沉声道：“也好，刚回来，我也有些事情要处理。你们就待在离殇城，修炼方面，我会叫皇杀安排。”

“嗯。”月思卿点点头。

夜玄迈着稳健的步伐酷酷地去了。

这一头，曲松三人则凑到月思卿跟前，好奇地说道：“老大，我只能说你的眼光真好！隐藏那么深的黑暗圣殿圣尊都被你给找到了……”

“这样也好，除了老大能拿出来炫耀外，以后咱们又多了炫耀的资本了。”

“曲松，你别炫耀着炫耀着就被太阳圣殿的人盯上了啊。现在咱们可都是太阳圣殿缉拿的对象哦。”吕涛坏坏一笑，提醒曲松。

几人自是说着玩，闹了一会儿，彼此都很开心。

月思卿也不打算隐瞒自己的身份，将兰花女神的前世都告诉了他们。

“不是吧？”吕涛一脸难以接受的表情。

如果突然有一天，和你玩了那么多年的密友突然告诉你，她的前世是修炼十数万年的兰花女神，估计所有人都难以接受。

月思卿无奈一笑，道：“事实应该如此。”

曲松煞有介事地点点头，单手托腮，另一只手五指来回轮动，像是在算卦，嘴里念念有词：“老大是兰花女神，那我的前世是什么呢？凤凰男神？冰鸟男神？”

“得了吧你，我看你就不是一只好鸟！”岳荣一拳擂在他肩膀上，笑嘻嘻道。

几人都开怀大笑起来。

“对了，思卿。”吕涛嘴角笑意微敛，郑重地说起另外一件事，“不是说我们仰吕风月四大家族的祖先来自太阳大陆吗？我想，你爷爷和父亲必也和你提过，我此行从太阳圣殿出来，留意打听了这件事。”

“哦？”月思卿来了兴致，挑眉问，“那么多年了，还打听得到吗？”

吕涛点点头：“能打听到，因为那件事不是小事。”

月思卿眉头微蹙。

她想起当年在卡列国时，四大家族在宝光神洞修炼，便是借着那枚九彩神珠起家。而且，先祖迁族的时间在一千年前左右，和兰花女神自爆差不多时候。更重要的是，他们四大家族体内有太阳之息，祖先应是太阳圣殿的人。这么说，那四名异姓兄弟突然的迁族和兰花女神自爆一事有关？

果然，吕涛接下来的话印证了她的猜测。

“仰吕风月四位先祖是太阳圣殿的四名圣士长，而且，他们当年追随了太阳圣殿的圣女，也就是兰花女神。”

“是卿儿的前世。”岳荣在一旁补充道。

“嗯。”吕涛望着月思卿若有所思的双眼，沉声道，“圣女自爆，灵力散为九枚神珠，恰好其中一枚落在他们手中。为防太阳圣殿毁掉珠子，他们四人才携珠逃跑，误打误撞间去了星辰大陆。”

“那，圣殿这边岂不是震怒？”月思卿淡淡问。

“你说呢？”吕涛冷笑一声，眼底尽是对此事的不满，“何止是震怒！他们四人是走脱了，但他们的家人却还留在这里。圣主白罗派人，一夜之间将那个村子剿灭了，一人不剩。”

月思卿的心头颤动了几下，忍不住再次求证：“当真？”

“思卿，那个村子我们去过。”曲松的脸色也凝重了几分，在一旁解释道，“离光辉城并不远，现在那个村落还保存着大火烧毁的痕迹，村子里空无一人，连名牌都被烧了。”

吕涛声音越加冰凉：“三百多口人，一夜之间血流成河，老人小孩，那些太阳圣殿的人一个都不放过！”

“真是岂有此理！”岳荣虽然早就看过听过了，但再听吕涛说起，心中的怒火依旧腾腾烧起，“太阳圣殿不是天底下最圣洁的组织了吗？不是口口声声扬言要把光辉洒到世界的每一个角落吗？他们就是这样心狠手辣，连无辜的人都不放过？”

她的话引起了其他几人的沉默。

太阳圣殿……这个名字当真有些名过其实了。

“我想，太阳圣殿也不是什么好东西。”月思卿静静说道，“这个世界本无正反派之分，胜者为王败者寇罢了！太阳圣殿打着‘太阳’的名号，并不保证行的就是光辉之事；黑暗圣殿的名字中虽有‘黑暗’两字，但未必就任何事都见不得人。”

“是啊。”曲松赞同地点头，“我看这离殇城不就挺好的吗？”

“嗯……”月思卿轻应一声。

她的脑海里想起太阳井下夜玄那抹残魂兴风作浪、翻云覆雨的事，并没说话。

在以武力为尊的世界，打打杀杀其实避免不了，但至少，他们做得光明正大，而不是顶个“太阳”的头衔冠冕堂皇。

“那片村子也不必回去了。”月思卿沉吟着说道，“爷爷他们如果有一天归来，也不可能生活在那里。我们倒是要去走一遭，看看可有遗留的东西。”

“已经一把火烧成灰烬了，哪会有什么遗留？”曲松不以为然地说道。

“那也未必，这里的人难道就没有将宝贝埋在地下的习惯么？”月思卿轻飘飘的一句，却叫曲松几人的眼睛都亮了起来。

月思卿低声道：“也不过是想给爷爷父亲留个念想罢了。”

她感觉得到，月家人回来的信念有多强。

这么多年来，他们无不在为寻找回来的路而努力，所以当她离开时，月无霸才会那般语重心长。他们将所有的希望都放在了她的肩上。

为了月跃，为了梦娘，她也不会袖手旁观的。

“过几天就去看看。”月思卿率先做了决定。

隔了几日，众人休息好了，都乔装改扮，在夜玄亲自护送下，去了光辉城不远处的村落。如吕涛三人说的一样，这里寸草不生，早已是一片荒地。但地下也还是埋了一些宗谱古玩等物事。

收拾好了这里的东西，月思卿一行人才离开。

临行前，她回过头，深深地看了这里一眼。

也许，这辈子她都不会再涉足这里。

出了村子，夜玄作了部署。由皇杀护送吕涛、曲松和岳荣回去，而月思卿则跟他一路，进行秘密任务。

月思卿也不知道要去哪儿，但看着这里离光辉城如此近，心里隐约猜到了什么。

待吕涛他们离开后，她便问道：“夜玄，我们是要去偷盗白珠吗？”

九彩神珠，她已集齐八枚。

传说，如果集齐九枚，便能得到那位神尊的传承。

所以这最后一枚，夜玄极其挂心。

“是要去拿回白珠。”夜玄肯定了她的话，但随后说道，“只不过，不是偷盗，是正大光明地拿回来。”

“正大光明？从白罗手里？”月思卿闻言，眉头深深皱了起来。

见夜玄没有否认的意思，她的眼中掠过一丝慌乱，道：“还是等我的实力再强点吧。夜玄，我不想失去你。”

她不记得白罗是何人，到底有多强。但她清楚的一点是，一千年前，正是那个男人将夜玄镇压在了太阳井底下。

如今的夜玄实力就算有长进，白罗难道就没有吗？

不，她不希望看到那一幕！她不能失去夜玄！

“卿儿，别小看我。”夜玄面色沉冷如水，眼睛中闪烁着的却是无比自信的光芒，“当年我本不输于白罗，是你太善良，着了白罗的计，而我对你又不设防……如今，没有了你，他还拿什么来牵制我？何况，我的残魂在太阳井底下修炼那么多年，主魂也在星辰大陆历经重生，而今突破白灵，实力可不是白罗一帆风顺的修炼能比的。”

“突破白灵……”月思卿感觉他的实力太高深了。

“不拿回白珠，你要很久才能变强。这么长时间，够白罗收到消息，下定决心，最后毁了白珠。”夜玄打断了她的话，径直说道。

月思卿无言以对。

白罗应该就是什么事都干得出来的那种人……

“好！”她只能点头。

夜玄“嗯”了一声，双肩微振，展出赤红双翅，一把揽住月思卿的腰，扇动翅膀，火星闪烁吞吐间，他们已飞向远处的光辉城。

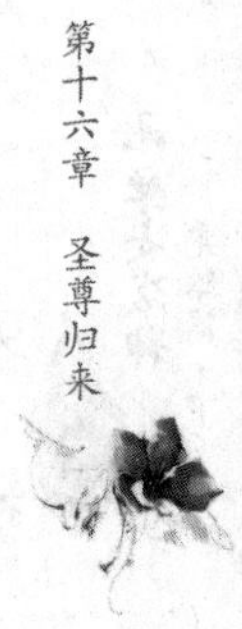

第十七章

兰花女神

光辉城正中央一座雪白色的尖角宫殿，四周绿树成荫，繁花似锦。湛蓝的天空上，朵朵流云在飘动。蓝天，白云，绿树，白宫，宛若一幅精美的图景。

此刻，那座宫殿中，一袭雪袍男人端坐于高座上，算得上俊美的脸庞一片阴沉，而在殿下，则跪了黑压压一群人。

“啪！”清脆的茶盏落地声，碎裂成无数碎片。

“一群废物！连黑暗圣殿的人混进太阳城堡都没发现，要你们何用！”男人的声音充满怒火。

“圣主息怒！圣主息怒！”下面的人战战兢兢，只知道重复着这四个字。

太阳井下那人已走，一切解释都变得苍白无力。

“废物！”男人又狠狠咒了一声。

满殿之人大气也不敢出，匍匐在地，静寂无声。

就在这时，一道冰冷的笑声自头顶传来：“白罗，没想到吧？有朝一日，我会亲自来你的太阳圣宫找你算账！哈哈哈！”

那声音低沉阴冷，却又磁性威严，一出口，便令人心神俱震。

是那个人的声音……所有人一听，都感到心跳快了半拍。

那个人，当年主宰着黑暗圣殿，太阳圣殿的人，落到他手里，下场都无比凄惨。所以这个声音犹如魔鬼，紧紧困着他们的心神。就连后来，他被关押起来，他们还是会做噩梦。

而现在，那个声音居然就在他们圣宫！

“圣主！”殿里跪着的人都连忙抬起身子，惊慌地看向高座上的男人。

看着一下就乱了心神的下属们，男人心头又惊又恨又怒，斥道：“慌什么慌，废物！人还远着呢！”

说完，他站起身，缓步下阶，走过那一堆锋利的茶盏磁片，头也不回，冷冷道：“收拾干净！”

身影已消失在殿门口。

天空上，大朵大朵的乌云聚在一起，天色阴沉，墨云翻滚，狂风大作，肆虐天地。眼看着一场暴雨即将铺天盖地而来。

半空中，同样是黑压压的人群，看不到尽头。

队伍的最前方，一人却是那般显赫，那般突兀。

男人着一袭缎面纯色黑袍，只在袖口绘了一根极细的金纹。沉稳的黑，尊贵的金，象征着男人至高无上的身份。风吹来，那垂在耳坠上的金色大环轻轻摇动着，已成了男人最显著的标志。

果然是他！当白罗满面阴色地走出来后，心中便冒出这一想法。

他紧紧盯着半空中站在穷奇背上的夜玄，心头如被一块大石紧紧压住。曾无数次的梦中场景终于变成了现实。

这男人，许多年未见，气势犹存啊！

他可知道，他的出现，对自己来说，也如一个梦魇。

夜玄居高临下，冷冷望着下头的白罗，一字一声地说道："白罗，你可知道被困在太阳井下暗无天日的密室内有多么寂寞？"

原以为自己会发狂，会暴怒，但一千年过去了，夜玄找回那段记忆后早已变得平和了。

白罗缓缓勾起唇，原本长相俊秀的他因这一笑而显得愈加清雅。

他缓缓登空，背后却不见双翅，就像是凭空飞上去似的，但若细看时便会发现，他脚下有一团隐动的白色气流。

这就是白灵至尊的强大，已经能随心所欲控制周围空间，拈花飞叶即成武器，万物皆为其所用。

这种境界，整片太阳大陆这么多年也不过出了白罗和夜玄二人而已。

"那我应该恭喜你脱离苦海。"白罗凌空站立，负在身后的双袖上绣着团团雪色流云，愈发俊雅。

"圣主！圣主！"

底下，无数圣殿圣士在欢呼。

太阳圣殿本就在光辉城中央，所以他们的登空早已吸引来无数民众，纷纷跪地，三朝九拜起来。

"嗯，不用害怕，我的子民。"白罗轻轻垂下头，原就俊美的面庞在白光的照耀下流动着圣洁的光芒，温和的眉眼中哪里能看到刚才他在圣宫中的狂怒。他的声音不高不低，却传遍了整个光辉城，"黑暗圣殿是邪恶力量，我们太阳圣殿才代表着光明！相信吧，光明永远都会驱走黑暗，胜利只会属于我们！"

说到最后一句，声音自然地慷慨激昂了几分。

"圣主威武！圣主威武！"光辉城内，响起连片的欢呼声。

半空中，男子嘴角的笑意露出了一丝轻蔑。

这一切，都没逃过躲在人群中的月思卿眼里。

她也不知道夜玄事先作了部署，一过来便有大部队护送，成千上万训练有素的黑士在夜玄、皇暗和皇冷的带领下开赴到这儿。

用夜玄的话来说，太阳圣殿和黑暗圣殿之间的较量其实只是他和白罗的较量。

白灵强者，只手遮天，力量甚至能毁灭整个大陆。

再多的紫灵也不是他们的对手，所以，那些圣士、黑士再多都插手不进他们二人的争斗，只能做炮灰。

之所以带这么多人，夜玄的目的很简单，保护月思卿。

月思卿站在夜玄身后不远处，皇暗皇冷亲自护在身前，自然是安全的。

透过两人的缝隙，她将白罗上上下下打量好几遍，心中不由冷笑一声。

什么披着光辉的圣主，不过是个玩弄众生于股掌的男人而已！

缓缓收回眼光，月思卿将一丝灵力悄悄探进空间戒指。

戒指一角，小紫正趴在一个黑匣子前，目不转睛地望着里面。

“有动静吗？”月思卿问。

她话音刚落，小紫“啊”了一声，退了几步。

那黑匣子从地上弹跳起来，噼里啪啦地在戒指中乱撞起来，可就是逃不出这片空间。

月思卿呼吸顿促，一时说不出是激动还是别的情绪。

夜玄带她过来，当然不是来当观众的。

如此危险的地方，若没重要的事，他会带她过来么？

经过宝光神洞、太阳井等事情，她琢磨出一件事情：神珠之间是可以相互吸引的。

那么，照夜玄所说，白珠应该就在白罗身上，那么，她可以利用这八枚神珠将它召出来吗？

需知道，亲自从白罗身上取几乎是不可能的事，那可是名副其实的白灵强者。

所以，靠神珠召唤倒是最有效最有可能行得通的。

有动静，可以证明一点，白珠必在圣宫！

八枚神珠过不去，那就可以等白珠过来。

那一头，夜玄和白罗已经“寒暄完毕”。

两双对视的眼睛中闪烁着星星点点的火花。

白罗脸上的温和则渐渐退去，取而代之的是欲要置夜玄于死地的怨恨。

但他们却不像普通灵师那样战斗一触即发。

两人只是对望着，静静地对望。

到他们这个级别，战斗已经不急于出手了。每一招，都极其强大，惊天动地。如何攻克对方弱点，把握战斗的胜利才是最重要的。

就在两人虎视眈眈间，忽然一声尖叫在下方响起。

“圣主不好了！”叫声中充满了焦急。

白罗一怔，眉头皱起，本能地往下瞧去。

眼前，白光一闪而过，一股强大的力量横扫而至。

当他意识到什么时，为时已晚。

“嗖”的一声，夜玄右脚一动，已迅速闪身拦在了那个方向。

白罗只看到一道白光如闪电般朝黑暗圣殿的人群飞去。

“住步！”轻喝一声，白罗伸出右手，“咔嚓”一声抓向不远处的空间。

“回！”夜玄冷斥，凭空而站的他脚下猛跺，一丝空间裂缝生出，飞速弥漫开来，以挡住白罗的势头。

这一来一回，白光虽然没有停下，但速度也明显降了下来。

白色的圆珠光润圆滑，散发着皎洁的光芒，从空中掠过时拖出一条雪色的小尾巴，光芒灿烂，好看之极。

“白珠！”白罗看清那东西居然是供奉在他寝宫深处的白珠后，眼瞳剧烈收缩，喊了一声。

但白珠不会因为他的喊叫而停下，继续朝着那个方向飞去。

眼看着白珠被白罗发现，皇暗身后躲着的月思卿等不及了，背后双翅一振，径直迎了上去。

也不知是本能使然，还是白珠和她的那一丝心灵感应，她竟直接冲白珠张开了右手。

白珠的力量如此大，她这样的行为无异于找死。

半空地下，成千上万人目睹了这一幕，都忍不住惊呼出声。

白珠准确无误地落进她的手掌中。月思卿五指一合，立即将它丢进了空间戒指的黑匣内，心也在这时安了几分。

没有任何意外发生！

所有人神情凝固，目瞪口呆地看着月思卿就这么收起了白珠！

此刻的月思卿，戴着另外一张普通面具，穿着黑衣，看上去就是个普通得不能再普通的黑士。

但她这突然的行为吓坏了其他人。

白罗心头亦是大震，惊愕地看着这个夺去白珠的“青年”。

一种特殊的感觉袭击了他的身心，可又快得抓不住。

见月思卿已然得手，夜玄心头一松，再次看向白罗时，嘴角便轻轻勾起一丝冷笑，喝道：“撤！”

这一次，他并没打算将白罗怎么样，仅仅为了拿回那枚白珠。

白罗，是梗在他喉头的那根刺，恨不得拔之而后快。但要拔，就要拔得彻底。他不会在没有把握时挑衅太阳圣殿。

“想拿走白珠？没那么容易！”白罗脸上腾起显而易见的怒气，右手一挥，白色长袍绣有云竹的宽袖随风荡起，伴着他清冷的喝声，“追！”

太阳圣殿的人兵分两路，朝黑暗圣殿的人包抄而去。

月思卿退回到皇暗和皇杀身后，刚欲再退，脚步却是一顿，眉头皱起。

她感觉到投进黑匣子的九枚神珠突然不受她的控制，连着黑匣在空间戒指里剧烈地翻滚起来，一股极其强大的力量冲出了空间戒指，直逼她的灵魂深处，引起一阵阵悸动。

“皇暗，恐怕控制不住了！”月思卿深吸一口气，冲侧前方的皇暗快而小声地说道。

皇暗感觉到了她的异样，大惊失色，急道：“你等等！”

脚步一闪，他已飞至夜玄身边，低语数句。

夜玄放于袖下的双手不由握成拳头，又缓缓松开，眼睛盯着白罗的方向，并没有转开，沉声道：“护她离开！”

“是！”皇暗连忙应道。

只是，他还没能回到月思卿身边，那一头，却传来女子痛苦的哼声：“啊！”

压抑的声调却更能显示出女子现在有多么痛苦！

即使是警觉提防着白罗的夜玄也在听到那声音时失了分寸，心神俱乱，转头看向月思卿，眼中明显充斥着心疼之色。

只见九枚神珠冲出戒指，飘浮在月思卿身周，散发出绚丽的九彩光芒。凡是被光芒照到之人，皆是倒飞而出，即使是皇暗和皇杀也没能幸免。这导致月思卿四周突然就空了。

半空中，其他的一切都在这光芒下变得黯淡，唯有那九色光芒有序地、轻盈地旋转着，光彩夺目。

那被彩光围在核心的女子也开始了变化。

一头束起的长发散落而开，发梢开始无休止地变长，如那疯长的海藻，向身后延伸弥漫。人皮面具自她脸上脱落，露出精致秀丽的五官。她的五官也慢慢改变着，尤其是高洁饱满的额头上，一朵盛开的兰花缓缓勾出形状，而后渐渐染成金色，直至耀出灿烂的光芒。

女子紧闭双眼，薄唇透着好看的殷红，整个人在额上兰花的映衬下显得高贵而圣洁。

所有人都本能地看向这边，待看到这一变化后，都情不自禁地惊呼起来。

直至，一道尖锐的声音突兀地响在半空：“兰花……女神！”

白罗也头一回失态了。

他张大着嘴几乎快合不拢，眼光中充满了难以置信，喃喃道：“怎么可能？怎么可能？”

九枚神珠旋转的速度越来越快，但光芒却慢慢收敛，那些散乱在四周的光束逐渐集中到一起，最后齐齐射向中间的月思卿。

夜玄的心扑通扑通乱跳着，紧抿薄唇，强忍住飞过去的冲动。

九珠齐聚，这就是传说中的一幕！月思卿是否能就此得到前世的传承，成败也在此一举！

当然，他们现在身处太阳圣宫区域，安危才是最重要的。

想着，夜玄立即瞄向白罗所站的地方，眼中染上浓浓的敌意。

可是，他想得有些多了。

白罗此时的注意力根本就不在他身上，而是全副心神都集中在了月思卿那，眼光中透着剧烈的震惊。

“卿儿？”他朝月思卿走了几步，声音犹如来自遥远的天边，模糊不清。

月思卿自是没有回答他，她紧闭星眸，正承受着身体急剧的改变。

巨大无穷的灵气如潮水般袭向她的经脉，一拨接一拨，又快又猛。如果不用尽全力努力接住并化解的话，她想，自己这具身体恐怕下一刻就会爆体而亡。

所以，她抽不得一丝心神对付外界的事，唯一能做的，就是沉浸在灵气的海洋里……

天空中，乌云散了又聚，曦光浓了又淡，时间就这样一点一滴地过去了，月思卿这一状态也在持续着。

九枚神珠早停止了转动，静静守候在她身周，各自占位，形成古怪的阵形，并不离去，淡淡光华也没有熄灭，覆盖在中间女子身上。

女子盘膝而坐，脸上已寻不见前段时间的紧张和痛苦，所有的只是一片安详。

而她身下，一朵巨大的兰花宝座静静绽开着，雪白的花朵流动着金色光泽，变幻多端，美轮美奂。

光辉城所有百姓每日每夜都来看望半空中散发着圣洁光辉的女子，没有人出声打扰她，都只是带着崇敬的神情仰视着。

千年前的兰花女神不仅生得漂亮，更有一手出神入化的本领，而且她优雅大方，善良聪慧，与人为善，一直深受民众喜爱。

自她之后，太阳圣殿虽是换过几届圣女，却没有一届能顶得上众人心中的兰花女神。

她的完美，无人可比。

白罗也没有让太阳圣殿的人强攻，而是在月思卿右方默默站着。

夜玄的人则一直守着左方阵地，好好保护着月思卿。

双方人马对峙了数月，倒也平安无事。

这还是太阳圣殿和黑暗圣殿这么多年来头一回如此面对面还和平共处，而且时间还这么久。

这在太阳大陆上倒也算得上一桩奇迹了。

半年后。

久久没有动静的月思卿动了。

长睫微颤，女子光滑美丽的脸庞上肌肉开始抽动。

随着她的动静，那沉寂下去了的九枚神珠也动了，向月思卿的方向缓缓移动起来。

“快看，兰花女神要醒了！”有人惊喜地叫道。

安静了这么久的半空，气氛也陡然一变，所有人紧张地看着月思卿。

九枚神珠离月思卿越来越近，忽然间，“嗖”的一声，一齐化作九道流光，直接融进了月思卿身体。

女子并未有多少排斥，只是眉毛快速跳动了几下又归为平静。

光芒散尽，天宇归为正常。

三千乌发缓缓坠落女子肩头，那双一直闭着的双眼睁了开来。

乌黑如墨的瞳眸晶亮深邃，微微流转间说不出的美丽风情，淡淡扫向空中和下方的人群，染着一丝清冷的疑惑。

她的目光移到对面白罗脸上，伫立片刻。

“卿儿！”白罗轻声叫唤，嗓音染着一丝嘶哑，眼光中却还有几分不确定。

月思卿的反应很平静，瞥他一眼后，又转了开来，却是落到不远处黑袍男子的身上。

一袭黑色长袍挡住了身后的阳光，夜玄的脸上覆盖着阴影，轮廓有些模糊，却不减他的俊美。一双深邃的眼睛看向她，似乎很平淡，深处却隐藏着几分急切。

就像当初月思卿一眼认出他的灵魂归来一样，他也同样感觉到了，月思卿已经得到了前世的传承，伴随着前世的记忆！

月思卿看向他时，目光中透着一丝茫然，良久没有移开，只是静静看着。

“卿儿……”夜玄颤声叫着她的名字，不知道自己在害怕什么。

月思卿望着他，茫然的眼神慢慢有了焦点，表情也生动了几分。红唇微动，她唤出他的名字：“夜玄！”

这一声后，她缓缓站了起来。

女子的动作优雅从容，一袭黑衫随风荡开衣角，衬得肌肤越加如雪，圣洁光辉淡淡笼罩上下。

她的后背没有升起小青附体的银白色双翅，更没有释放出蓝灵级别的半透明灵气翅膀，就那样直立而起，朝夜玄从容走去。

“卿儿！”那一刻，夜玄的心头掠过一丝暖流，还有种说不出的甜蜜，快步迎向月思卿。

那一边，白罗的俊脸猛地就沉了下去。

“夜玄。”近距离打量着男人历经沧桑的五官，月思卿的声音染着些微战栗。

“卿儿，想起来了？”夜玄的声音低沉嘶哑。

月思卿轻吸了口气，而后笑开：“嗯，想起来了。”

她的回答极为淡然，眼光则瞥向白罗。

“九珠融一，传承归属。卿儿，是你回来了？”白罗目光微动，极力控制着情绪，语气却极其肯定。

月思卿浅浅笑着，眼光中却挂着几分疏离，并未回答他的话，而是说道：“白罗，当年的天罗地网阵，你利用了我。”

这句话与回答也没甚区别了，她的身份已毋庸置疑。

是的，她回来了，兰花女神回来了。

当九枚神珠融合进她的骨血时，月思卿忆起了所有。

那段痛苦却又甜蜜的记忆如潮水般席卷而来，深深与她的灵魂羁绊在了一起，让她在想起所有的刹那才明白过来，原来，前世今生，说起来离谱，难以置信，甚至现在的她无法接受。可到底，那些都存在。

白罗张口欲要说话，却没有发出声音，眼光无比复杂。

月思卿嘴角露出一丝苦笑，浓浓的苦涩直漫进心田。

她是太信任白罗了么？

千年前，或者说，数万年前，她便是太阳大陆上一名天赋异禀的女子，年纪轻轻时便被白罗捡了回去，抚养成人，并内定为太阳圣殿的圣女。

白罗一如她的兄长，不管他为人是否两面三刀，但对她，确实算得上呵护备至。

当然，她不知道到了后来，白罗对她的感情早就超过了亲情的范围……他关心着她的每一件事情，虽然让月思卿感觉不太自由，却也很幸福。

这也导致后来她太过相信白罗，天真地以为他会对自己好，才害了夜玄。

原本，生活在白罗羽翼下的月思卿是不可能结识黑暗圣殿的圣尊夜玄的。他们一属光明，一属黑暗，是见面便会斗得你死我活的仇敌，怎会和平相处？

可有些事情是天意注定的。

那一年，她和他在太阳大陆最西头的云海相识了。

那时，她不是兰花女神，他也不是圣尊。

云游在外的月思卿之所以会出现在云海，便是趁着白罗不在殿内，想要找到传说中潜藏在云海内的一条碧珠神龙，相传它的内丹有助灵的作用，不少蓝灵和紫灵都在云海大肆寻找它。月思卿那段时间还未冲破黑灵，也想碰碰运气。

云海深处的云宫内机关重重，她就在这里碰到了夜玄……记忆的闸门就此打开。

咕嘟嘟，咕嘟嘟……幽暗的深海内，水声缓慢而清晰地涌动着，反衬出深海内的宁静。

细碎的脚步声在这条路上响起。

“主子，有人。”避水道旁，压得极低的嗓音轻声说道。

“嗯。”磁性的嗓音慵懒地应了声，一袭黑袍的男子随意坐在地上，乌黑的长发仅束了一道，透出几分狂狷之美。

步声越来越近，终于，一道身影映入他们眼帘。

乍看到来人，男人和身旁的随从都是微微一怔。

出现在眼前的人和他们想象中应该出现在这儿的人差别太大。

那是一名长相精致甜美的少女，身着白色纱裙，纯洁高贵。三千墨发编成细辫散在脑后，眉若轻柳，眼若清潭，鼻似凝脂，唇如涂朱，雪色肌肤在水光的泛动下越发润美。

月思卿眨着水灵灵的大眼望着他们，也有些吃惊。

她的水眸内丝毫不掩饰情绪，倒显得很可爱。

“小姑娘，你怎么一个人出现在这里？”随从，也就是皇暗，警惕地询问。

这儿是西海龙宫，离神龙巢穴不远，这名看起来稚嫩的少女怎么会独自出现？

月思卿吐吐舌，歉意地望向二人，解释道：“我和我的同伴们走散了。”

“是吗？可你不知道这里很危险吗？乱闯是随时都会有生命危险的！”皇暗皱眉喝道。

月思卿“嗯”了一声，有些犹豫地看向前面，说道：“可我也想进去瞧瞧。”

许是她的率真让一直未动的夜玄生了一丝兴趣，沉声道：“里面更危险。”

“你们可是要进去的？”月思卿眼珠微转，问起另一个问题。

“是，又怎样？”夜玄淡淡笑着，眼底却没有多少笑意。

“那咱们一起进去吧，据说神龙可不好对付。”月思卿提议道。

“你不怕我是坏人？”夜玄挑了挑眉头。

月思卿淡笑道：“我身上并无值钱之物，和你也无仇怨关系，在这里，多一个人反倒多一分力量，我想你也不会伤害我是不是？”

她说着，冲夜玄调皮地做了个鬼脸，美丽的脸庞看上去更加和善轻柔了。

似乎，夜玄从未遇到过用这种态度对待他的人，毕竟，他的生命中除了打打杀杀便是冰冷的交流。

他想了想，鬼使神差地点点头：“嗯，也好。”

“主子！”皇暗一惊，低声提醒道。

主子虽也是为神龙而来，可他怎会随便与外人联手？没必要啊！而且，主子在这可是有要事，会不会影响这小姑娘啊！

“进去看看吧。”夜玄淡淡说道，站了起来。

皇暗无法，只好陪同二人一起沿着这条由天然避水珠隔出来的干道往里走。

路上，他旁敲侧击着月思卿的身份。

“小姑娘，您是哪里人？不是太阳圣殿的吗？”

月思卿笑容得体道：“我是隐世家族的，不是太阳圣殿的。”

出门在外，她不会报出自己太阳圣殿的出身，反正她的太阳之息有特殊办法掩护，这样就算遇到黑暗圣殿的人也不会有太大危险。在这片大陆，隐世家族远离两大圣殿的争斗，倒相对安全许多。

皇暗闻言，微微放下了心。

就在这时，前方水域忽然传来一阵巨大的波动，一丝浓烈的血腥味传进几人鼻端。

“糟糕，主子，来了！”皇暗厉声叫道。

“很快啊。”夜玄似也没想到，皱了皱眉。

“快攻击！”月思卿见到有敌物来袭，并不退后，反倒身形一闪，竟以一股极其凌厉的步法冲将出去，右手一挥，放出一条青龙，银白色的雷电成片似的攻向对面。

“小心呐！你退后！”皇暗绝没想到她竟这般积极，声音猛一下提到了嗓子眼，大喝一声。

这可不是一般灵物啊！

这群白鲨可相当厉害！

但他们再瞧月思卿时，后者竟是没有半分畏惧，身周紫光大盛，娇俏的身形腾蛟起凤，穿插来回，手起刀落，竟是招招狠辣致命，技能招式配合得老到丰富。

这么个娇滴滴的小姑娘，居然是个货真价实的紫灵巅峰！

而且，她的实战能力如斯强悍。

皇暗目瞪口呆，承认自己看走眼了。

月思卿虽然接招厉害，但却止不住更多的白鲨涌向夜玄。

毕竟，它们都是他招惹来的。

月思卿见状，也飞快地往夜玄身前闪，力求帮他挡住更多的敌人，嘴里喝道：“还不动手，速战速决！”

她帮他只不过因为他们是同盟。

既结之，则信之。

夜玄的眼光却折射着几分惊异，一闪而过。

夜玄和皇暗也加入了这场战斗，只不过，在月思卿面前，夜玄隐藏了他黑灵的实力。

但纵是如此，三人联手，没一会儿便顺利地消灭了所有白鲨。

月思卿站在尸体群中，目光冷沉，环视四周，警惕地寻找着可有遗漏的目标。

白裙裙脚沾染着血迹，凌乱地裹在她的膝盖处，露在外头的一截玉腿细而直，美中不足的是左腿上一道赫然裂开的口子，汩汩鲜血还在往外涌。

皇暗眼尖地发现了，不由低声道：“小姐，赶紧包扎下你的腿，白鲨的血恐怕有毒……”

月思卿低下头，顺着他的目光看去，瞧见伤口，并没露出惊慌失措的神态，反而极其镇定地一笑，说道：“我敷点药就好了，没大事。”

说完，她蹲下身，取出随身携带的药包，取出几味上等药草，碾碎了涂在上面。

“痛不痛？”夜玄瞧着她竟似没事人一样，忍不住问。

他也没想到，这名女孩子竟然一点都不娇气，连眉毛都没皱一下。

“不痛。”月思卿说完又吞服了一枚褐色丹药，才起身道：“走吧。”

“嗯。”夜玄点头应了。

三人继续往里走，遇到的情况可也真不少。月思卿虽生得娇嫩无比，但在战斗中却展现出她沉稳有序、丰富老到的经验来，令夜玄和皇暗都吃惊不已。

神龙虽就在西宫之中，可并非那么好寻。

三人在西海深处待了数月，碰到过形形色色的人流，都是来寻找神龙的。他们小队以绝对的实力力压众人，一直走着最快捷的道路。而这段时间，也让夜玄和月思卿建立起了一股默契的伙伴之情，彼此间多了几分了解和信任。

最终，他们在西宫一废弃的宫殿中找到了传说中的碧海神龙。

神龙身长几十丈，庞大的体态填满了宫殿，铜铃般的大眼透着睿智的冷光，下巴处悬挂着一绺绺白须，象征了神龙的年龄和智慧。

“听说，神龙的内丹可以助人突破紫灵巅峰，是不是真的？”月思卿问身边的夜玄。

“当然是真的。”回答他的却是皇暗，“只不过，神龙极其强大，稍有不慎便会是灭顶之灾。而且，世间能达到紫灵巅峰的人也不多，小姑娘，你的身世倒教我们好奇。”

月思卿笑了起来，嘴角露出好看的酒窝，甜声道：“我想要它的内丹。”

“那得看主子意思了。”皇暗说着觑向夜玄。

夜玄脸色淡淡的，望着中央盘踞的神龙，说道：“先取了它的内丹再说吧。”

对他的话，月思卿也没争议。是的，他们虽是一个团体，但却是临时建成的。双方合力拿下神龙，且不说她出力并不及眼前这强大的主仆二人，就算相同，内丹凭什么就给她？

所以，首要之事是先拿到内丹。

“就我们三人，机会大吗？要不要再组几个人？神龙可是紫灵巅峰。”月思卿有些忐忑地问。

紫灵巅峰的神龙，可就相当于黑灵级别的人类了。

就算是白罗在这，月思卿也不敢说有多大的把握。

“不需要，他们帮不上忙。”夜玄说完，身形微微变得虚幻，一团黑色的光雾自他周身旋转而出，展示出了他的黑灵实力。

“居然是黑灵？”月思卿也吃了一惊，不敢相信地看着他。

那边的神龙感觉到了危险的来临，龙头一昂，一声尖亮的龙吟声自龙嘴中吐出。

夜玄嘴角溢出一声冷笑，一个闪身，喝道：“火之极：吞噬！”

宫殿之内，赤红的火焰如火山爆发一般汹涌而起，火势之浓，绝没因这是在深海海底而熄灭半分！

就连月思卿也微微讶异。

这人的火兽好生厉害！该是多么强悍，竟然能在湿气如此重的海底也能发挥出如此大的威力！

眼前，一场高端的战斗开始了。

月思卿原还想着以三敌一，但却悲催地发现，自己纵然是紫灵巅峰的实力，却根本插不进这场黑灵对神龙的战斗。

他们的速度太快，方位变幻太过神秘。

一袭黑衣的夜玄身姿健硕挺拔，肌肉充满了无限力量，一双深邃的凤眸，暗藏冷厉锋芒。他站在那里，不动声色间却又掌控了一切。

一路而来，他的言语并不多，说话总是简洁中直扼要害。但他的动作却是出奇地敏捷，快得让人捕捉不到身影，总会在敌人料想不到的地方给予重重一击。

从身手上来看，月思卿心里肯定，这人的实战能力竟是远在圣主白罗之上。

难道他就是白罗说的黑暗圣殿圣尊……

可是，白罗说黑暗圣殿的人无不凶残暴力，阴险狡诈，但她和他们相处这么久，却从未感觉到啊！

还是说，他其实是哪个隐世家族中深藏不露的高手？

她在出神，那边，夜玄和神龙在交手十数次后终于高低立见。

夜玄以绝对的实力碾压了神龙，右手长驱直入，探进神龙身体，顿时，热血四溅，洒满他全身，神龙在哀鸣声中身躯急缩，最后化为一副骨架。

夜玄将骨架收了起来，右手掌心张开，托出一枚亮闪闪的金色丹核，转身走向月思卿和皇暗。

月思卿惊怔地望着沐血而来的男人，他的脸庞上没有多余表情，只是透着冷漠，在鲜血的映衬下，整个人平添了几分嗜血凌乱的味道。

不知为何，月思卿心中腾起一丝惧意，这人，应该不是黑暗圣殿那人吧……

想法只是一闪而过，夜玄已走到他们面前。

“主子，您太厉害了！神龙在您手下也过不了几招！”皇暗由衷地赞叹道。

“这枚内丹就是你需要的？”夜玄不理会他，径直看向月思卿。

望着他掌心散发着金光的圆珠，月思卿点了点头，但眼中并无贪念，沉着的声音说道：“这是你一个人的功劳，内丹应该归你。”

旁边的皇暗微微点了下头。

夜玄微勾唇道：“我并不需要，给你吧。”

说完，他将金珠直接放在月思卿手心里。

“可是……”月思卿张大了嘴，她不信，这人不知道神龙内丹的宝贵，怎么可能不需要？就算是黑灵，用它的地方也太多了啊！

皇暗也吓了一跳，顾不得月思卿在场，一面使眼色一面着急地说：“主子，神龙内丹用处可大着！再不济，等我们到紫灵巅峰也用得上啊。”

他已经厚着脸皮说了。

“你们到紫灵巅峰可不知还要多少年。”夜玄淡淡道，“这内丹留着也会失效。到时候，我会有其他办法。这内丹给她。”

月思卿握着散发着余温的内丹，心里说不出的感觉。

“你们……是黑暗圣殿的吗？”她脱口问道。

夜玄淡淡一笑，望着她没有说话。

皇暗的眼中却起了一丝警戒之色。

“当我没说！”见两人不回答，月思卿露出一抹俏皮的笑，赶紧转开话题道，“内丹怎么用？”

内丹如何用，她其实也知道，问这话不过是想转移注意力。

夜玄并没揭穿她，沉声道：“神龙内丹和其他内丹不同，会失效的，刚刚取出来的内丹效果最好，离开西海后，恐怕就要降效。所以我劝你，就在这里吸收它。”

这也是他为何没考虑将内丹给皇暗的原因。

捏着内丹，月思卿思忖片刻，点了点头。倒是不怕外界有什么危险。

夜玄“嗯”了一声，也没打算离开。

月思卿并没想许多，盘膝坐到了地上，将金珠放于面前，开始了修炼状态。

第十八章

前世记忆

月思卿虽然一直被“圈养”在太阳圣殿，对外界知之甚少，但也不是傻子。

眼前的男人已是黑灵级别，要想算计她根本无需动什么心思，动动手指就够了，犯不着暗算。

所以她放心地坐下来，进入了修炼状态。

金色内丹一入体，犹如一股温热的液体流进经脉，瞬间温暖了四肢百骸。

时间一点一滴地过去，也不知过了多久，体内早已饱和的灵气迟迟得不到突破，金珠中的力量却还在源源不断地涌进来。

找不到发泄口的经脉越来越膨胀……月思卿咬紧牙关，拼命地控制着，额头上却已渗出片片汗水，脸颊也染上了深重的红晕，星眸紧闭的样子倒染着几分迷惑。

“好热！”月思卿喃喃不清地念叨着，双手去扯自己的衣领，露出来的肩颈肌肤皆是如煮熟的虾子一样飘满红晕。

“主子！”不远处的皇暗被外界的异动打破修炼，睁开眼睛，望向那边的月思卿，忍不住低声惊呼。

“她到了紧要关头。”夜玄睨了月思卿一眼，沉声说道，“体内灵气应是无比凌乱。能不能冲得过去就要看她了。冲得过去，恭喜这片大陆又多了一名黑灵强者。冲不过去……那就只能惋惜一名紫灵巅峰的殒灭了。”

也就是说，紫灵升黑灵，搞不好就要将命搭进去。

可见这是多么重要并且困难的升级。

“热……”月思卿又低喃一声，神情扭曲在一起，颇为痛苦。

“嘶”的一声，她直接扯下外衣，里面的水红色肚兜完全露了出来。白皙的肌肤也如火烧云般绚丽，在水红色肚兜的映衬下，极具魅惑。

夜玄却是面不改色，只是下意识地避开了眼。

那边的月思卿却是快要不行了，感觉体内灵气过了量，下一刻就会爆炸，低喃的声音也变得凄楚起来。

“罢了！”夜玄低语一句后，站起了身，坚毅的眼光盯住月思卿，似是做了一个十分重要的决定。

他快步走到月思卿身边，刚欲抬手，精壮的小腹就被月思卿一把抱住，脸也窝进他的胸膛，随之是她一声轻叹："好凉快，好凉快！"

夜玄的脸都黑了，可看着这样无助的月思卿，却不知为何，竟没有推开她，反倒是握住她的右腕，一股慑人的力量悄悄灌了进去。

月思卿的痛苦神情好受了许多，在他怀里不停地换着姿势，试图寻找一个极其舒适的位置。

夜玄低头看时，险些出声。

女子衣衫不整地在他怀里睡着，上半身几乎赤裸，红潮微退后是白嫩胜雪的肌肤。还双手并用，肆意转换姿势，直教夜玄相当无语。

夜玄嘴角直抽，没有看月思卿，反倒是看向皇暗。

皇暗浑身打了个激灵，赶紧装作没看到。

而月思卿自从躺到夜玄怀里后，还真的没有那么难受了。神情恢复了正常，脸上和肩颈处的红晕也缓缓退去，格外地安宁。

"应该平静了？"皇暗站在远处的角落喃喃一句。

说是喃喃，这间修炼房内的其他人当然听得清清楚楚。

"体内的情况暂时是压下来了。"夜玄沉声说道。

再看了眼月思卿，他皱了皱眉头，轻轻拨弄开她的右手，试图起身。

可刚一动，女子的柳眉顿时便拧了起来，不依地哼了一声，却是更加抱紧了他的腰。

夜玄抿了抿唇，望着月思卿片刻，打算下一步动作时，那怀里的女孩子又不干了，竟是有一种说不出的娇态。

从未感受过如水柔情的夜玄只是沉着脸，一言不发，但也没有推开她。

良久良久，月思卿的身体开始了再次躁动，这一次，却是要突破了。

可能意识到了这一点，她主动放开了夜玄，坐端正了身体。

怀里一空，夜玄惊讶于自己还有些不太适应。

月思卿的身体又一次达到了滚烫的温度，双颊红透，努力酝酿着冲刺前最后的储备。

"砰！"什么声音在她体内炸开，全新的灵气如山中瀑布般轰然而出，带着强劲的力量，带着四月万物的清新，席卷了她的四肢百骸。

黑色灵气，光华灼然。

她成功突破了黑灵！

那股爆炸之声直接冲上头顶，冲出了西海，久久回荡在一碧无瑕的蓝天上，引起无数乌云密布，雷声雨声倾泻而下。

这是晋升造成的天地异象，引发了无数人的惊呼。

"天，竟然又有人升为黑灵了吗？真的假的？"

"也不知道是哪位高人啊？"

且不说这事引起多少人的震惊，却说西海内，月思卿一头墨发吹散至脑后，巴掌大的小脸愈显精致美丽。她缓缓睁开了眼，双眼中闪烁着璀璨自信的光芒，和紫灵时的她似乎有什么不一样了。

扫视了下四周，她做了个深呼吸，站了起来，有些不好意思地冲夜玄说道：“谢谢你。”

修炼过程记得不太清，但她的感觉还是很深刻的。有人帮了她，尤其是在最关键的时刻，有人疏通了她的经脉，否则，谁也不知道会发生什么惨烈的后果。

这一声“谢谢”发自内心，感触颇深。

“不用谢。”夜玄淡漠地答道，却是垂下眼，没有看女子此时的明艳皎洁。

“我已经黑灵了。”月思卿说着，嘴角弯起大大的弧度，指尖释放出一簇黑色灵气把玩着，表情极其欢喜。

“嗯，黑灵了，真难得，我还没恭喜你。”夜玄微微一笑，说道。

月思卿回以的也只是一笑。

“西海待得也久了，是该回去了。”夜玄顿了下，淡淡开口。

“回去？”月思卿被他的话说得一愣，半晌想起来，是啊，不回去，难道在西海待一辈子吗？人家也有自己的要紧事做。

可也不知为何，她心里突然空落了下来。

皇暗早就等得不耐烦了，听夜玄这么说，极为惊喜，赶紧道：“是啊，主子，还是尽早离开的好，免得白罗听到动静后……”

说到这，他突然捂住嘴，表明自己说错了话，颇有些尴尬地瞧向夜玄。

月思卿心中的弦却是一动，出声道：“白罗？你们是黑暗圣殿的。”

这一次，她不是问句，而是肯定句。

“嗯。”夜玄应了一声，看着月思卿。

月思卿心中一凛，想起自己向他撒了谎，说自己是来自隐世家族的。

这本来也没什么，一路而来，她同很多人都这样说过，包括初见夜玄时，也没有任何愧意。

可现在，为什么，她居然感到了一丝害怕？不敢去面对夜玄的眼神？仅仅是因为她心里清楚夜玄是黑暗圣殿的，而自己是他的仇敌吗？

仇敌又怎样？这世间多一个少一个，有什么大影响吗？

可她这一刻，却那么不希望他们之间横亘着解不开的仇怨。

沉默片刻后，月思卿红唇一嘟，带着些小女孩的娇态：“我还不打算回去，听说西海有好多好玩的地方，还没玩够呢！”

每天都待在囚笼似的太阳圣殿内，月思卿都快要疯了。好不容易逮着个机会出来玩，她还不玩个够吗？何况……现在的她，就是不想离开，不知道为什么。

月思卿睁着黑溜溜的大眼睛，一瞬不瞬地盯着夜玄，心里隐隐含着几分期待。

这么多天的相处，让她对这个男人从最初的陌生到现在的信任。

虽然他气质强大有甚白罗，更是冷如冰山，让人不敢接近。但心思细腻的月思卿还是感受到了他对自己的保护。

她爱动，爱逞强，爱出风头，不管遇到什么危险都会冲上去，但最后善后的往往都是夜玄。

尤其是此次晋升黑灵，最危急的时候，夜玄也没有弃她而去，而是默守了数月，及时出手，助她突破难关。

从前晋升，就算是白罗，也没有在她身边陪过这么久。

这让她心里对夜玄产生了一丝说不出的依赖感。

而听了她的回答，夜玄眼光微微一动，却也是闪出几分明亮，飞快答道："好。"

一声"好"，让月思卿心头一安，嘴角翘起狡黠的笑："你也不走吗？"

夜玄淡淡地应道："嗯，看看这景色也好。"

一旁的皇暗瞪大了双眼，可仔细瞅自家主子，不像是在开玩笑。他当即缄口，不再发表意见。反正，他的话也动摇不了主子的想法。

于是，夜玄和月思卿一齐冲出了西海。

正是傍晚时分，布满红晕的晚霞流在天边，斜阳余晖洒落了大半个海面，勾勒出一幅昏黄温馨的暮色海洋图。

望着海面一望无际的波光粼粼折射着星星点点的红霞，光彩耀目，放松的愉悦自心头漫出，月思卿的嘴角自然生起了笑容。

"多美啊！"

她欢快地叫了一声，后背生出银白色双翅，银色雷电光芒闪烁，绚丽极了。

女子高高飞起，一头黑发被海风尽数吹到了身后，长发散开，巴掌大的小脸眺望着远方，极其唯美。

"喜欢吗？"磁性的男子嗓音在耳边响起，低沉中透着一线温柔。

月思卿一怔，方才想起夜玄跟了上来。

她有些不好意思地转开眼神，却是点了点头："嗯，很喜欢！"

"我也很喜欢。"夜玄微微勾唇，脚尖一动，一只通体火红的灵兽便从海里冲了上来，虽是湿漉漉的，但那双阴沉的人性化的眼神却叫人心底一寒。

这头灵兽，月思卿认识。

匆匆对上穷奇阴狠的眼光，月思卿装作若无其事地转开了脸。

她知道，穷奇是黑暗圣尊的灵兽，不过，那又跟她有什么关系呢？

她正想得出神，那头，夜玄嘶哑的声音开口了："你也可以收起双翅了。"

月思卿一怔，回味了下他的话才明白过来什么意思，目光随即看向他脚下的穷奇，吐吐舌问："你的灵兽凶不凶？会不会把我掀下海去？"

夜玄嘴角掠过一丝意味深长的笑，说道："我没让你站它背上。"

月思卿挑了挑眉，咦？不站它背上？那他让自己收起双翅是想表达什么？

夜玄缓缓笑起来，声音清晰："你听说过白灵是可以随意操纵空间为己所用吧？黑灵也可以。不信你试试。"

"黑灵也能随意操控空间？"月思卿吃了一惊。

她只知道白灵可以，没听白罗说过黑灵也行啊！

但眼前这人，向来实力就在白罗之上，说不定就有独到的本领。

她不再迟疑，说道："我试试。"

说完，她慢慢收起背上的双翅，在脑海意念里感受着脚下空间的移动。

只不过，也仅限移动而已，根本不能支撑一个人的力量！月思卿双翅全收后，只来得及发出一声惊呼，整个人便直直往下方跌去。

她本能地闭上双眼，刚要召唤翅膀，腰肢却被一只铁臂紧紧锢住。

第一次靠别人的力量在半空稳住，月思卿有些不适应，手脚乱抓乱舞，像极了没有被驯服的小野猫。

“呵呵。”男人充满磁性的笑声在她耳边响起。

月思卿抓牢他的衣衫后，抬头望去，撞进一双含笑的凤眸中。

那笑容，带着一丝戏谑。

联想刚才的失败，月思卿顿时恍然大悟，指着他道：“你骗我？”

“也就你好骗些。”夜玄脸上绽满了笑容，可见发自内心的欢愉，右手牢握在她腰上，顿了几顿后还是松了开。

“哼！我也有灵兽！”月思卿嘟了下唇，就要飞离穷奇后背，却教夜玄一把拉住。

“坐下来。”他说着率先在穷奇背上坐下。

月思卿也就没推拒，坐在他身边，两条腿轻轻晃着，倒舒适得紧。

“这是西海，数万年前，这里还是一片高山……”夜玄沉下眼眸，向她娓娓道起西海的过去。

果然，选择和他一同游玩西海是个明智的选择。这人简直就是活生生的历史，对西海的每个角落都了如指掌。她想知道的，不想知道的，他全知道，并且能信手拈来，生动有趣。

虽然她也活了不少年，但比起这些大陆的老家伙来说，还是差了很多很多……

夜玄的故事很好听，但当夜幕来临时，他便没有再说下去。

苍穹上，一颗一颗闪亮的小星星眨着眼睛出来了，月亮将清美的光辉洒在海面，照亮了这一片幽静的区域。远处，海鸥声偶有响起，隐约可见海面几处捕鱼船的灯火。

月思卿和夜玄依旧坐在穷奇背上，任这只鸟兽压低高度，贴着海平面肆意飞行。

困意袭来，月思卿将头靠到了身边夜玄的臂上，不一会儿便发出轻浅均匀的呼吸。

夜玄的眼光更加温柔，伸手将她的头拉到了腿上，让她舒舒服服地躺在自己怀里。

月思卿虽是在睡梦中，却也有极高的警惕感，许是怕自己摔下去，当即伸出双手，紧紧环住夜玄的腰，怎么也不放开。

夜玄的笑容越加明媚了，就这么低头看着枕着自己双腿而睡的女子。

熟睡的脸庞光滑如玉，清雅美丽。想到那张脸庞上的稚气未脱，想到那双眼中的晶亮剔透，想到她在战斗时的一股子认真劲儿，夜玄头一回发现自己的心竟然可以那么软，软到滴成了水。

一夜就这么过去了。

第二天，当两人再次相对时，彼此心中都多了丝什么，却是没有捅破那层窗户纸。

直到四十天后，月思卿接到回来的白罗的消息，限她择期而返，她不得不提出离开。

夜玄深深望着她的眼睛，只是问了一句：“你来自哪个家族？”

月思卿不敢看他那双深沉得有如染了墨的眼睛，垂下眼眸，讷讷答不出话。

原本不过是初识时的一句随口之言，如今，倒成了她心头最重的负担了。

“不好说？”夜玄的声音透着一丝失望。

听到那失望的语气，月思卿的心却如针扎。

“对不起，对不起。”她喃喃开口，先说出的只有歉意，不由将心一狠，眼一闭，径直说道，“是我骗了你。我不是来自哪个家族，我来自……太阳圣殿。”

最后的“太阳圣殿”四个字，她的声音明显一低，但语气却又异常地沉重。

月思卿低头说出那四个字后，久久没有得到回应。

空气恍若凝固了一番，让人透不出气。

她终是没忍住，抬起眼皮子，快速看向夜玄。

夜玄俊美的脸上明显是惊愕的表情，很显然，他并不知道月思卿的真实身份。

沉寂良久，还是皇暗打破了这样的气氛：“主子，太阳圣殿的黑灵……祸患啊！”

他在提醒夜玄，眼前这名黑灵灵师是太阳圣殿的力量，也是他们的仇敌。

一想到这个黑灵还是自己主子帮助突破的，皇暗的声音便越加苦涩起来。

“为什么要承认？”男子低低的声音被海风吹开，含着疑惑。

月思卿想也不想地答道：“因为，我不想瞒你。”

原因就是这么简单。

她当然可以选择不说实话。毕竟，他们将来未必还会有交集。现在说实话，等于羊入狼口。

可是，月思卿想要的却不是“没有交集”，所以，她不想撒谎。

“你的容貌，你的实力……兰花女神？”夜玄出声询问。

兰花女神是太阳圣殿子民们最崇信的圣女，据说她倾国倾城，心地善良，常常劝说圣主布施好事，万人景仰。

月思卿和他在一起时，从未召唤过兰花灵兽，故而夜玄也不可能想到那上面去。

“嗯。”月思卿轻应一声，倒没想到这个传说中不可一世的黑暗圣尊也知道她。

“那你知道我是谁了。”夜玄淡淡地问。

既然他们是对立面，他或许没认出月思卿，可月思卿焉会不知黑暗圣殿唯一的黑灵是谁？

“知道。”月思卿深吸一口气，看着他的眼睛，“夜……玄。”

见她不避不畏，眼光中闪烁的是满满的真诚与信任，夜玄不禁一蹙眉，语气染上一线嘲讽：“你不是行德行善、大爱众生的兰花女神吗？怎么会和我这等黑暗深渊中的魔头厮混在一起呢？你们太阳圣殿可是视我如洪水猛兽，你就不怕污了你的清名，脏了你的眼睛？”

后面的话是太阳圣殿排挤黑暗圣殿常用的贬损话语。

“你不是那样的人，从前我也只是听说而已。现在我想，也许我要对这世界多几分自己的认识了。”月思卿没有丝毫犹豫，直接说道。

望着女子纯真、幽静的面容，看着她那希冀的目光，夜玄的心还是软了下去，轻轻道：“那你要离开西海了吗？”

“还想再玩玩。”月思卿转头望向远方一望无际的西海，给了他回答。

“那我陪你。”男子也随她的目光望向那迷茫的海域，声音虽低，却是坚定有力。

这话，也是他的本能。

不管她是谁，他所认识的只是这个在西海冒出来的小丫头。

闭了闭眼，他忍不住深吸一口气道：“难怪太阳圣殿的人都说兰花女神至善至纯，我以为那不过是收买人心的把戏……今日方知，一切属实。”

是的，来往好几月，她身上毫无矫作的美好深深吸引了他。

他从不知道，太阳圣殿里竟然盛开了这么一朵雪莲花。

这一刻，他忌妒白罗忌妒得要死。

月思卿不好意思地垂下头，双颊泛起娇羞的红晕，却是将那美丽的湖景也给比了下去。

接下来一连两个月，夜玄带着月思卿飞遍了整个西海，去了风景出名的胜地，也到达了人迹罕至的角落。西海的每一寸土地，每一个角落，都留下了他们的脚印。

这段时间里，他们聊彼此的生活，聊喜好，聊这大陆世界的光怪陆离，只是都有意避开了“黑暗圣殿”和“太阳圣殿”相关词。

可以说，他们玩得很是开心，忘记了一切，包括自己的身份。

直到月思卿的灵力磁片不知是第几次疯狂地亮起，白罗给她下达了最后回殿的期限，月思卿这才恋恋不舍地告别了夜玄，离开了西海，飞回光辉城。

临行前，夜玄给了她一枚自己的螺旋形磁片。

路上又是月余时间，待到月思卿赶回光辉城的太阳圣殿后，离白罗给她限定的时间已经超出了两天。

她匆匆忙忙来到圣宫主殿，看到的便是向来清雅的白罗满面怒容地站在偌大的宫殿中央。一袭白袍逶迤至地，颈口袖口都绣着繁复的竹纹，让怒气勃发的男人添了一丝尊贵威严的气息。

“你还知道回来？”清悦的嗓音染着一丝嘶哑，白罗严厉地看向她。

月思卿抿了抿唇，乖乖地站在入口一角，不再上前。

听得出来，白罗此时是真的生气了。

“我不过出个任务，回来你就不在了，这还罢了，居然还要我三请五请的才回得来。卿儿，你太令我心寒了！”

“白罗，对不起。”月思卿见他极具失望，心里也不好受，低声道歉。

她是白罗一手养大的，在她眼里，白罗不仅仅是太阳圣殿的圣尊，更是亦师亦亲，既是她的老师，也是她的哥哥，一直以来都无微不至地照顾、关心她的生活和修炼情况。

所以他的教训，她都听得进去。

“跪下！”白罗忽然大喝一声，态度从未有过的冷厉。

罚跪倒不是没有过，但在她九岁之后，这个惩罚便没再有过了。

可以说，温文尔雅的白罗还是有些细心的，知道照顾一名女孩子的面子。

可今天……他居然会发这么大脾气！

月思卿一时站着没动，白罗却并没放过她，再次清喝一声：“还不跪下！”

女子的一排贝齿已将下唇咬得快要出血，但她还是缓缓转过身，对着主宫殿最上方供着的祖先画像跪了下去。

跪天跪地跪祖宗，倒也没什么。

“知道自己错在哪吗？”白罗的声音余怒未消，已到了她近前。

月思卿并没害怕，平息了下心绪，清悦的嗓音回答道：“知道错了，不该没经过你同意就溜出去，还回来这么晚。”

“哼，你也知道！”白罗脸上肌肉轻轻抽搐着，咬牙切齿道，“只不过，你最大的错处不在这里！月思卿，你可记得你自己的身份？你是太阳圣殿的圣女！”

月思卿心中“咯噔”一声，直觉有什么不妙的事情会发生。

果然，白罗接下来冷声说道：“可你，却和黑暗圣殿的圣尊在西海鬼混了小半年，你知不知道自己在做什么？你的圣女身份已经被玷污了！你还有脸回来见我吗？！”

月思卿眼前一片晕眩。

这事还是被他得知了。

只是，“玷污”二字是否太重了点？

她本能地开口说道：“我并没和他做什么……”

身为内定圣女，从小就阅读圣殿规章的她自是熟知，身为圣女，不能和圣殿之外的任意男子发生关系。

这是很宽松的了，据说从前还有更严格的条例，不允许圣女和圣殿外的男子发生一丝碰触，连见面都极受限制。

“没做什么就没事了？”白罗被她的话气得额头青筋毕露，“他是黑暗圣殿的圣尊，你是太阳圣殿的圣女，你们之间本就不该有一点交集！可你在明知对方身份的情况下还和他一起游玩，月思卿，你是不是动情了？”

白罗说着，眼中喷吐着阵阵火焰。

他不敢承认，自己最担心的事情就是这点。

他将月思卿养大，越久便越发觉她的美，便将她捆绑在自己身边，不向她透露太多外界消息，只怕这只关在笼子里的金丝雀有一天会离自己而去……

“白罗，你胡说什么！”月思卿愕然开口。

动情……哪那么容易！

“我胡说？”白罗想到从灵力镜中看到她和夜玄同游的场景，心便一阵阵拧起，猛地冲上来，单膝跪下，径直将她扑倒在地，吻上她殷红的唇，声音也变得狂野迷乱起来，“你是我的，是我白罗的！你不可以跟任何别的男人一同出行……”

“白罗，你疯了！”月思卿拼命地挣扎着，声线中透着一丝惊惧，“你，你怎么能对我这样……”

她可是他养大的啊！

“我怎么不能对你这样？被我捡回来时，你就是我的东西了！难道你长到这么大，还没明白这个道理？如果你不明白，今天我就会让你彻底成为我的人，看你如何再去勾引其他男人！”白罗放开她的唇，冷冷说道，眼中满是嗜血的赤红，手下一用力，女子身上所有衣物在刹那间化为了灰烬，露出一具玲珑有致的白皙躯体，没有任何衣物遮挡。

“白罗，不要……”月思卿的声音因为恐惧而颤抖。眼前的白罗，充满戾气的眼睛，扭曲的脸容，粗暴的动作，一切都极其陌生。

这是她从未见过的白罗。

就在月思卿绝望之际，想到以自爆而结束生命时，外头突然传来一声冷喝：“白罗，滚出来见本尊！”

声音冰冷威严，带着上位者一贯的命令语气。

可月思卿还是在一片黑暗之中抓到了救命稻草，猛然睁开那双清光决然的双目，心头颤动之下叫出声：“夜玄！”

是他，夜玄来救自己了。

纵然是变得冷酷的白罗在听到他的名字时也并非无动于衷。

他的动作突然就停顿下来，脸上布满了惊疑，双眼随后喷起更加汹涌的怒火。

猛然放开了她，他翻身而起，迅速走出了大殿。

月思卿又惊又急地从地上爬起来，脸上的惊惧之色还未完全退去，先从空间储存器内取出一件白袍披上，随意系了扣子，才弯腰将地上属于自己的衣服碎片捡起，通通扔进了储存器里。

此时，外头两个男人的对话已经开始。

“夜玄，有胆量啊！居然敢来我太阳圣宫！你找死吗？”白罗的喝声在灵气的输送下响遍整个天际，每一名太阳圣宫的圣士们都听得一清二楚。

半空中，黑袍男子俊美依旧，只是眼角眉梢沉重的杀意毫不掩饰。

他哈哈笑了两声，说道：“手下败将，没有资格嘲笑本尊！本尊前来你们这破地方，不过是为了向兰花女神道个歉。在西海，本尊用了黑暗秘法要挟她陪本尊将西海逛了几趟，也不知有没有让她受惊。就此告辞！”

说完，他的身形缓缓破碎开来，一点一滴消失在半空。

底下的白罗嘴巴微张，似是还没从他的话中反应过来。

怎么？原来月思卿和这魔头游西海是有苦衷的？不是自愿的？那他岂不是错怪了月思卿？

想了想，他折步往回走去。

大殿一角，一直站在那里的月思卿也将外头的对话听得一清二楚，也不由得心头微动。

夜玄为何要这么说？分明是……联想到他为何会突然出现在圣宫，说出这一番话，冰雪聪明的月思卿瞬间就明白了。

夜玄，他这算是在保护自己吗？

一时间，她不由得感慨万千。

而这时，白罗的脚步声已经走近了。

月思卿红唇微抿，转身快步朝后殿跑去。

白罗进来时并未见到月思卿，而是召唤了身边的一名亲信——俞桑商量此事。

俞桑是中级圣士长，虽然入圣殿时间算不得太长，却一直是白罗的左膀右臂。

见到白罗，他就主动提起这事：“圣主勿恼，属下想，夜玄突然造访圣宫，只为向圣

女道歉，有些说不大过去。”

“哦？怎么说不过去？”白罗不露喜怒之态，淡淡问。

俞桑的态度越发恭敬了，将脸垂得低低地说：“从表面看来，夜玄是来炫耀的，炫耀他能俘虏圣女这么久。可是，他若真的想打圣女主意，又岂有只召她陪玩的道理？他只怕会在我们跟前透露更多有辱圣女名声的事，怎么会这样平平淡淡，不温不火呢？”

他的意思是说，夜玄不俘虏人则已，一旦俘虏了人，又怎么会是这么简单的后果！

白罗轻哼一声，不置应答。

俞桑悄悄为自己捏了把汗，却还是硬着头皮道：“依属下拙见，夜玄出现得这么巧，会不会是故意这么说，好让主子不再为难月思卿呢？如果这样，那可说明他们之间的感情不一般呐！”

他知道自己这么说，是在圣主心里投下一粒怀疑的种子，而这颗种子迟早会生根发芽。

但这件事确有疑点，而且，谁叫圣女和他不对盘呢？

太阳圣宫高级圣士长，仰吕风月四个兄弟，久居高位，当仁不让。他几次三番想要挤入高层，却叫这四位驳掉了，说他心术不正，只会谄媚上级，不能重用。

白罗虽是圣主，但太阳圣宫历年规矩，凡事都得由圣主和高级圣士长共同决定，他也无法提拔俞桑。

之所以白罗不对仰吕风月四名兄弟动手，原因就是这四人是兰花女神月思卿的心腹。所以，他们四个排挤自己，俞桑也暗地里将这笔账算到了月思卿头上。

“照你这么说，圣女外出这么久，就已经和黑暗圣殿的圣尊有了孽情？”白罗低沉着嗓音问。

俞桑哪里敢乱答，连忙道：“属下也不是这个意思。圣女心地纯善，不会轻易背叛圣主您，只怕受那魔头的教唆，一时分辨不清好坏。属下私以为，他们之间既是相识，圣主若想对付圣尊，倒是可以从圣女这儿下手。”

他的话说得很含蓄，但他相信，白罗听得懂。

不管圣女与夜玄有无关系，但只要他们有一丝一毫的关系，那么，利用好它，倒是个除掉夜玄的绝佳机会。

须知，白罗和夜玄，自天地混沌，大陆初生之日起，便有着难以调和的矛盾，到现在，已经发展成两大敌对势力，水火不容。

白罗做梦都想夜玄死，但他的能力却根本不够，只能望洋兴叹。

现在，却是个千载难逢的好机会啊！

果然，白罗在听完俞桑的话后，眼睛蓦然一亮，不由自主地脱口叫道：“好！”

俞桑赶紧把头低了下去，嘴角处却已生起阴冷的笑。

这件事不管成败，圣主和圣女的关系必会破裂，到时候，仰吕风月四兄弟还能在圣殿里有一席之地吗？还不是他俞桑扶摇直上的日子？

后来……

此刻，一袭黑衫随风飘扬的月思卿有些茫然地立于九天之上，望着远处白袍坠地的白罗，缓缓收回了散落于岁月深处的记忆。

白罗，依旧五官秀美，好一番温和清雅，公子如玉。

然而，在月思卿眼里，这个男人的眼底深深写着两个大字：虚伪！

当年，在俞桑提出建议后，白罗一改攻势，亲自到她房里道歉，泪涕满脸，只说自己亲手将她养大，珍惜得不得了，以为她就这么和自己的仇敌私会，才会刺激得发疯发狂。

月思卿已经信任了白罗数万年，也并没有因为这一天的事情就彻底疏离了白罗。

所以，当他建成天罗地网阵时，自己还以为那是有助于黑灵突破白灵的灵力源泉，更以为两人同修有莫大好处。在白罗无数次的试验下，她对此深信不疑。

后来，还怕夜玄知道是圣宫地界，不愿过来，她骗了他同来。

那时的她，在圣宫内接到夜玄从黑暗圣殿打来的通话，她就知道，自己沦陷了。

后来的后来，有什么东西再也阻挡不住了，他和她。

她想骗夜玄去修炼，夜玄就同意了。

她提的要求，他从来就不会拒绝。

想到这点，又想到正是因为自己才害了夜玄，月思卿的心既是甜的，却更是酸的，痛的，难受的……

第十九章

镇压白罗

“白罗，你利用了我对你的信任。”月思卿一字一句地冲着对面满眼激动的白罗缓缓说道。

“卿儿……”白罗的眼瞳剧烈收缩了几下，声线哑得不成样。

月思卿却没再看他，而是深深凝望向夜玄，眼光急切地搜寻着。

当年那个在太阳大陆只手遮天的黑暗圣尊就因为她的失策坠入深渊，被镇压在太阳井下这么多岁月，他可恨自己？可误会了自己？

即使自己也选择了自爆来结束一切，可她的愧疚却不会因此而消失……

可是，夜玄静默地站在那里，望向她的眼光中却满满都是爱意，温柔得快要滴成水的爱意，几乎要将她融化。

“夜玄，对不起！”再也忍不住了，月思卿三步并作两步飞奔进他的怀里。

“卿儿，我失而复得的宝贝！”夜玄抱住她，手足无措，眼底是激动到极致的欢喜。

“真是情深似海啊！”白罗望着这刺痛眼球的一幕，掩不住满眼忌妒，酸溜溜地说道。

夜玄并不作声，反手将月思卿拥在臂弯，冷冷看向他。

当年，就是这个男人硬生生拆散了他和卿儿，还让他误会爱着自己的卿儿，痛苦了上千年！

白罗的脸色一寸寸冷下来，笑容不达眼底：“夜玄，千年前你是我的手下败将，今天，你还会是！”

“是不是，要试过才知道！”夜玄毫不示弱，反唇相讥。

白罗深深看了他一眼，才转眼看向月思卿，放柔了脸色，语气也温和了几分：“卿儿，这一次，我和夜玄公平对战，不管是他赢还是我赢，此战之后，太阳圣殿和黑暗圣殿休战一千年，保太阳大陆一片和平即可，请你来做评判，如何？”

月思卿闻言，心中冷笑了三声。

好一个白罗！怕她相助夜玄，搬出这大道理来。她此时若再插手，那就不仅仅落下以二敌一的不光彩名声，更是将成为破坏太阳大陆和平的罪魁祸首了。

只不过，她月思卿会吃这一套吗？

当然，她从白罗的眼神中，从自己的回忆中，看到了当年的自己。

若是换成那时的兰花女神，听了这番话，就算心不软，也恐怕不会出手。

白罗这人倒坏得很，知道拿捏她从前的短处。

只是千年不见，他可知自己再也不是那个单纯的兰花女神了？她的单纯，只会留给她的夜玄。

想着，月思卿错开一步，站到夜玄身边，冲白罗微微挑起下巴，冰冷的笑容绽开，声音更是冷酷得没有一点温度：“你错了，太阳圣殿和黑暗圣殿共存，太阳大陆就永远没有和平。我想，太阳大陆还是让黑暗圣殿来统治比较好，相信，黑暗圣殿只是个名字，它给大陆带来的光辉绝对比你们这打着光辉的假名义的太阳圣殿好得多！”

她言辞犀利，没有给白罗和太阳圣殿留半分面子，更是表明了自己要与黑暗圣殿站在一起的决心。

身后的黑暗圣士们沸腾了起来，齐齐欢呼道：“黑暗圣殿！黑暗圣殿！”

铺天盖地的声音如潮水般淹没了整个光辉城，传出了老远老远。

白罗万没想到她会是这态度，脸色当即难看起来，紧紧盯住月思卿，一字一字说道：“卿儿，你当真要挑起大陆上的战火吗？你可知道，因为你这一举动，将引起多少生灵骨肉分离，流落在外？！”

说到后来，他的声音还激动起来，质问语气极浓。

这么一说，几顶大帽子就是不扣也扣到了月思卿头上。

月思卿冷笑一声，拔高了声调道：“别在这假仁假义，挑起战火！太阳大陆有你们这帮道貌岸然的老东西，永远都和平不了！我只知道，我们赢了，历尽生死轮回的就是你，而不是我，不是夜玄！”

她噼里啪啦地说着，用词极为狂放，惊得太阳圣殿从白罗而下一概震惊得说不出话来。

眼前这名光芒粲然的狠厉角色，还是那个纯善的兰花女神吗？

夜玄的嘴角弯得高高的。

白罗咬牙切齿道：“你是要叛教吗月思卿？”

“我是月思卿，来自星辰大陆的月思卿，从不曾加入过太阳圣殿，何来的叛教之说？”月思卿好笑地说道。

“你……”白罗气得说不出话。

黑暗圣士们趁机高喊起来：“黑暗圣殿一统天下！黑暗圣殿一统天下……”声势极为浩大。

“卿儿，当真对白罗动手，你忍心吗？”夜玄忽然低头，轻轻问了一句。

月思卿身形微怔，眼光未动，仍然盯视着远处的白袍男子，嘴角却轻轻抽搐了几下。

这个男人到底有着养她教她之恩，没有一丝感情是不可能的。

可是……在他剥光自己衣服时，在他不惜利用自己去陷害自己最亲近的人时，她便做不到再去尊敬他了。

“箭在弦上，不得不发！”月思卿沉沉吐出八个字。

现在是白罗不放过他们，而不是她不放过白罗。

夜玄听懂了她的意思，微微一笑，脚下一动，一股纯白色的灵气爆涌而出，天地之间仿佛突然就风雷大作，乌云密布，气势骇人。

“白灵的实力太强了！”有人倒抽一口冷气，赞叹出声。

离得近的黑士圣士们也都纷纷移动脚步往后退。

夜玄所站的地方，以他为圆心，空出一大块空地，只有月思卿仍然站在他身侧，岿然不动。

“穷奇！”夜玄轻喝一声，远处的天空中传来一声嘹亮的鸟鸣，紧接着，浑身燃烧着赤红火焰的巨大灵兽扇动着火翅滑翔而至，巨大的身体裹着通红的火焰，映得半边天幕也如饱饮了沉酒，布满红晕。

有些丑陋狰狞的穷奇在这一刻浑身散发着的却是无尽的威严。

“玄光剑！”

男子又清喝一声，面前的空间出现了丝丝波动，一抹淡淡的黑光缓缓拉开，黑色越来越浓，渐渐凝聚成一柄黑色的重剑，横在他面前。

仅仅是一只灵兽，一柄武器，但它们的分量却重得让大地都颤抖不已。这根本不是其他灵师所能比的。

白罗轻哼一声，周身白光大绽，一头展翅飞翔的仙鹤绕着他来回盘旋，周身镀着一层薄薄的九彩光晕，煞是好看。

“天罗地网阵！”白罗在唤出这五个字时，望向夜玄的眼光折射出诡异的光芒。

随着黑色蜘蛛网般的阵网在白罗肩上缓缓露出，月思卿的心微微一抽搐。

这个阵法虽然缩小了那么多，现在的它，如同一个幻象，但当年她可是见识过它的巨大威力。

就连夜玄如此强大，也被它紧困其中，神魂分离！

深吸一口气，月思卿平复了下心情，接受了这个现实。

白罗，他竟是将原本固定的天罗地网阵打造成了自己的专属武器！

难怪刚才他扬言要让夜玄再一次成为手下败将了。

不过，那又算得了什么？还有她呢！

“兰花！”月思卿红唇轻吐，雪色兰花自眉心飞出，九朵花瓣染上赤金之色，尊贵而圣洁，降落在月思卿脚下，形成巨大的兰座。

白色光芒也在她脚下一展无余。

“天，她也是白灵！”下面有人惊呼。

月思卿面无表情。

传承尽归，再加上此生的修炼和前面十几世的经历，她已成功突破了白灵境界。

只是，这个事实却叫其他人都吃了一惊，尤其是白罗，一脸不可置信。

“小青，小粉！”月思卿又喝道。

青龙长吟一声，拖着数十丈长的身躯跃上蓝天，冰冷的身体挡住了大半天空，召来电闪雷鸣，和穷奇的火焰相呼应，震慑人心。

“主人，你终于回来了！”小青满目是泪和激动。小粉却是一脸茫然。

月思卿微微一笑。

当年，她只有银色和小青两个灵物。小粉、小白都是这生所收，自是不知往事。银色和小青散落星辰大陆，一直没有认主，却也是心中抱着希望，等她回归。

“主人！”一袭紫色长发及地，一身紫袍的俊美男子出现在小粉身边，却是月思卿不认识的。

“我是小紫。”男子有些不好意思地说道。

“你不是叫我娘亲吗？”月思卿抽了抽嘴角。

小紫脸上腾起红晕，讷讷道：“主人灵魂归位，小紫受损的神经也好了……”

可能是成熟了，那一声“娘亲”他竟叫不出口了。

“说起来是我的不对了。”月思卿苦笑一声，“当年我自爆时，伤了不少生灵，你应该就是其中一株人参，好不容易得到万年修为，却被我所累。好在我回来后，你也察觉到想要治好伤处还得靠我，解铃还须系铃人，所以在遇到我时，本能地与我这般亲近。”

“主人，我没有怪过你！在我心里，你就是我，是我……娘亲。”小紫总算是将想说的话给吐了出来，大松一口气。

见他窘迫得这般可爱，月思卿不由笑出声。

青龙的声音在那头响起：“穷奇，我说的吧，很多年前咱们就是朋友。瞧瞧，这不，咱们又大出风头了！”

“哼！”穷奇哼了一声，却不理它。

“主人，我也来了！”

这时，一头浑身毛发墨黑的巨虎从空间戒指里跳了出来，一双极具人性化的虎瞳熠熠生光。

月思卿和其他几兽都看呆了。

“尼玛，你是哪个？”小粉脱口就问。

黑色巨虎冲着它扬起四爪，不悦地乱刨了几下，随后扬扬得意地昂起虎脑袋说道：“变态狂，连本虎王都不认识了吗？”

“白虎王？”月思卿也是嘴角连抽。

白虎王突然从沉睡中醒来也就罢了，怎么变成这般模样了！

“当然！我现在是黑虎王！”说完这句话，虎王身躯一缩，化为一个身穿黑色衣袍的粗大汉子，脸上肌肉横生，让五官平添了几分凶狠，倒是威严不已。

他一步上前，朝月思卿叩倒，嘴里呼道：“感谢主人，感谢我最伟大最漂亮的主人，让尊贵的虎王晋升为神兽黑虎！主人，你真是世间最美的女人！”

“……”月思卿眼筋跳了几下，不由喃喃，“这是晋升吗？确定不是变异……”

而白虎王转身就朝小粉几个炫耀去了。

月思卿没再理会他，右手一抽，神器裂日凤吟刀缓缓出现在半空。

翡翠般优美的刀柄，银色雪芒的刀锋，造型优雅，一看便不是人间凡器。

那些只听说过兰花女神名头的人还是第一次见到月思卿的实力，都忍不住倒吸冷气。

“又是一个灵战双修！”

"娘，您需要什么状态，小蓝随时候命！"漂亮得不像话的蓝发娃娃却是没有变身，缓缓出现在月思卿脚旁，一脸凝重。

作为辅助系灵兽，它的功劳可也不小。

"天啊，这是辅助系神兽呢！是蓝晶玄兽吧！"有人眼力极好，很快认出了小蓝的身份。

"兰花女神好厉害！"

"……"

"恭喜，你也白灵了。"嘈杂声中，白罗望着月思卿，一字一字说道，脸色却极其阴沉。

月思卿望着白罗如此口是心非，真想上前撕下他那伪善的面皮，也不和他周旋，径直说道："白罗，不是你说些恭维话我就不会插手这件事。夜玄是我的男人，你是他的仇人，那也是我月思卿的仇人。"

白罗露出满脸无辜的表情来："可是你我之间还有数千年……"

"那是你和兰花女神之间的事，她早已自爆而亡了，所有恩怨都烟消云散，与我何干？"月思卿冷冰冰地打断了他的话。

前世之事，怎么可能再被这个道貌岸然的家伙拿捏着？

白罗摇摇头："可你就是她！"

月思卿鼻子里轻哼一声，说道："你何必再费口舌？我月思卿今天就把话撂在这里，就算我便是兰花女神的再世，我也要欺师灭祖，叛出圣殿，一心一意只追随我的男人夜玄。听懂了吗？"

她的话掷地有声，震得人人脸色微变。

更别提白罗的面色有多难看了。

他还想说什么，月思卿却已不再看他，冲夜玄微微一笑。

夜玄心里暖洋洋的，拉了下她的小手，轻声道："卿儿，我也愿与你一世相随。"

"嗯！"月思卿重重点了下头，看向白罗时，眼中最后一抹温色尽数退去，冷喝道，"上！"

两道身影，霍然间化成两道黑色光线，穿插在了空间的缝隙中。

白灵的速度实在是太快！

天地间，乌云越来越浓厚，风雨声大作，其间夹杂着嘹亮的龙吟、鹤鸣、虎啸以及各种残暴的兽吼，声声震人耳膜，激荡起一拨又一拨的空间破碎，令人骇然。

三道身形周围，人们退得极远，留出一个极其开阔的交战圈，以免被刺目的白光所波及。

一炷香后，空间震动蓦然变得剧烈起来，一道黑色影子划过天际，发出轰轰声响。

众人抬头看去，都不禁倒吸一口冷气。

那正是白罗刚刚拿出来展示过的天罗地网阵。

只是现在，阵势从中心扩散，越来越大，光芒几乎要蔓延大半个天空，如此罩下来，确实难逃啊！

皇暗皇杀几人虽在观战，但紧张度绝不亚于参战的夜玄两人，额头上已渗出细密的汗珠，每个人都捏着一把汗。

这克黑暗之息的阵法，简直就是他们的噩梦啊！

然而，夜玄却无一丝惧色，脚尖轻轻一跃，矫健的身姿跃出空间，“嘶”的一声，他右手已举起一把匕首，划开了左手衣袖，连同臂上肌肉，鲜血顿时飞溅开来。

“以吾之血，封尔之阵！去！”

夜玄的眼眶一片通红，望着天罗地网阵的眼光更是无比凌厉。

鲜血在诡异的秘法催动下洒成血珠飞出，尽数撞上那铺天盖地而来的阵网。

众人屏息凝气间，却瞧得那黑色阵法在触碰到夜玄的血珠时，忽然就失去了攻击力，以一个极快的速度萎缩下来。

“怎么可能！”白罗现出身形，难以置信地惊呼。

夜玄的声音染着几分恨意：“怎么不可能？白罗，你以为，在同一块石头上，我夜玄会绊倒两次？如今，也该你尝尝幽禁千年的滋味了！”

说完，他神情一动，冷声喝道：“穷奇，归体！”

听到这万分熟悉的四个字，月思卿心神一凛，一股彻底的寒意自脚底涌出。

她又怎会忘记，修落崖下夜玄的变身？

皇暗说过，夜玄的灵兽真身，天下无人能挡。而且，不见鲜血，不见死尸，便无法变回。

可若失败了……那她岂不是再也看不到她的夜玄了？

“夜玄，不要！”当这些想法在月思卿脑海中一闪而过后，她本能地高声呼道。

但为时已晚。

夜玄对她的叫唤无动于衷，身体慢慢膨胀开来，阵阵冷风刮过他的衣衫，猎猎作响。当他的身躯膨胀成一个圆球时，“嘭”的一声，在无数人惊呆了的目光中，爆炸开来。

“夜玄！”月思卿感觉心都提到了嗓子眼，无声地叫唤着，眼泪簌簌而下。

出现在那里的是一头比刚才的穷奇大两倍的巨型穷奇，样子也发生了一些改变。一双眼睛更加阴沉可怖了，直直盯住白罗，嗜血骇人。满身火焰沸腾地燃烧着，体侧的肉翅在一扑一扇间带起无数火星，周围的空间都被烤得炙热起来。

白罗对这一幕却没有过多的惊讶，只是哈哈冷笑了起来，厉声说道：“夜玄，本尊从未说错。太阳井下关押着的不是黑暗圣殿的圣尊，只是一头上古凶兽！你敢不敢告诉世人，你本来就只是一头修成人形的凶兽？灵兽真身？什么玩意，这根本就是你的原身！”

不得不说，白罗的话如一道天雷，狠狠劈在所有人头顶。

他们从不知道，夜玄竟不是人？

这石化的人群中，也包括月思卿。

白罗见大家反应强烈，越发笑得欢快：“这宇宙洪荒间，也就我见证了你的成长。我也知道这番话别人难信，但现在，事实就摆在眼前！我想，卿儿恐怕也还不知，她所爱的不过是一头残暴的上古凶兽而已！”

他说着，幸灾乐祸地看向有些惊怔的月思卿。

听了他的话，月思卿很快收回了所有心神，冷冷瞟了白罗一眼，再次看向巨型穷奇。

那头上古凶兽也是将眼光转向了她，原本凶残嗜血的眼神竟然一片温和，还夹杂着几分慌乱。

月思卿心中泛起一丝涟漪，她承认，确实看到了夜玄的眼光。不过她很快转过了头，冲白罗微昂下巴："白罗，那又怎样？夜玄是人也好，是兽也罢，那都是我的最爱，总比你这人面兽心的家伙好太多！"

"人面兽心？"白罗的脸庞直接被这个词刺激得扭曲起来。

而那头上古穷奇，眼中却闪现出异样的光芒，微微低下狰狞恐怖的脑袋，冲着月思卿的方向轻轻摇了几摇。这人性化的动作竟含着几分讨好之意。

白罗气急败坏之下，叫道："夜玄，灵兽真身又能奈我如何？"

他收回半空中变回原形的天罗地网阵，怒喝道："仙光万丈，普度众生！"

仙鹤身周散发出璀璨晶莹的光芒，射向四面八方。

那光芒中含着巨大的力量，凡是被触碰到的物事，皆是化为了灰烬。

月思卿不由冷笑："这也叫仙光？根本就是害人的东西！"

她担心地看向夜玄。

巨型穷奇昂起脑袋，喉咙里发出一声暴喝，火翅连扇，飞快地扑向白罗，毫无惧色。

月思卿敛了所有神色，右手一挥，金色兰花便落到了指尖上。

"银色，看你的了。"她当然要在这时给予夜玄自己最大的帮助。

"兰之极，毁灭！"这是银色的紫灵技能，黑灵和白灵并无对应技能，紫灵技能是升级技能中最高的一种。

这也是月思卿第一回用。

金色兰花飞旋而出，忽然间，无声地爆发开来，无数花瓣碎雨洒向四方，以一个奇怪的阵法朝白罗扑去。

没有一丝声音，但偏偏是这样的无声，给人心头的压力极其巨大。

花瓣碎片划过的痕迹竟然都清清晰晰地留在了空气中，一时没有散去，可见这冲力之大！

众人皆是失色。

直至花瓣降落到白罗头顶，交战中心处才发出了一道沉闷的声响。

无数朵白色蘑菇云冲天而起，将那里的一切都掩饰在了其内，谁也看不清到底发生了什么，现在又是什么情况。

半晌后，一声惨叫终是传了出来。

"圣尊！"

"圣主！"

半空中，成千上万人殷切担心地呼唤着自家主子的名字，可谁都无法靠近那里，没有办法，也没有勇气。

"夜玄！"月思卿紧紧攥住双拳，眼光焦灼地望着蘑菇云的方向，巨大的冲力不断外扩，阻挡了她过去的脚步。

慢慢地，大朵大朵的烟雾散去，露出里面的情形。

巨型穷奇已不见踪迹，站在那里的是一席黑袍的夜玄。

黑色长袍迤逦坠地，随着幽风轻轻掀起衫角，和乌黑的长发交织在一处，颇有种遗世当风的感觉。

男子俊美的脸庞依旧五官挺直，深邃的眼，高挺的鼻，紧抿的唇，勾勒出立体的线条。只是他的脸色有些苍白。

周围的空间被撕裂得千疮百孔，独不见白罗的踪影。

黑暗圣殿的黑士们的心明显一松，可太阳圣殿的教众神情却更加慌乱了。

"夜玄！"月思卿深吸一口气，叫唤了一声。

声音不大，但男人立即转过了头看向她，那张苍白的脸庞上出现了一丝神采，失去血色的唇角立即弯起一抹温暖的弧度，朝她行来。

月思卿连忙催动脚下空间，向他跑过去，眼睛则警惕地环视四周，问道："白罗呢？"

"在这。"夜玄平静地回答道，右手却是举起一个纯黑色的小方匣，摇了几摇。

顿时，一阵含怒带恨的声音传了出来："夜玄，你有种就放我出来！"

那气急败坏的声音从黑匣子中传出时染了几分沉闷，不是白罗是谁？

四周围拢的人群发出了一连片倒抽冷气的声音，随后，太阳圣殿那边几乎是炸开了锅，无数惊怒交加的声音此起彼伏地响起。

月思卿也讶然道："你锁住了白罗？"

"只是他的灵魂。"夜玄淡淡道，"他的躯体在最后一刻被我吞了，这里是他的全部灵魂。"

说到这，他微微松了口气："所幸没有遗漏。"

匣子里，白罗骂了一阵后，声音蓦然染上一分哀凄，对象却换成了月思卿："卿儿，我好歹养你上千年，授你技能，助你修炼，关心照顾着你的全部生活。你难道就这样恩将仇报？是了，我是做过对不起你的事，可你也不能让夜玄这么毁掉我！"

月思卿微皱眉头，却不理会他，而是看向夜玄道："怎么处理？"

夜玄轻轻一笑，眼光瞟向黑匣时染上了几分冷厉："白罗，我怎会毁了你的灵魂？那岂不是太便宜你了？我在西海深处设了无尽牢笼，你就等着在那里度过黑暗的岁月吧！对了，忘记提醒你，鉴于我被囚禁多年的经验，无尽牢笼内，你永远凝聚不起来灵气，别想着翻身！"

最后一句话，几乎是给白罗判了死刑。

"夜玄，你好狠的手段！"白罗的声音透着几分绝望。

"白罗，没有杀你，也算是我仁至义尽了！"月思卿凉凉地补上一句，此刻的白罗听在耳里却是说不出的讽刺。

"圣主遇难，大家护主啊！"太阳圣殿那头，俞桑在乱成锅的人群中大吼了一声。

不少为圣殿卖身的圣士们蜂拥着一冲而上，红了眼睛要救回白罗。

哪里消得夜玄下命令，皇暗冷喝一声："上！"

黑暗圣殿训练有素的黑士们展开阵势，猛力迎敌。

而月思卿的眼角却没有放过俞桑。

她注意到，吼了那一嗓子后，俞桑却在人群中悄然退后……

她不禁冷笑一声："哪里跑！"

这人倒是坏得很，知道群龙无首，太阳圣殿根本成不了气候，便临阵逃脱。只不过，她怎么会放过这个在千年前就算计了自己的人？

如今已是白灵的月思卿动作迅速，身形一闪，如是一道闪电刮过，下一瞬间，便已凌空出现在俞桑上方，右手五指张开，成鹰爪状直接抓向他的天灵盖。

俞桑放出紫色灵气抵挡，但很快就在月思卿身周的白光中溃不成军，女子改抓为掐，已准确地扼住俞桑的喉头，将他猛地摔飞出去。

自己则闪身回来，冷眼望着地上挣扎着想起来的俞桑，眼角眉梢皆是冰冷。

俞桑瞟了她一眼，只觉心间一寒。

当年的兰花女神，虽然也不喜他的阿谀奉承，却从来不会用这般锐利如刀的眼神看他，更不会眼含阴森的杀意……

这样的月思卿，果然叫他感觉到了陌生与恐惧。

“如你这等小人，留着何用！”月思卿冷冷说了声，右手凭空一握，俞桑的脖子便“咔嚓”一声断了。

临死前，双眼还瞪得极大，里面是满满的惊惧之色。

一场黑暗圣殿和太阳圣殿的大战就此展开。

失去了白灵级别的圣主，这场战斗呈现出一面倒的局势。黑暗圣殿犹如除草割瓜，龙卷风一般席卷了圣宫上方，造成了光辉城史上最大的灾难。

夜玄和月思卿则联手将白罗的灵魂镇压到了西海之底。

太阳大陆上，黑暗圣殿的力量占了主导，太阳圣殿并未被全部剿灭干净。

如果夜玄和月思卿出手，战斗力自然更为强大。

但他们没有这么做。

太阳圣殿在太阳大陆上历史太久了，不知道藏有多少分支，是怎么也除不尽的。

与其如此费力，还不如放任自然。

毕竟，天下大势分久必合，合久必分。

没了太阳圣殿，总会还有其他势力，也要留给他们一席安身之地。

解决完这里的事，月思卿提出回星辰大陆。

她没有忘记当年和月家的约定。

夜玄自然同意了。

在离殇城内与吕涛、曲松和岳荣集合，一行人开启了太阳大陆和星辰大陆之间的通道空间——九星塔，回到了玛拉基丛林。

玛拉基丛林的大门十年始开一次，但对他们来说，破开空间出去根本不是事儿。

他们径直到了月家隐居之处。

月思卿的回来在整个月家都造成了轰动。

月无霸、月跃、梦娘等人更是急匆匆地跑出来迎接，只是在看到月思卿那陌生的面容时一个个呆住了，以为自己认错了。

“爹，娘，是我，卿儿啊！”月思卿含笑叫道。

只是月家人没有一个动的。

纵然女大十八变，也不可能变得完全不像了吧！

月思卿轻叹口气，她已经摘下了人皮面具，不会再戴上去的。曾经那个死去的孩子，她也不会再提，免得月跃和梦娘伤心。

她只是挑起指尖，凝起一簇白色灵气。直接将月无霸给震回了原位。

“白……灵？”他根本就不相信眼前的一切。

月跃等一干族人皆是脸色大变。

“是的，我得到了莫大的机遇，已经升为白灵了，相貌改变就是和这个有关。我们慢慢说，好吗？”月思卿耐心地解释。

这一回，梦娘信了，扑上来将女儿搂进怀里，哭成个泪人儿。

月思卿不急不慢，唤他们坐下，徐徐地将前世今生之事说了一遍。

月无霸、月跃等直系自然知道兰花女神是什么人，得知她竟然就是兰花女神的转世后，惊得眼珠子都不会动了，更加不会再对她的相貌变化有所怀疑了。

尤其是月无霸，直接给了自己几掌，尼玛，当年他可是差点将这枚月家真正的掌上明珠、女神给丢掉了啊！

太不应该了！

好在，卿儿大度，并没有怪罪他们太多。

这让月无霸心里愧疚与感激并存。

在夜玄的安排下，月家人一齐迁向九星塔。

夜玄是玛拉基丛林的主人，这样的安排并不困难。

而吕涛，也通过灵力磁片通知吕家人迁址，吕家自然也要回太阳大陆的，那儿到底是他们的根。

只不过，吕涛通过灵力磁片和族长吕绪光说起这事时，吕绪光如何也不信，非要他亲自回来一趟解释。

月思卿想了想，当年在宝光神洞时曾欠了风家一个人情。

而且后来迁族时，风家也在暗中帮了月家不少忙。

所以这一回回太阳大陆，她决定将风家带上，便亲自往卡列国走一趟。

至于仰家……抱歉，那就不在她的关心范围内了。

虽说千年前仰吕风月四个兄弟关系极好，但家族延至今日，格局关系都发生了变化。仰家对他们不敬，他们何必做滥好人？

所以，当吕家和风家的族长和长老们在看到月思卿和夜玄时，真正见识到了白灵级别的威力，一个个的反应不比月家人好，目瞪口呆。最后，吕绪光只能激动地说道：“好，好，太好了，没想到有生之年还能回去。月家的小丫头太厉害了！还是涛儿有眼光！”

他说完，赞许地看向吕涛。

虽然吕龙年纪比他长，天赋也不比他差。但吕涛这两年的经历可谓极其珍贵，实力一跃而至蓝灵中阶，早已超过了留在星辰大陆的吕龙了。

吕绪光不是傻子，知道这和月思卿的提携有关系，心中对月家充满了感激。

吕家和风家慢慢收拾偌大基业，开始陆续迁向玛拉基丛林。

这个消息到底没有瞒得过仰家，毕竟吕风二家突然的撤离引起了卡列国帝都家族势力的极大动荡。仰家人千番打听之下，得知吕风二家竟是前往玛拉基丛林，都吓了一跳。

谁不知道玛拉基丛林在北大陆那一头，不仅要横跨暴乱荒原，更是要穿越整个北大陆。不说这路上万种危险，且说玛拉基丛林自古就是神秘的修炼之地，谁也不知道那里葬送过多少条生命，只知很多人进去了便难再出来。

而吕家和风家，竟然要将全族上下移往那里，不是疯了便是另有内情。

仰世纵思量半晌，决定还是亲自来询问。

虽说仰家和月家闹掰，后来也渐渐与吕风二家疏远，但四大家族的关系仍然盘根错节，不可能彻底断了来往。

仰世纵到达吕家大厅时，吕绪光还是亲自迎了。

两人说了些客气话，在高台上分宾主坐了。

仰世纵单刀直入，直接将话题扯到这件事上："贵家族最近大动干戈，怎么，不打算住在帝都了吗？另找了什么风水宝地？"

吕绪光嘿嘿一笑，说道："月家隐世，老夫觉着倒也不错，相随去了。"

"不知贵族要去何宝地？"仰世纵问。

吕绪光望着他急切的表情，露出一个高深莫测的笑容："目前还没定。"

仰世纵闻言，心里怒骂，老狐狸！看来吕风二家是不打算说实话了。

他正想着怎么接下去，外头却响起一阵脚步声，以及银铃般的笑声。

一行人走了进来，走在正中间的二人极为扎眼。

男的身姿修长，容颜俊美冷淡，一双凤目闪烁着清冷绝美的光华，走到哪里都会集万千光芒于一身，引人注目。而他旁边站着的女子却是格外的光彩夺目，标准的鹅蛋脸，柳叶眉，丹凤眼，鼻梁高挺，唇似涂胭，眼光流转间顾盼生辉，让人竟是不舍将目光从她脸上移开。

这一对金男玉女，撷世间一切美好，让人好生妒忌。

"仰家主。"月思卿看到他，眉头微挑，心中暗想，这家伙这么快就沉不住气了吗？

"你是？"仰世纵哪里还认得她。

"月思卿。"月思卿淡淡一笑，并没隐瞒。

"月思卿？"仰世纵整个人呆在原地，实在无法将眼前光彩照人的她和当年那个小女孩联系到一起。

"卿儿。"吕绪光也起身下阶，一脸亲切。

他早已接受事实了。

瞧得吕绪光的讨好，仰世纵眉间疑惑更浓。

月思卿并不避讳，径直对吕绪光说："吕族长，我和夜玄就不在这久留了，让吕涛留下，我们还要去上五宗。"

"好好，你们一路慢行，这边有我和涛儿就好。"吕绪光忙宽慰她。

吕涛的级别几乎和他自己相齐平，放在卡列国，也算是顶尖了。

"嗯。"月思卿点点头，转身就要离开。

仰世纵哪里克制得住好奇心，慌忙问："月思卿，吕风二家也要迁到你们月家一块去吗？为什么我听说是玛拉基丛林？”

月思卿回过头，淡淡瞟了他一眼，平静地说道：“是玛拉基丛林没错啊，通往太阳大陆的空间裂缝不是在那吗？”

“什么？通往太阳大陆？你们是要去太阳大陆？”仰世纵这一下是彻底被惊吓到了，如被蝎子蜇到一般，猛一下从椅子上跳了起来，满脸不可置信。

“有问题么？”月思卿笑了起来，耸了耸肩。

“玛拉基丛林可是高手遍布，是你们想去就能去的吗？还这么多人！”仰世纵连连摇头，额上青筋毕露。

月思卿笑靥如花，道：“我们正是从太阳大陆回来，怎么不能去？忘了告诉你，玛拉基丛林是我们的地盘。”

“……”仰世纵哪里肯信，呆呆地望着她，可却又无法反驳。

在他印象里，月思卿确实很厉害，而且很低调，似乎从未说过大话。

见月思卿说出了实话，吕绪光也就不再隐瞒了，望着仰世纵，说道：“世纵兄，你如今可不能小看卿儿了。她现在的实力是你我这一生都望尘莫及的。她是白灵强者！”

说完，他微微弯下腰，眼底流露着无比强烈的恭敬之色。

这就是实力高低的尊卑。

“白，白灵？”仰世纵被这个词吓得结巴了。

赤橙黄绿青蓝紫黑白……天呐，白灵是传说中最高的级别啊！就算是太阳大陆，当年的祖先也没见识过。这世间当真有白灵吗？

就算月思卿天赋好，也不会这么快就突破到白灵吧！

天呐……月家竟然出了个这么厉害的后辈吗？

他傻呆呆之时，月思卿忽然回头，敛了嘴角的笑，浅淡地说道：“仰家得罪过我父亲的人，我都不会放过。仰家主若是自觉的话，拿出点魄力来。”

说完，她挽住夜玄的胳膊，扬长而去。

仰世纵一惊，脑门上渗出一层冷汗。

他呆若木鸡时，吕绪光的声音传来：“世纵兄，仰家几个人的生命和整个家族相比，我相信你会取舍。”

仰世纵轻叹一声，眼光黯然下去。

他听懂了月思卿的威胁。

若是不处置几个人的话，仰家满门恐怕就难保住。

他是仰家族长，是整个家族的顶梁柱，断然不可能为了自己的儿孙舍弃整个家族。

他跌跌撞撞出门而去。

第二日，便有仰家人送了仰阳过来，与仰朔一般，仰阳已成废人，只不过，他是被自己的亲爷爷废掉了灵基。

看向月思卿时，他的双眼中既有怨恨，又有惧怕，更有难以置信。

显然，他已经从仰世纵那知道了月思卿如今的灵力级别，完全超脱了他的想象。

仰家来人还委婉地问月思卿可有其他要求，月思卿冷笑了一声：“就这样吧，滚吧！”

仰世纵最爱的两个孙子仰阳和仰朔都已经废了，处置其他人便没意思了。像仰英和仰萍，得罪过她，但她的仇当场都报了。

而今的她，也根本看不上仰家了。

一个人，站到了制高点，有些报复都成了多余的了。

她和夜玄本想回皇家学院见见肯尼迪院长，但他几年前就云游四海去了。

两人便离卡列国，穿越暴乱荒原，前往北大陆。

中间她和夜玄回了一趟熔炉铁堡，见了图堡主，又和月跃、梦娘一组人会合，一同到达星辰国。

之所以在这里歇脚，是因为熟悉的环境引发了梦娘强烈的思乡之情。

月思卿当然要满足娘的愿望，携带着月跃、梦娘等人来到泉蒙宗。

第二十章

隐居西海

站到梦中无数次萦回的山门前，望着那心心念念的一草一木，一角一檐，梦娘激动得呼吸都粗重了许多，脸庞通红，死死捂着脸上的面纱，不敢揭开它。

近乡情更怯，说的就是这个道理。

月思卿握住她的手给予安慰。

“泉蒙宗令长老在此！”苍劲的声音响起，一道灰影凌空跃下，打量着众人，眼光渐渐变得震惊。

“令长老，是我，卿儿。”月思卿含笑上前。

“卿儿？真的是卿儿？”望着相貌改变甚大的月思卿，令长老满面惊讶，却是不敢认，他立即说道，“我这就去通知族长！”

说完，人已如一阵风似的消失在山门处。

月思卿无奈失笑，回头道：“娘，我们先进去吧。”

当她看到梦娘时，梦娘的眼眶角竟然蓄着一串泪珠，她紧紧反握住月思卿的手，喃喃道：“是令长老呢！我又看到他了，我不是在做梦吧？”

即使有心理准备，这一切，来得也太突然了。

“娘，你不是在做梦，很快，你还会看到外公，您的父亲。”月思卿心里也一阵酸涩，但以后，再也没人能欺负她了。

这时，巍峨的山门内已飞快地奔出了数道身影。

人未站稳，声已先到：“卿儿？可是卿儿回来了？”

苍老的声音听起来那般熟悉，那般令人心悸。

月思卿轻轻一叹，虽然和这位名义上的外公相处时间不长，但她也不得不承认，这位袁家大族长对自己照顾得尽心尽力，更是一片赤诚之心。

那几道身影在面前不远处停下，为首的是袁大袁刚天，两侧跟着令长老在内的数名长老。

经年不见，袁刚天面色却依旧红润。身为上五宗的紫灵高手，他的境界已相当深，年岁也还长着，身体自然健朗。

只是在见到月思卿时，这名刚硬的老者也明显一愣。

月思卿下意识地朝立于左手的梦娘投去眼光。

那一头，梦娘哪里还能控制得住情绪？

那是她二十年未见的生身父亲啊！

泪水从梦娘的眼眶中如瀑飞下。

她就这样呆呆地望着袁刚天，任泪水纷飞，面纱下的嘴唇嚅动着，发出呜咽之声。

这动静太大，立时就引来了那几名高手老者的注意。

不止是袁刚天，他身边的每一名长老，梦娘又怎会不熟悉？她的童年虽说充满了灰暗，却也有很多温馨的回忆。

而此时浮现在脑海里的，却只剩下那些触手尚温的美好……

袁刚天看来时，梦娘右手猛地就捂住了嘴，死死控制着不哭出声，但泪水却滚得更凶猛了。

袁刚天先是讶异，而后愣住，再然后，脸色渐渐变了。

月思卿感觉到梦娘的手腕在拼命地颤抖，似乎下一刻，她就要甩开自己逃去。

她轻咳了一声，含笑说道："外公，我娘回来了！"

这话听起来很怪异，但却如同一声炸雷在袁刚天大脑里炸开，有什么猜测得到了验证……

"小梦！"老者的声音颤不成声，原本通红的眼眶更是蒙上一层水雾。

"父亲！"梦娘含泪喊了一声，扯下了面纱，露出早已染满泪水的白净脸庞，双腿发颤地朝袁刚天小跑过去。

"小梦！"袁刚天快步过来欲要接住她。

梦娘双膝一屈，径直跪了下去，泣不成声："父亲，不肖女回来了！让您蒙羞了！"

月思卿见状，心疼不已。

袁刚天的心疼又岂会比她少？赶紧双手将梦娘扶起来，搂进怀里。刚强的男子，眼泪也顺着脸颊缕缕流下。

"回来就好，回来就好，现在没人能欺负你了，小梦，是父亲无能，没有保护好你！"

"父亲，是我无能，给您丢脸了！"梦娘直摇头。

父女二人，絮絮叨叨地说着，虽都是些无用的话，却一下亲近了。

"小梦，这些年你过得好吗？我没想到，你生了个这么优秀的女儿！"袁刚天终于将话题拉回到正轨，满脸感触。

"我过得很好，跃哥对我很好。"说到这，梦娘的脸庞掠过一丝娇羞，眼角余光也忍不住瞟向那边站着的月跃。

对梦娘在月家的生活，袁刚天之前便派人调查过，知道月跃曾是月家最出色的青年，为娶自己女儿，几番和家族闹出矛盾，更是在一次意外中毒后，丧失了灵基。但又听说，后来他的实力略有恢复，但想来，究竟是不比当年了。

袁刚天也将眼光转向了月跃。

这是他第一次正视自己这个从未谋面的女婿，心中暗暗赞了一声。

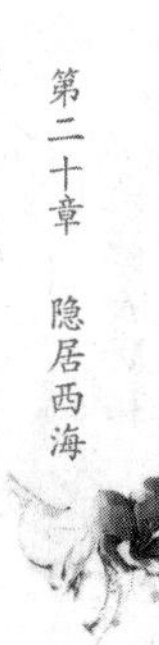

年轻时的月跃本就生得丰神俊朗，只是在灵基受损后形容忽然变得憔悴，经过这几年的调养，加之灵力恢复极快，心情也大为开朗，如今的月跃虽没有了年少时的俊美，却也多了成熟男人的温雅和睿智，倒是教袁刚天大为满意。

“谢谢你对小梦这些年的照顾。”袁刚天轻叹着说出一句。

月跃伸手将梦娘的手拉在手心，笑容温和：“您说哪里话，小梦是我的心爱之人，她是我这一生的伴侣。”

袁刚天心中极为感动，却还是存着担心，委婉地问道：“你们在月家，可会有人不喜？”

“自然不会。”月跃脸色微沉，露出月家长子的威势来：“当年，我确实失去了保护小梦的能力，可现在，您放心，蓝灵中阶的我完全有能力保护她。”

听说他竟已是蓝灵中阶，袁刚天的心立时就放回了一半于肚中。

看来，月跃这小子相当聪明啊，灵力都恢复得这么快。

有这样一个男人愿意和他的“废物”女儿在一起，他怎会不放心？做梦都要笑出声音来啦！

望着袁刚天一脸满意的神情，月思卿笑道：“外公，进去聊吧，在门口搁着也不是办法。”

这句话提醒了袁刚天，他尴尬一笑，赶紧招呼众人进来。

这时，那些被冷落一旁的长老们才大为震惊地拥上来，欣喜地与梦娘说话。跟在袁刚天身边的长老，都是与大房较为亲近的，在梦娘小时候待她也极为亲善。梦娘也乐于和他们叙旧。

“大哥，听说卿儿回来了？”这时，一道焦急的声音传来，却是两道身影从山门里飞来，正是袁刚地和袁刚人。

几年不见，袁刚地早已没了当年的精神头，一脸沧桑郁闷。

可即便如此，梦娘见到袁刚地，身体还是不由自主地瑟缩了几下，那是源自记忆里的恐惧。

“娘，不用怕他。”月思卿轻轻牵起她的手，无畏地看向袁刚地。

袁刚地看了她一眼，讶异于她这几年的相貌变化，但很快，他的眼光便转到夜玄脸上，眼中腾起一丝喜色。

“尊上，您也来了？”他上前一步，恭恭敬敬地说道。以他向来在泉蒙宗眼高于顶的身份，在夜玄这个看起来颇为年轻的“小辈”面前，倒是极为拘谨。

他这一声，让沉浸于天伦之乐中的袁刚天也转移了注意力，看向夜玄。

这个男人给他的印象太深了，让他的脸色也微微一恭。

夜玄只是轻轻哼了一声，并未理会。

袁刚天看了袁刚地一眼，眼角划过一抹了然，冲夜玄走了几步，低低说道：“尊上，如果可以的话，能否解去我二弟体内的灵爆？”

当年，为了控制袁刚地，夜玄在袁刚地体内下了灵爆，只要他想，随时都能要袁刚地的命。

见袁刚地的神色，这几年显然过得不好。

夜玄淡淡一笑，看向月思卿，说道：“这就看卿儿了，我没有决定权。”

袁刚天声音一顿，看向月思卿。

“恐怕不能如愿。”月思卿淡漠地开口，“只要他不做坏事，他就能平平安安度过一生，完成任何事情。可只要他敢对我们起异心……呵呵。”

后面的话她没说了。

袁刚地的人品，她实在信不过。

袁刚地眼中划过一抹绝望，但这抹绝望中又透着几分希冀。

她是说，只要他不生坏心，就能永世无事吗？

他已经认识到错了……想着，他试探地问：“卿儿，你和尊上是什么关系？”

月思卿看了夜玄一眼，主动挽上夜玄的手臂，笑道：“我男人！”

袁家人皆是一惊，彼此对视了一眼，果然如此。

只不过，这男人的实力也太过强悍了吧？当年就已是黑灵了……

“月思卿，你们还没成婚吧？就这么公开了吗？难道不怕羞？”这时，一道女子声音传了过来，含着一抹敌意。

是袁雪。

月思卿不用回头也听了出来。

“雪儿，不得无礼！”斥责她的不是袁刚地，而是和袁雪并肩而来的沉峻男子，正是秦天。

月思卿挑了挑眉，看到袁雪梳着的妇人头，心中了然，只是没想到秦天和袁雪最终还是成了婚。

“我们是受到卡列国皇室的赐婚的，虽然没成婚，也快了。”月思卿挽紧了夜玄的手臂，清晰地看到袁雪眼中的妒忌。

“雪儿，怎么还这么任性？这是你姐姐！”袁刚地的脸色明显沉了下去。

袁雪嘟了嘟唇，还是忍不住道：“爷爷，我知道你敬佩夜玄，那是夜玄有本事，又不是她有本事！”

她说完，不悦地瞪向月思卿。

月思卿闻言，嘴角勾起一抹极其冰冷的笑，忽然间，她的右手动了，仅仅是手腕轻轻一挥，一股细若游丝的白线划飞而出，直指袁雪。

袁刚天等人只觉空间明显波动了下，一股强大的力量没有任何预兆地扑面而来。

站在袁雪身边的袁刚地眉头一蹙，本能出手，想要布起一层紫色防护罩。

然而，刚刚拉起一块，却在“嘶啦”一声脆响中崩为万千光点，袁刚地“噔噔”连退数步。

而袁雪，整个人则倒飞了出去，去势猛烈。

“哇”的一声，掉落在地，口喷鲜血。

显然，这一次，她受了极重的内伤。

月思卿有一搭没一搭地揉捏着手指，淡漠地说道：“就你，还没资格对我指指画画！这一次，仅仅是废了你一些灵力，下一次，我会毁了你的灵穴！”

她字字声声，威胁味十足。

“废了灵力？什么意思？”一旁的袁刚天惊怔地问。

月思卿望着晕厥过去的袁雪，冷笑一声道：“她的实力退步了，退到什么地步，我也不知。不过，我可给她留情了。”

说完，她淡淡睨向袁刚地。

袁刚地心神一震，飞步到袁雪身边将她拉起，伸手搁在她的脉门上，脸色骤变，脱口道：“青灵三阶？”

“什么？雪儿现在是青灵三阶？”秦天惊讶地重复了一遍。

“嗯。”袁刚地点了点头，直起身子，望向月思卿的目光充满了复杂。

“刚才，你用的是什么招数？”他沉声询问，紧紧盯着月思卿的眼。

“没有招式，只不过，灵力级别高些而已。”月思卿不以为意地勾唇答道。

“卿儿，你是什么级别了？”袁刚天随即问道。

月思卿没有说话，只是探出右手，指尖上“嗖”地一声腾起一簇纯白色灵气，她细细把玩着，纯净无瑕，煞是好看。

“这是什么意思？”袁刚天不解地问。

袁刚地也瞪大着眼睛看。

这时，袁雪已被袁刚地灌进去的灵气激得苏醒了过来，正惊惧交加地盯着月思卿。

后者嘴角笑容浅淡，说道：“白灵。”

“白灵？”袁刚天和袁刚地对视一眼，喃喃重复了一声。

实在是这个灵力级别的名称太过陌生，陌生得他们一时反应不过来这白灵到底是什么级别。

“你是白灵？”秦天年纪轻，脑子活络些，一下子脸色变得怪诞起来。

月思卿并没说话，可明显是默认的表情。

“赤橙黄绿青蓝紫……黑白？”袁刚天哪里肯信，将这等级顺序理了一遍，说到最后一个“白”字时，他的声音染上了迟疑之色。

“是啊，白灵。”月思卿大大方方承认了，冲袁雪投去一眼，说道：“以我的实力，想要捏死她易如反掌！今天，我是给二族长和秦天少爷留了些面子。若有下次，她敢再挑衅我的威严，那可就要接受应有的处罚了！”

“月思卿，你……”袁雪满脸不服气，提了口气，尖声说道。

只是，话没说完，“砰”的一声，她的身体再次受到重击，贴着地面倒飞出去十数丈，留下一地蜿蜒的血迹。

袁刚地吓坏了，他根本阻拦不了，紫灵对白灵，毫无胜算。

他飞跃至袁雪身边，恨铁不成钢地扶住她，低声斥道：“闭嘴！你想死不成？”

说着，他已感知到袁雪的实力已跌至绿灵……

袁雪也在他的帮助下，勉力抬起头望向月思卿的方向，只能模模糊糊看到女子冰冷的表情。

一道浅浅的叹息声响起，带着一丝惋惜：“顺我者昌，逆我者亡！袁雪，如今的我，完全有实力向你说这句话。你敢再说我一声试试。”

以往袁雪的所作所为也就算了，可现在，梦娘回家了，她也等于接受了袁家，那她就绝对不容许自己眼皮子底下还会出现和自己对着干和对梦娘不利的人。就算有，她也会亲手毁掉。

袁雪终于意识到，现在的自己，根本没有资本去抵抗那个女人。

再倔强下去的后果就是自取灭亡。

她可不想实力再跌到绿灵以下了，所以，所有的苦水，她也只能全部吞进了肚里。

“居然真是白灵！”袁刚天震惊地吐出一句。

“怎么会这么快就升到白灵，难道用了什么秘法？”秦天亦是不信。

月思卿淡淡一笑，并没回答。

但这事，还是在泉蒙宗炸开了锅似的传开。

所有人都知道，月思卿和梦娘一起回来了，那个没有一丝修炼根基的梦娘，居然生出了一个已经是白灵顶尖实力的女儿。

是啊，白灵实力，太骇人了！

出了袁雪的事，袁家上下见识到了月思卿的狠厉手段，哪里还有人敢出来捣乱？月思卿以雷霆万分的速度树立了自己的新威。

在泉蒙宗安顿下来后，她便想去找夏远。

梦娘几人留在泉蒙宗和袁刚天三兄弟叙旧，吕涛护吕家从卡列国帝都撤离，一时半会儿是不会来这么快的，曲松和岳荣则抓紧每分每秒时间在泉蒙宗修炼，也没有跟月思卿乱跑。

陪在月思卿身边的只有夜玄。

力宗夏家，教场上传来一阵阵齐声呐喊的声音，整齐而明亮，令人战意陡起。

月思卿在夏家族人的带领下径直走进教场深处，老远便看到高台上战斗正酣的两人。

左手青年身姿高大，面容俊美，一头蓝莹莹的短发依旧保持着当年的模样，衬得肌肤越发如雪。只是，那双眼睛中褪去了几分青涩，多了几丝深邃。

他右肩上方，盘旋着一条水桶粗的竹叶青，正昂起蛇头，喷吐着一阵阵黑色烟雾。

台上二人在黑雾中再次激战在一起。

待月思卿走到台下时，战斗已分出胜负。

蓝色短发的青年已胜出竞技，来到台前，极为年轻的脸庞上扬着一抹极淡的微笑，冲众人拱了拱手，方才飞身下台。

青年向主席座走去，始走几步，耳边便传来一声轻笑：“小子，这么久不见，实力涨得很快啊！突破了蓝灵，可喜可贺！”

对夏远来说，能迈过这道坎，跨入蓝灵阶别，可是相当不容易啊。

夏远登时呆住，转头朝声音来源处看去，这一看，他脸庞上的肌肉全都扭曲到了一起，不知是兴奋激动还是别的什么，大叫一声：“老大！”

夏远几个箭步便冲到了月思卿跟前，眼眶通红地盯着她的脸，说道：“老大，是你对不对？你的脸怎么变这个样子了？”

他绝对不会认错老大的气质！

“这件事说来话长。”月思卿笑着解释，“你在夏家，过得不错吧？”

“当然，我现在是力宗宗青会的会长。”说到这，夏远满脸骄傲，“家族很器重我，不出意外，将来直接晋升长老会。”

对于夏远找到了自己奋斗的立场和目标，月思卿深感欣慰。

“老大，多谢你！”夏远突然弯下腰向月思卿行了一礼，郑重地说道，“如果不是你，我夏远也不可能有今天。老大，我虽然一直烦着你，可心里却清楚，谁才是我的贵人。”

如果不是月思卿，他不会经历那些自己有可能永远都无法经历的魔鬼训练；如果不是月思卿，他也得不到那些灵丹妙药等罕见的辅助品；如果不是月思卿，他也不会这么激励自己，发挥出了所有的潜力。

月思卿含笑道：“傻瓜，那是你自己的努力，何必感谢我。”

夏远抬起头，不好意思地笑笑。

而这时，夏族长等人也都走了过来。

双方见面，无非一阵寒暄。

月思卿没有多说什么，径直问夏远：“我要回太阳大陆，你有何打算？可会与我一起？还是说，留在夏家做贡献？”

夏远沉默了一下，说道：“老大，私心上来说，我当然是愿意和你去太阳大陆的。可夏家如今事情繁多，我也一时走不开。你去太阳大陆等我可好？”

月思卿赞许地望着他的眼睛，一字一字道：“夏远长大了。”

那个喜欢跟在她身后的小屁孩如今竟也挑起了家族的大任呢！

月思卿并不难为他，每个人都有自己的想法，她能给予的就是尊重和支持。

只是，夏远的实力虽然不错，但在夏家算不得太好。身为私生子，他仍然有可能受到排挤。

与夏远寒暄了整整一天，临走前月思卿冲夏族长说道：“夏族长，夏远是我的铁友，泉蒙宗也就会永远站在力宗这一边，成为你们的盟友。”

夏族长闻言，眼中掠过一丝极淡的不悦。

倒不是因为别的什么，而是月思卿作为小辈，在他跟前抬举泉蒙宗，隐有损贬力宗之意。力宗就必须得仰仗泉蒙宗的鼻息才能生存么？

当下，他淡淡道：“夏远是我们夏家人，倒用不着思卿小姐费心了。上五宗本就是盟友。”

这话的意思，疏离之味颇为明显。

月思卿轻轻一笑，伸出右手，有事没事又将白色灵气释放出来玩了一回，才慢悠悠说道：“盟友之间，亦有亲有疏。我想，再没有比一名白灵强者的照拂更强大的力量了吧，泉蒙宗的友谊，夏族长还是再考虑考虑吧！”

说完，她冷下脸，转头便要走。

夏族长赶紧叫住她：“思卿小姐留步！您……是白灵？”

和其他人的反应没有两样，说不出的震惊。

“世上真的有白灵吗？”夏族长呆愣愣地问。

“没有什么不可能，我很快就要回太阳大陆了，夏远，我希望你能好好照顾他。”

夏族长一脸震惊之后，喃喃道：“自然自然，夏远是我们家族重点培养的对象，我们自然不会亏待他。能和泉蒙宗结盟是我们的荣幸啊，荣幸！没想到，这么短的时间，你就超脱了我们所有人的期望，果然，当年没有做错选择！”

月思卿淡淡一笑：“夏远在夏家一天，我就会护夏家一日。”

言下之意，夏远若不在了，那后果……恐怕很严重。

这也算是对夏家的报答了。

夏族长感恩之至，连声道谢。

能得一名白灵佑护，简直就是做梦！夏族长如何也不会想到，这样的荣耀会是一个当年险些被家族抛弃的私生子带给他的，心中一时感慨万千。

月家、吕家、风家陆续抵达玛拉基丛林，顺利来到太阳大陆，并在月思卿精心的选址处住了下来，依山傍水，灵气充足。

此时的三家实力虽不高，但却算是一个新的开始，互相帮衬，倒也其乐融融。

而夜玄，则没有留在黑暗圣殿的主城，他携着月思卿飞往西海一隅。

那儿是西海之侧最美的角落，有碧蓝的天空，洁白的云朵，湛蓝的大海，笔挺的绿树，优雅的白鸥，古老的石殿。一片岛屿山脉，绿树成荫，花果盈道，简直就是人间天堂。

两人在这里住下，不仅是美的享受，更能“照顾”下西海深处被关押着的白罗灵魂，一举多得。

月思卿的灵气已登峰造极，便致力于炼药学。

“轰！”天空中雷声万道，整个西海阴暗了下去，海面波涛汹涌，骇然壮观。

硕大的青龙长吟一声，舒展开覆盖冰冷鳞片的身体，在空中尽情地吐噬着丹雷。

深海之中，一名窈窕的女子身形破水而出，电闪雷鸣中，可见倾国倾城的脸庞。

“卿儿，恭喜你，终于炼出一品丹药！今天起，你就是一名正式的一品炼药师了！”夜玄站在半空，望着面前的月思卿，欣喜不已。

月思卿仰头望着满天惊雷，茫然的眼神终于有了焦点，激动地奔向夜玄，银铃般的笑声洒落天际：“夜玄，我成功了！”

“嗯，什么时候去炼药师公会考核一下？”夜玄含笑问。

“切，才不去呢，你不就是炼药师公会会长吗？直接给我肩章不就行了！”月思卿白了他一眼，这厮，瞒得她好苦！

“也好，这片大陆许久未出一品炼药师了，免得引起不必要的麻烦。”夜玄点头。

这时，远方不少人踩着轰隆隆的雷声朝这边飞奔而来。

“老大，恭喜恭喜！”曲松率先飞至，笑着看向月思卿。

“你们也闭关出来了？”月思卿惊喜地问。

“当然。不负所望，我们也冲破了黑灵。”吕涛笑道。

夜玄欣慰地看了他们一眼，对月思卿道：“他们都已经冲破黑灵了，我已经任命他们为黑暗圣殿新的三大高级黑士长。”

黑暗圣殿一统天下，施行的却是光明之治，太阳大陆的子民倒也没有太大的反抗。

月思卿心中一喜，但却又有疑惑："怎么是三大黑士长？不是四个吗？"

"还有一个位置，夜导师说了，要留给夏远，那小子已经来太阳大陆了，正在苦哈哈的磨炼中。"吕涛对夜玄的称呼一直没变，仍旧是"夜导师"，倒也亲近。

"是要给他一点苦头吃，要不然太便宜他了！"月思卿赞同地点头，想到什么脸色凝重起来，"你们一直没有师父的消息吗？"

关于师父的事，月思卿已经向夜玄坦白了。

毕竟，对于拥有前世今生的她，在夜玄面前，没有什么是秘密。

"没有消息。"吕涛摇了摇头，脸色黯然下去。

岳荣轻轻拍了下月思卿的背，安慰她道："当初师父说了，此生都不能再回去找他，我想，师父必然是知道你的前世的。师父送我们去星辰大陆，给了你寻找宿命的机会。现在兰花女神再世，我想，他在某个角落，必然也是知晓的，心中肯定很是开心。他若想来找我们，早就来了。"

"是啊，思卿，师父喜静，必是不想我们现在的身份打扰到他。"曲松也在一旁劝道。

月思卿望了眼夜玄，"嗯"了一声，心中有些难受，说道："我知道了。"

夜玄将她揽进怀里，心疼道："傻丫头，他既是隐士，你若去找他，他反倒不喜。你们有八年缘分，也是不错的了。"

"我懂了。"月思卿点点头。

太阳大陆，一座雄伟的山峰之巅。

一名白发白须的老者负手而立，苍眸望向西海之滨，眸中闪烁着盈盈热泪和无限安慰。

"丫头，终于长成了。你完成了你的宿命，我也不负世世代代月家祖宗的期望，让上古月族最后一点强者血脉没有流失……"

他说着，大笑着，踉踉跄跄下山而去。

很多年后，这片大陆上，还有人在津津乐道当年兰花女神和黑暗至尊的故事。

而故事的主人公，月思卿和夜玄，早已站在众人之巅，经历两生坎坷，执手并看大陆风云。

番外

天蓝云白，陡峭的山峰状若刀刃。

此刻，刃尖之上伫立着一名年轻男子，一袭浅紫色锦衣华服垂至脚踝，衬出他英挺笔直、精瘦结实的身躯。

山风吹来，一头蓝莹莹的长发飘起了几缕，那张白嫩精致的脸庞上掠过几许黯然。

夏远负手而立，遥望着玛拉基丛林的方向，那里，有通往太阳大陆的唯一通道。

老大……那些人，在那片大陆上应该很好吧？

他的脚下，是力宗夏家所在的地方，群山之壑，屋宇连绵起伏，隐有阵阵整齐的吆喝声吹将过来，却是家族子弟正在操练。

不久前，他刚从家族的暗室出来，成功突破蓝灵。

上五宗自有它训练宗门子弟的法子，而夏远又有月思卿曾留下的不少丹药助力，这才仅仅用了五年时间，一跃而至蓝灵。

五年的时间，对于一名修炼者来说不算长，但对于他与老大分别的时间来说，却不短了。

深吸一口气，夏远转身下了山峰。

力宗议事厅。

夏族长带着族中几位长老和宗青会成员正在商量一些事宜，见夏远进来，纷纷起立，目光带着崇敬看向他。

一名如此年轻的蓝灵灵师，在星辰大陆上可谓是怪胎了。

夏族长从不怀疑，这个孙子将来的成就绝不会在紫灵止步。他的未来，只怕不可估量。毕竟，前头有月思卿这样的白灵，什么都可能实现。

“云儿，快坐下。”夏族长满面堆笑地说道，眼中几乎含着讨好的神色。

夏远缓步行到上座坐了，表情却极为淡漠。

他虽然一直在夏家打拼，但对于夏家却没有多少感情。就算是面对亲爷爷，也很少展颜。

这样的态度，夏家却无一人敢说什么。

强者，自有骄傲的本钱。

夏远轻啜了一口下人奉上的香茗，垂下眼睫，长若扇子的睫毛遮住眼中的精光，姿态

优雅美丽。

座下已寻不到那抹他最为厌恶的身影了。

夏秋，他同父异母的哥哥以后都不用再出现在他眼前了。

他修成蓝灵，从暗室出来的第一件事，就是亲手将夏秋打发到了千里之外的冰原。

那样的苦寒之地，灵力会不停外泄，若是难以再凝聚的话，气穴将终生残废，再也成不了灵师。

当年，对于自己这个多出来的弟弟，那位好哥哥可是几番下狠手，欲要他的命。

这一次，他也让夏秋这个天之骄子去把握自己的命运，尝尝苦楚。

对于他的决定，夏家上下无人反驳。

夏秋在悲怆的惨呼中被抓了出去，那个曾最护他的父亲也是面如菜色，一声也不敢吭一下。

或许，他现在最痛恨的是，为什么当年没和夏云这个儿子好好增进一下感情。

放下茶杯，他冷声说道："我准备前往玛拉基丛林，前去太阳大陆。虽然在这里也能提升灵力，冲击紫灵，却远比不得在太阳大陆提升得容易。"

夏族长一惊，眼中却无意外之色，试探地问道："那云儿何时会回来呢？你可是夏家下任家主的不二人选。"

夏远嘴角勾起一抹讥讽的笑，转瞬即逝，说道："爷爷紫灵级别，岁月还长，不用这么快就操心下一任家主的事吧？"

夏族长噎了一下，没有说话。

"我想云儿突破紫灵指日可待，我们会等你回来，光大夏家。"夏远的父亲立在一旁，声音中带着几抹小心翼翼。

"好了，我三天后就走，玉信给我准备好。"夏远说完，一刻也没有久待，大步出门。

七岁之前，他的世界并没有夏家。

那时候，他与母亲等族人生活在一片沼泽丛林内。

母亲家族只有几十人，生来异相，不会修炼灵气，但他们擅长最古老的毒术，控制着沼泽丛林内所有的毒物蛇虫，捕捉灵兽也极为方便，以此为生计，生活也有滋有味。

他生下来就不知道父亲是谁，族中长辈虽然不会说什么，但那些与他差不多年纪的孩子却在背地里嘲笑他是野种。他也很想知道自己的父亲究竟是谁，可后来，这种思想就慢慢淡了。

那个男人不要他和他的母亲，他要知道他是谁干什么？

就在他以为将一辈子与母亲在这片沼泽地相依为命时，一群异族人踏着凶猛野兽的蹄声闯进了他们的家园，一阵绚烂的光芒中，对他朝夕相处的亲人进行了残杀。

他在亲眼目睹自己的母亲死在一只猛虎的撕咬下后，转身拼命地朝沼泽林深处跑去。

一人骑着巨型黄狮在后叫嚣着追赶。

他哪里是那人的对手？很快就被擒住。

只是，在看到他的相貌时，那名汉子却惊得从狮背上摔下来，狐疑震惊地打量他半晌后，没有杀他，而是将他绑到狮背上带了回去。

后来，他就被送往夏家。

那张与夏秋及他父亲酷似的脸庞作不了假。

他终于知道了自己的身份。

他的父亲在族长和长老的质问下交代了一切。

当年，他母亲的家族还没有隐居丛林，而是生活在荒原附近，却因为擅长阴暗的毒术不被世人所容，被上五宗几大家族以异类之名进行驱逐。

就在那场动乱中，夏家公子看到他母亲生得姿容艳丽，一时色胆包天，以他们无数族人的性命强逼利诱，进行了一夜欢好。

只不过，一夜之后，那名虽然长得漂亮，却是异族中人的女子便被这位负心汉抛到了脑后，更不知道她已珠胎暗结，产下一子。

而七年后，寻到沼泽地进行灭族屠杀的一群人，也是暴乱荒原上另外一股势力，曾经与他母族有仇，此番找到他们的隐居地便为报仇，却不承想看到夏远，以及那张与力宗夏家酷似的脸庞，思量再三，才给带了回来。

夏远恨透了那些屠他母族的人，可他却不能亲手报仇了。

因为那些人将他带了回来，原以为可以借此讨得夏家欢心，却未料夏族长生怕儿子因公行私的丑事被他人知晓，一夜倾覆了那个势力。

夏远就被留在了族中。

可想而知，他在夏家有多么不讨喜。

不管是父亲、爷爷还是兄长，都以他为耻，以他那头异类的蓝发为耻。

整个夏家，除了一名不问世事的老者还怜悯他之外，没有一个人让他留恋。

那名旁支老者教他灵力，教他契约灵兽。

许是从小接触毒物的缘故，他的灵兽便是一条至毒的竹叶青。这让他比同级灵师取得更多战斗优势，可不是什么人都能轻易契约剧毒灵物的，往往契约不成，自己反而被毒死。但这对在毒术家族中耳濡目染的他来说，不是难事。

夏远的天赋让那名老者震惊。

他虽只是夏家旁支，却也是一名货真价实的蓝灵强者，只是因为不好世事，喜静恶扰，这才没有进夏家长老会。

但他清楚，夏家一脉中，如夏远这般有天赋的儿童虽然不少，但也不多，若是就让他这般没落，委实太可惜了。

所以他请示家主，让他带夏远外出历练。

夏族长看在他一分薄面上同意了，反正那孩子是生是死他也不甚关心。

夏远便在那时来到了卡列国，认识了月思卿，也在那里开始了他崭新的人生。

告别了他一直当作爷爷的老者，夏远赴上了新的历练之途。

玛拉基丛林一番浴血奋战，他以蓝灵身份进入黑暗城堡，又在九星塔一阵闯荡，顺利开启了空间之门。

经过夜玄和月思卿两名白灵的联手修护，空间之门再也不需要死人来祭奠灵力，通关的人选都能从塔顶通道前往太阳大陆。

夏远并没有借助夜玄和月思卿的名头，只身闯荡，便为积累经验，稳固实力。

太阳大陆，在黑暗神殿的治理下，一片欣欣向荣，山清水秀。

脉冲山内，十数道身影追赶着一头蓝灵级别的灵兽，吆喝声、兽吼声、脚步声不绝于耳。

夕阳斜下，金红色晕染了整个山林。

兽吼声冲破九霄，归为静寂。

那十数道人影气喘吁吁地坐在林内空地上，个个面色潮红，显然，那头蓝灵巅峰的灵兽巨无霸相当难搞，费了他们九牛二虎之力终于合力杀死了这头高级别灵兽。

“哈哈，这灵核可值钱了，咱们正好拿去给上头交差。”一名大汉躺倒在地，双手枕着后脑勺，满面得意。

“小子，你去剔了灵核，咱们休息下就赶路。”队伍里唯一一名老者冲远处独坐的年轻人沉声吩咐。

那年轻男子身姿修长，容如玉，生得极是美艳，一头蓝色长发更是耀人眼目，极为漂亮。一双水灵灵的大眼睛眨巴着，让他显得无辜而可爱。

这正是来太阳大陆历练了半年的夏远。

听了老者的话，他双手撑地，站了起来，走到中央鲜血淋淋的巨无霸尸体旁，右手一翻，一柄小巧的匕首翻了出来，“嘶”的一声，灵巧地划开灵兽肚腹，取出一枚碧蓝的灵核。

看到蓝灵品阶的灵核，围坐的其他中年人皆是面露喜色。

这群人在脉冲山已经待了半个多月了，这一次收获最大。

“丁伯，给。”夏远将灵核毕恭毕敬地交给老者。

老者哈哈一笑，接过灵核，赞许地看向夏远，说道：“你小子不错啊！这半个多月，跟着我们，竟是一声苦也不叫。你这心性，假以时日，必然在修炼途上有所成就啊！”

夏远微微一笑，不卑不亢地说道：“还要靠丁伯提点。”

“好说好说！”老者说着，将灵核放在眼睛前面仔细端详，眼中满是激动之色。

“小子，等见到上头来人，我们引你进组织，只要你肯吃苦，好处是少不了你的！”那名躺在地上的大汉笑哈哈说道。

另一名中年汉子也点头：“你现在虽然只是青灵，但若有了组织上的帮助，升蓝灵不在话下。我们组织虽小，却也有暗中培养势力的基地。”

“千杀！”另一名坐得近的汉子却是眉头一皱，朝这说话的汉子横来一眼。

那中年汉子方觉自己话有些多，立刻捂住嘴，干笑几声。

也是，他们的组织长年在暗处，很多事情不能为外人透露。

即便夏远加入他们已经一个月了，表现俱佳，但到底没有正式进组织。

另一名汉子笑道：“没事，我看夏小子不错，心性也正，没有被黑暗圣殿腐蚀了心智，算是我们的成员了，有些事情他将来也会知道的。”

他这一番话后，其他人再没开口。

山脉中轻风吹过，一片幽静。

良久，那名老者率先站了起来，抖了抖肩膀，说道：“走吧，这里血腥味太重，逗留时间长了，怕是会引来其他灵兽，我们还是速速离去吧，上头的人估计也快到了。”

“好，走吧！”躺着的中年汉子一个鱼跃翻身而起，扯开嗓门吼了一声。

十数人一齐动身，夏远也跟在队伍后面，乖觉地朝脉冲山一头走去。

半个时辰后，夕阳还未全然落下，淡淡的余晖洒在山侧，笼罩出美丽的光晕。

一片大杨树后，一排房舍悄然而立。

此刻，一名黑衣人沿着小道走了出来，冲老者叫道：“丁伯，人带来了？”

丁伯上前，笑着拉过夏远，介绍道：“这小子，林安，青灵六级，已经通过考核了，资质不错，心性也稳，您给看看？”

那人裹在一袭黑衣中，只看到一张脸，是张中年人白净的面庞，他上下打量夏远一眼，点点头：“好，先留下！你们也在这住一晚，明天对他再进行一次考核。”

“好。”丁伯点点头，一行人随着黑衣人走进杨树林深处。

一排屋舍内置有床铺等一应生活用具，能住数百人，但实际留宿的却只有二十来个。夏远一行人住下后，天便黑了。

入夜，寂静的山林中突然传来一声厉叫：“走水啦！”

紧接着，冲天大火汹涌而出。

几道身影踉跄着奔出房屋，却再不见屋内有其他人出来。

“走水啦，还不出来！”首当其冲的便是丁伯，面色冷峻，满脸疑云。

“人呢？”那名黑衣人见屋舍四周竟是毫无动静，禁不住脸色一沉。

“先去救火！”一名中年汉子急声说道，“这里可是我们的根据地，不能毁啊！

他说着推搡了下身边人，急不可耐道：“快去——”

然而，刚开口两个字，喉头一凉，一股温热的液体喷溅而出，染红了他的双眼。汉子瞪大血红的双眼，看着眼前一脸风轻云淡的青年，不甘心地垂倒下去。

在这大火之中，他的身体融进熊熊烈火，与那屋舍房梁落地声混在一起，倒没教人发觉。

夏远将右手中精巧的匕首在衣服上随意一拭，抬脚走向下一个目标。

“噗”的一声，利器刺入肉体发生钝响的声音，伴随着一声惨痛的吸气声。

丁伯是蓝灵，本能地灵气护体，避开了夏远致命的一击。

但他的蓝灵级别还在夏远之下，所以这一击也遭受重创。

他踉跄数步，捂住胸口，不敢相信地望着两尺处的青年。

“小子，你……”丁伯如第一次认识夏远一般，眼中混合着震惊、痛苦、悔恨等复杂的眼神。

夏远脚尖一动，一股蓝光自脚底泄出。纯净的蓝色，彰显了他蓝灵强者不争的身份。

“你，你竟然是蓝，蓝灵！”丁伯艰难地说出这个真相。

原来，他一直看走眼了。

那个跟在他们队伍后埋头苦干的年轻人并不是只能靠他们保护的青灵，而是一名货真价实的蓝灵强者！这人隐藏得如此之深，能有今日的偷袭也在情理之中了。

黑衣人凝望着这边许久，脸色一变，冷冰冰开口：“屋子里的人是不是都已经遭你毒手了？”

他的语气是肯定，而不是疑问。

这场火，来得太莫名其妙。

“是的，火也是我放的。”夏远淡淡陈述着事实，淡漠的脸庞上并无多余的表情。

“你是黑暗圣殿的？”黑衣人问。

否则，他怎会如此。

“如尔所言！”夏远扯开嘴角，弯起一抹笑。

他虽然现在还不是黑暗圣殿真正的黑士，可老大他们都是。

剿灭太阳圣殿的窝点，就当作他给老大送的一份见面礼吧！

黑衣人看了他一会儿，突然动手了，右腕一抬，狠厉的一掌拍出，却是落在丁伯背上。

毫无防备的丁伯身子直飞出去，口吐鲜血，冲进了大火之中。

他临死也无法相信，自己竟中了本方人的毒手。

“你……”夏远一惊，眯起双眼。

黑衣人缓缓摘下黑色檐帽，整个头都露了出来，他的面上浮起一缕善意的笑，缓缓说道：“你是黑暗圣殿哪一支下面的？”

“你也是？”这回轮到夏远吃惊了。

“正是。我是圣殿高级黑士长吕涛下面四级第六小队成员。”黑衣人友好地解释道。

他话中的分支夏远并没听懂，但他听明白了“吕涛”二字。

他也知道，吕涛现今已冲破黑灵，是圣殿三大高级黑士长之一，手下自然管理了无数黑士。

相比之下，他的蓝灵真是差得太远了。

夏远嘴角一勾，无奈地笑了笑，冲黑衣人说道：“我还未加入黑暗圣殿，但有此心，这一次是想先立功，再进圣殿。”

在黑暗圣殿中，很多人都是采用这个方法进殿的，先立一功，届时在殿中的地位也与通过考核入殿者截然不同。

黑衣人点点头道：“我叫明非，我可以引荐你来我们分队，不过每一名入殿者都要经过吕黑士长的同意，你可愿与我同往附近的离殇城？”

离殇城正是脉冲山所在范围内的黑暗圣殿一大主城，三大主城之一。哦不，现在是四大主城，太阳圣殿的光辉城被立为黑暗圣殿第四主城。据说每个主城都有一名高级黑士长坐镇，离殇城想必就是吕涛的管辖范围了。

夏远“嗯”了一声，面现喜色。

再见故友，心情自然是跌宕起伏的。

他与黑衣人明非一同走出了这座杨树林，连夜赶路去离殇城。

虽然黑衣人杀了丁伯，但夏远却不完全信他，一路上还是作了提防。

那些年与月思卿、吕涛、夜玄相处的过往，让他整个人得到了不同一般的磨炼与提升，在大陆上闯荡也丝毫不吃亏。至于刚刚用匕首杀人，更是跟在月思卿和吕涛身后学得的不少传统武术，令人防不胜防。

清晨，太阳还未从地平线上跳起来，离殇城也刚刚从薄曦中醒来，夏远与明非便已进了城。

他们在城中寻了家早点铺，用完早饭，天色大明后，这才赶往离殇城的城主府。

明非与黑暗圣殿中接待的人极为熟稔，而接他的男人看上去在城主府中也具有颇高的地位，夏远对他的身份这才没有了怀疑。

“张昭，这位是林安小友，他小小年纪已经达到蓝灵三级的实力了，可堪造就。而且在入殿前，剿灭了丁伯一支的人马，虽然这事做得有些唐突，切断了我们的一根线，但其心之诚不容怀疑，若是能加入圣殿，将成为我们一大助力。”明非向来人郑重介绍夏远的身份。

名叫张昭的男人身着一袭黑衣，面色平静，只在听了夏远的事迹后微微讶然，点了点头。

明非察言观色，看到他点头，不由露出喜色。

这人是吕黑士长手下两级队员，比他高了整整两个级别，平素向来高傲，鲜少会色变。

看来夏远入了张昭的眼。

“林安，跟我进来见吕黑士长。”张昭冲夏远招呼，转身，率先朝内殿稳步而去。

夏远微微一笑，不徐不疾地跟在后面，明非也陪伴在侧，脸上有些微的紧张之色。

吕涛黑士长不爱多言，冷面朝天，平常很少得见，故而他也会有些情绪。

三人进殿后，装饰大气的内殿中并无一人，上座黑檀木虎皮椅上也是空的。

张昭让他俩稍等，进去通报，不一会儿，沉沉的脚步声传来。

一袭身穿黑色长衫，领袖暗金花纹的男子走了进来，面色冷酷，发线张扬，薄唇紧抿，自有上位者的冷沉。

明非赶紧拉了夏远一下，上前一步，低头呼道：“见过黑士长！”姿态极为恭敬。

而夏远，却早已一脸惊喜，几步冲到了殿下。

陪在吕涛身侧的张昭见状，先是一愣，而后面现怒色，眼中掠过极度的不悦，刚要说什么，夏远却已笑着叫道：“吕涛，还认识我吗！”

吕涛定睛一看，也不由张大了嘴。

那头蓝色发丝，那张娃娃脸，共处那么多年，融进所有青春和热血的生死之情，他又怎么可能不记得？

“夏远？”吕涛迅速下阶，不敢相信地叫道。

“吕涛！”夏远激动不已，飞身上前将他抱住。

“夏远，你终于来了。”吕涛回抱住他，声音有些哽咽。

夏远是他们当中实力最弱的那个，经验也极其浅薄，在一起时，他虽然嘴上不说什么，与他也不甚亲热，却或多或少地帮助他。而那份友谊早已深入骨血，不见时，自是思念得紧。

张昭和明非都呆住了，不知道眼前是什么情况。

“你小子现在混得如何了？怎么迟迟不来？”吕涛张口就是责问。

“哪有你们好，星辰大陆的灵气稀薄你们也是知道的，才蓝灵三级。”在他跟前，夏远根本不想隐瞒什么，“你都黑灵了，可别取笑我！”

“哈哈，你才蓝灵啊！”吕涛果然取笑一声，但随后拍了拍他的背道，“没事，有老大和夜导师的帮助，你升黑灵也是迟早的事。”

“老大呢？听说她在西海过好日子呢！”夏远赶紧问。

“等会儿我带你过去见她。”吕涛说完，看向张昭和明非。

“黑士长，这是？”明非跟着吕涛久了，第一个反应过来，不解地问。

“你们还真是眼拙了，要拉什么弟子进殿，这位可是光辉城的高级黑士长。”吕涛笑呵呵地解释。

“什么？”张昭和明非大吃一惊，震惊地看向夏远，“光辉城的高级黑士长？”

明非呆了。

如果是高级黑士长，昨晚怎么会让他带着进离殇城呢？

黑士长啊，那可是黑暗圣殿一人之下，万人之上的职务！他平常仰视都不够格啊！

明非简直要石化了，而张昭也是满面呆滞，只是瞬间便恢复了常色，毕竟他没有和夏远有过多的接触。

夏远自己也惊到了，望着吕涛，有些张口结舌：“什么——”

“走吧，我带你先去见老大！”吕涛打断了他的话，抓着他的手，快步出殿。

夏远还跟在后面傻傻地问：“我什么时候成了光辉城的高级黑士长了？”

“这你要问老大了！”吕涛嘿嘿一笑，从怀里拿了张传送阵，直接撕了开来。

西海。

幽深的海域表面平静，暗藏汹涌。看不到的水流深处，狂风怒号，波涛滚滚，一阵阵人的嘶吼声被隔离在无穷的封印中。

海岸旁，天空一碧如洗，绿草铺满大地，处处繁花似锦，偶有山鸟清悦地啼叫，一派祥和安宁的场景。

吕涛和夏远徒步往山丘上而去，四周的美景让人目不暇接，即使常来这儿的吕涛也忍不住啧啧赞叹：“老大真是会享受！”

“这里应该是太阳大陆最美的地方了吧？”夏远也轻轻叹着。

二人说着走着，突然间，前方一道娇嫩的嗓音传来：“这个哥哥的头发真漂亮。”

两人立时朝说话处看去。

只见一道约莫五岁的小女孩在前方出现，着一袭短衫，一头黑色长发披垂而下，冰雪一样的脸庞上五官精致如画，如个小粉团。

她正眨着葡萄般黑漆明亮的大眼睛，一瞬不瞬地望着夏远，眼中满是好奇。

夏远愣住，这女孩子的面容好生眼熟！

身旁的吕涛却已笑道：“哥哥？琉璃，这可是叔叔，夏远叔叔。”

夏远浑身一个激灵，转头望向吕涛，急切道：“吕涛，你不会告诉我她是——”

后面的话他没说出来，吕涛哈哈一笑，点了下头：“老大和夜导师的女儿。”

这时，那小女孩背后生出一双蓝光闪烁的半透明翅膀，轻轻一扇，朝二人飞来。

阳光洒落她一身，她翩跹得好似一只不染尘烟的蝴蝶，竟是那般好看！

夏远惊艳的同时喃喃出声："我没看错吧？蓝灵？"

女孩子用灵力幻化出的翅膀正是蓝灵阶别的翅膀。

"五岁蓝灵，有什么好惊讶的。"吕涛掩饰住语气中的激动，装作不以为意道，"她出生时就是青灵了，不仅是灵战双修，召唤灵师，还是天生的炼药师，听夜导师说还具有炼器天赋，将来能炼出神器。"

吕涛的一番话说得夏远热血沸腾，忍不住大声叫好了。

老大的女儿，当真是遗传了她的惊人天赋啊！当然，夜导师那强大的血脉也不容忽视。啧啧啧，真是叫人羡慕忌妒恨呐！

"远叔叔，我天天听娘和涛叔叔念叨你了，果然把你等来了。哇，远叔叔长得果然好漂亮哦！"夜琉璃落到夏远跟前，大眼圆溜溜地打量他，小脸笑成一朵明媚好看的花儿。

夏远的脸一黑，但看着夜琉璃清纯的双眼，心软成了水，笑道："叔叔好像还没准备见面礼……"

他在空间戒指里摸了一下，将那枚空间灵器拿了出来，看了一眼，有些割爱地递给夜琉璃："琉璃，这个给你。"

夜琉璃小鼻子一耸，摆摆手道："不要不要，空间灵器我有好几件，都玩腻了！"

"……"夏远无语了。

好吧，这小家伙是什么都不缺的。

夜琉璃大眼一转，开心地抓住他的衣袖，另一只手则牵住吕涛，笑盈盈道："涛叔叔，远叔叔，先陪我练功，才能见到爹娘哦！"

吕涛闻言，脸顿时黑了，惨叫道："小姑奶奶，我今天还有别的事呢！"

每次都被这丫头捉住陪练半天的功，狠手不能下，又不能太弱了，真的太累！

"不行，要陪我。好不好嘛涛叔叔！"夜琉璃拉起吕涛的手开始撒娇。

吕涛哪吃她这一套，一会儿工夫心就化了，连连点头："陪你，陪你！"

夏远起先还不知道吕涛为什么这么脸苦，但很快他就体会到了。

尼玛，他被一个五岁的孩子追得满海岸乱跑乱躲，都无还手之力，老脸都丢尽了！这绝对不能说出去，不能再让第四个人知道啊！

两个时辰后，大汗淋漓的夜琉璃才终于放过了他们，带他们上得山丘，去找爹娘。

一上去，就看到一身黑衣的夜玄和月思卿站在宫殿之侧，一座较高的山丘之巅，正头头是道地评点着什么。

夏远只觉腿一软，差点没摔倒。

我靠！原来刚才那副狼狈模样全叫老大和夜导师看见了！呜，他还要怎么见人啊！

他一边抹汗一边走过去，夜玄和月思卿也过来相迎。

"夏远，你终于来了！"月思卿含笑招呼，眼中满是欣慰之色。

"老大！"夏远苦笑道，"你养的好女儿啊！"

原本想见老大的激动之情早就荡然无存了。

不是说不激动，而是被折磨得没有了……

"爹爹，娘亲！"夜琉璃一溜烟跑过去，抱着二人大腿，极是亲热。想来刚才一战，

她很满意。

月思卿揉了揉她的头发，很是亲昵道：“鬼丫头，就知道寻你几个叔叔的开心！”

夜琉璃吐吐舌，回身看着夏远，直眨眼睛。

“夏远，你就别抱怨了，吕涛、曲松和岳荣黑灵级别了，都拿这丫头没办法，每次被折磨得不成人形，谁叫她小呢，都让着。我看她是精力旺盛，功力无处发泄，正想着将她送走呢！”月思卿笑得眉眼弯弯。

夏远还没说话，夜琉璃惨呼一声，扑进月思卿怀里：“娘，你要送我去哪呀！”

“别老黏着你娘！”夜玄一只手轻轻松松将她拎了出来，声音淡漠，但嘴角挂着笑意，说道，“有灵力根基是好事，但这片大陆，只有残酷才能教会人成长。夏远、吕涛，你们感受应该很深吧？”

吕涛和夏远闻言，精神一振，齐齐点头。

虽然夜玄和月思卿早就成婚了，但在他们眼里，他还是导师。

当年有他的教授，他们才能成才得如此之快。

夜琉璃咬着下唇，望着父亲，听他训话，倒是极乖。

夜玄沉声道：“琉璃总待在西海也不是办法，吕涛他们走不开，而你，夏远，正是需要提升灵力和磨炼的时候。”

他看向夏远，眼中划过一丝赞许：“你在夏家和太阳大陆的事我和你老大都知道，做得不错。”

听得他一句赞赏，夏远心中如吃了蜜般甜，表面却是不动声色。

月思卿看向夏远，眼神欣喜中夹杂着酸涩：“夏远，你长大了。”

她很开心，却也想象得到这一路而来的荆棘。

“老大……”夏远望向她，也是感慨万千。

夜玄继续道：“你才蓝灵，而且这几年一直闭关，经验总是不及吕涛几个。所以你晋级最好脚踏实地地来，不要急于求成。我和思卿刚才商量了下，就把琉璃交给你，你带她去历练。”

“啊！”这一回，叫出声的是三人，吕涛、夏远和夜琉璃。

月思卿望着夜琉璃，语重心长地道：“琉璃，你和夏远叔叔都是蓝灵，一起历练正好，比交给别人，爹娘是一万个放心。路上不得耍脾气，你可不再是黑暗圣殿小公主，而是什么身份都没有，要学会保护自己。”

虽然夜琉璃身份高贵，但所幸从小接受的教育严苛，听了月思卿的话，默默点了下头，算是接受了。

虽然离开爹娘，她一时有些不适应，可是想到能去大陆上别的地方，她还是有些兴奋的。

夏远神情坚毅，点头道：“老大，夜导师，你们放心，我会照顾好琉璃的！”

夜玄淡淡开口：“不用你怎么照顾她，只在危险的时候帮上一把，否则，历练就没意思了。我会叫皇暗暗中跟随，保证你们的生命安全。你只要记住，我让琉璃出去不是受你照顾的，而是想让你们成为一个团体，互相有个照应而已。不要把她当作五岁的孩童，她继承了我千年的灵基，神智可不比你们现在弱。”

夏远一怔，明白过来，“嗯”了一声。

看来，他还真不能将夜琉璃当作孩子，而要当作伙伴，战友。

“好。那我这两天就出发。”夏远承诺道。

“历练啊，我都想去了。”吕涛在一旁叹道，“唉，上了黑灵可难升了，我也不指望了，现在真是高处不胜寒啊！”

闻言，月思卿翻了个白眼：“得了吧你，那我更没有上升空间了，我不比你无聊吗？”

她也体会到了夜玄千年的孤寂了。

好在，她有他，他也有她，不会再孤单。

“我看你还是赶紧找个夫人吧，就不会成天抱怨了。”夜玄凉飕飕地开口。

“哈哈，哈哈。”吕涛干笑两声，不接他的话。

而夏远第二日便带了夜琉璃出去历练。

他们的历练不在于结果，而是享受过程，或者说，教会夜琉璃这个世界生死存亡的法则。

两人也在这一段历练中感情非同一般。

在夏远历练归来，升了黑灵后，夜琉璃也一直与他最亲近，将他当作亲叔叔一般，连先认识的吕涛也是比不上的。

当然，这是后话了。